KB163301

을유세계문학전집 · 98

전쟁과 평화

(상)

을유세계문학전집 · 98

전쟁과 평화

VOINA I MIR

(상)

레프 톨스토이 지음, 박종소 · 최종술 옮김

❖ 을유문화사

옮긴이 박종소

서울대학교 노어노문학과와 동 대학원을 졸업했으며, 러시아 모스크바 국립대학교 어문학부에서 박사 학위를 받았다. 현재 서울대학교 노어노문학과 교수로 재직 중이다. 공저로『한 단계 높은 러시아어 1, 2』, 번역서로는 바실리 로자노프의『고독』, 표도르 도스토옙스키의『아저씨의 꿈』, 블라디미르 솔로비요프의『악에 관한 세편의 대화』, 베네딕트 예로페예프의『모스크바발 페투슈키행열차』, 류드밀라 울리츠카야의『우리 짜르의 사람들』등이 있으며 공역으로『말의 미학』,『무도회가 끝난 뒤』등 다수가 있다.

옮긴이 최종술

서울대학교 노어노문학과와 동 대학원을 졸업했다. 러시아학술원 산하 러시아문학연구소에서 박사 학위를 받았다. 현재 상명대학교 러시아어권지역학전공 교수로 재직 중이다. 저서로『알렉산드르 블로크-노을과 눈보라의 시, 타오르는 어둠의 사랑 노래』, 번역서로 알렉산드르 블로크의『블로크 시선』, 블라디미르 나보코프의『절망』, 공역으로 리디야 긴즈부르크의『서정시에 관하여』등이 있다.

을유세계문학전집 98
전쟁과 평화(상)

발행일·2019년 12월 15일 초판 1쇄 ┃ 2021년 6월 5일 초판 2쇄
지은이·레프 톨스토이┃옮긴이·박종소, 최종술
펴낸이·정무영┃펴낸곳·(주)을유문화사
창립일·1945년 12월 1일┃주소·서울시 마포구 서교동 479-48
전화·02-733-8153┃FAX·02-732-9154┃홈페이지·www.eulyoo.co.kr
ISBN 978-89-324-0480-6 04890 978-89-324-0330-4(세트)

차례

등장인물

드루베츠코이가(家)

안나 미하일로브나 드루베츠카야 공작 부인 프랑스식 이름은 아네트.

보리스 드루베츠코이 공작 안나의 아들. 애칭은 보랴, 보렌카.

로스토프가(家)

일리야 안드레예비치 로스토프 백작 프랑스식 이름은 엘리. 애칭은 일리유시카, 일류시카.

나탈리야 로스토바 백작 부인 일리야의 부인.

베라 일리니치나(혹은 일리니시나) 로스토바 백작 영애 일리야의 맏딸. 애칭은 베루시카, 베로치카.

니콜라이 일리이치 로스토프 백작 일리야의 맏아들.

나탈리야 일리니치나 로스토바 백작 영애 일리야의 작은딸. 프랑스식 이름은 나탈리, 애칭은 나타샤.

표트르 일리이치 로스토프 백작 일리야의 작은아들. 애칭은 페탸, 페티카.

소피야 알렉산드로브나 로스토프 백작 부부의 조카딸. 프랑스식 이름은 소피, 애칭은 소냐, 소뉴시카.

베주호프가(家)

키릴 블라디미로비치 베주호프 백작

표트르 키릴로비치(혹은 키릴리치) 베주호프 키릴의 아들. 프랑스식 이름은 피에르, 애칭은 페탸, 페트루샤 등.

피에르의 사촌인 마몬토프가(家)의 세 자매 각각의 이름은 카테리나(프랑스식 이름은 카티시), 올가, 소피야.

볼콘스키가(家)

니콜라이 안드레예비치(혹은 안드레이치) 볼콘스키 공작

안드레이 니콜라예비치 볼콘스키 공작 니콜라이의 아들. 프랑스식 이름은 앙드레, 애칭은 안드류샤.

마리야 니콜라예브나 볼콘스카야 공작 영애 니콜라이의 딸. 프랑스식 이름은 마리, 애칭은 마샤, 마셴카.

엘리자베타 카를로브나 볼콘스카야 공작 부인 안드레이의 아내. 프랑스식 이름은 리즈, 애칭은 리자, 리자베타.

니콜라이 안드레예비치 볼콘스키 공작 안드레이와 리자의 아들. 프랑스식 이름은 니콜라, 애칭은 니콜루시카, 니콜렌카, 니콜린카, 니콜라샤, 코코, 콜랴.

쿠라긴가(家)

바실리 세르게예비치(혹은 세르게이치) 쿠라긴 공작

이폴리트 바실리예비치(혹은 바실리이치) 쿠라긴 공작 바실리의 큰아들.

아나톨 바실리예비치 쿠라긴 공작 바실리의 작은아들.

엘레나 바실리예브나 쿠라기나 공작 영애 바실리의 딸. 프랑스식 이름은 엘렌, 애칭은 룔랴.

그 밖의 인물

드론 자하리치 보구차로보 마을의 촌장.

라브루시카 데니소프의 종졸. 이후 니콜라이 로스토프의 종졸이 됨.

라스톱친 모스크바 총독.

마리야 드미트리예브나 아흐로시모바 모스크바 사교계의 노부인.

뮈라 나폴레옹의 매제이자 프랑스 장군. 후에 나폴리 왕국의 왕이 됨.

바그라티온 러시아군 사령관.

바실리 드미트리치 데니소프 경기병 장교이자 니콜라이 로스토프의 친구. 애칭은 바샤, 바시카.

빌라르스키 폴란드 백작인 프리메이슨.

스페란스키 알렉산드르 1세 때 개혁을 주도한 정치가.

아락체예프 군인이자 정치가로 알렉산드르 1세의 총신.

아말리야 예브게니예브나 부리엔 마리야 공작 영애의 프랑스인 말벗. 애칭은 아멜리, 부리옌카, 아말리야 카
　를로브나.

안나 파블로브나 셰레르 페테르부르크에서 귀족 살롱을 이끄는, 마리야 페오도로브나 황태후의 시녀.

알폰스 카를리치 베르크 보리스의 친구인 젊은 러시아 장교. 아돌프라고도 불림.

야코프 알파티치 볼콘스키 영지의 관리인.

오시프(혹은 이오시프) 바즈데예프 프리메이슨의 주요 인사.

줄리 카라기나 마리야 공작 영애의 친구이자 부유한 상속녀.

티혼 볼콘스키 노공작의 하인. 애칭은 티시카.

쿠투조프 러시아군 총사령관.

투신 쇤그라벤 전투에서 러시아 포병 중대를 이끈 대위.

표도르 이바노비치(혹은 이바니치) 돌로호프 아나톨의 친구인 러시아 장교. 애칭은 페댜.

플라톤 카라타예프 프랑스군의 포로 막사에서 피에르와 친해진 농부 출신의 말단 병사.

드미트리 바실리예비치 로스토프가의 집사. 애칭은 미텐카.

제1권

제1부

I

"공작, 제노바와 루카는 부오나파르트 가문의 소유지예요.* 아
뇨, 미리 말해 두겠어요. 우리가 전쟁 중이라고 당신이 나한테 말
하지 않으면, 이 적그리스도의 (나는 정말 그자가 적그리스도라
고 믿어요) 온갖 추악하고 끔찍한 짓을 당신이 계속 옹호하면, 나
는 더는 당신을 몰라요. 당신은 더 이상 내 친구도 아니고, 당신이
말하는 내 충실한 종도 더 이상 아니에요. 자, 어서 와요, 반가워
요. 내가 당신을 놀라게 한 모양이네요. 앉아서 이야기해요."

1805년 7월, 마리야 페오도로브나 황태후*의 측근인 유명한 시
녀 안나 파블로브나 셰레르는 그녀의 야회에 제일 먼저 온 고위
관료 바실리 공작을 맞으며 이렇게 말했다. 안나 파블로브나는 며
칠 동안 기침이 끊이지 않았다. 본인의 말에 따르면, **그리프***를 앓
고 있었다. (**그리프**는 당시 쓰는 사람이 아주 드물던 새로 생겨난
말이었다.) 아침에 붉은 하인* 편에 돌린 쪽지들에는 하나같이 이
렇게 쓰여 있었다.

백작(혹은 공작), 만약 당신께 더 좋은 일이 아무것도 예정에
없고, 또 가여운 병자의 집에서 있을 야회의 전망이 지나치게

당신을 겁나게 하지 않는다면 말이에요, 오늘 저녁 7시부터 10시 사이에 저희 집에서 당신을 뵈면 나는 무척 기쁘겠어요.

아네트 셰레르

"이런, 정말 맹렬한 공격인데요!" 안으로 들어오며 공작은 그런 손님맞이에 조금도 당황하는 기색 없이 대답했다. 수놓은 궁중 제복을 입고, 긴 양말과 반장화를 신고, 별 모양 훈장들을 단 그는 납작한 얼굴에 환한 표정을 띠고 있었다.

그는 우리 조부들이 말할 때뿐 아니라 생각할 때에도 썼던 세련된 프랑스어로 말했고, 사교계와 궁정에서 늙은 저명인사 특유의 생색내는 듯한 나직한 억양을 구사했다. 그는 안나 파블로브나에게 다가가 향수를 뿌린 빛나는 대머리를 들이대며 그녀의 손에 입을 맞춘 뒤 편안하게 소파에 앉았다.

"사랑하는 벗이여, 무엇보다도 먼저 당신의 건강이 어떤지 말해 주겠습니까? 날 안심시켜 주시지요." 그는 목소리를 바꾸지 않고 예의와 동정의 이면에 무심함과 심지어 조소의 빛이 내비치는 어조로 말했다.

"어떻게 건강할 수가 있겠어요⋯⋯? 정신적으로 괴로운데. 감정을 가진 사람이라면, 지금 같은 시대에 과연 편안히 지낼 수 있을까요?" 안나 파블로브나가 말했다. "저녁 내내 저희 집에 계실 거라 기대해도 되겠지요?"

"영국 공사의 축하연은요? 오늘이 수요일입니다. 거기에도 얼굴을 내밀어야 해요." 공작이 말했다. "딸이 들러서 나를 태우고 갈 겁니다."

"오늘 축하연은 취소된 줄로 생각했는데요. 솔직히 말해, 축하연이니 불꽃놀이니 하는 게 이젠 다 지긋지긋해요."

"사람들이 당신의 속마음을 알았더라면 축하연을 취소했을 텐데요." 공작은 믿어 주기를 원하지도 않는 말을 태엽 감긴 시계처럼 습관적으로 했다.

"날 괴롭히지 말아요. 그래, 노보실체프의 보고와 관련해서 결정된 게 있나요?* 당신은 다 알잖아요."

"어떻게 말씀드려야 할까요?" 공작이 무료한 어조로 차갑게 말했다. "어떤 결정을 내렸냐고요? 부오나파르트가 배수의 진을 친 것으로 결론이 났고, 그래서 우리도 배수의 진을 칠 준비가 된 모양입니다."

바실리 공작은 배우가 오래된 희곡의 대사를 읊조리듯이 늘 느릿느릿 말했다. 그와 대조적으로 안나 파블로브나 셰레르는 마흔의 나이에도 활기와 충동이 넘쳤다.

열광적인 사람으로 존재하는 것은 그녀의 사회적 입장이 되었다. 간혹 그녀가 그러고 싶지 않을 때조차도 그녀는 자신을 아는 사람들의 기대를 저버리지 않기 위해 열광에 찬 사람이 되곤 했다. 안나 파블로브나의 얼굴에 늘 감돌던 절제된 미소는 그녀의 한물간 용모엔 어울리지 않았지만, 응석받이 아이들이 그렇듯 자신의 사랑스러운 결점을 늘 자각하고 있음을 보여 주고 있었다. 그녀는 그런 결점을 고치고 싶지 않았고, 고칠 수도 없었고, 고쳐야 할 필요를 느끼지도 않았다.

정치 행위에 대한 이야기가 무르익던 중에 안나 파블로브나는 흥분했다.

"아, 오스트리아에 대해서는 내게 말하지 말아요! 내가 아무것도 모를 수도 있지만, 오스트리아는 결코 전쟁을 원치 않았고, 지금도 원하지 않아요. 오스트리아는 우리를 배신하고 있어요.* 러시아 홀로 유럽의 구원자가 되어야 해요. 우리의 은혜로운 분은 자신의 지고한 소명을 잘 알고 계시는 데다 그 소명에 충실하실 거예요. 내가 믿는 건 바로 이것 하나예요. 우리의 선하고 경이로 우신 군주는 세상에서 가장 위대한 역할을 앞두고 계세요. 너무 나 고결하고 좋은 분이니 하느님이 저버리지 않으실 거예요. 그래 서 그분은 이제 살인자인 악당의 얼굴로 한층 더 끔찍하게 모습을 드러낸 혁명의 히드라를 진압해야 하는 자기 소명을 완수하실 거 예요. 우리가 그 정의로운 사람의 피를 보상해 주어야 해요.* 당신 에게 물을게요. 우리는 누구에게 희망을 걸어야 하나요……? 저 장사치 근성의 영국은 알렉산드르 황제의 숭고한 정신을 다 이해 하지 못할 테고, 이해할 수도 없어요. 영국은 몰타에서 철수하기 를 거부했어요.* 영국은 우리의 군사 행동에서 저의(底意)를 보고 싶어 하고, 또 찾고 있어요. 그들이 노보실체프에게 뭐라고 했나 요……? 아무 말도 하지 않았어요. 스스로를 위해서는 아무것도 바라지 않고 오직 세상의 행복만을 원하는 우리 황제의 희생을 그 들은 이해하지 못했고 이해할 수도 없어요. 그리고 그들이 뭘 약 속했던가요? 아무 약속도 하지 않았어요. 뭘 약속했다 해도 지키 지 않을 거예요! 프로이센은 이미 선언했어요. 보나파르트는 이 길 수 없고, 온 유럽이 그에 맞서 할 수 있는 건 아무것도 없다고 요……. 나는 하르덴베르크든 하우그비츠든 그들이 하는 말은 한 마디도 믿을 수 없어요.* **프로이센의 이 악명 높은 중립주의는 함 정일 뿐이에요.** * 내가 믿는 건 하느님 한 분과 사랑하는 우리 황제 의 지고한 운명이에요. 그분이 유럽을 구원하실 거예요!" 별안간 그녀가 자신의 열광을 비웃는 미소를 지으며 말을 멈추었다.

"내 생각에는……." 공작이 미소를 지으며 말했다. "우리의 친 애하는 빈친게로데 대신 당신을 파견했더라면, 당신이 돌격해서 프로이센 왕의 동의를 받아 냈을 텐데 말입니다.* 당신은 대단한 달변가십니다. 차 좀 주시겠습니까?"

"지금 드릴게요. **그건 그렇고**……." 그녀가 다시 흥분을 가라앉히고 덧붙였다. "오늘 우리 집에 매우 흥미로운 인물이 두 명 올거예요. **한 사람은 모르테마르* 자작이에요. 그는 로앙을 통해 몽모랑시 가문과 이어져 있어요.** 프랑스 명문가 중 하나지요. 훌륭한 망명자들,* 진정한 망명자들 중 한 사람이에요. 또 한 사람은 **모리오 수도원장**인데, 이 심오한 지성을 아세요? 그는 폐하를 알현했어요. 알고 계세요?"

"아! 무척 반가울 겁니다." 공작이 말했다. "참, 그런데요……" 하면서 방금 무언가가 생각났다는 듯이, 그리고 유난히 태연하게 덧붙였다. 그것이 그의 방문의 주된 목적이었다. "**황태후**께서 푼케 남작을 빈의 수석 비서관으로 임명하고 싶어 하신다는 것이 사실입니까? **그 남작은 변변찮은 작자 같던데요.**" 바실리 공작은 사람들이 마리야 페오도로브나 황태후를 통해 남작에게 주려고 애쓰는 그 자리에 자기 아들을 앉히고 싶어 했다.

안나 파블로브나는 자신도 다른 누구도 황태후에게 필요하거나 황태후의 마음에 드는 것에 대해 이러쿵저러쿵할 수 없다는 표시로 지그시 눈을 내리감다시피 했다.

"**푼케 남작은 황태후의 언니가 추천한 사람이에요.**" 그녀는 우울하고 건조한 어조로 이렇게 말할 뿐이었다. 안나 파블로브나가 황후를 입에 올렸을 때, 갑자기 그녀의 얼굴에는 슬픔이 함께 묻어나는, 깊고 진정 어린 헌신과 존경의 표정이 떠올랐다. 그녀가 대화 중에 자신의 고귀한 보호자를 언급할 때면 으레 나타나는 얼굴빛이었다. 그녀는 황태후 폐하께서 푼케 남작에게 **많은 존중**을 보이셨다고 말했는데, 그러자 그녀의 눈길에는 또다시 우수가 살짝 어렸다.

공작은 무심한 태도로 입을 다물었다. 안나 파블로브나는 궁정 여인다운 특유의 노련하고도 기민한 재치를 발휘하여, 황태후가 추천한 사람에 대해 감히 그런 식으로 비판한 공작을 손끝으로 살짝 튕기면서, 동시에 그를 위로하고도 싶었다.

"그건 그렇고, 당신 가족에 관한 얘기인데요……." 그녀가 말했다. "아시나요? 따님이 사교계에 나오고부터 온 사교계의 즐거움이 되고 있어요. 사람들은 따님이 대낮처럼 아름답다고 해요."

공작은 존경과 감사의 표시로 고개를 숙였다.

"난 종종 이런 생각을 해요." 잠시 침묵하던 안나 파블로브나가 공작에게 다가앉으며 상냥한 미소를 띠고 말을 이었다. 마치 그렇게 함으로써 정치와 사교계 이야기는 끝났고 이제 마음에서 우러나온 정다운 이야기가 시작된다는 것을 나타내 보이려는 듯했다. "때로는 삶의 행복이 참 불공평하게 분배된다는 생각이 자주 들어요. 무엇 때문에 운명은 당신에게 그토록 훌륭한 두 아이를 (작은아들 아나톨은 빼고요. 나는 그 아이는 좋아하지 않아요. 그녀는 눈썹을 살짝 치켜올리며 단호하게 덧붙였다) 주었을까요? 그토록 매력적인 아이들을요. 그런데 당신은 정말이지 그 아이들을 누구보다도 낮게 평가해요. 그러니 당신은 그 애들 아버지 자격이 없어요."

그러고는 특유의 환희에 찬 미소를 지었다.

"어쩌겠습니까? 라바터*라면 내게 부성애의 자질이 없다고 하겠지요." 공작이 말했다.

"농담 그만하세요. 난 당신과 진지한 이야기를 나누고 싶었어요. 나는 정말 당신의 작은아들이 불만이에요. 우리끼리 얘기지만 (그녀의 얼굴이 슬픈 빛을 띠었다) 황태후 폐하 앞에서 그 아이에 관한 말이 나왔고 당신을 딱해하고 있어요……."

공작은 아무 대답도 하지 않았다. 하지만 그녀는 의미심장하게 그를 바라보며 잠자코 대답을 기다렸다. 바실리 공작은 얼굴을 찌푸렸다.

"내가 어쩔 도리가 있습니까?" 마침내 그가 입을 열었다. "아시다시피 나는 그 아이들의 교육을 위해 아버지로서 할 수 있는 것은 다 했습니다. 그런데도 두 녀석 다 **멍청이**가 되고 말았어요. 이폴리트는 적어도 얌전한 얼간이지만, 아나톨은 골칫덩어리예요. 차이는 그것뿐입니다." 여느 때보다 더 부자연스럽고 더 활달한 미소를 지으며 그가 말했다. 순간 그의 입가에 잡힌 주름살 속에서 전혀 예상치 못한 야비하고 불쾌한 무언가가 몹시 선명하게 드러났다.

"왜 당신 같은 사람들에게 자식이 생기는 걸까요? 당신이 아버지가 아니라면, 난 당신에 대해 아무것도 비난할 수 없을 거예요." 안나 파블로브나는 상념에 잠긴 표정으로 눈을 들며 말했다.

"**난 당신의 충실한 종이고, 당신에게만 마음을 털어놓을 수 있어요.** 아이들은 **내 존재의 짐입니다.** 내 십자가예요. 난 그렇게 스스로에게 해명합니다. **어쩌겠습니까……?**" 그는 잔혹한 운명에 대한 굴복을 몸짓으로 표현하며 잠시 입을 다물었다.

안나 파블로브나는 생각에 잠겼다.

"당신은 당신의 방탕한 아들 아나톨을 혼인시키는 것에 관해 한 번도 생각해 보지 않았어요. 사람들 말이……." 그녀가 말했다. "노처녀들은 **결혼에 열광하는 병이 있다고** 하잖아요. 아직 나한테는 그런 약점이 있다고 느끼지 않지만, 내 주위에 아버지와 불행하게 살고 있는 **처녀 아이가** 하나 있어요. **친척인 공작 영애 볼콘스카야예요.**" 바실리 공작은 아무 대답도 하지 않았다. 하지만 사교계 인사 특유의 민첩한 판단력과 기억력을 지닌 그는 머리를 끄덕여 그 정보를 고려해 보겠다는 뜻을 나타냈다.

"아시는지 모르겠지만, 이놈의 아나톨한테 내가 1년에 들이는 돈이 4만 루블이나 됩니다." 상념의 슬픈 행보를 억누를 힘이 없다는 듯, 그가 말하고는 잠시 침묵했다.

"이런 식으로 가면 5년 후에는 어떻게 될까요? **아버지가 된다는 이점이란 게 이런 겁니다.** 당신의 공작 영애 말입니다, 부유한가요?"

"아버지는 대단한 부자지만 인색해요. 시골에 살아요. 알지요? 그 유명한 볼콘스키 공작 말이에요. 선제 시대에 벌써 은퇴했고* '프로이센 왕'이라는 별명을 얻은 분이지요. 아주 똑똑한 사람이지만, 별난 면도 많고 괴팍하지요. **그 가여운 처녀는 돌처럼 불행해요.** 얼마 전에 **리즈** 메이넨과 결혼한 오빠가 있어요. 쿠투조프* 의 부관이에요. 오늘 우리 집에 올 거예요."

"**들어 봐요, 사랑하는 아네트.**" 공작이 갑자기 상대방의 손을 잡고 무슨 까닭인지 아래쪽으로 끌어당기면서 말했다. "**날 위해 이 일을 성사시켜 주십시오. 그러면 난 언제까지나 당신의 가장 충직한 종으로 남겠습니다. (내 촌장이 내게 보고서를 쓸 때처럼 쫑입니다.)** 그 처녀는 훌륭한 가문 출신에 부유하네요. 나한테 필요한 것을 다 갖추었어요."

그는 특유의 자유분방하고 허물없는 우아한 동작으로 시녀의 손을 잡고 입을 맞추었다. 그런 다음 안락의자에 팔다리를 쭉 뻗고 앉아 눈길을 다른 데로 돌리며 시녀의 손을 가볍게 흔들었다.

"잠깐만요." 안나 파블로브나가 곰곰이 생각한 뒤에 말했다. "내가 오늘이라도 **리즈**한테 (**젊은 볼콘스키의 아내 말이에요**) 말하지요. 아마 잘될 거예요. **내가 당신 집안에서 노처녀 수련을 쌓게 되었네요.**"

2

안나 파블로브나의 응접실이 어느 정도 차기 시작했다. 페테르 부르크의 상류층 귀족들이 도착했다. 나이와 성격은 아주 다양했지만 몸담고 살아가는 사회는 모두 같은 사람들이었다. 바실리 공작의 딸인 아름다운 엘렌이 공사의 축하연에 함께 가기 위해 아버지를 데리러 왔다. 그녀는 기장(紀章)*이 달린 무도회 의상을 입고 있었다. **페테르부르크에서 가장 매력적인 여인**으로 이름난 자그마한 젊은 볼콘스카야 공작 부인도 왔다. 그녀는 지난겨울에 결혼해서 지금은 임신한 탓에 사교계의 **큰 모임**에는 나오지 않았지만 조촐한 야회들에는 드나들고 있었다. 바실리 공작의 아들 이폴리트 공작이 모르테마르와 함께 와서 그를 소개했다. 모리오 수도원장과 다른 사람들도 많이 왔다.

"아직 **제 아주머니**를 보신 적 없지요?"라거나 "아직 모르시지요?" 하고 안나 파블로브나가 도착한 손님들에게 말하고는 어느새 다른 방에서 나타난, 볼록한 리본을 단 자그마한 노부인에게 매우 엄숙한 태도로 그들을 이끌었고, 손님에게서 **나의 아주머니** 쪽으로 천천히 시선을 옮기며 한 사람 한 사람 소개하고는 걸음을 옮겼다.

어느 누구도 모르고, 어느 누구도 관심이 없고 필요로 하지도 않는 아주머니에게 모든 손님들이 인사의 의식을 치렀다. 안나 파블로브나는 슬프고도 엄숙한 모습으로 관심을 표하고 말없이 그들의 인사를 눈으로 좇았다. **나의 아주머니**는 한 사람 한 사람에게 한결같은 표현으로 그 사람의 건강과 자신의 건강에 대해, 그리고 다행히 오늘은 한결 나아진 황태후 폐하의 건강에 대해 말했다. 다가왔던 사람들 모두 예의상 서두르는 기색을 드러내지 않고 무거운 의무를 수행했다는 가벼운 기분으로 노부인을 떠났고, 저녁 내내 한 번도 그녀에게 다가가지 않았다.

젊은 볼콘스카야 공작 부인은 금실로 수놓은 벨벳 손가방 안에 뜨개질감을 넣어 가지고 왔다. 약간 거뭇해진 숨털 밑의 예쁘장한 윗입술은 치아가 드러날 정도로 얇았지만, 그만큼 더 사랑스럽게 벌어졌고, 그만큼 더 사랑스럽게 당겨져서 아랫입술에 내려앉곤 했다. 너무나 매력적인 여인들에게 늘 그렇듯이, 그녀의 결점인 얇은 입술과 반쯤 벌어진 입은 그녀만의 아름다움으로 비쳤다. 모두가 임신 상태를 그토록 가볍게 견디고 있는, 건강과 생기로 넘쳐 나는 예쁘장한 미래의 어머니를 바라보는 것이 즐거웠다. 노인들 사이에서 무료함을 느끼며 침울해하는 젊은이들은 잠시 그녀와 자리를 함께해 이야기를 나누고 나면 그들 자신이 그녀를 닮아 가는 것 같았다. 그녀가 한마디 한마디 할 때마다 밝은 미소와 하얗게 빛나며 계속 드러나는 치아들을 본 사람은 자기가 이날따라 유난히 다정한 듯한 생각이 들었다. 그리고 그것은 누구나 할 것 없이 드는 생각이었다.

작은 공작 부인은 일감이 든 손가방을 팔에 낀 채 종종걸음으로 탁자를 빙 돌아서 즐겁게 옷매무새를 단정히 하며 은제 사모바르 근처의 소파에 앉았다. 마치 그녀가 무엇을 하든 그것은 그녀에게, 그리고 그녀를 둘러싼 모두에게 즐거운 일인 듯했다.

"일감을 챙겨 왔어요." 그녀가 손가방을 끄르며 함께 있는 사람들을 향해 말했다.

"이거 봐요, **아네트**, 심술궂은 장난 좀 치지 말아요." 그녀가 여주인에게 말을 걸었다. "**나한테는 정말 작은 야회라고 써 보냈잖아요. 내가 뭘 걸쳤는지 봐요.**"

그리고 그녀는 가슴보다 약간 아래에 넓은 리본을 매고 레이스 장식을 단 우아한 회색 드레스를 보여 주기 위해 두 팔을 벌렸다.

"**진정해요, 리즈, 그래도 당신이 제일 예뻐요.**" 안나 파블로브나가 대답했다.

"그거 아세요? 남편이 절 버리려고 해요." 공작 부인이 한 장군을 향해 같은 어조로 말을 이었다. "**죽으러 가는 거예요. 말씀해 보세요, 이 혐오스러운 전쟁을 왜 하는 거지요?**" 그녀는 바실리 공작에게 이렇게 말하고는 대답을 채 기다리지도 않고 공작의 딸인 아름다운 엘렌에게 말을 걸었다.

"**참으로 사랑스러운 부인이네요. 저 작은 공작 부인 말입니다!**" 바실리 공작이 안나 파블로브나에게 나직이 말했다.

작은 공작 부인에 뒤이어 곧 우람하고 뚱뚱한 젊은이가 들어왔다. 짧게 깎은 머리에 안경을 쓰고 있었고, 바지는 당시 유행을 따른 밝은 색이었고, 불룩한 자보*를 달고 갈색 연미복을 걸치고 있었다. 이 뚱뚱한 젊은 남자는 예카테리나 여제* 시대의 유명한 고관으로, 지금은 모스크바에서 죽어 가고 있는 베주호프 백작의 사생아였다. 그는 아직 어디에서도 근무하지 않았다. 외국에서 교육을 받다가 막 돌아와 사교계에 처음 얼굴을 내민 것이었다. 안나 파블로브나는 자신의 살롱에서 가장 낮은 서열의 사람들을 대할 때 하는 가벼운 고갯짓으로 그를 맞았다. 그러면서도 안나 파블로브나는 피에르의 모습에 불안하고 두려운 표정을 지었다. 자리에 어울리지 않는 지나치게 거대한 무언가를 보았을 때 짓는 표정과 비슷했다. 실제로 피에르가 방에 있는 다른 남자들보다 좀 더 크긴 했지만, 그 두려움은 오로지 그를 이 응접실에 있는 모든 사람들과 다르게 보이게 하던 지적이면서도 소심하고, 주의 깊으면서도 자연스러운 그 시선과 연관된 것일 수 있었다.

"무슈 피에르, 불쌍한 병든 여인을 이렇게 방문해 주다니 정말 친절하군요." 피에르를 아주머니에게 데려가던 중에 안나 파블로브나는 두려움이 깃든 표정으로 그녀와 눈짓을 주고받으며 그에게 말했다. 피에르는 무언가 알 수 없는 말을 중얼대면서 눈으론 무언가를 계속 찾았다. 그리고 작은 공작 부인을 보자 가까운 지인을 대하듯 인사를 건네며 기쁘고 즐거운 미소를 짓고는 아주머니에게 다가갔다. 안나 파블로브나의 두려움은 괜한 것이 아니었다. 왜냐하면 피에르가 황태후 폐하의 건강에 관한 아주머니의 말을 채 다 듣지 않고 자리를 떴기 때문이다. 안나 파블로브나는 깜짝 놀라 이런 말로 그를 멈춰 세웠다.

"모리오 수도원장 모르세요? 아주 재미있는 분인데⋯⋯." 그녀가 말했다.

"네, 그의 영구 평화 계획에 관해 들은 적이 있습니다.* 아주 흥미롭긴 한데 과연 가능할지⋯⋯."

"그렇게 생각해요⋯⋯?" 안나 파블로브나가 말했다. 그저 아무 말이나 하고 다시 여주인의 의무로 돌아가기 위해서였다. 하지만 피에르는 정반대의 무례를 범했다. 앞서는 상대방의 말을 다 듣지도 않고 가 버리더니, 이제는 그의 곁을 떠나야 할 상대를 자기 이야기로 붙잡은 것이다. 그는 고개를 숙이고 커다란 두 발을 벌린 채 왜 자신이 수도원장의 계획을 망상이라고 여기는지 설명하기 시작했다.

"우리 나중에 얘기해요." 안나 파블로브나는 미소를 지으며 말했다.

처세에 어두운 젊은이에게서 벗어난 그녀는 여주인 본연의 임무로 돌아가, 대화가 시들해지는 지점에 언제라도 도움을 베풀 태세로 계속 귀 기울이고 주위를 눈여겨보았다. 방적 공장 주인이 직공들을 자리에 배치해 놓고 공장 안을 돌아다니다가 제대로 움직이지 않거나 익숙지 않게 삐걱대며 지나치게 큰 소리를 내는 물렛가락을 보면 서둘러 가서 기계를 멈추거나 적당한 속도로 가동시키듯, 안나 파블로브나도 응접실을 돌아다니다가 말없이 조용히 있거나 지나치게 떠드는 무리를 보면 다가가서 한마디 던지기도 하고 사람들의 자리를 바꾸기도 하면서 일정한 속도로 적절히 돌아가는 대화의 기계를 다시 가동하곤 했다. 그러나 그렇게 애쓰는 중에도 여전히 그녀에게는 피에르에 대한 특별한 두려움이 보였다. 피에르가 모르테마르 주위에서 오가는 이야기를 들으려고 다가갔다가 수도원장이 말하고 있는 다른 무리 쪽으로 자리를 옮겨 가자 그녀는 걱정스럽게 그를 바라보았다. 외국에서 교육받은 피에르에게는 안나 파블로브나의 이 야회가 러시아에서 본 첫 야회였다. 그는 페테르부르크의 인텔리겐치아들이 전부 여기에 모여 있다는 것을 알았다. 그래서 장난감 가게에 온 아이처럼 두 눈을 두리번거리며 혹시라도 자신이 들을 수 있는 지적인 대화들을 놓칠까 봐 계속 걱정했다. 이곳에 모인 사람들의 자신만만하고 우아한 표정을 보면서 그는 특히 지적인 무언가를 줄곧 기다렸다. 마침내 그는 모리오에게 다가갔다. 대화는 흥미로워 보였다. 그는 발을 멈추고 젊은 사람들이 으레 그러기를 좋아하듯이 자기 생각을 말할 기회를 기다렸다.

3

안나 파블로브나의 야회에 시동이 걸렸다. 물렛가락은 사방에서 규칙적으로 쉴 새 없이 소란을 떨었다. 그녀 곁에는 울다가 지친 듯한 야윈 얼굴의 중년 부인만 앉아 있었는데 이 화려한 자리에 다소 어울리지 않았다. **나의 아주머니**를 제외하고 모인 사람들은 세 패로 나뉘어 있었다. 남자들이 더 많은 부류에서는 수도원장이 중심이었다. 젊은 사람들이 어울린 또 다른 부류에서는 바실리 공작의 딸인 미모의 엘렌과 예쁘장하고 뺨이 발그레하며 젊은 나이에 비해 지나치게 포동포동하고 작은 볼콘스카야 공작 부인이 중심이었다. 세 번째 무리의 중심은 모르테마르와 안나 파블로브나였다.

자작은 부드러운 용모와 예절을 갖춘 잘생긴 청년이었다. 그는 분명 자신을 저명인사로 여기고 있었지만, 예절이 발라서 자신이 속한 사회가 자신을 향유하도록 겸허히 내버려 두고 있었다. 안나 파블로브나는 분명 손님들에게 그를 대접하고 있었다. 지저분한 주방을 보면 먹고 싶은 마음이 들지 않을 소고기 조각을 초자연적일 만큼 멋진 무언가인 양 식탁에 내는 뛰어난 수석 웨이터처럼 이날 밤 안나 파블로브나도 처음에는 자작을, 그다음에는 수도원장을 초자연적일 만큼 세련된 것인 양 손님들의 식탁에 내놓았다. 모르테마르 무리는 곧 앙기앵 공작의 피살에 대해 이야기하기 시작했다.* 자작은 앙기앵 공작이 자신의 아량 때문에 죽었다고, 보나파르트의 적의에는 특별한 이유들이 있었다고 말했다.

"아, 그래요! 그 이야기를 들려주세요, 자작." 안나 파블로브나는 이 어구에 **루이 15세**를 연상시키는 어떤 울림이 묻어 있음을 느끼며 즐겁게 말했다. "그 이야기를 들려줘요, 자작."

자작은 복종의 표시로 허리를 굽혀 인사하고는 정중하게 미소를 지었다. 안나 파블로브나는 자작 주위에 원을 만들고 사람들을 불러 모아 그의 이야기를 듣게 했다.

"**자작은 그 공작과 개인적으로 아는 사이였어요.**" 안나 파블로브나가 누군가에게 속삭였다. "**자작은 굉장한 이야기꾼이에요.**" 그녀가 다른 사람에게 말했다. "**보다시피 훌륭한 사회에 속한 사람이에요.**" 그녀가 또 다른 사람에게 말했다. 그렇게 자작은 뜨거운 접시에 채소를 곁들여 담아낸 로스트비프처럼 아주 우아하고도 그 자신에게 유리한 광채를 띤 채 그 모임에 제공되었다.

자작은 벌써부터 자기 이야기를 시작하고 싶어 미묘한 미소를 지었다.

"이리 와요, **사랑하는 엘렌.**" 안나 파블로브나가 조금 떨어진 곳에 앉아 다른 무리의 중심을 이루고 있던 미모의 공작 영애에게 말했다.

공작 영애 엘렌은 생긋 웃었다. 그녀는 응접실에 들어왔을 때와 마찬가지로 완벽하게 아름다운 여인의 한결같은 미소를 머금고 일어났다. 그러고는 담쟁이덩굴과 이끼로 장식한* 하얀 드레스를 가볍게 사락거리면서, 하얀 어깨와 윤기 나는 머리카락과 다이아몬드를 빛내면서, 양쪽으로 비켜서서 길을 터 준 남자들 사이를 지나 누구에게도 눈길을 주지 않되 모두에게 미소를 던지며, 마치 자신의 몸매와 풍만한 어깨와 당시 유행대로 한껏 드러낸 가슴과 등의 아름다움을 즐길 권리를 모두에게 친절하게 허락하기라도 하듯, 마치 자신과 함께 무도회의 광채를 들여오기라도 하듯 곧바로 안나 파블로브나에게 다가갔다. 엘렌은 교태의 낌새도 눈에 띄지 않았을뿐더러, 오히려 의심할 여지 없이, 지나치게 강렬하고 압도적인 인상을 풍기는 자신의 아름다움을 부끄러워하는 듯싶을 정도로 너무나 아름다웠다. 그녀는 마치 자신의 아름다움이 미치는 작용을 누그러뜨리길 바라면서도 어쩌지 못하는 것 같았다.

"얼마나 아름다운 여인인가!" 그녀를 본 사람은 누구나 이렇게 말했다. 그녀가 자작 앞에 자리를 잡으며 여전히 변함없는 미소로 그를 비추자 자작은 예사롭지 않은 무언가에 충격을 받은 것처럼 어깨를 움츠리고 눈길을 떨구었다.

"마담, 나는 이런 청중 앞에서 제 솜씨가 정말 걱정스럽습니다." 그가 미소와 함께 고개를 숙이며 말했다.

공작 영애는 맨살이 드러난 탐스러운 한쪽 팔을 작은 탁자에 괸 채 아무 말도 할 필요를 느끼지 않았다. 그녀는 미소를 띠고 기다렸다. 자작이 이야기하는 내내 그녀는 이따금 탁자 위에 가볍게 놓여 있는 자신의 토실토실하고 예쁜 팔을 바라보기도 하고 그보다 더한층 예쁜 가슴을 바라보면서 다이아몬드 목걸이를 바로잡기도 하며 꼿꼿이 앉아 있었다. 그녀는 드레스 주름을 여러 번 매만지다가, 이야기가 감명을 주는 순간에는 안나 파블로브나 쪽을 돌아보고 그 즉시 시녀의 얼굴에 떠오른 것과 똑같은 표정을 지으며 다시 빛나는 미소 속에 안도하곤 했다. 엘렌에 뒤이어 작은 공작 부인도 티 테이블에서 자리를 옮겼다.

"기다려요, 일감 좀 가져올게요." 그녀가 말했다. "왜 그래요?

무슨 생각 해요?" 그녀는 이폴리트 공작을 향해 말했다. "내 손가방 좀 가져다주세요."

공작 부인은 미소를 머금고 모두와 말을 나누다가 갑자기 자리를 바꾸어 앉으며 즐거운 표정으로 옷매무새를 고쳤다.

"이제 됐어요." 그녀는 여러 번 이렇게 말하면서 이야기를 시작해 달라고 청하고는 일감을 쥐었다.

이폴리트 공작은 손가방을 가져다준 다음 그녀를 뒤따라 자리를 옮겼고, 안락의자를 가까이 당겨 그녀 곁에 앉았다.

사랑스러운 이폴리트는 미인인 누이와 너무 닮아서 놀라웠고, 닮았는데도 끔찍하게 추해서 더더욱 놀라웠다. 얼굴의 이목구비는 누이와 똑같았지만 누이가 생기 넘치고 만족감이 어린 한결같은 풋풋한 미소와 보기 드물게 고전적인 아름다움을 간직한 육체로 온통 빛났던 반면, 오빠는 똑같은 얼굴이 우둔함으로 흐리멍덩해진 데다 자만에 찬 까다로운 성미를 고스란히 드러내고 있었으며 몸은 앙상하고 허약했다. 눈, 코, 입, 모두가 뚜렷하지 않은 따분한 우거지상 하나로 오그라든 것 같았고, 팔다리는 언제나 부자연스러운 자세를 취하고 있었다.

"그건 유령 이야기 아닌가요?" 공작 부인 곁에 자리를 잡고는 서둘러 오페라글라스를 눈에 대고 그가 말했다. 마치 그 도구가 없으면 말을 시작할 수가 없는 것 같았다.

"천만에요." 놀란 이야기꾼이 어깨를 으쓱하며 대꾸했다.

"내가 유령 이야기를 참을 수가 없어서 말이지요." 이폴리트 공작은 말을 내뱉고 나서야 그 의미를 깨달은 것이 분명한 듯한 어조로 말했다.

그가 자신만만한 태도로 말하는 바람에 누구도 그가 말한 것이 대단히 재치 있었는지 아니면 몹시 멍청했는지 분간할 수 없었다.

그는 암녹색 연미복에, 그 자신의 표현에 따르면 **놀란 님프의 넓적다리** 색깔 바지를 입고 긴 양말과 단화를 신었다.

자작은 앙기앵 공작이 **마드무아젤 조르주***를 만나려고 남몰래 파리에 갔던 일, 그곳에서 유명 여배우의 은총을 또한 향유하던 보나파르트와 마주쳤던 일, 공작과 마주친 나폴레옹이 공교롭게도 걸핏하면 일어나던 가사 상태에 빠져 공작의 손아귀에 놓였는데도 공작이 그 상황을 이용하지 않은 일, 그러나 보나파르트가 나중에 공작의 그런 아량을 죽음으로 되갚았던 일 등, 당시 떠돌던 일화를 아주 근사하게 이야기했다.

이야기는 매우 멋지고 흥미로웠다. 특히 두 적수가 갑자기 서로를 알아보는 대목에서는 부인들도 흥분한 듯했다.

"**매력적이네요.**" 안나 파블로브나가 묻는 듯한 눈길로 작은 공작 부인을 돌아보며 말했다.

"**네, 근사해요.**" 작은 공작 부인이 이야기의 흥미와 매력이 자신이 하는 일을 계속 방해한다는 것을 보여 주듯 일감에 바늘을 꽂으며 속삭였다.

자작은 이 무언의 찬사를 높이 평가하며 감사의 미소를 짓더니 이야기를 계속했다. 하지만 그녀에게 두려운 느낌을 주는 젊은이를 계속 바라보던 안나 파블로브나는 순간 그가 수도원장과 무언가에 대해 지나치게 격렬하고 크게 말하고 있는 것을 알아채고 도움의 손길을 주기 위해 위험한 곳으로 서둘러 갔다. 실제로 피에르는 수도원장과 정치적 균형에 관한 대화를 시작하는 데 성공했고, 젊은이의 순박한 열의에 흥미를 느낀 듯한 수도원장은 그의 앞에서 자기가 좋아하는 사상을 펼치고 있었다. 두 사람은 지나치게 활기차고 자연스럽게 귀 기울이고 말하고 있었는데, 바로 그것이 안나 파블로브나는 못마땅했다.

"수단은 유럽의 균형과 **국민의 권리**입니다." 수도원장이 말했다. "러시아처럼 잔혹함으로 명성을 떨친 강대국이 마땅히 사심 없이 유럽의 균형을 목적으로 하는 동맹의 수장이 되어야 합니다. 그러면 그 강대국이 세계를 구할 겁니다!"

"도대체 그런 균형을 어떻게 찾아내실 겁니까?" 피에르가 입을 열었다. 하지만 그 순간 안나 파블로브나가 다가와 피에르를 엄하게 쳐다보고 나서 이탈리아인에게 이곳의 기후를 어떻게 견디고 있느냐고 물었다. 그러자 이탈리아인의 얼굴이 돌연 변하더니 무례하리만치 위선적이고 달콤한 표정을 띠었다. 아마 여성들과 대화할 때 습관적으로 짓는 표정인 듯했다.

"행복하게도 나를 받아들여 준 사교계의, 특히 여성들의 지성과 교양이 지닌 매력에 흠뻑 빠져서 기후에 대해서는 미처 생각할 겨를이 없었습니다." 그가 말했다.

안나 파블로브나는 수도원장과 피에르를 더는 놓아주지 않고 감독의 편의를 위해 그들을 전체 무리에 합류시켰다.

그때 응접실로 새로운 얼굴이 들어왔다. 작은 공작 부인의 남편인 젊은 안드레이 볼콘스키 공작이었다. 볼콘스키 공작은 크지 않은 키에, 뚜렷하고 마른 이목구비를 지닌 아주 잘생긴 청년이었다. 권태에 젖은 지친 눈동자에서 조용한 규칙적인 걸음에 이르기까지 그의 모든 풍모가 그의 생기 넘치는 작은 아내와 현격한 대조를 이루고 있었다. 그는 응접실의 손님들 모두를 알고 있었을 뿐 아니라, 이미 너무 염증이 나서 그들 쪽을 보는 것도, 그들의 말을 듣는 것도 진저리가 나는 것 같았다. 그 지긋지긋한 얼굴들 중에서 예쁘장한 아내의 얼굴에 가장 싫증이 난 듯했다. 그는 잘생긴 얼굴을 망치는 찌푸린 표정으로 아내를 외면했다. 그는 안나 파블로브나의 손에 입을 맞추고 눈을 가늘게 뜬 채 모임에 참석한 사람들을 죽 둘러보았다.

"공작, 전쟁에 나가려 한다고요?" 안나 파블로브나가 말했다.

"쿠투조프 장군이…….'' 볼콘스키는 프랑스인처럼 마지막 음절인 **조프**에 악센트를 넣으며 말했다. "**나를 부관으로 원합니다…….**''

"**리즈는, 당신 아내는요?**''

"아내는 시골로 갈 겁니다."

"당신의 매혹적인 아내를 우리에게서 앗아 가다니 미안하지도 않아요?"

"**앙드레…….**'' 그의 아내가 남에게 말할 때와 똑같은 교태를 부리는 어조로 남편을 향해 말했다. "자작이 **마드무아젤** 조르주와 보나파르트에 관해 우리한테 어떤 이야기를 들려주었게요!"

안드레이 공작은 눈살을 찌푸리며 고개를 돌렸다. 안드레이 공작이 응접실에 들어올 때부터 기쁨과 우정에 찬 눈길을 떼지 못하던 피에르가 그에게 다가가 손을 잡았다. 안드레이 공작은 돌아보지도 않고 자기 손을 건드리는 사람에 대한 불쾌감으로 잔뜩 얼굴을 찌푸렸다. 그러나 빙그레 웃고 있는 피에르의 얼굴을 보곤 뜻밖의 선하고 즐거운 미소를 지었다.

"아니, 이런! 자네도 사교계에 나타났군!" 그가 피에르에게 말했다.

"당신이 올 줄 알았거든요." 피에르가 대답했다. "당신 집으로 밤참 들러 가겠습니다." 자기 이야기를 계속하고 있던 자작에게 방해되지 않도록 그가 조용히 덧붙였다. "괜찮죠?"

"아니, 안 돼." 안드레이 공작은 피에르의 손을 꼭 쥐고 그런 것은 물어볼 필요도 없다는 듯 웃음 띤 얼굴로 말했다. 그는 또 무슨 말을 더 하고 싶었지만, 그때 바실리 공작이 딸과 함께 일어나는 바람에 그들에게 길을 터 주기 위해 남자들도 일어섰다.

"용서하시오, 친애하는 자작." 바실리 공작은 프랑스인이 일어나지 않도록 그의 소매를 아래 의자 쪽으로 다정하게 잡아당기며 그에게 말했다. "공사의 공관에서 열리는 이 불행한 축하연이 내게서 만족을 앗아 가고 당신의 말을 끊는군요." 그러고는 안나 파블로브나에게 말했다. "당신의 황홀한 야회를 떠나게 되어 몹시 서운합니다."

그의 딸 엘렌 공작 영애는 드레스 주름을 살짝 쥔 채 의자들 사이를 지나갔고, 그녀의 아름다운 얼굴에 어린 미소는 더욱 환하게 빛났다. 그녀가 지나갈 때 피에르는 놀라다시피 한 환희에 찬 눈길로 미녀를 바라보았다.

"정말 아름답군." 안드레이 공작이 말했다.

"정말 그러네요." 피에르가 말했다.

옆을 지나가던 바실리 공작이 피에르의 손을 덥석 잡고 안나 파블로브나에게 얼굴을 돌렸다.

"날 위해서 이 곰을 잘 가르쳐 주세요." 그가 말했다. "여기 이 사람이 내 집에서 지낸 지가 한 달인데 사교계에서 처음 봅니다. 지적인 여성들과의 교제만큼 젊은이에게 필요한 건 아무것도 없지요."

4

안나 파블로브나는 싱긋 웃으며 피에르를 맡아 보겠다고 약속했다. 그녀는 피에르가 아버지 쪽으로 바실리 공작과 친척 관계인 것을 알고 있었다. 조금 전까지 **나의 아주머니**와 함께 앉아 있던 중년 부인이 서둘러 일어나 현관방으로 바실리 공작을 쫓아갔다. 이제까지 짐짓 흥미 있어 하던 표정이 그녀의 얼굴에서 싹 사라졌다. 눈물로 얼룩진 그녀의 선한 얼굴은 오직 불안과 두려움을 드러내고 있었다.

"공작, 우리 보리스에 대해 뭐라고 말 좀 해 주셔야지요." 그를 현관방에서 따라잡으며 그녀가 말했다. (그녀는 모음 **오**에 힘을 주며 보리스라는 이름을 말했다.) "나는 더 이상 페테르부르크에 머물 수 없어요. 내가 내 불쌍한 아이에게 어떤 소식을 가지고 돌아갈 수 있는지 말씀해 주시겠어요?"

바실리 공작이 무례하다시피 한 태도로 조바심까지 드러내며 마지못해 중년 부인의 말을 듣고 있었음에도 불구하고, 그녀는 그가 떠나지 못하게 상냥하고 감동적인 미소를 지으며 그의 손을 붙잡았다.

"폐하께 한마디 해 주는 것쯤은 당신에게 아무것도 아니잖아요. 그러면 그 아이는 곧장 근위대로 전속될 거예요." 그녀가 부탁했다.

"공작 부인, 내가 할 수 있는 건 다 할 테니 믿으세요." 바실리 공작이 대답했다. "하지만 내가 폐하께 청하기는 어렵습니다. 골리친 공작을 통해서 루만체프에게 부탁해 보시는 게 좋겠습니다.* 그러는 편이 더 현명할 겁니다."

그녀의 이름은 드루베츠카야 공작 부인으로, 러시아 명문가 중 하나인 드루베츠코이 가문의 일원이었다. 하지만 그녀는 가난했고, 오래전에 사교계에서도 물러나 옛 인맥을 잃어버린 상태였다. 그녀가 지금 이 자리에 온 것은 외아들을 근위대에 넣으려고 애를 써 볼 요량이었다. 오직 바실리 공작을 보기 위해 초대장도 없이 자청해서 안나 파블로브나의 야회에 왔고, 오직 그래서 자작의 이야기를 듣고 있었던 것이다. 그녀는 바실리 공작의 말에 깜짝 놀랐다. 한때 아름다웠던 그녀의 얼굴이 노여움의 빛을 띠었지만 그것도 잠시였다. 그녀는 다시 미소를 짓고 바실리 공작의 팔을 더욱 세게 붙잡았다.

"내 말 좀 들어주세요, 공작." 그녀가 말했다. "난 지금까지 한 번도 당신에게 부탁한 적이 없고 앞으로도 하지 않을 거예요. 당신에 대한 내 아버지의 우정을 언급한 적도 없었어요. 하지만 이번만은 하느님의 이름으로 이렇게 애원할게요. 제발 내 아들을 위해 이 일을 해 주세요. 그러면 당신을 은인으로 여길 거예요." 그녀가 황급히 덧붙였다. "아니, 화내지 말고 약속해 주세요. 골리친에게 부탁했는데 거절했어요. **부디 예전처럼 다정히 대해 주세요.**" 그녀는 두 눈에 눈물이 글썽였지만 미소를 지으려고 애쓰며 말했다.

"아빠, 우리 늦어요." 문가에서 기다리고 있던 엘렌 공작 영애가 고전적인 두 어깨 위의 예쁜 머리를 돌리고 말했다.

그러나 사교계에서의 영향력이란 사라지지 않도록 잘 간수해야 하는 자본이다. 바실리 공작은 그 점을 알았고, 자신에게 부탁하는 모든 사람을 위해 청원하다가는 정작 스스로를 위해서는 청원할 수 없으리라고 판단한 다음부터는 좀처럼 자신의 영향력을 행사하지 않았다. 그러나 드루베츠카야 공작 부인의 경우에는 그녀의 새로운 요청을 듣고 나서 양심의 가책 비슷한 무언가를 느꼈다. 그녀의 말은 사실이었다. 그는 관직에서의 첫걸음을 그녀의 아버지에게 빚졌던 것이다. 게다가 그는 그녀의 태도로 미루어 보아 일단 무언가를 생각해 내면 그 희망을 이룰 때까지 물러나지 않고, 여의치 않으면 날마다 시시때때로 매달리며 난리법석이라도 피울 여자들, 특히 그런 어머니들의 부류에 속한다는 사실을 알았다. 이 후자의 판단이 그를 동요하게 했다.

"**친애하는** 안나 미하일로브나." 그는 친근함과 권태가 어린 평소의 목소리로 말했다. "당신이 바라는 바는 내 능력으론 거의 불가능한 일입니다. 하지만 내가 당신을 얼마나 사랑하는지, 그리고 고인이 되신 당신 아버지에 대한 기억을 얼마나 소중히 여기는지 당신에게 증명하기 위해 그 일을 해내겠습니다. 당신 아들은 근위대로 전속될 겁니다. 내가 돕지요. 됐지요?"

"고마워요, 당신은 내 은인이에요! 당신에게서 다른 말은 기다리지도 않았어요. 당신이 선한 분이란 걸 알고 있었답니다."

그는 자리를 뜨려 했다.

"잠깐만요, 한마디만 더요. **아들이 근위대로 전속될 때······.**" 그녀는 우물쭈물 더듬거렸다. "당신은 미하일 일라리오노비치 쿠투조프와 친하니까 보리스를 그의 부관으로 천거해 주세요. 그러면 나는 안심이에요. 그러면 더 이상······."

바실리 공작이 싱긋 웃었다.

"그건 약속할 수 없겠는데요. 총사령관에 임명된 후로 쿠투조프가 얼마나 많은 사람들에게 에워싸여 있는지 당신은 모릅니다. 그가 직접 나한테 말합디다. 모스크바의 모든 마님들이 자기 자식들을 그의 부관으로 집어넣기 위해 협상하려 든다고요."

"아니에요, 약속하세요, 나의 소중한 은인, 난 당신을 놓아주지 않을 거예요."

"아빠……." 아름다운 여인이 다시 똑같은 어조로 되풀이했다. "우리 늦어요."

"그럼 **다음에 뵙죠**. 먼저 가 보겠습니다. 보이죠?"

"그럼 내일 폐하께 아뢰어 줄 거죠?"

"꼭 그러겠습니다. 하지만 쿠투조프 쪽은 약속 못합니다."

"안 돼요, 약속해 주세요, 약속해요, **바질**." 그의 뒤에서 안나 미하일로브나가 젊은 요부의 미소를 지으며 말했다. 한때는 분명 그녀에게 꼭 맞는 미소였을 테지만 이제 그 시든 얼굴에는 별로 어울리지 않았다.

그녀는 아마도 나이를 잊은 채 오래된 여성의 수단들을 습관적으로 총동원한 것 같았다. 하지만 그가 나가자마자 그녀의 얼굴은 전과 똑같이 차갑고 위선적인 표정을 띠었다. 그녀는 자작이 이야기를 계속하고 있던 무리로 돌아와, 볼일이 끝났으므로 떠날 때가 되기만 기다리며 다시 듣는 척했다.

"그런데 당신은 최근에 **밀라노의 대관식***에서 벌어진 이 모든 희극을 어떻게 생각하세요?" 안나 파블로브나가 말했다. "그리고 새로운 희극은요? 제네바와 루카 사람들이 무슈 보나파르트에게 자기들의 소망을 밝힙니다. 그러면 무슈 보나파르트는 옥좌에 앉아서 사람들의 소망을 이루어 줘요. 오! 정말 황홀하네요! 아니요, 이런 이야기를 들으면 미칠 지경이에요. 생각해 봐요, 온 세상이 미쳐 돌아가고 있어요."

안드레이 공작은 안나 파블로브나의 얼굴을 똑바로 쳐다보며 빙긋 웃었다.

"'하느님이 내게 왕관을 주셨도다. 이것을 건드리는 자에게 화가 있을지어다.'" 그가 말했다. (보나파르트가 왕위에 오를 때 한 말이다.) "사람들 얘기로는 그가 이 말을 할 때 참 훌륭했다더군요." 그는 이렇게 덧붙이더니 이탈리아어로 한 번 더 되풀이했다. "Dio mi la dona, guai a chi la tocca."

"결국에는……." 안나 파블로브나가 말을 이었다. "그 말이 잔을 넘치게 하는 한 방울이기를 바라요. 군주들은 모든 것을 위협하는 이 사람을 더 이상 참을 수 없을 거예요."

"군주들이오? 러시아에 대해 말하는 건 아닙니다만……." 자작이 정중하고도 희망 없이 말했다. "군주들이라고요, 마담! 하지만 그들이 루이 17세를 위해, 왕비를 위해, 마담 엘리자베스를 위해 무얼 했습니까? 아무것도 하지 않았습니다."* 그는 활기를 띠며 계속 말을 이었다. "그래서, 내 말 믿으세요, 그들은 부르봉 왕가의 대의를 배신한 벌을 받는 겁니다. 군주들이오? 그들은 왕위를 찬탈한 자에게 축하 인사를 전하러 사절들을 보내고 있어요."

그러고 나서 경멸에 찬 한숨을 쉬고는 다시 자세를 바꾸었다. 오랫동안 오페라글라스로 자작을 바라보던 이폴리트 공작이 이 말을 듣자 갑자기 작은 공작 부인 쪽으로 온몸을 돌려 뜨개바늘을 빌려 달라고 하더니 바늘로 탁자 위에 콩데 가문의 문장을 그려 보였다. 그러고는 마치 공작 부인의 부탁이라도 받은 양 의미심장한 표정으로 그 문장을 설명했다.

"하늘빛의 붉은색으로 휘감긴 붉은색 막대기가 콩데 가문이지요." 그가 말했다.

공작 부인은 미소를 띤 채 듣고 있었다.

"보나파르트가 1년 더 권좌에 머물러 있게 된다면……." 다른 사람들의 말은 듣지 않고 다른 누구보다 본인이 잘 아는 일 속에서 자기 생각의 행보만 좇는 사람의 태도로 자작은 이야기를 계속했다. "사태는 너무 멀리 나아가게 될 겁니다. 음모와 강압과 추방과 처형으로 프랑스 사회는, 물론 상류 사회라는 의미입니다만, 영원히 말살되어 버릴 겁니다. 그때는……."

그는 어깨를 움츠리고 두 손을 벌렸다. 피에르는 무언가를 말하고 싶었다. 이야기에 흥미를 느꼈지만, 그를 감시하던 안나 파블로브나가 가로막았다.

"알렉산드르 황제께서는……." 그녀는 황실에 관해 말할 때마다 수반되는 슬픔이 깃든 표정으로 입을 열었다. "프랑스인들 스스로 통치 방식을 선택하도록 하겠다고 선언하셨어요. 그리고 난 왕위 찬탈자에게서 해방되면 의심할 여지 없이 온 국민이 합법적인 왕의 품에 몸을 던질 거라고 생각해요." 왕당파 망명자를 친절하게 대하려고 애쓰며 안나 파블로브나가 말했다.

"그건 의심스럽습니다." 안드레이 공작이 말했다. "자작께서 사태가 이미 너무 멀리 나아갔다고 추측하시는 것은 전적으로 옳습니다. 내 생각에는, 예전으로 돌아가기 힘들 겁니다."

"내가 듣기로는……." 피에르가 얼굴을 붉히면서 다시 대화에 끼어들었다. "귀족 계급이 거의 다 보나파르트 편으로 넘어갔다던데요."

"그건 보나파르트파 사람들이 하는 말입니다." 자작이 피에르에겐 눈길을 주지 않고 말했다. "지금은 프랑스의 여론을 알기가 어렵습니다."

"그건 보나파르트가 한 말입니다." 안드레이 공작이 냉소를 흘리며 말했다. (그는 자작이 마음에 들지 않는 듯했고, 그가 자작을 바라보지 않았다 해도 말은 자작을 겨냥하는 것 같았다.)

"'나는 그들에게 영광의 길을 보여 주었다.'" 그는 잠시 침묵했다가 다시 나폴레옹의 말을 되풀이하며 말했다. "그들은 원하지 않았다. 나는 그들에게 나의 현관방을 열어 주었다. 그들은 떼로 몰려들었다⋯⋯.' 그에게 그렇게 말할 권리가 어느 정도나 있었는지 모르겠습니다."

"전혀 없지요." 자작이 반박했다. "공작을 살해한 후로는 가장 열성적이었던 사람들조차 더 이상 그를 영웅으로 보지 않습니다. 몇몇 사람들에게는 영웅이었을지도 모르지만⋯⋯." 자작은 안나 파블로브나를 향해 말했다. "공작이 살해되면서 하늘에는 순교자가 한 명 늘고 땅에는 영웅이 한 명 줄었지요."

안나 파블로브나와 다른 사람들이 자작의 말에 미소로 경의를 표할 새도 없이 피에르가 다시 불쑥 대화에 끼어들었다. 안나 파블로브나는 그가 무례한 말을 하리라 예감했지만 그를 멈출 수가 없었다.

"앙기앵 공작의 처형은⋯⋯." 피에르가 말했다. "국가적인 불가피성이었습니다. 나폴레옹이 그 행위에 대한 책임을 혼자 떠맡기를 두려워하지 않았다는 바로 그 점에서 나는 영혼의 위대함을 봅니다."

"하느님! 오, 하느님!" 안나 파블로브나는 두려움에 질린 속삭임으로 말했다.

"무슈 피에르, 어떻게 당신은 살인에서 영혼의 위대함을 보나요?" 작은 공작 부인이 미소를 띠고 자기 쪽으로 일감을 끌어당기며 말했다.

"아! 오!" 여러 목소리가 탄식을 내뱉었다.

"**멋지네!**" 이폴리트 공작이 영어로 말하고는 손바닥으로 자기 무릎을 쳤다. 자작은 그저 어깨를 으쓱했다.

피에르는 안경 너머로 의기양양하게 청중을 바라보았다.

"내가 이렇게 말하는 까닭은⋯⋯." 그는 필사적으로 말을 이었다. "부르봉 왕가가 민중을 무정부 상태에 내버려 둔 채 혁명을 피해 달아났기 때문입니다. 나폴레옹 한 사람만이 혁명을 이해하고 이겨 낼 수 있었습니다. 그래서 그는 공익을 위해 한 사람의 목숨 앞에서 멈출 수 없었던 겁니다."

"저쪽 탁자로 자리를 옮기지 않겠어요?" 안나 파블로브나가 말했다. 그러나 피에르는 대답도 않고 자기 말을 이어 나갔다.

"아뇨." 그는 점점 더 활기를 띠면서 말하고 있었다. "나폴레옹은 위대합니다. 왜냐하면 그는 혁명보다 높이 서서 모든 좋은 것을, 시민의 평등은 물론 말과 언론의 자유도 보존한 채 혁명의 악용을 진압했기 때문입니다. 오직 그 때문에 그는 권력을 쟁취한 것입니다."

"그렇죠. 만약 그가 권력을 장악한 후에 살인하는 데 그것을 이용하지 않고 합법적인 왕에게 넘겨주었더라면⋯⋯." 자작이 말했다. "나는 그를 위대한 인간이라고 불렀을 겁니다."

"그는 그렇게 할 수 없었을 겁니다. 민중이 그에게 권력을 준 것은 오직 그가 그들을 부르봉 왕가로부터 해방시켜 주도록 하기 위함이었고, 민중이 그에게서 위대한 인간을 보았기 때문입니다. 혁명은 위대한 일이었습니다." 무슈 피에르는 이 필사적이고 도전적인 삽입 문장으로 자신의 위대한 청춘과 한시바삐 모든 것을 토로하고픈 갈망을 드러내며 계속해서 말했다.

"혁명과 국왕 시해가 위대한 일이라고요⋯⋯? 이 말 다음에

는……. 정말 저쪽 탁자로 자리를 옮기지 않겠어요?" 안나 파블로
브나가 거듭 말했다.

"**사회 계약설이지요.**"* 온화한 미소를 지으며 자작이 말했다.

"나는 국왕 시해를 말하는 게 아닙니다. 사상에 관해 말하는 겁
니다."

"그래요, 강탈과 살인과 국왕 시해의 사상이지요." 냉소적인 목
소리가 다시 말을 끊었다.

"물론 그건 극단적인 경우들이었지요. 하지만 그런 것들에 모
든 의의가 있는 것은 아닙니다. 인간의 권리, 편견으로부터의 해
방, 시민의 평등에 의의가 있지요. 그리고 나폴레옹은 이 모든 사
상을 온전히 보존했습니다."

"자유와 평등이란……." 자작이 경멸 조로 말했다. 그는 마침내
이 젊은이에게 그가 하는 말의 모든 어리석음을 진지하게 증명해
주어야겠다고 결심한 모양이었다. "이미 오래전에 더럽혀진 요란
한 말에 불과합니다. 자유와 평등을 좋아하지 않을 사람이 누가
있겠습니까? 우리의 구세주도 자유와 평등을 설교했지요. 하지만
혁명 후에 사람들이 더 행복해졌습니까? 그 반댑니다. 우리는 자
유를 원했는데 나폴레옹이 그것을 짓밟아 버렸습니다."

안드레이 공작은 웃음 띤 얼굴로 피에르와 자작과 여주인을 계
속 번갈아 보았다. 피에르가 상식에 어긋난 발언을 한 첫 순간에
는 사교계에 익숙한 안나 파블로브나도 경악하고 말았다. 그러나
피에르가 내뱉은 불경스러운 말에도 자작이 냉정을 잃지 않는 것
을 보자, 그리고 그 말들을 이미 묵살할 수 없다는 확신이 들자 그
녀는 힘을 그러모아 자작 편에 서서 연설자를 공격했다.

"**하지만 친애하는 무슈 피에르.**" 안나 파블로브나가 말했다.
"공작을, 마침내는 그저 인간을, 재판도 없이 죄목도 없이 처형할

수 있었던 위대한 인간을 당신은 도대체 어떻게 설명할 건가요?"

"묻고 싶군요……." 자작이 말했다. "**무슈께선 브뤼메르 18일***을 어떻게 해석합니까? 그것은 기만 아닌가요? **위대한 인간의 행동 방식과 비슷한 데라곤 전혀 없는 협잡이에요.**"

"아프리카에서 그가 죽인 포로들은요?"* 작은 공작 부인이 말했다. "끔찍해요!" 그리고 그녀는 어깨를 움츠렸다.

"**당신이 뭐라고 하든 그는 벼락출세한 인간일 뿐입니다.**" 이폴리트 공작이 말했다.

무슈 피에르는 누구에게 대답해야 할지 몰라 모두를 둘러보다가 빙그레 웃었다. 그 미소는 다른 사람들이 짓는 웃지 않는 표정과 섞이는 그런 미소가 아니었다. 반대로 그의 경우에는 미소가 떠오르자 진지하고 심지어 다소 음울하기까지 하던 얼굴이 순식간에 사라지고 아이의 선한, 심지어 우둔해 보이고 용서를 구하는 듯한 다른 얼굴이 나타나고 있었다.

그를 처음 본 자작은 이 자코뱅 당원이 그의 말처럼 그렇게 무서운 사람이 전혀 아니라는 사실을 분명히 알게 되었다. 모두가 입을 다물었다.

"당신들은 이 사람이 모두에게 한꺼번에 대답하기를 원하는 겁니까?" 안드레이 공작이 말했다. "게다가 국가적 인간의 행위들 속에서도 사적인 인간의 행위와 사령관이나 황제의 행위를 구분해야 합니다. 내가 보기에는 그렇습니다."

"네, 그래요, 물론입니다." 자기 앞에 나타난 도움이 기쁜 피에르가 맞장구를 쳤다.

"인정하지 않을 수 없지요." 안드레이 공작이 말을 이었다. "인간 나폴레옹은 아르콜레 다리 위에서,* 그가 페스트 환자들에게 손을 내미는 야파의 병원에서 위대합니다.* 하지만…… 하지만 정당화하기 힘든 다른 행동들이 있지요."

피에르의 말이 불러일으킨 거북함을 누그러뜨리고 싶었던 듯, 안드레이 공작이 갈 채비를 하고 아내에게 신호를 보내며 몸을 일으켰다.

갑자기 이폴리트 공작이 일어나더니 손짓으로 사람들을 만류하며 앉으라고 요청한 뒤 말문을 열었다.

"아, 오늘 나는 모스크바에서 있었던 매력적인 일화를 들었습니다. 여러분에게 그걸 대접해야겠습니다. 미안합니다, 자작, 난 그 이야기를 러시아어로 하겠습니다. 그러지 않으면 이야기의 재미가 사라져서 말이지요."

그러더니 이폴리트 공작은 러시아에 1년 정도 체류한 프랑스인의 말씨 같은 러시아어로 말하기 시작했다. 모두가 걸음을 멈추었다. 그토록 활기차고 집요하게 이폴리트 공작이 자기 이야기에 관심을 가져 달라고 요구한 것이다.

"모스코우에 한 마님이, **한 귀부인**이 있습니다. 그런데 그녀는 매우 인색합니다. 그녀는 카레타* 때문에 **하인** 두 명이 필요했습니다. 그것도 키가 아주 큰 사람으로요. 그녀의 취향이었습니다. 그리고 그녀에게는 역시 키가 큰 **하녀가 하나** 있었습니다. 그녀가 말하길……."

이 부분에서 이폴리트 공작은 생각에 잠겼다. 분명 이야기를 생각해 내는 데 어려움을 느끼는 것 같았다.

"그녀가 말하길……. 네, 그녀가 말했습니다. '애야(**하녀** 말입니다), **제복을 입어라.*** 나와 같이 **방문을 하러** 가자. 카레타 뒤에 타라.'"

이 부분에서 이폴리트 공작은 풋 하고 청중들보다 먼저 웃음을 터뜨렸다. 그것은 이야기꾼에게 불리한 인상을 자아냈다. 그러나 중년 부인과 안나 파블로브나를 포함한 많은 사람들이 미소를 지었다.

"그녀는 출발했습니다. 그때 갑자기 세찬 바람이 불었습니다. 하녀는 모자를 잃어버렸습니다. 그러자 긴 머리카락이 풀어졌습니다……."

여기서 그는 이미 더 이상 참지 못하고 킥킥대며 웃기 시작했고, 웃음소리 사이로 이렇게 중얼거렸다.

"그래서 온 세상이 알게 됐지요……."

그것으로 일화는 끝났다. 그가 왜 그 이야기를 하는지, 그리고 왜 꼭 러시아어로 이야기해야 했는지 이해되지도 않았지만, 하여튼 안나 파블로브나와 다른 사람들은 무슈 피에르의 불쾌하고 무례한 돌발적 언동을 그처럼 유쾌하게 끝낸 이폴리트 공작의 사교적인 감각을 높이 평가했다. 그 일화 이후에 대화는 앞으로 있을, 그리고 지나간 무도회와 공연에 관한, 언제 어디서 누가 만나기로 되어 있는가에 관한 사소하고 시시한 소문들로 흘러갔다.

5

손님들이 안나 파블로브나에게 그녀의 **멋진 야회**에 대한 감사 인사를 하고서 흩어지기 시작했다.

피에르는 둔했다. 뚱뚱하고 보통 사람보다 키가 큰 데다 어깨가 넓고 커다란 붉은 손을 가진 그는 사람들 말대로 살롱에 들어가는 법을 몰랐고, 살롱에서 나오는 법은 더더욱 몰랐다. 즉 나오기 전에 뭔가 특별히 유쾌한 말을 할 줄 몰랐다. 게다가 그는 넋이 나가 있었다. 자리에서 일어나며 그는 자기 모자 대신 장군의 깃털 장식이 달린 삼각모를 집어 들고는 장군이 돌려 달라고 할 때까지 깃털을 잡아당기고 있었다. 하지만 그의 온통 얼이 빠진 모습과 살롱에 들어와서 말하는 데 서툰 모습은 선하고 순진하고 겸손한 표정으로 벌충되고 있었다. 안나 파블로브나는 그에게 몸을 돌리고 그리스도교인의 온유함으로 그의 무례에 대한 용서를 표하며 그에게 고개를 끄덕이고 말했다.

"또 뵈었으면 해요. 하지만 친애하는 무슈 피에르, 당신이 견해를 바꾸어 주었으면 하는 바람도 있어요." 그녀가 말했다.

그녀가 이 말을 했을 때, 그는 아무 대답 없이 그저 고개 숙여 인사하고는 모두에게 한 번 더 자기 미소를 보여 주었다. 아마 이런 뜻 외에는 아무것도 말하지 않는 듯싶은 미소였다. '견해는 견해일 뿐, 보시다시피 나는 참 선량하고 훌륭한 청년이지요.' 모두가, 안나 파블로브나도 은연중에 그것을 느꼈다.

안드레이 공작은 현관방으로 나와서 망토를 걸쳐 주는 하인에게 어깨를 내맡긴 채 역시 현관으로 나온 이폴리트 공작과 자기 아내의 잡담을 무심하게 듣고 있었다. 이폴리트 공작은 임신한 예쁘장한 공작 부인 옆에 서서 오페라글라스로 그녀를 뚫어지게 보고 있었다.

"들어가세요, **아네트**, 감기 드세요." 작은 공작 부인이 안나 파블로브나와 작별하며 말했다. "**그러기로 한 거예요.**" 그녀가 조용히 덧붙였다.

안나 파블로브나는 작은 공작 부인의 시누이와 아나톨을 맺어 주는 혼담에 대해 그새 벌써 리자와 이야기를 끝냈다.

"당신만 믿어요, 사랑하는 친구." 안나 파블로브나도 조용히 말했다. "그녀에게 편지를 쓰고, **아버님이 이 일을 어떻게 바라보는지** 내게 말해 줘요. **그럼 다음에 봐요.**" 그리고 그녀는 현관방을 떠났다.

이폴리트 공작은 작은 공작 부인에게 다가가 그녀에게 얼굴을 바싹 숙이고 반쯤 속삭이는 투로 무언가를 말하기 시작했다.

공작 부인의 하인과 이폴리트 공작의 하인 둘이 숄과 르댕고트* 를 들고 그들의 말이 끝나기를 기다리며 서서 자신들은 이해하지 못하는 프랑스어 대화를 듣고 있었다. 무슨 말이 오가는지 알지만 아는 척하고 싶지 않다는 듯한 얼굴이었다. 공작 부인은 여느 때처럼 미소를 지으며 말하고 웃으며 듣고 있었다.

"공사한테 가지 않아서 참 기쁩니다." 이폴리트 공작이 말했다. "따분해서 말이죠…… 멋진 야회였어요. 그렇지 않습니까?

멋졌지요?"

"무도회가 아주 근사할 거라던데요." 작은 공작 부인이 솜털이
난 자그마한 입술을 추켜올리며 대답했다. "사교계의 예쁜 여자
들은 다 거기 있을 거라던데요."

"다는 아니죠. 당신은 거기 없을 거잖아요. 다는 아닙니다." 이
폴리트 공작이 즐겁게 웃으며 말했다. 그러고는 하인이 든 숄을
잡아채더니 심지어 그를 밀치고 공작 부인에게 숄을 둘러 주었다.
서툴러서 그러는지 아니면 일부러 그러는지 (누구도 그것을 분간
할 수 없을 터였다) 이미 숄을 둘렀는데도 그는 오랫동안 손을 내
리지 않아서 젊은 여인을 끌어안고 있는 듯했다.

그녀는 우아하게, 그러나 계속 생글거리며 몸을 빼고 돌아서서
남편을 쳐다보았다. 안드레이 공작의 눈은 감겨 있었다. 그는 몹
시 피곤하고 졸려 보였다.

"준비됐소?" 그가 시선으로 아내를 훑으며 물었다.

이폴리트 공작은 옷자락이 뒤꿈치보다 긴 새로운 스타일의 르
댕고트를 부랴부랴 걸치고 옷자락에 걸려 휘청거리면서 공작 부
인을 뒤쫓아 현관 계단으로 달려갔다. 공작 부인은 하인의 부축을
받으며 카레타에 오르고 있었다.

"공작 부인, 다음에 뵙겠습니다." 그가 두 다리처럼 혀도 꼬인
채로 외쳤다.

공작 부인은 드레스 자락을 들어 올리며 카레타의 어둠 속에 자
리를 잡고 앉았다. 그녀의 남편은 기병도(騎兵刀)의 위치를 바로
잡았다. 이폴리트 공작은 시중을 든다는 핑계로 모두를 방해하고
있었다.

"실례-하겠소." 안드레이 공작이 길을 가로막은 이폴리트 공작
에게 불쾌한 기색을 드러내며 무뚝뚝하게 러시아어로 말했다.

"기다리겠네, 피에르." 안드레이 공작의 똑같은 목소리가 다정하고 부드럽게 흘러나왔다.

마부가 말을 움직이자 카레타의 바퀴가 덜컹거리기 시작했다. 이폴리트 공작은 현관 계단에 서서 자기가 집까지 데려다주겠다고 약속한 자작을 기다리며 돌발적인 웃음을 터뜨리곤 했다.

"음, 친구, 당신의 작은 공작 부인은 정말 사랑스럽네요. 아주 사랑스러워요." 자작이 이폴리트와 함께 카레타에 앉으며 말했다. "정말이지 참으로 사랑스럽습니다." 그는 자신의 손가락들 끝에 입을 맞추었다. "완전히, 완전히 프랑스 여자예요."

이폴리트는 풋 하고 웃음을 터뜨렸다.

"그거 아십니까? 그런 순진한 표정을 하고, 당신은 무서운 사람입니다." 자작이 말을 계속했다. "저 불쌍한 남편이 안쓰럽네요. 세도가인 척하던 그 장교 말입니다."

이폴리트가 또다시 풋 하고 웃음을 터뜨리며 지껄였다.

"당신은 러시아 귀부인이 프랑스 귀부인만 못하다고 했지요. 다루는 법을 알아야 합니다."

먼저 도착한 피에르는 한집안 식구처럼 안드레이 공작의 서재로 들어갔고, 그 즉시 습관대로 소파에 누워 책장에서 가장 먼저 눈에 띈 책을 (그것은 카이사르의 수기*였다) 뽑은 뒤 팔꿈치를 괴고 중간부터 읽기 시작했다.

"마드무아젤 셰레르에게 무슨 짓을 한 거야? 지금 완전히 앓아누웠을 거야." 서재로 들어오던 안드레이 공작이 작고 하얀 두 손을 비비며 말했다.

피에르는 소파가 삐걱거리도록 온몸으로 돌아누워서 생기 넘치는 얼굴을 안드레이 공작에게 돌리고 미소를 지으며 한 손을 흔들었다.

"아닙니다, 그 수도원장은 매우 흥미로워요. 다만 문제를 그다지 잘 이해하지 못할 뿐이죠. 내 생각에 영구적인 평화는 가능합니다. 그런데 나는 그걸 어떻게 이야기해야 할지 몰라서요……. 하지만 오직 정치적 균형에 의해서가 아니라……."

안드레이 공작은 그런 추상적인 대화에 흥미가 없는 듯했다.

"친구, 가는 곳마다 자네만의 생각을 다 말하고 다녀서는 안 되네. 음, 그건 그렇고, 드디어 결심한 건가? 근위 기병이 되려고? 아니면 외교관?" 잠시 침묵한 뒤에 안드레이 공작이 물었다.

피에르는 두 발을 허벅지 아래에 쑤셔 넣고 소파에 앉았다.

"짐작하시겠지만, 난 아직도 여전히 모르겠습니다. 이것도 저것도 마음에 들지 않습니다."

"하지만 뭐든 결정해야지 않나? 자네 아버지가 기다리시네."

피에르는 열 살 때부터 가톨릭 신부인 가정 교사와 함께 외국에 보내져서 스무 살이 될 때까지 그곳에 머물렀다. 그가 모스크바로 돌아오자 아버지는 신부를 내보내고 청년에게 말했다. "이제 너는 페테르부르크로 가서 둘러보고 선택해라. 나는 네가 무엇을 하든 찬성이다. 자, 이건 바실리 공작에게 보내는 편지고, 이건 돈이다. 모든 것에 대해 편지해라. 무엇이든 도와주마." 피에르는 벌써 세 달째 직업을 고르기만 할 뿐 아무것도 하지 않고 있었다. 이 선택에 대해 안드레이 공작도 그에게 말하고 있었다. 피에르는 이마를 문질렀다.

"하지만 그 사람은 프리메이슨*이 틀림없습니다." 그가 야회에서 보았던 수도원장을 염두에 두고 말했다.

"그건 다 헛소리야." 안드레이 공작이 다시 그의 말을 가로막았다. "일에 대해 이야기하는 게 더 낫겠네. 자네 근위 기병대에 가

본 적 있나?"

"아뇨, 없습니다. 그런데 실은 이런 생각이 떠올라서 당신에게 말하고 싶었습니다. 지금 나폴레옹과 전쟁 중입니다. 이게 자유를 위한 전쟁이라면 나는 납득했을 테고 첫 번째로 군에 입대했을 겁니다. 하지만 영국과 오스트리아를 도와 세상에서 가장 위대한 인물과 맞서는 것은…… 그건 좋지 않아요……."

안드레이 공작은 피에르의 어린아이 같은 말에 그저 어깨를 으쓱했다. 그런 어리석은 말에는 대꾸할 수 없다는 듯한 태도였다. 하지만 사실 이런 순진한 질문에 안드레이 공작이 한 대답과 다른 대답을 하는 것도 어려운 일이었다.

"만약 모든 사람들이 자기 신념에 따라서만 싸운다면 전쟁은 일어나지 않을 거야." 그가 말했다.

"그러면 참 좋을 텐데요." 피에르가 말했다.

안드레이 공작은 빙그레 웃었다.

"그러면 정말 좋을지도 모르지. 하지만 그런 일은 결코 없을 거야……."

"그럼 당신은 무엇을 위해 전쟁에 나가는 겁니까?" 피에르가 물었다.

"무엇을 위해서? 나도 몰라. 그래야 하니까. 그리고 또 내가 전쟁에 나가는 것은……." 그는 말을 멈추었다. "여기서 내가 보내고 있는 삶, 이 삶이 나한테 맞지 않기 때문이야!"

6

옆방에서 여자 옷자락 스치는 소리가 났다. 안드레이 공작은 꿈에서 깬 듯 몸을 흠칫 떨었다. 그의 얼굴이 안나 파블로브나의 응접실에 있었을 때와 똑같은 표정을 띠었다. 피에르는 소파에서 두 다리를 내렸다. 공작 부인이 들어왔다. 그녀는 어느새 평상복으로 갈아입었지만 그 옷 역시 우아하고 산뜻했다. 안드레이 공작이 자리에서 일어나 그녀에게 정중히 안락의자를 내밀었다.

"왜 나는 자주 이런 생각이 들까요?" 그녀가 부산스레 안락의자에 앉으며 언제나처럼 프랑스어로 말문을 열었다. "왜 아네트는 결혼하지 않았을까요? 그녀와 결혼하지 않다니, **남성 여러분**, 당신들은 다 어리석어요. 용서하세요, 하지만 당신들은 여자에 대해 아무것도 몰라요. 당신은 논쟁을 참 좋아하네요, 무슈 피에르!"

"나는 당신 남편과도 늘 논쟁합니다. 공작이 왜 전쟁에 나가려고 하는지 모르겠습니다." 피에르는 공작 부인을 향해 (젊은 남자가 젊은 여자를 대할 때 으레 보이기 마련인) 어려워하는 기색이 전혀 없이 말했다.

공작 부인이 흠칫 놀랐다. 아마도 피에르의 말이 아픈 곳을 찌른 것 같았다.

"아, 내 말이 그 말이에요!" 그녀가 말했다. "모르겠어요. 정말 이해가 안 돼요. 왜 남자들은 전쟁 없이는 못 살까요? 왜 우리 여자들은 아무것도 원하지 않을까요? 왜 우리는 아무것도 필요로 하지 않는 걸까요? 당신이 재판관이 되어 주세요. 난 남편에게 늘 말해요. 남편이 여기서 친척의 부관으로 있는 것은 아주 눈부신 지위예요. 모두가 그를 그렇게 알고, 또 그렇게 평가하고 있어요. 며칠 전에 아프락신 댁에서 한 부인이 이렇게 묻는 걸 들었어요. **'저 사람이 그 유명한 안드레이 공작인가요?'** 정말이라니까요!" 그녀가 웃음을 터뜨렸다. "남편은 가는 곳마다 그런 대우를 받아요. 아주 쉽게 시종 무관도 될 수 있어요. 당신도 알다시피 군주께서 황송하게도 그이와 말씀을 나누셨잖아요. 아네트와 난 말했어요. 그 일이 아주 수월하게 이루어질 수도 있겠다고요. 당신 생각은 어때요?"

피에르는 안드레이 공작을 바라보았고, 친구가 이 대화를 마음에 들어 하지 않는 것을 알고 아무 대답도 하지 않았다.

"언제 가세요?" 그가 물었다.

"아! 나한테 출발에 대한 이야기는 말아요. 하지 말아요! 그 말은 듣고 싶지 않아요." 공작 부인은 응접실에서 이폴리트와 이야기했을 때처럼 변덕스럽고 장난스러운 투로 말하기 시작했다. 분명 가족 모임에는 어울리지 않는 말투였다. 이곳에서 피에르는 가족이나 마찬가지였다. "그 소중한 관계들을 다 끊어야 한다고 내가 생각했던 오늘…… 그리고 나면, **앙드레**, 당신은 알죠?" 그녀는 남편을 향해 의미심장하게 눈을 깜박였다. **"난 무서워요, 무서워!"** 그녀는 몸서리를 치며 속삭였다.

남편은 자신과 피에르 말고 방 안에 또 누가 있다는 것을 깨닫고 놀란 듯한 표정으로 그녀를 바라보고 있었다. 그러나 냉정하고도 정중하게 미심쩍은 듯 아내에게 말했다.

"뭐가 무섭다는 거지, 리자? 이해할 수 없군." 그가 말했다.

"봐요, 남자들은 다 이기주의자예요. 다, 다 이기주의자들이야! 저이는 왜 그러는지 하느님만이 아실 자기 변덕 때문에 날 시골에 혼자 처박아 두려 해요."

"아버지와 누이가 있잖아. 잊지 마." 안드레이 공작이 조용히 말했다.

"혼자나 마찬가지예요, 내 친구들 없이는……. 그런데도 저이는 내가 무서워하지 않기를 바란다니까요."

그녀의 말투는 이미 불평조였다. 작은 윗입술이 치켜 올라가 즐겁지 않은, 야수적인 다람쥐의 표정을 띠고 있었다. 그녀는 피에르가 있는 데서 자신의 임신을 말하는 것이 예의에 어긋난다고 생각한 듯 입을 다물었다. 문제의 핵심은 바로 거기에 있었다.

"어쨌든 나는 당신이 뭘 겁내는지 이해가 안 돼." 안드레이 공작은 아내에게서 눈을 떼지 않고 느릿느릿 말했다.

공작 부인은 얼굴을 빨갛게 붉히면서 절망적으로 두 손을 내저었다.

"아니에요, 앙드레, 당신 너무 변했어요, 너무 변했어……."

"의사가 당신한테 일찍 잠자리에 들라고 하지 않았소." 안드레이 공작이 말했다. "당신은 자러 가는 게 좋겠어."

공작 부인은 아무 말도 하지 않았고, 솜털로 덮인 얇은 윗입술을 갑자기 바르르 떨었다. 안드레이 공작은 일어나서 어깨를 으쓱하더니 방 안을 배회했다.

피에르는 놀란 순박한 눈빛으로 안경을 통해 그와 공작 부인을 번갈아 바라보았고, 그 또한 일어나고 싶었던 듯 몸을 움직이다가 다시 생각을 바꾸었다.

"무슈 피에르가 여기 있는 게 나랑 무슨 상관이에요?" 작은 공작 부인이 불쑥 입을 열었다. 그녀의 예쁘장한 얼굴이 갑자기 눈물을 머금은 찡그린 표정으로 일그러졌다. "오래전부터 당신한테 말하고 싶었어요, **앙드레**. 왜 당신은 나를 대하는 태도가 그렇게 변했죠? 내가 당신한테 무슨 짓이라도 했어요? 당신은 군대에 가면서 날 불쌍히 여기지도 않아. 왜죠?"

"리즈!" 안드레이 공작은 이 한마디뿐이었다. 하지만 그 말 속에는 요청도 위협도, 그리고 주된 것인, 그녀 자신이 자기 말을 후회하리라는 확신도 있었다. 그러나 그녀는 서둘러 말을 이었다.

"당신은 나를 환자나 아이 대하듯 해. 난 다 알아요. 하지만 반년 전에도 당신이 그랬어요?"

"리즈, 부탁이오. 그만해요." 안드레이 공작은 더욱더 의미심장하게 말했다.

이런 대화가 오가는 동안 점차 흥분의 물결에 휩싸인 피에르가 일어나 공작 부인에게 다가갔다. 그는 눈물의 광경을 견딜 수 없어서 당장이라도 자기가 울음을 터뜨릴 것 같은 모습이었다.

"진정하세요, 공작 부인. 당신에게는 그렇게 보일 겁니다. 왜냐하면 단언컨대 나 자신도 겪어서……. 왜냐하면…… 그러니까…… 아뇨, 용서하세요, 이 자리에 소용없는 남이……. 아뇨, 진정하세요……. 난 그만 가 보겠습니다……."

안드레이 공작이 그의 손을 잡고 만류했다.

"아니, 잠깐만, 피에르. 공작 부인은 너무 착한 사람이라 자네와 저녁을 보내는 기쁨을 내게서 빼앗고 싶지 않을 거야."

"아니요, 저이는 자기만 생각해요." 공작 부인이 노여움의 눈물을 억누르지 못하고 말했다.

"리즈!" 안드레이 공작은 인내심이 바닥났음을 보여 주듯 어조를 높이며 메마르게 말했다.

공작 부인의 작고 예쁜 얼굴에 떠올랐던 성난 다람쥐 같은 표정이 갑자기 매혹적이면서도 연민을 불러일으키는 두려움의 표정으로 바뀌었다. 그녀는 자신의 아름다운 눈을 치뜨며 남편을 흘깃 쳐다보았다. 축 처진 꼬리를 빨리, 그러나 살랑살랑 흔드는 개에게서 나타나곤 하는 겁먹은 순종적인 표정이 그녀의 얼굴에 나타났다.

"하느님, 아이고 하느님!" 공작 부인은 이렇게 중얼거리고는 한 손으로 드레스 주름을 잡고 남편에게 다가가 그의 이마에 입을 맞추었다.

"잘 자요, 리즈." 안드레이 공작이 자리에서 일어나 남에게 하듯 정중하게 손에 입을 맞추며 말했다.

두 친구는 말없이 있었다. 둘 다 먼저 말을 꺼내려 하지 않았다. 피에르는 안드레이 공작을 계속 흘깃거렸고, 안드레이 공작은 작은 손으로 이마를 문지르고 있었다.

"밤참 먹으러 가지." 그가 자리에서 일어나 문으로 향하며 한숨 섞인 말을 내뱉었다.

두 사람은 우아하고 풍요롭게 새로 꾸민 식당으로 들어갔다. 냅킨부터 은그릇, 도자기, 크리스털 그릇까지 모두 젊은 부부의 살림에서 흔히 볼 수 있는 새것 특유의 빛을 띠었다. 식사 도중 안드레이 공작은 식탁에 팔꿈치를 괴고 오래전부터 마음에 어떤 생각을 담고 있다가 갑자기 털어놓기로 결심한 사람처럼, 피에르가 이제껏 한 번도 본 적 없는 신경질적이고 짜증 난 표정으로 말을 시작했다.

"절대로, 절대로 결혼하지 마, 친구. 이것이 자네에게 주는 나의 충고야. 할 수 있는 모든 것을 다 했다고 스스로에게 말할 때까지, 자네가 고른 여인에 대한 사랑이 식을 때까지, 그 여자를 분명히 알게 될 때까지 결혼하지 말게. 그러지 않으면 돌이킬 수 없는 끔찍한 실수를 저지르게 될 거야. 결혼은 아무짝에도 쓸모없는 노인이 되었을 때 해……. 그러지 않으면 자네 안에 있는 훌륭하고 고귀한 것들이 모두 사라질 거야. 전부 자질구레한 일들에 허비되고 말아. 그래, 그렇지, 그래! 그런 놀란 얼굴로 날 보지 마. 만약 자네가 앞길에 무언가 자신에게서 기다리는 게 있다면 매 걸음 자네는 모든 것이 끝났고, 응접실을 제외하곤 모든 문이 닫혀 있다는 걸 느끼게 될 거야. 응접실에서 자네는 궁정 하인과 멍청이와 동렬에 있게 될 거야……. 뭐, 어쩌겠나!"

그는 격하게 손을 흔들었다.

피에르는 안경을 벗고 놀란 눈으로 친구를 바라보았다. 안경을 벗은 얼굴이 더한층 선량함을 드러내며 달라 보였다.

"내 아내는……." 안드레이 공작이 말을 이었다. "멋진 여자야. 명예에 대해 안심하고 같이 살 수 있는 드문 여자들 중 하나야. 하지만, 오, 하느님, 독신이 될 수만 있다면 지금 무엇인들 내놓지 못하겠나! 자네를 좋아하기 때문에, 자네한테만 처음으로 이런 말을 하는 거야."

이렇게 말하는 안드레이 공작은 앞서 안나 파블로브나의 안락의자에 몸을 쭉 뻗고 앉아서 가늘게 실눈을 뜨고 잇새로 프랑스어 문구를 내뱉던 볼콘스키와 한층 덜 닮아 보였다. 그의 메마른 얼굴이 근육 하나하나의 신경질적인 활기로 계속 떨렸다. 앞서는 생명의 불길이 꺼진 것처럼 보이던 눈동자가 이제는 선명한 광채로 눈부시게 빛나고 있었다. 평소에 생기 없어 보이던 그는 그래서 흥분한 순간들에 그만큼 더 열정적이 되는 듯했다.

"자네는 내가 왜 이런 말을 하는지 모를 거야." 그가 말을 이어 갔다. "이것이 인생사의 전부야. 자네는 보나파르트와 그의 출세에 대해 말하지." 안드레이 공작은 피에르가 보나파르트에 대해 말하지 않았는데도 이렇게 말했다. "자네는 보나파르트를 말하는데, 하지만 보나파르트는 말이야, 목표를 향해 한 걸음 한 걸음 나아가며 일에 몰두할 때는 자유로웠어. 그에겐 자기 목표 외에는 아무것도 없었지. 그리고 그는 목표를 이루었어. 하지만 여자와 엮이면 족쇄에 매인 죄수처럼 모든 자유를 잃게 돼. 그리고 자네 안에 있는 희망과 힘, 그 모든 것이 그저 자네를 짓누르고 회한으로 고통스럽게 할 뿐이야. 응접실, 험담, 무도회, 허영, 비루함, 바로 이런 것들이 내가 헤어날 수 없는 악순환이지. 난 이제 전쟁에 나가네. 지금까지 있었던 그 어느 것보다 위대한 전쟁에 나가려 하는데 난 아무것도 모르고 아무짝에도 쓸모가 없어. **그저 말만 번지르르할 뿐이지.**" 안드레이 공작이 말을 이었다. "그래서 안나 파블로브나의 집에서도 사람들이 내 말에 귀를 기울이는 거야. 그 어리석은 사교계라니, 내 아내와 그 여자들은 그것 없이는 못 살지…… **그 고상한 여자들이**, 그리고 도대체 여자들이 과연 어떤 존재인지 자네가 알 수만 있다면! 아버지 말씀이 옳아. 이기주의, 허영, 우매, 매사에서의 비루함, 바로 그것이 있는 그대로의 모습이 드러날 때의 여자들이야. 사교계에서 여자들을 바라보면 뭔가가 있는 것처럼 보이지. 하지만 아무것도, 아무것도, 아무것도 없어! 그래, 결혼하지 마, 친구여, 절대로 결혼하지 말게." 안드레이 공작이 말을 맺었다.

"우습네요." 피에르가 말했다. "당신이 **스스로를, 스스로를** 무능하다 생각하고, 자기 삶을 망가진 것으로 여기다니요. 당신에게는 모든 것이, 모든 것이 앞길에 있잖아요. 그리고 당신은……."

그는 **당신은 무엇이다**라고 말하지 않았다. 하지만 그의 어조는 그가 친구를 얼마나 높이 평가하는지, 그리고 친구의 미래에서 얼마나 많은 것을 기대하고 있는지 이미 보여 주고 있었다.

'어떻게 그는 이런 말을 할 수 있을까?' 피에르는 생각했다. 피에르는 안드레이 공작을 모든 완전함의 본보기로 여겼다. 바로 안드레이 공작이 피에르에게는 없던, 의지력이라는 개념으로 무엇보다 가깝게 표현할 수 있는 그 모든 자질을 최고 수준으로 겸비하고 있었기 때문이다. 피에르는 온갖 부류의 사람들을 침착하게 대하는 안드레이 공작의 능력에, 그의 비상한 기억력에, 박식함에(그는 모든 것을 읽었고, 모든 것을 알았으며, 모든 것을 이해하고 있었다), 그리고 무엇보다도 일하고 배우는 그의 능력에 늘 놀라고 있었다. 안드레이에게 공상적인 사색의 (그것은 피에르에게 유난히 강한 성향이었다) 능력이 결여된 것에 피에르가 종종 놀라기도 했지만, 그는 그 점에서도 결함이 아닌 힘을 보고 있었다.

바퀴가 잘 돌아가게 하려면 기름칠을 꼭 해야 하듯이 아주 우정 어린 허물없는 최고의 관계에서도 아첨이나 칭찬은 불가결하다.

"**난 끝장난 인간이야.**" 안드레이 공작이 말했다. "내 이야기를 할 게 뭐가 있겠나? 자네 얘기를 하세." 그는 잠시 침묵한 후에 위안이 되는 생각을 떠올리고 미소를 지으며 말했다.

그 미소는 즉시 피에르의 얼굴에 투영되었다.

"나에 대해 무슨 말을 하겠습니까?" 피에르는 입을 벌려 태평하고 유쾌한 미소를 지으며 말했다. "내가 무엇이게요? **난 사생아잖아요!**" 갑자기 그의 얼굴이 새빨갛게 붉어졌다. 그는 그 말을 하기 위해 안간힘을 쓴 것 같았다. "성도 없고, 재산도 없고…… 그리고 뭐랄까, 정말이지……." 하지만 그는 **정말로 어떻다는 것인지** 말하지 않았다. "나는 당분간 자유로워요. 그래서 나는 좋습니다. 다만 뭘 시작해야 할지 도무지 모르겠어요. 당신과 그 문제를 진지하게 의논하고 싶었습니다."

안드레이 공작은 선한 눈빛으로 그를 바라보았다. 그러나 그의 우정 어린 다정한 눈길에는 그럼에도 자신의 우월함에 대한 인식이 담겨 있었다.

"난 자네가 소중해. 특히 우리 사교계 전체에서 자네만이 유일하게 살아 있는 인간이기 때문이야. 자네는 괜찮아. 원하는 걸 선택하게. 무엇이든 상관없어. 자네는 어디서든 잘할 거야. 다만 한 가지, 그 쿠라긴 집안에 드나들며 그런 생활을 하는 건 그만두게. 그건 정말 자네에게 어울리지 않아. 떠들썩한 술판이며 정신 나간 경기병 짓거리며, 또 그 모든……."

"**어쩌겠습니까**……." 피에르가 어깨를 으쓱하며 말했다. "**여자들, 친구, 여자들이오!**"

"난 모르겠어." 안드레이가 대답했다. "**고상한 여자들,** 그건 다른 문제지. 하지만 **쿠라긴 집안의 여자들, 여자들과 술,** 난 이해가 안 돼!"

피에르는 바실리 쿠라긴 공작 집에서 지내며 그의 아들 아나톨의 방탕한 삶에 끼곤 했다. 아나톨은 사람들이 안드레이 공작의 여동생과 결혼시켜 행실을 고치려 하는 바로 그 남자였다.

"그런데 말이에요!" 문득 다행스러운 생각이 떠올랐다는 듯 피에르가 말했다. "오래전부터 난 이 문제를 진지하게 생각해 왔습니다. 이런 생활을 하다가는 아무것도 결정할 수도, 생각할 수도 없어요. 머리도 아프고, 돈도 없고요. 오늘 그가 나를 불렀지만 가지 않을 겁니다."

"가지 않는다고 맹세하겠나?"

"맹세합니다!"

피에르가 친구의 집을 나섰을 때는 이미 밤 1시가 넘은 시각이었다. 6월의 페테르부르크의 밤, 땅거미 지지 않는 밤이었다. 피에르는 집에 갈 생각으로 콜랴스카* 삯마차에 올랐다. 하지만 집이 가까워질수록 그는 저녁이나 아침을 더 닮은 이 밤에는 잠들 수 없으리란 것을 더욱 절실히 느꼈다. 텅 빈 거리들은 저 멀리까지 쭉 내다보였다. 도중에 피에르는 오늘 밤에도 아나톨 쿠라긴의 집에서 여느 때처럼 카드 모임이 열린다는 것을 떠올렸다. 모임 후에는 보통 피에르가 좋아하는 여흥거리들 중 하나로 끝나던 술판이 벌어지곤 했다.

'쿠라긴한테 가면 좋을 텐데.' 그는 생각했다. 그러나 그 즉시 쿠라긴에게 가지 않겠다고 안드레이 공작에게 한 맹세를 떠올렸다.

하지만 그 즉시, 의지박약한 사람들이 흔히 그러듯, 그는 그토록 친숙한 그 방탕한 생활을 한 번 더 맛보고 싶다는 생각이 너무 간절해져서 결국 가기로 마음먹었다. 그러자 그 즉시 자기가 한 말은 아무 의미도 없다는 생각이 그의 뇌리에 떠올랐다. 안드레이 공작에게 맹세하기 전에 그는 아나톨 공작에게도 그의 집에 가겠다고 맹세했기 때문이었다. 마침내 그는 그 모든 맹세가 어떤 특정한 의미도 지니지 않은 단순한 관례일 뿐이라고 생각했다. 어쩌면 내일이라도 그가 죽거나 아니면 맹세도 헛소리도 더 이상 없을 만큼 이상한 일이 자신에게 일어날지 모른다고 생각하면 특히 그랬다. 그런 식의 판단이 자주 들어 피에르의 모든 결심과 의지를 무너뜨리곤 했다. 그는 쿠라긴에게 갔다.

아나톨이 사는 근위 기병대 숙사 옆 커다란 집의 현관 계단에 다다른 피에르는 불 밝힌 계단을 올라가 열린 문 안으로 들어갔다. 현관방에는 아무도 없었다. 빈 병과 망토와 덧신이 널브러져 있고, 술 냄새가 나고, 말소리와 고함 소리가 멀리서 들려왔다.

카드놀이와 밤참은 이미 끝났지만 손님들은 아직 흩어지지 않은 상태였다. 피에르는 망토를 벗어 던지고 첫 번째 방으로 들어갔다. 그곳에는 남은 음식이 있었고, 하인 하나가 아무도 보지 않는다고 생각하며 다 비우지 않은 술잔들을 몰래 비우고 있었다. 세 번째 방에서 법석을 떨며 웃는 소리와 친숙한 목소리들이 지르는 고함 소리와 곰이 울부짖는 소리가 들려왔다. 여덟 명가량의 젊은이가 열린 창문 근처에 걱정스러운 얼굴로 떼 지어 모여 있었다. 세 사람은 어린 곰을 상대로 장난을 치고 있었다. 한 사람이 쇠사슬로 곰을 잡아끌어 다른 사람을 놀래고 있었다.

"스티븐스에게 1백 루블 걸겠어!" 한 명이 소리쳤다.

"알겠지? 붙잡으면 안 된다!" 다른 사람이 외쳤다.

"난 돌로호프에게 건다!" 또 한 사람이 소리쳤다. "쿠라긴, 손을 떼어 봐."*

"뭐야, 미시카* 치워. 자, 내기다."

"단숨에 마셔야 해. 안 그러면 진 거야." 또 누군가가 소리쳤다.

"야코프! 술 한 병 가져와, 야코프!" 훤칠한 미남인 집주인이 얇은 루바시카 하나만 걸치고 가슴을 풀어 헤친 채 무리 한가운데 서서 소리쳤다. "여러분, 잠깐만! 여기 사랑하는 나의 친구 페트루샤가 왔어." 그가 피에르에게 얼굴을 돌렸다.

맑고 푸른 눈에 키가 크지 않은 다른 사람의 목소리가 그 모든 취한 목소리들 틈에서 취하지 않은 말투로 유난히 깊은 인상을 던지며 창에서 외쳤다. "이리 와서 손을 떼어 봐!" 그는 유명한 도박꾼이자 결투광으로, 아나톨과 함께 살고 있던 세묘놉스키의 장교 돌로호프였다.* 피에르는 주위를 둘러보며 싱글벙글하고 있었다.

"뭐가 뭔지 모르겠네. 무슨 일이야?" 그가 물었다.

"잠깐. 이 친구는 취하지 않았어. 병 줘." 아나톨이 말하고 탁자에서 잔을 집어 피에르에게 다가갔다.

"우선 마셔."

피에르는 다시 창가에 몰려든 취객들을 힐끔 쳐다보고 그들의 말에 귀를 기울이기도 하면서 연거푸 잔을 비우기 시작했다. 아나톨이 그에게 술을 따라 주고는 돌로호프가 3층 창가에 두 다리를 밖으로 내놓고 앉아서 럼주 한 병을 다 마실 수 있는가를 두고 그 자리에 온 영국인 수병 스티븐스와 내기를 하는 중이라고 이야기했다.

"자, 쭉 다 마셔!" 아나톨이 피에르에게 마지막 잔을 건네며 말했다. "안 그러면 안 놔줄 거야!"

"아냐, 그만 마실게." 피에르는 아나톨을 밀치며 말하고는 창으로 다가갔다.

돌로호프는 영국인의 손을 잡고 아나톨과 피에르를 향해 내기 조건을 분명하고 또렷하게 설명했다.

돌로호프는 중간 키에 곱슬머리와 밝은 하늘색 눈동자를 지닌 스물다섯 살가량의 장교였다. 모든 보병 장교들처럼 콧수염을 기르지 않아 그의 얼굴에서 가장 근사한 선을 가진 입이 훤히 드러나 있었다. 그 입술 윤곽은 놀랍도록 섬세한 곡선을 띠었다. 윗입술은 중간에서 군센 아랫입술을 예리한 쐐기 모양으로 내리누르며 정열적인 인상을 던졌다. 양 입가에는 하나씩 흡사 두 개의 미소 같은 것이 지속적으로 어려 있었다. 그리고 모든 것이 다 함께, 특히 강인하고 뻔뻔하고 영리한 눈빛과 어우러져서 누구든 그 얼굴에 눈길을 주지 않을 수 없는 그런 인상을 자아냈다. 돌로호프는 부자가 아니었고, 연줄도 없었다. 그러나 아나톨이 수만 루블을 쓰며 생활하고 있었음에도, 돌로호프는 아나톨과 함께 살며 그의 존경을 받았음은 물론 그들 두 사람을 아는 모든 사람이 아나

돌보다 자신을 더 존경하게끔 입지를 다졌다. 돌로호프는 모든 도박에 끼었고 거의 언제나 돈을 땄다. 아무리 술을 많이 마셔도 그는 결코 두뇌의 명석함을 잃지 않았다. 쿠라긴도 돌로호프도 당시 페테르부르크의 방탕한 술꾼 패거리에서 유명 인사들이었다.

럼주 병을 가져왔다. 두 하인이 창의 바깥 사면에 앉는 데 걸리적거리던 창틀을 떼어 내고 있었다. 자신들을 둘러싼 신사들의 충고와 고함에 겁을 먹고 서두르는 듯 보였다.

아나톨이 의기양양한 표정으로 창으로 다가갔다. 무언가를 부수고 싶은 듯이 그가 하인들을 밀치고 창틀을 잡아당겼지만 꼼짝도 하지 않았다. 그는 유리를 깨 버렸다.

"어이, 자네, 기운 센 장사." 그가 피에르를 돌아보았다.

피에르가 횡목을 잡고 당기자 참나무 창틀이 빠직 하는 소리와 함께 어디는 부서지고 어디는 비틀리며 빠졌다.

"다 떼어 내. 안 그러면 내가 붙잡고 있다고 생각할 거 아니야." 돌로호프가 말했다.

"영국인 녀석이 허풍 떨고 있군. 어⋯⋯? 괜찮아?" 아나톨이 말했다.

"괜찮아." 피에르가 럼주 병을 손에 쥐고 창으로 다가가던 돌로호프 쪽을 보며 말했다. 창을 통해 하늘과 하늘에서 섞이고 있는 아침노을과 저녁노을의 빛깔이 보였다.

돌로호프는 럼주 병을 손에 들고 창턱으로 뛰어올랐다.

"들어 봐!" 그가 창턱에 서서 방 쪽을 돌아보며 외쳤다. 모두 입을 다물었다.

"내기를 걸겠어. (그는 영국인이 알아듣도록 프랑스어로 말했지만 썩 잘하지는 못했다.) 50임페리알*을 걸지. 100을 원하시나?" 그가 영국인을 향해 덧붙였다.

"아니, 50으로 합시다." 영국인이 말했다.

"좋소, 그럼 50임페리알. 내가 입을 떼지 않고 럼주 한 병을 다 마시면, 창밖 바로 이 자리에 (그는 몸을 구부리고 창밖으로 튀어 나온 벽의 사면을 가리켰다) 아무것도 붙잡지 않고 앉아서 다 마시면……. 맞아요……?"

"아주 좋습니다." 영국인이 말했다.

아나톨이 영국인을 향해 돌아서더니 그의 연미복 단추를 쥐고 내려다보며 (영국인은 키가 작았다) 영어로 그에게 내기 조건을 되풀이하기 시작했다.

"잠깐." 돌로호프가 자신에게 주의를 돌리기 위해 병으로 창을 치면서 외쳤다. "쿠라긴, 잠깐만! 다들 들어 봐! 이걸 똑같이 해내는 사람한테는 내가 100임페리알을 주겠어. 알겠나?"

영국인이 고개를 끄덕였지만, 그가 이 새로운 내기를 받아들이려는 것인지 아닌지는 전혀 알 수가 없었다. 아나톨은 영국인을 놓아주지 않고, 그가 다 알아들었다는 표시로 고개를 끄덕이는데도 돌로호프의 말을 계속 영어로 옮기고 있었다. 이날 밤 도박에서 가진 것을 전부 잃은 근위 경기병인 야윈 풋내기 청년이 창으로 기어 올라가 몸을 쑥 내밀고 아래를 내려다보았다.

"우…… 우…… 우……!" 그는 창 너머로 보도의 돌을 바라보며 웅얼거렸다.

"가만!" 돌로호프가 고함을 치고 창에서 장교를 끌어 내렸다. 그는 박차에 발이 걸려 꼴사납게 방으로 뛰어내렸다.

돌로호프는 잡기 편하도록 술병을 창턱에 놓고 조심스럽게 창으로 기어올랐다. 그는 두 다리를 늘어뜨린 채 두 팔을 벌려 창의 양옆을 붙잡고 위치를 가늠한 뒤 자리를 잡고 앉아 손을 놓고 몸을 오른쪽 왼쪽 조금씩 움직여 술병을 잡았다. 이미 아주 환했지만, 아나톨이 초를 두 개 가져와 창턱에 올려놓았다. 하얀 루바시카를 입은 돌로호프의 등과 곱슬머리가 양쪽에서 빛을 받았다. 모두 창가로 몰려들었다. 영국인이 맨 앞에 서 있었다. 피에르는 싱글벙글 웃으며 아무 말도 하지 않았다. 모임에 참석한 사람들 가운데 다른 이들보다 나이가 많은 한 사람이 놀라고 화난 얼굴을 하고 갑자기 앞으로 나서서 돌로호프의 루바시카를 붙잡으려 했다.

"여러분, 이건 어리석은 짓입니다. 이 사람이 죽을 수도 있어요." 보다 분별 있는 그 사람이 말했다. 아나톨이 그를 막았다.

"건드리지 마. 당신이 놀라게 하면 그가 죽어. 어……? 그때는 어쩔 건데……? 어……?"

돌로호프가 자세를 바로잡으면서 다시 두 팔을 벌리고 돌아보았다.

"또 누가 내 일에 참견하려 들면……." 그가 꽉 다문 얇은 입술 사이로 띄엄띄엄 말을 내뱉었다. "그 자식을 당장 여기서 내던져 버리겠어. 자!"

"자!"라고 말한 후 그는 다시 몸을 돌려 두 손을 내리고 병을 들어 입으로 가져갔다. 그러고는 고개를 뒤로 젖히고 균형을 잡기 위해 자유로운 한 손을 위로 쳐들었다. 유리 조각을 주워 모으던 하인 하나가 허리를 구부린 채로 멈추어서 창과 돌로호프의 등에서 눈을 떼지 않았다. 아나톨은 눈을 크게 뜨고 똑바로 서 있었다. 영국인은 옆에서 입술을 쑥 내밀고 바라보고 있었다. 말리려던 남자는 방구석으로 달려가 얼굴을 벽 쪽으로 돌리고 소파에 누워 있었다. 피에르는 얼굴을 가렸다. 비록 공포와 두려움을 나타내고 있었지만 희미한 미소가 그의 얼굴에 남아 있었다. 모두 침묵했다. 피에르는 눈에서 손을 뗐다. 돌로호프는 고개만 뒤로 젖힌 채 계속 똑같은 자세로 앉아 있었다. 그래서 뒷덜미의 곱슬머리가 루바시카 옷깃에 살짝 닿아 있었다. 그는 술병 든 손을 부들부들 떨며 안간힘을 다해 점점 더 높이, 높이 들어 올렸다. 술병이 눈에 보이게 비어 가는 동시에 그가 고개를 젖힘에 따라 더 높이 올라갔다. '왜 이렇게 오래 걸리지?' 피에르는 생각했다. 반 시간은 더 지난 것 같았다. 갑자기 돌로호프가 등을 뒤로했다. 그의 팔이 신경질적으로 떨렸다. 그 떨림만으로도 비탈진 난간에 앉아 있던 몸 전체를 움직이기에 충분했다. 그의 온몸이 움직였고 안간힘을 쓰느라 팔과 고개가 더욱 심하게 떨렸다. 한 손이 창턱을 잡으려고 들렸다가 다시 내려갔다. 피에르는 다시 눈을 감고 이제 절대로 뜨지 않겠다고 속으로 말했다. 갑자기 그는 주위가 온통 술렁이는 것을 느꼈다. 그는 보았다. 돌로호프가 창턱에 서 있었고, 그의 얼굴은 창백하고 유쾌했다.

"비었다!"

돌로호프가 영국인에게 병을 던지자 그가 능숙하게 받았다. 돌로호프는 창에서 뛰어내렸다. 그의 몸에서 럼주 냄새가 강하게 풍겼다.

"잘했어!"

"대단해!"

"대단한 내기였어!"

"악마한테나 싹 잡혀가라!"

사방에서 외쳐 대고 있었다.

영국인이 지갑을 꺼내 돈을 셌다. 돌로호프는 얼굴을 찌푸린 채 잠자코 있었다. 피에르가 창으로 껑충 뛰어올랐다.

"여러분! 나하고 내기할 사람 없소? 나도 똑같이 하겠어." 갑자기 그가 외쳤다. "내기도 필요 없어. 그냥 술이나 한 병 가져오라고 해. 내가 하겠어…… 가져오라고 해."

"시켜 봐, 시켜 봐!" 돌로호프가 미소를 머금고 말했다.

"왜 그래? 미쳤어? 누가 하게 한대? 자넨 계단에서도 현기증이 나잖아." 여기저기서 떠들어 댔다.

"나도 마실 거야. 럼주 한 병 줘!" 술에 취한 피에르가 단호한 몸짓으로 탁자를 치며 외치더니 창으로 기어올랐다.

사람들이 그의 팔을 붙잡았다. 하지만 어찌나 힘이 센지 그에게 다가온 사람을 멀리 떠밀어 냈다.

"안 돼, 그렇게 해서는 설득할 수 없어." 아나톨이 말했다. "잠깐만, 내가 속여 볼게. 어이, 내가 상대해 주지. 하지만 내기는 내일 하고 지금은 우리 다 같이 ***에 가자."

"가자." 피에르가 외쳤다. "가자! 미시카도 데려가자······."

그는 곰을 붙잡아 안아서 들어 올리고는 곰과 함께 방 안을 빙글빙글 돌기 시작했다.

7

바실리 공작은 안나 파블로브나의 야회에서 외아들 보리스를 부탁한 드루베츠카야 공작 부인과의 약속을 지켰다. 보리스에 대한 보고가 군주에게 상달되었고, 그는 이례적으로 세묘놉스키 근위 연대에 준위로 전속되었다. 하지만 안나 미하일로브나의 간청과 계략에도 불구하고 보리스는 쿠투조프의 부관이나 수행원으로 임명되지 못했다. 안나 파블로브나의 야회에 참석하고 나서 안나 미하일로브나는 모스크바에 사는 부유한 친척 로스토프의 집으로 곧장 돌아왔다. 모스크바에서 그녀는 그 집에서 지내고 있었다. 그녀가 애지중지하는, 이제 막 군인이 되어 곧장 근위대 준위로 전속된 보렌카도 어릴 때부터 그 집에서 자랐고 여러 해 동안 살았다. 근위대는 이미 8월 10일에 페테르부르크를 출발했고, 제복 준비를 위해 모스크바에 남아 있던 아들은 라드지빌로프로 가는 길에 부대를 따라잡아야 했다.

로스토프가에서는 두 나탈리야, 어머니와 작은딸의 명명일*이었다. 포바르스카야 거리에 있는, 온 모스크바에 유명한 로스토바 백작 부인의 대저택으로 축하객들을 실어 나르는 마차가 아침부터 끊임없이 도착하고 떠났다. 백작 부인은 예쁜 맏딸과 계속 바뀌는 손님들과 함께 응접실에 앉아 있었다.

동양적인 유형의 마른 얼굴을 가진 마흔다섯 살가량의 백작 부인은 자식을 열둘이나 낳아 쇠약해진 듯했다. 기력이 약한 데서 오는 느릿느릿한 동작과 말투가 존경을 불러일으키던 의미심장한 모습을 그녀에게 부여하고 있었다. 안나 미하일로브나 드루베츠카야 공작 부인은 한집안 사람처럼 그 자리에 앉아서 손님을 맞고 말상대하는 일을 도왔다. 젊은 사람들은 방문객을 맞는 자리에 있을 필요가 없어 뒷방에 있었다. 백작은 손님들을 맞이하고 배웅하면서 모든 이들을 만찬에 초대했다.

"나에 대해서도, 명명일을 맞은 소중한 두 숙녀에 대해서도, **마 셰르** 혹은 **몽 셰르***(그는 자기보다 지위가 높은 사람이든 낮은 사람이든 모두에게 어떤 뉘앙스도 없이 **마 셰르** 혹은 **몽 셰르**라고 말했다), 매우, 매우 감사드립니다. 아셨지요? 만찬에 꼭 오십시오. 오지 않으면 나를 모욕하시는 겁니다, **몽 셰르**. 온 가족을 대신해 당신께 진심으로 부탁합니다, **마 셰르**." 말끔하게 면도한 투실투실하고 유쾌한 얼굴에 똑같은 표정을 지으면서, 똑같이 굳은 악수를 하고 간단한 목례를 되풀이하면서 그는 모두에게 한마디도 빠뜨리거나 바꾸지 않고 이 말을 했다. 백작은 한 손님을 배웅하고 나면 아직 응접실에 있던 남자나 여자 손님에게 돌아왔다. 그는 안락의자를 끌어당긴 뒤 인생을 사랑하고 어떻게 살아야 하는지 아는 사람의 표정을 지으며 젊은이들처럼 두 발을 쫙 벌리고 두 손을 무릎에 얹었다. 그는 무게를 잡고 몸을 이리저리 흔들면서 때로는 러시아어로, 때로는 아주 형편없지만 자신만만한 프랑스어로 날씨를 예측하거나 건강에 대한 조언을 구했다. 그러고는 다시 지쳤지만 확고하게 의무를 수행하는 사람의 표정으로 벗어진 머리에 얼마 남지 않은 흰 머리칼을 매만지며 배웅하러 나갔고 다시 만찬에 초대했다. 가끔 현관방에서 돌아오는 길에 그는 온실과 식당 하인들의 방을 거쳐 80인분의 식탁을 차리고 있던, 대리석으로 지은 커다란 홀에 들렀다. 백작은 은그릇과 도자기를 나르고 식탁을 배열하고 다마스크* 식탁보를 까는 하인들을 바라보며 자신의 모든 일을 맡아 보고 있던 귀족 드미트리 바실리예비치를 불러서 말하곤 했다.

"자, 자, 미텐카, 모두들 불편하지 않도록 잘 살피게. 그렇지, 그렇지." 그는 길게 늘인 거대한 식탁을 둘러보며 말했다. "중요한 것은 식탁 준비지. 그럼, 그럼……." 그러고는 만족스러운 듯 한숨을 쉬며 다시 응접실로 사라졌다.

"마리야 리보브나 카라기나가 따님과 함께 오셨습니다!" 백작 부인의 덩치 큰 수행 하인이 응접실 안으로 들어오며 저음의 목소리로 보고했다. 백작 부인은 잠시 생각하다가 남편의 초상화가 붙은 금제 담뱃갑을 들고 코담배 냄새를 맡았다.

"방문객들 때문에 힘들어 죽겠네." 그녀가 말했다. "이제 그분을 마지막 손님으로 받겠어. 아주 고지식한 여자야. 들어오시도록 해." 그녀는 '아, 아주 날 죽이네!' 하는 듯한 우울한 목소리로 하인에게 말했다.

거만한 표정의 키 크고 뚱뚱한 부인이 둥근 얼굴에 미소를 띤 딸을 데리고 드레스 자락을 사락거리며 응접실로 들어왔다.

"정말 오랜만이에요, 백작 부인……. 가여운 아이가 아팠답니다. 라주몹스키가의 무도회에서…… 아프락시나 백작 부인이…… 정말 기뻤답니다……." 여자들의 생기 넘치는 목소리들이 서로 말을 가로막기도 하고 옷자락 스치는 소리나 의자 움직이는 소리와 뒤섞이기도 하며 들려왔다. 대화가 시작되었다. 이야기가 처음 끊기는 순간 자리에서 일어나 드레스 자락을 사락거리며

"정말, 정말 기뻐요……. 엄마의 건강이……. 아프락시나 백작 부인은……" 하고 말한 뒤 다시 드레스 자락을 사락거리며 현관방으로 가서 외투나 망토를 걸치고 떠날 수 있게 정확히 계산된 대화였다. 대화는 당시 주된 도시의 소식, 곧 예카테리나 여제 시대에 부와 잘생긴 외모로 유명했던 노백작 베주호프와, 안나 파블로브나 셰레르의 야회에서 그토록 무례하게 처신한 그의 사생아 아들 피에르에 대한 것으로 접어들었다.

"백작이 참 안됐어요." 손님이 말했다. "그분은 건강이 꽤 안 좋기도 한데 지금은 아들 때문에 상심하시고 말이에요. 그분은 아들 걱정하다가 죽을 거예요!"

"그게 무슨 말이에요?" 백작 부인은 베주호프 백작이 괴로워하는 까닭을 이미 열다섯 번은 들었음에도 손님이 무슨 말을 하는지 모르겠다는 듯 물었다.

"요즘 교육이 그렇잖아요! 외국에 있을 때부터……" 손님이 계속해서 말했다. "그 젊은이는 제멋대로 살게 방치되어 있더니, 이제는 페테르부르크에서도 아주 끔찍한 일을 저질러 경찰의 호송을 받으며 그곳에서 쫓겨났대요."

"그래요!" 백작 부인이 말했다.

"그 사람은 친구를 잘못 골랐어요." 안나 미하일로브나 공작 부인이 끼어들었다. "사람들 말이 바실리 공작의 아들과 그 사람과 돌로호프라는 청년, 이 셋이 하느님만 아실 그런 짓을 저질렀답니다. 그래서 두 사람은 고초를 겪었대요. 돌로호프는 병사로 강등되고, 베주호프의 아들은 모스크바로 추방됐대요. 아나톨 쿠라긴은 그의 아버지가 어찌어찌 무마했지요. 하지만 어쨌든 페테르부르크에서 추방되었어요."

"도대체 무슨 짓을 했는데요?" 백작 부인이 물었다.

"그 사람들은 정말이지 악당이에요. 특히 돌로호프요." 손님이 말했다. "그 청년은 마리야 이바노브나 돌로호바의 아들이에요. 부인은 덕망이 높은데 도대체 어떻게 된 걸까요? 상상이 되세요? 그 사람들 셋이 어디서 곰을 구해서는 카레타에 함께 태워 여배우들한테 데려간 거예요. 경찰이 진정시키려고 달려갔죠. 그런데 그들이 경찰서장을 붙잡아 곰과 등이 맞닿도록 꽁꽁 묶은 뒤 곰을 모이카 운하에다 풀어놨대요. 곰은 헤엄치고, 경찰서장은 그 위에 매여 있었죠."

"경찰서장의 모습이 볼 만했겠네요, **마 셰르.**" 백작이 숨이 넘어갈 듯 웃으며 외쳤다.

"아, 그런 끔찍한 짓을! 이게 웃을 일인가요, 백작?"

하지만 부인들도 참지 못하고 웃음을 터뜨렸다.

"그 불쌍한 사람은 간신히 구했던가 봐요." 손님이 말을 계속했다. "키릴 블라디미로비치 베주호프 백작의 아들이 그렇게 영악스럽게 놀고 있다니까요!" 그녀는 덧붙였다. "사람들 말로는 아주 교양 있고 똑똑한 청년이래요. 모든 유학의 말로가 그런 건가 봐요. 아무리 부자라지만 이곳 사람들이 그를 받아들이지 않았으면 좋겠어요. 나한테 그 사람을 소개시키고 싶어 했지요. 난 단호하게 거절했어요. 난 딸들이 있잖아요."

"어째서 그 젊은이가 대단한 부자라는 거예요?" 백작 부인이 아가씨들을 피해 몸을 숙이며 물었다. 아가씨들은 즉시 듣지 않는 척했다. "그분 자식은 사생아들뿐이잖아요. 피에르도 그중 하나인 것 같은데……."

손님은 손을 내저었다.

"그분한테는 사생아가 스무 명쯤 되는 것 같아요."

안나 미하일로브나가 대화에 끼어들었다. 아마 자신의 인맥과 사교계의 모든 사정에 대한 지식을 과시하고 싶은 듯했다.

"문제는 이거예요." 그녀가 반쯤 속삭이는 투로 의미심장하게 말했다. "키릴 블라디미로비치 백작의 명성은 자자하잖아요……. 그분은 자식이 몇인지도 잊어버렸어요. 하지만 피에르는 가장 아끼는 아들이에요."

"그 노인은 정말 잘생긴 분이었지요!" 백작 부인이 말했다. "지난해까지만 해도요! 난 그보다 더 잘생긴 남자를 본 적이 없어요."

"지금은 굉장히 변했어요." 안나 미하일로브나가 말했다. "내가 하고 싶었던 말은요……." 그녀가 말을 이었다. "부인 쪽으로 바실리 공작이 전 재산의 직접적인 상속자이지만, 아버지가 피에르를 몹시 사랑해서 그의 교육에 열을 올리고 폐하께 서한까지 올렸으니……. 만약 그분이 돌아가시면 (그분의 상태가 아주 안 좋아서 언제라도 그 일이 일어날 거라며 기다리고들 있어요. 페테르부르크에서 **로랭**도 왔어요) 그 막대한 재산이 누구에게 갈지, 피에르일지 바실리 공작일지 아무도 몰라요. 농노 4만 명에 수백만 루블이에요. 난 아주 잘 알아요. 바실리 공작이 나한테 직접 말해 주었거든요. 게다가 키릴 블라디미로비치는 외가 쪽으로 나와 육촌인 데다 보랴의 대부이기도 하세요." 그녀는 이런 상황에 어떤 의미도 부여하지 않는 듯한 어조로 덧붙였다.

"바실리 공작이 어제 모스크바에 왔어요. 사람들한테 듣기로는 감찰 나온 거래요." 손님이 말했다.

"네, 하지만 **우리끼리 하는 말인데요**……." 공작 부인이 말했다. "그건 핑계예요. 사실 키릴 블라디미로비치 백작이 매우 위독하다는 걸 알고 온 거예요."

"하지만 **마 셰르**, 그건 멋진 장난이네요." 백작이 말했고, 나이 많은 여자 손님이 그의 말을 듣고 있지 않다는 것을 알아채자 어느새 아가씨들을 돌아보았다.

"경찰서장 꼴이 볼 만했겠어, 상상이 가!"

그러고 나서 그는 경찰서장이 두 팔을 어떻게 허우적거렸을지 흉내를 내고는 다시 그 뚱뚱한 몸 전체를 뒤흔드는, 늘 잘 먹고 특히 잘 마시는 사람들이 웃을 때와 같은 우렁찬 저음의 웃음을 터뜨렸다. "그럼 만찬에 꼭 오십시오." 그가 말했다.

8

침묵이 찾아왔다. 백작 부인은 즐겁게 미소 지으며 손님을 바라 보았지만, 손님이 일어나서 떠난다 해도 이제는 조금도 섭섭하지 않으리라는 점을 감추지 않았다. 손님의 딸은 묻는 듯한 눈길로 어머니를 쳐다보며 이미 옷매무새를 가다듬고 있었다. 그때 갑자기 옆방에서 몇몇 남자들과 여자들이 뛰는 발소리와 의자가 걸려 넘어지는 요란한 소리가 들리더니 열세 살 소녀가 짧은 모슬린 치마에 뭔가를 감추고 뛰어 들어와 방 한가운데에 멈춰 섰다. 분명 거리를 생각하지 않고 달리다가 얼떨결에 그렇게 멀리까지 뛰어 온 모양이었다. 그와 동시에 산딸기색 옷깃*을 단 대학생과 근위 대 장교, 열다섯 살 소녀와 통통하고 뺨이 발그레한 아동복 차림 의 사내아이가 문가에 나타났다.

백작이 벌떡 일어나더니 뛰어 들어온 소녀에게 몸을 뒤뚱거리 면서 두 팔을 활짝 벌렸다.

"아, 바로 얩니다!" 그가 껄껄 웃으며 외쳤다. "명명일의 주인 공! 명명일을 맞은 **나의 사랑하는** 딸이랍니다!"

"애야, 모든 것에는 **때가 있단다.**" 백작 부인은 짐짓 엄한 척하 며 말했다. "당신이 늘 애 버릇을 망쳐 놔요, **엘리.**" 그녀가 남편에게 덧붙였다.

"안녕하세요, 사랑스러운 아가씨, 축하해요." 손님이 말했다. **"정말 귀여운 아이군요."** 그녀가 어머니를 향해 덧붙였다.

빨리 뛰느라 자그마한 어깨가 상의 밖으로 드러난, 검은 곱슬머리를 뒤로 넘긴, 가느다란 맨팔을 한, 레이스 바지를 입고 발등이 드러난 단화를 신은 조그마한 다리와 발을 가진, 까만 두 눈에 입이 큰, 예쁘지는 않지만 생기 넘치는 계집아이는 이미 아이가 아니고 아직은 아가씨도 아닌 사랑스러운 나이였다. 그녀는 아버지의 품에서 빠져나와 어머니에게로 뛰어가더니 그녀의 엄한 질책에도 아랑곳 않고 새빨개진 얼굴을 어머니의 짧은 레이스 망토에 파묻으며 웃음을 터뜨렸다. 그녀는 치마 밑에서 꺼낸 인형에 대해 띄엄띄엄 이야기하며 무언가에 대해 놀려 댔다.

"보이세요……? 인형이…… 미미가……. 좀 보세요."

그리고 나타샤는 더 이상 말을 할 수가 없었다. (그녀에게는 모든 것이 우습게 느껴졌다.) 그녀가 어머니 품에 쓰러져 어찌나 크고 낭랑하게 깔깔대는지 모두가, 고지식한 여자 손님조차도 웃음을 터뜨리고 말았다.

"자, 저리 가, 그 흉측한 것 가지고 어서 가!" 어머니가 화난 척딸을 밀치며 말했다. "내 막내딸이에요." 그녀는 손님을 향해 말했다.

나타샤는 어머니의 레이스 숄에서 잠시 얼굴을 떼더니 웃음 때문에 눈물이 그렁한 눈으로 어머니를 올려다보고 다시 얼굴을 파묻었다.

단란한 가정의 한 장면에 마음을 빼앗기지 않을 수 없었던 손님은 어떻게든 그 속에 끼어들 필요가 있다고 여겼다.

"사랑스러운 아가씨, 말해 봐요." 그녀가 나타샤를 향해 말했다.

"미미는 아가씨와 어떻게 되죠? 딸이죠, 맞아요?"

나타샤는 손님이 어린아이들 대화 수준으로 말투를 낮추어 자신을 대한 것이 마음에 들지 않았다. 그녀는 아무 대답도 하지 않고 진지하게 여자 손님을 바라보았다.

그사이에 안나 미하일로브나의 아들로 장교인 보리스, 대학생인 백작의 맏아들 니콜라이, 백작의 열다섯 살 된 조카딸 소냐, 그리고 막내아들인 어린 페트루샤, 그 젊은 세대가 다 응접실에 자리를 잡았다. 그들은 자신들의 윤곽선 하나하나에서 여전히 넘쳐 나던 생기와 즐거움을 예의범절의 경계 안에 억누르려고 애쓰는 듯 보였다. 분명 그들이 그토록 맹렬하게 달려 나온 저 뒷방에서 그들이 나눈 대화는 도시의 소문들과 날씨와 **아프락시나 백작 부인**에 관한 이곳의 대화보다 더 유쾌했을 것이다. 그들은 이따금 서로 쳐다보며 간신히 웃음을 참고 있었다.

대학생과 장교인 두 청년은 어릴 적부터 친구로 나이도 같았다. 두 사람 다 잘생겼지만 서로 닮은 데는 없었다. 보리스는 훤칠한 금발의 청년으로, 차분하고 아름다운 얼굴의 이목구비가 반듯하고 섬세했다. 키가 크지 않고 곱슬머리인 니콜라이는 얼굴 표정이 솔직한 젊은이였다. 윗입술 위로 벌써 거뭇하게 수염이 보였고, 얼굴 전체에 저돌적이고 열광적인 성격이 나타나 있었다. 니콜라이는 응접실에 들어오자마자 얼굴이 빨개졌다. 할 말을 찾지 못한 모양이었다. 반대로 보리스는 금방 할 말을 찾아서 차분하고 익살스럽게 자신은 이 인형 미미를 코가 망가지지 않은 젊은 아가씨였을 때부터 알았다고, 자기 기억에 5년 사이에 폭삭 늙어서 두개골에 온통 금이 갔다고 이야기했다. 그 말을 하고 나서는 나타샤를 힐끔 쳐다보았다. 나타샤는 그를 외면하고 눈을 가늘게 뜬 채 온몸을 들썩이며 소리 죽여 웃고 있던 남동생을 쳐다보고는, 더 이상 참을 수 없어 벌떡 일어나더니 재빠른 두 다리가 낼 수 있는 최고의 속도로 방에서 뛰쳐나갔다. 보리스는 웃지 않았다.

"어머니도 외출하시고 싶은 것 같은데요? 카레타가 필요하세요?" 그가 미소 띤 얼굴로 어머니를 돌아보며 말했다.

"그래, 가렴. 어서 가서 준비하라고 일러 줘." 그녀가 빙그레 웃으며 말했다.

보리스는 조용히 문을 나간 뒤 나타샤를 뒤쫓았다. 통통한 사내아이는 자기가 하던 일에 끼어든 훼방에 화난 듯 뾰로통한 표정으로 그들을 뒤쫓아 달려갔다.

9

응접실에는 젊은이들 중에서 백작 부인의 맏딸과 (그녀는 동생보다 네 살 위였고 어른처럼 처신하고 있었다) 손님으로 온 아가씨 외에 니콜라이와 조카딸 소냐가 남았다. 소냐는 날씬하고 앙증스러운 갈색 눈의 소녀였다. 긴 속눈썹이 부드러운 눈빛에 그늘을 드리웠고, 검은 머리칼은 땋은 머리채가 머리를 두 번 휘감을 만큼 풍성했다. 얼굴과, 마르긴 했지만 우아하고 탄탄한, 드러난 팔과 목의 살갗에는 누르스름한 빛이 감돌았다. 경쾌한 동작, 부드럽고 유연한 작은 팔다리와 다소 교활하면서도 절제된 행동거지는 예쁘지만 아직 다 자라지 않은, 언젠가 매혹적인 암고양이가 될 새끼 고양이를 떠올리게 했다. 그녀는 미소로 공통의 대화에 관심을 보여 주는 것이 예의라고 생각하는 듯했다. 그러나 의지에 반해서 그녀의 눈은 길고 짙은 속눈썹 밑에서 소녀의 열렬한 사랑이 담긴 시선으로 군대로 떠날 **사촌**을 바라보고 있어서, 그녀의 미소는 단 한 순간도 어느 누구도 속일 수 없었다. 이 작은 새끼 고양이가 웅크리고 앉아 있는 것은 보리스와 나타샤처럼 자기들도 이 응접실에서 벗어나기만 하면 곧장 더 힘차게 뛰놀며 **사촌**과 장난을 치기 위해서인 듯싶었다.

"맞습니다, **마 셰르**." 노백작이 자기 아들 니콜라이를 가리키며 손님을 향해 말했다. "여기 이 아이의 친구인 보리스가 장교로 임관되었고, 이 아이도 우정 때문에 친구에게 뒤처지고 싶어 하지 않아요. 대학도, 늙은 나도 다 내팽개치고 군대에 간답니다, **마 셰르**. 벌써 국립 문서 보관소에 이 아이를 위한 자리며 모든 게 다 마련되어 있는데 말이에요.* 이런 게 우정이란 말이지요?" 백작이 묻는 투로 말했다.

"네, 정말 전쟁이 선포되었다고 하네요."* 손님이 말했다.

"오래된 얘깁니다." 백작이 말했다. "다시 말만 되풀이되다가 쑥 들어가겠지요. **마 셰르**, 바로 이런 게 우정이란 말이지요!" 그가 되풀이했다. "이 애는 경기병 연대에 들어갈 겁니다."

손님은 무슨 말을 해야 할지 몰라 고개를 저었다.

"우정 때문이 아닙니다." 니콜라이가 자신을 향한 수치스러운 비방에 변명이라도 하듯 얼굴을 확 붉히고 말했다. "결코 우정 때문이 아니에요. 그저 군 복무에 대한 소명을 느낄 뿐입니다."

그는 사촌 누이와 손님으로 온 아가씨를 돌아보았다. 두 사람 모두 격려의 미소를 띠고 그를 바라보았다.

"오늘 파블로그라드 경기병 연대의 부대장 슈베르트가 우리 집 만찬에 옵니다. 이곳에서 휴가를 보내고 있는데 그 사람이 이 아이를 데려간답니다. 어쩌겠습니까?" 백작은 어깨를 으쓱하며 그에게 큰 슬픔을 안겨 주었을 그 일에 대해 장난기 섞인 어조로 말했다.

"벌써 말씀드렸잖아요, 아빠." 아들이 말했다. "보내는 게 내키지 않으시면 남겠다고요. 하지만 전 군 복무 외에는 제가 아무짝에도 쓸모가 없다는 걸 알아요. 전 외교관도 아니고 관리도 아닙니다. 감정을 감추지 못해요." 그는 아름다운 청춘의 교태와 함께 소녀와 아가씨 손님을 줄곧 쳐다보며 말했다.

그에게 시선을 박고 있던 새끼 고양이는 당장이라도 장난을 치며 자신의 고양이 기질을 한껏 드러낼 준비가 된 듯 보였다.

"자, 자, 좋아!" 노백작이 말했다. "이 아이는 늘 흥분해 있어요……. 다들 보나파르트에게 현혹됐어. 다들 그가 어떻게 중위에서 황제가 되었나를 생각하지. 뭐, 될 대로 되라지!" 그는 손님의 조소 어린 미소를 눈치채지 못하고 덧붙였다.

어른들은 보나파르트에 관해 이야기하기 시작했다. 카라기나의 딸 줄리가 젊은 로스토프를 돌아보았다.

"지난 목요일에는 당신이 아르하로프* 댁에 오지 않아서 정말 아쉬웠어요. 당신이 없어서 따분했어요." 그녀가 부드럽게 미소 지으며 그에게 말했다.

우쭐해진 청년은 젊음의 교태 어린 미소를 지으며 그녀 가까이 옮겨 앉아 생글거리는 줄리와 이야기를 나누기 시작했다. 그는 자신의 무의식적인 미소가 얼굴을 붉힌 채 억지로 미소 짓고 있던 소녀의 가슴에 질투의 칼날이 되어 꽂힌 것을 전혀 알아차리지 못했다. 대화 중간에 그는 그녀를 돌아보았다. 소녀는 노여움에 찬 격정적인 눈빛으로 그를 쳐다보고는 두 눈에 고인 눈물을 가까스로 참고 입술에는 억지 미소를 지으며 일어나 방을 나가 버렸다. 니콜라이의 생기가 싹 가셨다. 그는 대화가 끊기는 첫 순간을 기다렸다가 낙심한 얼굴로 소녀를 찾으러 방을 나섰다.

"이 젊은이들의 비밀이라는 게 하얀 실로 꿰맨 것처럼 어찌나 훤히 보이는지요!" 안나 미하일로브나가 방에서 나가는 니콜라이를 가리키며 말했다. "**사촌 남매는 참 위험한 관계예요.**" 그녀가 덧붙였다.

"그래요." 젊은 세대와 함께 응접실에 스며들었던 햇살이 사라지자 백작 부인이 말했다. 마치 아무도 묻지 않았지만 계속 자신의 마음을 사로잡고 있던 질문에 답하는 것 같았다. "지금 저 아이들을 보며 기뻐하기 위해 얼마나 많은 고통과 얼마나 많은 불안을 겪었는지! 그런데 지금도 기쁨보다는 두려움이 더 크니 말이에요. 늘 걱정돼요, 늘 두려워요! 계집아이에게든 사내아이에게든 너무나 많은 위험이 따르는 나이잖아요."

"모든 게 교육에 달렸죠." 손님이 말했다.

"네, 당신 말이 옳아요." 백작 부인이 계속해서 말했다. "지금까지 나는 다행히 내 아이들의 친구였고 아이들에게 절대적인 신뢰를 받고 있어요." 백작 부인은 자녀들이 자기들에겐 아무것도 감추지 않는다고 생각하는 많은 부모들의 착각을 되풀이하고 있었다. "나는 내가 늘 내 딸들의 첫 **조언자**가 될 거라는 걸 알아요. 니콜린카가 그 불같은 성격 때문에 경솔한 행동을 할지 모르지만 (사내아이에게 그런 면이 없을 수 없지요) 그래도 그 페테르부르크 신사들처럼 행동하지는 않을 거예요."

"그래요, 훌륭한 아이들이지, 훌륭한 아이들이야." 백작이 맞장구를 쳤다. 그는 언제나 모든 것이 훌륭하다고 인정함으로써 자신에게 혼란스러워 보이는 문제들을 해결했다. "그 애를 봐요! 경기병이 되고 싶어 하잖소! 그런데 뭘 더 바라는 거요, **마 셰르!**"

"작은따님은 정말 사랑스러워요!" 손님이 말했다. "화약이에요!"

"네, 열정적이지요." 백작이 말했다. "나를 닮았어요! 목소리는 또 얼마나 멋진지! 내 딸이라 해도 사실을 말해야겠어요. 성악가가 될 겁니다. 제2의 살로모니*가 탄생하는 거지요. 저 아이를 가르칠 이탈리아인도 들였습니다."

"너무 이른 게 아닐까요? 그 나이에 배우면 목소리에 해롭다고 하던데요."

"오, 아닙니다, 이르기는요!" 백작이 말했다. "그렇다면 우리 어머니들이 열두세 살에 시집갔던 것은 어떻게 됩니까?"

"지금 저 애는 벌써 보리스를 사랑하고 있다니까요! 어떻게 된 아이예요?" 백작 부인은 보리스의 어머니를 바라보고 조용히 미소 지으며 말했고, 늘 자신의 마음을 차지하고 있던 생각에 답하기라도 하듯 말을 이어 갔다. "그러니까 말이에요, 내가 그 애를 엄격하게 단속하지 않으면…… 걔들이 몰래 무슨 짓을 할지 누가 알겠어요? (백작 부인의 말은 아이들이 키스라도 할지 모른다는 뜻이었다.) 하지만 지금 난 저 애가 하는 말을 낱낱이 다 알고 있지요. 저녁이면 달려와서 나한테 다 얘기해 줄 거예요. 어쩌면 내가 저 애를 너무 버릇없이 키우는지도 몰라요. 하지만 정말이지 그게 더 나은 것 같네요. 난 큰애는 엄하게 길렀어요."

"맞아요, 저는 전혀 다르게 컸어요." 백작의 맏딸인 아름다운 베라가 미소를 지으며 말했다.

그러나 그 미소는 평소와 달리 베라의 얼굴을 아름답게 해 주지 못했다. 오히려 얼굴이 부자연스러워졌고 그 때문에 불쾌감을 자아냈다. 맏딸 베라는 아름답고 머리도 나쁘지 않았다. 공부를 아주 잘했고 교양 있게 자랐으며 목소리도 좋았다. 그녀가 한 말은 틀리지 않았고 경우에 어긋나지도 않았다. 그러나 이상하게도 모두가, 손님도 백작 부인도, 왜 그녀가 그런 말을 했을까 놀랐다는 듯이 그녀를 돌아보고는 불편함을 느꼈다.

"맏이를 키울 때는 늘 똑똑한 척하고 특별한 무언가를 만들고 싶어 하죠." 손님이 말했다.

"솔직히 말하지요, **마 셰르**! 우리 백작 부인은 베라를 키울 때 너무 똑똑하게 굴었어요." 백작이 말했다. "뭐, 어떻습니까! 그래도 훌륭하게 자랐잖아요." 그는 베라에게 칭찬의 뜻으로 한쪽 눈을 찡긋해 보이며 덧붙였다.

마침내 두 여자 손님이 자리에서 일어나 만찬에 오겠다는 약속을 남기고 떠났다.

"무슨 예의가 이래! 무던히도 오래 앉아 있었네!" 손님들을 배웅하고 나서 백작 부인이 말했다.

IO

응접실에서 나온 나타샤는 겨우 온실까지 뛰어갔을 뿐이다. 그녀는 그 방에서 걸음을 멈추고 응접실의 말소리에 귀를 기울이며 보리스가 나오기를 기다렸다. 그녀는 벌써부터 초조해져서 작은 발을 동동 구르다가 그가 얼른 오지 않는다며 울음을 터뜨리려 했다. 그때 조용하지도 빠르지도 않은, 청년의 반듯한 발소리가 들려왔다. 나타샤는 꽃을 심어 놓은 커다란 나무통들 사이로 재빨리 뛰어가 몸을 숨겼다.

보리스는 방 한가운데에서 걸음을 멈추고 주위를 둘러보더니 군복 소매에 묻은 티끌을 한 손으로 털어 내고 거울로 다가가 자신의 잘생긴 얼굴을 찬찬히 바라보았다. 나타샤는 그가 무엇을 할까 기대하며 몸을 숨긴 곳에서 숨을 죽이고 몰래 엿보았다. 그는 잠시 거울 앞에 서 있다가 빙긋 웃고는 출구 문 쪽으로 걸어갔다. 나타샤는 소리쳐 그를 부르려다가 생각을 바꾸었다.

"찾게 내버려 둬야지." 그녀는 혼잣말을 했다. 보리스가 나가자마자 다른 문에서 얼굴이 새빨개진 소냐가 눈물을 글썽이며 악에 받친 목소리로 무언가를 중얼거리며 나왔다. 나타샤는 그녀에게 달려가려던 애초의 마음을 억누르고 숨은 자리에 머문 채 보이지 않는 모자를 쓴 것처럼 세상 돌아가는 것을 구경하고 있었다. 그녀는 새롭고 특별한 쾌감을 느꼈다. 소냐는 뭐라고 중얼대며 응접실 문 쪽을 돌아보곤 했다. 문에서 니콜라이가 나왔다.

"소냐! 무슨 일이야? 어떻게 이럴 수 있어?" 니콜라이가 그녀에게 뛰어가며 말했다.

"아무것도, 아무것도 아니에요. 날 내버려 둬요!" 소냐가 흐느끼기 시작했다.

"아니, 난 왜 그러는지 알아."

"뭐, 안다니 잘됐네요. 그럼 그 여자한테 가 버려요."

"소오오냐! 한마디만! 어떻게 말도 안 되는 상상으로 나와 너 자신을 그렇게 괴롭혀?" 니콜라이가 그녀의 손을 잡고 말했다.

소냐는 그의 손을 뿌리치지 않고 울음을 그쳤다.

나타샤는 몸을 숨긴 곳에서 움직이지 않고 숨을 죽이며 반짝이는 눈으로 바라보고 있었다. '이제 무슨 일이 일어날까?' 그녀는 생각했다.

"소냐! 나는 온 세상을 다 준다 해도 필요 없어! 나한테는 네가 전부야." 니콜라이가 말했다. "너한테 증명해 보일게."

"나는 오빠가 그렇게 말하는 거 싫어."

"그럼 그렇게 말하지 않을게. 용서해 줘, 소냐!" 그는 그녀를 끌어당겨 입을 맞추었다.

'아, 너무 멋있어!' 나타샤는 생각했고, 소냐와 니콜라이가 방에서 나가자 그들을 뒤따라가서 보리스를 자기 쪽으로 불렀다.

"보리스, 이리 와요." 그녀가 의미심장하고 교활한 표정으로 말했다. "당신에게 말해야 할 게 하나 있어요. 여기야, 이리 와요." 그녀가 말하고는 온실의 나무통들 사이 몸을 숨겼던 곳으로 그를 데려갔다. 보리스는 미소를 지으며 그녀를 따라갔다.

"그 **하나**가 도대체 뭔가요?" 그가 물었다.

그녀는 당황해서 주위를 둘러보다가, 나무통 위에 팽개쳐진 인형을 보고는 두 손으로 집어 들었다.

"인형에게 키스해 줘요." 그녀가 말했다.

보리스는 주의 깊고 다정한 눈길로 그녀의 생기 넘치는 얼굴을 바라보며 아무 대답도 하지 않았다.

"싫어요? 그럼 이리로 와요." 그녀는 이렇게 말하고는 꽃들 속으로 더 깊숙이 들어가더니 인형을 내던졌다.

"더 가까이, 더 가까이 와요!" 그녀가 속삭였다. 그녀는 두 손으로 장교의 접힌 소맷부리를 붙잡았다. 발갛게 달아오른 그녀의 얼굴에 엄숙함과 두려움이 보였다.

"그럼 나한테는 키스하고 싶어요?" 그녀는 눈을 치뜨고 그를 쳐다보며 겨우 들릴락 말락 한 목소리로 속삭였다. 생글거리고 있었지만 흥분해서 거의 울 지경이었다.

보리스는 얼굴을 붉혔다.

"당신, 참 웃기는 사람이네요!" 그는 이렇게 중얼거리고는 그녀를 향해 몸을 숙이며 더욱더 얼굴을 붉혔다. 그러나 아무런 행동도 하지 않고 기다리기만 했다.

그녀가 갑자기 나무통 위로 팔짝 뛰어올랐다. 키가 보리스보다 더 커졌다. 그를 두 팔로 안자 맨살이 드러난 가냘픈 팔이 그의 목보다 더 높은 데서 구부러졌다. 그녀는 머리를 움직여 머리카락을 뒤로 넘기고는 바로 그의 입술에 키스했다.

그녀는 화분들 사이로 미끄러지듯 꽃들의 맞은편으로 빠져나가서는 고개를 떨구고 걸음을 멈추었다.

"나타샤……." 그가 말했다. "난 당신을 사랑해요. 하지만……."

"날 사랑한다고요?" 나타샤가 그의 말을 끊었다.

"그래요, 사랑해요. 하지만 지금 같은 그런, 음, 그런 행동은 하지 말기로 해요……. 4년만 더 있으면…… 그때는 내가 당신에게 청혼할게요."

나타샤는 생각했다.

"열셋, 열넷, 열다섯, 열여섯……." 그녀는 가느다란 손가락을 꼽으며 말했다. "좋아요! 그럼 결정된 거죠?"

기쁨과 안도의 미소가 그녀의 생기 넘치는 얼굴을 밝혔다.

"결정됐어요!" 보리스가 말했다.

"영원히요?" 소녀가 말했다. "죽을 때까지요?"

그녀는 그의 손을 잡고 행복한 표정을 지으며 소파가 있는 방으로 사뿐히 걸어갔다.

II

 백작 부인은 방문객 때문에 몹시 지쳐서 더 이상 아무도 맞이하지 않겠다고 이른 뒤, 문지기에게는 앞으로 오는 축하객들은 모두 곧장 만찬에 오도록 청하라고만 지시를 내려놓았다. 백작 부인은 어린 시절의 친구인 안나 미하일로브나 공작 부인과 얼굴을 맞대고 단둘이 이야기를 나누고 싶었다. 그녀가 페테르부르크에서 온 후 제대로 보지 못했던 것이다. 안나 미하일로브나는 울다 지친 듯하면서도 즐거워 보이는 얼굴로 백작 부인의 안락의자 곁으로 더 바짝 다가앉았다.

 "너한테 솔직히 다 말할게." 안나 미하일로브나가 말했다. "벌써 우리 옛 친구들 중에 남은 사람이 별로 없구나! 그래서도 나는 네 우정이 무척 소중해."

 안나 미하일로브나는 베라를 바라보고 말을 멈췄다. 백작 부인이 친구의 손을 꼭 쥐었다.

 "베라……." 백작 부인이 사랑스럽지 않은 맏딸을 향해 말했다. "넌 무슨 일에나 어쩜 그렇게 생각이 없어? 네가 이 자리에 필요 없다는 걸 정말 못 느끼니? 동생들한테 가든지, 아니면……."

 아름다운 베라는 전혀 모욕을 느끼지 않는다는 듯 경멸 어린 미소를 지었다.

"엄마, 진작 말씀해 주셨으면 바로 나갔을 텐데요." 그녀는 이렇게 말하고 자기 방으로 갔다.

그러나 소파가 있는 방을 지나가다가 방 안 두 작은 창가에 두 쌍의 남녀가 대칭으로 앉아 있는 것을 보았다. 그녀는 걸음을 멈추고 경멸에 찬 미소를 지었다. 소냐는 니콜라이 곁에 가까이 앉아 있었고, 니콜라이는 자신이 쓴 첫 시를 그녀에게 베껴 써 주고 있었다. 보리스와 나타샤는 다른 창가에 앉아 있다가 베라가 들어 오자 입을 다물었다. 소냐와 나타샤는 죄를 지은 듯한, 그러나 행복한 얼굴로 베라를 쳐다보았다.

사랑에 빠진 이 소녀들을 바라보는 것은 즐겁고도 감동적인 일이었다. 그러나 그들의 모습은 분명 베라에게 유쾌한 감정을 불러일으키지 않았다.

"내가 너희들한테 몇 번을 부탁했니?" 그녀가 말했다. "내 물건 집어 가지 말란 말이야. 너희들 각자 자기 방이 있잖아." 그녀는 니콜라이에게서 잉크병을 빼앗았다.

"곧 줄게, 곧." 그는 펜을 담그며 말했다.

"너희들 다 때를 못 맞추는 데는 정말 재주가 있어." 베라가 말했다. "그렇게 우르르 응접실로 뛰어 들어오고 말이야. 너희 때문에 다들 무안해했잖아."

그녀의 말이 전적으로 옳은데도 불구하고, 아니면 바로 그래서, 아무도 그녀에게 대꾸하지 않고 넷 다 자기들끼리 눈짓을 주고받기만 했다. 그녀는 잉크병을 손에 든 채 방에서 꾸물거렸다.

"그리고 너희들 나이에 나타샤하고 보리스, 그리고 너희 둘 사이에 무슨 비밀이 있을 수 있어. 다들 하나같이 멍청해 가지고!"

"그래서, 베라, 그게 언니하고 무슨 상관이야?" 나타샤가 변호하듯 조용한 목소리로 말했다.

이날따라 그녀는 평소보다 더 착하고 다정하게 모두를 대하는 것 같았다.

"정말 어리석어." 베라가 말했다. "너희 때문에 내가 부끄러워. 도대체 무슨 비밀이야……?"

"저마다 자기 비밀이 있는 거야. 우리는 언니하고 베르크를 건드리지 않잖아." 나타샤가 발끈 화를 내며 말했다.

"내 생각에, 너희는 건드릴 게 없지." 베라가 말했다. "내 행동에는 문제 될 만한 게 결코 있을 수 없으니까. 네가 보리스를 어떻게 대하는지 엄마한테 말해야겠다."

"나탈리야 일리니시나는 나와 아주 잘 처신하고 있습니다." 보리스가 말했다. "나로서는 불평할 만한 게 전혀 없어요." 그가 덧붙였다.

"그만둬요, 보리스. 당신은 참으로 대단한 외교관이군요. (**외교관**이라는 말은 아이들이 이 말에 덧붙인 특별한 의미 속에서 그들 사이에 크게 유행하고 있었다.) 따분할 정도예요." 나타샤가 모욕에 찬 떨리는 목소리로 말했다. "왜 베라가 나한테 귀찮게 굴겠어요? 언니 넌 이걸 결코 이해하지 못할 거야." 그녀가 베라를 향해 말했다. "넌 누구도 사랑한 적이 없으니까. 너한테는 심장이 없어. 넌 **마담 드 장리스***일 뿐이야. (매우 모욕적인 것으로 여겨지던 이 별명은 니콜라이가 베라에게 붙인 것이었다.) 다른 사람들에게 불쾌감을 주는 게 언니의 가장 큰 만족이지. 넌 베르크한테 마음껏 아양이나 떨어." 그녀는 빠르게 말했다.

"하지만 난 적어도 손님들 앞에서 젊은 남자 뒤를 쫓아다니지는 않아……."

"음, 결국 바라는 걸 이루셨군." 니콜라이가 끼어들었다. "모두에게 불쾌한 말을 실컷 지껄여서 모두의 마음을 상하게 만들었으니 말이야. 어린이 방으로 가자."

네 사람 모두 놀라서 달아나는 새 떼처럼 일어나 방을 나갔다.

"나한테 불쾌한 말을 잔뜩 퍼부어 댔지만 나는 아무한테도 그런 말 하나도 안 했어." 베라가 말했다.

"마담 드 장리스! 마담 드 장리스!" 문밖에서 깔깔대며 웃는 목소리들이 들렸다.

아름다운 베라는 모두에게 그런 짜증 나게 하는 불쾌한 인상을 주고도 생긋 웃고는, 자신이 들은 말에 전혀 기분이 상하지 않은 듯 거울로 다가가 숄과 머리를 매만졌다. 그녀는 자신의 예쁜 얼굴을 보며 더 냉정해지고 더 침착해진 것 같았다.

응접실에서는 대화가 계속되고 있었다.

"아! 친구야……." 백작 부인이 말했다. "내 인생도 **늘 장밋빛은 아니야. 이런 식으로 살다가는** 우리 재산도 오래 못 갈 거라는 걸 설마 내가 모를까! 이게 다 클럽과 그 사람의 착한 성품 때문이야. 시골에 산다고 우리가 쉴 것 같아? 극장이니, 사냥이니, 하느님만 아실 뭐도 있어. 내 얘길 해 봐야 뭐 하겠어! 그런데 넌 어떻게 그 모든 걸 다 해냈어? 난 자주 너한테 놀라, **아네트.** 너는 어떻게 그 나이에 혼자서 포브즈카*를 타고 모스크바로, 페테르부르크로, 모든 대신들과 모든 귀족들을 찾아다니며 그 모든 일들을 처리하니? 놀라워! 도대체 어떻게 그런 일을 해낼 수 있어? 나라면 절대로 못해."

"아! 친구!" 안나 미하일로브나 공작 부인이 대답했다. "숭배하다시피 사랑하는 아들 하나 데리고 아무 의지할 곳 없는 과부로 산다는 게 얼마나 힘겨운 일인지 하느님이 너는 모르게 하시길.

무엇이든 배우게 돼." 그녀는 약간 우쭐대며 말을 이었다. "내 소송이 나를 가르쳤지. 이 세도가들 가운데 누군가를 만날 필요가 있으면, 나는 쪽지를 써. '**아무개 공작 부인**이 아무개를 뵙고자 합니다.' 그러고는 가. 직접 삯마차를 타고 두 번이든 세 번이든 네 번이든. 필요한 것을 손에 넣을 때까지 가는 거야. 사람들이 나에 대해 무슨 생각을 하든 상관없어."

"그런데 보렌카 일은 도대체 누구한테 부탁한 거야?" 백작 부인이 물었다. "지금 네 아들은 벌써 근위대 장교인데, 니콜루시카는 사관후보생으로 가잖니. 애써 줄 만한 사람이 없어. 넌 누구한테 부탁했어?"

"바실리 공작. 그는 매우 친절했어. 바로 다 응낙하고 폐하께 아뢰어 주었지." 안나 미하일로브나 공작 부인은 자기 목적을 이루기 위해 그녀가 견뎌야 했던 모든 굴욕을 깡그리 잊고 환희에 차서 말했다.

"바실리 공작은 어때? 늙었니?" 백작 부인이 물었다. "우리가 루먄체프 댁에서 연극을 한 후로* 본 적이 없네. 나를 잊었을 거야. **내 꽁무니를 졸졸 따라다녔는데.**" 백작 부인은 미소를 띤 채 추억에 잠겼다.

"여전해." 안나 미하일로브나가 대답했다. "친절하고 아첨 잘하고. **높은 지위도 사람을 바꿔 놓지는 못했어.** 나한테 이러는 거야. '공작 부인, 당신을 위해 내가 할 수 있는 일이 너무 적어 유감입니다. 분부를 내려 주십시오.' 아니, 그는 훌륭한 사람이고 좋은 친척이야. 하지만 **나탈리**, 넌 아들에 대한 내 사랑을 알잖아. 그 애의 행복을 위해서라면 내가 못할 게 뭐가 있을까 싶어. 그런데 내 상황이 어찌나 안 좋은지……." 안나 미하일로브나가 목소리를 낮추며 서글프게 말을 이었다. "너무 안 좋아. 난 지금 가장 끔찍한 형편에 놓여 있어. 내 불행한 소송이 내가 가진 걸 다 먹어 치우고 꿈쩍도 안 해. 나는, 상상이 가니? **어떨 때는** 10코페이카짜리 동전 한 닢 없어. 그러니 뭘로 보리스한테 군복을 지어 줘야 할지 모르겠어." 그녀는 손수건을 꺼내 훌쩍이기 시작했다. "5백 루블이 필요한데 나한테는 25루블짜리 지폐 한 장밖에 없어. 내 처지가 이렇단다…… 이제 내 유일한 희망은 키릴 블라디미로비치 베주호프 백작이야. 만약 그분이 자기 대자(代子)를, 그분이 보랴 대부잖니, 후원해 줄 생각이 없으면, 그 아이 부양을 위해 뭐라도 남겨 줄 생각이 없으면, 내 수고는 다 허사가 되고 말 거야. 그 애한테 군복 지어 줄 돈도 없게 돼."

백작 부인은 눈물을 지으며 말없이 무엇인가를 생각했다.

"종종 드는 생각이…… 아마 이런 생각은 죄가 되겠지." 공작 부인이 말했다. "하지만 종종 그런 생각이 들어. 키릴 블라디미로비치 베주호프 백작은 혼자 살아…… 그 막대한 재산…… 그래, 뭘 위해 사는 걸까? 그분에게 삶은 무거운 짐이지만, 보랴는 막 인생을 시작했어."

"그분이 분명 보리스한테 뭔가 남겨 주실 거야." 백작 부인이 말했다.

"하느님만 아실 일이지, **친구야!** 이런 부자들이나 고관들은 아주 이기적이거든. 하지만 어쨌든 나는 지금 보리스하고 그분한테 가서 솔직하게 사정을 말할 거야. 나에 대해서는 마음대로 생각들 하라고 해. 아들의 운명이 이 일에 달렸는데 그게 무슨 상관이야." 공작 부인은 일어섰다. "지금 2시고 만찬은 4시지. 다녀올 수 있어."

시간을 활용할 줄 아는 페테르부르크의 수완 좋은 마님다운 태도로 안나 미하일로브나는 아들을 불러오게 한 뒤 그와 함께 현관으로 나갔다.

"다녀올게." 그녀가 문까지 배웅하러 나온 백작 부인에게 말했다. "성공을 빌어 줘." 그녀는 아들에게 들리지 않도록 소곤거리며 덧붙였다.

"키릴 블라디미로비치 백작에게 가십니까, **마 셰르**?" 백작도 식당에서 현관으로 나오며 말했다. "그분의 병세가 좋아졌으면 피에르를 우리 집 만찬에 불러 주십시오. 그 녀석도 예전에는 집에 와서 아이들과 춤도 추고 그랬답니다. 꼭 좀 불러 주세요, **마 셰르**. 그건 그렇고, 오늘 타라스가 얼마나 놀라운 솜씨를 발휘하는지 봅시다. 타라스 말이 오를로프* 백작 댁에서도 우리 집에서 열릴 그런 만찬은 한 번도 없었답니다."

I2

"얘야, 보리스." 두 사람을 태운 로스토바 백작 부인의 카레타가 짚을 깔아 둔 거리*를 지나 키릴 블라디미로비치 베주호프 백작의 넓은 마당에 들어서자 안나 미하일로브나 공작 부인이 아들에게 말했다. "얘야, 보리스……." 어머니는 망토 달린 낡은 살로프 *밑에서 손을 내밀어 망설임과 다정함이 뒤섞인 동작으로 아들의 손에 올려놓으며 말했다. "공손하고 신중하게 처신해라. 키릴 블라디미로비치 백작은 어쨌든 네 대부이시고, 네 미래의 운명이 그분한테 달렸어. 그걸 꼭 기억해라, 얘야, 최대한 사랑스럽게 굴어야 해."

"이 일에서 굴욕 외에 다른 얻을 게 있다는 걸 안다면야……." 아들은 차갑게 대꾸했다. "하지만 어머니께 약속했으니 어머니를 위해 하겠습니다."

누군가의 카레타가 현관 계단 곁에 서 있는데도 문지기는 어머니와 아들을 (그들은 자신들의 방문을 알려 달라는 말도 없이 양쪽 벽의 벽감에 두 줄로 나란히 놓인 조각상들 사이를 지나 유리를 댄 현관으로 곧장 들어왔다) 위아래로 훑어보고 낡은 부인용 외투를 의미심장하게 쳐다보더니 누구를 만나러 왔는지, 만나려는 사람이 공작 영애들인지 백작인지 물었다. 그리고 백작을 만나러 왔다는 것을 확인하자 각하의 병세가 악화되어 오늘은 아무도 맞이하지 않는다고 말했다.

"돌아가도 되겠네요." 아들이 프랑스어로 말했다.

"**아들!**" 어머니는 마치 그렇게 하면 아들을 진정시키거나 자극할 수 있다는 듯이 아들의 손을 가볍게 어루만지며 애원하는 목소리로 말했다.

보리스는 입을 다물었고, 외투도 벗지 않은 채 미심쩍은 눈으로 어머니를 바라보았다.

"이보게." 안나 미하일로브나가 문지기를 향해 부드러운 목소리로 말했다. "키릴 블라디미로비치 백작이 위중하다는 걸 아네. 내가 온 것도 그 때문이야……. 나는 친척 되는 사람이네. 이보게, 걱정 끼치진 않을 거야……. 나는 그저 바실리 세르게예비치 공작을 보기만 하면 되네. 그분이 여기 머물고 계시지 않나. 부탁이니 알려 주게."

문지기가 무뚝뚝하게 2층의 벨과 이어진 끈을 잡아당긴 뒤 고개를 돌렸다.

"드루베츠카야 공작 부인이 바실리 세르게예비치 공작을 찾으십니다." 그는 2층에서 뛰어 내려와 계단 돌출부에서 내다보는, 긴 양말과 단화에 연미복을 차려입은 하인에게 소리쳤다.

어머니는 물들인 실크 드레스의 주름을 매만지고 벽에 박힌 베네치아풍 전신 거울에 모습을 비춰 본 후 뒤축이 닳은 단화로 계단에 깔린 양탄자를 밟으며 활기차게 올라갔다.

"**애야, 나한테 약속했지.**" 그녀는 다시 아들을 향해 말하며 손을 어루만져 격려했다.

아들은 눈길을 떨구고 조용히 어머니의 뒤를 따랐다.

그들은 홀 안으로 들어갔다. 홀의 문 하나는 바실리 공작에게 배정된 방들로 통해 있었다.

어머니와 아들이 홀 한가운데로 나와서 그들을 보고 벌떡 일어난 늙은 하인에게 막 길을 물어보려 했을 때, 문들 가운데 하나의 청동 손잡이가 돌아가더니 간소하게 벨벳 외투를 입고 별 모양 훈장 하나를 단* 바실리 공작이 잘생긴 검은 머리의 남자를 배웅하며 나왔다. 페테르부르크의 저명한 의사 **로랭**이었다.

"그게 확실합니까?" 공작이 말했다.

"**공작, '인간은 실수하기 마련이지요.'**(라틴어) 하지만⋯⋯." 의사는 r 발음을 삼키고 라틴어를 프랑스어로 발음하며 대답했다.

"**좋아요, 좋아⋯⋯.**"

아들과 함께 온 안나 미하일로브나를 본 바실리 공작이 정중한 인사로 의사를 보내고 말없이, 그러나 미심쩍은 표정으로 그들에게 다가왔다. 아들은 어머니의 눈에 갑자기 깊은 슬픔이 나타난 것을 알아채고 살짝 미소 지었다.

"아, 공작, 우리가 이런 슬픈 상황에서 만나게 되다니⋯⋯. 그래, 우리의 사랑하는 병자는 좀 어떠신가요?" 그녀는 자신에게 쏠린 차갑고 모욕적인 시선을 알아차리지 못하는 것처럼 말했다.

바실리 공작은 당혹스러울 만큼 의심스러운 눈초리로 그녀를, 그다음에는 보리스를 바라보았다. 보리스는 정중하게 고개 숙여 인사했다. 그러나 바실리 공작은 인사에 답하지 않고 안나 미하일로브나에게 얼굴을 돌려 머리와 입술의 움직임으로 그녀의 질문에 답했다. 그 몸짓은 환자가 거의 가망이 없음을 뜻하고 있었다.

"정말이에요?" 안나 미하일로브나가 외쳤다. "아, 끔찍한 일이에요! 생각하는 것도 무서워요⋯⋯. 내 아들이에요." 그녀는 보리스를 가리키며 덧붙였다. "당신에게 직접 감사 인사를 드리고 싶어 해서요."

보리스는 한 번 더 정중하게 인사했다.

"믿어 주세요, 공작. 당신이 우리를 위해 애써 준 일을 이 어미의 마음은 절대 잊지 않을 거예요."

"당신에게 기쁨을 드려 나도 기쁩니다, 친애하는 나의 안나 미하일로브나." 바실리 공작이 자보를 바로잡으며 말했다. 이곳 모스크바에서, 그에게 신세를 지고 있는 안나 미하일로브나 앞에서 그의 몸짓과 목소리는 페테르부르크의 **아네트** 셰레르의 야회에서보다 훨씬 더 거만해 보였다.

"복무 잘해서 합당한 사람이 되도록 애쓰게." 그는 근엄한 표정으로 보리스를 향해 덧붙였다. "나도 기쁘네……. 휴가로 여기 와 있으신 건가?" 그는 특유의 냉담한 어조로 명령하듯 말했다.

"새 임지로 떠나기 위해 명령을 기다리고 있습니다, 각하." 보리스는 공작의 신랄한 어조에 대한 분노도, 그와 대화를 해 보려는 열의도 비치지 않은 채 대답했다. 그러나 그의 태도가 너무 침착하고 정중해서 공작은 그를 뚫어지게 바라보았다.

"어머니하고 함께 사시나?"

"저는 로스토바 백작 부인 댁에서 지냅니다." 보리스는 이렇게 말하고 다시 '각하'라고 덧붙였다.

"**나탈리** 신시나와 결혼한 일리야 로스토프 말이에요." 안나 미하일로브나가 말했다.

"압니다, 알아요." 바실리 공작이 특유의 단조로운 목소리로 말했다. "**나는 어떻게 나탈리가 그런 더러운 곰 같은 인간한테 시집갈 결심을 했는지 도무지 이해할 수 없었어요. 정말 어리석고 우스꽝스러운 인간입니다. 게다가 노름꾼이라면서요.**"

"**하지만 좋은 사람이에요, 공작.**" 안나 미하일로브나는 로스토프 백작이 그런 말을 들을 만하다는 것을 자기도 알지만 가여운 노인네를 불쌍히 여겨 달라고 간청하는 듯이, 감동적인 미소를 지으며 언급했다.

"의사들은 뭐라고 하나요?" 공작 부인은 잠시 침묵한 후에 울다 지친 듯한 얼굴에 다시 커다란 슬픔을 띠며 물었다.

"거의 가망이 없습니다." 공작이 말했다.

"**아저씨**께서 나와 보랴에게 베푸신 모든 은혜에 한 번 더 꼭 감사 드리고 싶어요. **이 아이는 그분의 대자예요.**" 그녀는 마치 그 이야 기가 바실리 공작을 아주 기쁘게 할 것임에 틀림없다는 듯한 투로 덧붙였다.

바실리 공작은 생각에 잠긴 채 얼굴을 찌푸렸다. 안나 미하일로 브나는 그가 자신을 베주호프 백작의 유언에 대한 경쟁자로 여기 고 두려워한다는 것을 깨달았다. 그녀는 서둘러 그를 안심시켰다.

"만약 내게 **아저씨**를 향한 진실한 사랑과 성실함이 없다면……." 그녀는 아저씨라는 말을 유난히 확신에 찬, 그러면서도 무심한 어조로 뱉으며 말했다. "난 그분의 성품을 알아요. 고결하고 올곧 은 분이죠. 하지만 그분 옆에는 공작 영애들만 있으니…… 그들 은 아직 젊어서……." 그녀는 고개를 숙이고 속삭이는 소리로 덧 붙였다. "공작, 그분이 마지막 의무*를 다하셨나요? 이 마지막 순 간들이 얼마나 귀중한가요! 정말 더 이상 나빠질 수는 없죠. 그렇 게 편찮으시다면 그분을 준비시켜야 해요. 우리 여자들은요, 공 작……." 그녀는 부드럽게 미소를 지었다. "이런 일들을 어떻게 말해야 하는지 늘 안답니다. 그분을 꼭 뵈어야 해요. 이게 내게 아 무리 괴로운 일이라 해도 난 이미 고통에 익숙해졌으니까요."

공작은 **아네트** 셰레르의 야회에서도 그랬듯이, 안나 미하일로 브나에게서 벗어나기가 쉽지 않다는 것을 절감한 듯했다.

"친애하는 안나 미하일로브나, 지금 만나는 것은 그분에게 힘겹지 않을까 싶군요." 그가 말했다. "저녁까지 기다립시다. 의사들도 그때가 고비라고 했어요."

"하지만, 공작, 지금 이 순간에 가만히 기다리고 있어서는 안 돼요. 생각해 보세요. 그분 영혼의 구원에 관한 문제라고요…… 아, 그리스도인의 의무, 이건 끔찍해요……"

그때 안쪽 방들로 통하는 문이 열렸고 백작의 조카딸들인 공작 영애들 중 한 사람이 나왔다. 음울하고 차가운 얼굴이었고, 다리에 맞지 않게 허리가 놀랍도록 길었다.

바실리 공작이 그녀를 돌아보았다.

"좀 어떠시니?"

"똑같으세요. 두 분 좋을 대로 해도 상관없지만 이렇게 시끄러운 건……" 공작 영애는 마치 모르는 사람을 대하듯 안나 미하일로브나를 쳐다보며 말했다.

"아, 공작 영애, 당신을 알아보지 못했네요." 안나 미하일로브나는 미소를 띤 채 가볍고도 느긋한 걸음으로 백작의 조카딸에게 다가가며 말했다. "당신을 도와 아저씨를 돌봐 드리려고 왔지요. 당신이 얼마나 고생했을지 상상이 가요." 그녀는 동정 어린 표정으로 눈을 굴리며 덧붙였다.

그러나 공작 영애는 아무 대답도 하지 않고, 심지어 미소도 보이지 않고 곧장 나가 버렸다. 안나 미하일로브나는 장갑을 벗고 점령한 진지의 안락의자에 자리를 잡고 앉아 바실리 공작에게 옆에 앉도록 권했다.

"보리스!" 그녀는 아들을 부르면서 미소를 지었다.

"나는 백작 아저씨께 갈 테니, 얘야, 넌 잠시 피에르한테 가 있어라. 로스토프가의 초대 전하는 거 잊지 말고. 그들이 만찬에 그를 초대했답니다. 내 생각에, 그는 가지 않겠죠?" 그녀는 공작을 돌아보며 말했다.

"천만에요." 분명 기분이 언짢아진 듯한 공작이 말했다. "**당신이 그 젊은이한테서 나를 벗어나게 해 준다면 난 무척 기쁠 겁니다**……. 여기 머물고 있어요. 백작은 한 번도 그에 대해 묻지 않으셨습니다."

그는 어깨를 으쓱했다. 하인이 다른 계단을 따라 내려가고 올라가며 청년을 표트르 키릴로비치에게 안내했다.

13

그렇게 해서 피에르는 페테르부르크에서 진로를 선택할 겨를이 없었고, 실제로 난동 때문에 모스크바로 추방되었다. 로스토프 백작 집에서 사람들이 한 이야기는 사실이었다. 피에르는 경찰서장을 곰과 묶은 사건에 가담했다. 그는 며칠 전에 도착하여 여느 때처럼 아버지의 집에 머물렀다. 그도 자신의 이야기가 이미 모스크바에 널리 퍼졌을 것이고, 아버지를 둘러싸고서 늘 자신을 호의적으로 대하지 않는 여자들이 백작의 화를 돋우려고 이 기회를 이용하리라는 것을 예상했지만, 그래도 그는 도착한 날 아버지의 거처로 갔다. 그는 평소 공작 영애들이 머무는 응접실에 들어가 수틀과 책을 붙잡고 앉은 여자들과 인사를 나누었다. 그들 중 한 명이 소리 내어 책을 읽고 있었다. 그들은 셋이었다. 가장 손위인 깔끔하고 깐깐한 긴 허리의 처녀는 안나 미하일로브나를 만났던 바로 그 여자로 책을 읽고 있었다. 둘 다 뺨이 발그레하고 예쁘장한 동생들은 수를 놓고 있었다. 서로 다른 점이라곤 한 처녀의 입술 위에 있는 점뿐이었는데, 그것이 그녀를 아주 예쁘게 해 주고 있었다. 그들은 피에르를 시체나 페스트 환자처럼 맞았다. 맏언니 공작 영애는 책 읽기를 멈추고 놀란 눈으로 말없이 그를 바라보았다. 점이 없는 동생도 정확히 똑같은 표정을 지었다. 명랑하고 잘 웃는, 점이 있는 막내는 재미있을 것이라고 예견한 앞으로 일어날 장면을 떠올리다가 지었을 미소를 감추느라 수틀 쪽으로 몸을 숙였다. 그녀는 털실을 밑으로 길게 늘이고 무늬를 살피는 양 몸을 숙이면서 간신히 웃음을 참았다.

"안녕하세요, 사촌 누님." 피에르가 말문을 열었다. "나를 모르겠어요?"

"너무 잘 알죠. 지나치게 잘 알아요."

"백작님의 건강은 어떠신가요? 뵈어도 될까요?" 피에르가 여느 때처럼 겸연쩍게, 그러나 당황하는 기색 없이 물었다.

"백작님은 육체적으로도 정신적으로도 고통받고 계세요. 그런데 당신은 백작님께 정신적 고통을 더해 드리려고 특별히 신경 쓴 것 같더군요."

"백작님을 뵐 수 있습니까?" 피에르가 거듭 물었다.

"음……! 그분을 죽이고 싶다면, 완전히 죽이고 싶다면 만나셔도 되죠. 올가, 아저씨께 드릴 부용*이 준비됐는지 가서 살펴봐. 시간 다 됐어." 그녀는 이렇게 덧붙였는데, 이 말을 통해 자기들은 바쁘다, 그것도 피에르의 아버지를 편안하게 해 드리기 위해 바쁘다, 그런데 그는 분명 아버지에게 실망을 안겨 드리느라 바쁘다 하는 뜻을 피에르에게 보여 주고 있었다.

올가가 나갔다. 피에르는 잠시 서서 자매들을 바라보다가 고개 숙여 인사를 하고는 말했다.

"그럼 난 내 방으로 가겠습니다. 만나 뵈어도 괜찮을 때 내게 말해 주세요."

그는 방에서 나갔다. 점이 있는 누이의 낭랑하면서도 요란하지 않은 웃음소리가 등 뒤에서 들렸다.

다음 날 바실리 공작이 와서 백작의 집에서 묵었다. 그는 피에르를 방으로 불러 이렇게 말했다.

"이보게, **여기서도 페테르부르크에서처럼 처신하면 아주 나쁜 결말을 맞게 될 거야. 틀림없어.** 백작은 매우, 매우 위중하시네. 자네는 절대로 그분을 뵈어서는 안 돼."

그 후로 피에르는 성가시게 하는 사람 없이 온종일 2층 자기 방에서 혼자 지냈다.

보리스가 그의 방에 들어갔을 때 피에르는 방 안을 돌아다니다 구석에 멈춰 서서 마치 보이지 않는 적을 칼로 찌르듯 벽을 향해 위협하는 몸짓을 하기도 하고, 안경 너머로 무섭게 노려보기도 하고, 그러다가 다시 방 안을 거닐며 분명치 않은 말을 중얼거리기도 하고, 어깨를 으쓱하기도 하고, 두 팔을 벌리기도 했다.

"**영국은 끝이야.**" 그는 얼굴을 찌푸리고 누군가를 손가락으로 가리키며 중얼거렸다. "**국가와 국민의 권리를 배신한 피트에게 다음과 같은 선고를……**." 그는 그 순간 자기를 나폴레옹으로 상상하며 자신의 영웅과 함께 이미 위험한 칼레 해협을 횡단하여 런던을 함락하고서 피트에게 선고를 내리고 있었다.* 그가 선고를 언도하려는 순간, 늘씬하고 잘생긴 젊은 장교가 자기 방으로 들어서는 것이 눈에 띄었다. 그는 발을 멈추었다. 피에르는 보리스가 열네 살 소년일 때 떠나서 그를 분명하게 기억하지 못했다. 하지만 그럼에도 불구하고 그는 특유의 민첩하고 따뜻한 태도로 보리스의 손을 잡고 다정한 미소를 지었다.

"날 기억합니까?" 보리스가 쾌활한 미소를 지으며 차분하게 말했다. "어머니와 함께 백작을 뵈러 왔습니다. 하지만 건강이 좋지 않으신 것 같군요."

"네, 안 좋으신 것 같습니다. 사람들에게 늘 시달리셔서요." 피에르는 청년이 누구인지 기억하려고 애쓰며 대답했다.

보리스는 피에르가 자신을 알아보지 못한다고 느꼈지만 이름을 댈 필요는 없다고 생각하며 조금도 당황하는 기색 없이 그의 눈을 똑바로 바라보았다.

"로스토프 백작께서 오늘 그분 댁에서 열리는 만찬에 와 달라고 청하셨습니다." 피에르에게는 꽤 긴 어색한 침묵이 흐른 뒤에 보리스가 말했다.

"아! 로스토프 백작!" 피에르가 기쁜 표정으로 입을 열었다. "그럼 당신은 그분의 아드님인 일리야군요? 상상이 됩니까, 처음엔 당신을 알아보지 못했습니다. 우리가 **마담 자코**와 보로비요비 고리*에 가곤 했던 것 기억합니까……? 오래된 얘기네요."

"잘못 보셨습니다." 보리스는 대담하면서도 살짝 조소적인 미소를 띠고는 침착하게 말했다.

"나는 안나 미하일로브나 드루베츠카야 공작 부인의 아들 보리스입니다. 아버지 로스토프의 성함이 일리야이고, 아들은 니콜라이입니다. 그리고 나는 **마담 자코**라는 분을 전혀 모릅니다."

피에르가 마치 모기나 벌이 떼로 달려들기라도 한 것처럼 두 손과 머리를 흔들어 대기 시작했다.

"아, 이런 참! 내가 혼동했네요. 모스크바에 친척이 어찌나 많은지! 당신은 보리스군요……. 그렇군요. 그럼 이제 우리 사이 이야기도 다 정리됐네요. 당신은 불로뉴 원정에 대해 어떻게 생각합니까? 나폴레옹이 해협을 건너기만 해도 정말 영국인들은 낭패가 아닐까요? 난 원정이 충분히 가능하다고 생각합니다. 빌뇌브가 망쳐 놓지만 않으면 말입니다!"*

보리스는 불로뉴 원정에 대해 아무것도 몰랐다. 그는 신문을 읽지 않아서 빌뇌브라는 이름도 처음 들었다.

"여기 모스크바에서 우리는 정치보다 만찬과 험담으로 더 바쁩니다." 그는 특유의 차분하고 조소적인 어투로 말했다. "난 그런 것에 대해 아무것도 모르고, 아무 생각도 하지 않습니다. 모스크바는 무엇보다도 험담에 바쁜 곳입니다." 그가 말을 계속했다. "지금은 당신과 백작에 대한 이야기가 한창입니다."

피에르는 상대방이 나중에 후회할 만한 무언가를 말하지 않을까 염려하는 듯 특유의 온화한 미소를 지었다. 그러나 보리스는 피에르의 눈을 똑바로 쳐다보며 메마른 어조로 뚜렷하고 분명하게 말했다.

"모스크바에는 남을 헐뜯는 것 외에 달리 할 일이 없습니다." 그는 말을 이었다. "다들 백작이 자기 재산을 누구에게 남길 것인지에 정신이 팔려 있어요. 하지만 그분이 우리 모두보다 더 오래 사실지도 모르죠. 난 진심으로 그렇게 되길 바랍니다……."

"네, 다 아주 괴로운 이야깁니다." 피에르가 말을 받았다. "아주 괴로워요." 피에르는 이 장교가 그 자신이 거북해하는 대화로 빠져들지 않을까 계속 걱정하고 있었다.

"당신 눈엔 틀림없이 그렇게 보이겠지요." 보리스는 살짝 얼굴을 붉혔으나 목소리와 자세를 바꾸지 않고 말했다. "당신에게는 틀림없이 다들 부자에게서 뭐라도 받을 생각에만 정신이 팔려 있다고 보일 겁니다."

'그렇지.' 피에르는 생각했다.

"오해를 피하기 위해 당신에게 이 말을 해 두고 싶습니다. 만약 당신이 나와 내 어머니를 그런 부류의 사람으로 본다면 큰 실수를 하는 거라고 말입니다. 우리는 매우 가난합니다. 하지만 최소한 나 자신을 위해 말합니다. 바로 당신 아버지가 부자이기 때문에 나는 나 자신을 그분의 친척으로 여기지 않습니다. 나도 어머니도 그분에게 결코 아무것도 청하지 않을 것이고, 아무것도 받지 않을 것입니다."

피에르는 오랫동안 그 말을 이해할 수 없었다. 그러나 그 말이 이해된 순간, 그는 소파에서 벌떡 일어나 특유의 민첩하고도 어색한 태도로 보리스의 팔꿈치 아래쪽을 덥석 잡았다. 그러고는 보리스보다 더 얼굴을 붉히며 수치와 분노가 뒤섞인 감정으로 입을 열었다.

"참 이상하네요. 설마 내가……. 게다가 또 도대체 누가 그런 생각을……. 잘 알고 있습니다……."

하지만 보리스가 다시 그의 말을 끊었다.

"다 털어놓고 나니 기쁘네요. 아마 당신은 기분 나빴을 겁니다. 용서하세요." 보리스는 피에르에게 위로받는 대신 그를 위로하며 말했다. "하지만 내가 당신을 모욕하지 않았기를 바랍니다. 나는 무엇이든 솔직히 말하자는 원칙을 갖고 있어서요……. 그런데 어떻게 전할까요? 로스토프가의 만찬에 오실 건가요?"

그렇게 보리스는 괴로운 의무를 벗어던진 듯, 자신은 거북한 상황에서 빠져나오고 그 자리에 상대방을 밀어 넣으며 다시 유쾌한 기분이 되었다.

"아닙니다. 들어 봐요." 피에르가 마음을 가라앉히며 말했다. "당신은 놀라운 사람입니다. 당신이 지금 한 말은 아주 훌륭합니다. 참으로 훌륭해요. 물론 당신은 날 모릅니다. 우리는 아주 오래 전부터 보지 못했으니까요. 아직 어렸을 때……. 당신 예상으로는 내 안에 그런……. 난 당신을 이해합니다. 아주 잘 이해해요. 나라면 그렇게 못합니다. 나한테는 그럴 만한 기개가 없어요. 하지만 훌륭해요. 당신을 알게 되어 무척 기쁩니다. 이상하네요." 그는 잠시 입을 다물었다가 빙그레 웃으며 덧붙였다. "당신이 내 안에서 그런 인간을 예상하다니요!" 그는 웃음을 터뜨렸다. "뭐 어떻습니까? 서로 더 잘 알아 갑시다. 잘 부탁합니다." 그는 보리스의 손을 꼭 쥐었다. "당신이 아는지 모르지만, 난 아직 한 번도 백작을 뵙지 못했습니다. 그분이 부르지 않았어요……. 난 그분이 인간으로서 불쌍합니다……. 하지만 어쩌겠습니까?"

"그런데 당신은 나폴레옹이 바다 건너로 군대를 보낼 수 있을 거라고 생각합니까?" 보리스가 싱긋 웃으며 물었다.

피에르는 보리스가 화제를 바꾸고 싶어 하는 것을 알아채고 그의 뜻에 동의하며 불로뉴 계획의 이익과 불이익을 설명하기 시작했다.

보리스를 공작 부인에게 데려가려고 하인이 왔다. 공작 부인은 돌아갈 채비를 하고 있었다. 피에르는 보리스와 더 가까워지기 위해 만찬에 가겠노라 약속하고 안경 너머로 그의 눈을 다정하게 바라보며 그의 손을 굳게 쥐었다. 그가 떠난 후 피에르는 다시 오랫동안 방 안을 거닐었다. 이제는 더 이상 보이지 않는 적을 검으로 찌르는 행동을 하지 않고 사랑스럽고 총명하고 의연한 청년을 떠올리며 빙그레 웃고 있었다.

풋풋한 젊은 시절에, 특히 고독한 처지에 있을 때 흔히 그렇듯이 그는 이 젊은이에게 까닭 모를 다정함을 느껴서 그와 꼭 친해지리라 다짐했다.

바실리 공작이 공작 부인을 배웅했다. 공작 부인은 눈가에 손수건을 대고 있었고, 그녀의 얼굴은 눈물로 얼룩져 있었다.

"무서운 일이에요! 무서워요!" 그녀가 말했다. "하지만 어떤 희생을 치르더라도 나는 내 의무를 다하겠어요. 밤샘을 하러 올게요. 그분을 저렇게 두어서는 안 돼요. 매 순간이 소중해요. 공작 영애들이 왜 그렇게 꾸물대는지 영문을 모르겠네요. 어쩌면 내가 그분을 준비시킬 방법을 찾도록 하느님이 도우실지도요……. **안녕히 계세요, 공작. 하느님께서 당신을 붙들어 주시길…….**"

"**안녕히 가십시오, 친애하는 부인.**" 그녀에게서 몸을 돌리며 바실리 공작이 대답했다.

"아, 그분은 끔찍한 상황에 놓이셨단다." 카레타에 자리를 잡고 앉자 어머니가 아들에게 말했다. "아무도 알아보지 못하셔."

"난 모르겠어요, 엄마. 피에르에 대한 그분의 태도는 어떤가요?" 아들이 물었다.

"애야, 유언이 모든 것을 말해 주겠지. 우리의 운명도 거기에 달렸단다……."

"하지만 엄마는 어째서 그분이 우리에게 무언가를 남기실 거라고 생각하시죠?"

"아, 애야! 그분은 그렇게 부유하고 우리는 이렇게 가난하잖니!"

"휴, 그것만 가지고는 충분한 이유가 못 돼요, 엄마."

"아, 하느님! 하느님! 그분이 그렇게 위독하시니!" 어머니가 큰 소리로 부르짖었다.

14

안나 미하일로브나가 아들과 함께 키릴 블라디미로비치 베주 호프 백작의 집으로 떠나자 로스토바 백작 부인은 눈가에 손수건 을 대고 오랫동안 혼자 앉아 있었다. 마침내 그녀는 벨을 울렸다.

"이봐요, 당신 뭐예요?" 그녀는 몇 분씩 자신을 기다리게 한 하 녀에게 화를 내며 말했다. "일하고 싶은 생각이 없는 거예요? 그 럼 당신에게 다른 자리를 알아봐 주겠어요."

백작 부인은 친구의 슬픔과 굴욕적인 가난이 속상해서 기분이 언짢았다. 그런 기분은 하녀를 '이봐요'와 '당신'이라고 부르는 데 서 드러났다.

"죄송합니다." 하녀가 말했다.

"백작님께 가서 내게 오시라고 해요."

백작은 늘 그렇듯이 몸을 뒤뚱거리며 다소 미안한 표정으로 아 내에게 다가왔다.

"아, 사랑스러운 백작 부인! 들꿩으로 만든 **소테 오 마데르***가 아 주 훌륭할 것 같아요, **마 셰르**! 맛을 봤어요. 타라스카를 위해 1천 루블을 쓴 게 괜한 짓이 아니었어. 그만한 가치가 있어요!"

그는 활기차게 두 팔꿈치를 무릎에 괴고 하얗게 센 머리카락을 흐트러뜨리며 아내 곁에 앉았다.

"백작 부인, 무슨 분부를 내리시렵니까?"

"사실은요, 여보, 여기 이 얼룩은 뭐예요?" 그녀가 조끼를 가리키며 말했다. "소테 자국이네. 틀림없어요." 그러고는 미소를 지으며 덧붙였다. "실은요, 백작, 돈이 필요해요."

그녀의 얼굴에 슬픔이 어렸다.

"아, 백작 부인……!" 백작이 지갑을 꺼내며 부산을 떨었다.

"많이 필요해요, 5백 루블은 있어야 해요." 그녀는 삼베 손수건을 꺼내 남편의 조끼를 닦아 주었다.

"지금 주지, 당장 주겠소. 어이, 거기 누구 없나?" 자신이 외쳐 부른 자는 그 부름에 쏜살같이 달려오리라고 확신하는 사람들만이 내는 목소리로 그가 외쳤다. "미텐카를 불러와!"

귀족의 아들로 태어나 백작의 집에서 양육을 받고 지금은 백작의 모든 일을 관장하고 있는 미텐카가 조용한 걸음으로 방에 들어왔다.

"이보게, 그게 말이야." 안으로 들어온 공손한 청년에게 백작이 말했다. "돈을 좀 가져다줬으면 하는데……." 그는 생각에 잠겼다. "그래, 7백 루블이야, 맞아. 그리고 잘 살피게. 저번처럼 찢어지고 지저분한 거 말고 깨끗한 돈으로 가져오게. 백작 부인에게 드릴 거니까."

"그래, 미텐카, 깨끗한 돈으로 부탁해." 백작 부인이 탄식하며 말했다.

"각하, 언제 가져올까요?" 미텐카가 말했다. "아셔야 하는 게요…… 아닙니다, 걱정하지 마십시오." 그는 백작이 힘겹게 자주 숨을 몰아쉬기 시작한 것을 알아차리고 덧붙였다. 그것은 화가 나기 시작했다는 징조였다. "제가 깜빡 잊고 있었습니다……. 당장 가져올까요?"

"그래, 그래, 즉시 가져오게. 이 자리에서 백작 부인에게 드릴 수 있도록."

"미텐카는 나의 황금이야." 청년이 나가자 백작은 빙그레 웃으며 덧붙였다. "안 되는 건 없어요. 나는 그걸 도저히 참을 수 없다니까. 뭐든 가능해."

"아, 돈, 백작, 돈, 세상에는 돈 때문에 슬픈 일이 얼마나 많은지!" 백작 부인이 말했다. "하지만 나는 이 돈이 무척 필요해요."

"백작 부인, 당신의 낭비벽은 유명하잖소." 백작은 이렇게 말하면서 아내의 손에 입을 맞추고 다시 서재로 갔다.

안나 미하일로브나가 베주호프의 집에서 돌아왔을 때 백작 부인의 탁자 위에는 전부 새 지폐인 돈이 손수건에 덮인 채 놓여 있었다. 안나 미하일로브나는 백작 부인이 왠지 몹시 불안해하는 것을 알아차렸다.

"그래, 어땠어?" 백작 부인이 물었다.

"아, 그분 상태가 어찌나 끔찍하던지! 그분을 알아볼 수가 없을 정도야. 너무 편찮으셔. 너무 안 좋아. 아주 잠깐 들렀는데 두 마디도 못했어……."

"**아네트**, 제발 거절하지 마." 백작 부인이 얼굴을 붉힌 채 손수건 밑에서 돈을 꺼내며 불쑥 말했다. 젊지 않은, 야위고 근엄한 얼굴에 그 표정은 너무나 이상야릇하게 보였다.

안나 미하일로브나는 순간적으로 무슨 일인지 알아차렸고, 적당한 순간에 재빨리 백작 부인을 끌어안기 위해 몸을 숙였다.

"내가 보리스에게 주는 거야. 군복 지어 입게……."

안나 미하일로브나는 이미 그녀를 끌어안고 울음을 터뜨렸다. 백작 부인도 울었다. 자신들이 친구라는 것, 자신들이 선한 사람들이라는 것, 젊은 시절의 친구들이 돈처럼 비천한 것에 몰두해 있다는 것, 자신들의 젊음이 이젠 지나가 버렸다는 것, 그 때문에 그들은 울고 있었다……. 하지만 두 사람의 눈물은 기쁨의 눈물이었다.

15

로스토바 백작 부인은 딸들과 이미 자리를 차지한 많은 손님들과 함께 응접실에 앉아 있었다. 백작은 남자 손님들을 서재로 안내해 자신이 즐겨 모으는 튀르크산 파이프 수집품을 구경하도록 권했다. 그는 이따금 서재에서 나와 아직 오시지 않았는지 묻곤 했다. 사교계에서 **무서운 용**이라는 별명을 가진 마리야 드미트리예브나 아흐로시모바를 기다리고들 있었다.* 부나 명예가 아니라, 올곧은 지성과 솔직하고 담백한 태도로 유명한 부인이었다. 황실이, 온 모스크바와 온 페테르부르크가 마리야 드미트리예브나를 알았다. 그리고 두 도시가 모두 그녀에게 놀라며 그녀의 거친 언행을 은근히 비웃고 그녀에 대한 일화를 입에 올렸다. 그럼에도 불구하고 모두가 예외 없이 그녀를 존경하고 두려워했다.

담배 연기가 자욱한 서재에서는 성명서로 선포된 전쟁과 징집에 대한 이야기가 오갔다. 성명서를 읽은 사람은 아직 아무도 없었으나 그 출현에 대해서는 다들 알고 있었다. 백작은 담배를 피우며 이야기를 나누는 두 이웃 사이의 작은 오토만*에 앉아 있었다. 백작 자신은 담배를 피우지도, 말을 하지도 않았지만 만족스러워 보이는 표정으로 고개를 이쪽저쪽 기울이며 담배 피우는 사람들을 바라보기도 하고 자신이 부추긴 두 이웃의 대화에 귀를 기울이기도 했다.

말하고 있던 사람들 가운데 한 명은 문관으로, 옷은 최신 유행을 좇는 젊은이처럼 입었지만 이미 노령에 가까웠다. 주름투성이의 신경질적인 야윈 얼굴을 깨끗이 면도한 그는 집안사람 같은 태도로 작은 오토만 위에 다리를 걸치고 앉아 호박 파이프를 비스듬하게 입 안 깊숙이 물고 뻐끔뻐끔 연기를 빨아들이며 눈을 가늘게 뜨고 있었다. 그는 백작 부인의 사촌인 늙은 독신자 신신으로, 모스크바의 살롱들에서 떠도는 소문대로 독설가였다. 그는 자신을 낮추어 대화 상대의 수준에 맞춰 주는 것처럼 보였다. 또 다른 사람은 생기 있는 장밋빛 얼굴의 근위대 장교로, 흠잡을 데 없이 깨끗하게 씻고 단추를 빈틈없이 잠그고 깔끔하게 머리를 빗어 넘긴 모습이었다. 그는 호박 파이프를 입 한가운데 물고 장밋빛 입술로 살짝 연기를 빨아들인 뒤 아름다운 입에서 작은 고리 모양의 연기를 뿜고 있었다. 이 사람은 세묘놉스키 연대 장교인 베르크 중위로 보리스와 함께 연대로 갈 예정이었다. 나타샤가 맏이인 베라 공작 영애를 놀리느라 그녀의 약혼자라고 불렀던 바로 그 사람이었다. 백작은 그들 사이에 앉아 주의 깊게 귀를 기울이고 있었다. 몹시 즐기던 보스턴 카드놀이를 제외하면 백작이 가장 유쾌해하던 일은 듣는 사람의 입장에 서는 것이었다. 그가 말 많은 두 사람을 부추겨 대화를 나누게 한 경우에는 특히 그랬다.

"음, 그렇다면, 이봐요, **존경하는** 알폰스 카를리치." 신신이 조롱하는 듯한 웃음을 띤 채 아주 소박한 서민적인 러시아어 표현과 우아한 프랑스어 문구를 섞어 가며 (그의 말투의 특징이었다) 말했다. "**당신은 정부로부터 수입을 얻고 싶습니까**, 중대로부터 얻고 싶습니까?"

"아닙니다, 표트르 니콜라예비치. 나는 다만 기병의 수입이 보병에 비해 훨씬 적다는 것을 입증하고 싶을 뿐입니다. 자, 표트르 니콜라예비치, 내 처지를 한번 생각해 보세요."

베르크는 언제나 매우 정확하고 차분하고 정중하게 말했다. 그의 이야기는 언제나 자기 자신에 관한 것뿐이었다. 사람들이 그와 직접적인 관계가 없는 무언가를 말할 때면 그는 늘 차분하게 입을 다물고 있었다. 그 자신도 당황하지 않고 다른 사람들에게도 전혀 곤혹스러움을 불러일으키지 않으면서 몇 시간이고 침묵할 수 있었다. 그러나 대화가 개인적으로 그와 관련된 경우에는 즉시 그는 뚜렷한 만족의 표정과 함께 장황하게 말을 늘어놓기 시작했다.

"내 처지를 생각해 보세요, 표트르 니콜라이치. 내가 만약 기병대에 있으면 심지어 중위 계급이라 해도 네 달에 기껏해야 2백 루블 받을 겁니다. 하지만 지금 나는 230루블을 받고 있단 말이죠." 그는 즐겁고 유쾌한 미소를 띤 채 신신과 백작을 유심히 바라보며 말했다. 마치 자신의 성공이 나머지 다른 사람들의 욕망이 추구하는 주된 목표임에 틀림없다고 생각하는 듯했다.

"그뿐이 아닙니다, 표트르 니콜라이치. 근위대로 옮기면서 난 주목을 받게 되었습니다." 베르크는 계속해서 말했다. "근위 보병은 공석이 생기는 경우도 훨씬 더 많습니다. 그리고 잘 생각해 보세요, 내가 어떻게 230루블로 생활을 꾸려 나갈 수 있었을지 말입니다. 그런데 나는 저축도 하고, 또 아버지에게 돈도 보내 드리고 있단 말입니다."

"**딱 맞는 말이네…….** 속담에 독일인은 도끼 등으로 탈곡을 한다더니." 신신이 호박 파이프를 입의 다른 쪽으로 바꿔 물며 말하고는 백작에게 눈을 찡긋했다.

백작은 껄껄 웃음을 터뜨렸다. 다른 손님들이 신신이 대화를 나누고 있는 것을 보고 다가왔다. 베르크는 조롱도 무관심도 눈치채지 못한 채 자기가 근위대로 옮김으로써 군사 학교 동창들보다 계급이 앞섰다고, 전시에는 중대장이 죽을 수 있으니 그러면 중대의 최고참인 자기가 쉽게 중대장이 될 수 있다고, 연대에서 모두 자기를 좋아한다고, 아버지가 자기를 흡족해한다고 계속해서 지껄여 댔다. 베르크는 이 모든 이야기를 늘어놓으며 만족하는 듯 보였고, 다른 사람들에게도 자기 관심사가 있다는 것을 전혀 생각하지 않는 듯했다. 그러나 그가 이야기하던 모든 것이 어찌나 유쾌하고 진지한지, 젊은이 특유의 이기주의가 풍기는 순진함이 어찌나 뻔히 보이던지 청중은 그만 무장 해제되고 말았다.

"이봐요, 당신은 보병대든 기병대든, 어딜 가든 성공할 거요. 내 예언이 맞을 거요." 신신이 그의 어깨를 가볍게 두드리고 오토만에서 두 다리를 내리며 말했다.

베르크는 기쁜 듯 씩 웃었다. 백작이, 그리고 그를 뒤따라 손님들도 응접실로 나갔다.

만찬을 앞두고, 모여든 손님들이 자쿠스카*에 불러 주기를 기다리며 긴 대화를 시작하려 하지 않는, 그러면서도 식탁에 앉으려고 안달하는 게 결코 아님을 보여 주기 위해 주위를 서성이며 침묵을 피해야 한다고 여기는 때였다. 주인 부부가 문 쪽을 힐끗거리며 이따금 눈짓을 주고받는다. 손님들은 그 시선에서 누구를 아니면 무엇을 기다리고 있는지 추측해 내려고 애쓴다. 뒤늦게 온 중요한 친척일까, 아니면 아직 완성되지 않은 요리일까?

피에르는 만찬 직전에 도착해서 맨 먼저 맞닥뜨린 응접실 한가운데의 안락의자에 어색하게 앉아 사람들의 길을 막고 있었다. 백작 부인은 그에게 말을 시키고 싶었지만, 그는 누군가를 찾는 듯 안경 너머로 주위를 순박하게 둘러보면서 백작 부인의 질문에 간단하게 답할 뿐이었다. 그는 부끄러운 처지에 놓여 있으면서도 혼자만 깨닫지 못하고 있었다. 곰 이야기를 알고 있던 대다수 손님들이 호기심 어린 눈으로 이 덩치 크고 뚱뚱하고 온순한 남자를 바라보면서 어떻게 저런 굼뜨고 수줍음 많은 사람이 경찰서장에게 그런 장난을 칠 수 있었는지 의아해했다.

"온 지 얼마 안 됐지요?" 백작 부인이 그에게 물었다.

"네, 부인." 그는 주위를 둘러보며 대답했다.

"내 남편 만난 적 없지요?"

"네, 부인." 그는 생뚱맞게 씩 웃었다.

"당신은 얼마 전까지 파리에 있었던 모양이에요? 아주 재미있을 것 같네요."

"아주 재미있습니다."

백작 부인은 안나 미하일로브나와 눈짓을 주고받았다. 안나 미하일로브나는 청년을 상대해 달라는 부탁임을 알아채고 그의 곁에 다가앉아 아버지에 관해 말하기 시작했다. 하지만 그는 백작 부인에게 그랬던 것처럼 그녀에게도 간단한 말로 대답할 뿐이었다. 손님들은 모두 자기들끼리 이야기하기에 바빴다.

"라주몹스키 댁 분들은…… 참 매력적이에요……. 아프락시나 백작 부인은……." 사방에서 말소리가 들렸다. 백작 부인은 일어나서 홀 쪽으로 갔다.

"마리야 드미트리예브나신가요?" 홀에서 그녀의 목소리가 들렸다.

"그 여자 맞네." 투박한 여자 목소리가 대답으로 들렸다. 뒤이어 마리야 드미트리예브나가 방으로 들어왔다.

아가씨들과 심지어 아주 나이 든 사람들을 제외한 부인들까지 모두 자리에서 일어났다. 마리야 드미트리예브나는 문간에 멈춰서서 하얗게 센 머리칼을 말아 올린, 쉰 살 된 머리를 높이 치켜세우고 뚱뚱한 몸을 곧게 편 채 손님들을 둘러보고는 마치 소맷자락을 걷듯 드레스의 넓은 소매를 느긋하게 매만졌다. 마리야 드미트리예브나는 언제나 러시아어로 말했다.

"사랑하는 두 모녀의 명명일을 축하하네." 그녀가 다른 소리들을 압도하는 특유의 크고 굵은 목소리로 말했다. "이 방탕한 늙은이, 자네는 어떤가?" 그녀는 자신의 손에 입을 맞추는 백작에게 얼굴을 돌렸다. "보아하니 모스크바에 있는 게 지루하지? 개들을 몰고 갈 곳이 없지? 하지만 어쩌겠나? 이 작은 새들이 저렇게 자라고 있는데……." 그녀는 처녀들을 가리켰다. "좋든 싫든 신랑감을 찾아 줘야지."

"그래, 어찌 지냈느냐, 나의 카자크?"* (마리야 드미트리예브나는 나타샤를 카자크라고 불렀다.) 그녀는 두려움 없이 명랑하게 자신의 손에 입을 맞추러 다가온 나타샤를 다정하게 쓰다듬으며 말했다. "네가 못된 아가씨라는 것은 안다만, 그래도 사랑한다."

그녀는 커다란 손가방에서 배 모양의 루비 귀걸이 한 쌍을 꺼내 명명일의 기쁨으로 얼굴이 환하게 빛나고 뺨이 발그레 물든 나타샤에게 주고는 이내 피에르에게 고개를 돌렸다.

"오, 오! 애야! 이리 좀 와 보렴." 그녀는 일부러 나지막하고 가느다란 목소리로 말했다. "와 보라니까, 애야……."

그리고는 위협적인 태도로 소맷자락을 더 높이 걷어 올렸다.

피에르는 안경 너머로 순진하게 그녀를 바라보며 다가갔다.

"가까이 오너라, 애야, 가까이 와! 난 네 아버지가 기회를 잡았을 때,* 네 아버지에게도 혼자 진실을 말했어. 너한테도 그러라고 하느님이 명하시는구나."

그녀는 잠시 입을 다물었다. 모두 이것이 서두에 불과하다고 느끼며 무슨 일이 일어날까 하는 기대로 조용히 숨을 죽였다.

"잘했다. 할 말이 없어! 훌륭한 아이야! 아버지가 병상에 누워 있는데 아들은 경찰서장을 곰 등에 태우고 놀다니. 부끄럽구나, 애야, 부끄러워! 차라리 전쟁에 나가는 게 낫겠어."

그녀는 몸을 돌려 가까스로 웃음을 참고 있던 백작에게 손을 내밀었다.

"자, 그럼 식탁으로 갈까? 때가 된 것 같은데?" 마리야 드미트리예브나가 말했다.

백작이 마리야 드미트리예브나와 함께 앞장섰다. 그다음에는 경기병 연대장이 백작 부인을 이끌고 갔다. 그는 니콜라이가 그와 함께 연대를 뒤쫓아 가야 해서 필요한 사람이었다. 안나 미하일로브나는 신신과 함께 걸었고, 베르크는 베라에게 손을 내밀었다. 줄리 카라기나는 생글생글 웃으며 니콜라이와 함께 식탁으로 갔다. 그들을 뒤따라 걷는 또 다른 쌍들이 홀 전체에 길게 늘어섰고, 마지막으로 아이들과 가정 교사들이 한 사람씩 뒤를 이었다. 하인들이 움직이고, 의자들이 덜거덕거리고, 악단이 음악을 연주하고, 손님들이 각자 자리에 앉았다. 백작의 가내 악단의 음악 소리가 나이프와 포크 소리, 손님들의 말소리, 하인들의 조용한 발소리로 바뀌었다. 식탁 한쪽 끝 상석에는 백작 부인이 앉아 있었다. 오른쪽에는 마리야 드미트리예브나가, 왼쪽에는 안나 미하일로브나와 다른 손님들이 앉았다. 맞은편 끝에는 백작이, 그 왼쪽에는 경기병 연대장이, 오른쪽에는 신신과 다른 남자 손님들이 앉아 있었다. 긴 식탁의 한쪽에는 좀 더 나이 많은 젊은이들이 앉았다. 베라는 베르크와, 피에르는 보리스와 나란히 앉았다. 다른 쪽에는 아이들과 가정 교사들이 앉았다. 백작은 크리스털 식기와 유리

병과 과일이 담긴 그릇 너머로 아내와 하늘빛 리본이 달린 그녀의 높다란 실내용 모자를 계속 힐긋거리며 옆에 앉은 손님들의 잔에 열심히 포도주를 따랐고, 자기 잔을 채우는 것도 잊지 않았다. 백작 부인 또한 여주인의 의무를 잊지 않으며 파인애플 너머로 남편에게 의미 있는 눈짓을 던지곤 했다. 그녀에게는 남편의 대머리와 얼굴이 벌겋게 물든 탓에 하얗게 센 머리칼과 더 현격하게 구분되어 보였다. 여자들 쪽에서는 일정한 리듬의 수다가 이어졌다. 남자들 쪽에서는 목소리들이, 특히 경기병 연대장의 목소리가 커졌다. 그가 얼굴을 붉게 물들이며 어찌나 많이 먹고 마셨던지 백작이 다른 손님들에게 그를 본보기로 내세울 정도였다. 베르크는 부드러운 미소를 띠고 사랑은 지상이 아닌 천상의 감정이라는 것에 대해 베라와 대화를 나누고 있었다. 보리스는 새로운 친구 피에르에게 식탁에 앉은 손님들의 이름을 가르쳐 주며 맞은편에 앉은 나타샤와 눈짓을 주고받았다. 피에르는 거의 말을 하지 않고 새로운 얼굴들을 둘러보며 우적우적 먹어 댔다. 맨 먼저 나온 두 가지 수프 중에 **거북 수프**를 고른 것으로 시작해서 큰 피로그와 들꿩 요리까지, 그는 단 하나의 음식도 놓치지 않았고, 집사가 '드라이 마데이라'니 '헝가리산'이니 '라인산'이니 중얼거리며 그의 옆에 앉은 사람의 어깨 뒤에서 냅킨에 싼 병으로 은밀히 내미는 포도주도 그냥 보내지 않았다. 그는 각자의 식기 세트 앞에 놓인, 백작의 모노그램이 있는 크리스털 잔 네 개 중에서 가장 먼저 눈에 띈 잔을 집어 만족스럽게 마시며 점점 더 즐거운 표정으로 손님들을 쳐다보았다. 그의 맞은편에 앉은 나타샤는 열세 살 소녀가 이제 막 첫키스를 나누고 사랑하게 된 소년을 바라보는 눈빛으로 보리스를 보고 있었다. 그녀의 시선이 가끔 피에르를 향했는데, 그러면 그는 이 우스꽝스럽고 생기 넘치는 소녀의 눈길 아래서 까닭도 없이 괜히 웃고 싶어졌다.

니콜라이는 소냐에게서 멀리 떨어져 줄리 카라기나 옆에 앉아 또다시 자기도 모르게 짓는 그 미소와 함께 그녀와 무엇인가를 말하고 있었다. 소냐는 화사한 미소를 띠고 있었지만 질투로 고통받고 있는 듯 보였다. 그녀는 얼굴이 창백해졌다 붉어졌다 하면서 니콜라이와 줄리가 나누는 대화에 온 힘을 다해 귀를 기울이고 있었다. 여자 가정 교사는 누가 아이들을 모욕하려 들면 언제라도 반격할 태세로 불안하게 주위를 둘러보고 있었다. 독일인 남자 가정 교사는 독일의 가족에게 보낼 편지에 상세히 쓰기 위해 모든 종류의 음식과 후식과 술을 기억하려 애썼고, 냅킨에 싼 술병을 쥔 집사가 자신을 빠뜨리고 지나가면 몹시 불쾌해했다. 독일인은 인상을 쓰며 자기도 그 술을 받고 싶지 않았다는 표정을 보여 주려고 애썼다. 하지만 그는 자신에게 술이 필요한 것은 갈증을 풀기 위해서나 탐욕 때문이 아니라 순수한 호기심 때문이라는 것을 아무도 알아주려 하지 않아서 화가 났다.

16

남자들이 앉은 식탁 한쪽 끝에서는 대화가 점점 활기를 띠었다. 연대장은 전쟁을 선포하는 성명서가 이미 페테르부르크에서 발표되었으며, 오늘 특사가 총사령관에게 전한 성명서 한 통을 자기가 직접 보았다고 이야기했다.

"우리는 왜 쓸데없이 보나파르트와 싸우는 걸까요?" 신신이 말했다. "**그는 이미 오스트리아의 오만한 콧대를 꺾어 놓았어요.*** 이제 **우리 차례가 아닐까 걱정이군요.**"

연대장은 키가 크고 건장한 다혈질의 독일인인데, 노련한 군인이자 애국자로 보였다. 그는 신신의 말에 모욕을 느꼈다.

"왜냐하면, 친애하는 선생……" 그는 연음을 경음으로 발음하며 말했다. "그건 말입니다, 황제께서 잘 알고 계시기 때문입니다. 그분은 성명서에서 러시아를 위협하는 위험을 방관하고 있을 수 없다고 말씀하셨습니다. 제국의 안전과 위신, **동맹**의 신성함……" 그는 특히 '동맹'이라는 말에 힘을 실으며 말해서 마치 그것에 문제의 핵심이 있는 듯했다.

그리고 그는 타고난 관료다운 정확한 기억력으로 성명서의 서두를 되풀이했다. "군주의 유일하고 절대적인 목적, 즉 견고한 토대 위에 유럽의 평화를 확립하려는 갈망은 오늘날 군대 일부를 국경 밖으로 움직여 이 의도를 성취하기 위한 새로운 노력을 기울이도록 군주를 결심시켰도다."

"바로 이런 까닭입니다. 친애하는 선생." 연대장은 술잔을 비우면서 격려를 구하는 눈길로 백작을 바라보곤 교훈적으로 말을 맺었다.

"이런 속담을 아십니까? '예료마, 예료마, 너는 집에 들어앉아서 네 물렛가락이나 갈고 있는 게 좋을 것을.'" 신신이 찌푸린 얼굴에 미소를 지으며 말했다. "이 말은 우리에게 놀랍도록 잘 어울리지요. 수보로프를 입에 올려 뭐 하겠습니까? 그 사람조차 산산이 격파되고 말았는데요.* 이제 우리에게 수보로프 같은 사람들이 어디 있습니까? 당신에게 묻겠습니다." 그는 끊임없이 러시아어와 프랑스어를 넘나들며 말했다.

"우리는 마지막 한 방울의 피를 흘릴 때까지 싸워야 합니다." 연대장이 식탁을 치며 말했다. "황제를 위해 주욱느은 겁니다. 그럼 다 잘될 겁니다. 그리고 생각은 가아느응하안(그는 '가능한'이란 말을 특히 늘였다), 가아느응하안 적게." 그러고는 다시 백작 쪽을 바라보며 말을 맺었다. "늙은 경기병들은 그렇게 생각합니다. 그게 전부입니다. 젊은이이자 젊은 경기병인 당신은 어떻게 생각하시나?" 그는 니콜라이를 향해 이렇게 덧붙였다. 화제가 전쟁에 관한 것임을 들은 니콜라이는 이미 자신의 대화 상대를 버려둔 채 커다랗게 뜬 눈으로 연대장을 바라보면서 그의 말에 골똘히 귀 기울이고 있었다.

"전적으로 동의합니다." 니콜라이는 얼굴을 온통 확 붉히고는 마치 그 순간 대단한 위험에 처한 것처럼 결연하고 필사적인 표정으로 접시를 돌리기도 하고 컵들의 자리를 바꾸기도 하면서 대답했다. "나는 러시아인들이 죽든지 이기든지 싸워야 한다고 확신하고 있습니다." 그는 다른 사람들과 마찬가지로 그 자신도 이미 말이 입 밖에 나온 후에야 그것이 이 경우에 지나치게 열광적이고 거만한 것이었음을 느끼고 쑥스러워했다.

"**멋져요! 당신 말은 정말 훌륭해요.**" 그의 곁에 앉은 줄리가 숨을 몰아쉬며 말했다. 소냐는 니콜라이가 말하는 동안 온몸을 떨었고 귀까지, 아니 귀 뒤에서 목덜미와 어깨까지 새빨개졌다. 피에르는 연대장의 말에 귀를 기울이다가 찬성의 뜻으로 고개를 끄덕였다.

"참으로 훌륭합니다." 그가 말했다.

"진정한 경기병이군, 젊은이." 연대장이 또다시 탁자를 치며 외쳤다.

"거기서 뭘 그렇게들 떠들고 있어?" 갑자기 식탁 너머에서 마리야 드미트리예브나의 굵은 목소리가 들렸다. "자네는 탁자를 왜 쳐?" 그녀는 경기병을 돌아보았다. "누구한테 열을 올리는 거야? 프랑스인들이 거기 자네 앞에 있다고 생각하나 보지?"

"나는 진실을 말하고 있습니다." 경기병이 빙긋 웃으며 말했다.

"온통 전쟁 이야기뿐이군." 백작이 식탁 너머로 소리쳤다. "내 아들도 나갑니다. 마리야 드미트리예브나, 내 아들도 간다고요."

"내 아들 넷도 군대에 있어. 그래도 나는 슬퍼하지 않아. 모든 게 하느님의 뜻이야. 난로 위에 누워 있다 죽기도 하고, 전쟁터에서 하느님이 자비를 내려 주시기도 해." 식탁 저쪽 끝에서 마리야 드미트리예브나의 굵직한 목소리가 전혀 힘들인 기색 없이 울려 퍼졌다.

"하긴 그렇군요."

그러고 나서 사람들은 다시 나뉘어, 여자들은 식탁 한끝에서,

남자들은 그 반대편 끝에서 대화에 몰두했다.

"그것 봐, 못 묻겠지?" 어린 남동생이 나타샤에게 말했다. "못 묻네!"

"물어볼 거야." 나타샤가 대답했다.

그녀의 얼굴이 필사적이고도 유쾌한 결의를 드러내면서 갑자기 확 달아올랐다. 그녀는 자리에서 살짝 일어나 맞은편에 앉은 피에르에게 자기 말에 귀 기울여 달라고 눈짓으로 부탁한 뒤 어머니를 돌아보았다.

"엄마!" 가슴에서 나오는 듯한 그녀의 어린아이 같은 목소리가 식탁 전체에 울려 퍼졌다.

"무슨 일이야?" 백작 부인이 깜짝 놀라 물었다가, 딸의 표정에서 장난임을 깨닫고는 위협적인 거부의 고갯짓을 하며 엄하게 손을 내저었다.

대화가 잦아들었다.

"엄마! 후식은 뭐예요?" 나타샤의 여린 목소리가 흔들림 없이 더욱 결연하게 울려 퍼졌다.

백작 부인은 눈살을 찌푸리고 싶었지만 그럴 수 없었다. 마리야 드미트리예브나가 굵은 손가락으로 위협했다.

"카자크!" 그녀는 으름장을 놓으며 말했다.

손님들 대부분은 이 당돌한 행동을 어떻게 받아들여야 할지 몰라 부모를 바라보았다.

"혼날 줄 알아!" 백작 부인이 말했다.

"엄마! 후식으로 뭐가 나와요?" 자신의 당돌한 행동이 좋게 받아들여질 것이라 확신한 나타샤는 이제 별나 보일 만큼 명랑하고 대담하게 외쳤다.

소냐와 뚱뚱한 페탸는 웃음 때문에 얼굴을 가렸다.

"자, 물어봤지?" 나타샤는 어린 남동생과 피에르에게 소곤거리고는 다시 피에르를 흘깃 쳐다보았다.

"아이스크림이지. 너한테만 안 줄 거다." 마리야 드미트리예브나가 말했다.

나타샤는 아무것도 두려워할 게 없다는 것을 알았다. 그래서 마리야 드미트리예브나도 무서워하지 않았다.

"마리야 드미트리예브나! 어떤 아이스크림이에요? 나는 자두 아이스크림은 싫어요."

"당근 아이스크림이야."

"아니에요, 어떤 거예요? 마리야 드미트리예브나, 어떤 거예요?" 그녀는 거의 외치다시피 말했다. "나는 알고 싶어요!"

결국 마리야 드미트리예브나와 백작 부인이 웃음을 터뜨렸고, 손님들도 모두 따라 웃었다. 모두가 웃은 것은 마리야 드미트리예브나의 대답 때문이 아니라 마리야 드미트리예브나를 그런 식으로 대할 수 있고, 또 감히 그런 식으로 대하는 소녀의 불가사의한 용기와 재치 때문이었다.

나타샤는 파인애플 아이스크림이 나온다는 말을 듣고 나서야 물러났다. 아이스크림 전에 샴페인이 나왔다. 다시 음악이 울리고 백작이 백작 부인에게 입을 맞추자, 손님들도 일어나 백작 부인에게 축하 인사를 건네고는 식탁 너머로 백작과 아이들과 잔을 부딪고 자기들끼리도 서로 잔을 부딪쳤다. 다시 하인들이 뛰어다니기 시작하고, 의자들이 요란한 소리를 냈다. 손님들은 똑같은 순서로, 다만 더 붉어진 얼굴로 응접실과 백작의 서재로 되돌아갔다.

I7

보스턴 게임을 위한 탁자들이 배치되고 카드를 치는 조(組)가 만들어졌다. 백작의 손님들은 응접실 두 개와 소파가 있는 방과 도서실에 자리를 잡았다. 백작은 카드를 부채꼴로 펼치고 습관처럼 찾아오는 식곤증을 겨우 참으며 무엇에나 낄낄거렸다. 젊은이들은 백작 부인이 부추겨 클라비코드*와 하프 주위에 모였다. 모두가 요청해서 맨 먼저 줄리가 하프로 변주곡을 연주했다. 그러고 나서 그녀는 다른 처녀들과 함께 음악적 재능으로 유명한 나타샤와 니콜라이에게 무언가를 불러 달라고 졸랐다. 어른 대접을 받은 나타샤는 그 때문에 매우 의기양양해하는 것 같았지만 동시에 겁을 먹은 듯 보이기도 했다.

"무슨 노래를 부를까?" 그녀가 물었다.

"「샘」."* 니콜라이가 대답했다.

"그럼, 얼른 하자. 보리스, 이리 와요." 나타샤가 말했다. "그런데 소냐는 어디 있지?"

그녀는 주위를 둘러보고 친구가 방에 없다는 것을 깨닫자 친구를 찾으러 달려갔다. 소냐의 방으로 뛰어 들어갔지만 그곳에서 친구를 찾지 못하자 나타샤는 어린이 방으로 달려갔다. 거기에도 소냐는 없었다. 나타샤는 소냐가 복도의 궤짝 위에 앉아 있을 거라고 짐작했다. 복도에 있는 궤짝은 로스토프가의 젊은 세대 여자들을 위한 슬픔의 장소였다. 실제로 가벼운 장밋빛 드레스를 입은 소냐가 옷을 구긴 채 궤짝을 덮은 유모의 더러운 줄무늬 깃털 이불 위에 엎드려 가느다란 손가락으로 얼굴을 가리고 맨살이 드러난 자그마한 어깨를 들먹이며 흐느껴 울고 있었다. 명명일을 맞아 온종일 생기 넘치던 나타샤의 얼굴이 갑자기 변했다. 눈동자가 얼어붙은 듯 꼼짝하지 않더니 넓은 목덜미가 떨리고 입꼬리가 아래로 처졌다.

"소냐! 왜 그래……? 왜, 무슨 일 있었어? 흑흑흑……."

나타샤는 커다란 입을 벌리고 아주 보기 흉한 모습이 되어 영문도 모른 채 단지 소냐가 울고 있다는 이유만으로 어린아이처럼 울기 시작했다. 소냐는 고개를 들고 싶었다. 대답을 하고 싶었다. 하지만 그러지 못하고 얼굴을 더욱 숨겼다. 나타샤는 파란 깃털 이불 위에 웅크리고 앉아 친구를 끌어안고 울었다. 기운을 차린 소냐가 고개를 들고 눈물을 닦으며 이야기하기 시작했다.

"니콜렌카가 일주일 후에 떠나. 그의…… 영장이…… 나왔어. 니콜렌카가 나한테 직접 말해 줬어……. 하지만 난 계속 울지는 않을 거야……. (그녀는 손에 쥐고 있던 종잇조각을 보여 주었다. 니콜라이가 쓴 시였다.) 하염없이 울고 있지만은 않을 거야. 하지만 넌 모를 거야……. 아무도 모를 거야…… 그 사람이 얼마나 훌륭한 영혼을 지녔는지."

그러고 나서 그녀는 너무도 훌륭한 그의 영혼을 생각하며 다시 흐느끼기 시작했다.

"넌 좋겠다……. 질투하는 게 아니야……. 나는 네가 좋아. 보리스도 좋아하고." 그녀는 기운을 차리고 말했다. "그는 좋은 사람이야……. 너희에겐 장애물이 없지. 니콜라이는 내 **사촌**이잖아. 우리는…… 대주교가 직접…… 안 그러면 불가능해.* 그다음에 만약 엄마가…… (소냐는 백작 부인을 어머니로 여겼고 실제로도 그렇게 불렀다) 엄마가 날 니콜라이의 출세를 망치는 애라고, 심장이 없는 애라고, 은혜를 모르는 애라고 하시면, 정말…… 맹세코…… (그녀는 성호를 그었다) 나는 엄마와 너희 가족 모두 정말 사랑해. 단지 베라만은……. 무엇 때문일까? 내가 베라한테 무슨 짓을 했다고? 난 너희 가족에게 너무 고마워서 모든 것을 희생한대도 기쁠 거야. 하지만 내겐 아무것도 없어……."

소냐는 더 이상 말을 잇지 못하고 다시 두 손과 깃털 이불 속에 머리를 묻었다. 나타샤는 진정되기 시작했다. 하지만 그녀의 얼굴은 그녀가 친구의 슬픔이 지닌 심각성을 오롯이 깨닫고 있음을 보여 주었다.

"소냐!" 나타샤가 사촌이 슬퍼하는 진짜 이유를 알아차린 듯 불쑥 입을 열었다. "분명 밥 먹고 나서 베라가 너한테 무슨 말 했지? 그렇지?"

"그래, 이 시는 니콜라이가 직접 써 준 거고, 나는 다른 시들도 베껴 두었어. 베라가 그것들을 내 책상 위에서 발견하고는 엄마에게 보여 주겠대. 또 내가 은혜를 모르는 애고, 엄마는 절대로 니콜라이와 나의 결혼을 허락하지 않을 거라고, 니콜라이는 줄리와 결혼할 거라고 했어. 너도 봤잖아, 니콜라이가 줄리랑 하루 종일…… 나타샤! 무엇 때문일까……?"

그러더니 그녀는 전보다 더 슬프게 울기 시작했다. 나타샤는 그녀를 일으켜 안고 눈물 어린 미소를 지으며 달래기 시작했다.

"소냐, 베라가 하는 말은 믿지 마, 믿어선 안 돼. 니콜렌카랑 우리 셋이서 다 같이 소파 있는 방에서 얘기했던 거 기억해? 저녁 먹고 나서 말이야, 기억나지? 앞으로 어떻게 할지 전부 결정했잖아. 어떻게 결정했는지는 기억이 안 나지만, 모든 게 좋았고 모든 게 가능하다고 느낀 것은 기억나. 신신 아저씨의 형제분도 사촌 누이와 결혼했잖아. 우리는 육촌이야. 보리스도 이건 충분히 가능하다고 했어. 너 알지? 난 보리스한테 전부 말했어. 보리스는 똑똑하고 좋은 사람이야." 나타샤는 말했다……. "소냐, 울지 마, 나의 사랑하는 친구, 소냐." 그리고 그녀는 웃으며 소냐에게 입을 맞추었다. "베라는 못됐어. 그냥 내버려 둬! 다 잘될 거야. 베라는 엄마한테 말 안 할 거야. 니콜렌카가 직접 말할 거고, 줄리에 대해선 생각도 안 해."

그녀는 소냐의 머리에 입을 맞추었다. 소냐가 몸을 일으켰다. 새끼 고양이는 생기를 되찾았고, 자그마한 두 눈동자가 빛나기 시작했다. 당장이라도 꼬리를 흔들며 보드라운 발로 폴짝 뛰어올라 새끼 고양이답게 실뭉치를 가지고 장난을 칠 듯했다.

"그렇게 생각해? 정말? 맹세코?" 그녀는 재빨리 옷매무새와 머리를 매만지며 말했다.

"정말이야! 맹세해!" 나타샤가 친구의 땋은 머리 밑으로 삐져나온 뻣뻣한 머리카락을 매만져 주며 대답했다.

그리고 둘은 웃음을 터뜨렸다.

"자, 「샘」을 부르러 가자."

"그래."

"그런데 있잖아, 내 맞은편에 앉아 있던 뚱뚱한 피에르 말이야, 참 웃기는 사람이야!" 나타샤가 갑자기 걸음을 멈추며 말했다. "참 기분 좋다!"

그리고 나선 복도를 달려가기 시작했다.

소냐는 솜털을 털고 나서 쇄골이 튀어나온 작은 목덜미 가까이

품 안에 시를 감춘 뒤 발개진 얼굴에 가벼운 발걸음으로 나타샤를 뒤따라 소파가 있는 방으로 뛰어갔다. 손님들의 요청에 젊은이들은 「샘」을 사중창으로 불렀다. 다들 마음에 들어 했다. 이어 니콜라이가 새로 배운 노래를 불렀다.*

> 달빛 어린 즐거운 밤,
> **너도 생각해 주는**
> **누군가가 아직 세상에 있음이**
> 마음에 떠오르니 행복하여라!
> 그녀도 고운 손으로
> 황금 하프를 따라 방랑하며
> 애끓는 화음으로
> 너를 부름이, 너를 부르고 있음이!
> 하루, 또 하루가 가고 천국이 오리라…….
> 그러나 아! 너의 벗은 가고 없어라!

그가 마지막 노랫말을 다 부르기도 전에 홀에서는 젊은이들이 춤출 준비를 하고, 악단에서 발소리가 울리고, 악사들은 기침을 하기 시작했다.

피에르는 응접실에 앉아 있었다. 신신은 외국에서 돌아온 사람에게 으레 그러듯 피에르를 상대로 그가 지루해하는 정치 이야기를 시작했고, 다른 사람들도 이야기에 끼어들었다. 연주가 시작되자 나타샤가 응접실로 들어왔다. 그녀는 곧장 피에르에게 다가가 얼굴을 붉히고 웃으며 말했다.

"엄마가 당신에게 춤을 청하라고 하셨어요."

"내가 춤 동작을 틀릴까 봐 걱정스럽네요." 피에르가 말했다. "하지만 당신이 나의 선생님이 되어 준다면……."

그는 굵은 팔을 낮추며 가냘픈 소녀에게 내밀었다.

쌍쌍이 자리를 잡고 악사들이 음을 맞추는 동안 피에르는 자신의 자그마한 숙녀와 함께 앉았다. 나타샤는 더없이 행복했다. **어른**과, 그것도 **외국**에서 돌아온 남자와 춤을 추는 것이었다. 그녀는 모든 사람의 눈앞에 앉아서 어른처럼 그와 이야기를 나누고 있었다. 그녀의 손에는 어느 아가씨가 쥐여 준 부채가 들려 있었다.

그녀는 사교계에 매우 익숙한 여성의 자세를 취하고 (그녀가 어디에서 그리고 언제 그런 것을 익혔는지는 하느님만이 아실 일이다) 부채를 흔들고 부채 너머로 미소를 지으며 자신의 기사와 말을 나누고 있었다.

"뭐야? 어떻게 된 거야? 저길 좀 봐요, 좀 보라고요." 늙은 백작 부인이 홀을 지나가다가 나타샤를 가리키며 말했다.

나타샤는 얼굴을 붉히며 깔깔거렸다.

"아니, 왜요, 엄마? 어머, 그만하세요. 놀랄 게 뭐 있어요?"

세 번째 에코세즈 중간에 백작과 마리야 드미트리예브나가 카드놀이를 하던 응접실에서 의자들이 덜거덕거리기 시작했다. 오랫동안 앉아 있던 주빈들 대부분과 노인들이 기지개를 쭉 켜고는 지폐 지갑과 동전 지갑을 호주머니에 쑤셔 넣으며 홀 문으로 나왔다. 마리야 드미트리예브나와 백작이 맨 앞에서 걸었다. 두 사람 다 유쾌한 얼굴이었다. 백작은 발레 동작 같은 장난스러운 태도로 정중하게 마리야 드미트리예브나에게 둥글게 구부린 팔을 내밀었다. 그는 몸을 쭉 폈다. 그의 얼굴이 젊은이들 특유의 교활한 미소로 빛났다. 그는 에코세즈의 마지막 바퀴가 끝나자마자 악사들에게 박수를 보내고 제1바이올린을 바라보며 악단을 향해 외쳤다.

"세묜! 다닐라 쿠포르 아나?"

그것은 백작이 젊은 시절부터 추던, 그가 좋아하는 춤이었다. (다닐라 쿠포르는 본래 **앙글레즈**의 한 스텝이었다.)*

"아빠 좀 보세요." 나타샤는 (자신이 어른과 함께 춤추고 있다는 사실을 까맣게 잊고) 곱슬머리가 찰랑이는 작은 머리를 무릎에 닿도록 숙이고 타고난 낭랑한 웃음소리를 홀 구석구석 울려 퍼지게 하며 홀 전체에 대고 외쳤다.

실제로 홀에 있던 모든 사람들이 기쁨의 미소를 띠고 유쾌한 노인을 바라보았다. 그는 자신의 위풍당당한 귀부인, 자기보다 키가 큰 마리야 드미트리예브나와 나란히 서서 두 팔을 구부리고 박자에 맞추어 흔들고, 어깨를 쫙 펴고, 발을 가볍게 구르며 발목을 돌렸다. 그리고 자신의 둥근 얼굴에 점점 크게 퍼지는 미소로 관객들이 앞으로 일어날 일에 대해 마음의 준비를 하도록 유도했다. 흥겨운 트레파츠크*와 비슷한 다닐라 쿠포르의 유쾌하고 도발적인 소리가 울리자마자 흥에 겨운 주인을 보러 나온 하인들의 싱글거리는 얼굴들 때문에 갑자기 홀의 모든 문들을 남녀가 양편으로 나뉘어 가득 메웠다.

"우리 나리시네! 독수리 같아!" 한쪽 문에서 보모가 큰 소리로 말했다.

백작은 춤을 잘 추었고, 스스로도 그것을 알고 있었다. 그러나 그의 귀부인은 도무지 춤을 출 줄 몰랐고, 잘 추고 싶어 하지도 않았다. 그녀는 탄탄한 두 팔을 아래로 늘어뜨린 채 (그녀는 손가방을 백작 부인에게 맡겼다) 거대한 몸을 꼿꼿이 세우고 서 있었다. 근엄하면서도 아름다운 그녀의 얼굴만 춤을 출 뿐이었다. 백작의 둥글둥글한 몸 전체로 표현되던 것이 마리야 드미트리예브나에게서는 차츰 미소가 번져 가는 얼굴과 높이 치켜든 코로 표현되고 있을 뿐이었다. 하지만 백작이 점점 더 열을 올리면서 유연한 두 다리를 절묘하게 비틀고 가볍게 뛰어오르는 뜻밖의 동작으로 관객을 매료시켰다면, 마리야 드미트리예브나는 몸을 돌리고 발을 구르면서 어깨를 움직이거나 팔을 둥글게 구부리는 최소한의 열의로 그에 못지않은 효과를 불러일으켰다. 모든 사람이 그녀의 비대한 몸과 늘 근엄하던 모습을 고려해 그 공로를 높이 평가했다. 춤이 점점 더 활기를 띠어 갔다. 쌍쌍이 춤추던 사람들은 한순간도 사람들의 눈길을 끌지 못했지만 굳이 그러려고 애쓰지도 않았다. 모두들 백작과 마리야 드미트리예브나에게 마음을 완전히 빼앗기고 있었다. 나타샤는 그렇지 않아도 춤을 추는 두 사람에게서 눈을 떼지 못하고 있던, 그 자리에 있는 모든 사람들의 소맷자락과 드레스를 잡아당기면서 아빠를 보라고 요구하고 있었다. 백작은 춤 사이사이 가쁜 숨을 몰아쉬었고, 악사들에게 손을 흔들며 더 빨리 연주하라고 외쳤다. 백작은 더 빠르게, 더 빠르게, 더 빠르게, 더 대담하게, 더 대담하게, 더 대담하게 돌다가 때로는 발끝으로 때로는 뒤축으로 마리야 드미트리예브나 주위를 잽싸게 돌더니, 마침내 자신의 귀부인을 제자리에 돌려놓고는 우레 같은 갈채와 웃음소리, 특히 나타샤가 깔깔대는 소리 속에서 유연한 한쪽 다리를 뒤로 쳐들고 땀방울이 흐르는 머리와 미소 띤 얼굴은 숙인 채 오른팔을 둥글게 휘젓고는 마지막 스텝을 쿵 밟았다. 두 춤꾼은 가쁜 숨을 무겁게 몰아쉬고 삼베 손수건으로 얼굴을 닦았다.

"우리 시대에는 바로 이렇게 춤을 추었지요, **마 셰르**." 백작이 말했다.

"아, 역시 다닐라 쿠포르야!" 마리야 드미트리예브나가 무겁고 깊은 숨을 내쉬고 소매를 걷어 올리며 말했다.

18

로스토프가의 홀에서 피로가 쌓여 음정을 틀리던 악사들의 음악 소리에 맞춰 사람들이 여섯 번째 **앙글레즈**를 추고 지친 하인들과 요리사들이 밤참을 준비하던 그 시각, 베주호프 백작에게 여섯 번째 발작이 찾아왔다. 의사들은 회복될 가망이 없다고 선언했다. 병자에게 무언 참회식*과 성찬식이 베풀어졌다. 성유식이 준비되고 있었고, 그런 순간들에 으레 있는 분주함과 기다림의 불안이 집 안을 가득 채웠다. 집 밖 대문 너머에는 백작의 장례식을 위한 호화로운 주문을 기다리는 장의사들이 집 쪽으로 다가오는 에키파시*들을 피해 몸을 숨긴 채 잔뜩 모여 있었다. 백작의 병세를 알기 위해 끊임없이 부관을 보내던 모스크바 총독*도 예카테리나 여제 시대의 저명한 고관이던 베주호프 백작에게 작별을 고하고자 이날 밤 몸소 찾아왔다.

화려한 응접실이 사람들로 가득했다. 총사령관이 병자와 단둘이서 30분쯤 머물다 나오자 모두 정중하게 자리에서 일어났다. 총사령관은 사람들의 인사에 가볍게 답하며 자신에게 쏠린 의사들과 성직자들과 친척들의 시선을 한시라도 빨리 벗어나려 했다. 요 며칠 새에 야위고 창백해진 바실리 공작이 총사령관을 배웅하며 무언가를 여러 번 그에게 조용히 되풀이했다.

총사령관을 배웅하고 나서 바실리 공작은 홀에서 한쪽 다리 위에 다른 쪽 다리를 높이 걸쳐 놓고는 무릎으로 팔꿈치를 받치고 한 손으로 눈을 가린 채 의자에 앉아 있었다. 그는 잠시 그렇게 앉아 있다가 자리에서 일어나더니 놀란 눈으로 주위를 두리번거리며 평소와 다른 조급한 걸음으로 긴 복도를 지나 저택 뒤쪽에 자리 잡은 첫째 공작 영애의 방으로 갔다.

희미하게 불을 밝힌 방에 있던 사람들은 고르지 않은 목소리로 속삭이며 말을 나누다가, 죽어 가는 사람의 방으로 통하는 문이 살짝 삐걱거리며 누군가 나오거나 들어갈 때마다 매번 입을 다물고 의문과 기대에 가득 찬 눈으로 그 문을 돌아보았다.

"인간의 한계지요." 몸집이 작은 늙은 사제가 옆에 앉아서 순박하게 귀를 기울이고 있는 귀부인에게 말했다. "한계는 정해져 있고, 그것을 뛰어넘을 수는 없습니다."

"성유식을 하기에는 이미 늦은 게 아닐까요?" 그녀는 사제의 직함을 덧붙이며 마치 이 점에 대해 어떤 견해도 갖고 있지 않은 것처럼 물었다.

"성례식은 위대한 것입니다, 부인." 사제가 반쯤 센 머리칼 몇 가닥이 곱게 빗겨져 가로놓인 벗어진 머리를 한 손으로 쓰다듬으며 대답했다.

"그분은 누구세요? 총사령관이 직접 오셨던 거예요?" 방의 다른 편 끝에서 묻고 있었다. "참 젊어 보여요!"

"예순이 넘었어요! 그런데 백작이 이제는 사람을 알아보지 못하신다면서요? 성유식을 하기로 한 건가요?"

"내가 아는 한 사람은 성유식을 일곱 번 받았습니다."

눈물이 채 마르지 않은 눈으로 병자의 방에서 둘째 공작 영애가 나온 의사 로랭 옆에 앉았다. 그는 탁자에 팔꿈치를 괸 채 예카테리나 여제의 초상화 아래에 우아한 자세로 앉아 있었다.

"정말 좋네요." 의사는 날씨를 묻는 질문에 대답하며 말했다. "참 좋은 날씨입니다, 공작 영애. 그나저나 모스크바는 정말 시골 같네요."

"그런가요?" 공작 영애는 한숨을 쉬며 말했다. "그럼 그분에게 마실 것을 드려도 될까요?"

로랭은 생각에 잠겼다.

"약을 드셨습니까?"

"네."

의사는 브레게 시계를 바라보았다.

"끓인 물을 한 잔 드리세요. 크레모르타르타리를 한 움큼 (그는 가느다란 손가락들로 한 움큼이 가리키는 정도를 보여 주었다) 넣고요……."

"세 번씩이나 발작을 일으키고도……." 독일인 의사가 부관에게 말했다. "살아남은 경우는 없었습니다."

"아주 활력이 넘치는 분이셨지요!" 부관이 말했다. "그런데 그 재산은 누구에게 갈까요?" 그가 속삭이며 덧붙였다.

"원하는 사람이 나타나겠죠." 독일인이 빙긋 웃으며 대답했다.

모두가 다시 문 쪽을 돌아보았다. 문이 삐걱거렸고, 둘째 공작 영애가 로랭이 알려 준 대로 준비한 마실 것을 병자에게 가지고 갔다. 독일인 의사가 로랭에게 다가갔다.

"아마 내일 아침까지 끌게 되지 않을까요?" 독일인이 프랑스어를 서투르게 발음하며 물었다.

로랭은 입술을 꽉 다물고 자기 코앞에서 부정의 뜻으로 준엄하게 손가락을 흔들었다.

"오늘 밤입니다. 더 오래가지는 않습니다." 그는 병자의 상태를 명확히 헤아리고 말할 수 있다는 만족감에 정중한 미소를 지으며 조용히 말한 뒤에 자리를 떴다.

한편 바실리 공작은 공작 영애의 방문을 열었다.

작은 램프 두 개가 이콘* 앞에서 타고 있는 방은 어둑했고, 향과 꽃이 좋은 냄새를 풍겼다. 방 안은 작은 서랍장, 작은 옷장, 작은 탁자 등의 가구들로 가득 차 있었다. 가리개 너머로 높다란 깃털 침대의 하얀 시트가 보였다. 작은 개가 짖기 시작했다.

"아, **사촌**, 당신이에요?"

그녀는 자리에서 일어나 머리카락을 매만졌다. 그녀의 머리카락은 늘, 심지어 지금도 보기 드물 정도로 너무 윤기가 나서 마치 머리와 한 덩어리로 만들어 에나멜을 칠한 것 같았다.

"왜요, 무슨 일 있어요?" 그녀가 물었다. "나는 벌써 너무 놀랐어요."

"아무 일도 없다. 똑같아. 그저 너하고 일 애기를 하려고 온 거야, 카티시." 공작은 그녀가 일어난 안락의자에 피곤한 듯 주저앉으며 말했다. "넌 방을 정말 따뜻하게 해 두는구나." 그가 말했다. "자, 이리 앉아라. 얘기 좀 하자."

"무슨 일이 일어난 게 아닌가 생각했어요." 공작 영애가 말하고는 언제나 한결같은 돌처럼 딱딱한 표정으로 들을 준비를 하며 공작의 맞은편에 앉았다.

"좀 자고 싶었는데, **사촌**, 잠이 오질 않네요."

"그래, 어떠냐, 애야?" 바실리 공작은 공작 영애의 손을 잡고 습관대로 아래쪽으로 끌어당기며 말했다.

'그래, 어떠냐?'라는 이 말은 굳이 무엇이라고 말하지 않아도 두 사람 다 아는 많은 것들과 관련이 있는 듯했다.

다리에 비해 어울리지 않게 길고 메마르고 곧은 허리를 가진 공작 영애는 회색의 통방울눈으로 공작을 냉담하게 똑바로 쳐다보았다. 그녀는 고개를 젓고 한숨을 쉬며 이콘을 바라보았다. 그 몸짓은 슬픔과 헌신의 표현으로도, 피로와 곧 있을 휴식에 대한 희망의 표현으로도 해석될 수 있었다. 바실리 공작은 그 몸짓을 피로의 표현으로 해석했다.

"그럼 나는……." 그는 말했다. "더 편할 거라고 생각하는 거냐? **난 역마차 말처럼 지칠 대로 지쳤다.** 그래도 너와 이야기를 해야만 해, 카티시. 이건 아주 진지한 얘기야."

바실리 공작은 입을 다물었다. 두 뺨이 이쪽저쪽 번갈아 신경질적으로 떨리기 시작해서, 그가 사교계의 응접실에 있을 때는 한 번도 보여 준 적 없는 불쾌한 표정을 그의 얼굴에 더하고 있었다. 눈도 평소 같지 않았다. 두 눈이 뻔뻔하고 익살맞게 바라보는가 하면 겁에 질려 주위를 두리번거리기도 했다.

공작 영애는 무릎 위에 있는 작은 개를 메마르고 야윈 손으로 꽉 붙잡고는 바실리 공작의 눈을 유심히 바라보았다. 하지만 아침까지 입을 다물고 있을지언정 질문으로 침묵을 깰 기색은 보이지 않았다.

"나의 사랑하는 사촌, 카테리나 세묘노브나 공작 영애, 너희가 알고 있는지 모르겠다만……." 바실리 공작은 말을 이었다. 말을 계속하는 데 대한 내면의 갈등이 없지 않아 보였다. "지금 같은 때에는 모든 것을 생각해야 해. 미래에 대해, 너희들에 대해 생각해야 하는 거야……. 난 너희 모두를 친자식처럼 사랑한단다. 너는 그걸 알잖니."

공작 영애는 여전히 흐릿한 눈빛으로 그를 바라보고 있었다.

"마지막으로 내 가족에 대해서도 생각해야 하는 거야." 바실리 공작은 화가 난 듯 작은 탁자를 밀치면서 그녀는 쳐다보지도 않고 말을 이어 갔다. "카티시, 너도 알다시피 마몬토프가의 세 자매인 너희들 그리고 또 내 아내, 이렇게 우리만 백작의 직계 상속인이야. 안다, 이런 일을 생각하고 말하는 것이 너한테 얼마나 괴로운 일인지 알아. 나도 쉽지 않아. 하지만 얘야, 난 쉰을 넘긴 사람이다. 모든 것에 준비되어 있어야 해. 내가 피에르를 데려오라고 사람을 보냈고, 백작이 피에르의 초상화를 똑바로 가리키면서 그 애를 불러오라고 하신 건 너도 알지?"

바실리 공작은 미심쩍은 눈으로 공작 영애를 바라보았지만, 그녀가 그의 말에 대해 생각하는 건지, 아니면 그저 그를 쳐다보기만 하는 건지 헤아릴 수 없었다.

"나는 오직 한 가지만 하느님께 기도드리고 있어요, **사촌**." 그녀가 대답했다. "하느님이 백작께 은혜를 베푸시어 그분의 아름다운 영혼이 평안히 이 세상을……."

"그래, 그야 그렇지." 바실리 공작은 벗어진 머리를 문지르고 밀쳐 둔 작은 탁자를 노기 띤 얼굴로 다시 끌어당기면서 초조하게 말을 이었다. "하지만 결국…… 결국 문제는, 너 자신이 알고 있지 않니, 지난겨울 백작이 직계 상속인들과 우리를 제쳐 두고 피에르에게 모든 재산을 물려주겠다는 유언장을 쓰셨다는 거야."

"백작이 유언장을 쓰신 게 어디 한두 번인가요." 공작 영애가 침착하게 말했다. "하지만 그분은 피에르에게 유언하실 수 없었어요! 피에르는 사생아예요."

"얘야." 바실리 공작이 불쑥 입을 열었다. 그는 작은 탁자를 바싹 당기더니 활기를 띠며 더 빨리 말하기 시작했다. "하지만 백작이 폐하께 올리는 편지를 써 놓으셨고 피에르를 아들로 삼게 해 달라고 청원하시면 어떻게 될까? 알잖니, 백작의 공로를 감안하면 그 청원은 받아들여질 거야…….”

공작 영애는 빙긋 웃었다. 어떤 문제에 대해 상대방보다 더 많이 안다고 생각하는 사람들이 흔히 짓는 미소였다.

“더 말해 주마.” 바실리 공작은 그녀의 손을 잡으며 계속 말했다. “편지는 작성되었단다. 폐하께 올리지는 않았지만, 폐하도 편지에 대해 알고 계셨어. 문제는 편지가 파기되었는가 아닌가 하는 거야. 만약 파기되지 않았다면 머지않아 **다 끝나는 거야**.” 바실리 공작은 한숨을 내쉼으로써 **다 끝나는 거야**라는 말을 **무슨 의미**로 사용했는지 알려 주었다. “백작의 서류가 개봉되고, 편지와 유언장이 폐하께 전해지겠지. 그럼 그분의 청원은 틀림없이 받아들여질 거야. 그리고 피에르가 합법적인 아들로서 모든 것을 받게 될 거다.”

“그럼 우리 몫은요?” 공작 영애가 마치 무슨 일이 있어도 그 일만은 일어날 수 없다는 듯 냉소를 지으며 물었다.

“**하지만 사랑하는 카티시, 그건 대낮처럼 명백해.** 그렇게 되면 피에르 혼자 모든 재산의 합법적인 상속자가 되고, 너희들은 그나마도 못 받게 되는 거야. 애야, 유언장과 편지가 작성되었는지 아닌지, 그리고 그것들이 파기되었는지 아닌지, 너는 알아야 해. 또 만약 그것들이 어떤 이유로 잊힌 채 방치되어 있다면, 넌 그것들이 어디에 있는지 알아야 하고 찾아내야 해. 왜냐하면…….”

“말도 안 돼요!” 공작 영애가 눈동자의 표정을 바꾸지 않은 채 비웃음을 지으며 그의 말을 가로막았다. “난 여자예요. 당신 눈에는 우리가 다 멍청해 보이겠죠. 하지만 나도 사생아가 재산을 상속받을 수 없다는 것 정도는 알아요……. **사생아 말이에요.**” 그녀는 프랑스어로 바꾼 마지막 말이 공작의 생각이 터무니없음을 명백히 입증할 것이라고 여기며 덧붙였다.

"어쩌면 그렇게 이해를 못하는 거냐, 카티시! 너처럼 영리한 애가 어째서 이해를 못하는 거야? 만약 백작이 피에르를 합법적인 아들로 인정해 달라는 청원서를 폐하께 썼다면 피에르는 더 이상 피에르가 아니라 베주호프 백작이 되는 거야. 그렇게 되면 유언에 따라 그 애가 모든 것을 받게 돼. 그러니까 만약 유언장과 편지가 파기되지 않았다면 너한테는 네가 덕망 있는 여자라는 위로, **그리고 그로부터 생기는 모든 것** 외에 아무것도 남지 않을 거다. 틀림없어."

"유언장이 작성되었다는 건 알아요. 하지만 그게 효력이 없다는 것도 알죠. 날 완전히 바보로 여기시는 것 같네요, **사촌.**" 공작 영애는 여자들이 재치 있고 모욕적인 무언가를 말했다고 여길 때 짓는 표정으로 말했다.

"애야, 나의 사랑하는 카테리나 세묘노브나 공작 영애!" 바실리 공작이 초조하게 입을 열었다. "내가 온 것은 너와 옥신각신하기 위해서가 아니야. 널 친척으로, 착하고 선량하고 진실한 친척으로 생각해서 너의 이익에 관해 얘기하기 위해서야. 너한테 열 번은 말했다. 만일 폐하께 올리는 그 편지와 피에르를 위한 유언장이 백작의 서류들 틈에 있다면 너와 네 동생들은 상속인이 될 수 없어. 내 말을 못 믿겠거든 그 분야를 잘 아는 사람들을 믿어 보렴. 나는 방금 드미트리 오누프리치와 (집안의 변호사였다) 얘기를 나눴다. 그도 똑같이 말했어."

공작 영애의 생각에 갑자기 어떤 변화가 생긴 것 같았다. 얇은 입술이 창백해지고(눈동자는 변함이 없었다), 그녀가 입을 연 순간 목소리는 스스로도 예기치 못한 듯한 떨리는 고음으로 튀어나왔다.

"그렇게 되면 좋겠네요." 그녀가 말했다. "난 아무것도 원하지 않았고, 지금도 원하지 않아요."

그녀는 무릎에 있던 작은 개를 내던지고 옷 주름을 매만졌다.

"그게 그분을 위해 모든 것을 희생한 사람들에 대한 감사이고 사례군요." 그녀가 말했다. "훌륭해요! 정말 잘됐어요! 공작, 난 아무것도 필요하지 않아요."

"그래, 하지만 넌 혼자가 아니야. 동생들이 있잖니." 바실리 공작이 대답했다.

그러나 공작 영애는 그의 말을 듣고 있지 않았다.

"그래요, 난 오래전부터 알았는데 깜빡 잊고 있었네요. 이 집에는 비열함과 속임수와 질투와 음모 외에 배은망덕, 그것도 칠흑같이 시커먼 배은망덕 외에 기대할 게 아무것도 없었어요……."

"너 그 유언장이 어디 있는지 아니, 모르니?"

바실리 공작은 아까보다 뺨을 더 심하게 씰룩거리며 물었다.

"그래요, 내가 바보였어요. 나는 그래도 사람들을 믿고 사랑해서 나 자신을 희생했어요. 결국 성공하는 사람은 비열하고 추악한 인간들뿐이죠. 이게 누구의 음모인지 난 알아요."

공작 영애가 일어나려 했지만 공작이 그녀의 손을 붙들었다. 공작 영애는 별안간 모든 인간 족속에게 환멸을 느낀 사람의 표정을 지었다. 그녀는 상대방을 표독스럽게 쳐다보았다.

"얘야, 아직 시간이 있어. 기억해라, 카티시. 이건 다 분노와 질병의 순간에 뜻하지 않게 일어난 일이야. 그러고는 잊힌 거지. 얘야, 우리의 의무는 그분이 저지른 실수를 바로잡고, 마지막 순간에 그분의 마음을 편하게 해 드리는 거야. 그분이 이런 부당한 행동을 하지 못하도록 막고, 이런 생각 속에 돌아가시지 않도록 해야 하는 거야. 자신이 불행하게 만든 사람들이……."

"그분을 위해 모든 걸 희생한 사람들이죠." 공작 영애는 말꼬리를 물면서 다시 일어서려 했다. 그러나 공작은 놓아주지 않았다. "그분은 그런 것에 결코 고마워할 줄 몰랐던 거죠. 아뇨, **사촌**." 그녀는 탄식하며 덧붙였다. "나는 기억하겠어요. 이 세상에서 보답을 기다려선 안 되고, 이 세상에는 도의심도 정의도 없어요. 이 세상에서는 교활하고 사악한 인간이 되지 않으면 안 돼요."

"그래, **그래**, **자**, 진정해라. 네 고운 마음은 내가 알아."

"아뇨, 내 마음은 사악해요."

"난 네 마음을 알아." 공작이 거듭 말했다. "너의 우정이 소중하단다. 너도 나에 대해 같은 생각이었으면 싶구나. 진정하고, 시간 있을 때 **탁 터놓고 얘기해 보자**. 하루 밤낮이 될 수도 있고, 어쩌면 한 시간이 될지도 모르지. 유언장에 대해 네가 아는 것을 다 말해 다오. 중요한 것은 그게 어디에 있는지 아는 거야. 너는 틀림없이 알고 있다. 지금 당장 그걸 가지고 가서 백작께 보여 드리자. 분명 그분은 이미 그것에 대해 까맣게 잊으셨다가 지금은 그걸 파기하고 싶으실 거야. 넌 이해하잖니. 내 유일한 소망은 그분의 의지를 엄숙히 수행하는 거야. 내가 여기 온 것은 오직 그 때문이야. 내가 여기 있는 것은 오직 그분과 너희들을 돕기 위해서란다."

"이제 알겠어요. 이게 누구의 간계인지 알아요. 다 안다고요." 공작 영애가 말했다.

"애야, 문제는 그게 아니야."

"당신의 **보호를 받고 있는 여자**, 당신의 친애하는 안나 미하일로브나, 내가 하녀로도 삼고 싶지 않은 그 비열하고 추악한 여자예요."

"**시간 낭비 하지 말자꾸나**."

"아, 아무 말씀도 하지 마세요! 지난겨울 그 여자가 이곳에 비비고 들어와서는 백작께 우리 모두에 대해, 특히 **소피**에 대해 어찌나 추악하고 혐오스러운 말을 잔뜩 지껄였는지, 차마 다시 입에 담을 수가 없네요. 백작이 병이 드셨고 2주 동안 우리를 보려고도 않으셨어요. 내가 알아요. 그때 그분이 그 추하고 역겨운 서류를 작성하신 거예요. 하지만 나는 그 서류가 아무 의미 없는 거라고 생각했죠."

"**그랬구나.** 그런데 어째서 너는 지금껏 나한테 아무 말도 하지 않았니?"

"백작이 베개 밑에 두신 모자이크 들어간 서류 가방에 들어 있어요. 이제 알겠어요." 공작 영애는 대답도 않고 말했다. "그래요, 나한테 죄가 있다면, 큰 죄가 있다면 그건 그 비열한 여자에 대한 증오예요." 공작 영애는 완전히 돌변하여 소리를 지르다시피 말했다. "그 여자가 이곳에 뭐 하러 비집고 들어오겠어요? 하지만 난 그 여자한테 다 털어놓고 말하겠어요. 때가 올 거예요!"

19

응접실과 공작 영애의 방에서 그런 대화가 이루어지던 시각, 피에르와 (그를 데리러 사람을 보냈다) 안나 미하일로브나를 (그녀는 그와 함께 갈 필요가 있다고 생각했다) 태운 카레타가 베주호프 백작가의 뜰로 들어섰다. 창문들 아래 깔아 놓은 짚 위에서 마차의 수레바퀴 소리가 부드럽게 울리자 동행에게 위로의 말을 건네던 안나 미하일로브나는 카레타 한구석에서 잠들어 있던 그를 깨웠다. 잠에서 깬 피에르는 안나 미하일로브나를 뒤따라 카레타에서 내린 뒤에야 죽어 가는 아버지와의 대면이 기다리고 있다는 사실을 떠올렸다. 그는 자신들을 태운 마차가 정면 현관이 아닌 뒤쪽 현관에 댄 것을 알아차렸다. 그가 디딤대에서 내려서고 있었을 때, 평민 옷을 입은 두 사람이 현관에서 벽의 그늘 속으로 황급히 달아났다.* 잠시 걸음을 멈춘 피에르는 집의 양쪽 그늘에서 그런 사람들을 몇몇 더 발견했다. 그러나 그 사람들을 보지 못했을 리 없는 안나 미하일로브나도, 하인도, 마부도 그들에게 주의를 돌리지 않았다. 그래서 피에르는 이런 식으로 되어야 하나 보다, 라고 혼자 결론을 내리고는 안나 미하일로브나를 뒤따라갔다. 불빛이 희미한 좁은 석조 계단을 따라 종종걸음으로 올라가면서 안나 미하일로브나는 뒤처진 피에르를 손짓해 부르곤 했다. 피에르는 도대체 무엇 때문에 백작에게 가야 하는지, 더욱이 왜 뒤쪽 계단으로 가야 하는지 이해할 수 없었지만, 안나 미하일로브나가 확신에 차서 서두르는 모습을 보며 이렇게 해야만 하나 보다, 라고 속으로 결론을 내렸다. 계단 중간쯤에서 그들은 양동이를 든 채 부츠 신은 발을 쿵쾅거리며 뛰어 내려오는 사람들의 다리에 걸려 넘어질 뻔했다. 그 사람들은 피에르와 안나 미하일로브나에게 길을 내주기 위해 벽 쪽으로 바짝 붙었고, 두 사람을 보고도 전혀 놀라움을 드러내지 않았다.

"이쪽이 공작 영애들 거처인가?" 안나 미하일로브나가 그들 중 한 사람에게 물었다.

"그렇습니다." 하인은 마치 이제는 무슨 짓을 해도 괜찮다는 듯 대담하고 큰 목소리로 대답했다. "왼쪽에 문이 있습니다, 마님!"

"아마 백작은 나를 부르지 않으셨을 겁니다." 층계참에 이르자 피에르가 말했다. "나는 내 방으로 가겠습니다."

안나 미하일로브나는 걸음을 멈추고 피에르를 기다렸다.

"아, 나의 친구!" 그녀는 아침에 아들에게 하던 것과 똑같은 몸짓으로 피에르의 손을 가볍게 어루만지며 말했다. "날 믿어요. 나도 당신 못지않게 괴로워요. 하지만 남자답게 행동해 줘요."

"내가 정말 가야 합니까?" 피에르는 안경 너머로 안나 미하일로브나를 부드럽게 바라보며 물었다.

"아, 친구, 당신이 겪은 부당한 일들은 잊어요. 그분이 당신의 아버지라는 사실을 생각하세요……. 죽음의 고통을 겪고 계실 거예요." 그녀는 탄식했다. "난 당신을 아들처럼 금방 좋아하게 되었어요. 날 믿어요, 피에르. 난 당신의 이익을 잊지 않을 거예요."

피에르는 아무것도 이해할 수 없었다. 하지만 모든 것이 이런 식으로 되어야 하나 보다, 라는 생각이 한층 더 강해졌다. 그래서 그는 이미 문을 열고 있던 안나 미하일로브나를 순순히 뒤따랐다.

문은 뒤쪽 통로의 현관방으로 나 있었다. 공작 영애들의 하인인 한 노인이 구석에 앉아 긴 양말을 뜨고 있었다. 피에르는 집의 이쪽 편에 한 번도 와 본 적이 없었고, 심지어 그런 방들이 존재하리라고는 생각도 하지 못했다. 안나 미하일로브나는 쟁반에 물병을 받쳐 들고 그들을 앞질러 가는 하녀에게 (그녀를 착한 아이니 귀여운 아이니 하고 부르면서) 공작 영애들의 건강에 대해 묻고는 석조 복도를 따라 피에르를 더욱 깊숙이 이끌었다. 복도 왼쪽에 있는 첫 번째 문은 공작 영애들이 기거하는 몇 개의 방들로 통했다. 물병을 든 하녀가 (그 순간 그 집 안의 모든 일들이 급하게 이루어지고 있던 것처럼) 급히 서두르느라 문을 닫지 않은 탓에 피에르와 안나 미하일로브나는 첫째 공작 영애와 바실리 공작이 가까이 붙어 앉아 이야기를 나누던 방을 지나가다 무심코 엿보게 되었다. 지나가는 두 사람을 본 바실리 공작은 짜증 난다는 듯 몸을 뒤로 젖혔다. 공작 영애는 벌떡 일어나 필사적으로 온 힘을 다해 문을 쾅 닫았다.

그 행동이 평소 침착한 공작 영애의 태도와 너무 다르고, 바실리 공작의 얼굴에 떠오른 두려움도 그의 당당함과 너무 어울리지 않아서 피에르는 발을 멈추고 안경 너머로 자신의 인도자를 의아하게 바라보았다. 안나 미하일로브나는 놀란 기색을 보이지 않았다. 마치 그 모든 일을 예상했다는 듯이 그저 가볍게 미소 짓고는 한숨을 내쉴 뿐이었다.

"나의 친구, 남자답게 행동해요. 내가 반드시 당신의 이익을 지켜 주겠어요." 그녀는 그의 눈짓에 대한 대답으로 이렇게 말하고 더욱 서둘러 복도를 걸어갔다.

피에르는 무슨 영문인지 이해할 수 없었고, **당신의 이익을 지켜 준다**는 말이 무슨 뜻인지는 더더욱 몰랐다. 다만 이 모든 일들이 이렇게 될 수밖에 없다는 것은 이해했다. 그들은 복도를 지나 백작의 응접실과 접한 불빛이 희미한 홀로 나왔다. 피에르가 정면의 현관 계단에서 보고 알고 있던 싸늘하고 호화로운 방들 가운데 하나였다. 그러나 그 방에도 한가운데에 빈 욕조가 있고 양탄자에 물이 엎질러져 있었다. 하인과 향로를 든 부사제가 그들에게는 눈길도 주지 않은 채 뒤꿈치를 들고 그들 쪽으로 걸어 나왔다. 두 사람은 피에르에게 낯익은 응접실로 들어갔다. 겨울 정원으로 출구가 나 있고, 이탈리아풍의 창문 두 개와 커다란 흉상과 예카테리나 여제의 전신 초상화가 있는 방이었다. 응접실에서는 똑같은 사람들이 거의 똑같은 자세로 앉아 서로 소곤거리고 있었다. 모두가 조용히 입을 다물고, 울다 지친 듯 창백한 얼굴로 들어오는 안나 미하일로브나와 고개를 숙인 채 고분고분 뒤를 따르는 뚱뚱하고 덩치 큰 피에르를 쳐다보았다.

안나 미하일로브나의 얼굴에 결정적인 순간이 닥쳤다는 자각이 나타났다. 그녀는 피에르를 가까이 있게 하며 수완 좋은 페테르부르크의 부인다운 태도로 오전보다 더 대담하게 방으로 들어갔다. 그녀는 죽어 가는 사람이 보고 싶어 하는 사람을 데려온 이상 자신도 틀림없이 손님으로 받아들여질 것이라고 느꼈다. 방에 있던 사람들을 민첩한 시선으로 둘러보다 백작의 참회 사제가 눈에 띄자 그녀는 허리를 숙이지는 않았지만 갑자기 키를 낮추면서 종종걸음으로 미끄러지듯 다가가 공손히 한 사제에게 축복을 받고, 뒤이어 다른 사제에게도 축복을 받았다.

"다행히 우리가 제때 왔군요." 그녀가 사제에게 말했다. "저희 일가친척들 모두 몹시 걱정하고 있었답니다. 바로 이 청년이 백작

의 아드님이에요." 그러고는 더 나직이 덧붙였다. "무서운 순간이
네요!"

이 말을 하고 그녀는 의사에게 다가갔다.

"친애하는 의사 선생님……." 그녀가 의사에게 말했다. "이 청
년은 백작의 아드님입니다. 가망이 있을까요?"

의사는 말없이 빠른 몸짓으로 두 눈을 치뜨며 어깨를 으쓱했다.
안나 미하일로브나도 똑같은 몸짓으로 눈을 치뜨며 어깨를 으쓱
하고는 눈을 거의 감다시피 하고 한숨을 내쉰 후 몸을 돌려 피에
르에게 갔다. 그녀는 유난히 정중하면서도 부드럽고 슬픈 모습으
로 피에르에게 말을 걸었다.

"하느님의 자비를 믿어요!" 그녀는 이렇게 말하고는 앉아서 자
기를 기다리라면서 작은 소파를 가리킨 뒤, 모두가 바라보고 있던
문으로 소리 없이 향해서 들릴락 말락 작은 문소리를 남긴 채 그
너머로 자취를 감추었다.

피에르는 모든 일에 있어 자신의 인도자에게 복종하기로 결심
하고 그녀가 가리킨 작은 소파로 향했다. 안나 미하일로브나가 자
취를 감추자마자 그는 방 안에 있던 사람들의 눈길이 호기심과 동
정 이상의 무언가를 담은 채 자기에게로 쏠린 것을 알아차렸다.
그는 모두가 눈짓으로 자기를 가리키며 서로 속삭이는 것을 보았
다. 그들의 눈빛에서 두려움이, 심지어 비굴함마저 느껴졌다. 사
람들은 이제껏 한 번도 보이지 않았던 경의를 그에게 표하고 있었
다. 사제들과 대화하던 낯선 부인은 자기 자리에서 일어나 그에
게 앉으라고 권했고, 부관은 피에르가 떨어뜨린 장갑 한 짝을 집
어 건네주었다. 의사들은 피에르가 그들 곁을 지나갔을 때 정중히
말을 멈추고 그에게 자리를 내주기 위해 옆으로 비켜섰다. 처음에
피에르는 부인을 불편하게 하지 않기 위해 다른 자리에 앉으려 했

고, 장갑도 직접 주우려 했으며, 전혀 길을 막고 서 있지도 않던 의사들을 돌아서 가려 했다. 하지만 그는 문득 그런 행동이 예의에 어긋날지도 모른다고 느꼈다. 오늘 밤 그는 모두가 기다리는 어떤 무서운 의식을 수행해야만 하는 인물이라고, 그래서 사람들의 봉사를 받아들여야만 한다고 느꼈다. 그는 부관에게서 말없이 장갑을 받고 부인의 자리에 앉아 소박한 자세를 한 이집트 조각상처럼 대칭으로 놓은 무릎 위에 커다란 손을 나란히 올려놓았다. 그러고는 이 모든 것이 응당 이렇게 되어야 하나 보다고, 오늘 밤에 당황하지 않고 어리석은 짓을 저지르지 않으려면 자신의 판단에 따라 행동해서는 안 되고 그를 이끌어 주는 사람들의 의지에 전적으로 자신을 맡겨야 한다고 속으로 결론을 내렸다.

2분도 채 지나지 않아서 바실리 공작이 별 모양의 훈장을 세 개 단 카프탄 차림으로 고개를 높이 쳐들고 당당하게 방으로 들어왔다. 그는 아침보다 수척해 보였다. 그가 방을 둘러보다 피에르를 보았을 때 그의 눈은 평소보다 더 커졌다. 그는 피에르에게 다가가 손을 잡고 (전에는 한 번도 그런 적이 없었다) 손이 잘 붙어 있는지 시험하고 싶기라도 한 듯 아래쪽으로 잡아당겼다.

"**친구, 용기를 내요, 용기를 내. 그분이 당신을 부르라고 분부하셨어요. 좋은 일이에요……**" 그리고 그는 가려 했다.

하지만 피에르는 물어볼 필요가 있다고 생각했다.

"병세가 어떠신지……?" 그는 죽어 가는 사람을 백작이라고 부르는 것이 온당한지 아닌지 몰라 말끝을 흐렸다. 그렇다고 아버지라 부르려니 무안했다.

"**30분 전에 또 발작이 있었어요. 또 한 차례 발작이 있었지. 용기를 내요, 친구……**"

피에르는 '발작'이라는 말에서 어떤 육체의 타격을 떠올렸을 만큼 정신이 혼란한 상태였다. 그는 의혹에 찬 표정으로 바실리 공작을 쳐다본 다음에야 병을 발작이라고 한다는 것을 깨달았다. 바실리 공작은 걸음을 옮기며 로랭에게 몇 마디 건네고는 발끝으로 걸어서 문으로 향했다. 그는 발끝으로 걷는 데 서툴러 몸 전체로 어색하게 껑충껑충 뛰었다. 첫째 공작 영애가 그를 뒤따라갔고, 이어 사제들과 부사제들이 갔고, 사람들(하인들)도 문으로 들어 갔다. 그 문 너머에서 이리저리 움직이는 소리가 들렸다. 마침내 여전히 창백하긴 하지만 의무 수행에 충실한 얼굴로 안나 미하일 로브나가 달려 나와서 피에르의 손을 가볍게 어루만지며 말했다.

"하느님의 자비는 끝이 없답니다. 지금 성유식이 시작돼요. 어서 가요."

피에르는 부드러운 양탄자를 밟으며 문으로 들어갔다. 그는 모두가, 부관도, 낯선 부인도, 그리고 또 하인 중 누군가도 자기를 뒤따르는 것을 알아차렸다. 마치 이제는 그 방에 들어가기 위해 허락을 구할 필요가 없는 듯했다.

20

　피에르는 원주 기둥과 아치로 나뉘고 온통 페르시아 양탄자로 덮인 그 큰 방을 잘 알았다. 한쪽에는 실크 커튼이 드리운 높다란 마호가니 침대가 있고 다른 한쪽에는 커다란 이콘 보관함이 있는, 방의 기둥 뒤쪽은 저녁 예배 시간의 교회처럼 붉은빛이 환하게 비치고 있었다. 빛이 드리운 이콘 보관함의 금장식 아래에 기다란 볼테르식 안락의자가 놓여 있고, 방금 바꾼 듯 눈처럼 하얀 구김 없는 베개들이 놓인 안락의자에는 피에르에게 친숙한 아버지 베주호프 백작의 위풍당당한 형체가 선명한 녹색 이불을 허리까지 덮은 채 누워 있었다. 넓은 이마 위로 사자를 떠올리게 하던 갈기 같은 희끗한 머리칼이 여전히 드리워 있었고, 붉은빛이 도는 노란 잘생긴 얼굴에 파인 독특한 품위를 풍기는 굵은 주름도 여전했다. 그는 이콘 바로 아래 누워 있었다. 살진 커다란 두 팔이 이불 위에 놓여 있었다. 손바닥을 아래로 하고 놓인 오른손 엄지와 검지 사이에 밀랍 초 한 자루가 끼워져 있고, 늙은 하인이 안락의자 뒤에서 몸을 숙여 그 초를 꼭 쥐고 있었다. 장엄하고 찬란한 옷 위로 긴 머리칼을 늘어뜨린 사제들이 불붙인 초를 손에 들고 안락의자를 굽어보며 서서 느리고 엄숙하게 의식을 수행하고 있었다. 그들 뒤로 조금 떨어져서 손아래 공작 영애 둘이 손수건을 손에 쥐고 또 눈가에 댄 채 서 있었고, 그들 앞에는 맏언니 카티시가 표독스럽고 단호한 표정으로 단 한 순간도 이콘에서 눈을 떼지 않고 서 있었다. 만약 자신이 뒤를 돌아보게 되면 스스로도 자기 행동을 책임지지 않는다고 모두에게 말하는 것 같았다. 온화한 슬픔과 무한한 관대함이 어린 얼굴을 한 안나 미하일로브나와 낯선 부인은 문가에 서 있었다. 바실리 공작은 문의 다른 쪽에서 안락의자 가까이 서서 조각이 아로새겨진 벨벳 의자 뒤편에서 등받이를 자기 쪽으로 돌려놓고 양초를 든 왼손 팔꿈치를 그 위에 괴고는 손가락들을 이마에 댈 때마다 눈을 치뜨며 오른손으로 성호를 그었다. 그의 얼굴은 평온한 경건함과 신의 뜻에 대한 순종을 보여 주고 있었다. '만약 당신들이 이 감정을 이해하지 못한다면 그만큼 더 당신들에게 좋지 못하다'라고 말하는 듯한 얼굴이었다.

그의 뒤에는 부관과 의사들과 남자 하인들이 서 있었다. 교회에 있는 것처럼 남자들과 여자들이 나뉜 채 모두 말없이 성호를 긋고 있었다. 기도문을 낭독하는 소리, 굵은 저음의 절제된 노랫소리, 침묵의 순간에 발을 바꾸고 한숨을 쉬는 소리만 들렸다. 안나 미하일로브나는 자신이 무엇을 하고 있는지 안다는 것을 보여 주는 의미심장한 표정으로 방을 가로질러 가서 피에르에게 초를 건넸다. 그는 초에 불을 붙이고 주위 사람들을 관찰하는 데 마음을 빼앗긴 나머지 양초를 든 손으로 성호를 그었다.

얼굴에 점이 있는, 뺨이 발그레하고 웃음이 헤픈 막내 공작 영애 소피가 그를 바라보고 있었다. 그녀는 빙긋 웃더니 손수건으로 얼굴을 가리고 오랫동안 그대로 있었다. 하지만 피에르를 보고 다시 웃음을 터뜨렸다. 그를 보면 웃지 않을 수 없다고 느끼면서도 그를 보지 않으려는 자신을 억누르지도 못하는 것 같았다. 그녀는 유혹을 피하기 위해 기둥 뒤로 조용히 자리를 옮겼다. 예배 도중에 사제들의 목소리가 갑자기 뚝 그쳤다. 사제들이 무언가를 서로 속삭였다. 백작의 손을 잡고 있던 늙은 하인이 몸을 일으켜 부인들을 돌아보았다. 안나 미하일로브나가 앞으로 나서더니 병자 위로 몸을 숙이고는 등 뒤로 손짓해서 로랭을 불렀다. 비록 신앙은 달라도 진행되고 있는 의식의 중요성을 이해하고 심지어 그것을 지지한다는 것을 보여 주는, 외국인의 정중한 자세로 불붙인 초 없이 기둥에 기대서 있던 프랑스인 의사가 한창때의 남자다운 소리 없는 발걸음으로 병자에게 다가갔다. 그러고는 희고 가느다란 손가락으로 병자의 손을 녹색 이불에서 들어 올리고 고개를 돌린 채 맥을 짚으며 생각에 잠겼다. 사람들은 병자에게 무언가 마실 것을 주고 그 주위에서 바스락대다가 물러나선 각자의 자리로 갔다. 다시 예배가 이어졌다. 그렇게 의식이 중단되었던 사이 피에르는 바실리 공작이 의자 등받이 뒤에서 나와서 자기가 무엇을 하는지 알고 있고 만약 다른 사람들이 자신을 이해하지 못한다면 그만큼 그들에게 더 안 좋으리라는 것을 보여 주는 똑같은 표정을 지으며, 병자에게 다가가는 대신 그 옆을 지나 첫째 공작 영애와 한패가 되어 침실 깊숙한 곳으로, 실크 커튼이 드리운 높은 침대로 향한 것을 알아차렸다. 공작과 공작 영애는 둘 다 침대에서 떨어져 뒷문으로 자취를 감추었다가 예배가 끝나기 전에 차례로 자신들의 자리로 돌아왔다. 피에르는 오늘 밤 자신의 눈앞에서 벌어지던 모든 일들이 불가피하게 그렇게 되어야 하나 보다고 마음속으로 단호하게 결론을 내렸기 때문에 다른 모든 상황에 대해서도 그랬던 것처럼 그 상황에 더 이상 주의를 기울이지 않았다.

찬송이 그치고, 병자에게 성례받은 것을 정중히 축하하는 사제의 목소리가 들렸다. 병자는 여전히 죽은 듯 꼼짝 않고 누워 있었다. 그의 주위에서 모두가 바스락대며 움직이기 시작했고, 발걸음과 속삭임이 들렸다. 그 가운데 안나 미하일로브나의 소곤거림이 가장 도드라졌다.

피에르는 그녀가 이렇게 말하는 것을 들었다.

"침대로 옮겨야 해요. 여기서는 도저히 안 될 거예요……."

의사들과 공작 영애들과 하인들이 병자를 빙 둘러싸는 바람에 피에르는 다른 얼굴들도 보았지만 예배 내내 한순간도 시야에서 놓치지 않았던, 희끗한 갈기의 붉은 기를 띤 노란 머리를 더 이상 볼 수 없었다. 피에르는 안락의자를 에워싼 사람들의 조심스러운 동작을 보며 그들이 죽어 가는 사람을 들어 옮기고 있다는 것을 깨달았다.

"내 팔을 잡아. 그러다 떨어뜨려." 한 하인의 겁에 질린 속삭임이 들렸다. "아래쪽에서……. 한 명 더." 목소리들이 말하고 있었고, 무거운 숨소리와 걸음을 옮기는 소리가 점점 빨라졌다. 그들이 옮기는 무게가 그들의 힘에 부치는 듯했다.

안나 미하일로브나도 끼여 있던 운반하는 사람들이 청년을 지나쳐 가는 순간, 사람들의 등과 목덜미 너머로 그들이 겨드랑이를 받치고 위로 들어 올린 병자의 높고 기름진 맨가슴과 살진 어깨, 하얗게 센 구불구불한 사자 머리가 그의 눈에 들어왔다. 유달리 넓은 이마와 광대뼈, 육감적인 아름다운 입과 당당하고 차가운 눈빛을 지닌 그 머리는 가까이 닥친 죽음에 별로 손상되지 않았다. 세 달 전 백작이 피에르를 페테르부르크로 보낼 때 그가 보았던 그대로였다. 그러나 그 머리는 운반하는 사람들의 고르지 않은 발걸음 때문에 무기력하게 흔들렸고, 차갑고 무심한 시선은 머물 곳을 알지 못했다.

높다란 침대 주위에서 벌어진 소동의 몇 분이 흘렀다. 병자를 운반한 사람들이 뿔뿔이 흩어졌다. 안나 미하일로브나가 피에르의 손을 가볍게 어루만지면서 말했다. "가요." 피에르는 그녀와 함께 침대로 다가갔다. 침대 위에는 막 끝난 성례와 관련이 있는 듯 병자가 장엄한 자세로 누워 있었다. 그는 베개에 머리를 높이 괴고 누워 있었다. 두 손은 손바닥을 아래로 하여 녹색 비단 이불 위에 대칭으로 놓여 있었다. 피에르가 다가가자 백작이 그를 똑바로 바라보았다. 그러나 그를 향한 시선의 의미와 의의는 인간이 이해할 수 없는 것이었다. 어쩌면 그 시선은 눈이 있는 한 어디든 보아야 했을 뿐이어서 그저 아무 말도 하지 않고 있었는지도 모르고, 아니면 지나치게 많은 말을 하고 있는지도 몰랐다. 피에르는 어찌할 바를 몰라 가만히 서서 묻는 듯이 자신의 인도자인 안나 미하일로브나를 돌아보았다. 안나 미하일로브나가 다급한 눈짓으로 병자의 손을 가리키며 입술로 그 손에 입 맞추는 시늉을 했다. 피에르는 이불에 걸리지 않도록 목을 쑥 빼고 그녀의 충고에 따라 뼈마디가 굵고 살진 손에 입을 맞추었다. 백작의 손도, 얼굴 근육 한 가닥도 움직이지 않았다. 피에르는 이제 무엇을 해야 하는지 묻는 눈길로 다시 안나 미하일로브나를 쳐다보았다. 안나 미하일로브나가 눈짓으로 침대 곁에 있는 안락의자를 가리켰다. 피에르는 순순히 안락의자에 앉으며 자기가 적절히 행동했는지 계속해서 눈으로 물었다. 안나 미하일로브나는 잘했다며 고개를 끄덕였다. 피에르는 다시 이집트 조각상의 소박한 대칭형 자세를 취했다. 그의 둔하고 뚱뚱한 몸이 그처럼 큰 공간을 차지하는 것을 애석해하며 가능한 한 작게 보이는 데 온 정신을 쏟는 듯했다. 그는 백작을 바라보았다. 백작은 피에르가 서 있었을 때 그의 얼굴이 있던 자리를 바라보고 있었다. 안나 미하일로브나는 아버지와 아들이 만나는 이 마지막 순간의 감동적인 의의에 대한 자각을 표정으로 드러냈다. 2분 동안 이어진 그 순간이 피에르에게는 한 시간 같았다. 갑자기 백작의 굵직한 안면 근육과 주름에 경련이 일어났다. 경련은 점점 심해졌고, 아름다운 입이 일그러졌다. (그제야 피에르는 아버지가 어느 정도로 죽음에 가까이 갔는지를 깨달았다.) 그리고 일그러진 입에서 알아듣기 힘든 목쉰 소리가 흘러나왔다. 안나 미하일로브나는 병자의 눈을 열심히 쳐다보며 피에르를 가리키고, 마실 것을 가리키고, 묻는 듯한 눈초리로 바실리 공작의 이름을 속삭이고, 이불을 가리키기도 하면서 그에게 필요한 것이 무엇인지 알아내려고 애썼다. 병자의 눈과 얼굴이 초조한 빛을 띠었다. 그는 침대 머리맡에서 한시도 떠나지 않고 서 있던 하인에게 눈길을 돌리려고 안간힘을 썼다.

"반대편으로 돌아눕고 싶어 하십니다." 하인이 속삭이더니 얼굴이 벽 쪽으로 향하게 백작의 무거운 몸을 돌리려고 조용히 몸을 일으켰다.

피에르는 하인을 돕기 위해 일어섰다.

백작을 돌려 눕히는 동안 그의 한 손이 힘없이 뒤로 툭 떨어졌다. 그는 그 손을 끌어당기려고 부질없이 안간힘을 썼다. 그 생기 없는 손을 바라보는 피에르의 두려움 어린 시선을 알아챘는지, 아니면 그 순간 죽어 가는 그의 뇌 속에서 어떤 다른 생각이 어른거렸는지, 아무튼 그는 말을 듣지 않는 손과 피에르의 얼굴에 떠오른 공포의 표정을 보고 다시 손으로 눈길을 돌렸다. 그러자 그의 얼굴에 그 용모에 어울리지 않는, 마치 자신의 무기력을 조롱하는 듯한 힘없고 고통에 찬 미소가 떠올랐다. 예기치 않게 이 미소를 보게 된 피에르는 가슴이 떨리고 코끝이 찡해지는 것을 느꼈다. 눈물이 그의 눈앞을 흐렸다. 병자가 벽을 볼 수 있게 옆으로 눕혔다. 그는 한숨을 쉬었다.

"**잠드셨어요.**" 안나 미하일로브나가 교대하러 온 공작 영애를 보고 말했다. "**가요.**"

피에르는 방을 나왔다.

21

이제 응접실에는 바실리 공작과 첫째 공작 영애 외에는 아무도 없었다. 두 사람은 예카테리나 여제의 초상화 밑에 앉아 무언가에 대해 활발히 말을 주고받다가 피에르와 그의 인도자를 보자 입을 다물었다. 피에르가 보기에 무언가를 감춘 공작 영애가 속삭였다.

"저 여자 꼴을 도저히 못 보겠어요."

"카티시가 작은 응접실에 차를 내오라고 일러 두었습니다." 바실리 공작이 안나 미하일로브나에게 말했다. "가여운 안나 미하일로브나, 가서 잠시라도 쉬어요. 그러지 않으면 못 버팁니다."

그는 피에르에게는 아무 말도 하지 않고 그저 다정하게 어깻죽지를 꼭 잡았다. 피에르는 안나 미하일로브나와 함께 작은 응접실로 갔다.

"밤을 샌 후에는 이 훌륭한 러시아 차 한 잔만큼 기력을 회복시켜 주는 것도 없습니다." 로랭이 다기와 차게 식은 밤참이 차려진 작은 원형 응접실의 탁자 앞에 서서 손잡이 없는 우아한 중국식 찻잔을 홀짝이며 생기를 억제한 표정으로 말했다. 그날 밤 베주호프 백작의 집에 온 모든 사람들이 기력을 북돋우려고 탁자 주위에 모였다. 피에르는 거울들과 작은 탁자들이 있는 이 작은 원형 응접실을 또렷이 기억하고 있었다. 백작의 집에서 무도회가 열릴 때면 춤을 출 줄 모르던 피에르는 이 작은 거울 방에 앉아, 무도회 의상을 입고 드러난 어깨를 다이아몬드와 진주로 장식한 귀부인들이 이 방을 거쳐 가며 불빛이 환한 거울들에 몇 번이고 투영되던 자신의 모습을 살피는 것을 관찰하기를 좋아했다. 지금은 양초 두 자루가 간신히 그 방을 밝히고 있을 뿐이었다. 그리고 한밤중에 작은 탁자에는 다기와 요리가 어지럽게 차려져 있고, 우중충한 모습의 다양한 사람들이 그 방에 앉아 지금 침실에서 일어나는 일과 또 앞으로 일어날 일에 대해 아무도 잊지 않았음을 몸짓 하나하나, 말 한마디 한마디에 드러내며 소곤소곤 말을 나누고 있었다. 피에르도 몹시 먹고 싶었지만 음식에 손을 대지 않았다. 그는 묻는 듯이 자기 인도자를 돌아보고 그녀가 바실리 공작과 첫째 공작 영애가 남아 있는 응접실로 다시 발꿈치를 들고 살금살금 나가는 것을 보았다. 피에르는 이 역시 그렇게 되어야 하나 보다고 생각하며 잠시 주저하다가 그녀를 뒤따라갔다. 안나 미하일로브나는 공작 영애 옆에 서 있었고, 두 사람 모두 흥분한 목소리로 낮게 소곤거리며 동시에 말하고 있었다.

"공작 부인, 뭐가 필요하고 뭐가 불필요한지 내게 가르쳐 주시죠." 공작 영애가 말했다. 자기 방문을 쾅 닫았을 때와 마찬가지로 흥분한 상태인 듯했다.

"하지만 사랑하는 공작 영애……." 안나 미하일로브나는 침실 쪽 길을 막고 온화하고 설득력 있게 말했다. "가여운 아저씨께 휴식이 필요한 순간에 이건 그분에게 너무 괴로운 일이 아닐까요? 그분의 영혼이 이미 준비된 이런 때에 세속적인 문제에 관한 대화는……."

바실리 공작은 평소의 스스럼없는 자세로 한쪽 다리 위에 다른

쪽 다리를 높이 포갠 채 안락의자에 앉아 있었다. 아래쪽이 더 살진 것처럼 축 처진 두 뺨이 심하게 씰룩거렸다. 그러나 그는 두 귀부인의 대화에는 별 관심이 없는 사람의 표정이었다.

"아니, 왜요, 나의 친애하는 안나 미하일로브나, 카티시가 아는 대로 하게 두시죠. 백작이 카티시를 얼마나 사랑하시는지 당신도 알잖소."

"나도 이 서류에 뭐가 있는지 몰라요." 공작 영애는 바실리 공작을 향해 고개를 돌리고 자기 손에 들린 모자이크 들어간 서류 가방을 가리키며 말했다. "내가 아는 건 진짜 유언장은 그분 책상 안에 있고, 이건 잊힌 서류라는 것뿐이에요……."

그녀는 안나 미하일로브나를 피해 지나가려 했지만, 안나 미하일로브나가 폴짝 뛰어서 다시 그녀의 길을 막았다.

"난 알아요, 착하고 사랑스러운 공작 영애." 안나 미하일로브나가 한 손으로 서류 가방을 움켜쥐며 말했다. 어찌나 단단히 붙잡았는지 금방 내줄 것처럼 보이지 않았다. "사랑하는 공작 영애, 부탁이에요, 애원할게요, 제발 그분을 불쌍히 여겨 줘요. 내가 이렇게 애원할 테니……."

공작 영애는 입을 다물었다. 그저 서류 가방을 둘러싸고 다투는 소리만 들릴 뿐이었다. 그녀가 말문을 연다면 안나 미하일로브나에게 달가운 말은 하지 않을 것이 분명했다. 안나 미하일로브나는 서류 가방을 단단히 움켜쥐고 있었지만, 그럼에도 그녀의 목소리는 특유의 달콤한 끈적임과 부드러움을 간직하고 있었다.

"피에르, 이리 와요, 나의 친구. 난 이분이 친족 회의에 빠져도 되는 사람이라고는 생각하지 않아요. 그렇지 않나요, 공작?"

"도대체 왜 당신은 잠자코 계시는 거죠, 사촌?" 갑자기 공작 영애가 응접실에 있는 사람들이 듣고 깜짝 놀랄 정도로 크게 외쳤다. "여기서 누군지도 모를 인간이 감히 참견을 해 대고 죽음을 앞둔 분의 방문턱에서 소동을 벌이는데도 왜 가만히 있는 거예요? 이 간악한 음모자!" 그녀는 표독스럽게 중얼거리며 온 힘을 다해 서류 가방을 잡아당겼다. 그러나 안나 미하일로브나는 서류 가방을 놓치지 않으려고 몇 발짝 움직이며 손을 바꿔 쥐었다.

"오!" 바실리 공작이 놀랐다는 어투로 나무라듯 말했다. 그는 일어섰다. "**어이가 없군요. 자**, 놓으세요. 놓으라니까."

공작 영애는 손을 놓았다.

"당신도요!"

그러나 안나 미하일로브나는 말을 듣지 않았다.

"놓으라고 하잖소. 내가 다 떠맡겠습니다. 내가 가서 그분께 여쭙겠소, 내가……. 당신도 이 정도면 충분해요."

"**아니요, 공작**." 안나 미하일로브나가 말했다. "그렇게 큰 성례식을 치렀으니 그분이 잠시 안정을 취하게 해 드리세요. 자, 피에르, 당신 생각을 말해 봐요." 그녀는 청년을 향해 말했다. 그는 그들에게 바싹 다가가 격분해서 품위를 완전히 잃은 공작 영애의 얼굴과 바실리 공작의 씰룩이는 두 뺨을 놀란 눈으로 바라보았다.

"당신이 모든 결과에 대해 책임져야 한다는 걸 기억해 두세요." 바실리 공작이 엄중하게 말했다. "당신은 자기가 무슨 짓을 하는지도 모르고 있어요."

"혐오스러운 여자 같으니!" 공작 영애가 별안간 안나 미하일로브나에게 달려들어 서류 가방을 잡아채며 소리쳤다.

바실리 공작은 고개를 떨어뜨리고는 두 팔을 벌렸다.

그 순간 문이, 피에르가 그토록 오랫동안 바라보던, 그리고 그토록 조용히 열리곤 하던 무시무시한 문이 벽에 쾅 부딪히는 소리와 함께 확 열렸다. 그리고 그곳에서 둘째 공작 영애가 뛰쳐나와 두 손을 꼭 쥐었다.

"지금 뭘들 하는 거예요?" 그녀가 절망적으로 말했다. **"그분이 돌아가시려 하는데, 나 혼자 내버려 두고 말이에요."**

첫째 공작 영애가 서류 가방을 툭 떨어뜨렸다. 안나 미하일로브나는 재빨리 허리를 숙여 분쟁거리가 된 물건을 움켜쥐고 침실로 달려갔다. 첫째 공작 영애와 바실리 공작이 정신을 차리고 그녀를 뒤따랐다. 몇 분 후 첫째 공작 영애가 해쓱하고 초췌한 얼굴에 아랫입술을 꼭 깨물며 제일 먼저 그곳에서 나왔다. 피에르를 보자 그녀의 얼굴은 억누를 수 없는 분노의 빛을 띠었다.

"네, 이제 맘껏 기뻐해요." 그녀가 말했다. "이렇게 되길 기다렸잖아요."

그러고는 통곡을 터뜨리더니 손수건으로 얼굴을 가리고 방에서 뛰쳐나갔다.

공작 영애에 이어 바실리 공작이 나왔다. 그는 비틀거리며 피에르가 앉은 소파로 오더니 한 손으로 눈을 가리고 그 위에 쓰러졌다. 피에르는 그의 얼굴이 창백하고 아래턱이 마치 오한이라도 난 듯 씰룩대고 덜덜 떨리는 것을 보았다.

"아, 친구!" 그가 피에르의 팔꿈치를 잡고 말했다. 그의 목소리에는 피에르가 그에게서 한 번도 느껴 본 적 없는 진실함과 연약함이 어려 있었다. "우리는 얼마나 많은 죄를 짓고, 얼마나 많이 속이고 있나? 그게 다 무엇을 위해서인가? 나의 친구여, 나는 오십이 넘었네…… . 정말이지 난…… . 모든 것은 죽음으로 종말을 고하네. 모든 것이. 죽음은 끔찍해." 그는 울음을 터뜨렸다.

안나 미하일로브나가 맨 마지막에 나왔다. 그녀는 조용하고 느린 걸음으로 피에르에게 다가갔다.

"피에르……!" 그녀가 말했다.

피에르는 묻는 듯한 얼굴로 그녀를 바라보았다. 그녀는 청년의 이마에 입을 맞추며 눈물로 그 이마를 적셨다. 그리고 잠시 침묵했다.

"이제 그분은 더 이상 안 계세요……."

피에르는 안경 너머로 그녀를 바라보았다.

"자, 같이 가요. 내가 당신을 안내할게요. 울려고 해 봐요. 눈물만큼 슬픔을 덜어 주는 것은 아무것도 없어요."

그녀는 그를 어두운 응접실로 이끌었다. 피에르는 거기 있는 사람들이 아무도 그의 얼굴을 보지 않아 기뻤다. 안나 미하일로브나는 그를 남겨 둔 채 자리를 떴다. 그녀가 다시 돌아왔을 때 그는 한쪽 팔에 고개를 두고 깊은 잠에 빠져 있었다.

다음 날 아침, 안나 미하일로브나는 피에르에게 말했다.

"자, 친구, 이 일은 당신뿐 아니라 우리 모두에게 크나큰 손실이에요. 하지만 하느님께서 당신을 붙잡아 주실 거예요. 당신은 젊어요. 이제 당신은 막대한 재산의 주인이 될 거예요. 부디 그렇게 되길 바라요. 유언장은 아직 개봉되지 않았어요. 내가 당신을 충분히 잘 아니까, 이 일로 머리가 얼떨떨하지는 않을 거라고 믿어요. 하지만 이 일은 당신에게 의무를 부여할 거예요. 그러니 남자답게 처신해야 해요."

피에르는 말없이 있었다.

"아마 나중에 당신에게 말하겠지만, 내가 거기 없었더라면 무슨 일이 벌어졌을지 몰라요. 당신도 알다시피 그저께 아저씨께서는 보리스를 잊지 않겠다고 내게 약속하셨어요. 하지만 끝내 약속을 지키지는 못하셨지요. 나의 친구, 난 당신이 아버지의 소망을 이뤄 주길 바라요."

피에르는 아무것도 이해할 수 없어서 말없이 소심하게 얼굴을 붉히고 안나 미하일로브나 공작 부인을 바라보았다. 안나 미하일로브나는 피에르와 말을 나눈 뒤 로스토프가로 가서 잠자리에 들었다. 아침에 잠에서 깬 그녀는 로스토프가 사람들과 지인들에게 베주호프 백작의 죽음에 대해 상세히 들려주었다. 그녀는 자신이 맞이하고 싶은 임종의 모습으로 백작이 죽었으며, 그의 최후는 감동적이면서 교훈적이었다고 말했다. 특히 아버지와 아들의 마지막 만남은 눈물 없이는 떠올릴 수 없을 만큼 감동적이었다고 말했다. 그리고 그 무서운 순간에 더 훌륭하게 처신한 사람이 누군지, 마지막 순간에 모든 것과 모든 사람을 그토록 또렷이 떠올리고 아들에게 그토록 감동적인 말을 한 아버지인지, 아니면 비탄에 잠겨서도 죽어 가는 아버지를 슬프게 하지 않으려고 보기 딱할 정도로 자신의 슬픔을 애써 감추던 피에르인지 모르겠다고 말했다. "괴롭지만 유익했어요. 노백작과 그에 합당한 아들 같은 사람들을 보면 영혼이 숭고해져요." 그녀는 말했다. 첫째 공작 영애와 바실리 공작의 행동에 대해서도 그녀는 그들을 못마땅해하며 이야기했지만, 아주 은밀하게 소곤소곤 말했다.

22

니콜라이 안드레예비치 볼콘스키 공작의 영지인 리시예 고리에서는 젊은 안드레이 공작 부부의 도착을 매일같이 고대하고 있었다.* 그러나 그 기다림이 노공작의 집에서 삶이 영위되던 정연한 질서를 깨뜨리지는 않았다. 사교계에서 **프로이센 왕**이라는 별명으로 통하는 육군 대장 니콜라이 안드레예비치 공작은 파벨* 시대에 시골로 추방된 이후, 딸 마리야 공작 영애와 그녀의 말벗 **마드무아젤 부리엔**과 함께 자신의 리시예 고리에서 칩거했다. 그리고 새 차르가 즉위하자* 두 수도에 들어가는 것이 그에게도 허락되었지만, 만약 자기를 볼 일이 있으면 모스크바에서 150베르스타*를 달려 리시예 고리로 오라고, 자기는 아무도, 그 무엇도 필요하지 않다고 말하면서 계속 시골에 머물렀다. 그는 인간의 악덕의 근원은 오직 두 가지, 나태와 미신이며, 두 가지 미덕은 오직 활동과 지성이라고 말했다. 그는 몸소 딸을 양육하며 두 중요한 덕성 모두를 그녀의 내부에서 발달시키기 위해 그녀에게 대수와 기하를 가르치고 그녀의 삶을 끊임없는 과제로 채웠다. 그 자신은 회상록 저술로, 고등 수학 풀이로, 갈이 판에 담뱃갑을 깎는 일로, 정원을 가꾸는 일로, 그의 영지에서 끊이지 않던 건축 공사 감독으로 늘 바빴다. 활동을 위한 주요 조건이 질서인 까닭에 생활 방식에 있어서의 질서도 극도로 정확하게 지켜졌다. 그가 식탁에 나오는 것은 변함없이 한결같은 조건 속에서, 그것도 시는 물론이고 분까지도 어김없이 행해졌다. 공작은 딸에서 하인들에 이르기까지 그를 둘러싼 사람들에게 한결같이 단호하고 까다로웠다. 그래서 그는 잔혹한 사람이 아닌데도 아주 잔혹한 사람조차 쉽사리 얻을 수 없는 두려움과 존경을 불러일으키고 있었다. 그는 퇴역했고 이제 국정에 아무런 의의를 지니지 않은 인물이었음에도 불구하고, 공작의 영지가 있던 현(縣)의 지사는 그를 문안하는 것을 자신의 의무로 여겼고, 건축 기사와 정원사 혹은 마리야 공작 영애와 마찬가지로 천장이 높은 하인 방에서 정해진 시각에 나오는 공작을 기다렸다. 서재의 거대하고 높은 문이 열리고 메마른 작은 손과, 가끔 얼굴을 찌푸릴 때 지적으로 빛나는 젊은 눈동자의 광채를 가리는 축 늘어진 회색 눈썹을 가진 키가 크지 않은 노인의 형상이 분 바른 가발을 쓰고 나타날 때면, 하인 방에 있던 사람들은 누구나 똑같은 존경의 감정, 심지어 공포의 감정을 맛보곤 했다.

젊은 부부가 도착한 날 아침, 마리야 공작 영애는 평소대로 정해진 시간에 아침 인사를 하기 위해 하인 방에 들어가며 두려운 마음으로 성호를 긋고 속으로 기도했다. 그녀는 날마다 이 방에 들어왔고, 날마다 이 매일의 만남이 무사히 지나가게 해 달라고 기도했다.

하인 방에 앉아 있던 분 바른 늙은 하인이 조용한 움직임으로 일어나더니 나직이 그녀의 방문을 고했다. "자, 들어가세요."

문 너머 갈이 판에서 규칙적인 소리가 들렸다. 공작 영애는 미끄러지듯 쉽게 열리는 문을 머뭇머뭇 잡아당기고는 입구에 멈춰 섰다. 공작은 갈이 판 앞에서 일하다가 흘깃 돌아보고는 하던 일을 계속했다.

거대한 서재는 분명 늘 사용하는 듯한 물건들로 꽉 차 있었다. 책들과 도면들이 놓인 큰 탁자, 문에 열쇠가 달린 높은 유리 책장들, 공책이 펼쳐진 채 놓여 있는 선 자세로 필기하기 위한 높은 탁자, 갈이 판과 한 줄로 늘어놓은 부속 도구들과 사방에 널린 동그란 대팻밥, 모든 것이 지속적으로 이루어지는 다양하고 질서 정연한 활동을 보여 주고 있었다. 은실로 수놓은 타타르 부츠를 신은 작은 발의 움직임으로 보아, 힘줄이 튀어나온 메마른 손의 단단한 악력으로 보아 공작에게는 아직 초로의 정정한 기운이 남아 있는 듯했다. 몇 바퀴 돌린 후 그는 갈이 판 페달에서 한쪽 발을 떼고 끌을 닦아 갈이 판에 붙은 가죽 주머니에 던져 놓고는 탁자로 다가가며 딸을 불렀다. 그는 자녀들에게 축복의 말을 해 준 적이 한 번도 없었다. 그저 아직 면도하지 않은 까칠한 한쪽 뺨을 그녀에게 들이대고 엄격하고도 주의 깊고 부드러운 눈길로 그녀를 훑어보고는 이렇게 말할 뿐이었다.

"몸은 괜찮으냐……? 자, 그럼 앉아라."

그는 자기 손으로 쓴 기하 공책을 집어 들고 한쪽 발로 안락의자를 끌어당겼다.

"내일 공부할 부분이다!" 그는 빠르게 쪽수를 찾아 한 문단에서 다른 문단까지 거친 손톱으로 표시하며 말했다.

공작 영애는 탁자에 놓인 공책 위로 몸을 숙였다.

"잠깐, 너한테 편지가 왔다." 노인은 탁자 위에 만들어 붙인 주머니에서 여자 필체의 봉투를 꺼내 탁자에 툭 던지며 말했다.

편지를 본 공작 영애의 얼굴이 붉은 반점으로 뒤덮였다. 그녀는 편지를 황급히 잡고 그 위로 몸을 숙였다.

"엘로이자한테서 온 거냐?"* 공작이 싸늘한 미소와 함께 여전히 튼튼하고 누르스름한 이를 드러내며 물었다.

"네, 줄리한테서 왔어요." 공작 영애는 겁먹은 눈길로 쳐다보고 겁먹은 미소를 지으며 말했다.

"두 통까지는 봐주겠지만 세 번째 편지는 읽어 보겠다." 공작은 엄하게 말했다. "너희들이 헛소리만 잔뜩 쓸까 봐 걱정이다. 세 번째 편지는 읽어 봐야겠다."

"이것도 읽어 보셔도 돼요, **아버지**." 공작 영애가 더욱 붉어진 얼굴로 편지를 내밀며 대답했다.

"세 번째라고 하지 않았느냐, 세 번째." 공작은 편지를 밀치며 퉁명스레 소리를 질렀다. 그러고는 탁자에 팔꿈치를 괴고 기하학 도형이 있는 공책을 끌어당겼다.

"자, 아가씨……." 노인은 딸 쪽으로 가까이 붙어 공책 위로 몸을 숙이고 한 손은 공작 영애가 앉은 안락의자 등받이에 얹고 설명을 시작했다. 그래서 공작 영애는 아주 오래전부터 익숙한 담배 냄새와 코를 찌르는 듯한 노인 냄새에 에워싸인 듯한 느낌이 들었다. "자, 아가씨, 이 삼각형들은 닮은꼴이야. 이걸 보렴. 각 abc 는……."

공작 영애는 가까이에서 빛나는 아버지의 두 눈을 놀란 눈으로 쳐다보았다. 붉은 반점이 그녀의 얼굴에 번져 갔다. 그녀는 아무 것도 이해하지 못하고 있고, 아버지의 설명이 아무리 명확하더라도 두려움 탓에 이후의 모든 설명을 이해하지 못할까 봐 몹시 겁이 나는 모양이었다. 선생 탓인지 아니면 학생 탓인지, 어쨌든 날마다 똑같은 일이 되풀이되었다. 공작 영애는 눈이 흐릿했다. 아무것도 보이거나 들리지 않았고, 그저 자기 곁에 가까이 있는 엄한 아버지의 메마른 얼굴을 느끼고 그의 숨결과 냄새를 느낄 뿐이었다. 그녀는 어떻게 하면 한시바삐 서재를 빠져나가 자기 방에서 자유롭게 과제를 이해해 볼 수 있을까 하는 생각뿐이었다. 노인은 불뚝성을 내곤 했다. 자기가 앉은 안락의자를 시끄럽게 뒤로 뺐다 앞으로 당겼다 했으며, 화를 내지 않기 위해 자신을 억누르다가 거의 매번 흥분해서 욕설을 내뱉었고, 가끔은 공책을 집어 던지기도 했다.

공작 영애는 틀린 답을 말했다.

"이런, 너, 바보 아니냐!" 공작이 공책을 밀치며 얼굴을 휙 돌리고는 고함쳤다. 하지만 바로 일어나 이리저리 걷다가 두 손으로 공작 영애의 머리를 가볍게 어루만지고는 다시 자리에 앉았다.

그는 가까이 당겨 앉아 설명을 계속했다.

"안 돼, 공작 영애, 안 된다." 공작 영애가 과제를 적은 공책을 집어서 덮고 나갈 채비를 했을 때 그가 말했다. "나의 아가씨, 수학은 위대한 활동이야. 난 네가 우리의 멍청한 마님들을 닮게 되는 것을 원하지 않아. 꾹 참고 하다 보면 좋아질 거다." 그는 손으로 딸의 뺨을 가볍게 두드렸다. "머리에서 어리석은 생각도 빠져나갈 거야."

그녀는 나가고 싶었지만 공작이 몸짓으로 그녀를 멈춰 세우고 높은 탁자에서 낱장이 잘리지 않은 새 책*을 한 권 꺼냈다.

"이건 너의 엘로이자가 보낸 『신비의 열쇠』*인가 뭔가 하는 책이다. 종교 서적이더구나. 나는 누구든 그 신앙에는 상관하지 않는다……. 대충 훑어봤다. 가져가. 자, 가라, 가!"

그는 딸의 어깨를 가볍게 두드리고는 그녀가 나가자 손수 문을 닫았다.

마리야 공작 영애는 우울하고 겁에 질린 표정으로 자기 방에 돌아왔다. 그 표정은 좀처럼 그녀를 떠나지 않고 그녀의 예쁘지 않은 병적인 얼굴을 더욱더 못생기게 만들었다. 그녀는 조그만 초상화 여러 점이 놓이고 공책들과 책들이 널린 자기 책상 앞에 앉았다. 공작 영애는 아버지가 질서 정연한 만큼이나 무질서했다. 그녀는 기하학 공책을 내려놓고 조바심을 내며 편지를 뜯었다. 어린 시절부터 가장 친하게 지낸 친구에게 온 편지였다. 그 친구는 로스토프가의 명명일에 방문했던 줄리 카라기나였다.

줄리는 이렇게 썼다.

사랑하는 한없이 소중한 친구, 이별이란 얼마나 두렵고 끔찍한 것인가요! 나의 존재와 나의 행복 절반은 당신 안에 있다고, 먼 거리가 우리를 떼어 놓고 있지만 우리의 심장은 끊을 수 없는 매듭으로 묶여 있다고 몇 번이고 스스로에게 말해 보지만 내 심장은 운명을 원망하고 있어요. 즐거움과 오락거리에 둘러싸여 있어도 우리가 떨어진 이후로 마음 깊은 곳에서 느끼는 감춰진 슬픔은 억누를 길이 없네요. 어째서 우리는 지난여름처럼 당신의 커다란 서재에 놓인 하늘색 소파에, 그 '고백의' 소파에 함께 있지 않을까요? 어째서 나는 세 달 전처럼 당신의 시선 속에서 새로운 정신적 힘을 얻을 수 없을까요? 온화하고 차분하고 모든 것을 꿰뚫어 보는 듯한, 내가 그토록 사랑했고 당신에게 편지를 쓰는 이 순간에도 내가 눈앞에 보고 있는 그 시선 속에서 말이에요.

여기까지 읽은 마리야 공작 영애는 한숨을 쉬고 그녀의 오른쪽에 있는 큰 거울을 돌아보았다. 거울은 아름답지 않은 허약한 몸과 야윈 얼굴을 비추었다. 늘 슬픔에 잠긴 듯한 두 눈이 지금은 특히 절망적으로 거울 속의 자신을 바라보고 있었다. '줄리는 내게 입에 발린 말을 하고 있어.' 공작 영애는 이렇게 생각하며 얼굴을 돌리고 계속 편지를 읽었다. 그러나 줄리는 입에 발린 말을 한 것이 아니었다. 사실 공작 영애의 푸르고 찬란한 (마치 따뜻한 빛살이 이따금 두 눈에서 다발로 뿜어져 나오는 것 같았다) 큰 눈은 너무 아름다워서 아주 자주 얼굴 전체는 아름답지 않아도 그 두 눈이 아름다움을 능가하는 매력을 드러내곤 했다. 그러나 공작 영애는 그 두 눈의 아름다운 표정, 그녀가 자신에 대해 생각하지 않는 순간들에 나타나는 그 표정을 한 번도 본 적이 없었다. 누구나 그렇듯 그녀가 거울에 자신을 비춰 보자마자 그녀의 얼굴은 부자연스럽게 딱딱하고 못생긴 표정을 띠었다. 그녀는 계속해서 읽었다.

모스크바는 온통 전쟁 이야기뿐이에요. 나의 두 오빠 가운데 한 명은 이미 국경 너머에 있고, 다른 오빠는 곧 국경으로 출정할 근위대에 있어요. 우리의 친애하는 폐하도 페테르부르크를 떠나 스스로 자신의 고귀한 존재를 전쟁의 위험에 처하게 하실 거라고 사람들은 추측하고 있지요. 전능자께서 은혜를 베푸시어 우리 위에 주권자로 세우신 천사가 유럽의 안정을 어지럽히고 있는 코르시카의 괴물을 부디 타도하게 하여 주소서. 이 전쟁은 내게서 오빠들은 물론이고 내가 마음으로 가장 가깝게 여기는 사람들 가운데 한 명을 앗아 갔어요. 내가 말하는 사람은 니콜라이 로스토프랍니다. 그는 열정이 넘치는 사람으로, 아무것도 하지 않는 것을 견디지 못해 군대에 들어가려고 대학을 그만두었어요. 사랑하는 마리, 당신에게 고백해야겠네요. 그가 그토록 젊은 나이에 군대로 떠나는 것은 내게 큰 슬픔이었어요. 내가 지난여름 당신에게 말한 그 청년에게는 얼마나 고결한 정신이, 우리 시대의 스무 살 노인들 사이에서는 좀처럼 찾아볼 수 없는 얼마나 참된 젊음이 깃들어 있는지요! 특히 그는 아주 솔직하고 정감이 넘치는 사람이에요. 그는 너무나 순수하고 시로 가득해서 그와의 만남은 이미 그토록 많은 고통을 겪어 온 내 가여운 가슴에 비록 찰나에 불과했지만 가장 달콤한 위안을 주었지요. 언젠가 당신에게 우리의 작별에 대해 이야기해 줄게요. 작별할 때 나눈 모든 말도요. 그 모든 것이 아직도 너무나 생생해요……. 아! 사랑하는 친구, 당신은 이 타는 듯한 기쁨을, 이 타는 듯한 슬픔을 모르니 행복한 사람이에요. 당신은 행복해요. 왜냐하면 슬픔이 기쁨보다 강한 법이니까요. 니콜라이 백작이 내게 친구 이상의 무언가가 되어 주기에는 너무 젊다는 것을 잘 알아요. 하지만 이 달콤한 우정, 그토록 시적이고 그토록 순수한 이 관계는 내 가슴이 바란 것이었어요. 하지만 이 얘기는 그만할게요. 온 모스크바를 사로잡은 중요한 소식은 노백작 베주호프의 죽음과 그분의 유산 상속이에요. 상상해 봐요. 세 명의 공작 영애는 조그만 뭔가를 받았고, 바실리 공작은 아무것도 받지 못했어요. 피에르가 전 재산을 상속받았고 게다가 합법적인 아들로, 그러니까 베주호프 백작으로 인정받아 러시아에서 가장 막대한 재산의 소유자가 되었어요. 바실리 공작은 이 모든 사건에서 아주 비열한 역할을 했고 몹시 부끄러운 모습으로 페테르부르크로 떠났다고 해요.

솔직히 난 유언장에 관련된 이 모든 일을 거의 이해하지 못해요. 아는 것이라곤 우리 모두가 그저 피에르라는 이름으로 알던 청년이 러시아에서 가장 많은 재산의 주인인 베주호프 백작이 된 후로 혼기가 찬 딸을 둔 어머니들과 아가씨들이 이 신사에게 싹 달라진 태도로 대하는 모습을 관찰하는 게 내 즐거움이 되었다는 점뿐이에요. (덧붙여 말하자면) 그 신사는 나에게 언제나 몹시 보잘것없는 사람으로 보였어요. 벌써 2년째 다들 나에게 대부분 내가 모르는 신랑감을 찾아 주느라 신나 있는 탓에 모스크바의 결혼 소식란은 이제 나를 베주호바 백작 부인으로 만드네요. 하지만 당신이 알듯 나는 그걸 전혀 바라지 않아요. 마침 결혼 이야기가 나와서 말인데요, 당신이 아는지 모르겠지만, 얼마 전 모든 이들의 아주머니인 안나 미하일로브나가 아주 비밀리에 당신의 혼사에 대한 계획을 내게 털어놓았답니다. 그 사람은 다름 아닌 바실리 공작의 아들 아나톨이에요. 그를 부유한 명문가의 아가씨와 결혼시켜 안정을 찾게 하려고 해요. 그의 부모님이 당신을 선택한 거예요. 당신이 이 문제를 어떻게 받아들일지 모르지만 미리 알려 주는 게 나의 의무라고 생각했어요. 사람들 말이, 그는 아주 잘생겼는데 굉장한 난봉꾼이라고 해요. 내가 그에 대해 알아낼 수 있었던 건 이게 전부예요.

수다는 이 정도로 그쳐야겠네요. 두 번째 장이 거의 다 찼어요. 게다가 엄마가 아프락신가의 만찬에 가자며 사람을 보내셨네요. 내가 당신에게 보내는 신비주의 책을 읽어 봐요. 이곳에서 대단한 성공을 누리고 있는 책이에요. 인간의 나약한 지성으로는 이해하기 힘든 부분도 있지만 어쨌든 탁월한 책이에요. 그 책을 읽으면 영혼이 차분해지고 고양돼요. 그럼 안녕. 당신 아버님께는 나의 존경을, 마드무아젤 부리엔에게는 나의 인사를 전해 줘요. 온 마음을 다해 당신을 포용합니다.

줄리

P.S. 당신 오빠와 그분의 매력적인 부인에 대한 소식을 알려 줘요.

공작 영애는 생각에 잠겼다가 상념이 묻어나는 미소를 지었다. (찬란한 눈동자가 환하게 밝힌 그녀의 얼굴도 완전히 변했다.) 그러고는 갑자기 몸을 일으켜 책상 쪽으로 무겁게 걸음을 옮겼다.

그녀는 종이를 꺼냈고, 그녀의 손이 종이 위에서 빠르게 움직이기 시작했다. 그녀는 이렇게 답장을 썼다.

　사랑하는 한없이 소중한 친구. 13일 자 당신의 편지는 내게 큰 기쁨을 주었어요. 나의 시적인 줄리, 당신은 여전히 나를 사랑해 주는군요. 당신이 그처럼 불평하는 이별은 당신에게 별다른 영향을 끼치지 않은 것 같아요. 당신은 이별을 한탄하네요. 지나친 말일 수도 있지만 소중한 사람을 모두 잃은 나는 무슨 말을 해야 할까요? 아, 우리에게 종교의 위로가 없다면 삶은 너무나 슬플 거예요. 당신은 젊은 남자에 대한 끌림을 말하면서 왜 나를 엄격한 시각을 가진 사람으로 볼까요? 그 점에 있어 나는 스스로에게만 엄격해요. 나는 다른 사람들이 가진 그런 감정을 이해합니다. 한 번도 경험해 보지 않아서 그런 감정을 인정할 수 없다 해도 비난하지는 않아요. 다만 내게는 젊은 남자의 아름다운 눈이 당신처럼 시적이고 다정한 젊은 아가씨에게 불러일으킬 수 있는 감정보다는 이웃과 원수를 향한 그리스도교적인 사랑이 더 가치 있고 더 위안이 되고 더 훌륭한 것 같아요.
　베주호프 백작이 돌아가셨다는 소식은 당신의 편지보다 먼저 우리에게 당도했습니다. 내 아버지는 그 소식에 매우 큰 충격을 받으셨어요. 아버지는 그분이 위대한 시대를 대표하는 끝에서 두 번째 인물이었다고, 이제 아버지의 차례지만 그 차례가 최대한 늦게 오도록 당신 스스로에게 달린 일은 다 하겠다고 말씀하세요. 주여, 우리를 그 불행에서 구해 주소서!
　나는 어릴 적부터 알았던 피에르에 대해서는 당신과 의견을 같이할 수 없습니다. 그는 언제나 아름다운 마음을 간직하고 있었다고 생각해요. 그건 내가 사람들에게서 다른 무엇보다도 가장 높이 평가하는 자질이에요. 그의 상속과 그 일에서 바실리 공작이 한 역할에 대해 말하자면, 그건 두 사람 모두에게 매우 슬픈 일이에요. 아, 사랑하는 친구, 부자가 하느님의 나라에 들어가기보다 낙타가 바늘구멍에 들어가는 것이 더 쉽다고 하신 우리 구세주의 말씀, 이 말씀은 무섭도록 옳아요. 나는 바실리 공작도 안쓰럽지만 피에르가 훨씬 더 가여워요. 그토록 젊은 사람이 그런 막대한 재산에 짓눌리게 되었으니 앞으로 얼마나 많은 유혹을 견뎌 내야 하나요! 만약 누군가가 내게 세상에서 가장 바라는 것이 무엇이냐고 묻는다면 나는 이렇게 대답하겠어요. 거지들 가운데 가장 가난한 자보다 더 가난해지는 것이라고요. 사랑하는 친구, 당신이 보내온, 당신의 도시를 그토록 떠들썩하게 하고 있다는 책에 대해 천 번의 감사를 전합니다. 하지만 그 책 속에는 많은 뛰어난 부분들 가운데 인간의 연약한 지성으로는 포착할 수 없는 것들이 있다고 당신이 내게 말하고 있기에, 이해하지 못해서 아무 이익도 가져오지 않을 내용을 읽는 것은 실속 없는 일 같네요. 몇몇 사람들이 지닌 열정을, 머릿속에 의심만 불러일으키고 공상을 자극하고, 그리스도적인 소박함과 정반대인 과장의 습성을 낳는 신비주의적인 책들에 빠져 자신의 생각을 어지럽히는 그런 열정을 난 도무지 이해할 수 없었어요. 차라리 우리 「사도행전」과 복음서를 읽어요. 이런 책들에 있는 신비적인 것을 파고들려고 하지 않기로 해요. 왜냐하면 말이에요, 불쌍한 죄인인 우리가 우리와 영원 사이에 꿰뚫을 수 없는 장막을 친 육체의 거죽을 걸치고 있는 동안에 어떻게 섭리의 두렵고도 거룩한 비밀을 인식할 수 있겠어요? 차라리 우리 구세주가 여기 땅 위에서 우리를 인도하기 위해 우리에게 남겨 주신 위대한 법을 연구하는 데 만족하기로 해요. 그 법을 애써 따르기로 해요. 우리의 정신에 방종을 허락하지 않을수록 자신에게서 나오지 않는 온갖 지식을 거부하시는 하느님이 우리를 더욱 기쁘게 여기시리라는 것, 하느님이 우리에게서 숨기려 하시는 것에 우리가 몰두하지 않을수록 하느님은 거룩한 지혜로 우리가 그것을 더 빨리 발견하도록 하시리라는 것을 믿기 위해 함께 노력해요.

아버지는 구혼자에 대해 아무 말씀도 하지 않으셨지만, 편지를 받았고 바실리 공작의 방문을 기다리고 있다고는 하셨어요. 사랑하는 한없이 소중한 친구, 나와 관련된 결혼 계획에 대해 말하자면 나는 결혼이 우리가 복종해야 할 신성한 제도라고 생각해요. 내게 아무리 힘겨운 일이 될지라도 전능자께서 내게 아내와 어머니의 의무를 지우고자 하신다면 나는 내가 할 수 있는 한 신실하게 그 의무를 수행하기 위해 노력할 거예요. 하느님이 내게 남편으로 주시려는 사람에 대한 내 감정을 곰곰이 생각하는 일엔 마음 쓰지 않겠어요.

오빠의 편지를 받았는데, 올케와 함께 리시예 고리에 온다고 해요. 이 기쁨은 오래가지 않을 거예요. 오빠는 어쩌다 그리고 무엇을 위해 우리가 말려들고 있는지 알 길이 없는 이 전쟁에 참전하러 우리를 떠날 것이기 때문이에요. 이런저런 일들과 사교의 중심인 당신의 도시에서뿐 아니라 이곳에서도, 도시 사람들이 시골 하면 으레 떠올리는 전원의 노동과 정적 가운데에서도 전쟁 소식이 들려오니 마음이 무겁네요. 아버지도 내가 전혀 알지 못하는 원정과 행군에 대한 말씀뿐이세요. 그저께는 평소처럼 시골길을 산책하다 가슴이 찢어지는 장면을 봤어요. 우리 영지에서 징집된 신병 부대의 모습이었어요. 나는 떠나는 사람들의 어머니와 아내와 아이들이 처한 상황을 보아야 했고, 떠나

는 사람들과 보내는 사람들의 통곡을 들어야 했어요! 우리에게
사랑과 모욕에 대한 용서를 가르치신 구세주의 법을 인류가 잊
었다는, 서로를 살육하는 기술에서 인류가 자신의 주된 가치를
보고 있다는 생각이 들어요.

잘 있어요, 사랑하는 선한 친구. 우리의 구세주와 그분의 거
룩한 어머니께서 성스럽고 강력한 덮개를 펼쳐 당신을 지켜 주
시옵기를.

마리

"아, 당신도 편지를 보내는군요. 난 이미 부쳤답니다. 내 가여운
어머니에게 썼어요." 얼굴에 미소를 띤 **마드무아젤 부리엔**이 명
랑한 빠른 목소리로, 낭랑한 귀여운 목소리로 **에르**를 모호하게 발
음하면서, 그리고 마리야 공작 영애의 긴장되고 구슬프고 음울한
분위기를 그와는 전혀 다른 경박하도록 유쾌하고 자기만족적인
자기 세계로 끌어들이면서 말을 꺼냈다.

"공작 영애, 미리 알려 줘야겠군요." 그녀가 목소리를 낮추며 덧
붙였다. "공작께서 욕설을……." 그녀는 르 발음을 유난히 프랑스
식으로 발음하면서* 흡족한 표정으로 자신의 말소리에 귀를 기울
이며 말했다. "미하일 이바니치에게 마구 욕설을 퍼부으셨어요.
기분이 아주 안 좋으세요. 몹시 음울한 상태예요. 미리 알려 주는
거예요. 당신도 알다시피……."

"아! 사랑하는 친구……." 마리야 공작 영애가 대답했다. "아버
지의 기분이 어떤지 절대 말하지 말아 달라고 부탁했잖아요. 나는
아버지를 판단하지 않을 거고, 다른 사람들이 그러는 것도 바라지
않아요."

공작 영애는 시계를 흘깃 쳐다보더니 클라비코드 연주에 사용

해야 할 시간이 벌써 5분이나 지난 것을 깨닫고 겁에 질린 표정이 되어 소파가 있는 방으로 갔다. 정해진 일과에 따라 12시부터 2시까지 공작은 휴식을 취하고, 공작 영애는 클라비코드를 연주했다.

23

머리 희끗한 시종이 거대한 서재 안에서 들리는 공작의 코 고는 소리를 들으며 앉은 채로 꾸벅꾸벅 졸고 있었다. 겹겹이 닫힌 문 너머, 저택의 먼 쪽에서 스무 번씩 되풀이되는 두세크* 소나타의 어려운 악절들이 들려왔다.

그때 카레타와 브리치카*가 현관 계단으로 다가왔다. 카레타에서 안드레이 공작이 내리더니 자그마한 아내를 부축하여 내려 주고 앞장서게 했다. 머리가 하얗게 센 티혼이 가발을 쓴 채 하인 방밖으로 몸을 쑥 내밀면서 공작이 주무신다고 속삭이는 소리로 고한 후 황급히 문을 닫았다. 티혼은 아들이 오든 어떤 특별한 일이 생기든 하루의 일과를 깨뜨려서는 안 된다는 것을 알았다. 안드레이 공작도 티혼 못지않게 그 사실을 잘 아는 듯했다. 그는 못 본 사이에 아버지의 습관이 변하지는 않았을까 검사라도 하듯 시계를 쳐다보고 습관이 바뀌지 않았다는 것을 확인하고 나서 아내를 향해 말했다.

"아버지는 20분 뒤에 일어나실 거야. 마리야 공작 영애에게 갑시다." 그가 말했다.

작은 공작 부인은 그사이 조금 살이 올랐다. 그러나 솜털이 나고 미소가 어린 얇은 윗입술과 두 눈은 그녀가 말을 시작하면 여전히 명랑하고 사랑스럽게 치켜 올라갔다.

"정말 완전 궁전이야!" 그녀는 주위를 빙 둘러보며 무도회를 연주인에게 찬사를 늘어놓는 표정으로 남편에게 말했다. "가요, 어서요, 어서……!" 그녀는 주위를 돌아보며 티혼에게도 남편에게도 그들을 안내하던 하인에게도 미소를 보냈다.

"저건 마리가 연습하는 건가요? 마리가 우리를 보지 않게 조용히 가요."

안드레이 공작은 침울한 표정으로 정중하게 아내를 뒤따랐다.

"자네도 늙었군, 티혼." 그는 걸어가면서 자신의 손에 입을 맞춘 노인에게 말했다.

클라비코드 소리가 들려오던 방 앞에 이르자 옆문에서 옅은 금발의 예쁘장한 프랑스 여자가 뛰어나왔다. **마드무아젤 부리엔**은 너무 기뻐서 정신이 나간 것 같았다.

"아, 공작 영애가 얼마나 기뻐할까요!" 그녀가 입을 열었다. "드디어 오셨군요! 공작 영애에게 알려야겠어요."

"아니, 아니요, 제발……. 당신이 마드무아젤 부리엔이군요. 시누이가 당신에게 느끼는 우정 덕분에 난 이미 당신을 알고 있어요." 공작 부인이 그녀와 입을 맞추며 말했다. "그녀는 우리가 오리라고는 기대도 않고 있겠죠!"

그들은 한 악절이 다시, 또다시 되풀이되며 들려오던 소파가 있는 방으로 다가갔다. 안드레이 공작이 걸음을 멈추더니 무언가 불쾌한 것을 예상이라도 한 듯 인상을 찌푸렸다.

공작 부인이 들어갔다. 악절이 중간에서 끊기고 비명 소리와 마리야 공작 영애의 묵직한 발소리와 입맞춤 소리가 들렸다. 안드레이 공작이 들어갔을 때, 안드레이 공작의 결혼식에서 딱 한 번 잠시 만났을 뿐인 공작 영애와 공작 부인은 서로 껴안은 채 처음 입 맞춤한 곳에다 그대로 입술을 꼭 대고 있었다. **마드무아젤 부리엔**은 두 손을 가슴에 꼭 대고 그들 근처에 서서 경건하게 미소를 짓고 있었다. 금방이라도 울 것처럼 보이기도 하고, 금방이라도 웃음을 터뜨릴 것 같기도 했다. 안드레이 공작은 어깨를 움츠리며 음악 애호가가 틀린 음을 듣고 인상을 쓰듯 얼굴을 찌푸렸다. 두 여인은 서로를 놓아주었다. 그러고는 다시 상대에게 뒤질세라 손을 부여잡고 입을 맞추다가 또 손을 놓더니 또다시 서로의 얼굴에 입을 맞추었다. 그런 다음 두 사람은 안드레이 공작이 전혀 예상치 못한 울음을 터뜨리고 다시 입을 맞추기 시작했다. **마드무아젤 부리엔**도 울음을 터뜨렸다. 안드레이 공작은 거북해 보였다. 그러나 두 여인에게는 자신들이 울고 있는 것이 지극히 자연스럽게 여겨졌다. 그들은 이 만남이 다른 식으로 이루어질 수 있다고는 상상도 못하는 것 같았다.

"아, 사랑하는…… 마리……!" 두 여인은 문득 말을 꺼내다 웃음을 터뜨렸다.

"어젯밤에 꿈을 꾸었어요."

"우리가 이렇게 올 거라고는 생각도 못했죠……? 아, 마리, 몹시 야위었어요……."

"언니는 무척 살이 쪘네요……."

"난 공작 부인을 금방 알아보았어요." 마드무아젤 부리엔이 끼어들었다.

"하지만 난 상상도 못했어요!" 마리야 공작 영애가 큰 소리로 외쳤다. "아! 앙드레, 오빠를 미처 못 봤네."

안드레이 공작은 여동생과 손을 맞잡고 서로 입을 맞추며 언제나 그랬듯 여전히 **울보**라고 그녀에게 말했다. 마리야 공작 영애가 오빠를 돌아보았다. 순간 아름다운, 그녀의 크고 찬란한 눈동자의 애정 어린 따뜻하고 온화한 눈길이 눈물을 내비치며 안드레이 공작의 얼굴에 머물렀다.

공작 부인은 쉬지 않고 종알거렸다. 솜털이 난 얇은 윗입술이 끊임없이 순식간에 날아 내려와 필요한 곳에서 붉은 아랫입술을 살짝 건드렸다. 그러면 다시 치아와 눈동자를 반짝이는 미소가 나타났다. 공작 부인은 임신 중인 자신이 위협을 느낄 만큼 위험했던 스파스카야산에서 그들에게 일어났던 사건에 대해 이야기하다가 이내 페테르부르크에 옷을 다 두고 와서 여기서는 무엇을 입고 다녀야 할지 모르겠다고, 안드레이가 완전히 변했다고, 키티 오딘초바가 노인에게 시집갔다고, 마리야 공작 영애에게 **진짜** 구혼자가 생겼다고, 하지만 그 얘기는 나중에 하자고 했다. 마리야 공작 영애는 아무 말 없이 계속 오빠를 바라보았다. 그녀의 아름다운 눈동자에는 사랑과 슬픔이 어려 있었다. 지금 그녀의 내면에는 올케의 말과 무관한 자신만의 상념의 흐름이 자리 잡은 것 같았다. 올케가 페테르부르크에서의 마지막 축일을 이야기하는 중에 그녀는 오빠를 향해 말했다.

"꼭 전쟁에 나갈 거야, **앙드레**?" 그녀가 한숨을 쉬며 말했다.

리즈도 한숨을 쉬었다.

"당장 내일이라도." 오빠가 대답했다.

"그이는 여기에 날 버려둘 거예요. 승진도 할 수 있었는데 도대체 무엇 때문에 그러는지 모르겠어요……."

마리야 공작 영애는 그 말을 끝까지 듣지 않고 자기 상념의 끈에 계속 매달린 채 다정한 눈길로 공작 부인의 배를 가리키며 올케에게 물었다.

"맞아요?"

공작 부인의 얼굴이 변했다. 그녀가 탄식했다.

"네, 맞아요." 그녀가 말했다. "아! 너무 무서워요……."

리자의 작은 입술이 축 처졌다. 그녀가 자기 얼굴을 시누이의 얼굴에 가까이 대고는 갑자기 울음을 터뜨렸다.

"이 사람은 쉬어야 해." 안드레이 공작이 얼굴을 찌푸리며 말했다. "그렇지, 리자? 이 사람을 방으로 안내해 줘라. 난 아버지를 뵈러 갈게. 아버지는 어때, 여전하시니?"

"늘 그렇지. 똑같아. 오빠 눈에는 어떨지 모르지만." 공작 영애는 기쁘게 말했다.

"여전히 시간을 지키시고, 가로수 길 산책도 하시고? 같이 판은?" 안드레이 공작은 아버지를 매우 사랑하고 존경하긴 하지만 아버지의 약점도 이해하고 있음을 보여 주는, 보일 듯 말 듯 희미한 미소를 지으며 물었다.

"시간을 지키는 것도, 같이 판도, 또 수학도 내 기하학 수업도." 마리야 공작 영애는 마치 기하학 수업이 자기 삶에서 가장 즐거운 인상을 주는 것 중 하나인 양 기쁜 얼굴로 대답했다.

20분이 지나고 노공작이 일어날 시각이 되자 티혼이 젊은 공작에게 아버지의 부름을 전하러 왔다. 노인은 아들의 도착을 기념하여 자신의 생활 방식에 예외를 허용했다. 점심 전에 옷을 갈아입는 시간에 아들을 자기 거처에 들이도록 지시한 것이다. 공작은 늘 옛날 방식에 따라 카프탄을 입고 머리에 분을 뿌렸다. 안드레이 공작이 (그가 사교계 응접실에서 일부러 드러내는 까다로운 표정과 태도가 아니라 피에르와 이야기할 때 보여 주는 활기찬 얼굴로) 아버지의 거처에 들어가니 노인은 단장실에서 화장용 덧옷을 걸친 채 모로코가죽*을 씌운 넓은 안락의자에 앉아 티혼의 손에 머리를 맡기고 있었다.

"아! 용사로구나! 보나파르트를 무찌르고 싶은 게냐?" 노인은 이렇게 말하고는 티혼이 두 손으로 땋고 있는 머리채가 허용하는 한도에서 분 바른 머리를 흔들었다. "최소한 너라도 그 녀석을 응징해야지. 그러지 않으면 곧 우리까지 자기 백성으로 삼을 거다. 잘 왔다!" 그러고는 한쪽 뺨을 내밀었다.

점심 전에 한숨 잔 터라 노인은 기분이 좋았다. (그는 점심 후에는 은잠이고 점심 전에는 금잠이라고 말하곤 했다.) 그는 아래로 처진 짙은 눈썹 너머로 즐겁게 아들을 곁눈질했다. 아버지에게 다가간 안드레이 공작은 그가 가리킨 자리에 입을 맞추었다. 그는 아버지가 좋아하는 화제, 지금의 군인들에 대한, 특히 보나파르트에 대한 야유에 대꾸하지 않았다.

"네, 왔습니다, 아버지. 임신한 아내도 함께요." 안드레이 공작은 활기차고도 공손한 눈으로 아버지의 얼굴 윤곽이 움직이는 모습을 하나하나 지켜보며 말했다. "건강은 어떠세요?"

"얘야, 건강하지 않은 자는 바보와 방탕한 인간들뿐이다. 네가 날 알잖느냐. 아침부터 저녁까지 바쁘게 일하고 절제된 생활을 하니 당연히 건강하지."

"하느님 덕분입니다." 아들이 빙그레 웃으며 말했다.

"하느님이 무슨 상관이냐. 자, 말해 보아라." 그는 자신이 좋아하는 장난감 말*로 돌아와서 말을 이어 갔다. "독일인들은 전략이라고 부르는 너희의 새로운 과학에 따라 보나파르트와 어떻게 싸우라고 가르치더냐?"

안드레이 공작은 미소 지었다.

"숨 좀 돌리고요, 아버지." 그는 아버지의 약점이 그를 존경하고 사랑하는 데 방해가 되지 않는다는 것을 보여 주던 미소와 함께 말했다. "아직 제 방에 들어가 보지도 못했습니다."

"허튼소리, 허튼소리." 노인은 머리가 단단히 뚫였는지 점검하기 위해 머리채를 흔들면서 아들의 손을 잡고 외쳤다. "네 처를 위한 집은 마련해 두었다. 마리야 공작 영애가 네 처를 데려가 보여주고 실컷 떠들어 댈 게다. 그건 여자들 일이야. 그 애가 와서 기쁘다. 앉아서 얘기해 봐. 미헬손의 군대는 이해가 돼. 톨스토이의 군대도……. 동시 상륙은……. 남쪽 군대는 어떻게 할까? 프로이센은 중립이고……. 그건 나도 안다. 오스트리아는 어떠냐?" 그는 안락의자에서 일어나 이리 뛰고 저리 뛰며 웃가지를 건네는 티혼과 함께 방 안을 거닐며 말했다. "스웨덴은 어때? 포메라니아는 어떻게 횡단할까?"*

안드레이 공작은 아버지의 완강한 요구에 처음에는 내키지 않아 하다가 조금씩 활기를 띠며, 그리고 이야기를 하던 중에 자기도 모르게 습관적으로 러시아어에서 프랑스어로 말을 바꾸며 예상되는 전쟁의 작전 계획을 설명하기 시작했다. 프로이센을 중립에서 끌어내 전쟁에 끌어들이려면 9만 군대가 위협해야 한다는 것, 이 병사들 중 일부는 슈트랄준트*에서 스웨덴군과 합류해야 한다는 것, 오스트리아군 22만 명은 러시아군 10만 명과 합류해 이탈리아와 라인 지역에서 행동해야 한다는 것, 러시아군 5만 명과 영국군 5만 명은 나폴리에 상륙해야 한다는 것, 그래서 총 50만 군대가 사방에서 프랑스군을 공격해야 한다는 것에 대해 말했다. 노공작은 마치 듣고 있지 않는 듯 아들의 이야기에 전혀 흥미를 보이지 않고 계속 돌아다니며 옷을 입다가 세 번에 걸쳐 아들의 말을 갑자기 끊었다. 처음엔 아들의 말을 가로막고 큰 소리로 외쳤다.

"하얀색! 하얀색!"

그가 원한 것이 아닌 다른 조끼를 티혼이 건넸다는 뜻이었다.

또 한 번은 걸음을 멈추고 물었다.

"네 처가 해산할 때도 머지않았지?" 그러고는 질책하듯 고개를 흔들며 말했다. "좋지 않아! 계속해라, 계속해."

세 번째엔 안드레이 공작이 설명을 끝내 가고 있을 때 노인이 노쇠한 목소리로 곡조가 맞지 않는 노래를 부르기 시작했다. "**말버러는 전장으로 떠나고 언제 돌아올지는 신만이 아시네.**"*

아들은 그저 빙그레 웃었다.

"이것이 제가 찬성하는 계획이라고 말씀드리는 건 아닙니다." 아들이 말했다. "그저 있는 그대로를 말씀드렸을 뿐입니다. 나폴레옹도 이미 그에 못지않은 계획을 세웠습니다."

"음, 네가 말한 것은 아무것도 새로운 게 없잖느냐." 노인은 생각에 잠긴 표정으로 빠르게 혼잣말로 중얼거렸다. "**언제 돌아올지는 신만이 아시네.** 식당으로 가거라."

24

정해진 시각이 되자 머리에 분을 바르고 깨끗이 면도를 한 공작이 식당으로 나왔다. 며느리와 마리야 공작 영애, **마드무아젤** 부리엔 그리고 공작의 건축 기사가 그를 기다리고 있었다. 신분이 변변치 않은 건축 기사는 그런 영광을 결코 기대할 수 없었는데 공작의 기묘한 변덕으로 식탁에 함께 자리하게 된 것이었다. 삶에서 신분의 차이를 확고히 지켜 온 데다 현의 고관들조차 좀처럼 식탁에 오게 하지 않던 공작이 갑자기 한쪽 구석에서 체크무늬 손수건으로 코를 풀던 건축 기사 미하일 이바노비치를 내세워 모든 인간은 평등하다는 것을 증명하려 들었고, 딸에게 미하일 이바노비치는 너나 나보다 결코 못하지 않다는 생각을 빈번히 불어넣었다. 식탁에서 공작은 말이 없는 미하일 이바노비치를 향해 어느 누구에게보다 더 자주 말을 걸었다.

저택의 모든 방이 그렇듯, 거대하고 천장이 높은 식당에서는 가족들과 하인들이 자기 의자 뒤에 서서 공작이 나오기를 기다리고 있었다. 팔에 냅킨을 걸친 집사는 식기류를 둘러보며 하인들에게 눈을 찡긋거리기도 하고, 벽시계와 공작이 나타날 문 쪽으로 불안한 시선을 끊임없이 번갈아 던지기도 했다. 안드레이 공작은 그에게는 새로운, 볼콘스키 공작 가문의 나무 모양 가계도가 끼워진 거대한 금빛 액자를 바라보았다. 맞은편에도 똑같이 거대한 액자가 걸려 있었다. 류리크* 가문 출신으로 볼콘스키 가문의 선조임에 틀림없는 왕관 쓴 대공을 (아마도 집안 전속 화가의 솜씨로) 그린 조야한 그림이었다. 안드레이 공작은 나무 모양의 가계도를 바라보며 고개를 젓고, 꼭 닮은 초상화를 바라보는 사람이 지을 법한 표정으로 웃음을 참지 못했다.

"여기에 오면 아버지의 모든 것을 알게 되는구나!" 그는 가까이 다가온 마리야 공작 영애에게 말했다.

마리야 공작 영애는 놀란 눈으로 오빠를 바라보았다. 그녀는 그가 무엇 때문에 웃음을 짓고 있는지 이해할 수 없었다. 아버지가 한 모든 일은 그녀에게 판단할 여지를 주지 않는 경건함을 불러일으키고 있었다.

"누구에게나 저마다의 아킬레스건이 있기 마련이지." 안드레이 공작은 계속 말을 이었다. "그처럼 거대한 지성을 가지시고도 **이런 우스꽝스러운 일에 빠지시다니!**"

마리야 공작 영애는 오빠의 대담한 의견을 납득할 수 없어 반박하려고 했지만 마침 기다리던 발소리가 서재에서 들려왔다. 공작은 여느 때처럼 유쾌한 표정으로 빠르게 걸어 들어왔다. 마치 바삐 서두르는 태도로 일부러 집안의 엄격한 질서와 대조를 보이려는 것 같았다. 바로 그 순간 큰 시계의 괘종이 두 번 울렸고, 응접실 안의 다른 시계들도 가늘고 높은 소리를 냈다. 공작은 걸음을 멈추었다. 밑으로 처진 짙은 눈썹 아래에서 생기 있게 빛나는 엄격한 두 눈이 모두를 죽 둘러보다가 젊은 공작 부인에게서 멈추었다. 순간 젊은 공작 부인은 차르가 나올 때 궁정의 신하들이 느끼는 감정, 이 노인이 가까운 모든 이들의 내면에 불러일으키던 두려움과 경외의 감정을 경험했다. 그는 공작 부인의 머리를 쓰다듬고 어색한 동작으로 목덜미를 가볍게 두드렸다.

"기쁘구나, 기뻐!" 그는 이렇게 말하고 그녀의 눈을 다시 한번 유심히 바라본 후 빠르게 걸음을 옮겨 자기 자리에 앉았다. "앉아요, 앉아! 미하일 이바노비치, 앉아요!"

그러고는 며느리에게 자기 옆자리를 가리켰다. 하인이 그녀를 위해 의자를 빼 주었다.

"호, 호!" 노인이 며느리의 둥그스름한 허리를 바라보며 말했다. "서둘렀구나, 좋지 않아!"

그는 언제나처럼 눈은 웃지 않고 입 하나로만 메마르고 차갑고 불쾌하게 웃었다.

"걸어야 한다. 되도록 많이, 되도록 많이 걸어야 해." 노인이 말했다.

작은 공작 부인은 그의 말이 들리지 않았다. 어쩌면 듣고 싶지 않았는지도 모른다. 그녀는 말이 없었고 당황한 듯 보였다. 공작이 친정아버지에 대해 묻자 공작 부인은 말문을 열며 생긋 웃었다. 그는 그녀에게 두 사람이 공통으로 아는 지인들에 대해 물었다. 공작 부인은 더욱더 생기를 띠고 이야기를 늘어놓으며, 공작에게 사람들의 안부 인사와 도시의 뜬소문을 전했다.

"불쌍한 아프락시나 백작 부인이 남편을 여의셨어요. 눈이 퉁퉁 붓도록 우셨죠. 가여운 분." 점점 더 생기를 띠며 그녀가 말하고 있었다.

그녀가 생기를 띰에 따라 공작은 점점 더 엄한 눈초리로 그녀를 바라보았다. 그러고는 마치 그녀를 충분히 알았고 명확히 파악했다는 듯 그녀에게서 고개를 돌려 미하일 이바노비치에게 말을 걸었다.

"자, 어떻소, 미하일 이바노비치, 우리 부오나파르트가 안 좋은 상황에 처했어요. 안드레이 공작이 (그는 늘 아들을 삼인칭으로 불렀다) 내게 말한 바에 따르면, 그를 치기 위해 엄청난 병력이 집결하고 있는 모양이에요! 그런데도 당신과 나는 그를 계속 하찮은 인간으로 생각했소이다."

미하일 이바노비치는 언제 보나파르트에 대해 그런 말을 했는지 확실히 몰랐지만 공작이 좋아하는 화제를 끌어들이는 데 자신이 필요하다는 것을 이해했다. 그는 그 결과가 어떻게 될지 스스로도 모른 채 놀란 눈으로 젊은 공작을 쳐다보았다.

"저 사람은 나의 훌륭한 전술가란다!" 공작이 건축 기사를 가리키며 아들에게 말했다.

그리하여 대화는 다시 전쟁과 보나파르트와 현재의 장군들과 각료들에 관한 것으로 접어들었다. 노공작은 요즘 활동하는 사람들은 전부 군무와 국정의 기본도 모르는 풋내기들일 뿐이라고, 보나파르트는 그와 맞설 포툠킨과 수보로프 같은 인물들이 없어서* 성공한 하찮은 프랑스 놈에 불과하다고 확신하는 듯했다. 게다가 그는 심지어 유럽에는 어떠한 정치적 난관도 전쟁도 없다고, 오늘날의 인간들이 일하는 척하며 연기하는 우스꽝스러운 인형극 같은 것만 있을 뿐이라고 확신하는 듯했다. 안드레이 공작은 새로운 인물들에 대한 아버지의 조롱을 쾌활하게 참아 내면서 즐거운 기색으로 아버지를 대화에 끌어들이고 그의 말에 귀를 기울였다.

"예전 일은 다 좋아 보이지요." 그가 말했다. "하지만 바로 그 수보로프도 모로가 놓은 덫에 걸려서 빠져나오지 못했잖아요?"*

"누가 너한테 그런 소리를 하더냐? 누가 그랬어?" 공작이 소리쳤다. "수보로프!" 그가 집어 던진 접시를 티혼이 날렵하게 받았다. "수보로프……! 안드레이 공작, 생각을 좀 하고 말해라. 프리드리히와 수보로프, 이 둘이다······.* 모로! 수보로프의 두 손이 자유로웠다면 모로는 생포되었을 것이야. 그의 두 손에는 호프스-크리그스-부르스트-슈납스-라트가 앉아 있었다.* 악마도 그걸 싫어할 거다. 가 보면 그 호프스-크리그스-부르스트-라트를 알게 될 거야! 수보로프도 그들을 감당하지 못했는데 미하일 쿠투조프가 어떻게 감당하겠어! 아니지, 이 친구야." 그는 계속해서 말했다. "너희들과 너희 장군들은 보나파르트의 상대가 되지 않아. 자기편이 자기편을 알아보지 못하도록, 자기편이 자기편을 치도록 해서 프랑스인들을 이겨야 한다. 프랑스인 모로를 데려오려고 미국의 뉴욕으로 독일인 팔렌을 보냈다지."*그는 그해 모로를 러시아 군대에 영입할 목적으로 했던 초청을 넌지시 암시하며 말했다. "희한하지! 뭐야, 포툠킨, 수보로프, 오를로프 같은 사람들이 그래 독일인이었나? 아니지, 이봐, 그곳에 있는 놈들이 전부 미쳤든가, 내가 망령이 든 거겠지. 하느님이 도우시길. 우리가 지켜보마. 보나파르트가 그놈들 사이에서 위대한 장군으로 꼽힌다니! 흠······."

"모든 명령이 훌륭했다고 말하는 건 전혀 아닙니다." 안드레이 공작이 말했다. "다만 저는 어째서 아버지가 보나파르트를 그렇게 판단하시는지 이해할 수 없습니다. 마음껏 조롱하세요. 그래도 보나파르트는 위대한 사령관입니다!"

"미하일 이바노비치!" 노공작이 구운 고기에 정신이 팔려 두 사람이 자기를 잊었기를 바라고 있던 건축 기사에게 소리쳤다. "내가 당신에게 보나파르트가 위대한 전술가라고 말했지요? 여기 내 아들도 그렇게 말하는구려."

"물론입니다, 공작 각하." 건축 기사가 대답했다.

공작은 다시 특유의 싸늘한 웃음을 터뜨렸다.

"보나파르트는 루바시카를 입고 태어났어.* 그의 병사들은 훌륭하지. 게다가 그놈은 독일인들을 가장 먼저 공격했다. 독일인들을 치지 않는 건 게으름뱅이들뿐이다. 세상이 존재한 이래 모두가 독일인들을 쳤지. 그들은 아무도 치지 못하고 그저 자기들끼리 치고받았어. 그 녀석은 그놈들 위에서 자기 영광을 이룩했고."

그리고 공작은 자신이 이해하기에 보나파르트가 전쟁뿐 아니라 국무에서 저지른 실수까지 모두 분석하기 시작했다. 아들은 반박하지 않았다. 그러나 어떤 논거가 제시되든 그도 노공작만큼이나 자신의 견해를 바꾸는 데 소질이 거의 없어 보였다. 안드레이 공작은 반박하고 싶은 마음을 꾹 참고 귀를 기울이며 이 노인이 오랜 세월 시골에 혼자 칩거하고 있으면서도 최근 몇 년에 걸친 유럽의 모든 군사적, 정치적 상황을 어떻게 그처럼 상세하고 그처럼 예리하게 알고 판단할 수 있었을까 생각하며 자기도 모르게 깜짝 놀라고 있었다.

"너는 나 같은 늙은이는 정세를 제대로 이해하지 못한다고 생각하는 게냐?" 그는 말을 맺었다. "그건 바로 여기 내 머릿속에 있다! 나는 밤에 잠도 자지 않는다. 음, 그런데 너의 그 위대한 장군은 어디에서, 도대체 어디에서 자신의 역량을 드러내고 있는 거냐?"

"그건 긴 이야기가 될 겁니다." 아들이 대답했다.

"너의 보나파르트에게나 가 버려라. **마드무아젤 부리엔, 여기에도 당신네 천한 황제를 숭배하는 놈이 있네!**" 노인이 유창한 프랑스어로 외쳤다.

"**제가 보나파르트파가 아니라는 걸 아시잖아요, 공작님.**"

"**언제 돌아올지는 신만이 아시네……**" 공작은 곡조가 맞지 않게 노래를 불렀다. 그러고는 더욱 부자연스럽게 웃음을 터뜨리며 식탁을 떠났다.

작은 공작 부인은 논쟁 내내, 그리고 식사를 마칠 때까지 계속 입을 다문 채 놀란 눈으로 마리야 공작 영애와 시아버지를 번갈아 쳐다보았다. 사람들이 식탁을 떠나자 그녀는 시누이의 팔을 잡고 다른 방으로 불러들였다.

"당신 아버지는 정말 현명한 분이세요." 그녀가 말했다. "그래서 아버님이 무서워요."

"아니에요, 아버지는 아주 좋은 분이세요!" 마리야 공작 영애가 말했다.

25

이튿날 저녁, 안드레이 공작은 떠날 채비를 하고 있었다. 식사 후에 노공작은 자신의 질서를 양보하지 않고 자기 방으로 가 버렸다. 작은 공작 부인은 시누이 방에 있었다. 안드레이 공작은 견장을 달지 않은 여행용 프록코트 차림으로 자신에게 제공된 방에서 시종과 함께 짐을 꾸렸다. 그는 콜랴스카와 여행용 가방 더미를 손수 살핀 후 말을 매라고 지시했다. 방에는 소지품 상자, 커다란 은제 식료품 가방, 튀르크제 피스톨 두 자루, 아버지가 오차코프* 부근에서 가져와 선물로 준 군도 등 안드레이 공작이 항상 지니고 다니는 물건들만 남아 있었다. 안드레이 공작은 이 모든 여행용 소지품을 매우 질서 정연하게 정리했다. 모두 새것이고 깔끔했으며, 모직 주머니에 담겨 끈으로 정성껏 묶여 있었다.

자기 행동을 숙고할 줄 아는 사람들에게는 떠남과 삶의 변화의 순간들에 진지한 사색의 시간이 찾아들기 마련이다. 그런 순간에 사람들은 대개 과거를 돌아보고 미래의 계획을 세운다. 안드레이 공작의 얼굴은 깊은 생각에 잠긴 듯 부드러웠다. 그는 뒷짐을 진 채 방 안을 이 구석에서 저 구석으로 빠르게 걸으며 정면을 응시하거나 생각에 잠긴 듯 고개를 젓기도 했다. 전쟁에 나가는 것이 두려웠던가, 아니면 아내를 두고 가는 것이 슬펐던가. 어쩌면 두 가지 모두였던가. 하지만 그런 자신의 모습을 보이고 싶지 않았던지 현관방에서 발소리가 들리자 그는 황급히 팔을 풀고 탁자 곁에 멈춰 서서 소지품 상자를 싼 주머니의 끈을 묶는 척하며 언제나처럼 속을 알 수 없는 차분한 표정을 지었다. 그것은 공작 영애 마리야의 무거운 발소리였다.

"오빠가 말을 매라고 지시했다는 말을 들었어." 그녀는 숨을 헐떡이며 말했다. (뛰어온 모양이었다.) "정말 오빠와 단둘이 이야기를 좀 더 나누고 싶었어. 우리가 또 얼마나 오래 떨어져 있을지는 하느님만 아시잖아. 내가 와서 화난 거 아니지? 오빠는 많이 변했어, 안드류샤." 그녀는 마치 자신의 질문에 해명이라도 하듯 덧붙였다.

그녀는 "안드류샤" 하고 말하면서 미소를 지었다. 이 근엄하고 잘생긴 남자가 바로 그 어린 시절의 동무인 깡마른 장난꾸러기 소년 안드류샤라고 생각하는 것이 스스로도 이상한 듯했다.

"리즈는 어디 있니?" 그는 공작 영애의 질문에 미소로 답하며 물었다.

"무척 피곤한지 내 방 소파에서 잠들었어. 아, **앙드레! 오빠 부인은 정말 보물 같은 사람이야.**" 그녀는 오빠 맞은편에 놓인 소파에 앉으며 말했다. "올케는 어린아이 같아. 너무 사랑스럽고 명랑한 아이 말이야. 난 올케가 꽤 좋아졌어."

안드레이 공작은 아무 말 하지 않았다. 그러나 공작 영애는 그의 얼굴에 떠오른 조롱과 경멸의 표정을 보았다.

"하지만 사소한 약점에 너그러워야 해. 약점 없는 사람이 어디 있어, **앙드레!** 올케가 상류 사회에서 양육받고 자랐다는 걸 잊지 마. 게다가 지금 올케의 처지는 장밋빛이 아니잖아. 다른 사람의 입장이 되어 볼 필요가 있어. **모든 것을 이해하는 사람이 모든 것을 용서도 하는 거야.** 생각해 봐. 익숙한 생활을 떠나 남편과도 헤어지고 혼자 시골에, 그것도 임신한 몸으로 남게 됐으니 저 가여운 사람의 마음이 어떻겠어? 아주 괴로운 일이잖아."

우리가 속속들이 안다고 여기는 사람들의 말을 들으며 미소를 짓는 것처럼 안드레이 공작도 자기 누이를 쳐다보며 빙그레 웃고 있었다.

"너도 시골에서 살지만 이런 생활을 끔찍하다고 생각하지 않잖아." 그가 말했다.

"나는 경우가 다르지. 내 얘기는 해서 뭐 해! 난 다른 삶을 바라지 않아. 게다가 바랄 수도 없어. 다른 삶은 전혀 모르니까. 생각해 봐, **앙드레**, 인생에서 가장 좋은 시절에 시골에 파묻혀 지내는 게 젊은 사교계 여성에게 어떤 것일지. 그것도 혼자서 말이야. 왜냐하면 아빠는 늘 바쁘시고, 난…… 오빠가 날 알잖아…… 상류 사회에 익숙한 여자에게 내가 얼마나 불쌍할 정도로 **재미없는 여자**인지를 말이야. **마드무아젤 부리엔** 혼자……."

"난 그 여자가 정말 마음에 안 들어, 그대의 **부리엔** 말이야." 안드레이 공작이 말했다.

"오, 아냐! 정말 착하고 좋은 여자야. 무엇보다 가여운 아가씨지. 그녀에겐 아무도, 아무도 없어. 사실 그녀는 나한테 필요하지 않을 뿐 아니라 성가시기까지 해. 오빠도 알다시피 난 언제나 낯가림이 심했어. 지금은 더해. 난 혼자 있는 게 좋아……. **아버지는** 그녀를 몹시 좋아해. 그녀와 미하일 이바니치, 이 두 사람에게 아버지는 늘 다정하고 친절하게 대해서. 왜냐하면 두 사람은 아버지에게 은혜를 입고 있으니까. 스턴이 말하듯이* '우리가 사람들을 사랑하는 것은 그들이 우리에게 베푼 선행 때문이라기보다 우리가 그들에게 베푼 선행 때문이지'. **아버지**는 고아인 그녀를 **길에서** 데려오셨어. 그녀는 무척 착해. 그리고 **아버지**는 그녀가 책 읽는 방식을 좋아하셔. 그녀는 밤마다 아버지께 소리 내어 책을 읽어 드려. 아주 멋지게 읽어."

"그래, 그런데 솔직히, **마리**, 내 생각엔 네가 가끔은 아버지 성격 때문에 괴롭지 싶은데?" 느닷없이 안드레이 공작이 물었다.

마리야 공작 영애는 이 질문에 처음엔 그냥 놀랐으나, 뒤이어 소스라치게 경악했다.

"내가? 내가⋯⋯! 내가 괴로워한다고?" 그녀가 말했다.

"아버지는 언제나 완고하셨지. 지금은 점점 더 까다로워지시는 것 같아." 안드레이 공작은 누이를 어리둥절하게 하거나 시험해 보기 위해 일부러 그런 식으로 가볍게 아버지를 평가하듯 말하는 것 같았다.

"**앙드레**, 오빠는 누구에게나 좋은 사람이야. 하지만 오빠의 생각에는 오만한 면이 있어." 공작 영애는 대화의 행보보다 자기 상념의 흐름을 더 열심히 좇으며 말했다. "그건 큰 죄악이야. 과연 아버지를 평가하는 게 가능해? 설령 그럴 수 있다 해도 아버지 같은 분이 **경배** 이외에 다른 어떤 감정을 불러일으킬 수 있겠어? 그리고 난 아버지와 함께여서 아주 만족스럽고 행복해! 나는 그저 오빠 부부도 나처럼 행복했으면 하는 바람뿐이야."

오빠는 믿지 못하겠다는 듯 고개를 저었다.

"내게 괴로운 것 중 하나는, 오빠한테 솔직히 말할게, **앙드레**, 종교에 관한 아버지의 사고방식이야. 이해가 안 돼. 어떻게 그처럼 엄청난 지적 능력을 갖춘 분이 대낮처럼 명백한 것을 보지 못하고 그토록 헤매고 계실까? 바로 그게 내 유일한 불행이야. 하지만 이 점에서도 최근엔 조금씩 나아지는 기미가 보여. 요즘에는 아버지의 조롱도 그렇게 신랄하지 않아. 아버지의 손님 가운데 수도사가 한 명 있는데 그 사람과 오랫동안 말을 나누곤 하셔."

"글쎄, 나는 수도사와 네가 공연히 헛수고를 하는 것 같아 걱정이다." 안드레이 공작은 빈정대듯, 그러나 다정하게 말했다.

"아, 오빠. 난 그저 기도하며 하느님이 내 기도를 들어주시길 바랄 뿐이야. 앙드레……." 그녀는 잠시 침묵했다가 머뭇거리며 말했다. "오빠한테 큰 부탁이 있어."

"뭐냐, 나의 친구?"

"아니, 거절하지 않겠다고 약속해 줘. 오빠한테 조금도 성가신 일이 아닐 거고, 오빠가 부끄러워할 만한 것도 전혀 없을 거야. 그냥 오빠한테 위안을 받으려는 것뿐이야. 약속해, 안드류샤." 그녀는 손가방에 손을 넣어 무언가를 쥐고 아직은 보여 주지 않으며 말했다. 그녀가 쥐고 있는 것이 부탁의 대상인 듯했고, 부탁을 들어주겠다는 약속을 받아 내기 전까지는 손가방에서 그 **무언가**를 꺼낼 마음이 없는 듯했다.

그녀는 애원하는 눈빛으로 겸연쩍게 오빠를 바라보았다.

"만약 그게 대단히 성가신 일이라면……." 안드레이 공작은 무슨 일인지 짐작한다는 듯이 대답했다.

"좋을 대로 생각해! 오빠도 **아버지**하고 똑같은 사람이라는 걸 알아. 마음대로 생각해! 하지만 날 위해서 이 일을 해 줘. 제발, 부탁이야! 아버지의 아버지, 그러니까 우리 할아버지도 전쟁에 나갈 때마다 지니고 다니셨단 말이야……." 그녀는 손에 쥔 것을 여전히 손가방에서 꺼내지 않았다. "그럼 약속하는 거지?"

"물론이지. 뭐야?"

"앙드레, 이콘으로 오빠를 축복해 줄게. 그러니까 약속해. 절대 몸에서 떼지 않겠다고……. 약속할 거지?"

"그게 2푸드*쯤 나가서 목을 잡아당기지만 않으면……. 널 만족시키기 위해서……." 안드레이 공작은 이렇게 말했지만, 이 농담에 누이의 얼굴이 슬픈 표정을 띠는 것을 보고 금방 후회했다. "무척 기뻐, 정말이야, 진짜 기뻐." 그는 덧붙였다.

"오빠가 원하지 않는다 해도 그분은 오빠를 구원하시고 용서하시고 오빠의 마음이 그분을 향하도록 돌이키실 거야. 오직 그분에게만 진리와 평안이 있으니까." 그녀는 섬세하게 세공한 은사슬이 달린, 은빛 제의를 걸친 검은 얼굴의 구세주가 아로새겨진 타원형의 고풍스러운 자그마한 이콘을 오빠 앞에서 엄숙한 몸짓으로 두 손에 받쳐 들고 흥분으로 목소리를 떨며 말했다.

그녀는 성호를 긋고 이콘에 입을 맞춘 다음 그것을 안드레이에게 건넸다.

"제발, **앙드레**, 날 위해서……."

그녀의 커다란 눈동자에서 선하고 수줍은 빛이 반짝였다. 그 두 눈이 병적인 야윈 얼굴을 환히 밝히며 아름답게 만들었다. 오빠는 이콘을 잡으려 했으나 그녀가 만류했다. 안드레이는 그 뜻을 이해하고는 성호를 긋고 이콘에 입을 맞추었다. 그의 얼굴에는 부드러운 빛과 (그는 감동했다) 조롱이 뒤섞여 있었다.

"고마워, **나의 친구**."

그녀는 그의 이마에 입을 맞추고 다시 소파에 앉았다. 두 사람은 말이 없었다.

"아까도 말했지만, **앙드레**, 늘 그랬던 것처럼 선하고 관대한 사람이 되어 줘. **리즈**를 엄격하게 판단하려 하지 마." 그녀가 말문을 열었다. "올케는 정말 사랑스럽고 정말 착해. 또 지금은 몹시 괴로운 처지에 있잖아."

"마샤, 내가 어떤 이유로 아내를 책망한다거나 그녀에게 불만이라는 말을 너한테 한 적이 전혀 없는 것 같은데 어째서 나한테 그런 말을 하는 거지?"

마리야 공작 영애의 얼굴에 붉은 반점들이 떠올랐다. 마치 자신이 잘못했다고 느낀 듯 그녀는 입을 다물었다.

"난 너한테 아무 말도 안 했어. 그런데 벌써 너한테 **얘기한 사람**이 있구나. 나는 그게 서글프다."

붉은 반점들이 마리야 공작 영애의 이마와 목과 두 뺨에 더욱 뚜렷하게 돋았다. 그녀는 무언가를 말하고 싶었지만 입 밖에 낼 수가 없었다. 오빠는 짐작하고 있었다. 작은 공작 부인이 식사 후에 울면서 불행한 출산을 할 것 같은 예감이 들어 두렵다고 말했을 테고, 자신의 운명과 시아버지와 남편에 대해 불평했을 것이다. 그녀는 눈물을 쏟아 낸 후에 잠들었을 것이다. 안드레이 공작은 누이가 가여웠다.

"마샤, 하나만 알아 다오. 난 그 무엇에 대해서도 **내 아내**를 비난할 수 없고, 한 적도 없고, 결코 하지도 않을 거야. 그리고 아내에 대한 태도에 있어 난 그 무엇에 대해서도 스스로를 비난할 수 없어. 내가 어떤 상황에 있든 그 사실은 언제나 그대로일 거야. 하지만 네가 진실을 알고 싶다면…… 내가 행복한지 알고 싶어? 아니. 그녀는 행복할까? 아니. 어째서? 몰라……."

그는 이렇게 말하며 일어서더니 누이에게 다가가 몸을 숙이고 이마에 입을 맞추었다. 그의 아름다운 눈동자가 예사롭지 않은 지적이고 선량한 광채를 띠었다. 하지만 그는 누이가 아니라 그녀의 머리 너머 열린 문 사이의 어둠 속을 바라보고 있었다.

"아내에게 같이 가자. 작별 인사를 해야 해! 아니면 너 혼자 가서 아내를 깨워 줘. 나도 곧 갈게. 페트루시카!" 그는 시종에게 소리쳤다. "이리 와서 좀 치워. 이건 좌석 밑에, 이건 오른쪽에."

마리야 공작 영애는 자리에서 일어나 문으로 향하다가 걸음을 멈추었다.

"앙드레, 만약 오빠에게 믿음이 있었다면 오빠는 하느님께 오빠가 느끼지 못하는 그 사랑을 내려 달라고 기도했을 테고, 오빠의 기도는 응답을 받았을 거야."

"그래, 정말 그랬을 거야!" 안드레이 공작이 말했다. "가 봐, 마샤, 나도 곧 갈게."

누이동생의 방으로 가는 길에 집 두 채를 잇는 복도에서 안드레이 공작은 사랑스럽게 미소 짓고 있는 **마드무아젤 부리엔**을 만났다. 이날 그가 인적 없는 통로에서 기쁨이 넘치는 순진한 미소를 띤 그녀와 마주친 게 벌써 세 번째였다.

"어머! 방에 계시는 줄 알았어요." 그녀는 왠지 얼굴을 붉히고 눈을 내리깔며 말했다.

안드레이 공작은 엄하게 그녀를 쳐다보았다. 갑자기 공작의 얼굴에 적의가 떠올랐다. 그는 그녀에게 아무 말도 하지 않았지만, 그녀의 눈을 보지 않고 이마와 머리카락을 너무나 경멸 어린 시선으로 바라보아서 프랑스 처녀는 얼굴을 붉히며 아무 말도 못하고 자리를 피했다. 그가 누이의 방에 다가갔을 때 공작 부인은 이미 잠에서 깨어 있었다. 바쁘게 쉼 없이 재잘대는 그녀의 명랑한 목소리가 열린 문 사이로 들려왔다. 그녀는 마치 오랫동안 꾹 참았으니 이제 잃어버린 시간을 보상받고 싶다는 듯 재잘대고 있었다.

"아니에요, 상상해 봐요. 늙은 주보바* 백작 부인 말이에요. 마치 세월을 우롱하기라도 하듯 가발에다 의치를 하고는……. 하, 하, 하, 마리!"

안드레이 공작은 남들 앞에서 아내가 주보바 백작 부인에 대해 하는 똑같은 말과 똑같은 웃음을 이미 다섯 번은 들었다. 그는 조용히 방으로 들어갔다. 통통하고 얼굴이 발그레한 공작 부인은 두 손에 일감을 들고 안락의자에 앉아 페테르부르크의 추억과 심지어 공허한 미사여구까지 들먹이며 쉴 새 없이 떠들고 있었다. 안드레이 공작은 가까이 다가가 그녀의 머리를 어루만지며 여독을 충분히 풀었는지 물었다. 그녀는 그에게 대답하고 똑같은 이야기를 계속했다.

말 여섯 필이 끄는 콜랴스카가 현관 입구 곁에 서 있었다. 뜰은 어두운 가을밤이었다. 마부는 말들 사이에 있는 끌채도 볼 수 없었다. 현관 계단에는 등불을 든 사람들이 분주히 돌아다녔다. 거대한 저택이 커다란 창문들을 통해 보이는 불길로 타오르고 있었다. 현관방은 젊은 공작에게 작별 인사를 하려는 하인들로 붐볐다. 홀에는 집안 사람들, 즉 미하일 이바노비치, **마드무아젤 부리엔**, 마리야 공작 영애, 공작 부인이 서 있었다. 안드레이 공작은 아들과 단둘이 작별 인사를 하고 싶어 한 아버지의 서재로 불려 갔다. 모두 그들이 나오기를 기다리고 있었다.

안드레이 공작이 서재에 들어갔을 때 노공작은 돋보기안경을 쓰고 하얀 할라트*를 걸친 채 탁자 앞에 앉아 글을 쓰고 있었다. 그는 아들 외에는 누구도 할라트 차림으로 맞이하지 않았다. 그가 돌아보았다.

"가는 거냐?" 그러고는 다시 글을 쓰기 시작했다.

"작별 인사를 드리러 왔습니다."

"여기에 입을 맞춰 다오." 노공작이 뺨을 내밀었다. "고맙다, 고마워!"

"왜 제게 고마워하십니까?"

"꾸물거리지 않고 여자 치맛자락에 매달리지 않아서다. 직무가 최우선이지. 고맙다, 고마워!" 그러고는 사각거리는 펜촉에서 잉크 방울이 튀도록 글을 써 나갔다. "할 말이 있으면 해라. 난 두 가지 일을 한꺼번에 할 수 있다." 그가 덧붙였다.

"아내 말입니다…… 아내를 아버지 손에 맡기고 떠나는 것이 너무 죄송해서……."

"무슨 헛소리를 하는 게냐? 필요한 것을 말해라."

"아내가 해산할 때쯤 모스크바에 사람을 보내 산부인과 의사를 불러 주시면……. 의사가 여기 있게 해 주십시오."

노공작은 손을 멈추고 이해할 수 없다는 듯 엄한 눈길로 아들을 응시했다.

"자연이 돕지 않으면 어느 누구도 도울 수 없다는 것을 압니다." 안드레이 공작은 당황한 기색으로 말했다. "불행한 일이 일어날 가능성은 1백만분의 1이라는 것을 저도 인정합니다. 다만 그것은 아내와 저의 망상입니다. 사람들한테 계속 그런 말을 듣고 자신도 그런 꿈을 꾸곤 해서 아내가 두려워하고 있습니다."

"흠…… 흠……." 노공작은 글을 마저 쓰며 혼잣말을 했다. "그렇게 하지."

그는 서명을 끝내더니 갑자기 아들 쪽으로 몸을 홱 돌리고 웃음을 터뜨렸다.

"일이 잘 안 되지? 그렇지?"

"뭐가 잘 안 된다는 겁니까, 아버지?"

"마누라 말이다!" 노공작이 짧고 의미심장하게 말했다.

"무슨 말씀인지 모르겠습니다." 안드레이 공작이 말했다.

"어쩔 도리가 없다네, 이 친구야." 공작이 말했다. "여자들은 다 그 모양이야. 이혼할 수도 없고 말이다. 걱정 마라. 아무에게도 말하지 않으마. 하지만 너 자신은 알겠지."

그는 뼈가 앙상하게 드러난 작은 손으로 아들의 손을 잡고 흔들며 사람을 꿰뚫어 보는 듯한 민첩한 눈길로 아들의 얼굴을 똑바로 주시하더니, 다시 특유의 싸늘한 웃음을 터뜨렸다.

아들은 한숨을 쉬었다. 이 한숨으로 아버지가 그를 잘 헤아리고 있음을 인정한 것이다. 노인은 봉랍과 인장과 종이를 잡았다 던졌다 하면서 특유의 습관적인 민첩함으로 편지들을 접고 봉인했다.

"어쩌겠냐? 아름다운걸! 무엇이든 하마. 안심해라." 그는 봉인하면서 띄엄띄엄 말했다.

안드레이는 침묵했다. 아버지가 자신을 잘 이해하고 있다는 사실이 기쁘기도 하고 불쾌하기도 했다. 노인은 자리에서 일어나 아들에게 편지 한 통을 건넸다.

"알겠냐?" 그가 말했다. "아내에 대해서는 걱정하지 마라. 할 수 있는 것은 다할 테니까. 이제 잘 들어라. 편지를 미하일 일라리오노비치에게 전해라. 널 좋은 자리에 활용하고 오랫동안 부관으로 붙들어 두지 말라고 썼다. 그건 비루한 직무다! 그에게 말해라. 내가 그를 기억하고 또 사랑한다고 말이다. 그리고 그가 널 어떻게 대하는지 편지해라. 대우가 좋으면 계속 복무해라. 니콜라이 안드레예비치 볼콘스키의 아들이 동정에 기대어 누구 밑에서 일하는 일은 없을 것이다. 자, 이리 와라."

그가 말을 너무 빨리 해서 단어를 반쯤 삼켜도 아들은 그의 말을 알아듣는 데 익숙했다. 그는 책상 쪽으로 아들을 데리고 가서 뚜껑을 열고 서랍을 빼더니 그의 큼직하고 길쭉하고 촘촘한 필체로 가득 채워진 공책을 꺼냈다.

"틀림없이 내가 너보다 먼저 죽을 게다. 여기에 나의 기록이 있다는 것을 알아 두어라. 내가 죽은 후에 이것을 폐하께 전해야 한다. 그리고 이것은 롬바르드 채권*과 편지다. 이것은 수보로프 전쟁사를 저술하는 사람에게 줄 상금이다. 학술원에 보내라. 여기 이것은 나의 비망록이니 내가 죽은 후에 너 자신을 위해 읽어 보아라. 도움이 될 만한 것을 발견할 게다."

안드레이는 아버지에게 틀림없이 더 오래 사실 것이라는 말을 하지 않았다. 그는 그런 말을 할 필요가 없다는 것을 알았다.

"모두 수행하겠습니다, 아버지." 그는 말했다.

"자, 이제 작별이다!" 그는 아들에게 자신의 손에 입을 맞추게 하고 그를 안았다. "한 가지만 기억해라, 안드레이 공작. 네가 죽는다면 나는, 이 늙은이는 고통스러울 것이다……." 그는 뜻밖에 침묵에 잠기더니 갑자기 높고 날카로운 목소리로 말을 이었다. "그러나 네가 니콜라이 볼콘스키의 아들로서 제대로 처신하지 않았다는 것을 알게 되는 날에는 나는…… 수치스러울 것이다!" 그가 날카롭게 외쳤다.

"제게 그런 말씀은 하실 수 없을 텐데요, 아버지." 아들은 미소를 지으며 말했다.

노인은 침묵에 잠겼다.

"아버지에게 부탁드리고 싶은 것이 또 있습니다." 안드레이 공작이 말을 이었다. "만일 제가 죽고, 제게 아들이 생기면 그 아이를 아버지 곁에서 떼어 놓지 말아 주십시오. 어제 말씀드렸다시피 그 아이가 아버지 밑에서 자랄 수 있도록…… 부탁드립니다."

"아내에게 맡기지 말라고?" 노인이 말하고는 웃음을 터뜨렸다.

그들은 서로를 마주한 채 말없이 서 있었다. 노인의 민첩한 눈동자가 아들의 눈을 똑바로 응시하고 있었다. 노공작의 얼굴 아랫부분에서 무언가가 바르르 떨렸다.

"작별 인사는 끝났다……. 가거라!" 갑자기 그가 말했다. "가거라!" 그는 서재 문을 열며 성난 우렁찬 목소리로 외쳤다.

"무슨 일이에요, 무슨 일?" 공작 부인과 공작 영애는 안드레이 공작과 하얀 할라트 차림에 가발도 없이 돋보기안경을 걸치고 성난 목소리로 외치며 순식간에 모습을 내밀었다 사라진 노인의 형체를 보자 이렇게 물어 댔다.

안드레이 공작은 한숨을 쉬고 아무 대답도 하지 않았다.

"자." 그는 아내를 향해 말했다. '자'라는 이 말은 마치 '이제 당신이 장난을 쳐 봐라' 하는 것처럼 차가운 조롱으로 들렸다.

"앙드레, 벌써요?" 작은 공작 부인이 하얗게 질려서 두려움 어린 눈길로 남편을 바라보며 말했다.

그가 그녀를 안았다. 그녀는 비명을 지르고 정신을 잃으며 그의 어깨로 쓰러졌다.

그는 아내가 기댄 어깨를 조심스럽게 뺀 후 그녀의 얼굴을 흘깃 보고는 그녀를 안락의자에 조심스럽게 앉혔다.

"안녕, 마리." 그는 조용한 목소리로 누이에게 말하고 서로 손에 입을 맞춘 후 빠른 걸음으로 방을 나섰다.

공작 부인은 안락의자에 누워 있고, **마드무아젤** 부리엔이 그녀의 관자놀이를 문지르고 있었다. 마리야 공작 영애는 올케를 부축한 채 눈물에 젖은 아름다운 눈으로 안드레이 공작이 나간 문을 바라보며 그를 위해 성호를 그었다. 노인이 코를 푸는, 마치 총소리 같은 험악한 소리가 연거푸 서재에서 들려왔다. 안드레이 공작이 나가자마자 서재 문이 획 열렸고 하얀 할라트를 걸친 노인의 준엄한 형체가 내다보았다.

"떠났느냐? 그럼 됐다!" 그가 말하면서, 의식을 잃은 작은 공작 부인을 성난 눈초리로 바라보고 책망하듯 고개를 흔들고는 문을 쾅 닫았다.

제2부

I

1805년 10월, 러시아군은 오스트리아 대공국*의 촌락과 도시를 점령하고 있었다. 러시아에서 또 새로운 부대들이 계속 도착해 브라우나우 요새 부근에 숙영하면서 주둔지 주민들에게 무거운 부담을 주고 있었다. 브라우나우에는 총사령관 쿠투조프의 군사령부가 있었다.

1805년 10월 11일, 브라우나우에 막 도착한 보병 연대들 중 하나는 총사령관의 사열을 기다리며 도시에서 반 마일 떨어진 지점에 머물고 있었다. (과수원, 돌담, 기와지붕, 멀리 보이는 산 그리고 호기심 어린 눈길로 병사를 쳐다보는 러시아인이 아닌 사람들 등) 러시아적이지 않은 그곳의 모습과 상황에도 불구하고 연대는 러시아 한복판 어딘가에서 사열식을 준비하는 여느 러시아 연대와 조금도 다름없는 모습이었다.

마지막 행군이 있던 날 저녁부터 총사령관이 행군 중에 연대를 사열한다는 명령이 하달되었다. 연대장이 보기에 명령서의 표현이 불명확해서 명령서의 말을 어떻게 해석할지, 행군 복장을 할지 말지에 대한 문제가 제기되었지만, 인사란 늘 부족한 것보다 넘치는 편이 낫다는 근거에서 예장을 갖춘 연대를 보여 주기로 대대장

회의에서 결정되었다. 그 바람에 30베르스트를 행군한 병사들은 눈도 붙이지 못한 채 밤새도록 수선을 하고 몸과 의복을 청결히 했다. 부관들과 중대장들은 부대를 세분하고 감(減)했다. 그리하여 아침 무렵이 되자 연대는 전날 마지막 행군을 할 때의 방만하고 무질서한 무리가 아닌 2천 명의 질서 정연한 진용을 갖추어 갔다. 한 사람 한 사람이 자신의 자리와 임무를 잘 알고 있었으며, 그들의 단추와 가죽끈은 모두 청결하게 빛났다. 겉모습만 정돈된 것이 아니었다. 만약 총사령관이 군복 밑을 들춰 보았다면 어느 군복 아래에서나 한결같이 깨끗한 루바시카를 보았을 것이고, 어느 배낭 속에서나 병사들이 '실체 이 밀체'*라 부르는 물품들을 규정된 수만큼 발견했을 것이다. 다만 누구도 안심하지 못하는 상황이 있었다. 바로 신발이었다. 절반이 넘는 병사들이 너덜너덜 찢어진 부츠를 신고 있었다. 그 결함은 연대장의 잘못으로 생긴 것이 아니라, 수차례의 요청에도 불구하고 오스트리아 당국이 군수 물자를 제공하지 않은 상황에서 연대가 1천 베르스트를 걸었기 때문이었다.

연대장은 눈썹과 구레나룻이 희끗한 나이 지긋하고 다혈질인 장군으로, 어깨와 어깨 사이보다 가슴과 등 사이가 더 건장하고 넓었다. 그는 주름 잡힌 깔끔한 새 군복을 입고, 굵직한 금빛 견장들을 달았다. 견장들은 마치 그의 우람한 어깨를 아래로 누르는 게 아니라 위로 치켜올리는 듯했다. 연대장은 삶에서 가장 엄숙한 일 가운데 하나를 행복하게 수행하는 사람의 표정을 짓고 있었다. 대열 앞에서 느릿느릿 돌아다녔고, 그렇게 걷는 동안 가볍게 허리를 구부린 채 한 걸음 한 걸음 뗄 때마다 몸을 부르르 떨었다. 연대장은 자신의 연대를 황홀하게 쳐다보며 행복해하는 듯 보였고, 온 정신을 연대에만 쏟고 있는 것 같았다. 하지만 그럼에도 그의 떨리는 걸음걸이는 그의 마음속에 전쟁에 대한 관심 외에 세속의 관심사와 여자가 적잖은 자리를 차지하고 있음을 말해 주는 듯했다.

"이보게, 미하일로 미트리치." 그가 대대장에게 말을 걸었다. (대대장은 싱글거리며 앞으로 나섰다. 그들은 행복해 보였다.) "어젯밤엔 아주 호되게 골탕 먹었네. 하지만 우리 연대도 그렇게 나쁘지는 않은 것 같은데…… 어떻소?"

대대장은 유쾌한 반어법을 이해하고 웃음을 터뜨렸다.

"차리친 루크*의 들판에서도 쫓겨나지 않을 겁니다."

"뭐지?" 연대장이 말했다.

그때 신호병들을 배치해 둔, 도시에서 뻗어 나온 길에 말 탄 사람 둘이 나타났다. 부관과 그 뒤를 따르는 카자크였다.

부관은 군사령부가 전날의 명령서에서 불분명하게 언급한 사항을 확실히 말해 두고자 파견됐는데, 바로 총사령관이 연대를 행군 중인 상태 그대로, 군인 외투와 먼지막이를 착용한 채 아무 준비도 하지 않은 모습 그대로 보고자 한다는 것이었다.

전날 빈에서 궁정전쟁위원회의 위원 하나가 쿠투조프를 찾아와 페르디난트 대공과 마크 장군의 군대에 합류할 수 있도록* 최대한 빨리 와 달라는 제안과 요구를 해 왔다. 그러한 합류가 유리하지 않다고 생각한 쿠투조프는 자신의 견해를 뒷받침할 여러 증거들 중 하나로 러시아에서 오고 있던 병사들의 비참한 상태를 오스트리아 장군에게 보여 주기로 작정했다. 바로 이런 목적으로 연대를 방문하고자 한 것이었으므로 연대의 상태가 열악할수록 총사령관은 더욱 흡족해할 것이었다. 비록 부관은 그런 자세한 상황을 몰랐지만 병사들에게 외투와 먼지막이를 입히라는 총사령관의 절대적인 요구와 아울러 그렇게 하지 않을 경우 총사령관이 불만스러워하리라는 점을 전했다.

이 말을 듣자 연대장은 고개를 떨어뜨리고 말없이 어깨를 으쓱하면서 신경질적인 몸짓으로 두 팔을 벌렸다.

"괜한 짓을 벌였군!" 그가 말했다. "그러게 내가 말하지 않았소, 미하일로 미트리치. 행군 중이니 외투를 입고 있어야 한다고 말이오." 그는 대대장을 향해 책망하는 말을 했다. "아이고, 하느님!" 그는 이렇게 덧붙이고 결연하게 앞으로 나섰다. "중대장들!" 그는 호령에 익숙한 목소리로 외쳤다. "상사들을 집합시켜! 곧 오십니까?" 그는 자신이 언급하고 있는 인물과 관련된 것으로 보이는 정중하고 공손한 표정을 지으며 부관을 향해 말했다.

"한 시간 뒤일 거라고 생각합니다."

"옷 갈아입을 시간이 되겠습니까?"

"잘 모르겠습니다, 장군……."

연대장은 직접 대열에 다가가 다시 외투로 갈아입게 하라고 명령했다. 중대장들이 각자 흩어져 중대로 달려갔고, 상사들은 부산을 떨었다. (외투가 제대로 손질되어 있지 않았던 것이다.) 그와 동시에 이제까지 질서 정연하고 조용하던 사각형 대열들이 동요하고 흐트러지면서 웅성거리기 시작했다. 사방에서 병사들이 뛰어갔다 뛰어오고, 배낭을 어깨에서 끌어 내려 머리 너머로 옮기고, 외투를 끄집어내고, 두 팔을 높이 들어 올려 소매에 팔을 쑤셔넣었다.

30분 후, 모든 게 이전의 질서로 되돌아갔다. 사각형 대열들이 검은색에서 회색으로 변했을 뿐이었다. 연대장은 다시 떨리는 걸음으로 연대 앞에 나와 멀리서 그 모습을 둘러보았다.

"저건 또 뭐지? 저게 뭐야?" 그가 걸음을 멈추고 고래고래 소리를 질렀다. "3중대장을 불러와!"

"3중대장은 장군님에게로! 중대장은 장군님에게로! 3중대장은 장군님에게로!" 대열 사이에서 목소리들이 들렸고, 부관이 미적거리는 장교를 찾으러 달려갔다.

열띤 목소리들이 명령을 잘못 이해해서 어느덧 "장군은 3중대로!"라고 외치며 행선지에 다다른 순간, 호출받은 장교가 중대 뒤에서 모습을 드러냈다. 그는 나이도 지긋하고 뛰는 데 익숙하지도 않았지만 꼴사납게 자기 발에 걸려 뒤뚱거리며 장군 쪽으로 급히 달려왔다. 대위의 얼굴은 미처 공부해 두지 못한 학과에 대해 말해 보라고 지시받은 시콜라* 학생처럼 불안한 기색이었다. (분명 무절제한 생활 탓인) 시뻘건 얼굴에 반점들이 돋았고, 입은 제자리를 찾지 못했다. 숨을 헐떡이던 대위는 거리가 가까워지자 조심스러운 걸음으로 다가왔다. 그동안 연대장은 대위를 머리끝에서 발끝까지 훑어보았다.

"조만간 부하들에게 사라판*이라도 입힐 참이오? 저게 뭐요?" 연대장은 아래턱을 쑥 내밀어 제3중대 대열에서 다른 공장제 모직 색깔의 외투를 입은 병사를 가리키며 소리를 질렀다. "당신은 어디 있었던 거요? 다들 총사령관을 기다리는데 당신은 자리에서 이탈해 있었던 거요? 그렇소……? 사열식 때 병사들에게 카자크 복장을 어떻게 입히는지 내가 가르쳐 주지! 그럴까요……?"

중대장은 상관에게서 눈을 떼지 않은 채 두 손가락을 군모 챙에 더욱 바짝 붙였다. 마치 이 순간 그는 오직 그렇게 손가락을 바짝 붙이는 행동에서만 자신의 구원을 보는 듯했다.

"아니, 도대체 왜 말이 없어? 저기 당신 중대에 헝가리인처럼 입은 자는 누구요?" 연대장이 매섭게 빈정거렸다.

"각하……."

"아니, '각하'가 뭐요? 각하! 각하! 각하가 뭘 어쨌다는 건지 아무도 모르잖소."

"각하, 저 사람은 돌로호프입니다, 강등된……." 대위가 나직이 말했다.

"뭐, 저자는 원수로 강등된 거요, 아니면 병사로 강등된 거요? 병사라면 격식에 따라 다른 병사들과 똑같이 입혀야지."

"각하께서 직접 저 사람에게 행군하는 동안 그렇게 하라고 허가하셨습니다."

"허가? 허가라니? 당신 같은 젊은이들은 언제나 그런 식이지." 연대장은 다소 흥분을 가라앉히며 말했다. "내가 허가했다고? 당신들에게 무슨 말이든 하기만 하면 으레……." 연대장은 잠시 침묵했다. "당신들에게 뭐라고 말하기라도 하면 으레……. 뭐요?" 그가 다시 벌컥 화를 내며 말했다. "부하들에게 적절한 옷을 입히시오……." 그러고 나서 연대장은 부관을 돌아보며 특유의 흔들흔들하는 걸음으로 연대 쪽으로 향했다. 그는 자신의 성난 모습이 마음에 들었는지 연대를 돌아다니며 화낼 구실을 더 찾으려는 것 같았다. 한 장교에게는 휘장을 깨끗이 닦아 두지 않았다고, 또 다른 장교에게는 대열이 비뚤비뚤하다고 호통친 후 그는 제3중대로 다가갔다.

"서 있는 꼴이 그게 뭐야? 어디에 발이 있나? 발이 어디에 있어?" 연대장은 파란 외투를 입은* 돌로호프까지는 아직 다섯 명가량 남은 지점에서 고뇌 어린 목소리로 외쳤다.

돌로호프가 구부린 한쪽 다리를 천천히 펴고는 특유의 밝고 불손한 눈길로 장군의 얼굴을 똑바로 바라보았다.

"왜 파란 외투야? 어서 꺼져! 상사! 저 녀석 옷 갈아입혀…… 쓰레기 같은……." 그는 말을 채 끝맺지 못했다.

"장군, 저에게는 명령을 수행할 의무가 있지만, 참아야 할 의무는 없습니다……." 돌로호프가 서둘러 말했다.

"대열에 있을 때는 말해서는 안 돼! 말하지 마, 말하지 말란 말이야!"

"모욕을 참아야 할 의무는 없습니다." 돌로호프가 쩌렁쩌렁 울리는 커다란 목소리로 말을 맺었다.

장군과 병사의 눈이 마주쳤다. 장군은 입을 꽉 다문 채 성난 표정으로 팽팽한 견장을 아래로 잡아당겼다.

"제발 옷을 갈아입으시오, 부탁하오." 그가 자리를 뜨며 말했다.

2

"오십니다!" 그때 신호병이 외쳤다.

얼굴을 붉히고 말에게 달려간 연대장은 후들거리는 손으로 등자를 잡고 몸을 날려 말에 올라타 자세를 바로잡은 후, 장검을 뽑아 들고 행복하고 결연한 얼굴로 입을 비스듬히 벌린 채 고함지를 준비를 했다. 연대는 깨어나는 새처럼 흠칫하더니 숨을 죽였다.

"차려어엇!" 연대장은 자신에게는 즐겁고 연대에는 엄하며 다가오는 상관에게는 공손한, 영혼을 뒤흔드는 목소리로 외쳤다.

양옆에 나무가 늘어서 있고 자갈이 깔리지 않은 대로를 따라 쌍쌍이 종대(縱隊)로 늘어선 말들이 끄는 차체가 높은 빈풍의 하늘색 콜랴스카가 가볍게 스프링 소리를 내면서 빠르게 달려왔다. 콜랴스카 뒤로 수행단과 크로아티아인 호위대*가 말을 타고 따랐다. 쿠투조프 옆에는 오스트리아 장군이 러시아군의 검은 군복들 틈에서 낯설게 보이는 하얀 군복을 입고 앉아 있었다. 콜랴스카가 연대 곁에 멈추었다. 쿠투조프와 오스트리아 장군은 무언가에 대해 조용히 말을 나누고 있었다. 묵직한 걸음으로 디딤대에서 발을 내리며 쿠투조프는 숨을 죽인 채 그와 연대장을 바라보고 있는 2천 명의 병사들이 마치 존재하지도 않는다는 듯 가볍게 미소를 지었다.

구령 소리가 크게 울려 퍼지자 연대는 다시 덜그럭거리며 요동하더니 받들어총을 했다. 죽음 같은 정적 속에 총사령관의 힘없는 목소리가 들렸다. 연대는 "건강을 기원합니다,* 초용사령관 가악하!"라고 부르짖었다. 그러고는 다시 모두 숨을 죽였다. 처음에 쿠투조프는 연대가 움직이는 동안 한곳에 서 있었다. 그러다가 나중에는 수행단을 거느리고 하얀 장군과 나란히 대열 사이를 지나다녔다.

연대장이 몸을 쭉 펴며 차림새를 단정히 하고 총사령관을 뚫어져라 쳐다보며 그에게 경례하는 모습, 몸을 앞으로 숙인 채 자신의 떨리는 동작을 가까스로 억제하며 장군들을 뒤따라 대열 사이를 오가는 모습, 총사령관의 말 한마디 한마디와 몸짓 하나하나에 펄쩍펄쩍 뛰어오르는 모습으로 볼 때, 그는 상관의 의무보다 부하의 의무를 수행하는 데서 더 큰 기쁨을 느끼는 것이 분명했다. 연대장의 엄격함과 노력 덕분에 연대의 상태는 브라우나우에 함께 도착한 다른 연대들에 비해 아주 좋았다. 낙오자와 병자도 겨우 217명뿐이었다. 신발을 제외하면 모든 것이 정연하게 정비되어 있었다.

쿠투조프는 대열 사이를 지나다가 이따금 발을 멈추고 러시아-튀르크 전쟁에서 알게 된 장교들에게, 그리고 가끔은 병사들에게도 다정한 말을 몇 마디 건넸다. 그는 신발을 바라보며 우울한 표정으로 여러 번 고개를 저었다. 그리고 누구 탓이라고 딱히 비난하는 것은 아니지만 상황이 얼마나 열악한지 눈에 띄지 않을 리 없다는 듯한 표정으로 오스트리아 장군에게 신발을 가리켜 보였다. 연대장은 그럴 때마다 연대에 관한 총사령관의 말을 한마디라도 놓칠까 두려워하며 앞으로 달려 나가곤 했다. 쿠투조프 뒤에는 작은 소리로 한 말도 전부 들릴 정도의 거리에서 수행원 스무 명이 따르고 있었다. 수행원들은 서로 이야기를 나누며 간혹 소리 내어 웃기도 했다. 잘생긴 부관이 총사령관 뒤에 가장 가까이 붙어 걷고 있었다. 볼콘스키 공작이었다. 그와 나란히 걷는 사람은 동료 네스비츠키였다. 그는 웃음 띤 온화하고 잘생긴 얼굴에 촉촉한 눈동자를 지닌, 키가 크고 몹시 뚱뚱한 참모 장교였다. 네스비츠키는 곁에서 걷고 있던 까무잡잡한 경기병 장교가 불러일으킨 웃음을 간신히 참고 있었다. 경기병 장교는 웃지도 않고 시선을 고정시킨 눈동자의 표정을 바꾸지도 않은 채 진지한 얼굴로 연대장의 등을 바라보며 그의 동작을 하나하나 흉내 냈다. 연대장이 부들부들 떨면서 몸을 앞으로 숙일 때마다 경기병 장교도 한 치의 오차 없이 똑같은 모습으로 부들부들 떨며 몸을 숙였다. 네스비츠키는 키득키득 웃으면서 저 익살꾼 좀 보라고 다른 사람들을 쿡쿡 찔렀다.

쿠투조프는 눈이 튀어나올 듯이 상관을 좇는 수천의 눈동자들을 지나 느릿느릿 힘없이 걸어갔다. 제3중대 옆을 지나치다 그는 갑자기 걸음을 멈추었다. 그 바람에 걸음을 멈추리라고 예상하지 못한 수행원이 그와 부딪쳤다.

"아, 티모힌!" 총사령관은 파란 외투 때문에 고초를 당한 붉은 코의 대위를 알아보고 말했다.

티모힌이 연대장에게 질책을 받았을 때보다 더 꼿꼿하게 몸을 세운다는 것은 도저히 있을 수 없는 일처럼 보였었다. 그러나 총사령관이 말을 건 바로 그 순간, 대위는 총사령관이 조금만 더 오래 보았다면 더 이상 버티지 못했을 것 같은 정도로 몸을 꼿꼿하게 세웠다. 그래서 쿠투조프는 대위의 입장을 헤아리고 오히려 행복을 빌어 주고 싶었는지 서둘러 고개를 돌렸다. 부상으로 흉해진 쿠투조프의 퉁퉁한 얼굴에 희미한 미소가 스쳤다.

"저 사람 역시 이즈마일 전투 시절의 전우지."* 그가 말했다. "용감한 장교야! 자네도 저 사람에게 만족하나?" 쿠투조프가 연대장에게 물었다.

그러자 연대장은 마치 거울처럼 경기병 장교에게 자신의 모습이 투영되고 있음을 깨닫지 못한 채 몸을 부르르 떨고 앞으로 다가가 대답했다.

"매우 만족하고 있습니다, 총사령관 각하."

"우리 모두 약점 없는 사람은 없어." 쿠투조프가 미소 띤 얼굴로 대위 옆을 떠나며 말했다. "저 사람의 약점은 바쿠스를 숭배한다는 거지."

연대장은 그게 자기 책임은 아닐까 두려워 아무 대답도 하지 않았다. 그때 경기병 장교가 빨간 코와 탄탄한 복부를 지닌 대위의 얼굴을 보고 그 표정과 자세를 너무도 흡사하게 흉내 내서 네스비츠키는 웃음을 참을 수가 없었다. 쿠투조프가 고개를 돌렸다. 장교는 자기 얼굴을 마음대로 다룰 수 있는 듯했다. 쿠투조프가 고개를 돌린 순간, 장교는 어느 틈에 얼굴을 찌푸리며 곧바로 가장 진지하고 정중하고 순진한 표정을 지었던 것이다.

제3중대가 마지막이었다. 쿠투조프는 무언가를 기억해 내려는 듯 생각에 잠겼다. 안드레이 공작이 수행원들 틈에서 나와 프랑스어로 조용히 말했다.

"이 연대로 강등되어 온 돌로호프에 대해 상기시켜 달라고 지시하셨습니다."

"돌로호프는 어디 있나?" 쿠투조프가 물었다.

이미 회색 사병 외투로 갈아입은 돌로호프는 호출을 받을 때까지 기다리지 않았다. 밝은 하늘색 눈동자를 지닌 옅은 금발 병사의 균형 잡힌 형체가 대열 앞으로 나왔다. 그는 총사령관에게 다가가 받들어총을 했다.

"청원인가?" 쿠투조프가 얼굴을 살짝 찌푸리고 물었다.

"이 사람이 돌로호프입니다."

"아!" 쿠투조프가 말했다. "이번 교훈이 자네를 바로잡아 줄 거라 기대하네. 성실히 복무하게. 폐하는 인자하시네. 자네가 공을 세우면 나도 자네를 잊지 않겠네."

밝은 하늘색 눈동자는 연대장을 볼 때와 똑같이 대담하게 총사령관을 바라보았다. 마치 총사령관과 병사의 차이를 그처럼 멀리 벌려 놓은 관습의 장막을 자신의 표정으로 찢으려는 것 같았다.

"한 가지 청이 있습니다, 총사령관 각하." 그가 특유의 낭랑하고 의연하고 침착한 목소리로 말했다. "저의 죄를 씻고 황제 폐하와 러시아에 대한 저의 충성을 증명할 기회를 주십시오."

쿠투조프는 고개를 돌렸다. 티모힌 대위에게서 고개를 돌렸을 때와 똑같은 눈웃음이 그의 얼굴을 스쳤다. 그는 고개를 돌리고 얼굴을 찌푸렸다. 마치 돌로호프가 그에게 말한 모든 것, 그리고 자신이 돌로호프에게 말할 수 있었던 모든 것을 그가 오래전부터 알고 있다는 점, 자신이 이미 그 모든 것에 진절머리를 내고 있으며 필요한 것은 그 모든 것이 전혀 아니라는 점을 그러한 표정으로 보여 주고 싶은 것 같았다. 그는 몸을 돌려 콜랴스카 쪽으로 걸음을 옮겼다.

연대는 중대별로 흩어져 브라우나우에서 멀지 않은 곳에 정한 숙영지를 향해 출발했다. 그들은 그곳에서 신발도 구하고 옷도 수선하고 고된 행군 후의 휴식을 갖게 되리라 기대했다.

"나한테 서운하진 않지요, 프로호르 이그나티예비치?" 말에 올라탄 연대장이 목적지로 움직이는 제3중대 주위를 빙 돌다가 선두에서 걷고 있는 티모힌 대위에게 다가가 말했다. 무사히 사열을 마친 연대장의 얼굴은 억누를 수 없는 기쁨의 빛을 띠고 있었다.

"군 복무는 차르를 위한 것이라…… 그래선 안 되지만…… 전선에서는 이따금 말이 거칠어지기도 하잖소. 내가 먼저 사과하겠소. 당신이 나를 알잖소. 그분이 매우 고마워하셨어요!" 그는 중대장에게 손을 내밀었다.

"당치도 않습니다, 장군. 감히 그럴 수는 없지요!" 대위는 코를 빨갛게 붉힌 채 씩 웃으며 대답했다. 그러자 이즈마일 전투에서 개머리판에 맞아 빠진 앞니 두 개의 빈자리가 드러났다.

"돌로호프 씨에게도 전해 주시오. 그 사람이 편안히 지낼 수 있도록 내가 그를 잊지 않을 거라고 말이오. 그런데 말 좀 해 보시오. 계속 묻고 싶었소. 그 사람 어때요? 어떻게 처신하고 있소? 다……."

"복무 태도는 대단히 성실합니다, 각하. 다만 성질이……." 티모힌이 말했다.

"뭐, 성질이 어떻다는 거요?" 연대장이 물었다.

"그날그날 다릅니다, 각하." 대위가 말했다. "어떤 때는 똑똑하고 박식하고 선량합니다. 그러다가 어떤 때는 짐승이 됩니다. 폴란드에서는 유대인 한 사람을 죽일 뻔했습니다, 이미 아시겠지만……."

"아, 그래, 그렇지." 연대장이 말했다. "그래도 불행에 처한 젊은이를 가엾게 여겨야 하오. 정말이지 대단한 인맥이라……. 그러니 당신은 그저……."

"알겠습니다, 각하." 티모힌은 자신이 상관의 바람을 잘 이해하고 있음을 미소를 통해 전달하며 말했다.

"음, 그래요, 그래."

연대장은 대열 속에서 돌로호프를 찾아내고 고삐를 당겨 말을 세웠다.

"첫 전투 때까지. 그럼 견장을." 연대장이 돌로호프에게 말했다.

돌로호프는 그를 돌아보고 아무 말도 하지 않았고, 조소에 찬 미소를 머금은 입 모양도 바꾸지 않았다.

"자, 이걸로 됐어." 연대장이 말을 이었다. "병사들에게 보드카 한 잔씩 돌리시오. 내가 내겠소." 그는 병사들에게 들리도록 큰 소리로 덧붙였다. "모두들 고맙네! 하느님, 감사합니다!" 그러고 나서 중대를 앞질러 다른 중대로 갔다.

"아니, 정말 좋은 사람이야. 저런 분과는 함께 복무할 수 있지." 티모힌이 곁에서 걷고 있던 위관 장교에게 말했다.

"한마디로 하트 카드입니다……!" (연대장은 하트 킹이라는 별명을 갖고 있었다.) 위관이 웃으며 말했다.

사열 후 상관들의 행복한 기분이 병사들에게도 전해졌다. 중대는 유쾌하게 행군했다. 사방에서 이야기를 나누는 병사들의 목소리가 들렸다.

"왜 쿠투조프가 애꾸눈이라고 말해 대는 걸까?"*

"그렇다니까! 완전히 애꾸눈이야."

"아니…… 이봐, 자네보다 눈이 더 좋던데. 부츠며 각반이며 전부 훑어보던걸."

"이봐, 내 다리를 쳐다보던 눈초리가 말이야……. 암! 내 생각에는……."

"또 한 명 있었잖아. 쿠투조프와 함께 왔던 오스트리아인 말이야. 꼭 백묵을 칠해 놓은 것 같았어. 밀가루처럼 하얘! 보아하니 장비를 닦듯 닦아 주나 봐!"

"뭐래, 페데쇼우……? 그 사람이 전투가 언제 시작될 거라고 말하지 않았어? 넌 더 가까이 서 있었잖아? 브루노보에 부나파르트가 주둔해 있다는 말이 계속 돌던데."

"부나파르트가 주둔하다니! 에이, 헛소리하지 마, 이 멍청한 놈
아! 아무것도 모르는 주제에! 요즘 프로이센인들이 반란을 일으
켰다니까. 그래서 오스트리아인들이 그들을 진압하고 있단 말이
야. 진압이 끝나면 그때는 부나파르트와의 전쟁이 시작되겠지.
그런데도 부나파르트가 브루노보에 있다고 하다니! 그러니까 바
보라고 하지. 이야기를 더 들어 보라고."

"이럴 수가, 빌어먹을 숙영계 녀석들! 저것 봐, 5중대는 벌써 마
을 쪽으로 꺾고 있잖아. 저쪽이 카샤*를 끓일 때 우리는 숙영지에
도착도 못하겠어."

"제기랄, 건빵 같은 것 좀 줘 봐."

"어제 담배 줬던가? 좋았어, 친구. 자, 여기 있어. 하느님께서 자
네와 함께하시길."

"하다못해 쉬게라도 해 주면 좋을 텐데. 그러지 않으면 먹지도
못하고 5베르스트는 더 행군해야 하잖아."

"독일인들이 콜랴스카를 보내 주었을 때가 참 좋았지.* 그런 걸
타면, 알지, 위풍당당해 보이잖아!"

"이봐, 여기는 사람들이 아주 야만스러워졌어. 저기는 다들 폴
란드인 같았는데, 다들 러시아 왕국의 백성이었단 말이야. 그런데
지금은 순전히 독일인뿐이야."

"합창대, 앞으로!" 대위의 고함 소리가 들렸다.

그러자 여러 대열에서 스무 명 정도가 중대 앞으로 달려 나왔
다. 선창을 맡은 고수(鼓手)가 합창대원들 쪽으로 얼굴을 돌리고
한 손을 휘두르더니 "동이 트지 않았는가, 아침 해가 떠오른다"로
시작해 "그러니 형제들아, 우리의 아버지 되시는 카멘스키*와 우
리에게 영광이 있으리라"로 끝나는, 템포가 느린 군가를 부르기

시작했다. 이 노래는 투르크에서 만들어졌는데 이제 오스트리아에서는 '우리의 아버지 되시는 카멘스키' 대신 '우리의 아버지 되시는 쿠투조프'라는 말을 집어넣는 정도로만 가사를 바꾸어 부르고 있었다.

마흔 살가량의 마르고 잘생긴 고수는 이 마지막 구절을 군인풍으로 잡아채듯 부르고 나서 무언가를 땅바닥에 집어 던지듯이 두 손을 휘두르더니 합창대 병사들을 근엄한 눈길로 둘러보고 눈을 가늘게 떴다. 그런 다음 모든 눈이 자신에게 집중되어 있음을 확인한 그는 마치 눈에 보이지 않는 귀중한 물건을 두 손으로 머리 위에 조심스레 들어 올려 몇 초 동안 그렇게 있다가 갑자기 절망적으로 내동댕이치는 듯한 몸짓을 했다.

아, 그대는 나의 집, 나의 집!

"나의 새로운 집……." 스무 명의 목소리가 노래를 받았다. 캐스터네츠 연주자가 무거운 장비에도 아랑곳 않고 날렵하게 앞으로 튀어나와 중대를 마주한 채 어깨를 들썩이고 캐스터네츠로 누군가를 을러대며 뒷걸음질해 나아갔다. 병사들은 노래의 박자에 맞추어 두 팔을 흔들고 자기도 모르게 발걸음을 맞추며 성큼성큼 걸었다. 중대 뒤쪽에서 바퀴 소리와 스프링 소리와 말발굽 소리가 들려왔다. 쿠투조프는 수행원들과 함께 도시로 돌아가는 중이었다. 총사령관은 부하들에게 계속 자유롭게 가라는 신호를 보냈다. 그의 얼굴에도 모든 수행원들의 얼굴에도 노랫소리에 대한, 그리고 춤추는 병사와 유쾌하고 활기차게 행군하는 중대 병사들에 대한 만족감이 떠올랐다. 콜랴스카는 오른쪽 측면으로 중대들을 앞지르고 있었는데, 거기 두 번째 대열에서 하늘색 눈동자의 병사가 눈에 띄었다. 돌로호프였다. 그는 노래의 박자에 맞춰 유달리 활기차고 우아하게 행군하며, 그 순간 중대와 함께 행군하지 않는 모든 이들을 불쌍히 여기는 듯한 표정으로 말 탄 사람들의 얼굴을 바라보았다. 쿠투조프의 수행원들 가운데 연대장을 흉내 내던 경기병 소위가 콜랴스카에서 떨어져 나와 돌로호프 쪽으로 말을 몰았다.

경기병 소위인 제르코프는 한때 페테르부르크에서 돌로호프가 이끌던 방종한 패거리에 낀 적이 있었다. 그는 국경 밖에서 병사가 된 돌로호프와 마주쳤는데 아는 척할 필요가 없다고 생각했다. 그러나 쿠투조프가 이 강등된 병사와 대화를 나누고 나자 옛 친구를 만난 기쁨을 드러내며 그에게 말을 걸었다.

"사랑하는 친구, 어때?" 그는 노랫소리에 따라 중대의 발걸음과 나란히 말의 보조를 맞추면서 물었다.

"내가 어떠냐고?" 돌로호프가 차갑게 대꾸했다. "보다시피."

활기찬 노래는 제르코프가 말할 때의 거리낌 없는 쾌활한 어조와 돌로호프가 대답할 때의 짐짓 냉담한 어조에 특별한 의미를 부여하고 있었다.

"상관들과는 어떻게 맞춰 나가고 있어?" 제르코프가 물었다.

"괜찮아. 좋은 사람들이야. 그런데 어떻게 사령부에 기어들어간 거야?"

"파견됐어. 당직 근무야."

두 사람은 잠시 침묵했다.

"그녀가 오른쪽 옷소매에서 매를 날려 보낸다." 노래는 무심결에 기운차고 유쾌한 감정을 불러일으키며 울려 퍼졌다. 만약 두 사람이 노랫소리가 들리지 않을 때 말을 주고받았더라면 그들의 대화는 아마 다른 모습을 띠었을지도 모른다.

"뭐야, 오스트리아인들이 정말 패했어?" 돌로호프가 물었다.

"알 게 뭐야, 그렇대."

"잘됐네." 돌로호프는 마치 노래가 그러라고 요구하기라도 한 것처럼 짧고 분명하게 대답했다.

"어때, 아무 때나 저녁에 우리한테 와. 파라오 게임* 한판 벌여야지." 제르코프가 말했다.

"돈이 많이 생겼나 보지?"

"와."

"안 돼. 다짐했거든. 진급할 때까지는 술도 안 마시고 노름도 안 할 거야."

"그럼 첫 전투까지……."

"그때가 되면 알게 되겠지."

두 사람은 다시 입을 다물었다.

"뭐든 필요한 게 있으면 들러. 언제든 사령부가 자네를 도울 테니……." 제르코프가 말했다.

돌로호프는 경멸 어린 미소를 흘렸다.

"걱정하지 않는 편이 좋아. 필요한 게 있으면 부탁하지 않고 직접 손에 넣을 테니까."

"뭐, 난 그냥……."

"응, 나도 그저."

"안녕."

"몸조심해……."

……높이, 멀리,
고향 쪽으로……

제르코프는 말에 박차를 가했다. 흥분한 말은 어느 발부터 내디
뎌야 할지 몰라 발을 두세 번 구르다가 발걸음을 추스르고 상황을
수습한 후 노래 박자에 맞춰 질주하며 중대를 앞지르고 콜랴스카
를 뒤쫓았다.

3

  사열식에서 돌아온 쿠투조프는 오스트리아 장군을 데리고 자신의 집무실로 들어갔다. 그리고 큰 소리로 부관을 불러 지금 도착하고 있는 부대들의 상황에 관한 서류들과 전위 부대를 지휘하는 페르디난트 대공에게서 온 편지들을 가져오라고 지시했다. 안드레이 볼콘스키 공작이 쿠투조프가 요구한 서류를 들고 총사령관 집무실에 들어섰다. 탁자 위에 펼쳐진 지도 앞에 쿠투조프와 궁정전쟁위원회 위원인 오스트리아인이 앉아 있었다.

  "그런데……." 쿠투조프가 볼콘스키를 돌아보며 말했다. 부관에게 기다려 달라고 부탁하는 말인 듯했다. 그는 시작된 대화를 프랑스어로 이어 갔다.

  "한 가지만 말하겠소, 장군." 쿠투조프는 자신이 차분하게 내뱉는 말 한마디 한마디에 귀를 기울이지 않을 수 없게 하는 기분 좋은 우아한 표현과 억양으로 말했다. 쿠투조프 자신도 자기 말을 만족스럽게 듣고 있는 듯했다. "하나만 말하지요, 장군. 만약 이 일이 나의 개인적인 희망에 달린 문제라면 프란츠 황제 폐하*의 의지는 오래전에 실현되었을 거요. 나는 이미 오래전에 대공과 합류했을 거란 말이오. 그리고 나의 정직함을 믿어 주시오. 나 개인으로는 말이오, 오스트리아에 그토록 많은, 나보다 식견이 높고 노련한 장군에게 군대의 최고 지휘권을 넘기고 이 모든 무거운 책임을 내 어깨에서 내려놓을 수만 있다면 나 개인으로는 참으로 기쁠 것이오. 하지만 현실은 이따금 우리보다 더 강합니다, 장군."

그러고 나서 쿠투조프는 마치 '당신에게는 나를 믿지 않을 권리가 있고, 또 나는 당신이 나를 믿든 안 믿든 전혀 개의치 않소. 하지만 당신에게는 그것에 대해 내게 말할 만한 근거가 없소. 그리고 중요한 건 바로 그 점이오' 하고 말하는 듯한 표정으로 미소를 지었다.

오스트리아 장군은 불만스러운 표정을 지었지만 쿠투조프에게 계속 똑같은 어조로 대답할 수밖에 없었다.

"오히려……." 그는 입 밖에 내는 말에 담긴 아첨의 의미와 너무나 모순되는 짜증스럽고 성난 어투로 말했다. "오히려 대공 전하께서는 총사령관 각하가 공동의 대의에 참여해 준 것을 높이 평가하고 계십니다. 하지만 우리는 현재의 지연 상황이 명성 높은 러시아군과 그 지휘관들에게서 그들이 전장에서 능숙하게 쟁취하던 저 월계관을 앗아 가고 있다고 생각합니다." 그는 미리 준비한 듯한 문구로 말을 맺었다.

쿠투조프는 변함없이 미소를 지으며 고개 숙여 인사했다.

"나의 확고한 믿음이기도 하고, 페르디난트 대공 전하가 내게 하사하신 최근 편지에 근거해 예측해 보아도, 오스트리아 군대는 마크 장군 같은 노련한 조력자의 지휘 아래 지금은 이미 결정적인 승리를 거두었을 것이며 더 이상 우리의 도움을 필요로 하지 않을 것이오." 쿠투조프가 말했다.

장군은 얼굴을 찌푸렸다. 오스트리아군의 패배를 확인해 주는 소식은 없었지만, 전반적으로 안 좋은 소문을 뒷받침하는 정황은 지나칠 정도로 많았다. 그래서 오스트리아군의 승리에 관한 쿠투조프의 추측은 마치 조롱처럼 들렸다. 그러나 쿠투조프는 자신에게는 그렇게 추측할 권리가 있다고 말하는 여전히 똑같은 표정으로 온화한 미소를 짓고 있었다. 실제로 마크의 군대에서 보낸 최근의 편지는 그 군대의 승리와 더할 나위 없이 유리한 전략적 위치에 대해 알리고 있었다.

"그 편지를 가져오게." 쿠투조프가 안드레이 공작을 향해 말했다. "자, 보시오." 쿠투조프는 양 입술 언저리에 비웃음을 띤 채 페르디난트 대공의 편지에서 다음의 부분을 오스트리아 장군에게 독일어로 읽어 주었다. "우리는 완전히 집결된 약 7만의 병력을 보유하고 있소. 따라서 적이 레흐강*을 건너려 할 경우 그들을 공격하여 무찌를 수 있소. 우리는 이미 울름*을 확보했으므로 도나우강 양쪽을 통제할 수 있다는 이점이 생겼소. 따라서 만일 적이 레흐강을 건너지 않을 경우에 우리는 언제라도 도나우강을 건너 적의 연락로를 덮친 후 하류 지역에서 다시 도나우강을 넘어올 수 있소. 적이 모든 병력을 우리의 신실한 동맹군 쪽으로 돌리려 한다면 적의 의도가 실현되지 못하도록 막을 수 있소. 따라서 우리는 러시아 제국군이 충분한 준비를 갖출 때까지 기꺼이 기다리겠소. 이후 서로 힘을 합치면 적이 마땅히 받아야 할 운명을 마련하기 위한 수단은 쉽사리 찾게 될 것이오."(독일어)

쿠투조프는 그 구절을 다 읽은 뒤 무겁게 한숨을 쉬고 궁정전쟁위원회 위원을 부드러운 눈길로 유심히 바라보았다.

"하지만 총사령관 각하, 최악의 상황을 예상하도록 가르치는 지혜의 원칙을 아시지 않습니까!" 오스트리아 장군이 말했다. 농담은 끝내고 본론으로 들어가고 싶다는 투였다.

그는 불만스러운 얼굴로 부관을 돌아보았다.

"실례하오, 장군." 쿠투조프가 그의 말을 가로막으며 안드레이 공작에게로 몸을 돌렸다. "이보게, 코즐롭스키에게 가서 우리 정찰병들의 보고서를 전부 받아 오게. 이것은 노스티츠* 백작에게서 온 편지 두 통이고, 이것은 페르디난트 대공 전하에게서 온 편지고, 또 이것도……." 그는 안드레이 공작에게 서류 몇 장을 건네며 말했다. "이것들 전부를 토대로 해서 프랑스어로 깨끗이 **비망록**을 작성하게. 우리가 오스트리아군의 움직임에 대해 확보한 모든 정보를 한눈에 볼 수 있도록 기록한 뒤에 폐하께 제출하도록 하게."

안드레이 공작은 첫 몇 마디에서 쿠투조프가 한 말뿐 아니라 그에게 하고 싶어 했을 말까지 이해했다는 표시로 고개를 숙였다. 그는 서류를 모으고 두 사람 모두에게 고개 숙여 인사한 후 조용히 양탄자를 밟으며 대기실로 나왔다.

안드레이 공작이 러시아를 떠난 후 그리 많은 시간이 지나지 않았지만 그사이 많이 변해 있었다. 그의 얼굴 표정과 동작과 걸음걸이에서 예전의 가식과 피로와 나태는 거의 눈에 띄지 않았다. 그는 자신이 다른 사람들에게 주는 인상을 생각할 겨를 없이 즐겁고 흥미로운 일에 몰두한 사람의 표정을 짓고 있었다. 그의 얼굴은 자신과 주위 사람들에 대한 큰 만족을 드러냈고, 그의 미소와 눈빛은 한층 쾌활하고 매력적으로 보였다.

쿠투조프는 자신이 폴란드에 있을 때 합류한 안드레이 공작을 몹시 다정하게 맞아 주었고, 그를 잊지 않겠노라 약속했으며, 다른 부관들보다 더 아꼈다. 그를 빈에 데려갔고, 그에게 보다 중대한 임무를 맡기고 있었다. 빈에서 쿠투조프는 자신의 옛 동료인 안드레이 공작의 부친에게 편지를 썼다.

"당신 아들은……." 그는 썼다. "학식과 의연함과 근면함에서 뛰어난 장교가 되리라는 기대를 품게 합니다. 이런 부하를 두게 된 나 자신을 행복한 사람이라 여기고 있습니다."

쿠투조프 사령부에 있는 동료들 사이에서, 또한 군대 전체에서 안드레이 공작은 페테르부르크 사교계에서도 그랬듯이 완전히 상반된 평판을 얻고 있었다. 소수의 사람들은 안드레이 공작을 자신들이나 여느 사람들과 다른 어떤 특별한 존재로 인정하며 그에게서 커다란 성공을 기대했다. 그들은 그의 말을 귀담아들었고, 그의 매혹에 빠져 그를 모방하고 있었다. 안드레이 공작도 이런 사람들과 있을 때는 담백하고 유쾌했다. 하지만 대다수 사람들은 안드레이 공작을 좋아하지 않았으며, 그를 거만하고 차갑고 불쾌한 사람으로 여겼다. 그러나 그런 사람들과 함께 있을 때조차 안드레이 공작은 자기를 존경하고 심지어 두려워하게끔 처신할 줄 알았다.

안드레이 공작은 쿠투조프의 집무실에서 대기실로 나와 책을 들고 창가에 앉아 있던 동료 당직 부관 코즐롭스키에게 서류를 가지고 다가갔다.

"음, 뭐야, 공작?" 코즐롭스키가 물었다.

"우리가 왜 전진하지 않는지 기록을 작성해 두라는 명령이야."

"왜?"

안드레이 공작은 어깨를 으쓱했다.

"마크에게서는 소식이 없나?" 코즐롭스키가 물었다.

"없어."

"그가 패한 게 사실이라면 소식이 올 텐데."

"그렇겠지." 안드레이 공작은 이렇게 말하고 출구 문으로 향했다. 그러나 바로 그때 맞은편에서 이제 막 도착한 것이 분명한 프록코트 차림의 키가 큰 오스트리아 장군이 문을 쾅 닫고 대기실

안으로 들어왔다. 머리에 검은 수건을 동여매고 목에는 마리아 테레지아 훈장을 달고 있었다. 안드레이 공작은 발을 멈추었다.

"쿠투조프 총사령관은?" 막 도착한 장군은 양옆을 돌아보고 거침없이 집무실 문으로 다가가며 날카로운 독일어 발음으로 빠르게 말했다.

"총사령관님은 바쁘십니다." 코즐롭스키가 낯선 장군에게 황급히 다가가 문으로 향하는 길목을 막으며 말했다. "어떻게 보고할까요?"

낯선 장군은 자기를 모를 수 있다는 것에 놀란 듯 키가 크지 않은 코즐롭스키를 멸시에 찬 눈길로 위에서 아래로 훑었다.

"총사령관님은 바쁘십니다." 코즐롭스키가 침착하게 되풀이 말했다. 장군의 얼굴이 찌푸려졌다. 입술이 씰룩거리고 바르르 떨렸다. 그는 수첩을 꺼내 연필로 빠르게 무언가를 적더니 종이를 쭉 찢어 건네고는 성큼성큼 창가로 다가가 의자에 몸을 던지고 무엇 때문에 쳐다보는 거냐고 묻기라도 하듯 방 안에 있던 사람들을 둘러보았다. 그런 다음 장군은 고개를 들고 무슨 말을 하려는 듯 목을 쭉 뺐다. 그러나 곧 태평하게 조용히 노래라도 부르려는 듯 이상한 소리를 냈지만 그나마도 곧 그만두었다. 집무실 문이 열리고 쿠투조프가 나타났다. 머리에 천을 동여맨 장군은 위험에서 벗어나려는 것처럼 몸을 숙인 채 야윈 다리로 빠르게 쿠투조프에게 다가갔다.

"각하는 지금 불행한 마크를 보고 계십니다." 그가 갈라지는 목소리로 말했다.

집무실 문 앞에 선 쿠투조프의 얼굴이 잠시 동안 그대로 굳어버렸다. 뒤이어 한 줄기 주름이 파도처럼 얼굴 위를 빠르게 스치더니 이마가 다시 매끈해졌다. 그는 정중히 고개를 숙이고는 눈을 감고 말없이 마크를 안으로 들이고* 손수 등 뒤의 문을 닫았다.

이미 예전부터 퍼져 있던, 오스트리아군이 패했고 울름 부근의 군대 전체가 항복했다는 소문이 사실로 밝혀졌다. 30분 후에는 이미 부관들이 지금까지 아무 활동도 하지 않고 있던 러시아군도 곧 적과 맞닥뜨릴 것이라는 점을 증명하는 명령서들을 지니고 여러 곳으로 파견되었다.

안드레이 공작은 전쟁의 전반적인 추이에 자신의 주된 관심을 두는 사령부의 몇 안 되는 장교들 가운데 한 사람이었다. 마크를 보고 그의 파멸에 대해 상세히 들은 그는 전쟁이 이미 절반은 패했다는 것을 깨달았고, 러시아군이 난관에 처한 상황을 파악했으며, 군대를 기다리고 있는 것과 자신이 군대 안에서 해야 할 역할을 마음속에 생생하게 그렸다. 그는 자만하던 오스트리아가 치욕을 당한 것과, 일주일 후에는 자신이 수보로프 이후 처음인 러시아군과 프랑스군의 충돌을 목격하고 그 속에 참여하게 될 것을 생각하면서 무심결에 가슴이 두근거리는 기쁨을 맛보았다. 그러나 그는 러시아군의 모든 용기보다 더 강한 것으로 드러날 수 있었던 보나파르트의 천재성을 두려워했고, 그와 더불어 자신의 영웅이 수치를 당하는 것도 용납할 수 없었다.

이런 생각에 흥분되고 초조해진 안드레이 공작은 아버지에게 편지를 쓰기 위해 자신의 방으로 향했다. 그는 날마다 아버지에게 편지를 썼다. 복도에서 그는 같은 방을 쓰는 네스비츠키와 익살꾼 제르코프를 만났다. 그들은 언제나처럼 무언가에 대해 낄낄거리며 웃고 있었다.

"왜 그렇게 침울해?" 빛나는 눈동자를 가진 안드레이 공작의 창백한 얼굴을 보고 네스비츠키가 물었다.

"즐거울 게 없지." 볼콘스키가 대답했다.

안드레이 공작이 네스비츠키와 제르코프를 맞닥뜨린 바로 그 때, 러시아군의 식량을 감찰하기 위해 쿠투조프 사령부에 와 있던 오스트리아 장군 슈트라우흐와 전날 도착한 궁정전쟁위원회 위원이 복도 맞은편에서 그들을 향해 걸어왔다. 복도는 두 장군이 방해받지 않고 세 장교를 지나칠 만큼 충분히 넓었다. 그러나 제르코프가 한 팔로 네스비츠키를 쿡쿡 찌르며 숨이 넘어갈 듯 헐떡이는 목소리로 말했다.

"온다……! 온다……! 길에서 비키시오! 자, 비켜 주시오!"

장군들은 위신을 떨어뜨리는 사람들을 피하고 싶어 하는 표정으로 지나갔다. 익살꾼 제르코프의 얼굴에 참을 수 없는 듯한, 아둔한 기쁨의 미소가 갑자기 떠올랐다.

"각하." 그가 앞으로 불쑥 나오며 오스트리아 장군을 향해 독일어로 말했다. "축하드릴 수 있어 영광입니다."

그러고는 고개를 숙이더니 춤을 배우는 어린아이처럼 이쪽 발을 뒤로 뺐다 저쪽 발을 뒤로 뺐다 하며 절을 했다.

궁정전쟁위원회 위원인 장군이 준엄한 눈길로 그를 돌아보았다. 그러나 아둔한 미소에 어린 진지함을 본 장군은 잠시나마 관심을 기울이지 않을 수 없었다. 그는 자신이 듣고 있음을 보여 주며 눈을 가늘게 떴다.

"축하드리게 되어 영광입니다. 마크 장군이 아주 건강하게 돌아오셨습니다. 다만 여기에 약간 타박상을 입으셨습니다." 그는 환한 미소와 함께 자신의 머리를 가리켰다.

장군은 인상을 쓰며 얼굴을 돌리고 계속 걸어갔다.

"오, 하느님, 저렇게 유치할 수가!"(독일어) 그는 몇 발짝 걷다가 성난 목소리로 말했다.

네스비츠키가 큰 소리로 웃어 대며 안드레이 공작을 얼싸안았다. 그러나 볼콘스키는 한층 창백해진 얼굴에 증오로 가득 찬 표정을 지으며 그를 밀치고 제르코프에게 얼굴을 돌렸다. 마크의 모습, 그의 패배에 대한 소식, 그리고 러시아군을 기다리고 있는 것에 대한 상념이 몰아넣은 신경질적인 흥분이 제르코프의 부적절한 장난에 대한 분노에서 출구를 찾았다.

"이봐요, 만약 당신이……." 그는 아래턱을 희미하게 떨며 경멸 어린 말투로 입을 열었다. "당신이 **어릿광대**가 되고 싶다면 나로서는 막을 수 없습니다. 하지만 분명히 말해 두는데, 다음번에도 내가 있는 데서 **감히** 어릿광대짓을 하면 당신에게 어떻게 처신해야 하는지 가르쳐 주겠소."

네스비츠키와 제르코프는 이 돌발적인 행동에 너무 놀라 눈을 동그랗게 뜬 채 말없이 볼콘스키를 바라보았다.

"아니, 난 그저 축하한 것뿐인데." 제르코프가 말했다.

"당신과 농담하자는 게 아니에요. 입 다물어요!" 볼콘스키가 소리치며 네스비츠키의 팔을 잡아끌고 대꾸할 말을 찾지 못하는 제르코프에게서 떨어졌다.

"아니, 자네 왜 그래?" 네스비츠키가 그를 진정시키며 물었다.

"왜라니?" 안드레이 공작은 흥분하여 걸음을 멈추고 말했다. "잘 생각해 봐. 우리가 차르와 조국을 섬기며 전체의 성공에 기뻐하고 전체의 실패에 슬퍼하는 장교인지, 아니면 주인의 일과 아무 상관 없는 하인인지를 말이야. 4만 명이 죽고 우리의 동맹군이 섬멸됐는데 자네들은 그것을 가지고도 농담을 할 수 있군." 그는 마치 자신의 견해를 이 프랑스어 구절로 견고하게 하려는 듯 말했다. "자네가 친구로 삼은 바로 저 신사 같은 변변찮은 풋내기 녀석은 그래도 괜찮아. 하지만 자네는 그러면 안 돼. 자네는 안 된다고. 그렇게 희희낙락해도 되는 건 **풋내기 녀석들**뿐이야." 제르코프가

들을 수도 있다는 데 생각이 미치자 안드레이 공작은 러시아어로 덧붙이면서 이 단어를 프랑스어 억양으로 발음했다.

그리고 나서 경기병 소위가 무슨 대답을 하지 않을까 하고 잠시 기다렸다. 그러나 소위는 몸을 돌려 복도를 빠져나갔다.

4

파블로그라트 경기병 연대는 브라우나우에서 2마일 떨어진 곳에 주둔하고 있었다. 니콜라이 로스토프가 사관후보생으로 복무하는 중대는 독일 마을 잘체네크에 배치되어 있었다. 기병 사단 전체에 바시카 데니소프라는 이름으로 알려진* 중대장 데니소프 대위는 마을에서 가장 좋은 숙소를 배정받았다. 사관후보생 로스토프는 폴란드에서 연대에 합류한 이후 줄곧 중대장과 함께 생활했다.

10월 11일, 마크의 패배 소식으로 군사령부 전체가 발칵 뒤집어졌던 바로 그날, 중대 본부에서는 전과 다름없는 평온한 야영 생활이 흘러가고 있었다. 밤새 카드놀이에서 돈을 잃은 데니소프는 로스토프가 아침 일찍 말을 타고 나가 말먹이 징발을 마치고 돌아올 때까지도 숙소에 돌아오지 않았다. 사관후보생 제복 차림의 로스토프는 박차를 가하여 현관 계단 쪽으로 말을 몰았다. 그는 젊은이다운 유연한 동작으로 한쪽 다리를 빙 돌려 말 옆구리에 붙이고는 말과 떨어지고 싶지 않은 듯 등자에 잠시 발을 딛고 있다가 마침내 훌쩍 뛰어내린 후 큰 소리로 전령을 불렀다.

"어이, 친구, 본다렌코……." 그는 자신의 말을 향해 쏜살같이 달려오는 경기병에게 말했다. "좀 끌고 다녀 줘." 선량한 젊은이들이 행복한 순간이면 누구에게나 그러듯 그도 형제처럼 쾌활하고 다정한 태도로 말했다.

"알겠습니다." 호홀*이 즐겁게 고개를 흔들며 대답했다.

"조심해서 잘 끌고 다녀!"

다른 경기병도 말을 향해 달려왔지만 본다렌코가 이미 재갈의 고삐를 말 머리 너머로 던져 넘긴 후였다. 이 사관후보생이 술값을 잘 주는 듯, 그의 시중을 들면 득이 되는 듯 보였다. 로스토프는 말의 목덜미와 등에서 엉덩이까지를 차례로 쓰다듬어 주고 현관 계단에 가만히 서 있었다.

'훌륭해! 멋진 말이 될 거야!' 그는 속으로 혼잣말을 한 뒤 빙긋 웃으며 기병도를 꽉 쥐고 박차를 덜거덕거리면서 현관 계단을 뛰어 올라갔다. 스웨터를 입고 고깔모자를 쓴 독일인 집주인이 거름을 치우던 쇠스랑을 손에 쥐고 외양간에서 얼굴을 내밀었다. 로스토프를 보자마자 독일인의 얼굴이 갑자기 환해졌다. 그는 즐겁게 미소를 짓고는 한쪽 눈을 찡긋했다.

"**좋은 아침이에요, 좋은 아침!**"(독일어) 그는 청년과 나누는 인사에서 만족을 느끼는 듯 되풀이 말했다.

"**벌써 일하네요!**"(독일어) 로스토프는 그의 생기 넘치는 얼굴에서 떠나지 않던, 기쁨에 찬 형제애의 미소를 머금은 채 말했다. "**오스트리아인 만세! 러시아인 만세! 알렉산더 황제 만세!**"(독일어) 그는 독일인 집주인이 자주 하던 말을 되풀이하며 말했다.

독일인이 웃음을 터뜨리며 아예 외양간 밖으로 나왔다. 그리고 모자를 벗어 머리 위에서 흔들며 소리쳤다.

"**그리고 온 세상 만세!**"(독일어)

로스토프도 독일인과 똑같이 머리 위로 군모를 흔들고 소리 내어 웃으며 외쳤다. "그리고 온 세상 만세!"(독일어) 자신의 외양간을 치우던 독일인에게나 소대를 이끌고 건초를 징발하러 다니던 로스토프에게나 특별히 기뻐할 만한 이유는 전혀 없었지만, 두 사람은 행복한 희열과 형제애를 품고 서로를 바라보았고, 서로에 대한 사랑의 표시로 머리를 흔들고는 싱글벙글 웃으며 헤어져 독일인은 외양간으로, 로스토프는 데니소프와 함께 묵고 있던 농가로 갔다.

"나리는 어떠셔?" 그는 온 연대가 다 아는 사기꾼이자, 데니소프의 하인인 라브루시카에게 물었다.

"어젯밤부터 계속 안 계십니다. 틀림없이 돈을 잃은 모양입니다." 라브루시카가 대답했다. "전 잘 알고 있죠. 만약 돈을 따셨다면 자랑하러 일찍 오셨을 겁니다. 아침까지 오시지 않는다는 건 다 날렸다는 뜻이지요. 이제 화를 내며 돌아오실 겁니다. 커피 드릴까요?"

"가져와, 가져와."

10분 후 라브루시카가 커피를 가져왔다.

"오십니다!" 그가 말했다. "이제 야단났네요."

로스토프가 창문을 힐끔 쳐다보니 숙소로 돌아오는 데니소프가 보였다. 데니소프는 얼굴이 빨갛고 검은 눈동자가 빛나는, 부스스한 검은 콧수염과 머리카락을 지닌 작달막한 사내였다. 앞섶을 열어젖힌 멘티크를 걸치고 주름 잡힌 통 넓은 칙치리는 내려 입고* 구겨진 경기병 모자를 뒤통수에 걸치고 있었다. 그는 고개를 떨어뜨린 채 침울한 모습으로 현관 계단으로 다가왔다.

"라브루시카……." 그는 ㄹ 음을 제대로 발음하지 못하며* 성난 목소리로 크게 외쳤다. "야, 벗겨, 멍청이야!"

"벗기고 있잖아요." 라브루시카의 목소리가 대답했다.

"아! 자네 벌써 일어났군." 데니소프가 방 안으로 들어오며 말했다.

"한참 됐어." 로스토프가 말했다. "벌써 건초를 징발하러 갔다 왔고, 마틸다* 양도 봤어."

"이런! 난 어젯밤에 몽땅 잃었어, 개자식 같으니!" 데니소프가 소리쳤다. "그런 불행이! 그런 불행이……! 자네가 자리를 뜨자마자 그렇게 돼 버렸어. 어이, 차!"

데니소프는 짧고 튼튼한 치아를 드러내며 미소를 짓듯이 얼굴을 잔뜩 찌푸리고 손가락이 짧은 두 손으로 숲처럼 부푼 더부룩한 검은 머리카락을 헝클어뜨리기 시작했다.

"악마가 그 쥐새끼(장교의 별명)에게 날 데려간 거야." 그는 이마와 얼굴을 두 손으로 문지르며 말했다.

"상상이 가? 한 장도, 단 한 장도, 단 한 장도 패를 주지 않았어."

데니소프는 불을 붙인 파이프를 건네받아 주먹으로 꽉 움켜쥐고는 사방에 불똥을 날리며 파이프로 마룻바닥을 내리치고 계속 부르짖었다.

"작은 판은 내주고 큰 판은 쓸고. 작은 판은 내주고 큰 판은 쓸고."*

그는 불똥을 날리다가 파이프를 부수고는 휙 던져 버렸다. 그러고는 잠시 입을 다물었다가 갑자기 반짝이는 검은 두 눈으로 유쾌하게 로스토프를 바라보았다.

"여자라도 있으면 좋을 텐데. 여기선 술 마시는 것 말고는 할 게 아무것도 없어. 어서 싸움이라도 시작되면 좋겠는데……."

"어이, 거기 누구야?" 그는 박차를 절그럭거리다가 걸음을 멈춘 묵직한 부츠 소리와 정중한 기침 소리를 듣고 문 쪽을 돌아보았다.

"기병 특무 상사입니다!" 라브루시카가 말했다.

데니소프는 더욱더 얼굴을 찌푸렸다.

"추하군." 그는 금화가 몇 닢 든 돈지갑을 던지며 중얼거렸다.

"로스토프, 거기 얼마나 남았나 세어 보고 베개 밑에 좀 넣어줘." 그는 이렇게 말하고 기병 특무 상사에게 나갔다.

로스토프는 돈을 쥐고 기계적으로 오래된 금화와 새 금화를 따로 나누어 나란히 쌓으며 세기 시작했다.

"아! 텔랴닌, 반갑네! 난 어젯밤에 다 날렸네." 옆방에서 데니소프의 목소리가 들렸다.

"누구한테서요? 비코프요? 그 쥐새끼……? 나도 압니다." 가느다란 다른 목소리가 말하더니 뒤이어 텔랴닌이 방에 들어왔다. 같은 중대에 소속된 키 작은 중위였다.

로스토프는 돈지갑을 베개 밑에 던져 넣고 자신에게 내민 작고 축축한 손을 쥐었다. 텔랴닌은 출정을 앞두고 어떤 이유로 근위대에서 이곳으로 전속되었다. 그는 연대 내에서 훌륭하게 처신했다. 그러나 사람들은 그를 좋아하지 않았다. 특히 로스토프는 이 장교에 대한 자신의 까닭 모를 혐오감을 도저히 극복할 수도, 숨길 수도 없었다.

"그래, 어때요, 젊은 기병, 나의 그라치크가 당신을 잘 모시고 있습니까?" 그가 물었다. (그라치크는 텔랴닌이 로스토프에게 판 갓 조련된 말이었다.)

중위는 결코 말을 나누는 사람의 눈을 쳐다보지 않았다. 그의 눈은 이 대상에서 저 대상으로 줄곧 움직였다.

"당신이 오늘 말을 타고 가는 걸 봤습니다만……."

"네, 나쁘지 않습니다. 좋은 말이에요." 그가 7백 루블에 산 그 말은 그 액수의 반만큼도 가치가 없었지만 로스토프는 그렇게 대답했다. "왼쪽 앞다리를 약간 절기 시작했지만요." 그가 덧붙였다.

"발굽이 갈라졌군요! 괜찮습니다. 내가 알려 주지요. 어떤 징을 박아야 하는지 보여 주겠습니다."

"네, 꼭 보여 주세요." 로스토프가 말했다.

"보여 주지요. 보여 주고말고요. 비밀도 아닌걸요. 말에 대해 고마워하게 될 겁니다."

"그럼 말을 끌고 오라고 하겠습니다." 로스토프는 텔랴닌을 피하고 싶은 마음에 그렇게 말하고는 말을 끌고 오라는 지시를 하러 밖으로 나갔다.

현관에는 파이프를 입에 문 데니소프가 문지방에 웅크리고 앉았고, 기병 특무 상사가 그 앞에서 무언가를 보고하고 있었다. 로스토프를 본 데니소프가 얼굴을 찡그렸다. 그는 엄지손가락으로 어깨 너머 텔랴닌이 앉아 있는 방을 가리키더니 다시 인상을 쓰고는 혐오감을 드러내며 몸을 부르르 떨었다.

"아, 난 저 녀석이 싫어." 그는 기병 특무 상사 앞에서 아무 거리낌 없이 말했다.

로스토프는 '나도 그래. 하지만 어쩌겠어!'라고 말하듯 어깨를 으쓱하고는 지시를 내린 후 텔랴닌에게 돌아갔다.

텔랴닌은 작고 하얀 두 손을 비비며 로스토프가 나갈 때와 똑같이 게으른 자세로 앉아 있었다.

'세상에 저렇게 역겨운 얼굴도 있구나.' 로스토프는 방에 들어서며 생각했다.

"어떻게, 말을 끌고 오라고 시켰습니까?" 텔랴닌이 자리에서 일어나 무심하게 돌아보며 말했다.

"지시했습니다."

"우리가 직접 가 봅시다. 난 그저 어제의 명령에 대해 데니소프에게 물어보려고 들렀을 뿐이니까요. 받았습니까, 데니소프?"

"아니요, 아직. 당신은 어디 가려고요?"

"말에 어떻게 징을 박는지 이 기병에게 가르쳐 주려고요." 텔랴닌이 말했다.

그들은 현관 계단으로 나가서 마구간을 향했다. 중위는 징 박는 법을 보여 주고 자기 숙소로 떠났다.

로스토프가 돌아왔을 때 탁자 위에는 보드카 한 병과 소시지가 놓여 있었다. 데니소프는 탁자 앞에 앉아 펜을 사각거리며 뭔가 쓰고 있었다. 그는 로스토프의 얼굴을 침울하게 바라보았다.

"그녀에게 쓰는 거야." 그가 말했다.

그는 펜을 손에 쥔 채 탁자에 팔꿈치를 괴었다. 그는 자신이 쓰고 싶었던 온갖 이야기를 말로 더 빨리 표현할 수 있게 되어 기쁜 듯 로스토프에게 편지 내용을 말해 주었다.

"그거 알아, 친구?" 그는 말했다. "사랑을 하지 않는 동안 우리는 잠들어 있는 거야. 우리는 먼지의 자식들이지……. 하지만 사랑을 하게 되면 자네는 신이고 창조의 첫날처럼 순결해……. 이건 또 누구야? 악마한테 쫓아 버려. 시간 없어!" 그는 조금도 겁내지 않고 자기에게 다가온 라브루시카에게 버럭 소리를 질렀다.

"누가 오긴요? 직접 지시하시고는. 기병 특무 상사가 돈을 가지러 왔다고요."

데니소프는 얼굴을 찌푸렸고, 뭐라고 소리치려다가 입을 다물었다.

"추한 일이군." 그는 혼잣말로 중얼거렸다. "거기 지갑에 돈이 얼마 남았지?" 그가 로스토프에게 물었다.

"새 금화가 일곱, 헌 금화가 셋."

"아, 추하군. 뭘 멍하니 허수아비같이 서 있는 거야. 기병 특무 상사를 들여보내!" 데니소프가 라브루시카에게 소리쳤다.

"데니소프, 내 돈을 받아. 나한테 돈이 좀 있잖아." 로스토프가 얼굴을 붉히며 말했다.

"친구한테 돈 빌리고 싶지 않아. 싫어." 데니소프가 투덜거렸다.

"자네가 친구로서 나한테 돈을 빌리지 않겠다면 그건 날 모욕하는 거야. 정말 나한테 돈이 있다니까." 로스토프가 거듭 말했다.

"아니, 그럴 수 없다니까."

그리고 데니소프는 베개 밑에서 지갑을 꺼내기 위해 침대로 다가갔다.

"어디다 뒀어, 로스토프?"

"아래쪽 베개 밑에."

"없어."

데니소프가 베개를 둘 다 바닥에 던졌지만 지갑은 없었다.

"거참, 이상하네!"

"잠깐, 혹시 자네가 떨어뜨린 거 아냐?" 로스토프가 베개를 번갈아 들고 흔들어 보며 말했다.

그는 담요를 벗겨 흔들어 털었다. 지갑은 역시 없었다.

"혹시 내가 잊어버린 건가? 아냐, 난 그때 자네가 마치 머리 밑에 보물을 감추는 것 같다고 생각했어." 로스토프가 말했다. "여기에 지갑을 뒀는데, 어디 갔지?" 그는 라브루시카를 돌아보며 말했다.

"전 방에 들어오지 않았습니다. 그러니 그것을 둔 자리에 있어야지요."

"그런데 없어."

"늘 그런 식이에요. 어딘가에 던져 놓고 그냥 잊어버린단 말입니다. 호주머니 같은 곳을 살펴보세요."

"아냐, 만약 내가 보물에 대해 생각하지 않았다면……" 로스토프가 말했다. "하지만 난 내가 베개 밑에 둔 걸 기억한단 말이야."

라브루시카가 침대를 샅샅이 뒤지고 침대와 탁자 밑을 들여다보고 온 방 안을 구석구석 뒤진 후 방 한가운데 멈춰 섰다. 데니소프는 라브루시카의 움직임을 말없이 지켜보았다. 라브루시카가 아무 데도 없다고 말하며 놀란 표정으로 두 팔을 벌리자 그는 로스토프를 돌아보았다.

"로스토프, 애들처럼 장난치지 말고……."

로스토프는 자신을 향한 데니소프의 시선을 느끼고 눈을 들었다가 이내 내리깔았다. 목구멍 아래 어딘가에 막혀 있던 피가 모조리 얼굴과 눈동자로 확 쏠렸다. 그는 숨을 쉴 수가 없었다.

"방에는 중위님과 사관후보생님 말곤 아무도 없었습니다. 여기 어딘가에 있을 겁니다." 라브루시카가 말했다.

"어이, 너, 이 악마의 꼭두각시 같은 놈아, 얼른 찾아보기나 해." 데니소프는 얼굴을 새빨갛게 붉히고 위협적인 몸짓으로 하인에게 달려들며 갑자기 버럭 소리를 질렀다. "지갑을 찾아 봐. 그러지 않으면 때려죽일 테다. 다 쳐 죽일 거야!"

로스토프는 데니소프를 바라보며 상의 단추를 채우고, 기병도의 죔쇠를 채우고, 군모를 썼다.

"지갑 찾아내라고 하잖아." 데니소프는 종졸(從卒)의 어깨를 흔들고 벽으로 밀치며 소리를 질렀다.

"데니소프, 그놈을 내버려 둬. 누가 가져갔는지 알겠어." 로스토프는 계속 눈을 내리깐 채 문으로 다가가며 말했다.

데니소프는 동작을 멈추고 잠시 생각에 잠겼다. 그러고는 로스토프가 한 말을 알아차린 듯 그의 팔을 붙잡았다.

"말도 안 돼!" 그는 목과 이마의 힘줄이 새끼줄처럼 부풀어 오를 정도로 소리 질렀다. "자네에게 말해 두는데, 자넨 정신이 나갔어. 난 그렇게 하도록 허락 못해. 지갑은 여기 있어. 이 파렴치한 놈의 가죽을 벗겨 버리겠어. 그럼 여기서 지갑이 나올 거야."

"누가 가져갔는지 알아." 로스토프는 떨리는 목소리로 다시 한 번 말하고 문으로 향했다.

"감히 그런 행동을 하지 말라고 하잖아." 데니소프가 사관후보 생을 제지하기 위해 그에게 달려들며 소리쳤다.

그러나 로스토프는 그의 손을 뿌리치고, 마치 데니소프가 가장 큰 적이라도 되는 양 격렬한 증오에 찬 모습으로 그의 눈을 똑바 로 쏘아보았다.

"자네가 무슨 말을 하는지 알고나 있어?" 그가 떨리는 목소리로 말했다. "나 이외에는 방에 아무도 없었어. 그러니까 만약 그게 아 니라면, 결국……."

그는 말을 끝맺지 못하고 방에서 뛰쳐나갔다.

"아, 너도 다른 인간들도 다 악마에게 잡혀가 버려." 그것이 로 스토프가 들은 마지막 말이었다.

로스토프는 텔랴닌의 숙소로 찾아갔다.

"나리는 안 계십니다. 본부에 가셨습니다." 텔랴닌의 종졸이 로 스토프에게 말했다. "그런데 무슨 일이 있었습니까?" 종졸은 사 관후보생의 크게 낙심한 얼굴에 놀라 덧붙였다.

"아니, 아무것도 아냐."

"조금만 일찍 오셨으면 만나셨을 텐데요." 종졸이 말했다.

본부는 잘체네크에서 3베르스트 떨어진 곳에 있었다. 로스토프 는 숙소에 들르지 않고 말을 끌어내어 본부로 몰았다. 본부가 자 리한 마을에는 장교들이 드나드는 선술집이 있었다. 선술집에 도 착한 로스토프는 현관 계단 곁에서 텔랴닌의 말을 보았다.

중위는 선술집 두 번째 방에서 소시지 한 접시와 포도주 한 병을 앞에 놓고 앉아 있었다.

"아, 젊은이, 당신도 들렀군요." 그가 웃음을 띤 채 눈썹을 높이 치켜올리며 말했다.

"네." 로스토프는 이 말을 입 밖으로 꺼내는 데 큰 수고가 드는 것처럼 말하면서 옆 탁자에 자리를 잡고 앉았다.

두 사람은 아무 말도 하지 않았다. 방에는 독일인 둘과 러시아 장교 한 사람이 있었다. 모두들 말이 없었고, 접시에 부딪치는 나이프 소리와 중위가 쩝쩝거리는 소리만 들렸다. 텔랴닌은 식사를 끝내자 호주머니에서 두 겹으로 된 지갑을 꺼내 위쪽으로 구부러진 작고 하얀 손가락들로 죔쇠를 연 뒤 금화 한 닢을 꺼내 눈썹을 약간 치켜올리며 하인에게 돈을 내밀었다.

"얼른 계산해 주게." 그가 말했다.

금화는 새것이었다. 로스토프가 자리에서 일어나 텔랴닌에게 다가갔다.

"지갑 좀 보여 주시겠습니까?" 그는 들릴락 말락 한 목소리로 말했다.

텔랴닌은 시선을 피하며, 그러나 여전히 눈썹을 치켜올린 채 지갑을 건넸다.

"네, 멋진 지갑이지요. 네…… 그래요…….." 그가 말하면서 갑자기 얼굴이 창백해졌다. "자, 봐요, 젊은이." 그가 덧붙였다.

로스토프는 지갑을 손에 쥐고 그것과 그 안에 든 돈과 텔랴닌을 번갈아 보았다. 중위는 습관대로 주위를 두리번거렸는데 갑자기 아주 즐거워진 것 같았다.

"빈에 가게 되면 거기서 다 쓸 겁니다. 이런 시시한 촌구석에서는 어디 쓸 데가 있어야죠." 그가 말했다. "자, 주시죠, 젊은이, 이제 가야겠습니다."

로스토프는 잠자코 있었다.

"그런데 여긴 웬일입니까? 당신도 식사를 하려고요? 음식이 꽤 좋습니다." 텔랴닌은 계속 말했다. "그럼 주시죠."

그는 손을 뻗어 지갑을 잡았다. 로스토프는 지갑을 손에서 놓았다. 텔랴닌은 지갑을 가져다 바지 주머니에 넣었다. 눈썹이 무심하게 올라가고 입이 살짝 벌어졌다. 마치 '그래, 그래, 난 내 지갑을 주머니에 넣고 있어. 이건 매우 단순한 일이지. 이 일은 누구와도 상관없어'라고 말하는 듯했다.

"아니, 왜 그럽니까, 젊은이?" 그는 한숨을 내쉬고 치켜뜬 눈썹 밑으로 로스토프의 눈을 바라보며 말했다. 눈동자의 어떤 광채가 전기 섬광처럼 빠르게 텔랴닌의 눈동자에서 로스토프의 눈동자로, 그리고 그 반대로, 또 반대로, 또 반대로 빠르게 내달렸다. 모든 것이 한순간에 일어났다.

"이쪽으로 오시죠." 로스토프가 텔랴닌의 팔을 잡고 말하며 창가로 끌고 가다시피 했다. "이건 데니소프의 돈입니다. 당신이 가져갔어요……." 그가 텔랴닌의 귓가에 소곤거렸다.

"뭐요? 뭐라고요……? 어떻게 감히 그런 말을? 지금 뭐라고 했습니까……?" 텔랴닌이 말했다.

하지만 그 말은 애처롭고 절망적인 비명이자 용서를 구하는 애원으로 울렸다. 그 목소리의 울림을 듣는 순간, 로스토프의 영혼에서 의심의 커다란 돌덩이가 떨어져 나갔다. 그는 기쁨을 느꼈고, 그와 동시에 자기 앞에 선 불행한 남자가 가여워졌다. 그러나 일단 시작한 일은 끝까지 매듭을 지어야 했다.

"여기서는 사람들이 어떻게 생각할지 모르니까……." 텔랴닌이 군모를 움켜쥐고 빈방으로 걸음을 옮기며 웅얼거렸다. "서로 해명을 해야 할 것 같은데……."

"난 알고 있습니다. 내가 그걸 증명해 보이지요." 로스토프가 말했다.

"난……."

두려움으로 창백해진 텔랴닌의 얼굴 근육이 부들부들 떨리기 시작했다. 시선은 계속 이리저리 움직였지만 로스토프의 얼굴에 이르지 못하고 아래쪽 어딘가를 배회했다. 그리고 흐느낌이 들려왔다.

"백작! 젊은이를 파멸시키지 말아 줘요……. 여기 이 재수 없는 돈, 가져가요……." 그가 탁자 위에 돈을 던졌다. "나에겐 늙은 아버지와 어머니가 있습니다!"

로스토프는 텔랴닌의 눈을 피하며 돈을 집어 들고는 한마디도 하지 않고 방을 나섰다. 그러나 문가에서 걸음을 멈추고 다시 돌아왔다.

"아, 하느님." 그는 두 눈에 눈물을 글썽이며 말했다. "어떻게 이런 짓을 할 수 있습니까?"

"백작." 텔랴닌이 사관후보생에게 다가서며 말했다.

"내 몸에 손대지 말아요." 로스토프는 몸을 피하며 말했다. "궁하면 이 돈 가져가요." 그는 텔랴닌에게 지갑을 던지고 선술집에서 뛰쳐나갔다.

5

그날 저녁 데니소프의 숙소에 기병 중대 장교들이 모여 활발한 대화를 나누고 있었다.

"로스토프, 당신에게 말해 두는데, 당신은 연대장 앞에서 용서를 빌어야 합니다." 머리카락이 희끗하고, 굵직한 윤곽의 주름투성이 얼굴에 커다란 콧수염을 지닌 훤칠한 이등 대위가 흥분으로 새빨개진 로스토프를 향해 말했다.

이등 대위 키르스텐은 명예 문제 때문에 두 차례 병사로 강등되었다가 두 차례 복권된 사람이었다.

"나는 누구든 내가 거짓말하고 있다고 말하는 것을 용납 못합니다!" 로스토프가 고함을 질렀다. "연대장은 내가 거짓말을 한다고 말하더군요. 나도 연대장에게 말했습니다. 거짓말하는 건 당신이라고. 앞으로도 그냥 이런 상태로 남겠죠. 연대장은 내게 매일 당직 근무를 시킬 수도 있고 날 영창에 집어넣을 수도 있습니다. 하지만 아무도 나를 사과하게 만들 수는 없습니다. 왜냐하면 나와의 결투에 응하는 것이 연대장인 자신에게 걸맞은 행동이 아니라고 생각한다면, 그럼……."

"이보시오, 잠깐, 내 말을 들어요." 이등 대위가 침착하게 긴 콧수염을 매만지며 저음의 목소리로 로스토프의 말을 가로막았다.
"당신은 다른 장교들이 있는 자리에서 장교가 도둑질을 했다고 연대장에게 말했어요……."

"다른 장교들이 있을 때 대화가 시작된 것은 내 잘못이 아닙니다. 어쩌면 그 사람들 앞에서 이야기하지 말았어야 했지요. 하지만 나는 외교관이 아닙니다. 내가 경기병이 된 것도 이곳에서는 세세한 일에 신경 쓸 필요가 없다고 생각했기 때문입니다. 그런데 연대장은 나더러 거짓말을 한다고 말합니다. 그러니 결투 신청을 받아들이시라고 하세요……."

"다 좋아요. 아무도 당신을 겁쟁이라고 생각하지 않습니다. 또 그게 문제인 것도 아니에요. 데니소프에게 물어보세요. 사관후보생이 연대장에게 결투를 신청한다는 게 될 말인지 말이오."

데니소프는 콧수염을 잘근잘근 씹으며 끼어들고 싶지 않다는 듯 침울한 표정으로 두 사람의 대화를 듣고 있었다. 그는 이등 대위의 질문에 부정적으로 고개를 저었다.

"당신이 장교들 앞에서 연대장에게 그런 더러운 말을 하니까……." 이등 대위가 말을 이었다. "보그다니치가 (사람들은 연대장을 보그다니치라고 불렀다) 당신의 콧대를 꺾은 겁니다."

"콧대를 꺾은 게 아닙니다. 연대장은 내가 거짓말을 한다고 말했어요."

"아무튼 당신도 연대장에게 어리석은 말을 퍼부어 댔으니 용서를 구해야 합니다."

"뭣 때문에요!" 로스토프가 소리쳤다.

"당신에게서 그런 말을 들으리라곤 생각도 못했습니다." 이등 대위가 진지하고 엄하게 말했다. "당신은 용서를 구하고 싶어 하지 않지만, 이봐요, 당신은 연대장뿐 아니라 연대 전체에, 우리 모두에게 잘못을 범한 겁니다. 말하자면 이런 거죠. 당신이 이 문제를 어떻게 해결할지 곰곰이 생각하고 조언을 구했다면 좋았을 것을, 당신은 노골적으로, 그것도 장교들 앞에서 불쑥 말해 버렸습니다. 연대장은 어떻게 해야 할까요? 그 장교를 재판에 회부해서 연대 전체의 명예에 먹칠을 해야 할까요? 불한당 하나 때문에 연대 전체의 이름을 더럽혀야 합니까? 당신 생각으로는 그래야 한단 건가요? 하지만 우리 생각으로는 그렇지 않습니다. 보그다니치는 잘한 겁니다. 당신이 거짓말한다고 말한 것 말입니다. 불쾌하죠. 그래도 어쩝니까? 당신이 먼저 싸움을 걸었으니까요. 지금 다들 이 일을 어물쩍 넘기고 싶어 하는데 당신은 자존심 때문에 용서를 구하지 않고 모든 것을 말해 버리고 싶어 합니다. 당직 근무를 서게 된 것은 당신에게 모욕적입니다. 하지만 당신이 선임 장교에게 사죄하는 것이 어떻단 말입니까! 누가 뭐라 해도 어쨌든 보그다니치는 성실하고 용맹한 선임 지휘관입니다. 그런데도 당신은 화를 내고 있어요. 연대의 이름이 더럽혀지는 건 당신에게 아무렇지 않습니까!" 이등 대위의 목소리가 떨리기 시작했다. "이봐요, 당신은 얼마 전에 연대로 왔습니다. 지금은 여기 있지만 내일이면 부관이 되어 어딘가로 옮겨 갈지도 모르지요. 사람들이 '파블로그라트 연대의 장교들 가운데 도둑이 있다!'라고 말해도 당신은 상관하지 않겠죠. 하지만 우리는 그 문제에 무심할 수 없습니다. 그렇지 않은가, 데니소프? 어찌 되든 상관없다고는 할 수 없잖나?"

데니소프는 반짝이는 검은 눈으로 이따금 로스토프를 쳐다보기만 할 뿐 계속 입을 꾹 다문 채 꼼짝도 하지 않았다.

"당신은 자존심 때문에 사죄하고 싶은 마음이 안 들지요." 이등 대위가 계속 말했다. "하지만 우리 늙은이들한테는, 연대 안에서 자라고 또 하느님이 허락하시면 이곳에서 죽음을 맞이할 테니, 우리한테는 연대의 명예가 그만큼 소중하단 말입니다. 보그다니치도 그 점을 알아요. 오, 얼마나 소중한지! 그러니 이렇게 하는 건 좋지 않아요, 좋지 않다고요! 당신이 모욕을 느끼든 말든 난 언제든 아무 거리낌 없이 말할 겁니다. 좋지 않아요!"

그러고 나서 이등 대위는 자리에서 일어나 로스토프에게 고개를 돌렸다.

"사실이야, 빌어먹을!" 데니소프가 벌떡 일어나며 소리쳤다. "그런 거야, 로스토프, 그런 거라고!"

로스토프는 얼굴이 붉어졌다 창백해졌다 하며 두 장교를 번갈아 바라보고 있었다.

"아닙니다, 여러분, 아니에요…… 그렇게 생각하지 말아 주십시오. 나도 잘 압니다. 여러분은 나에 대해 잘못 생각하고 있습니다. 나는…… 나에게는…… 나는 연대의 명예를 위해…… 어떻게 해야 할까요? 정말로 보여 드리겠습니다. 나에게도 연대 깃발의 명예는……. 네, 아무래도 좋습니다, 정말입니다, 내가 잘못했습니다!" 그의 두 눈에 눈물이 고였다. "내가 잘못했습니다. 전부 내 잘못입니다! 자, 또 뭘 더 해야……?"

"그걸로 됐습니다, 백작." 이등 대위가 몸을 돌리고 커다란 손으로 그의 어깨를 툭툭 치며 외쳤다.

"내가 자네한테 말했잖아." 데니소프가 외쳤다. "저 녀석은 훌륭한 청년이라고."

"그러는 편이 더 좋습니다, 백작님." 이등 대위는 로스토프가 잘못을 시인했기 때문에 그에게 작위를 붙이기 시작한 듯 되풀이 말했다. "그럼 가서 사과하십시오, 백작 각하."

"여러분, 무엇이든 하겠습니다. 그러나 어느 누구도 내게서 단

한 마디의 사과도 듣지 못할 겁니다." 로스토프가 애원하는 목소리로 말했다. "용서를 빌 수는 없습니다. 맹세코 당신이 바라는 대로 할 수는 없어요! 어떻게 어린아이처럼 잘못을 빌고 용서를 구한단 말입니까?"

데니소프가 웃음을 터뜨렸다.

"당신이 불리합니다. 보그다니치는 마음속에 앙심을 담아 두는 사람이에요. 고집을 부리면 보복을 당할 겁니다." 키르스텐이 말했다.

"맹세코 고집이 아닙니다! 이게 어떤 감정인지 설명할 수가 없습니다. 설명을 못하겠어요……."

"그럼 마음대로 하세요." 이등 대위가 말했다. "도대체 그 불한당은 어디로 꺼진 거야?" 그가 데니소프에게 물었다.

"아프다고 했다는군. 내일 명령에 따라 제대할 거야." 데니소프가 말했다.

"그렇다면 병입니다. 달리 설명할 방법이 없어요." 이등 대위가 말했다.

"병이든 아니든 내 눈에 띄기만 해 봐. 죽여 버릴 테니까!" 데니소프가 잔인하게 외쳤다.

제르코프가 방으로 들어왔다.

"자네, 어쩐 일이야?" 장교들이 갑자기 들어온 사람을 돌아보며 말했다.

"출정이야, 제군들. 마크가 투항했어. 그것도 군대가 모조리."

"거짓말!"

"내 눈으로 봤어."

"어떻게? 살아 있는 마크를 봤다고! 손과 발이 붙어 있는?"

"출정이다! 출정! 이런 소식을 가져왔는데 술 한 병 줘야지. 자넨 어쩌다 이리로 떨어졌어?"

"그 빌어먹을 마크 때문에 다시 연대로 쫓겨 왔어. 오스트리아 장군이 불평을 했거든. 내가 그 사람에게 마크의 귀환을 축하해 줬지. 자네는 왜 그래, 로스토프? 목욕탕에서 나온 사람 같아."

"이곳은 말이야, 이틀째 엉망진창이야."

연대 부관이 들어와 제르코프가 가져온 소식을 확인해 주었다. 다음 날 출정하라는 명령이 떨어진 것이었다.

"출정이다, 제군들!"

"그것참, 다행이군. 너무 오래 죽치고 있었어."

6

쿠투조프는 (브라우나우에 있는) 인강과 (린츠에 있는) 트라운 강의 다리들을 파괴하며 빈을 향해 퇴각했다. 10월 23일, 러시아 군은 엔스강을 건너고 있었다. 정오 무렵 러시아군의 수송 대열과 화포와 종대(縱隊)는 다리 양쪽에 걸쳐 엔스 시를 가로지르며 뻗 어 있었다.

비 내리는 따뜻한 가을날이었다. 다리를 지키던 러시아 포병 중 대들이 배치된 고지에서 펼쳐지던 광활한 전망은 비스듬한 빗줄 기의 모슬린 커튼에 확 가려졌다가 불쑥 드러나곤 했으며, 햇빛이 비치면 사물이 에나멜을 칠한 듯 멀리까지 선명하게 보였다. 발아 래로 하얀 집들과 빨간 지붕들, 교회당과 다리가 있는 작은 도시 가 보였다. 다리 양편으론 러시아 군대의 무리들이 북적이며 흐르 고 있었다. 도나우강 굽이에는 배들도 섬도, 도나우강으로 흘러 떨어지는 엔스강의 물줄기에 둘러싸인 성과 대정원도 보였다. 바 위가 많고 소나무 숲으로 뒤덮인 도나우강의 왼쪽 기슭, 아득히 먼 신비로운 초록빛 우듬지, 담청색을 띤 골짜기가 보였다. 손길 이 닿지 않은 듯한 소나무 원시림 위로 솟은 수도원의 첨탑이 보 였고, 저 멀리 엔스강 너머에 위치한 산에는 적군의 척후 기병들이 보였다.

고지에 배치된 대포들 사이에서 후위 부대의 책임자인 장군이 수행 장교와 함께 서서 망원경으로 지형을 관찰하고 있었다. 조금 뒤쪽에는 총사령관이 후위 부대로 파견한 네스비츠키가 포신에 걸터앉아 있었다. 네스비츠키를 수행하는 카자크가 배낭과 수통을 건네자 네스비츠키는 장교들에게 피로그와 진짜 도펠큐멜*을 대접했다. 장교들은 반갑게 그를 에워싸고 축축한 풀 위에 누구는 무릎을 꿇고 누구는 투르크식으로 책상다리를 하고 앉았다.

"저기에 성을 세운 오스트리아 공작은 바보가 아니었어. 멋진 곳이야. 그런데 여러분, 왜 안 먹어요?" 네스비츠키가 말했다.

"정말 감사합니다, 공작." 한 장교가 대답했다. 그는 이런 대단한 군사령부 참모와 이야기를 나누게 된 것이 기뻤다. "아름다운 곳입니다. 우리는 바로 저 대정원 옆을 지나다가 사슴 두 마리를 보았습니다. 집은 또 얼마나 멋진지요!"

"보십시오, 공작." 다른 장교가 말했다. 그는 피로그를 하나 더 집고 싶은 마음이 간절했지만 무안했다. 그래서 지형을 둘러보는 척했다. "보십시오. 우리 보병들이 벌써 저곳까지 진입했습니다. 저기 마을 뒤편 작은 목초지에서 셋이 뭔가를 끌고 있습니다. 저들은 저 대저택에 침투할 겁니다." 그가 동조하는 기색을 보이며 말했다.

"그럼요, 그럼요." 네스비츠키가 말했다. "아니, 하지만 내가 바라는 건 말이에요……." 그는 아름답고 촉촉한 입으로 피로그를 씹으며 덧붙였다. "바로 저곳에 숨어드는 겁니다."

그는 산 위에 보이는, 첨탑들이 솟은 수도원을 가리켰다. 그가 씩 웃었다. 눈이 가늘어지며 반짝반짝 빛나기 시작했다.

"정말 멋지겠지요, 여러분!"

장교들이 웃음을 터뜨렸다.

"하다못해 수녀들을 놀래 보기라도 했으면. 어린 이탈리아 여자들이 있답니다. 정말이지 내 평생에서 5년은 기꺼이 내줄 수도 있는데!"

"그 여자들도 정말 심심할 겁니다." 보다 대담한 장교 하나가 낄낄거리며 말했다.

그사이 앞에 서 있던 수행 장교가 장군에게 무언가를 가리켜 보였다. 장군은 망원경으로 바라보았다.

"음, 과연, 과연 그렇군." 장군은 눈에서 망원경을 떼고 어깨를 으쓱하며 성난 목소리로 말했다. "과연 그래. 강을 건널 때 치겠군. 저기서는 뭘 꾸물거려?"

맞은편에 적과 그 포병 중대가 육안으로 보였고, 포구에서 우유처럼 하얀 연기가 조그맣게 피어올랐다. 연기에 이어 멀리서 포성이 울려 퍼졌다. 아군이 강을 건너려고 서두르는 모습도 보였다.

네스비츠키가 숨을 헐떡이며 일어나 싱글싱글 웃으며 장군에게 다가갔다.

"각하, 좀 드시지 않겠습니까?" 그가 말했다.

"상황이 좋지 않아." 장군은 그의 말에 대꾸하지 않고 말했다. "아군이 늑장을 부렸어."

"제가 내려가 봐야 하지 않겠습니까, 각하?" 그가 다시 말했다.

"그래, 그렇게 해 주시오." 장군은 이미 한 번 상세하게 지시한 것을 되풀이하며 말했다. "그리고 경기병들에게 말하시오. 내가 명령한 대로 그들이 마지막으로 건넌 다음에 다리를 태우라고 해요. 다리 위의 발화 물질도 다시 한번 점검하라 하고."

"잘 알겠습니다." 네스비츠키가 대답했다.

그는 말을 지키는 카자크를 소리쳐 불러 배낭과 수통을 치우라고 명령한 뒤 묵직한 몸뚱이를 가볍게 안장에 실었다.

"정말로 수녀들에게 들려 볼 겁니다." 그는 싱글벙글 웃으며 자신을 바라보던 장교들에게 말하고는 구불구불한 오솔길을 따라 산 아래로 내려가기 시작했다.

"자, 어떤가, 어디까지 날아가나 해 보시오, 대위!" 장군이 포병을 돌아보며 말했다. "따분함을 달래 줄 거요."

"포병들은 무기 앞으로!" 장교가 명령을 내리자 포병들이 이내 쾌활하게 모닥불 주위에서 뛰어나와 포탄을 장전했다.

"1호 대포!" 명령이 들렸다.

1호 대포가 기세 좋게 뒤로 튕겨 나갔다. 대포가 귀를 먹먹하게 하는 금속성 소리를 울리자 유탄이 휭 하고 산 밑에 있는 아군 모두의 머리 위를 날아갔다. 멀리 적진에 이르지 못한 포탄은 떨어진 지점을 연기로 표시하고 폭발했다.

이 소리에 병사들과 장교들의 얼굴이 유쾌한 빛을 띠었다. 다들 일어나 마치 손바닥 보듯 보이는 아래쪽 아군의 움직임과, 앞쪽으로 접근하는 적의 움직임을 지켜보았다. 그 순간 해가 구름 뒤에서 완전히 모습을 드러냈다. 외로운 포격의 아름다운 소리와 찬란한 태양의 광채가 활기차고 유쾌한 하나의 인상으로 어우러졌다.

7

적의 포탄이 벌써 두 발이나 다리 위를 날아가는 바람에 다리 위에서는 북새통이 벌어지고 있었다. 다리 한복판에는 말에서 내린 네스비츠키 공작이 육중한 몸을 난간에 바싹 붙이고 서 있었다. 그는 껄껄 웃으며 부하인 카자크를 돌아보았다. 카자크는 말 두 마리의 고삐를 쥔 채 그의 뒤에 몇 발짝 떨어져 서 있었다. 네스비츠키 공작이 앞으로 움직이려 하자마자 병사들과 마차들이 덮치듯 밀려와 다시 그를 난간에 밀어붙였다. 그는 웃음을 지을 수밖에 달리 어쩔 도리가 없었다.

"어이, 이봐, 형씨!" 카자크가 짐마차를 모는 수송병에게 말했다. 그는 바퀴와 말 바로 곁에서 북적거리는 보병들을 밀쳐 내고 있었다. "어이, 자네! 아니, 잠깐 기다려. 봐, 장군님이 지나가셔야 하잖아."

하지만 수송병은 장군이란 칭호에도 아랑곳하지 않고 길을 가로막은 병사들에게 소리를 질렀다.

"어이! 동포들! 왼쪽으로 물러나. 잠깐 기다리란 말이야!"

그러나 동포들은 총검이 서로 얽힌 채 어깨를 밀치면서 빽빽하게 한 덩어리를 이루어 잠시도 멈추지 않고 다리를 따라 움직였다. 난간 너머를 내려다본 네스비츠키 공작은 요란한 소리를 내며 빠르게 흐르는 엔스강의 물결을 보았다. 그다지 높지 않은 물결은 한데 어우러지기도 하고 잔물결을 일으키기도 하고 다리의 말뚝 주위에서 꺾이기도 하며 앞서거니 뒤서거니 서로 뒤쫓고 있었다. 다리로 시선을 옮긴 그는 그만큼이나 똑같이 단조로운 살아 있는 물결을 보았다. 병사, 쿠타스,* 먼지막이가 달린 키베르,* 배낭, 총검, 긴 라이플총, 키베르 아래로 넓은 광대뼈와 푹 꺼진 뺨과 피로에 지친 무심한 표정을 드러낸 얼굴, 다리의 판자를 뒤덮은 끈끈한 진흙 위로 움직이는 발. 엔스강의 물결 속에서 흩어지는 하얀 물거품처럼 이따금 병사들의 단조로운 물결 사이로 병사들과 확연히 구분되는 망토를 걸친 장교들이 헤치고 지나갔다. 때론 강물 위를 맴돌며 흘러가는 나무토막처럼 말을 타지 않은 경기병과 종졸이나 주민이 보병들의 물결에 휩쓸려 다리 위를 흘러갔다. 때로는 강물 위를 둥둥 떠다니는 통나무처럼 짐을 가득 싣고 가죽 덮개를 씌운 중대용 혹은 장교용 짐마차가 사방에서 에워싸인 채 다리를 헤엄쳐 갔다.

"뭐야, 저 사람들, 둑이라도 터진 것 같네." 카자크는 어쩔 도리가 없어 멈춰 서며 말했다. "저쪽에 아직 많나?"

"한 명 빼고 1백만!" 찢어진 외투 차림으로 가까이 지나던 병사가 한쪽 눈을 찡긋하며 쾌활하게 말하고는 모습을 감췄다. 뒤이어 늙은 병사가 지나갔다.

"지금 **그놈**이 (**그놈**은 적을 뜻했다) 다리에 불을 지르면……" 늙은 병사는 옆의 동료를 향해 침울하게 말했다. "너도 가려운 걸 잊을 거다."

늙은 병사가 지나가자 뒤이어 다른 병사가 짐마차를 타고 나타났다.

"빌어먹을, 각반을 어디다 처박아 뒀더라?" 한 종졸이 짐마차를 뒤쫓아 달리면서 마차 뒤쪽을 손으로 뒤지며 말했다.

그 병사도 짐마차와 함께 사라졌다.

그 뒤를 이어 얼근하게 취한 듯 보이는 병사들이 쾌활하게 걷고 있었다.

"이봐, 그 녀석이 그놈의 이빨을 개머리판으로 불이 번쩍 나게 그대로 내려치니까⋯⋯." 외투 자락을 허리춤에 쑤셔 넣은 병사가 한 손을 크게 휘두르며 즐겁게 말했다.

"바로 그거야, 맛있는 햄." 다른 병사가 너털웃음을 터뜨리며 대답했다.

그리고 그들도 지나가 버렸다. 그래서 네스비츠키는 누가 이를 얻어맞은 건지, 햄이란 말이 무엇에 관한 것인지 알 수 없었다.

"어이구, 허둥대는 꼴들하고는! **그놈**이 차가운 거 한 방 날리면 다 죽었다고 생각하지." 부사관이 화가 나서 책망하며 말했다.

"그게 내 옆으로 스치고 날아가는 순간에요, 아저씨, 포탄이 오⋯⋯." 입이 큰 젊은 병사가 간신히 웃음을 참으며 말했다. "난 바로 기절해 버렸다니까요. 정말로, 맹세코, 엄청 놀랐어요. 지독하게요!" 병사는 자기가 놀란 것을 자랑하듯 떠벌렸다.

그 병사도 지나갔다. 이제까지 지나간 모든 짐마차와 다르게 생긴 짐마차가 그를 뒤따랐다. 집 전체를 실은 듯 보이는 독일식 쌍두 포르시판*이었다. 독일인이 모는 포르시판 뒤에는 커다란 젖통을 가진 예쁜 얼룩 암소가 매여 있었다. 깃털 이불 위에는 젖먹이를 안은 여자와 노파와 자줏빛이 도는 빨간 뺨을 지닌 젊고 건강한 독일인 처녀가 앉아 있었다. 이 이주하는 주민들은 특별 허가로 통행을 허가받은 듯했다. 모든 병사들의 눈이 여자들에게로 쏠렸다. 짐마차가 한 걸음 한 걸음 이동하며 지나가는 동안 병사들이 하는 말이라곤 오직 두 여자에 관한 것뿐이었다. 모두의 얼굴에 거의 한결같이 여자들에 대한 추잡한 생각을 드러내는 웃음이 떠올라 있었다.

"저것 봐, 소시지 녀석도 떠나잖아!"

"팔아, 마누라." 다른 병사가 마지막 음절을 강하게 발음하며 독일인을 향해 말했다. 독일인은 눈을 내리깐 채 노여움과 두려움이 뒤섞인 표정으로 성큼성큼 걸었다.

"저 여자, 잘도 차려입었네! 빌어먹을!"

"저기 저 여자들 옆에 있고 싶지, 페도토프!"

"어떻게 알았나, 친구!"

"어디로 가시나요?" 사과를 먹던 보병 장교도 반쯤 웃는 얼굴로 예쁜 아가씨를 쳐다보며 물었다.

독일인 남자는 무슨 말인지 모른다는 뜻으로 눈을 감았다.

"원하면 받아." 장교가 처녀에게 사과를 건네며 말했다.

처녀는 생긋 웃으며 사과를 받았다. 다리 위에 있던 모든 사람들과 마찬가지로 네스비츠키도 그 일행이 사라질 때까지 여자들에게서 눈을 떼지 못했다. 그들이 지나가자 또다시 똑같은 이야기를 지껄이는 똑같은 병사들이 밀어닥쳤고, 급기야는 다들 걸음을 멈추었다. 자주 일어나는 일로, 연대의 짐마차를 끄는 말들이 다리가 끝나는 곳에서 주춤거리는 바람에 무리 전체가 기다려야만 했다.

"왜 또 멈춰? 도대체 질서가 없어!" 병사들이 말했다. "어디로 미는 거야? 빌어먹을! 기다리는 법이 없어. **놈**이 다리에 불을 지르면 상황이 더 나빠질 텐데. 봐, 장교까지 밀고 있어." 멈춰 선 무리가 사방에서 서로 쳐다보며 웅성댔고, 출구를 향해 계속 앞으로 몸을 밀어 댔다.

다리 밑의 엔스 강물을 돌아보던 네스비츠키는 갑자기 새로운 소리를 들었다. 빠르게 다가오는…… 커다란 무언가의, 물속으로 털썩 떨어지는 무언가의 소리였다.

"야, 이놈아, 어디로 가냐!" 가까이 서 있던 병사가 소리 난 쪽으로 눈길을 돌리며 엄하게 말했다.

"어서 지나가라고 힘을 북돋는 거지." 다른 병사가 초조하게 말했다.

무리가 다시 움직였다. 네스비츠키는 그것이 포탄이라는 것을 깨달았다.

"어이, 카자크, 말을 줘!" 그가 말했다. "어이, 제군들! 물러서, 비키라니까! 길을 비켜!"

그는 간신히 말이 있는 곳에 이르렀다. 그는 계속 소리를 지르며 앞으로 나아갔다. 병사들이 길을 터 주기 위해 몸을 움츠렸지만 다시 그를 바짝 밀며 발을 찼다. 그에게 바짝 붙어 선 사람들에게는 잘못이 없었다. 그들이 더욱 심하게 떠밀렸기 때문이다.

"네스비츠키! 네스비츠키! 야, 이놈아!" 그때 뒤에서 목쉰 소리가 들렸다.

네스비츠키는 주위를 둘러보다 살아 있는 덩어리로 움직이는 보병들에게 가로막혀 그에게서 열다섯 발짝 정도 떨어진 바시카 데니소프를 보았다. 그는 벌건 얼굴에 까만 머리칼은 헝클어지고 군모를 목덜미로 젖혀 쓰고 멘티크는 기세 좋게 한쪽 어깨에 걸친 채였다.

"이 빌어먹을 악마들에게 길을 비키라고 명령해!" 데니소프는 울화가 치미는 듯 핏발 선 흰자위에 석탄처럼 까만 눈동자를 희번덕거리며 이리저리 두리번거리다가 얼굴만큼 빨간 작은 맨손에 쥔 기병도를 칼집째 휘두르며 소리를 질렀다.

"어! 바샤!" 네스비츠키가 반가워하며 대답했다. "무슨 일이야?"

"중대가 지나갈 수가 없잖아." 바시카 데니소프가 하얀 이를 심술궂게 드러내고 자신의 아름다운 검은 말 베두인에게 박차를 가하며 외쳤다. 베두인은 총검이 살을 찌르는 통에 두 귀를 쫑긋거리고 콧김을 뿜고 재갈 주위에 거품을 튀기며 발굽으로 다리의 판자를 덜컥덜컥 소리 나게 차고 있었다. 말 탄 사람이 허락하기만 하면 당장이라도 다리 난간을 훌쩍 뛰어넘을 듯한 기세였다.

"이게 뭐야? 양 떼 같잖아! 영락없는 양 떼야! 비켜…… 길을 비키란 말이야! 거기 서! 너 말이야, 짐마차, 제기랄! 칼로 베어 버린다!" 그는 정말로 칼집에서 칼을 쑥 뽑아 마구 휘두르며 소리를 질렀다.

병사들은 겁에 질린 얼굴로 서로를 밀쳤다. 그리하여 데니소프는 네스비츠키와 합류하게 되었다.

"어쩐 일이야, 오늘은 안 취했네?" 네스비츠키가 말을 몰고 다가온 데니소프에게 말했다.

"취할 시간도 안 주잖아!" 바시카 데니소프가 대답했다. "연대가 온종일 이리저리 질질 끌려다니고 있어. 전투라면 전투인 셈이지. 그렇지 않다면 도대체 이게 뭔지 악마나 알겠지!"

"자네, 오늘 정말 멋쟁이군!" 네스비츠키가 그의 새 멘티크와 발트라프*를 보며 말했다.

데니소프는 씩 웃더니 타시카*에서 향수 냄새를 풍기는 손수건을 꺼내 네스비츠키의 코에 들이댔다.

"안 되지, 전투에 나가는데! 면도도 하고 이도 닦고 향수도 좀 뿌렸지."

카자크를 대동한 네스비츠키의 당당한 모습과 기병도를 휘두르며 필사적으로 외치던 데니소프의 과감함이 효력을 발휘하여 그들은 다리 저편으로 뚫고 나가 보병들의 발길을 멈추게 할 수 있었다. 네스비츠키는 명령서를 전달해야 할 연대장을 출구 옆에서 발견하고는 임무를 수행한 후 말을 돌렸다.

길을 대충 정리한 데니소프는 다리 입구 옆에 멈춰 섰다. 친구들에게 가려고 기를 쓰며 한쪽 발을 차고 있는 수말을 무심하게 진정시키면서 그는 자신을 향해 다가오는 기병 중대를 바라보고 있었다. 말 몇 마리가 함께 달리는 듯 맑은 말발굽 소리가 다리의 판자를 따라 울려 퍼졌다. 장교를 선두로 한 줄에 네 명씩 정렬한 기병 중대가 다리를 따라 길게 늘어서서 맞은편으로 빠져나가기 시작했다.

행군을 저지당한 보병들은 사람들의 발에 짓밟힌 다리 옆 진흙탕에 떼를 지어 몰려들며 다른 병과(兵科)들이 서로 마주칠 때 으레 드러내는 거리감과 조소가 뒤섞인 특유의 반감을 품은 채, 그들 옆을 질서 정연하게 지나가는 말쑥하고 세련된 경기병들을 바라보았다.

"멋쟁이 녀석들이군! 포드노빈스코예*에나 가면 딱 어울리겠어!"

"저놈들은 아무짝에도 쓸모없어! 그저 볼거리로 끌려다닐 뿐이야!" 다른 병사가 말했다.

"보병들, 먼지 날리지 마!" 경기병 한 명이 농담을 던졌다. 그가 탄 말이 껑충거리다 한 보병에게 진흙을 튀겼다.

"네놈의 등에 배낭을 지워서 행군을 두 번만 시키면 그 장식 끈도 너덜너덜해질걸." 보병이 얼굴에 묻은 진흙을 소매로 닦아 내며 말했다. "꼴이 사람이 아니라 새가 앉은 것 같네!"

"지킨, 정말이지 자네가 말을 타면 능숙하게 잘 몰 텐데 말이야." 상병이 배낭의 무게 때문에 등이 굽은 자그마한 야윈 병사를 놀렸다.

"두 다리 사이에 막대기나 끼워. 그게 네놈을 위한 말이 될 거다." 경기병이 맞받아쳤다.

8

나머지 보병들이 입구에 깔때기 모양으로 몰려들며 서둘러 다리를 건너고 있었다. 마침내 짐마차들이 전부 지나가 혼잡이 줄었다. 마지막 대대가 다리에 들어섰다. 데니소프 중대의 경기병들만다리 저편에 남아 적과 대치하고 있었다. 맞은편 산에서는 멀리보이던 적군이 아래쪽 다리에선 아직 보이지 않았다. 강이 흐르던협곡에서 보면 지평선이 반 베르스트도 채 떨어지지 않은 맞은편고지에서 끝나기 때문이었다. 앞쪽에는 황야가 있었고, 그곳 여기저기서 아군의 척후병인 카자크 무리가 움직이고 있었다. 갑자기맞은편 고지에 난 길 위로 파란 외투를 입은 군대와 대포가 나타났다. 프랑스군이었다. 카자크 척후 기병들은 급히 산 아래로 물러났다. 데니소프 중대의 장교들과 병사들은 다들 상관없는 이야기를 나누면서 다른 곳을 보려고 애썼지만, 저 산에 무엇이 있을까에 대해서만 줄곧 생각하며 지평선에 나타난 반점을 계속 주시했다. 그들은 그것이 적군임을 알았다. 한낮이 지나자 날씨가 다시 맑게 개었고, 태양은 도나우강과 그 주위를 에워싼 검은 산자락 위로 찬란하게 기울고 있었다. 고요했다. 이따금 그 산에서 나팔 소리와 적의 함성이 날아들었다. 기병 중대와 적군 사이에는 몇 안 되는 척후 기병 외에 아무도 없었다. 3백 사젠*가량의 텅 빈 공간이 기병 중대와 적을 갈라놓고 있었다. 적이 사격을 멈추자 양쪽 군대를 가르는 저 준엄하고 위협적인 선이, 접근할 수도 포착할 수도 없는 선이 더욱 선명하게 느껴졌다.

'산 자와 죽은 자를 가르는 선을 떠올리게 하는 이 선을 한 발짝 넘어서면 미지와 고통과 죽음이 있다. 그리고 저편에는 무엇이 있을까? 저편에는 누가 있을까? 이 들판과 나무와 햇살에 반짝이는 지붕 너머 저편에는? 아무도 모른다. 알고 싶다. 이 선을 넘는 것이 두렵기도 하면서 넘고 싶기도 하다. 저곳, 죽음 저편에 무엇이 있는지 어쩔 수 없이 알게 되듯 조만간 저 선을 넘어 저곳, 선 저편에 무엇이 있는지 알아야 한다는 것을 너는 안다. 하지만 너 자신은 강인하고 쾌활하고 흥분해 있으며, 똑같이 흥분과 생기에 넘치는 건강한 사람들에게 둘러싸여 있다.' 적의 시야에 놓이는 사람은 누구나 딱히 그렇게 생각하지 않는다 해도 그런 느낌을 받는다. 그리고 그 느낌은 그 순간 일어나는 모든 것에 특별한 광채와 유쾌하고 강렬한 인상을 부여한다.

적이 있는 언덕에서 포연이 보이더니 경기병 중대의 머리 위로 포탄이 쉭 소리를 내며 날아갔다. 함께 서 있던 장교들이 각자의 자리로 흩어졌다. 경기병들은 말들을 정렬하기 시작했다. 기병 중대의 모든 것이 소리를 죽였다. 모두들 명령을 기다리며 앞쪽의 적과 중대장을 바라보았다. 두 번째, 세 번째 포탄이 날아왔다. 경기병들을 향한 포격임이 분명했다. 그러나 포탄은 규칙적으로 빠르게 쉭쉭 소리를 내며 경기병들의 머리 위를 지나 뒤쪽 어딘가에 떨어졌다. 경기병들은 돌아보지 않았다. 그래도 날아가는 포탄 소리가 들릴 때마다 똑같은 듯하면서도 제각기 다른 얼굴을 지닌 중대 병사들은 마치 명령에 따르는 것처럼 포탄이 날아가는 동안 일제히 숨을 죽이며 등자를 밟고 살짝 일어섰다가 다시 내려앉곤 했다. 병사들은 고개를 돌리지 않고 서로를 곁눈질하며 호기심 어린 눈으로 동료의 인상을 살폈다. 데니소프부터 나팔수에 이르기까지 저마다의 얼굴에는 입술과 턱 언저리에 투쟁과 흥분과 동요의 공통된 특징이 드러났다. 기병 특무 상사는 병사들을 둘러보며 마치 처벌하겠다고 위협하듯 얼굴을 찌푸렸다. 사관후보생 미로노프는 포탄이 날아갈 때마다 몸을 숙였다. 로스토프는 다리를 약간 다쳤어도 여전히 당당해 보이는 자신의 그라치크를 타고 대열 왼쪽 측면에 서서, 시험을 위해 많은 사람 앞에 불려 나가면서 자신이 남들보다 뛰어나다고 확신하는 학생 같은 행복한 표정을 짓고 있었다. 마치 자신이 포탄 아래에서 얼마나 침착하게 서 있는지 관심을 가져 달라고 요청하듯 밝고 환한 표정으로 모두를 둘러보고 있었다. 하지만 그의 얼굴에도 그의 의지에 반해 입가에 새롭고 준엄한 무언가의 기색이 떠오르고 있었다.

"거기서 인사하는 게 누구야? 미로노프 사관후보생! 아니지, 날 보란 말이야!" 제자리에 가만히 있지 않고 기병 중대 앞에서 말을 탄 채 빙글빙글 돌던 데니소프가 버럭 소리를 질렀다.

들창코에 머리칼이 검은 바시카 데니소프의 얼굴과, 칼집에서 뺀 기병도의 칼자루를 움켜쥔 (털로 덮인 짧은 손가락들이 달린) 강인한 팔뚝을 지닌 그의 작고 탄탄한 체구는 여느 때와, 특히 술을 두 병 마신 후의 저녁나절과 조금도 다르지 않았다. 얼굴이 평소보다 좀 더 붉게 상기되었을 뿐이다. 그는 물을 마시는 새처럼 덥수룩한 머리를 치켜들고 작달막한 다리로 명마 베두인의 옆구리에 사정없이 박차를 가했다. 그러고는 뒤로 쓰러질 듯이 빠르게 말을 몰아 기병 중대의 반대편 측면으로 가서 목쉰 소리로 총을 점검하라고 외쳤다. 그는 키르스텐에게 다가갔다. 어깨가 떡 벌어진 의젓한 암말을 타고 이등 대위가 데니소프의 맞은편에서 천천히 오고 있었다. 콧수염이 긴 이등 대위는 여느 때처럼 진지했고, 눈동자만 평소보다 더 빛날 뿐이었다.

"어때?" 그가 데니소프에게 말했다. "전투까지는 가지 않을 거야. 두고 봐, 우리는 후퇴할 거야."

"우라질, 도대체 뭣들 하는 거야!" 데니소프가 투덜거렸다. "아! 로스토프!" 그는 사관후보생의 밝은 얼굴을 보고 그에게 소리쳤다. "자, 기다리던 순간이 왔군."

그리고 그는 사관후보생의 모습이 기쁜 듯 격려의 미소를 지었다. 로스토프는 더할 나위 없이 행복한 기분을 느꼈다. 그때 지휘관이 다리에 나타났다. 데니소프는 그를 향해 말을 몰았다.

"각하! 공격을 허락해 주십시오! 제가 가서 저놈들을 무찌르겠습니다."

"지금 공격은 무슨." 지휘관이 성가신 파리를 쫓는 양 인상을 쓰며 심드렁한 목소리로 말했다. "왜 여기 서 있어요? 보시오, 대열의 양 날개가 퇴각하고 있잖소. 중대를 어서 후퇴시켜요."

기병 중대는 다리를 건너 한 사람의 희생도 없이 포격을 벗어났다. 뒤이어 산병선(散兵線)을 형성하던 제2중대도 건넜고, 마지막 카자크들도 건너편에서 철수했다.

파블로그라트 연대의 두 기병 중대는 다리를 건너자 차례차례 산으로 되돌아갔다. 연대장 카를 보그다노비치 슈베르트가 데니소프의 기병 중대로 말을 몰고 와서, 텔랴닌 때문에 충돌한 이후 로스토프와 처음 대면한 것이었는데도 그에게 눈길도 주지 않고 그와 멀지 않은 곳에서 천천히 말을 몰았다. 로스토프는 자신이 전선에서 자신을 죄인으로 여기게 하는 사람의 권력 아래 놓여 있다는 것을 느끼며 연대장의 탄탄한 등과 금발이 드리운 뒤통수와 붉은 목에서 눈을 떼지 않았다. 로스토프가 보기에 보그다니치는 일부러 무관심한 척하는 것 같았고, 지금 그의 목적은 오로지 사관후보생의 용기를 시험하는 것인 듯했다. 그래서 로스토프는 허리를 꼿꼿이 세우고 쾌활하게 주위를 둘러보았다. 또 그가 느끼기에 보그다니치는 자신의 용맹함을 과시하려고 일부러 가까이에서 말을 몰고 가는 것 같았다. 그는 그의 적이 그를, 로스토프를 벌하려고 이제 곧 기병 중대를 무모한 공격에 내몰지도 모른다는 생각이 들기도 했다. 또 그는 공격이 끝난 후 보그다니치가 부상을 입은 자신에게 다가와 관대하게 손을 내밀며 화해의 악수를 청하는 장면을 떠올리기도 했다.

파블로그라트 연대 병사들에게 낯익은, 어깨를 높이 치켜올린 제르코프가 (그는 얼마 전 그들의 연대에서 전출되었다) 연대장에게 다가왔다. 군사령부에서 쫓겨난 후 제르코프는 참모부에 있으면 아무것도 하지 않아도 더 많은 보수를 받을 수 있는데 전선에서 힘들게 고생할 바보가 아니라며 연대에 남지 않고 바그라티온* 공작의 연락 장교로 용케 들어갔다. 그는 후위 부대 지휘관의 명령을 가지고 옛 지휘관에게 왔다.

"연대장님." 그는 동료들을 둘러보면서 특유의 침울하고 심각한 태도로 로스토프의 적에게 말했다. "다리를 소각하라는 명령입니다."

"누구 명령이오?" 연대장이 음울하게 물었다.

"**누구 명령인지** 저도 모릅니다, 연대장님." 기병 소위는 심각한 말투로 대답했다. "공작께서 제게 '연대장에게 가서 경기병들을 이끌고 서둘러 되돌아가 다리를 소각하라고 해'라고만 명령하셨습니다."

제르코프에 이어 수행 장교가 똑같은 명령을 가지고 연대장을 찾아왔다. 수행 장교에 뒤이어 뚱뚱한 네스비츠키가 자신을 싣고 가까스로 질주하는 카자크 말을 타고 다가왔다.

"어떻게 된 겁니까, 연대장?" 그가 달리는 말 위에서 소리쳤다. "내가 당신에게 다리를 태우라고 말하지 않았습니까? 누가 잘못 전했군요. 저기는 다들 정신이 나가서 뭐가 뭔지 전혀 분간을 못 하고 있습니다."

연대장이 천천히 연대를 멈춰 세우고 네스비츠키에게 말했다.

"당신은 내게 발화성 물질에 대해 말했지만……." 그가 말했다. "불을 지르는 것에 대해서는 아무 말도 하지 않았습니다."

"아니, 도대체, 아저씨……." 네스비츠키가 말을 세우더니 군모를 벗고 투실투실한 손으로 땀에 젖은 머리칼을 매만지며 말했다. "당신들이 발화성 물질을 설치했는데 내가 다리를 태우란 말을 하지 않았다는 게 말이 됩니까?"

"이보시오, 참모 장교님, 난 당신 '아저씨'가 아닙니다. 그리고 당신은 내게 다리를 태우란 말을 하지 않았어요! 나는 직무를 알고 있고, 명령을 철저히 수행하는 것이 나의 습관입니다. 당신은 다리를 태울 거라고 했는데, 누가 태울 것인지는 나는 맹세코 알 수 없습니다……."

"늘 이런 식이라니까." 네스비츠키는 손을 내젓고 말했다. "자네는 어떻게 여기 있나?" 그가 제르코프를 향해 말했다.

"그야 똑같은 용건 때문이지. 그런데 자네 축축하게 젖었군그래. 내가 자네를 꽉 짜 주지."

"참모 장교, 당신이 말하기를……." 연대장이 성난 어조로 말을 이었다.

"연대장." 수행 장교가 끼어들었다. "서둘러야 합니다. 그러지 않으면 적이 산탄의 사정거리 안으로 대포를 전진시킬 겁니다."

연대장은 말없이 수행 장교와 뚱뚱한 참모 장교와 제르코프를 번갈아 바라보고 얼굴을 찌푸렸다.

"내가 다리를 태우겠습니다." 그는 엄숙한 어조로 말했다. 마치 그런 어조를 통해 온갖 불쾌한 일을 당하고 있지만 그럼에도 자기 할 일은 하겠다는 뜻을 드러내려는 것 같았다.

연대장은 마치 말에게 모든 잘못이 있다는 듯 근육질의 긴 다리로 말을 걷어차고는 앞으로 나와서 제2중대에, 로스토프가 데니소프의 지휘 아래 있던 바로 그 중대에 다리로 되돌아가라고 명령했다.

'음, 역시 그랬어.' 로스토프는 생각했다. '그는 나를 시험하고 싶은 거야!' 심장이 죄어 왔고 피가 얼굴로 솟구쳤다. '내가 겁쟁이인지 아닌지 두고 보라지.' 그는 생각했다.

모든 중대원들의 쾌활한 얼굴에 그들이 포탄 아래 서 있던 동안 어렸던 심각한 표정이 다시 나타났다. 로스토프는 눈을 떼지 않고 자신의 적인 연대장을 계속 바라보며 그의 얼굴에서 자신의 추측에 대한 확증을 찾으려 했다. 그러나 연대장은 로스토프를 한 번도 쳐다보지 않았고, 전선에 있을 때면 늘 그렇듯 준엄하고 엄숙한 모습이었다. 명령이 떨어졌다.

"빨리! 서둘러!" 그의 주위에서 몇몇 목소리가 말했다.

경기병들은 기병도를 고삐에 매달고 박차를 울리며 자신들이 무엇을 하게 될지도 모른 채 서둘러 말에서 내려 성호를 그었다. 로스토프는 더 이상 연대장을 보지 않았다. 그럴 여유가 없었다. 그는 두려웠다. 자신이 경기병들에게 뒤처지지 않을까 심장이 멎을 만큼 두려웠다. 말 당번병에게 말을 넘기는 손이 바들바들 떨렸다. 피가 쿵쿵 소리를 내며 심장으로 몰려드는 느낌이었다. 데니소프가 말 위에서 몸을 뒤로 젖힌 채 뭐라고 소리 지르며 그의 옆을 지나갔다. 로스토프의 눈에는 박차를 맞부딪치고 기병도를 절그럭거리며 주위에서 달려가는 경기병들 외에는 아무것도 보이지 않았다.

"들것!" 누군가의 목소리가 뒤에서 들려왔다.

로스토프는 들것을 가져오라는 말이 무슨 뜻인지 생각하지 않았다. 그저 누구보다 앞서려고 애쓰며 달렸다. 그러나 다리 바로 옆에서 그는 발밑을 보지 않았던 탓에 사람들의 발에 짓밟힌 질척이는 진흙탕에 빠져 비틀거리다 손으로 땅을 짚고 넘어졌다. 사람들이 그를 피해 달려갔다.

"**양쪽으로**, 대위." 연대장의 목소리가 들렸다. 연대장은 앞으로 달려 나가더니 다리에서 멀지 않은 곳에 멈춰 서서 말을 탄 채 의기양양한 표정을 짓고 있었다.

로스토프는 더러워진 손을 군복 바지에 닦으며 자신의 적을 쳐다보았다. 그는 멀리 앞으로 멀어질수록 더 좋을 것이라고 여기며 더 달리기를 원했다. 그러나 보그다니치는 로스토프를 쳐다보지도 않고 알아보지도 못했지만 그를 향해 외쳤다.

"다리 한가운데에서 뛰고 있는 게 누구야? 오른쪽으로 붙어! 사관후보생, 뒤로!" 그는 격분해서 소리치고 용기를 과시하며 말을 탄 채 다리의 판자 위로 들어서는 데니소프에게 몸을 돌렸다.

"어째서 그런 위험한 짓을 합니까, 대위! 말에서 내려오는 게 좋아요." 연대장이 말했다.

"에이! 다 팔자소관입니다." 바시카 데니소프가 안장 위에서 돌아보며 대답했다.

한편 네스비츠키와 제르코프와 수행 장교는 사정거리 밖에 함께 서서 노란 키베르트와 끈으로 수를 놓은 암녹색 재킷과 파란 바지 차림으로 다리 옆에서 꿈틀거리는 사람들의 작은 무리와, 멀리서 접근하는 파란 외투와 대포를 운반 중인 것을 쉽게 알아차릴 수 있었던 말을 거느린 몇몇 무리를 번갈아 바라보고 있었다.

'다리를 태울까, 못 태울까? 누가 먼저일까? 저들이 달려가서 다리를 태울까, 아니면 프랑스군이 산탄의 사정거리에 접근해 저들을 죽일까?' 다리 위쪽에 서서 찬란한 석양빛 속에 다리와 경기병들과 맞은편을, 총검과 대포와 함께 다가오는 파란 외투들을 바라보고 있던 많은 병사들은 제각기 심장이 멎는 듯한 느낌 속에서 자기도 모르게 스스로에게 이런 질문들을 던졌다.

"아! 경기병들이 당하겠어!" 네스비츠키가 말했다. "이제 충분히 산탄의 사정거리에 들겠어."

"그자가 쓸데없이 너무 많은 인원을 데리고 갔습니다." 수행 장교가 말했다.

"사실……." 네스비츠키가 말했다. "저기엔 패기 있는 젊은 친구 둘만 보내도 되는데 말이야."

"아, 각하……." 제르코프가 경기병들에게서 눈을 떼지 않은 채, 그러나 여전히 그의 말이 진지한지 아닌지 짐작할 수 없게 만드는 유치한 태도로 말참견했다. "아, 각하! 어떻게 그렇게 판단하십니까! 두 사람만 보내면 도대체 누가 우리 같은 놈들한테 리본 달린 블라디미르*를 주겠습니까? 저런 식으로 해서 저들이 격파된다 해도 본인은 기병 중대를 대표해서 리본 쪼가리를 받을 수 있겠죠. 우리의 보그다니치는 규칙을 잘 알아요."

"앗……." 수행 장교가 말했다. "산탄이다!"

그가 포차 앞바퀴에서 분리해 서둘러 배치한 프랑스군의 대포를 가리켰다.

프랑스군 쪽에서, 대포가 있는 몇몇 무리에서 작은 연기가 보였다. 그와 동시에 두 번째, 세 번째 연기가 피어올랐다. 그리고 첫 발포 소리가 날아온 순간 네 번째 연기가 보였다. 발포 소리가 두 번 연이어 울리더니 곧 세 번째 소리가 들렸다.

"오, 오!" 네스비츠키가 마치 타는 듯한 통증을 느끼는 듯 수행 장교의 손을 움켜쥐며 "오, 오!" 하는 소리를 내뱉었다. "봐, 한 명 이 쓰러졌어. 쓰러졌어, 쓰러졌다고!"

"두 명 같은데?"

"내가 차르라면 절대 전쟁을 하지 않을 텐데." 네스비츠키가 고개를 돌리며 말했다.

프랑스군은 다시 서둘러 포탄을 장전했다. 파란 외투를 입은 보병들은 다리 쪽으로 달음질하며 전진해 왔다. 다시, 그러나 다양한 간격을 두고 작은 연기들이 피어오르고 다리 위에서 산탄이 탁탁탁 소리를 냈다. 그러나 이번에는 네스비츠키도 다리 위에서 무슨 일이 벌어지고 있는지 볼 수 없었다. 다리에서 짙은 연기가 피어올랐다. 경기병들이 가까스로 다리에 불을 질렀다. 그리고 프랑스군 포병 중대는 더 이상 방해하기 위해서가 아니라 쏠 대상이 있다는 이유로 경기병들을 향해 포탄을 쏘아 댔다.

프랑스군은 경기병들이 말 당번병에게 돌아가기 전에 산탄을 세 차례 쏠 수 있었다. 두 번의 일제 사격은 부정확하여 산탄이 전부 머리 위로 넘어갔지만 마지막 탄은 경기병 무리 한가운데에 떨어져 세 명을 쓰러뜨렸다.

자신과 보그다니치의 관계에 대한 걱정에 잠긴 채 로스토프는 무엇을 해야 할지 몰라 다리에 멈춰 섰다. (그가 늘 전투를 상상하던 대로) 칼로 벨 사람이 아무도 없었고, 다른 병사들처럼 짚을 꼰 끈을 가져오지 않아서 다리의 소각을 도울 수도 없었다. 그가 주위를 둘러보며 서 있는 동안 갑자기 다리에서 호두를 뿌리는 듯한 소리가 들리더니 그와 가장 가까이 있던 경기병이 신음 소리를 내며 다리 난간 위로 쓰러졌다. 로스토프는 사람들과 함께 그에게 달려갔다. 다시 누군가가 외쳤다. "들것!" 네 사람이 경기병을 붙잡고 들어 올렸다.

"으으으으……! 제발, 내버려 둬." 부상병이 소리를 질렀다. 그러나 병사들은 그를 들어 들것에 실었다.

니콜라이 로스토프는 고개를 돌리고 무언가를 찾기라도 하듯 저 멀리 도나우강과 하늘과 태양을 바라보았다! 하늘은 얼마나 멋져 보였던가, 얼마나 푸르고 고요하고 깊은가! 저무는 태양은 얼마나 찬란하고 장엄한가! 또 멀리 보이는 도나우 강물은 얼마나 은은하게 반짝였던가! 그리고 도나우강 너머 멀리 보이는 푸르른 산들, 수도원, 신비로운 골짜기들, 꼭대기까지 안개에 싸인 소나무 숲은 더한층 멋졌다……. 저곳은 고요하고 행복하다……. '내가 저곳에 있기만 하다면 난 아무것도, 아무것도 바라지 않을 텐데, 정말 아무것도 바라지 않을 텐데.' 로스토프는 생각했다. '나 한 사람과 저 태양에게는 그토록 행복이 많은데 이곳에는…… 신음 소리, 고통, 두려움 그리고 모호함과 부산스러움……. 또 사람들이 뭐라고 외친다. 또다시 모두들 뒤쪽 어딘가로 달려갔다. 나도 그들과 함께 달려갈 것이다. 바로 여기에 그것이, 여기에 그것이, 죽음이, 내 위에, 내 주위에 있다……. 한순간이다. 그러면 나는 저 태양을, 저 강물을, 저 골짜기를 두 번 다시는 보지 못하겠지…….'

그 순간 태양이 구름 뒤로 모습을 감추기 시작했다. 로스토프의 앞쪽에 다른 들것들이 나타났다. 죽음과 들것에 대한 공포도, 태양과 삶에 대한 사랑도, 모든 것이 병적이고 불안한 하나의 인상으로 어우러졌다.

'주여! 거기, 하늘에 계신 분이여, 나를 구하소서, 나를 용서하시고 지켜 주소서!' 로스토프는 속으로 중얼거렸다.

경기병들이 말 당번병들에게 달려갔고, 목소리들이 더 커지고 더 차분해졌고, 들것들이 시야에서 사라졌다.

"어때, 친구, 화약 냄새 좀 맡았나……?" 바시카 데니소프의 목소리가 그의 귓가에서 쩌렁쩌렁 울렸다.

'다 끝났어. 하지만 난 겁쟁이다. 그래, 난 겁쟁이야.' 로스토프는 생각했다. 그러고는 무겁게 한숨을 내쉬며 말 당번병의 손에서 한쪽 다리를 떼어 놓은 자신의 그라치크를 넘겨받아 올라타려고 했다.

"그게 뭐였어, 산탄인가?" 그가 데니소프에게 물었다.

"그래, 게다가 굉장한 것이었어!" 데니소프가 외쳤다. "잘 해냈어! 하지만 비루한 일이야! 공격은 멋진 일이지! 갈기갈기 난도질해 보라고. 하지만 이번에는, 빌어먹을, 과녁 맞히듯 한다니까."

그리고 데니소프는 로스토프에게서 멀지 않은 곳에 서 있던 연대장과 네스비츠키와 제르코프와 수행 장교의 무리 쪽으로 말을 몰고 갔다.

'하지만 아무도 알아채지 못한 모양이야.' 로스토프는 생각했다. 실제로 어느 누구도 전혀 알아차리지 못했다. 전투를 경험한 적 없는 사관후보생이 처음으로 맛본 그 감정은 다들 아는 것이었기 때문이었다.

"자, 여기 당신이 보고할 거리가 있군요." 제르코프가 말했다. "두고 봐, 나도 육군 소위로 승진할 거니까."*

"내가 다리를 소각했다고 공작께 보고하시오." 연대장이 의기양양하게 말했다.

"만약 손실에 대해 물으시면요?"

"사소합니다!" 연대장이 목소리를 깔고 말했다. "경기병 둘이 부상당했고, 한 명이 즉사했습니다." 그는 행복한 미소를 억누르지 못하고 **즉사했습니다**라는 아름다운 말을 거침없이 낭랑하게 내뱉으며 자못 기쁜 듯이 말했다.

9

보나파르트가 지휘하는 10만 프랑스군의 추격을 당하고, 주민들의 적대적인 태도에 부딪히고, 더 이상 동맹군을 신뢰할 수 없고, 식량 부족을 겪고, 전쟁의 모든 예상 조건들을 벗어나 행동할 수밖에 없게 된 3만 5천 명의 러시아군은 쿠투조프의 지휘 아래 도나우강을 따라 하류 쪽으로 서둘러 퇴각했다. 적에게 따라잡히면 행군을 멈추고 무거운 장비의 손실 없이 후퇴하는 데 필요한 만큼만 후위 부대를 남겨 적을 물리쳤다. 람바흐, 암슈테텐, 멜크에서 전투가 있었다.* 러시아군의 용맹함과 강인함은 그들과 맞붙은 적들도 인정할 정도였지만 그 전투들의 결과는 고작해야 한층 빠른 후퇴에 불과했다. 울름 부근에서 포로 신세가 되는 것을 모면하고 브라우나우에서 쿠투조프와 합류한 오스트리아군은 이제 러시아군과 갈라진 상태였다. 그래서 쿠투조프의 운명은 오로지 피로로 기진맥진한 자신의 나약한 병력에 맡겨져 있었다. 빈을 수호하는 일은 생각조차 할 수 없었다. 쿠투조프가 빈에 체류할 당시 오스트리아 궁정전쟁위원회가 그 계획을 전한, 새로운 학문, 즉 전술학의 법칙에 따라 심사숙고된 공격전 대신 이제 쿠투조프에게 대두되던 거의 실현하기 힘든 유일한 목표는 울름 부근에서 마크가 겪은 것처럼 군대를 파멸시키지 않고 러시아에서 오고 있던 부대들과 합류하는 것이었다.

10월 28일, 쿠투조프는 군대를 이끌고 도나우강 왼쪽 기슭으로 건너가서 자신과 프랑스군의 주력 부대 사이에 강을 두고 처음으로 퇴각을 멈췄다. 30일에는 도나우강 왼쪽 강변에 진을 치고 있던 모르티에 사단을 공격하여 격파했다.* 러시아군은 이 전투에서 처음으로 전리품을 획득했다. 군기와 대포와 적의 장군 두 명이었다. 2주에 걸친 퇴각 후에 러시아군은 처음으로 멈추었고, 전투 후에는 전장을 사수했을 뿐 아니라 프랑스군을 몰아내기까지 했다. 군대가 의복도 제대로 갖춰 입지 못하고 기진맥진한 데다 낙오자와 사상자와 병자로 전투력의 3분의 1을 잃은 상태였음에도 불구하고, 병자들과 부상자들을 적의 인류애에 맡긴다는 쿠투조프의 편지와 함께 도나우강 건너편에 남겨 두었음에도 불구하고, 야전 병원으로 바뀐 크렘스의 큰 병원들과 집들이 더 이상 병자와 부상자를 수용할 수 없는 지경에 이르렀음에도 불구하고, 이 모든 정황에도 불구하고 크렘스에서 퇴각을 멈추고 모르티에와 싸워 승리를 거둔 것은 군대의 사기를 상당히 끌어올렸다. 러시아에서 출발한 부대들이 가까이 왔을지도 모른다느니, 오스트리아군이 어떤 승리를 거두었다느니, 보나파르트가 겁을 먹고 퇴각했다느니 하는, 비록 오보이긴 해도 더할 나위 없이 기쁜 소문들이 군대 전체와 군사령부에 퍼졌다.

안드레이 공작은 전투가 벌어지는 동안 이 전투에서 전사한 오스트리아의 슈미트 장군 곁에 있었다. 그가 탄 말이 다쳤고, 그도 한쪽 손에 총알로 인한 가벼운 찰과상을 입었다. 총사령관은 특별한 애정의 표시로 그를 이 승전보와 함께 오스트리아 궁정에 파견했다. 이미 오스트리아 궁정은 프랑스군의 위협을 받던 빈이 아니라 브륀*에 있었다. 전투가 있던 날 밤 흥분하긴 했지만 피로를 느끼지 않았던 안드레이 공작은 (그는 겉보기엔 튼튼한 체격이 아니었지만 아주 튼튼한 사람들보다도 육체적인 피로를 훨씬 더 잘 견뎌 낼 수 있었다) 도흐투로프* 장군의 보고를 가지고 크렘스에 있는 쿠투조프에게 말을 타고 왔다가 그 밤에 곧장 브륀에 특사로 파견되었다. 특사로 파견된다는 것은 포상 외에도 승진으로 이어지는 중요한 한 걸음을 의미했다.

별이 가득한 어두운 밤이었다. 전투 당일인 전날 내린 하얀 눈 사이로 거무스름하게 한 줄기 길이 보였다. 지나간 전투의 기억들을 곱씹고, 자신이 승전 소식으로 불러일으키게 될 기대를 기쁘게 상상하고, 총사령관과 동료들의 송별회를 떠올리면서 안드레이 공작은 역마차를 타고 질주했다. 그는 오랫동안 기다리다가 마침내 갈망하던 행복의 시작을 손에 넣은 사람의 감정을 맛보고 있었다. 눈을 감으면 이내 라이플총과 대포를 쏘는 소리가 귓속에서 울려 삐걱거리는 바퀴 소리와 승리의 감명과 하나로 어우러졌다. 러시아군이 달아나고 자신이 죽는 장면이 머릿속에 떠오르기도 했다. 하지만 그럴 때면 그는 황급히 눈을 뜨고서 그런 일은 일어나지 않았으며 오히려 프랑스인들이 패하여 달아나고 있다는 사실을 행복한 기분으로 새삼스럽게 떠올리곤 했다. 그는 다시 승리의 갖가지 세부적인 면들과 전투 중에 자신이 보여 준 의연한 용기를 떠올리다 마음의 안정을 되찾고 꾸벅꾸벅 졸기 시작했다……. 별이 가득한 어두운 밤이 지나고 눈부신 아침이 왔다. 눈이 햇살에 녹고, 말은 빠르게 질주했다. 오른쪽에도 왼쪽에도 한결같이 새로운 다채로운 숲과 들판과 마을들이 스쳐갔다.

한 역참에서 그는 러시아군 부상자들을 실은 짐마차 대열을 앞질렀다. 수송 부대를 이끄는 러시아 장교가 선두의 텔레가*에 몸을 쭉 펴고 드러누워 거친 말로 병사에게 욕설을 퍼부으며 뭐라 외치고 있었다. 기다란 포르시판들 안에는 여섯 명씩 혹은 그보다 더 많은 진흙투성이의 창백한 부상병들이 붕대를 감은 채 돌길을 따라 심하게 흔들리고 있었다. 그중 몇 사람은 이야기를 나누고 있었고(그는 러시아어 말소리를 들었다), 다른 사람들은 빵을 먹고 있었다. 부상이 가장 심한 사람들은 유순하고 병약한 아이의 관심을 품은 채 자신들 옆으로 달려가는 특사를 말없이 바라보고 있었다.

안드레이 공작은 대열을 멈추라고 지시한 뒤 한 병사에게 어느 전투에서 부상을 입었는지 물었다.

"그저께 도나우강에서입니다." 병사가 대답했다. 안드레이 공작은 지갑을 꺼내 금화 세 개를 병사에게 주었다.

"모두에게 주는 돈입니다." 그는 옆으로 다가온 장교를 향해 덧붙였다. "제군들, 어서 회복하게." 그는 병사들을 향해 말했다. "아직 할 일이 많네."

"저, 부관님, 어떤 소식입니까?" 장교는 이야기를 나누고 싶었는지 질문을 던졌다.

"매우 좋은 소식입니다! 가세!" 그는 마부에게 소리치고 길을 재촉했다.

안드레이 공작이 브륀에 도착해 높은 집들, 상점과 집의 창문과 가로등에서 흘러나오는 불빛, 포장도로를 따라 덜컹덜컹 소리를 내는 아름다운 에키파시, 그리고 막사를 벗어난 군인에게 늘 그토록 매력적인 활기찬 대도시의 모든 분위기에 자신이 둘러싸인 것을 보았을 때는 이미 완전히 어두워져 있었다. 안드레이 공작은 빠르게 달려오느라 밤을 꼬박 새웠지만 궁전이 가까워질수록 전날보다 더욱더 생기가 넘치는 것을 느꼈다. 눈동자만 열에 들뜬 광채로 빛났고, 생각이 극도로 빠르고 선명하게 바뀌고 있었다. 전투의 모든 세세한 장면들이 더 이상 모호하지 않은 명확한 형태로, 그가 상상 속에서 프란츠 황제에게 하고 있던 압축된 진술 형태로 다시 생생하게 드러났다. 자신이 받을지도 모를 뜻밖의 질문들과 자신이 할 대답들도 생생하게 떠올랐다. 그는 즉각 황제를 알현할 것이라고 생각했다. 그러나 궁전의 큰 현관 입구 곁에 있는 그에게 관리가 달려 나와서 특사임을 확인하고는 다른 현관으로 그를 안내했다.

"복도에서 오른쪽입니다. 거기에, **각하**(독일어), 당직 시종 무관이 있습니다." 관리가 그에게 말했다. "그 사람이 국방 대신께 안내할 겁니다."

안드레이 공작을 맞이한 당직 시종 무관은 잠시 기다리라고 부탁하고 국방 대신에게 갔다. 5분 뒤 시종 무관이 돌아와 각별히 정중하게 허리를 숙여 인사하고는 안드레이 공작을 앞세우고 복도를 지나 국방 대신의 집무실로 안내했다. 시종 무관은 세련되고 정중한 태도로 친밀함을 보이려는 러시아 부관의 시도를 막으려는 것 같았다. 국방 대신의 집무실 문으로 다가가는 동안 안드레이 공작의 즐거운 감정은 상당히 시들해졌다. 그는 모욕감을 느꼈고, 그 순간 모욕감은 자신도 모르는 사이에 아무 근거 없는 경멸감으로 바뀌었다. 기민한 두뇌는 바로 그 순간 시종 무관도 국방 대신도 경멸할 권리를 그에게 부여했다. '이자들은 화약 냄새를 맡아 보지 않아서 승리를 아주 쉽게 생각하는 게 틀림없어!' 그는 생각했다. 그의 눈이 경멸하듯 가늘어졌다. 그는 국방 대신의 집무실로 유난히 느릿느릿 들어갔다. 커다란 책상 앞에 앉아서 처음 2분 동안 들어온 사람에게 눈길도 주지 않는 국방 대신을 보았을 때 이런 감정은 한층 더 강해졌다. 국방 대신은 구레나룻이 희끗하게 자란 대머리를 양초 두 자루 사이에 숙인 채 연필로 표시해 가며 서류를 읽고 있었다. 그는 문이 열리고 사람의 발소리가 들렸을 때에도 고개를 들지 않고 서류를 마저 읽고 있었다.

"이걸 가져가서 전달하시오." 국방 대신은 여전히 특사에게 주의를 돌리지 않고 자신의 부관에게 서류를 건네며 말했다.

안드레이 공작은 국방 대신이 관장하던 모든 사안 가운데 쿠투조프 군대의 활동이 그의 관심을 가장 적게 차지하던 문제였거나 아니면 그가 이 점을 러시아 특사가 느끼게 해야 했다고 생각했다. '하지만 난 아무래도 상관없어.' 그는 생각했다. 국방 대신은 나머지 서류를 모아 가장자리를 가지런히 맞추고 나서야 고개를 들었다. 총명하고 고집이 셀 것 같은 머리였다. 그러나 안드레이 공작에게 얼굴을 돌린 바로 그 순간 국방 대신의 지적이고 의연한 얼굴 표정은 습관적으로, 그리고 의식적으로 변한 것 같았다. 그의 얼굴에 많은 청원자를 연이어 접견하는 사람의 어리석은, 위선적이면서도 자신의 위선을 숨기지 않는 미소가 어렸다.

"쿠투조프 원수가 보냈습니까?" 그가 물었다. "바라건대 좋은 소식이겠지요? 모르티에와 충돌이 있었다던데? 승리했소? 그럴 때도 됐잖소!"

그는 자기 앞으로 온 급송 공문을 집어 들고 침울한 표정으로 읽기 시작했다.

"아, 하느님! 하느님! 슈미트!" 그가 독일어로 말했다. "이런 불행이, 이렇게 불행한 일이!"

그는 공문을 대강 훑어본 후 책상에 내려놓고 무언가를 생각하는 듯한 표정으로 안드레이 공작을 흘깃 쳐다보았다.

"아, 정말 불행한 일이오! 당신은 그것이 결정적인 전투라고 말할 겁니까? 하지만 모르티에는 포로가 되지 않았군요. (그는 생각에 잠겼다.) 당신이 좋은 소식을 가져와서 대단히 기쁘오. 슈미트의 죽음이 승리에 대한 값비싼 대가가 되었지만 말이오. 틀림없이 폐하께서 당신을 만나고 싶어 하실 거요. 하지만 오늘은 아닙니다. 고맙소. 푹 쉬시오. 내일 사열식이 끝난 후 알현 때 오시오. 내가 당신에게 알려 주겠소."

대화하는 동안 사라졌던 어리석은 미소가 국방 대신의 얼굴에 다시 떠올랐다.

"또 봅시다. 정말 고맙소. 황제 폐하께서도 당신을 보고 싶어 하실 것이오." 그는 거듭 이렇게 말하면서 고개를 숙였다.

궁정에서 나왔을 때 안드레이 공작은 승리가 안겨 준 모든 흥미와 행복이 이제 자신을 떠나 국방 대신과 정중한 부관의 무심한 손에 넘어간 듯한 느낌이 들었다. 그의 사고방식이 순식간에 완전히 바뀌어 버렸다. 그에게는 전투가 오래전의 아득한 기억처럼 느껴졌다.

IO

안드레이 공작은 브륀에서 지인인 러시아 외교관 빌리빈의 집에 묵었다.

"아, 친애하는 공작, 이보다 더 반가운 손님은 없습니다." 빌리빈이 안드레이 공작을 맞으러 나오며 말했다. "프란츠, 공작의 짐을 내 침실로 옮겨 놔." 그가 볼콘스키를 안내하던 하인에게 말했다. "뭐라고요? 승리의 사자라고요? 멋지군요. 난 보다시피 몸이 안 좋아서 틀어박혀 있어요."

안드레이 공작은 몸을 씻고 옷을 갈아입은 뒤 외교관의 호화로운 서재로 가서 식사가 마련된 탁자 앞에 앉았다. 빌리빈은 벽난로 옆에 편안하게 자리를 잡았다.

여행 후인 데다 청결하고 우아한 생활이 주는 모든 안락함을 빼앗긴 채 계속 행군만 한 터라 안드레이 공작은 어린 시절부터 익숙한 호화로운 삶의 조건에서 휴식의 즐거움을 맛보았다. 게다가 오스트리아식 응대 이후에 비록 러시아어는 아니라 해도 (그들은 프랑스어로 말했다) 오스트리아인들에 대해 러시아인들이 일반적으로 느끼는 (특히 지금 생생하게 체험되는) 반감을 공유하고 있다고 자신이 추측하는 러시아 사람과의 대화가 그는 즐거웠다.

빌리빈은 안드레이 공작과 같은 사회에 속한 서른다섯 살의 독신 남자였다. 그들은 페테르부르크에 있을 때부터 아는 사이였지만 안드레이 공작이 지난번 쿠투조프와 함께 빈을 방문했을 때 더욱 가까워졌다. 안드레이 공작이 군사 무대에서 전도유망한 청년이었듯이 빌리빈 역시 외교 방면에선 그보다 더 많은 기대를 모으고 있었다. 그는 젊었지만 이미 중견 외교관이었다. 열여섯 살 때부터 근무를 시작해 파리와 코펜하겐에 있다가 지금은 빈에서 꽤 중요한 직책을 맡고 있기 때문이었다. 오스트리아의 수상도, 빈 주재 러시아 공사도 그를 알고 또 아꼈다. 그는 매우 좋은 외교관이 되기 위해서는 소극적 장점만 갖추면 된다고, 어떤 일은 하지 않고 프랑스어만 구사할 수 있으면 된다고 생각하는 대다수 외교관들과 달랐다. 일하는 것을 좋아하고 일을 할 줄 아는, 그래서 게으른 천성에도 불구하고 때로 책상 앞에서 며칠 밤을 꼬박 새우기도 하는 외교관들 중 한 명이었다. 그는 일의 본질이 무엇이든 간에 한결같이 일을 잘했다. 그의 관심을 끈 것은 '어째서'가 아니라 '어떻게'라는 질문이었다. 외교상의 문제가 무엇인지는 그에게 상관없었다. 명령서나 비망록이나 보고서 등을 능숙하고 정확하고 우아하게 작성하는 데에서 그는 커다란 만족을 찾고 있었다. 문서 업무 외에 상류 사회에서 사람들과 교제하고 대화하는 솜씨에 있어서도 빌리빈의 공적은 높은 평가를 받았다.

빌리빈은 일만큼이나 대화를 좋아했다. 단, 우아하고 위트 넘치는 대화가 될 수 있을 때만 그러했다. 모임에서는 언제나 멋진 말을 할 기회를 노렸고, 그런 상황이 아니면 대화에 끼어들지 않았다. 빌리빈의 이야기에는 늘 모두의 흥미를 끄는 재치 있고 독창적인 완벽한 문구들이 널려 있었다. 그런 문구들은 상류 사회의 하찮은 인간들이 쉽게 기억하여 응접실에서 응접실로 옮길 수 있도록, 마치 일부러 휴대할 수 있는 성질을 갖도록 빌리빈의 머릿속 실험실에서 제작된 것 같았다. 실제로 사람들이 하던 말처럼 **빌리빈의 말은 빈의 응접실로 퍼져 나가서** 이른바 중대사라는 것에 종종 영향을 미치기도 했다.

야위고 허약하고 누렇게 뜬 그의 얼굴은 목욕 후의 손가락 끝같이 언제나 청결하게 정성을 다하여 씻은 것처럼 보이는 굵은 주름으로 덮여 있었다. 이 주름들의 움직임이 그의 인상의 주된 유희를 이루고 있었다. 이마에 넓은 주름이 잡히고 눈썹이 위로 치켜 올라가는가 하면, 눈썹이 아래로 처지고 두 볼에 굵은 주름이 잡히곤 했다. 깊숙이 자리 잡은 그리 크지 않은 눈은 언제나 쾌활하게 정면을 바라보고 있었다.

"자, 이제 당신들의 공훈을 우리에게 들려주시죠." 그가 말했다.

볼콘스키는 자신에 대해서는 한 번도 언급하지 않고 지극히 겸손한 방식으로 전투와 국방 대신의 응대에 대해 이야기했다.

"그들은 이런 소식을 가져온 나를 볼링장에 들어온 개처럼 대했습니다." 그는 이렇게 말을 맺었다.

빌리빈이 가볍게 웃으며 주름살을 폈다.

"하지만 친구……." 그는 자신의 손톱을 멀리서 찬찬히 바라보고 왼쪽 눈 위의 살갗을 추켜올리며 말했다. **"내가 아무리 '정교회 러시아 군대'를 존경한다 해도 나는 당신들의 승리가 더할 나위없이 눈부신 것이라고는 생각하지 않습니다."**

그는 경멸조로 강조하고 싶은 말만 러시아어로 발음하면서 프랑스어로 말했다.

"어째서일까요? 당신들은 1개 사단밖에 없는 불쌍한 모르티에에게 모든 병력을 동원하여 달려든 데다, 모르티에는 당신들의 손가락 사이를 빠져나갔지요? 도대체 뭐가 승리란 말입니까?"

"그래도 진지하게 말하자면⋯⋯." 안드레이 공작이 대답했다. "이번이 울름 때보다는 조금 나았다고, 어쨌든 우리는 자만하지 않고 말할 수 있습니다⋯⋯."

"어째서 당신들은 우리에게 원수를 한 명, 한 명도 생포해 오지 못했나요?"

"모든 것이 다 예상대로 되는 게 아니고, 사열식처럼 규칙적인 게 아니니까요. 당신에게 말했듯이 우리는 아침 7시쯤 후방을 우회할 거라고 생각했습니다. 그러나 오후 5시가 될 때까지도 도착하지 못했지요."

"당신들은 왜 아침 7시까지 도착하지 못했나요? 어쨌거나 당신들은 아침 7시에 도착해야 했어요." 빌리빈은 빙긋 웃으며 말했다. "아침 7시에 도착해야 했단 말입니다."

"어째서 당신들은 외교적인 방법으로 보나파르트에게 제노바를 떠나는 편이 좋을 것이라는 생각을 불어넣지 못했나요?" 안드레이 공작이 똑같은 어조로 말했다.

"압니다." 빌리빈이 말을 끊었다. "벽난로 앞 소파에 앉아서 원수들을 잡는 건 정말 쉬운 일이라고 당신은 생각하지요. 사실입니다. 하지만 어쨌든 당신들은 어째서 그를 잡지 못했습니까? 그러니까 국방 대신뿐 아니라 신성 로마 제국의 황제인 프란츠 국왕마저 당신들의 승리를 크게 반기지 않더라도 놀라지 마세요. 러시아 대사관의 하찮은 비서관인 나도 딱히 별다른 기쁨을 느끼지 못하는데요 뭐⋯⋯."

그는 안드레이 공작을 똑바로 바라보다가 갑자기 찡그린 이맛살을 풀었다.

"친구, 이제 내가 '어째서'냐고 물을 차례지요?" 볼콘스키가 말했다. "솔직히 말해서 난 잘 모르겠습니다. 어쩌면 여기엔 나의 변변찮은 두뇌를 넘어서는 외교적인 미묘함이 있을지도 모르지요. 그래도 이해가 안 됩니다. 마크는 군대를 전부 잃었고, 페르디난트 대공과 카를* 대공은 살았는지 죽었는지 아무 기척도 없이 실패만 거듭하고 있지요. 그러다 마침내 쿠투조프 한 사람만 실제적인 승리를 거두고 프랑스인들의 **불패의 맹세**를 깼단 말입니다. 그런데 국방 대신은 자세한 정황을 알리는 관심조차 보이지 않아요!"

"바로 그 때문입니다, 친구. **생각해 보세요. 만세!** 차르를 위해, 루시를 위해, 신앙을 위해! **다 훌륭합니다.** 하지만 당신들의 승리가 우리와 (오스트리아 궁정을 말하는 겁니다) 무슨 상관입니까? 여기 있는 우리에게 카를이나 페르디난트 대공의 승리에 대한 멋진 소식을 가지고 와 보세요. 당신도 알다시피 **어느 쪽 대공이든 상관없습니다.** 하다못해 보나파르트의 소방 중대를 이겼다는 소식이라도 말입니다. 그럼 문제가 달라지지요. 우린 축포를 쏠 겁니다. 그러나 이건 마치 일부러 그러는 것처럼 우리를 약 올리기만 할 뿐이에요. 카를 대공은 아무것도 한 게 없고, 페르디난트 대공은 수치를 당했어요. 당신들은 빈을 버리고 더 이상 방어하려하지 않아서, **당신들은 마치 우리에게 이렇게 말하는 것 같아요.** 하느님이 우리와 함께하시길, 그리고 당신들과 당신들의 수도와 함께하시길. 슈미트는 우리 모두가 사랑한 유일한 장군입니다. 그런데 당신들은 그를 포화 아래 끌어다 놓고는 우리에게 승리를 축하하고 있단 말입니다! 당신이 가져온 소식보다 더 열 받게 하는 것은 생각도 할 수 없다는 사실을 인정하세요. **마치 일부러, 정말 일부러 그런 것 같단 말입니다.** 게다가 당신들이 정말로 눈부신 승리를 거두었고, 심지어 카를 대공도 승리를 거두었다고 칩시다. 그런다고 대세가 달라집니까? 프랑스 군대가 빈을 점령해 버렸는데. 이제는 이미 늦었어요."

"점령이라니요? 빈이 점령되었단 말입니까?"

"점령되었을 뿐 아니라 보나파르트가 쇤브룬에 와 있습니다.*
백작, 우리의 친애하는 브르브나* 백작이 명령을 받기 위해 그
가 있는 곳으로 떠날 참이에요."

볼콘스키는 여정의 이런저런 인상과 피로가 쌓인 후라, 접견과
특히 식사가 끝나고 난 후라 자신이 들은 말의 의미를 전혀 이해
하지 못하겠다고 느꼈다.

"오늘 아침 리흐텐펠스 백작이 이곳에 왔었습니다." 빌리빈이
말을 이었다. "빈에서 있었던 프랑스군의 사열식을 상세히 적은
편지를 내게 보여 주었습니다. **뮈라* 공작과 다른 온갖 소동들에
대해서도……**. 보다시피 당신들의 승리는 그다지 기쁜 일이 아니
고, 당신은 구세주로 받아들여질 수 없는 겁니다……."

"나는 아무래도 좋습니다. 아무 상관 없어요." 안드레이 공작이
말했다. 그는 오스트리아 수도가 점령된 것과 같은 사건들을 염두
에 둘 때 크렘스 전투에 대한 자신의 소식이 정말로 그다지 중요
하지 않다는 것을 이해하기 시작했다. "도대체 어떻게 빈이 함락
되었습니까? 다리와 그 유명한 **요새**는, 그리고 아우어슈페르크
공작은요? 그가 빈을 방어하고 있다는 소문을 들었습니다만." 그
가 말했다.

"아우어슈페르크 공작은 이쪽에, 우리 쪽에 남아서 우리를 지
키고 있어요. 아주 형편없이 방어하는 것으로 생각되지만 어쨌든
방어하고는 있습니다. 그런데 빈은 강 건너편에 있지요. 아뇨, 다
리는 아직 점령되지 않았고, 그러지 않기를 바랄 뿐입니다. 다리
에 지뢰가 설치되었고, 여차하면 폭파하라는 명령이 떨어졌거든
요. 그렇지 않았더라면 우리는 오래전에 보헤미아산으로 들어갔

을 테고, 당신과 당신들의 군대는 양쪽의 포화에 끼여 끔찍한 15분을 보냈을 겁니다.”

“그렇다고 해서 전쟁이 끝났다는 뜻은 아니지요.” 안드레이 공작이 말했다.

“난 끝났다고 봅니다. 이곳의 커다란 모자들*도 그렇게 생각하는데, 감히 말을 못하는 것뿐이에요. 내가 전쟁 초에 말한 대로 될겁니다. 사태를 해결하는 것은 당신들이 벌인 **뒤렌슈타인 부근의 접전**, 화약이 아니라 화약을 고안한 사람들이란 말입니다.” 빌리빈은 이맛살을 펴고 잠시 말을 멈추었다가 자신의 **경구들** 가운데 하나를 되풀이하여 말했다. “다만 문제는 알렉산드르 황제와 프로이센 왕의 베를린 회담이 무엇을 말해 줄 것인가입니다.* 만약 프로이센이 동맹에 가입한다면 **오스트리아도 그러지 않을 수 없게 되고**, 그럴 경우 또다시 전쟁이 일어날 겁니다. 그러나 만약 그렇지 않다면 문제는 그저 새로운 **캄포포르미오***의 초안을 어디에서 작성할지만 결정하면 됩니다.”

“하지만 그야말로 대단한 천재성입니다!” 안드레이 공작이 작은 손을 꽉 움켜쥐고 탁자를 두드리면서 갑자기 외쳤다. “그리고 그 사람은 정말 행운아입니다!”

“**부오나파르트?**” 빌리빈은 이제 곧 **경구 하나**가 나올 것이라는 암시로 이마를 찡그리며 캐묻듯이 말했다. “**부오나파르트요?**” 그는 특히 u에 힘을 주며 말했다. “하지만 그가 쉔브룬에서 오스트리아의 법률을 제정하고 있는 지금은 **그를 u자에서 구해 내야겠군요**. 난 과감히 개혁을 단행해서 그를 **그냥 보나파르트**라고 부르겠습니다.”*

“아니, 농담하지 말고요.” 안드레이 공작이 말했다. “당신은 정말 전쟁이 끝났다고 생각합니까?”

"내 생각은 이렇습니다. 오스트리아는 바보 취급을 당했습니다. 오스트리아는 이런 것에 익숙하지 않았어요. 이제 오스트리아가 복수할 겁니다. 오스트리아가 바보 취급을 당한 것은 무엇보다 지방이 황폐해진 데다 (정교회 군대가 **무자비하게 약탈을 하고 있다더군요**) 군대는 격파되고 수도가 점령당했기 때문입니다. 이게 다 사르데냐 국왕의 **아름다운 눈들을 위해서지요.*** 그래서 말인데요, **우리끼리 이야기입니다만, 친구,** 난 우리가 속고 있다는 것을 직감하고 있어요. 저들이 프랑스와 교섭하고 평화 조약을, 그것도 비밀 평화 조약을 독자적으로 체결하려 한다는 것을 직감으로 느낀단 말입니다."*

"그럴 리가요!" 안드레이 공작이 말했다. "그렇다면 너무 추악하군요."

"살다 보면 알게 되겠지요." 빌리빈은 대화의 끝을 알리는 신호로 다시 이맛살을 펴며 말했다.

안드레이 공작은 자신에게 마련된 방으로 와서 깨끗한 속옷 차림으로 깃털 침구와 따뜻하게 데운 향기로운 베개에 눕자, 자신이 소식을 가져온 그 전투가 자신에게 멀게만, 멀게만 느껴졌다. 그리고 프로이센의 동맹, 오스트리아의 배신, 보나파르트의 새로운 승리, 알현과 사열식, 다음 날 있을 프란츠 황제 접견 등이 그의 마음을 사로잡았다.

그가 눈을 감았을 때 순간 그의 귓속에서 포성과 총성, 에키파시의 바퀴 소리가 요란하게 울리기 시작했다. 그러자 다시 머스킷 총을 든 병사들이 실처럼 길게 늘어서서 산을 내려오고, 프랑스인들이 쏘아 댄다. 그는 심장이 두근거리는 것을 느낀다. 그는 슈미트와 나란히 앞으로 달려 나가고, 총알들이 그의 주위에서 유쾌하게 휙휙댄다. 그는 어렸을 때부터 한 번도 느껴 본 적 없는 열 배나 더 강렬한 생의 기쁨의 감정을 느낀다.

그는 눈을 떴다.

'그래, 전부 있었던 일이야……!' 그는 아이처럼 행복한 미소를 지으며 스스로에게 말하고는 젊음의 깊은 잠에 빠져들었다.

II

이튿날 그는 늦게 잠에서 깼다. 지난 하루의 일을 곱씹으며 그는 오늘 프란츠 황제를 알현해야 한다는 것을 무엇보다 먼저 떠올렸고 국방 대신, 정중한 오스트리아 시종 무관, 빌리빈, 지난밤의 대화를 기억해 냈다. 그는 궁정에 가기 위해 오랫동안 입지 않던 예복을 차려입고 한 팔에 붕대를 감은 채 산뜻하고 생기 있고 아름다운 모습으로 빌리빈의 서재에 들어갔다. 서재에는 외교단의 신사 넷이 있었다. 대사관의 비서관 이폴리트 쿠라긴 공작과 볼콘스키는 아는 사이였다. 다른 사람들은 빌리빈이 소개해 주었다.

빌리빈의 집을 드나들던 신사들은 사교계의 젊고 부유하고 쾌활한 사람들로 이곳 빈에서도 별도의 모임을 만들고 있었다. 우두머리인 빌리빈은 이 작은 모임을 **우리 사람들**, 레 노트르라고 불렀다. 거의 외교관들로만 이루어진 이 모임에는 상류 사회며 몇몇 여성들과의 관계며 업무의 사무적인 측면 등 전쟁이나 정치와 아무런 공통점이 없는 나름의 관심사가 있는 듯했다. 이 신사들은 아마 안드레이 공작을 **자기 사람**으로 (그들이 많지 않은 사람에게만 부여하는 영예였다) 자기들 모임에 기꺼이 받아들인 것 같았다. 예의상, 그리고 대화를 시작하기 위한 화제로 그들은 그에게 군대와 전투에 관해 몇 가지 질문을 던졌다. 그런 다음 대화는 다시 앞뒤가 맞지 않는 유쾌한 농담과 험담으로 흘러갔다.

"하지만 특히 좋았던 건요……." 한 사람이 동료 외교관의 실패를 이야기했다. "특히 좋았던 건, 수상이 직접 그에게 그의 런던 부임이 승진이라고, 그 역시 이 문제를 그렇게 보아야 한다고 말했다는 겁니다. 그때 그 사람의 모습을 상상할 수 있겠습니까?"

"여러분, 내가 여러분에게 쿠라긴의 비밀을 폭로하겠습니다. 무엇보다 나쁜 점은, 그 사람은 불행에 처했는데 이 돈 후안이, 이 끔찍한 인간이 그 불행한 사람을 이용하고 있다는 겁니다!"

이폴리트 공작은 두 다리를 팔걸이에 올려놓은 채 볼테르식 안락의자에 누워 있었다. 그가 웃음을 터뜨렸다.

"자, 어서 말해 보시지." 그가 말했다.

"오, 돈 후안! 오, 이런 뱀 같은 인간!" 여러 목소리가 들렸다.

"볼콘스키, 당신은 모릅니다." 빌리빈이 안드레이 공작을 향해 말했다. "프랑스 군대가 저지른 온갖 만행도 (하마터면 러시아군이라고 말할 뻔했군요) 이 사람이 여자들에게 저지른 짓에 비하면 아무것도 아닙니다."

"여자는 남자의 친구죠." 이폴리트 공작은 이렇게 말하고 올려놓은 자신의 다리를 오페라글라스로 바라보았다.

빌리빈과 **우리 사람들**은 이폴리트의 눈을 쳐다보며 큰 소리로 웃어 댔다. 안드레이 공작은 아내 때문에 질투하다시피 한 (인정하지 않을 수 없었다) 이폴리트가 이 모임에서는 어릿광대에 불과하다는 것을 알았다.

"아뇨, 당신에게 쿠라긴을 대접해야겠습니다." 빌리빈이 볼콘스키에게 조용히 말했다. "저 사람은 정치 이야기를 할 때 매력적이에요. 그 잘난 척하는 꼴을 봐야 합니다."

그러고는 이폴리트에게 다가앉더니 이마에 주름을 잡고는 그와 정치에 대한 대화를 시작했다. 안드레이 공작과 다른 사람들은 두 사람 주위에 빙 둘러섰다.

"베를린 내각은 동맹에 대한 견해를 표명할 수 없습니다." 이폴리트가 모든 이들을 의미심장하게 둘러보며 입을 열었다. "표명 없이…… 마지막 외교 문서에서처럼…… 아시겠죠…… 이해하실 겁니다…… 하지만 황제 폐하께서 우리 동맹의 본질을 훼손하지 않으신다면……."

"잠깐, 내 말 아직 안 끝났습니다." 그가 안드레이 공작의 팔을 잡으며 말했다. "난 간섭이 불간섭보다 더 확실하다고 생각합니다. 그리고……." 그는 잠시 말을 멈추었다. "11월 28일 자로 보낸 우리의 급보가 전달되지 않았다 해서 끝장났다고 생각할 수는 없습니다. 그러면 이 모든 게 끝장나고 말 겁니다."*

그러고 나서 그는 볼콘스키의 팔을 놓음으로써 이제 할 말이 다 끝났음을 보여 주었다.

"데모스테네스여, 나는 그대의 황금 입술 안에 숨겨진 돌을 보고 그대를 알아보노라!" 빌리빈이 말했다. 모자처럼 덥수룩한 머리털이 만족감에 머리 위에서 살짝 움직였다.

모두 웃음을 터뜨렸다. 특히 이폴리트가 누구보다 큰 소리로 웃었다. 그는 숨을 헐떡이며 괴로워하면서도 언제나 무표정하던 얼굴을 팽팽하게 잡아당기는 그 격렬한 웃음을 억누르지 못하는 듯 보였다.

"자, 여러분……." 빌리빈이 말했다. "볼콘스키는 내 집의 손님일 뿐 아니라 이곳 브륀의 손님이기도 합니다. 그래서 나는 내가 할 수 있는 한 이곳의 온갖 기쁨으로 이 사람을 대접하고 싶습니다. 우리가 빈에 있다면 쉽겠지요. 하지만 이곳, 이 모라비아의 추

악한 동굴 속에서는 어려운 일입니다. 그래서 여러분 모두에게 도움을 구합니다. **이 사람에게 브뤼을 대접해야 합니다.** 당신은 극장을 맡아 주세요. 난 사교계를 맡고, 이폴리트, 당신은 물론 여자를 맡는 겁니다."

"이분에게 아멜리를 보여 줘야 합니다. 얼마나 매력적인데요!" **우리 사람들** 가운데 한 명이 손가락 끝에 입을 맞추며 말했다.

"어쨌든 이 피에 굶주린 병사를……." 빌리빈이 말했다. "좀 더 인간애 넘치는 시각으로 이끌 필요가 있습니다."

"여러분, 죄송하지만 여러분의 환대를 누리지 못할 것 같습니다. 이제 나가 봐야 합니다." 볼콘스키가 시계를 쳐다보며 말했다.

"어디로요?"

"황제께요."

"오, 오! 오!"

"그럼 다음에 봅시다, 볼콘스키!"

"또 만납시다, 공작. 같이 식사라도 하게 일찍 오십시오."

목소리들이 들렸다.

"우리가 당신을 책임지겠습니다."

"황제와 말을 나누게 되면 식량 배급 질서와 교통로가 잘 정비된 것에 대해 최대한 열심히 극찬하세요." 빌리빈이 볼콘스키를 현관방까지 배웅하며 말했다.

"칭찬하고 싶어도 내가 아는 한 그렇게는 못하겠습니다." 볼콘스키는 빙긋 웃으며 대답했다.

"그럼 뭐든 최대한 많은 말을 하세요. 알현은 그분의 큰 기쁨이니까요. 그런데 당신도 곧 알게 되겠지만 그분 자신은 말하는 것을 좋아하지 않고, 또 잘하지도 못합니다."

12

접견식에서 프란츠 황제는 오스트리아 장교들 사이의 지정된 자리에 서 있던 안드레이 공작의 얼굴을 그저 뚫어져라 바라보고는 자신의 길쭉한 머리를 끄덕일 뿐이었다. 그러나 접견식이 끝난 후 전날의 시종 무관이 볼콘스키에게 알현을 허락한다는 황제의 지시를 정중하게 전했다. 프란츠 황제는 방 한가운데 서서 그를 맞이했다. 대화를 시작하기 전에 안드레이 공작은 황제가 마치 무슨 말을 해야 할지 몰라 곤혹스러워하며 얼굴을 붉힌 듯싶어서 충격을 받았다.

"언제 전투가 시작되었는지 말해 주겠소?" 그가 황급히 물었다.

안드레이 공작이 대답했다. 그 질문 이후 "쿠투조프는 건강하오? 쿠투조프가 크렘스를 떠난 지 얼마나 되었소?" 같은 그 못지 않게 단순한 질문들이 잇달았다. 황제는 마치 일정량의 질문을 하는 것이 알현을 받는 목적의 전부라는 듯한 표정으로 말했다. 그 질문들에 대한 대답이 그의 흥미를 끌 수 없었다는 것은 너무도 분명해 보였다.

"전투는 몇 시에 시작되었소?" 황제가 물었다.

"전선에서 전투가 몇 시에 시작되었는지는 폐하께 아뢸 수 없습니다만, 제가 있던 뒤렌슈타인에서는 오후 6시에 군대가 공격을 시작했습니다." 볼콘스키는 이 기회에 머릿속에 이미 준비된, 자신이 체험하고 본 모든 것에 관한 생생한 묘사를 제시할 수 있으리라 생각하고 활기를 띠며 말했다.

그러나 황제는 빙그레 웃으며 그의 말을 가로막았다.

"몇 마일이오?"

"어디에서 어디까지 말입니까, 폐하?"

"뒤렌슈타인에서 크렘스까지."

"3.5마일입니다, 폐하."

"프랑스인들이 왼쪽 강변을 포기한 거요?"

"정찰병들의 보고에 따르면, 밤에 마지막 부대가 뗏목을 타고 강을 건넜다고 합니다."

"크렘스에 말먹이는 충분하오?"

"공급받은 말먹이의 양은……."

황제가 그의 말을 막았다.

"슈미트 장군은 몇 시에 죽었소?"

"7시경인 듯합니다."

"7시? 참으로 애통하오! 참으로 애통해!"

황제는 고맙다는 말을 한 뒤 고개를 숙였다. 안드레이 공작은 밖으로 나오자마자 궁정 신하들에게 에워싸였다. 사방에서 다정한 눈길이 그를 향했고, 다정한 말들이 들려왔다. 전날의 시종 무관은 왜 궁중에서 묵지 않았느냐고 나무라며 자기 집에 머물 것을 제안했다. 국방 대신은 황제가 그에게 하사한 마리아 테레지아 삼등 훈장을 축하하며 다가왔다. 황후의 시종은 그를 황후의 처소로 초대했다. 대공비도 그를 만나고 싶어 했다. 그는 누구에게 대답해야 할지 몰라 잠시 생각을 가다듬었다. 러시아 공사가 그의 어깨를 잡고 창가로 데려가 말을 나누었다.

빌리빈의 예상과 달리 그가 가져온 소식은 기쁘게 받아들여졌다. 감사 기도의 일정이 잡혔다. 쿠투조프에게 마리아 테레지아 대십자 훈장이 하사되었고, 군대 전체에 포상이 내려졌다. 볼콘스키는 사방에서 초대를 받아 오전 내내 오스트리아 고관들을 방문해야 했다. 오후 5시가 다 되어서야 방문 일정을 마친 안드레이 공작은 전투와 브륀 여행에 대해 아버지에게 보낼 편지를 머릿속으로 쓰면서 빌리빈의 집으로 돌아왔다. 빌리빈이 임대한 집의 현관 계단 옆에는 짐으로 절반가량 채워진 브리치카 한 대가 서 있었고, 빌리빈의 하인인 프란츠가 힘겹게 여행 가방을 끌며 문에서 나왔다. (빌리빈의 집으로 가기 전에 안드레이 공작은 행군 중에 읽을 책들을 구입하려고 서점으로 가서 한참 동안 머물렀다.)

"무슨 일인가?" 볼콘스키가 물었다.

"아, 공작 각하!"(독일어) 프란츠가 여행 가방을 브리치카에 간신히 실으며 말했다. "좀 더 멀리 떠나려는 참입니다. 악당 놈이 또 우리 뒤를 바짝 쫓아왔습니다!"(독일어)

"무슨 일인가? 뭐야?" 안드레이 공작이 물었다.

빌리빈이 볼콘스키를 맞으러 나왔다. 언제나 침착하던 얼굴에 동요하는 기색이 보였다.

"아닙니다, 아니에요. 당신도 이게 정말 대단하다는 것을 인정해야 합니다." 그가 말했다. "그 타보르 다리(빈에 있는 다리)의 일 말입니다. 그들이 아무런 저항에도 부딪히지 않고 다리를 건너버렸어요."

안드레이 공작은 아무것도 이해할 수 없었다.

"도대체 어디서 오는 길입니까? 도시 안의 마부들이 다 아는 사실을 어째서 당신은 모릅니까?"

"대공비의 처소에서 오는 길입니다. 거기서는 아무 말도 못 들었는데요."

"그럼 곳곳에서 사람들이 짐 꾸리는 걸 보지 못했단 말입니까?"

"보지 못했습니다……. 도대체 무슨 일입니까?" 안드레이 공작이 초조하게 물었다.

"무슨 일이냐고요? 문제는 프랑스인들이 아우어슈페르크가 방어하던 다리를 건넜고, 다리는 폭파되지 않았다는 겁니다. 그래서 지금 뮈라가 브륀을 향해 달려오고 있으니 오늘내일 중으로 이곳에 당도할 겁니다."

"어떻게 여기로요? 아니, 왜 다리를 폭파하지 않았답니까? 다리에 지뢰가 설치되어 있는데요."

"내가 당신에게 묻고 싶은 말입니다. 아무도, 보나파르트 자신도 모릅니다."

볼콘스키는 어깨를 으쓱했다.

"하지만 적이 다리를 건넜다면 군대도 전멸했다는 뜻인데요. 군대가 고립될 테니까요." 그가 말했다.

"바로 그게 문제입니다." 빌리빈이 대답했다. "들어 보세요. 내가 당신에게 말한 대로 프랑스인들이 빈에 들어옵니다. 모든 게 아주 좋습니다. 그다음 날, 그러니까 어제 뮈라, 란,* 벨리아르, 이 세 원수가 말을 타고 다리로 향합니다. (셋 다 가스코뉴 출신이라는 점에 주의해 주세요.*) '여러분…….' 한 사람이 말합니다. '타보르 다리에 지뢰와 불발 장치가 설치되어 있고, 그 앞에는 위협적인 **교두보**와 다리를 폭파하고 우리를 통과시키지 말라는 지시를 받은 1만 5천 명의 군대가 있다는 것을 아시지요. 그러나 만약 우리가 이 다리를 탈취한다면 우리의 나폴레옹 황제 폐하께서 기뻐하실 겁니다. 우리 셋이 가서 이 다리를 빼앗읍시다.' 다른 사람들이 말합니다. '갑시다.' 그렇게 그들은 진군하여 다리를 빼앗고 다리를 건넙니다. 그리고 이제 도나우강 이쪽 편에서 전 군대를 이끌고 우리를 향해, 당신들과 당신들의 수송로를 향해 진군하고 있습니다."

"농담은 그만하시지요." 안드레이 공작이 침울하고 심각하게 말했다.

이 소식은 안드레이 공작에게 비통하고도 달가운 소식이었다. 러시아 군대가 그런 절망적인 상황에 처했다는 것을 알자마자 그의 머릿속에는 이런 생각들이 떠올랐다. 바로 자신이야말로 러시아 군대를 그런 상황에서 구출하도록 예정된 사람이다. 바로 이곳이야말로 숱한 무명 장교들 틈에서 그를 끌어내어 영광을 향한 첫 길을 그에게 열어 줄 저 툴롱이다!* 빌리빈의 말을 들으며 그는 이미 상상하고 있었다. 군대로 돌아간 자신이 군사 회의에서 군대를 구할 유일한 의견을 제출하고, 홀로 그 작전의 수행을 위임받는 장면을 머릿속에 그리고 있었다.

"농담 그만하세요." 그가 말했다.

"농담이 아닙니다." 빌리빈이 계속해서 말했다. "이보다 더 정확하고 비참한 이야기도 없어요. 그 원수들은 자기들만 다리로 건너와서 하얀 손수건을 치켜듭니다. 그들은 휴전이라고, 원수인 자신들이 아우어슈페르크 공작과 교섭하러 왔노라고 단언합니다. 당직 장교는 그들을 **교두보**로 들여보냅니다. 그들은 그에게 가스코뉴식 헛소리를 1천 가지쯤 늘어놓습니다. 전쟁이 끝났다느니, 프란츠 황제가 보나파르트와의 회담을 결정했다느니, 자신들은 아우어슈페르크 공작과 만나기를 원한다느니 하면서 말입니다. 장교는 아우어슈페르크를 모셔 오도록 사람을 보냅니다. 그 원수들은 장교들을 얼싸안고 농을 지껄이며 대포 위에 걸터앉습니다.

그사이에 프랑스군 대대 하나가 눈에 띄지 않게 다리 위로 진입해서 발화 물질이 든 자루를 물에 던지고 **교두보**로 접근합니다. 드디어 우리의 친애하는 공작 아우어슈페르크 폰 마우테른 중장이 친히 모습을 드러냅니다. 그 원수들은 이렇게 말합니다. '친애하는 적이여! 오스트리아군의 꽃, 투르크 전쟁의 영웅이여! 반목은 종식되었고, 우리는 서로에게 손을 내밀 수 있습니다……. 나폴레옹 황제께서는 아우어슈페르크 공작을 알고 싶다는 열망으로 불타오르고 있습니다.' 한마디로 이자들은 괜히 가스코뉴 출신이 아니었던 겁니다. 그들은 아우어슈페르크에게 아름다운 말을 쏟아부었습니다. 그는 프랑스 원수들과 그처럼 빠르게 친해진 것에 황홀해져서, 뮈라의 긴 망토와 타조 깃털에 완전히 눈이 멀어 버려서 **그저 그들의 불을 보기만 할 뿐 적들에게 발사해야 했던 자신의 불에 대해서는 까맣게 잊어버립니다.** (빌리빈은 생생한 화술을 펼치면서도 이 **경구** 다음에 그 가치를 음미할 여유를 주고자 잠시 뜸 들이는 것을 잊지 않았다.) 프랑스 대대는 **교두보**로 달려들어가 대포의 포문을 막고 다리를 점령합니다. 아뇨, 하지만 무엇보다 훌륭한 점은……." 그는 자신의 이야기가 지닌 매력에 흥분했다가 차츰 마음을 가라앉히며 말을 이었다. "이것입니다. 대포를 신호로 지뢰에 불을 붙여 다리를 폭파하기로 되어 있었는데 이 대포 옆에 배치된 중사가, 다름 아닌 그 중사가 다리로 달려오는 프랑스 부대를 보고 발포하려 했지만 란이 그의 손을 밀친 겁니다. 아마 자신의 장군보다 더 똑똑했던 중사는 아우어슈페르크에게 다가가 이렇게 말합니다. '공작님, 공작님은 속고 계십니다. 저기 프랑스군이 오고 있습니다!' 중사가 말을 하게 내버려 두면 작전이 실패한다는 것을 뮈라는 압니다. 그는 놀라는 척하며 (영락없는 가스코뉴 사람이지요) 아우어슈페르크를 돌아봅니다. '세상에서 그토록 찬양받는 오스트리아식 규율로는 보이지 않는군요.' 그가 말합니다. '그런데도 당신은 부하가 이런 식으로 말하도록 내버려 두는군요!' 천재적입니다. 아우어슈페르크 공작은 모욕을 느끼고 중사를 체포할 것을 명령합니다. 아뇨, 인정하세요. 멋지지 않습니까, 다리에서 일어났던 이 모든 일이 말입니다. 이것은 어리석은 행위도 아니고, 비열한 짓도 아니고……."

"아마 배신이겠지요." 안드레이 공작은 회색 외투, 부상, 화약 연기, 포성 그리고 자신을 기다리는 영광을 머릿속에 생생하게 그리며 말했다.

"그것도 아닙니다. 이 일로 궁정은 아주 나쁜 상황에 처했어요." 빌리빈이 계속 말했다. "그것은 배신도, 비겁한 행위도, 어리석은 행위도 아닙니다. 그것은 울름의 상황과 같아요……." 그는 적당한 표현을 찾느라 생각에 잠긴 듯했다. "그것은…… 그것은 마크 식이에요. 우리는 마크화되어 버린 겁니다." 그는 자신이 경구 하나를, 그것도 더 참신한 경구를, 훗날 거듭해서 반복될 그런 경구를 찾았다고 느끼며 말을 맺었다.

그때까지 이마에 잡혀 있던 주름은 만족감의 표시로 빠르게 풀어졌다. 그는 가볍게 미소를 지으며 자신의 손톱을 바라보았다.

"어디 갑니까?" 자리에서 일어나 자기 방으로 향하는 안드레이 공작에게 그가 불쑥 물었다.

"떠날 겁니다."

"어디로요?"

"부대로요."

"당신은 이틀 정도 더 머물려고 했잖아요?"

"하지만 지금 당장 떠나겠습니다."

안드레이 공작은 출발 지시를 내리고 자기 방으로 갔다.

"이봐요, 친구⋯⋯." 빌리빈이 공작의 방으로 들어오면서 말했다. "당신에 대해 생각했습니다. 당신은 무엇 때문에 떠나는 겁니까?"

그리고 그 논거가 반박할 수 없는 것이라는 증거로 얼굴의 주름이 싹 사라졌다.

안드레이 공작은 의아해하는 눈빛으로 상대방을 바라보고는 아무 대답도 하지 않았다.

"당신은 왜 떠날까요? 난 압니다. 당신은 군대가 위기에 처한 이 순간에 군대로 달려가는 것이 자신의 의무라고 생각하는 겁니다. 난 그걸 이해합니다, **친구, 하지만 그건 영웅주의예요.**"

"결코 그렇지 않습니다." 안드레이 공작이 말했다.

"하지만 당신은 **철학자**이니 철저히 철학자가 되어 다른 측면에서 사물을 보세요. 그러면 오히려 자신을 지키는 것이 자신의 의무임을 알게 될 겁니다. 그런 것은 더 이상 아무짝에도 쓸모없는 사람들에게 맡겨요⋯⋯. 당신은 복귀 명령을 받지도 않았고, 이곳 사람들도 당신을 보내지 않을 겁니다. 그러니 당신은 여기 남아서 우리의 불행한 운명이 우리를 이끄는 곳으로 우리와 함께 갈 수 있어요. 다들 올뮈츠*로 떠난다고 하는군요. 올뮈츠는 아주 사랑스러운 도시입니다. 당신도 나와 함께 내 콜랴스카로 편안히 떠납시다."

"농담은 그만두십시오, 빌리빈." 볼콘스키가 말했다.

"나는 친구로서 진심으로 말하는 겁니다. 신중하게 생각해요. 지금 여기 남을 수 있는데 어디로, 그리고 무얼 위해 떠난다는 겁니까? 당신을 기다리는 건 둘 중 하나예요. (그는 왼쪽 관자놀이 위에 주름을 잡았다.) 당신이 부대에 닿기도 전에 평화 조약이 체결되거나 아니면 쿠투조프의 군대와 함께 패배와 치욕을 겪는 겁니다."

그러고 나서 빌리빈은 자신이 제시한 딜레마가 논박될 수 없다고 생각하며 주름을 폈다.

"그런 것을 헤아리고 있을 수는 없습니다." 안드레이 공작은 차갑게 말했지만 속으로는 '난 군대를 구하기 위해 가는 거야'라고 생각했다.

"친구, 당신은 영웅이군요." 빌리빈이 말했다.

13

바로 그날 밤 볼콘스키는 국방 대신에게 작별 인사를 하고 부대로 떠났다. 그러나 정작 어디에서 부대를 찾아야 할지 몰랐고, 크렘스로 가는 도중 프랑스군에 잡힐까 봐 두려웠다

브륀에서는 궁정의 모든 사람들이 짐을 꾸리고 있었고, 무거운 것들은 이미 올뮈츠로 향하고 있었다. 에첼스도르프 부근에서 안드레이 공작은 러시아 군대가 정신없이 서두르며 극도로 무질서하게 이동하고 있던 길로 나오게 되었다. 길이 짐마차로 꽉 차 있어서 에키파시를 타고서는 갈 수 없었다. 카자크 대장에게 말 한 마리와 카자크 한 명을 받은 안드레이 공작은 굶주림과 피로에 지친 몸으로 수송 대열을 추월하며 총사령관과 자신의 짐마차를 찾아 말을 몰았다. 도중에 군이 처한 상황에 관한 아주 불길한 소문들이 그에게 전해졌고, 무질서하게 달려가는 군대의 모습이 그 소문들을 뒷받침해 주고 있었다.

"영국의 황금이 세상 끝에서 이곳으로 데려온 저 러시아 군대, 우리는 그들에게 똑같은 운명(울름에 있던 군대의 운명)을 겪게 할 것이다."* 그는 보나파르트가 출정에 앞서 자신의 군대에 명한 말을 떠올렸다. 그 말은 그의 마음속에 천재적인 영웅에 대한 놀

라움과 모욕당한 자존심, 그리고 영예에 대한 기대를 똑같이 불러일으켰다. '어떻게 죽을 것인가 외에 아무것도 남지 않는다면?' 그는 생각했다. '좋아, 필요하다면야! 나도 남들 못지않게 그것을 해보이겠어.'

안드레이 공작은 끝없이 뒤죽박죽 이어지는 부대와 짐마차와 군수품 이동 창고와 대포를 경멸의 눈초리로 바라보고 다시 짐마차로, 또 짐마차로, 진흙투성이 길을 꽉 채운 채 서너 줄로 앞서거니 뒤서거니 지나가는 온갖 종류의 짐마차로 눈길을 돌렸다. 사방에서, 앞뒤에서, 청각이 미치는 모든 곳에서 바퀴 소리, 마차 차체와 텔레가와 포가(砲架)가 덜컹거리는 소리, 말발굽 소리, 채찍 소리, 말 모는 소리, 병사와 종졸과 장교들의 욕설이 들려왔다. 양쪽 길가를 따라 때로는 가죽이 벗겨지거나 벗겨지지 않은 말들의 사체가, 때로는 부서진 짐마차들과 그 옆에서 무언가를 기다리며 쓸쓸하게 앉아 있는 병사들이, 때로는 떼를 지어 이웃 마을로 가거나 마을에서 수탉과 숫양과 건초와 무언가로 가득 채운 자루를 끌고 오는 낙오병들이 보였다. 오르막길과 내리막길에서는 사람들이 더 붐비고 비명 섞인 신음 소리가 끊이지 않았다. 병사들은 무릎까지 진흙탕에 빠지며 대포와 치중차(輜重車)를 들어 나르고 있었다. 채찍이 허공을 가르고, 말발굽이 미끄러지고, 멍에와 수레를 연결한 끈이 끊어지고, 사람들의 가슴이 비명으로 찢어지고 있었다. 이동을 지휘하는 장교들은 수송 대열 사이에서 앞으로 뒤로 말을 몰았다. 그들의 목소리는 전체가 왁자지껄하는 소리들 틈에서 희미하게 들렸고, 그들의 얼굴에는 이 무질서를 멈출 방법이 없다는 절망의 빛이 보였다.

'바로 저기에 친애하는 정교회 군대가 있군.' 볼콘스키는 빌리빈의 말을 떠올리며 생각했다.

그는 그 사람들 중 누군가에게 총사령관이 어디에 있는지 물어보기 위해 수송 대열 쪽으로 말을 몰았다. 그의 바로 맞은편에서 말 한 마리가 끄는 기묘한 에키파시가 오고 있었다. 텔레가와 카브리올레*와 콜랴스카의 중간 형태였고, 병사들의 물건들로 직접 만든 것처럼 보였다. 한 병사가 에키파시를 몰고 있었고, 가죽 포장 아래의 비 가리개 뒤편에는 숄로 온몸을 감싼 여자가 앉아 있었다. 안드레이 공작이 다가가 병사에게 막 질문을 하려는 순간 키비토치카* 안에 앉은 여자의 비명 소리가 그의 주의를 끌었다. 수송 대열을 지휘하던 장교가 다른 마차들을 앞지르려 들었다고 이 콜랴소치카*에 마부로 앉아 있던 병사를 때릴 때 채찍이 에키파시의 비 가리개를 쳤던 것이다. 여자는 날카로운 소리로 비명을 지르고 있었다. 안드레이 공작을 본 그녀는 비 가리개 아래에서 몸을 쑥 내밀더니 깔개 같은 숄 밑으로 나온 야윈 두 손을 흔들며 외쳤다.

"부관! 부관님! 제발…… 좀 보호해 주세요……. 이제 어떻게 되는 거죠? 전 7엽병(獵兵) 연대 군의관 아내예요. 통과시켜 주질 않아요. 우리는 뒤처지는 바람에 일행을 놓쳤어요……."

"두들겨 패서 레표시카*를 만들어 줄 테다. 마차 돌려!" 격분한 장교가 병사에게 소리쳤다. "네놈의 화냥년을 데리고 돌아가란 말이야!"

"부관님, 지켜 주세요. 도대체 어찌 된 노릇인가요?" 군의관 아내가 부르짖었다.

"이 짐마차를 통과시켜 주시지요. 여기 여성분이 있는 게 보이지 않습니까?" 안드레이 공작이 장교에게 가까이 가며 말했다.

장교는 그를 흘깃 쳐다보고는 아무 대꾸도 없이 다시 병사 쪽으로 몸을 돌렸다.

"내가 먼저 가겠다……. 뒤로 가!"

"보내 주라고 말하잖습니까?" 안드레이 공작은 입술을 꽉 다물며 거듭 말했다.

"넌 뭐 하는 놈이야?" 장교가 갑자기 술주정을 부리며 안드레이 공작을 돌아보았다. "네놈이 뭔데? 네가 (그는 **네가**라는 말에 특히 힘을 주었다) 지휘관이야, 어? 여기 지휘관은 네놈이 아니라 나야. 넌 뒤로 가." 그는 똑같은 말을 되풀이했다. "레표시카처럼 납작하게 패 주겠어."

장교는 그 표현이 꽤 마음에 드는 모양이었다.

"애송이 부관 녀석에게 호기롭게 퇴짜를 놨군." 뒤에서 목소리가 들렸다.

안드레이 공작은 장교가 술에 취해 까닭 없이 난폭하게 굴며 무슨 말을 하는지 깨닫지도 못하는 발작 상태라는 것을 알아차렸다. 그는 키비토치카에 탄 군의관 아내를 두둔하려는 자신의 태도가 자신이 세상에서 가장 두려워하는 것, **웃음거리**라 불리는 것으로 가득 차 있음을 깨달았다. 하지만 그의 본능은 다른 것을 말하고 있었다. 장교가 마지막 말을 미처 다 끝내기 전에 안드레이 공작은 격노로 흥해진 얼굴을 하고 그에게 다가가 가죽 채찍을 들어 올렸다.

"통-과-시-켜 주-시-지-요!"

장교는 한 손을 내저으며 황급히 옆으로 물러났다.

"모든 혼란은 언제나 이런 참모 장교들 때문에 생기지." 그가 투덜거렸다. "알아서 하쇼."

안드레이 공작은 눈도 들지 않고 자신을 구세주라 부르는 군의관 아내 곁을 서둘러 떠났다. 그러고는 혐오에 찬 심정으로 이 굴욕적인 장면을 극히 세세한 부분까지 떠올리며 사람들로부터 총사령관이 있다고 들은 마을을 향해 말을 달렸다.

마을에 들어선 그는 말에서 내려 첫 번째 집으로 갔다. 잠시나마 쉬며 뭐라도 먹고 자신을 괴롭히는 이 모든 모욕적인 상념들을 분명하게 정리해 볼 요량이었다. '이들은 불한당 떼거리지 부대가 아니야.' 그가 이런 생각을 하며 첫 번째 집의 창으로 다가갈 때 귀에 익은 목소리가 그의 이름을 불렀다.

그는 주위를 둘러보았다. 작은 창문에서 네스비츠키의 잘생긴 얼굴이 튀어나왔다. 네스비츠키가 축축하게 젖은 입으로 무언가를 씹으며 두 팔을 흔들어 그를 불렀다.

"볼콘스키, 볼콘스키! 뭐야, 안 들려? 얼른 와." 그가 소리쳤다.

집으로 들어서며 안드레이 공작은 무언가를 먹고 있던 네스비츠키와 또 다른 부관을 보았다. 그들은 서둘러 볼콘스키에게 새로운 소식을 아는 게 있는지 물었다. 안드레이 공작은 너무도 친숙한 그들의 얼굴에서 불안과 걱정의 표정을 읽었다. 그 표정은 언제나 낄낄거리는 네스비츠키의 얼굴에서 특히 두드러졌다.

"총사령관님은 어디 계십니까?" 볼콘스키가 물었다.

"여기, 저 집에 계십니다." 부관이 대답했다.

"그래, 그래서 평화 조약과 항복이 있었다는 게 사실인가?" 네스비츠키가 물었다.

"내가 묻고 싶은 말이네. 난 내가 간신히 자네들이 있는 곳까지 왔다는 사실 말고는 아무것도 몰라."

"이봐, 그럼 우린 어떻게 되는 거야! 끔찍해! 친구, 우리가 마크를 조롱했던 것을 사과하지. 우리 상황이 더 안 좋으니 말이야." 네스비츠키가 말했다. "자, 앉아, 뭐라도 먹어."

"공작, 지금은 짐마차고 뭐고 아무것도 찾을 수 없어요. 당신의 표트르가 어디 있는지는 하느님만 아실 겁니다." 다른 부관이 말했다.

"도대체 군사령부는 어디에 있습니까?"

"츠나임*에서 밤을 보내고 있습니다."

"그래서 난 필요한 것을 말 두 마리에 전부 실어 두었어." 네스비츠키가 말했다. "게다가 짐짝도 훌륭하게 꾸려 놓았지. 보헤미아산맥을 넘어서라도 달아날 수 있을 거야. 좋지 않군, 친구. 그래, 자네는 몸이 안 좋은 게 틀림없어. 왜 그렇게 부들부들 떨어?" 안드레이 공작이 라이덴병(瓶)*에 닿기라도 한 듯 경련을 일으키는 것을 보고 네스비츠키가 물었다.

"괜찮아." 안드레이 공작이 대답했다.

순간 그는 조금 전 군의관 아내와 수송대 장교를 맞닥뜨린 일을 떠올렸다.

"총사령관님은 여기서 뭘 하고 계시나?" 그가 물었다.

"전혀 모르겠어." 네스비츠키가 말했다.

"모든 게 혐오스럽고, 혐오스럽고, 또 혐오스럽다는 것, 내가 아는 건 그거 하나야." 안드레이 공작은 이렇게 말하고는 총사령관이 묵고 있는 집으로 향했다.

안드레이 공작은 쿠투조프의 에키파시와, 수행원들의 지친 말들과, 자기들끼리 큰 소리로 떠드는 카자크들 옆을 지나 현관으로 들어갔다. 안드레이 공작이 들은 대로 쿠투조프는 바그라티온 공작과 바이로터와 함께 농가에 있었다. 바이로터는 전사한 슈미트를 대신해서 온 오스트리아 장군이었다. 현관에는 체구가 작은 코즐롭스키가 서기 앞에 쭈그려 앉아 있었고, 서기는 군복 소매를 걷어붙인 채 거꾸로 뒤집은 작은 통을 받치고 부랴부랴 뭔가를 쓰고 있었다. 코즐롭스키는 진이 다 빠진 얼굴이었다. 그도 밤잠을 자지 못한 듯했다. 그는 안드레이 공작을 흘깃 쳐다보았을 뿐 고개도 까딱하지 않았다.

"제2선은……. 썼나?" 그는 서기에게 계속 받아 적게 했다. "키예프 척탄병 부대, 포돌스크……."

"서두르지 마시라고요." 서기는 코즐롭스키를 돌아보고 무례하게 성을 내며 대답했다.

그때 문 너머에서 쿠투조프의 불만 섞인 활기찬 목소리와 그것을 가로막는 다른 낯선 목소리가 들려왔다. 이 목소리들의 울림, 코즐롭스키가 힐끔 쳐다볼 때의 냉랭함, 지친 서기의 불손함, 서기와 코즐롭스키가 총사령관과 그렇게 가까이 바닥의 작은 통 둘레에 앉아 있는 모습, 말고삐를 잡은 카자크들이 집의 창 밑에서 큰 소리로 웃어 대는 모습, 이 모든 것을 통해 안드레이 공작은 무언가 중대하고 불행한 일이 일어나리라는 것을 느꼈다.

안드레이 공작은 코즐롭스키를 향해 집요하게 몇 가지 질문을 던졌다.

"잠깐만, 공작……." 코즐롭스키가 말했다. "바그라티온에게 줄 작전 계획이란 말이야."

"그럼 항복은?"

"그럴 일은 없어. 전투 명령이 떨어졌네."

안드레이 공작은 목소리가 새어 나오는 문 쪽으로 향했다. 그러나 문을 열려는 순간 방 안의 목소리들이 뚝 그치더니 문이 저절로 열리고 퉁퉁한 얼굴에 매부리코인 쿠투조프가 문지방에 나타났다. 안드레이 공작은 쿠투조프 바로 맞은편에 섰다. 그러나 총사령관의 시력이 남은 한쪽 눈의 표정으로 보아 너무나 강하게 그를 사로잡은 상념과 근심이 그의 시야를 가린 듯했다. 그는 자기 부관의 얼굴을 정면으로 보면서도 알아보지 못했다.

"어떻게 됐나, 끝냈나?" 그가 코즐롭스키를 향해 말했다.

"곧 끝납니다, 총사령관 각하."

동양인 유형의 표정 없는 딱딱한 얼굴에 키가 크지 않고 마른, 아직은 늙지 않은 바그라티온이 총사령관을 뒤따라 나왔다.

"총사령관님을 뵙게 되어 영광입니다." 안드레이 공작은 봉투를 내밀며 꽤 큰 소리로 말했다.

"아, 빈에서 온 건가? 좋아, 나중에, 나중에!"

쿠투조프는 바그라티온과 함께 현관 계단으로 나갔다.

"자, 공작, 잘 가게." 그가 바그라티온에게 말했다. "그리스도가 자네와 함께하시길! 자네가 큰 공훈을 세우길 기원하네."

뜻밖에 쿠투조프의 얼굴이 부드러워졌고 두 눈에 눈물이 고였다. 그는 왼손으로 바그라티온을 끌어당겼고, 반지 낀 오른손을 들어 익숙해 보이는 몸짓으로 성호를 그으며 통통한 한쪽 뺨을 그에게 내밀었다. 바그라티온은 뺨 대신 그의 목에 입을 맞추었다.

"그리스도가 자네와 함께하시길!" 쿠투조프는 똑같은 말을 되풀이하고 콜랴스카로 다가갔다. "함께 타지." 그가 볼콘스키에게 말했다.

"총사령관 각하, 제가 이곳에서 도움이 되었으면 합니다. 바그라티온 공작의 부대에 남도록 허락해 주십시오."

"어서 타게." 쿠투조프가 말했다. 그는 볼콘스키가 머뭇거리는 것을 보았다. "내게도 훌륭한 장교가 필요하네. 내게도 필요하단 말일세."

그들은 콜랴스카에 올라타고 몇 분 동안 묵묵히 갔다.

"앞으로도 많은 일들이, 온갖 일들이 있을 걸세." 그는 마치 볼콘스키의 마음에서 일어나는 모든 생각을 헤아린 듯 노인 특유의 꿰뚫어 보는 표정으로 말했다. "내일 그의 부대 가운데 10분의 1이라도 돌아온다면 하느님께 감사드릴 텐데." 쿠투조프가 혼잣말을 하듯 덧붙였다.

안드레이 공작은 쿠투조프를 쳐다보았다. 이즈마일의 탄환이 쿠투조프의 머리를 꿰뚫어 관자놀이에 생긴 상처의 말끔하게 씻긴 주름과 그의 빠진 한쪽 눈이 쿠투조프로부터 반 아르신* 떨어진 그의 눈에 어쩔 수 없이 들어왔다. '그래, 그는 이 사람들의 죽음에 대해 저렇듯 차분하게 말할 권리가 있지!' 볼콘스키는 생각했다.

"그래서 절 이 부대에 보내 주십사 부탁드리는 겁니다." 그가 말했다.

쿠투조프는 대답하지 않았다. 그는 이미 자신이 한 말을 잊은 듯 생각에 잠겨 앉아 있었다. 5분 후 쿠투조프는 콜랴스카의 부드러운 스프링 위에서 경쾌하게 흔들리는 몸으로 안드레이 공작을 돌아보았다. 그의 얼굴에는 동요의 흔적조차 없었다. 그는 미묘한 조소를 띤 채 황제를 알현할 때의 세세한 정황, 궁정에서 들은 크렘스 전투에 관한 평판, 두 사람 모두 아는 몇몇 여인들에 대해 안드레이 공작에게 물었다.

I4

11월 1일, 쿠투조프는 정찰병을 통해 자신의 군대를 궁지에 가까운 상황으로 몰아넣고 있던 소식을 접했다. 정찰병은 대규모 병력의 프랑스군이 빈의 다리를 건너 러시아에서 오는 부대와 쿠투조프 사이의 연락로로 향했다고 보고했다. 만약 쿠투조프가 크렘스에 남기로 결정한다면 나폴레옹의 15만 군대는 모든 연락로를 차단하고 그의 기진맥진한 4만 군대를 에워쌀 것이다. 그러면 그는 울름에서 마크가 처했던 상황에 놓이게 된다. 만약 쿠투조프가 러시아에서 오는 부대들과 연락할 도로를 포기하기로 결정한다면 적의 우세한 병력을 막으면서 보헤미아산맥의 낯선 지역으로 길도 없이 들어가서 북스게브덴*과 연락할 희망을 완전히 버려야 했다. 만약 쿠투조프가 러시아에서 오는 부대와 합류하기 위해 크렘스에서 올뮈츠로 난 길을 따라 퇴각하기로 결정한다면 빈에서 다리를 건넌 프랑스군에 이 길 위에서 추월당해 결국 무거운 장비와 수송 대열을 끌고 다니다가 양쪽에서 포위당한 채 그의 부대보다 세 배나 우세한 적과 행군 도중에 전투를 치르는 위험을 무릅써야 했다.

쿠투조프는 이 마지막 출구를 택했다.

정찰병의 보고에 따르면, 프랑스군은 빈의 다리를 건너 쿠투조프의 퇴각로에 1백 베르스트 이상 떨어진 전방에 위치한 츠나임을 향해 강행군하는 중이었다. 프랑스군보다 먼저 츠나임에 도달한다는 것은 군대를 구할 큰 희망을 얻는 것을 의미했다. 반면 프랑스군이 먼저 츠나임에 이르게 하는 것은 분명 전 군대를 울름 때와 비슷한 치욕 혹은 전멸에 처하게 한다는 의미였다. 그러나 전 군대를 이끌고 프랑스군을 앞지르기란 불가능했다. 빈에서 츠나임에 이르는 프랑스군의 길은 크렘스에서 츠나임에 이르는 러시아군의 길보다 짧고 좋았다.

정보를 입수한 날 밤, 쿠투조프는 바그라티온의 전위 부대 4천 명을 크렘스-츠나임 가도에서 빈-츠나임 가도로 가도록 산지 너머 오른쪽으로 보냈다. 바그라티온은 쉬지 않고 행군하여 앞쪽에는 빈을, 뒤쪽에는 츠나임을 둔 지점에서 멈추어야 했다. 만약 그가 프랑스군을 앞지른다면 그는 최대한 그들을 그곳에 묶어 두어야 했다. 쿠투조프 자신은 무거운 장비를 전부 끌고 츠나임으로 출발했다.

폭풍이 휘몰아치는 밤에 신발도 신지 않은 굶주린 병사들을 이끌고 길도 없는 45베르스트의 산속을 행군하다 부대의 3분의 1을 낙오로 잃은 끝에 바그라티온은 빈-츠나임 가도에 자리한 홀라브룬에, 빈에서 홀라브룬으로 접근 중인 프랑스군보다 몇 시간 앞서 닿았다. 쿠투조프가 츠나임에 도달하려면 수송 대열을 이끌고 하루 밤낮을 꼬박 더 행군해야 했다. 그러므로 군대를 구하기 위해서는 바그라티온이 굶주리고 지친 병사 4천 명을 이끌고 홀라브룬에서 맞닥뜨린 적군 전체를 하루 밤낮 동안 붙잡아 두어야 했다. 분명 불가능한 일이었다. 그러나 기이한 운명이 불가능을 가능으로 만들었다. 빈의 다리를 전투 없이 프랑스군 수중에 넣은 계략의 성공은 쿠투조프까지도 그렇게 속여 보라며 뮈라를 자극했다. 츠나임 가도에서 바그라티온의 미약한 부대와 마주친 뮈라는 이들을 쿠투조프의 전군으로 생각했다. 이 군대를 확실히 분쇄하기 위해 그는 빈에서 오는 도중 뒤처진 부대들을 기다렸고, 그럴 목적으로 양 군대가 각자 위치를 바꾸지 않고 현 지점에서 움직이지 않는다는 조건으로 사흘간의 휴전을 제안했다. 뮈라는 평화 조약을 위한 회담이 이미 진행 중이므로 무익한 유혈을 피하기 위해 제안하는 휴전이라고 설득했다. 최전선에 있던 오스트리아 장군 노스티츠 백작은 뮈라가 보낸 군사(軍使)의 말을 믿고 바그라티온의 부대를 노출시킨 채 퇴각해 버렸다. 또 다른 군사가 똑같이 평화 회담에 관한 소식을 알리고 러시아 부대에 사흘간의 휴전을 제안하기 위해 러시아군의 산병선 안으로 들어왔다. 바그라티온은 자신에게는 결정권이 없다고 답변한 뒤 그 제안을 보고하기 위해 쿠투조프에게 부관을 파견했다.

쿠투조프에게 휴전은 시간을 벌면서 피로에 지친 바그라티온의 부대를 쉬게 하고 수송 대열과 무거운 장비를 (이들의 이동은 프랑스군의 눈을 피해 이루어졌다) 츠나임까지 조금이라도 더 이동시킬 수 있는 유일한 수단이었다. 휴전 제의는 군대를 구할 유일하고도 뜻하지 않은 가능성을 제공했다. 쿠투조프는 그 소식을 받자 지체 없이 자기 휘하에 있던 시종 무관장 빈첸게로데를 적의 진영으로 보냈다.* 빈첸게로데는 휴전을 받아들여야 했을 뿐 아니라 항복의 조건도 제시해야 했다. 그동안 쿠투조프는 부관들을 후방으로 파견하여 전 군대에 크렘스-츠나임 가도를 따라 수송 대열의 이동을 최대한 서두르라고 지시했다. 지치고 굶주린 바그라티온의 부대는 수송 대열과 전 군대의 이러한 이동을 엄호하며 여덟 배나 우세한 적군 앞에 단독으로 꼼짝 않고 머물러야 했다.

어떤 의무도 지우지 않는 항복 제안이 일부 수송 대열에 이동할 시간을 벌어 주었다는 점에서나, 뮈라의 실책이 금방 드러날 것이 틀림없다는 점에서나 쿠투조프의 예상은 모두 적중했다. 홀라브룬에서 25베르스트 떨어진 쉰브룬에 있던 보나파르트는 휴전과 항복에 관한 뮈라의 보고를 받자마자 즉각 속임수를 간파하고 뮈라에게 다음과 같은 편지를 썼다.

뮈라 공작에게. 쉰브룬, 1805년 브뤼메르 25일,* 오전 8시.

당신에게 나의 불만을 표현할 마땅한 말을 찾을 수가 없소. 당신은 나의 전위 부대만 지휘하면 될 뿐, 내 지시 없이 휴전을 맺을 권리가 없소. 당신은 나로 하여금 원정 전체의 전과를 잃게 하고 있어요. 지체 없이 휴전을 파기하고 적을 향해 진격하시오. 당신은 이 항복 문서에 서명한 장군에게 그에게는 이런 권리가 없다고, 러시아 황제 외에는 어느 누구에게도 이러한 권리가 없다고 알리시오.

러시아 황제가 문서에 언급된 조건에 동의한다면 나도 동의하겠지만, 이것은 계략일 뿐이오. 진군하시오, 러시아군을 섬멸하시오…… 당신은 러시아군의 수송 대열과 대포를 취해도 좋소.

러시아 황제의 시종 무관장은 사기꾼이오. 전권을 갖지 않은 장교는 아무것도 아니오. 그자에게도 전권이 없소……. 빈의 다리를 건널 때에는 오스트리아군이 속았지만, 지금은 당신이 황제의 부관에게 속고 있어요.

나폴레옹*

보나파르트의 부관은 뮈라에게 보내는 이 준엄한 편지를 지니고 전속력으로 말을 몰았다. 자신의 장군들을 믿지 못한 보나파르트는 이미 다 마련된 제물을 놓칠까 두려워하며 근위대를 전부 거느리고 직접 전장으로 움직였다. 바그라티온의 4천 명의 부대원은 즐겁게 모닥불을 피워 옷을 말리고 몸을 덥혔으며 사흘 만에 처음으로 카샤를 끓였다. 부대원들 가운데 어느 누구도 그들 앞에 닥칠 일을 알지 못했고, 그것에 대해 생각하지도 않았다.

15

끈질긴 간청 끝에 쿠투조프의 승낙을 받아 낸 안드레이 공작이 그룬트에 도착하여 바그라티온 앞에 모습을 드러낸 것은 오후 3시가 지나서였다. 보나파르트의 부관이 아직 뮈라의 부대에 도착하지 않아서 전투는 시작되지 않았다. 바그라티온의 부대원들은 전투의 전반적인 흐름에 대해서는 아무것도 모른 채 평화 조약에 대해 말들을 하고 있었지만 그 가능성을 믿지 않았다. 또한 전투에 대해서도 말들을 했지만 전투가 임박했다고는 믿지 않았다.

볼콘스키가 쿠투조프의 총애와 신뢰를 받는 부관임을 알고 있던 바그라티온은 특별히 상관으로서 위엄과 관대함을 갖추어 그를 맞았다. 그는 볼콘스키에게 아마 오늘이나 내일쯤 전투가 있을 것이라고 설명하면서 전투 중에 자기 옆에 있든 후위 부대에서 '또한 매우 중요했던' 후퇴의 질서를 감독하든 뜻대로 하라며 전적인 자유를 허락했다.

"아마 오늘은 전투가 없을 거요." 바그라티온은 안드레이 공작을 안심시키려는 듯이 말했다.

'만일 이 인간이 조그만 십자 훈장이라도 받으려고 파견되는 흔해 빠진 참모부 멋쟁이라면 후위 부대에 있어도 포상을 받겠지.

하지만 나와 함께 있기를 원한다면 그러라고 내버려 두자…….
용맹한 장교라면 쓸모가 있겠지.' 바그라티온은 생각했다. 안드
레이 공작은 아무 대답도 하지 않고, 임무를 받았을 때 어디로 가
야 할지 알기 위해 진지를 둘러보고 부대의 배치를 알고 싶다며
허락을 구했다. 사치스럽게 차려입고 집게손가락에 다이아몬드
반지를 낀, 잘하지도 못하면서 걸핏하면 프랑스어로 말하던 부대
의 잘생긴 당직 장교가 안드레이 공작을 안내하겠다고 나섰다.

어디를 가든 축축한 슬픈 얼굴로 무언가를 찾는 듯한 장교들과
마을에서 문과 긴 의자와 울타리를 끌고 오는 병사들이 보였다.

"보세요, 공작, 저런 인간들에게서 벗어날 수 없을 겁니다." 참
모 장교가 그들을 가리키며 말했다. "지휘관들이 기강을 망치고
있어요. 자, 여기를 보십시오." 그가 종군 매점인 천막을 가리켰
다. "사람들이 모여 앉아 있지요. 오늘 아침에 전부 쫓아냈는데 다
시 꽉 찬 것 좀 보십시오. 공작, 말을 몰고 가서 저들을 쫓아 버려
야 합니다. 잠깐이면 됩니다."

"함께 들릅시다. 나도 저기에서 치즈와 흰 빵을 사야겠습니다."
그동안 무언가를 먹을 틈이 없었던 안드레이 공작이 말했다.

"공작, 왜 말하지 않았습니까? 내가 대접했을 텐데요."

그들은 말에서 내려 천막으로 들어갔다. 장교 몇 사람이 지칠
대로 지친 벌건 얼굴로 탁자 앞에 앉아 먹고 마시고 있었다.

"아니, 제군들, 도대체 이게 뭐요!" 참모 장교는 이미 여러 차례
똑같은 말을 되풀이한 사람처럼 나무라는 투로 말했다. "이렇게
자리를 비우면 안 되지. 공작께서 아무도 이곳에 있어서는 안 된
다고 지시하셨는데. 아, 당신이군요, 이등 대위." 참모 장교는 작
은 키에 지저분하고 야윈 포병 장교를 향해 말했다. 그는 부츠도
없이 (그는 그것을 매점 상인에게 말려 달라고 맡겼다) 긴 양말만

신은 차림으로 자연스럽지 않은 웃음을 지으며 들어온 사람들 앞에 일어섰다.

"아니, 투신 대위, 당신은 부끄럽지도 않습니까?" 참모 장교가 계속 말을 이었다. "당신은 포병으로서 모범을 보여야 할 사람이 부츠도 없군요. 경보가 울리면 부츠 없이 아주 꼴좋겠습니다. (참모 장교는 씩 웃었다.) 제군들, 제자리로 돌아가시오, 다, 다." 그는 상관다운 말투로 덧붙였다.

안드레이 공작은 이등 대위 투신을 쳐다보고 자기도 모르게 빙긋 웃었다. 투신도 말없이 빙그레 웃음을 지으며 맨발로 제자리걸음을 하면서 총명하고 선한 커다란 눈동자로 뭔가 묻고 싶은 듯 안드레이 공작과 참모 장교를 번갈아 보았다.

"병사들이 그럽니다. 신발을 벗으면 더 편하다고요." 투신은 거북한 처지를 바꾸고 싶은 듯 쭈뼛쭈뼛 웃으며 농담조로 말했다.

그러나 채 말을 끝내기도 전에 그는 자신의 농담이 먹히지 않았다는 것을 알고 당황했다.

"가시지요." 참모 장교는 진지함을 유지하려고 애쓰며 말했다.

안드레이 공작은 포병의 자그마한 모습을 한 번 더 쳐다보았다. 그에게는 전혀 군인답지 않고 다소 우스꽝스러운, 그러면서도 꽤 매력적인 독특한 무언가가 있었다.

참모 장교와 안드레이 공작은 말에 올라 계속 나아갔다.

걷고 있는 병사들과 장교들을 앞지르기도 하고 마주치기도 하면서 마을 밖으로 나간 그들은 왼편으로 새로 파낸 깨끗한 진흙으로 축조 중인 붉은 요새들을 보았다. 바람이 찬데도 루바시카만 걸친 여러 대대의 병사들이 흰개미처럼 요새들 위에서 우글거렸다. 흙벽 뒤에서는 보이지 않는 누군가가 삽으로 붉은 흙을 파서 계속 던지고 있었다. 그들은 말을 몰고 요새로 다가가 둘러보고 더 앞으로 나아갔다. 요새 뒤에서 두 사람은 요새로부터 끊이지 않고 바뀌며 연이어 달려 내려오는 수십 명의 병사들과 맞닥뜨렸다. 두 사람은 그 불결한 공기로부터 벗어나기 위해 코를 막고 전속력으로 말을 몰았다.

"저런 게 야영의 즐거움이지요, 공작." 참모 장교가 말했다.

그들은 맞은편 산으로 향했다. 그 산에서는 프랑스군이 눈에 들어왔다. 안드레이 공작은 말을 세우고 주위를 둘러보기 시작했다.

"바로 여기에 우리 포병 중대가 있습니다." 참모 장교가 가장 높은 지점을 가리키며 말했다. "부츠도 없이 앉아 있던 그 괴짜의 부대입니다. 저기서는 다 보입니다. 가시지요, 공작."

"대단히 감사합니다만 이제부터는 혼자 다니겠습니다." 안드레이 공작은 참모 장교에게서 벗어나고 싶어 이렇게 말했다. "걱정하지 마십시오."

그래서 참모 장교는 뒤에 남고, 안드레이 공작 혼자 떠났다.

앞으로 더 멀리, 적에게 더 가까이 나아갈수록 부대의 모습은 더욱 질서 정연하고 쾌활해졌다. 가장 무질서하고 의기소침해 보인 것은 안드레이 공작이 아침에 둘러본, 프랑스군으로부터 10베르스트 떨어진 츠나임 앞의 수송대였다. 그룬트에서도 불안과 무언가에 대한 두려움이 어느 정도 느껴지고 있었다. 그러나 안드레이 공작이 프랑스군의 산병선에 가까이 접근할수록 아군의 모습은 점차 더 자신만만해졌다. 외투 차림의 병사들이 줄 지어 서 있고, 상사와 중대장이 분대 맨 끝에 있는 병사의 가슴을 손가락으로 찌르면서 한 손을 들라고 명령하며 점호를 하고 있었다. 온 사방에 흩어진 병사들이 장작과 마른 나뭇가지를 끌고 와서 유쾌하게 웃고 떠들며 작은 임시 막사를 짓고 있었다. 옷을 입거나 벗은 병사들이 루바시카와 각반을 말리거나 부츠와 외투를 수선하며 모닥불 곁에 앉아 있었고, 큰 솥들과 취사병들 주위에서 북적거리기도 했다. 한 중대에서는 식사가 준비되자 병사들이 탐욕스러운 얼굴로 김이 무럭무럭 나는 큰 솥을 바라보며 자신의 임시 막사 맞은편 통나무에 앉아 있던 장교가 병참부 부사관이 나무 사발에 담아 온 카샤를 시식하기만 기다렸다.

모두가 보드카를 가진 것이 아니어서 좀 더 운 좋은 중대에서는 병사들이 어깨가 떡 벌어지고 얼굴이 얽은 상사 주위에 북적거리며 서 있었다. 상사는 작은 나무통을 기울여 차례로 내미는 물통 뚜껑에 술을 따라 주었다. 병사들은 경건한 얼굴로 뚜껑을 입에 가져가 들이켜고는 술로 입 안을 씻어 내고 외투 소맷자락으로 입가를 닦으면서 유쾌한 얼굴로 상사의 곁을 떠났다. 모든 얼굴이 너무나 평온했다. 마치 모든 것이 적의 눈앞에서 일어나는 것이 아니라, 적어도 부대원의 절반은 제자리를 지켜야 하는 전투 직전에 일어나는 것이 아니라, 고국 어딘가에서 평화로운 야영을 기다리는 가운데 일어나고 있는 듯했다. 엽병 연대*를 지나 똑같이 평화로운 일에 여념이 없는 키예프 척탄 부대의 용감한 대원들 사이에 들어섰을 때, 안드레이 공작은 다른 막사와 구분되는 연대장의 높다란 막사로부터 그다지 멀지 않은 곳에서 척탄 소대의 대오와 맞닥뜨렸다. 그 앞에 벌거벗은 남자가 누워 있었다. 병사 둘이 그를 붙잡고, 다른 둘은 휘청휘청한 잔가지를 휘두르며 벌거벗은 등을 때리고 있었다. 벌을 받는 남자는 부자연스러운 비명을 질렀다. 뚱뚱한 소령이 대오 앞을 왔다 갔다 하며 비명 소리에 아랑곳하지 않고 말했다.

"군인이 도둑질하는 것은 수치스러운 짓이다. 군인은 정직하고 고결하고 용맹해야 한다. 만약 형제의 물건을 훔치는 자가 있다면 그자에게는 명예심이 없는 것이다. 그런 자는 불한당이다. 더 해, 더, 더!"

탄력 있는 채찍 소리와 절망적이면서도 억지로 꾸민 듯한 비명 소리가 이어졌다.

"더, 더!" 소령이 계속 선고를 내렸다.

얼굴에 의혹과 고통의 표정을 띤 젊은 장교가 지나가던 부관을 의혹에 찬 눈초리로 돌아보며 처벌받는 병사의 곁을 떠났다.

안드레이 공작은 제일선으로 나간 뒤 전선을 따라 말을 몰았다. 왼쪽과 오른쪽 측면에서는 아군과 적군의 산병선이 멀리 떨어져 있었지만, 아침에 군사들이 오간 가운데 지점에서는 어찌나 가까이 붙었는지 서로 얼굴을 보며 말을 나눌 정도였다. 이 지점의 산병선에 배치된 병사들 외에도 양측에서 호기심을 품은 많은 병사들이 나와서 낄낄대며 낯설고 기이한 적들을 자세히 눈여겨보고 있었다.

산병선 접근을 금지했는데도 이른 아침부터 지휘관들은 호기심 많은 병사들을 물리칠 수 없었다. 무언가 진기한 것을 보여 주는 사람처럼 산병선에 서 있던 병사들은 이제 프랑스군은 쳐다보지 않고 자기 쪽으로 다가오는 사람들을 관찰하고면서 지루함에 겨워 교대를 기다리고 있었다. 안드레이 공작은 프랑스군을 살펴보기 위해 멈추었다.

"봐, 보라고." 한 병사가 머스킷 총을 든 러시아 병사를 가리키며 동료에게 말했다. 그는 장교와 함께 산병선으로 다가가 프랑스군 척탄병을 상대로 열을 올리며 말하고 있었다. "야, 잘도 지껄이네! 후랑스 놈도 못 따라가겠어. 네가 해 봐, 시도로프!"

"기다려, 들어 봐. 정말 잘하네!" 프랑스어의 달인이라 여겨지던 시도로프가 대답했다.

웃고 있던 병사들이 가리킨 병사는 돌로호프였다. 안드레이 공작은 그를 알아보고 그의 이야기에 귀를 기울였다. 돌로호프는 자신의 연대가 배치된 왼쪽 측면에서 자기 중대장과 함께 이 산병선으로 온 것이었다.

"자, 더, 더!" 중대장은 몸을 앞으로 구부린 채 자신이 알아듣지 못하는 말을 한마디도 놓치지 않으려고 애쓰며 계속 부추겼다. "더 빨리요. 뭐라는 거요?"

돌로호프는 중대장에게 대답하지 않았다. 그는 프랑스군 척탄병과 열띤 논쟁에 빠져 있었다. 그들은 당연하게도 전쟁에 대해 말하고 있었다. 프랑스 병사는 오스트리아군과 러시아군을 혼동하여 울름에서 항복하고 달아난 것이 러시아군이라 주장했고, 돌로호프는 러시아군은 항복한 적이 없을뿐더러 오히려 프랑스군을 무찔렀다고 주장했다.

"이곳에서도 네놈들을 쫓아내라는 명령을 받았으니 쫓아내고 말 테다." 돌로호프가 말했다.

"네놈들의 카자크들 전부와 함께 붙잡히지 않게 애쓰기나 하시지." 프랑스군 척탄병이 말했다.

프랑스군 구경꾼들과 청중이 웃음을 터뜨렸다.

"수보로프 시절에 네놈들이 춤을 추었던 것처럼 춤추게 해 주지. (네놈들이 춤을 추게 하겠다.)" 돌로호프가 말했다.

"저놈이 뭐라고 노래하는 거야?" 한 프랑스인이 말했다.

"옛날이야기야." 다른 프랑스인이 옛 전쟁에 대한 이야기일 것이라고 추측했다. "황제께서 너희들의 수바라*에게도 다른 녀석들에게처럼 본때를 보여 주실 것이다……."

"보나파르트는……." 돌로호프가 말문을 열었지만 프랑스인이 가로막았다.

"보나파르트가 아냐. 황제시다! 이 빌어먹을 놈아……." 그가 화를 내며 소리쳤다.

"악마가 네놈들의 황제를 갈기갈기 찢어 놓을 거다!"

그러더니 돌로호프는 러시아어로 병사들처럼 거칠게 욕설을 퍼붓고는 라이플총을 둘러메고 자리를 떴다.

"갑시다, 이반 루키치." 그가 중대장에게 말했다.

"바로 저런 게 후랑스 말을 한다는 거다." 산병선에 있던 병사들이 입을 열었다. "자, 네가 해 봐, 시도로프!"

시도로프는 한쪽 눈을 찡긋하더니 프랑스군을 향해 뜻 모를 말들을 중얼중얼 지껄이기 시작했다.

"카리, 말라, 타파, 사피, 무테르, 카스카." 그는 자기 목소리에 풍부한 억양을 더하려고 애쓰며 마구 지껄였다.

"호, 호, 호! 하, 하, 하, 하! 우흐, 우흐!" 무의식중에 산병선을 넘어 프랑스인들에게까지 옮아간, 건강하고 유쾌한 너털웃음이 병사들 사이에 와자하게 울려 퍼졌다. 그렇게 웃은 후에는 라이플총에서 탄환을 빼고 탄약 상자를 터뜨리고 다들 서둘러 집으로 흩어져 돌아가야 할 것 같았다.

그러나 라이플총은 여전히 장전된 채였고, 집들과 요새에 만들어진 총안(銃眼)은 여전히 준엄하게 전방을 응시했으며, 포차에서 분리된 대포들도 전과 다름없이 서로를 겨누고 있었다.

16

안드레이 공작은 전선의 오른쪽 측면에서 왼쪽 측면까지 전부 돌아본 후 참모 장교의 말대로라면 전장 전체가 보이는 포병 중대로 올라갔다. 그곳에 이르자 그는 말에서 내려 포차에서 분리한 대포 네 문 가운데 가장 끝에 있는 대포 옆에 섰다. 대포들 앞에는 보초가 왔다 갔다 하고 있었다. 그는 장교 앞에서 재빨리 차려 자세를 취했다가 장교의 신호에 따라 다시 일정한 속도로 무료하게 걷기 시작했다. 대포 뒤에 포차가 있었고, 또 그 뒤에는 말을 매는 말뚝과 포병들의 모닥불이 있었다. 왼쪽으로 맨 끝의 대포에서 멀지 않은 곳에는 새로 엮어 만든 작은 임시 막사가 있었다. 그곳에서 장교들의 활기찬 목소리가 들려왔다.

실제로 포병 중대에서는 러시아 군대의 배치가 거의 다 보이고, 적군의 배치도 상당히 많이 보였다. 포병 중대 바로 맞은편, 맞은편 언덕의 지평선에는 쇤그라벤 마을이 보였다. 마을 왼쪽과 오른쪽의 모닥불 연기에 싸인 세 지점에서 프랑스 대군을 식별할 수 있었다. 그들 가운데 상당수는 마을 안과 산 너머에 있을 것이 분명했다. 마을 왼쪽으로 연기 속에 포병 중대 비슷한 무언가가 있는 듯했지만 육안으로는 잘 보이지 않았다. 아군의 오른쪽 측면은 프랑스군 진지 위로 우뚝 솟은 꽤 가파른 고지에 자리 잡고 있었다. 그 고지를 따라 아군의 보병이 포진해 있었고, 맨 끝에는 용기병(龍騎兵)*들이 보였다. 안드레이 공작이 서서 진형(陣形)을 살피고 있던, 투신의 포병 중대가 자리 잡은 중심부에는 아주 완만하게 경사진 쭉 곧은 내리막과 오르막이 아군 진지와 쉰그라벤의 경계를 이루던 실개울로 이어져 있었다. 왼쪽의 아군 부대는 장작을 패는 보병들의 모닥불에서 연기가 피어오르던 숲에 접해 있었다. 프랑스군의 전선이 아군보다 넓어서 분명 프랑스군은 양쪽에서 아군을 쉽사리 포위할 수 있을 것이었다. 아군의 진지 뒤에는 험준하고 깊은 골짜기였다. 그 골짜기를 따라 포병대와 기병대가 퇴각하기는 힘들었다. 안드레이 공작은 대포에 팔꿈치를 괴고 수첩을 꺼내 자신을 위한 부대의 배치도를 그렸다. 그는 바그라티온에게 보고할 작정으로 두 군데에 연필로 표시를 했다. 그는 첫째로 포병대를 전부 중앙에 집중시키고, 둘째로 기병대를 뒤쪽 골짜기 맞은편으로 이동시킬 것을 고려해 보았다. 안드레이 공작은 늘 총사령관 곁에 있으면서 대군의 움직임과 군 전반에 걸친 명령을 주시해 왔고, 전투의 역사적 기술에 계속 몰두해 왔다. 그래서 그는 이 임박한 전투에서 자기도 모르게 전반적인 모습 속에서만 군사 행동의 향후 진행을 그려 보고 있었다. 머릿속에는 그저 다음과 같은 대강의 우연만 떠올랐다. '만약 적이 오른쪽 측면을 공격한다면…….' 그는 속으로 중얼거렸다. '키예프 척탄병 부대와 포돌스크의 엽병 부대가 중앙의 예비 부대가 올 때까지 진지를 사수해야 한다. 그럴 경우 용기병은 측면을 공격해 적을 격파할 수 있을 것이다. 중앙부가 공격받을 경우에는 이 고지에 중심 포병 중대를 배치하고 그들의 엄호 아래 왼쪽 측면을 집결시켜 사다리꼴 대형으로 골짜기까지 후퇴하는 것이다.' 그는 홀로 이런저런 판단을 내리고 있었다…….

포병 중대의 대포 옆에 있는 내내 그는 평소에도 종종 그러듯이 막사에서 떠드는 장교들의 목소리를 계속 들으면서도 그들이 하는 말을 단 한 마디도 알아듣지 못했다. 그러다 문득 막사에서 들려온 목소리들의 진심 어린 말투가 너무도 인상 깊어서 자신도 모르는 사이에 귀를 기울이기 시작했다.

"아니지, 친구." 안드레이 공작에게 왠지 친숙하게 느껴지는 기분 좋은 목소리가 말했다. "난 말이야, 죽음 이후에 무엇이 있는지 알 수만 있다면 우리 가운데 누구도 죽음을 두려워하지 않을 거라고 말하는 거야. 그렇지, 친구."

좀 더 젊은 다른 목소리가 그의 말을 가로챘다.

"무서워하든 무서워하지 않든 마찬가지야. 피할 수 없으니까."

"하지만 여전히 무서워하잖아요! 에, 당신들은 박식한 사람들이군요." 또 다른 늠름한 목소리가 두 사람의 말을 가로막으며 말했다. "바로 그겁니다. 당신들 포병들이 그렇게도 박식한 것은 늘 보드카와 자쿠스카를 싣고 다니기 때문이에요."

그러고는 보병 장교인 듯한 그 늠름한 목소리의 주인이 웃음을 터뜨렸다.

"늘 두려워하지." 귀에 익은 처음의 목소리가 말을 계속했다. "미지(未知), 바로 그걸 두려워하는 거야. 영혼이 천국에 간다고 아무리 말해 봤자…… 사실 우리는 알잖아. 천국은 없고 오직 대기뿐이라는 걸 말이야."*

또다시 늠름한 목소리가 포병의 말을 가로막았다.

"자, 이제 당신의 약초 술을 좀 내놓지 그래요, 투신." 그 목소리가 말했다.

'아, 종군 매점에서 부츠 없이 서 있던 바로 그 대위군.' 안드레이 공작은 철학을 논하는 듣기 좋은 목소리를 알아보고 마음이 흐뭇했다.

"약초 술은 주지요." 투신이 말했다. "하여튼 내세를 이해한다는 것은……." 그는 미처 말을 끝내지 못했다.

그때 윙 하는 소리가 공중에서 들렸다. 가까이, 더 가까이, 더 빠르게, 더 크게, 더 크게, 더 빠르게, 포탄은 마치 꼭 해야 했던 말을 미처 다 하지 못했다는 듯 무자비한 힘으로 흙먼지를 일으키며 막사에서 멀지 않은 땅바닥에 쿵 떨어졌다. 대지가 무시무시한 타격에 신음하는 듯했다.

순간 막사에서 몸집이 작은 투신이 파이프를 옆으로 문 채 맨 먼저 튀어나왔다. 선하고 지적인 얼굴이 다소 창백했다. 그 뒤를 늠름한 목소리의 주인인 용감한 보병 장교가 나와서 단추를 채우며 자기 중대로 달려갔다.

17

안드레이 공작은 말을 탄 채 포병 중대에 남아 포탄을 날려 보낸 대포의 연기를 바라보았다. 그의 시선은 드넓은 공간을 따라 내달렸다. 그가 본 것이라곤 이제껏 꼼짝하지 않던 프랑스 대군이 꿈틀거리기 시작했고 왼쪽에 있던 것이 실제로 포병 중대였다는 것뿐이었다. 그곳의 연기는 아직 흩어지지 않았다. 부관으로 보이는 프랑스 기병 둘이 산을 질주했다. 산병선을 보강하기 위해서인지 뚜렷하게 보이는 적군의 소규모 종대가 산 아래로 움직이고 있었다. 첫 발포로 생긴 연기가 흩어지기 전에 또 다른 연기가 보이고 포성이 울렸다. 마침내 전투가 시작되었다. 안드레이 공작은 말을 돌려 바그라티온 공작을 찾기 위해 그룬트로 되돌아 달려갔다. 그의 등 뒤에서 포격 소리가 점점 더 잦아지고 심해졌다. 아군의 응전이 시작된 듯했다. 아래쪽, 군사들이 오간 곳에서 라이플 총 소리가 들리기 시작했다.

르 마루아가 보나파르트의 준엄한 편지를 지니고 지금 막 뮈라에게 달려왔다. 무안해진 뮈라는 자신의 실수를 만회하려고 즉각 부대를 중앙과 양 측면으로 움직였다. 그는 저녁이 되기 전에, 그리고 황제가 당도하기 전에 자기 앞에 있는 보잘것없는 부대를 짓밟고 싶었다.

'시작이다! 드디어 왔군!' 안드레이 공작은 피가 심장으로 더 자주 흘러드는 것을 느꼈다. '그런데 도대체 어디에 있지? 나의 툴롱은 과연 어떤 식으로 나타날까?' 그는 생각했다.

15분 전만 해도 카샤를 먹고 보드카를 마시던 그 중대들 사이로 말을 달리며 그는 여기저기에서 대오를 정비하고 라이플총을 분해하는 병사들의 한결같이 신속한 움직임을 보았다. 그리고 자기 마음속에 차오르는 활기를 모든 얼굴에서 감지했다. '시작이다! 드디어 왔군! 두렵고 유쾌하다!' 병사들과 장교들 한 사람 한 사람의 얼굴이 그렇게 말하고 있었다.

구축 중이던 요새에 닿기도 전에 그는 흐린 가을날의 저녁 빛 속에서 말을 타고 자기 쪽으로 다가오는 사람들을 보았다. 맨 앞사람은 펠트 망토를 걸치고 챙 없는 새끼 양 가죽 모자를 쓰고 백마를 타고 있었다. 바그라티온 공작이었다. 안드레이 공작은 말을 멈추고 그를 기다렸다. 바그라티온 공작이 말을 잠시 세우더니 안드레이 공작을 알아보고 고개를 끄덕였다. 안드레이 공작이 자기가 본 것을 말하는 동안 그는 정면을 바라보고 있었다.

'시작이다! 드디어 왔군!' 하는 표정은 심지어 잠이 덜 깬 듯 반쯤 감긴 흐릿한 눈을 한 바그라티온 공작의 굳센 갈색 얼굴에도 어려 있었다. 안드레이 공작은 불안한 호기심을 안고 그 움직임 없는 얼굴을 유심히 바라보며 이 사람이 이 순간 생각을 하고 감정을 느끼고는 있는지, 대체 무엇을 생각하고 무엇을 느끼는지 알고 싶었다. '저 움직이지 않는 얼굴 뒤에 무언가가 있기는 한 것일까?' 안드레이 공작은 그를 바라보며 스스로에게 묻고 있었다. 바그라티온 공작은 안드레이 공작의 말에 동의하는 뜻으로 고개를 끄덕이더니 일어나고 있고 보고받은 모든 것을 자신이 이미 예견했다는 듯한 표정으로 "좋소"라고 말했다. 안드레이 공작은 말을 급하게 몬 탓에 숨을 헐떡이며 빠르게 말했다. 바그라티온 공작은 서둘러 봤자 갈 곳이 없음을 넌지시 일깨우듯 특유의 동방풍 억양으로 유난히 느릿느릿 말을 내뱉었다. 그러나 투신의 포병 중대 쪽으로 향할 때는 빠른 속도로 말을 몰았다. 안드레이 공작은 수행원들과 함께 그의 뒤를 따랐다. 바그라티온 공작을 따르는 이들은 수행 장교, 공작의 부관, 제르코프, 연락 장교, 꼬리를 자른 아름다운 말을 탄 당직 참모 장교, 그리고 호기심으로 전투에 나가게 해 달라고 청원한 군법 회의 법무관이었다. 문관인 법무관은 너부데데한 얼굴의 뚱뚱한 사내로, 기쁨에서 우러나온 순박한 미소를 띤 채 말 위에서 흔들리며 주위를 둘러보고 있었다. 경기병들과 카자크들과 부관들 틈에서 거친 모직 외투 차림으로 수송병 안장 위에 앉은 모습이 기묘했다.

"전투를 보고 싶다고 해서요." 제르코프가 법무관을 가리키며 볼콘스키에게 말했다. "그런데 벌써부터 명치가 쿡쿡 쑤셔 온답니다."

"아, 그만하세요." 법무관은 마치 제르코프의 농담거리가 되어 영광이라는 듯 환하고 순박한, 그러면서도 교활한 미소를 지으며 말했다. 마치 실제보다 더 어리석게 보이려고 애쓰는 듯했다.

"참 우습군요, 몽 무슈 프랭스." 당직 참모 장교가 말했다. (그는 공작이라는 작위를 프랑스어로 칭하는 특별한 방식이 있다는 것을 기억했으나 도무지 바르게 할 수가 없었다.*)

그들 모두 투신의 포병 중대에 거의 다다랐던 그때, 그들의 앞쪽에 포탄이 떨어졌다.

"도대체 뭐가 떨어진 겁니까?" 법무관이 순박한 미소를 띠며 물었다.

"프랑스 레표시카들이죠." 제르코프가 말했다.

"그러니까 이런 걸로 사람을 죽인다는 겁니까?" 법무관이 물었다. "정말 무섭군요!"

그러더니 만족에 겨워 완전히 풀어진 듯 보였다. 그가 말을 끝내기 무섭게 다시 쉭 하는 예상치 못한 무시무시한 소리가 울리더니 갑자기 물렁한 무언가에 퍽 박히며 그쳤다가 다시 쉬, 쉬, 쉬, 펑 하고 울렸다. 법무관 뒤에서 오른쪽으로 약간 떨어져 말을 몰던 카자크가 말과 함께 땅바닥에 푹 쓰러졌다. 제르코프와 당직 참모 장교는 안장 위로 몸을 숙이고 말을 옆으로 돌렸다. 법무관은 카자크 맞은편에 말을 세우고는 호기심 어린 눈으로 그를 주의 깊게 바라보았다. 카자크는 죽었으나 말은 계속 몸부림치고 있었다.

가늘게 뜬 눈으로 주위를 둘러보고 방금 일어난 혼란의 원인을 확인한 바그라티온 공작은 마치 '이런 어리석은 일에 관심을 가질 필요가 있는가!' 하고 말하는 듯 무심히 고개를 돌렸다. 그는 뛰어난 기수의 솜씨로 말을 세우고는 몸을 살짝 구부려 외투에 걸린 장검을 바로 놓았다. 장검은 지금 사람들이 지니고 다니던 것과 달리 고풍스러웠다. 안드레이 공작은 수보로프가 이탈리아에서 자신의 장검을 바그라티온에게 선사했다는 일화를 기억해 냈고,[*] 순간 그 기억은 유난히 기쁘게 여겨졌다. 그들은 볼콘스키가 전장을 둘러볼 때 서 있던 포병 중대 쪽으로 다가갔다.

"누구의 중대인가?" 바그라티온 공작이 탄약 상자 옆에 서 있던 포병 하사에게 물었다.

그는 "누구의 중대인가?"라고 물었지만, 사실 '자네들은 벌써 이곳에 있는 걸 두려워하는 게 아닌가?' 하고 물은 것이었다. 하사도 그것을 알아차렸다.

"투신 대위의 중대입니다, 각하." 머리털이 붉고 얼굴이 주근깨로 덮인 하사가 몸을 똑바로 세우며 쾌활한 목소리로 외쳤다.

"그렇군, 그래." 바그라티온은 무언가를 생각하며 이렇게 중얼거리고는 포차들을 지나 맨 끝의 대포 쪽으로 말을 몰았다.

그가 가까이 다가갔을 때 대포에서 그와 수행원의 귀를 먹먹하게 하는 소리가 울리고, 갑자기 대포를 감싼 연기 속에 대포를 붙잡고 온 힘을 다해 밀어서 서둘러 제자리로 돌려놓으려는 포병들이 보였다. 어깨가 넓고 몸집이 거대한 제1포병이 꽂을대를 든 채두 다리를 넓게 벌리고는 포차 바퀴 쪽으로 껑충 뛰었다. 제2포병은 떨리는 손으로 포탄을 포구에 집어넣었다. 키가 작고 등이 굽은 투신 대위는 대포 받침대에 걸려 비틀거리고는 장군이 온 사실을 알아차리지 못한 채 자그마한 손 밑으로 내다보며 앞으로 달려나갔다.

"2리니야* 더 올려. 그럼 딱 맞을 거야." 그는 가느다란 목소리에 자신의 외양과 어울리지 않는 기개를 더하려고 애쓰며 외쳤다. "2번 대포." 그가 빽빽거리며 외쳤다. "때려 부숴, 메드베데프!"

바그라티온이 장교를 불렀다. 그러자 투신은 군인이 경례하는 것이 아니라 사제가 축복을 내리듯 소심하고 거북한 동작으로 군모 챙에 손가락 세 개를 붙이고 장군에게 다가왔다. 투신의 대포는 협곡을 포격하기로 되어 있었지만 그는 전방에 보이는 쉰그라벤 마을을 향해 소이탄을 쏘고 있었다. 마을 앞에서 프랑스 대군이 진격해 오고 있었던 것이다.

어느 방향에 무엇으로 사격하라고 아무도 투신에게 명령하지 않았다. 그는 자신이 매우 존경하는 자하르첸코 상사와 상의하여 마을을 불살라 버리는 편이 좋겠다고 결정했다. "좋아!" 바그라티온은 장교의 보고에 대해 이렇게 말하고는 마치 무언가를 생각하는 듯한 표정으로 눈앞에 펼쳐진 전장을 죽 둘러보았다. 오른쪽에 보이는 프랑스군이 가장 가까이 접근해 있었다. 키예프 연대가 주둔한 고지 아래쪽, 개울이 흐르는 골짜기에서 영혼을 죄어 오는 라이플총의 요란한 소리가 끊임없이 들려왔다. 수행 장교가 공작에게 용기병 부대 너머 훨씬 더 오른쪽에서 아군의 측면을 우회하는 프랑스군 종대를 가리켰다. 왼쪽은 지평선이 가까운 숲에 둘러싸여 있었다. 바그라티온 공작은 2개 포병 중대에 지원을 위해 중앙에서 오른쪽으로 이동하라고 지시했다. 그러나 수행 장교는 공작에게 이 포병 중대들이 빠지면 대포가 엄호 없이 남게 된다고 과감히 지적했다. 바그라티온 공작은 수행 장교에게 고개를 돌리고 흐릿한 눈으로 말없이 그를 바라보았다. 안드레이 공작에게는 수행 장교의 의견이 말할 나위 없이 올바른 것 같았다. 그러나 그때 골짜기에 있던 연대의 지휘관이 보낸 부관이 프랑스 대군은 산기슭을 따라 접근하고 있으며 연대는 흐트러져서 키예프 척탄병들 쪽으로 퇴각하는 중이라는 소식을 가지고 달려왔다. 바그라티온 공작은 동의와 승인의 표시로 고개를 끄덕였다. 그는 말을 오른쪽으로 천천히 움직이고는 부관에게 프랑스군을 공격하라는 명령을 들려 용기병 부대로 보냈다. 하지만 그곳으로 파견된 부관은 30분 후에 되돌아와서 용기병 연대의 지휘관이 이미 골짜기 너머로 후퇴했다는 소식을 전했다. 적의 집중포화를 받고 병사들을 헛되이 잃자 지휘관이 사격병들을 서둘러 숲속으로 이동시켰다는 것이었다.

"좋아." 바그라티온이 말했다.

그가 포병 중대를 떠나려 했을 때 왼쪽 숲에서도 총소리가 들렸다. 늦지 않게 몸소 가 보기에는 왼쪽 측면에서 너무 떨어져 있어서 바그라티온 공작은 그곳으로 제르코프를 보내 오른쪽 측면이 적들의 공격을 오래 버틸 수 없을 것 같으니 최대한 서둘러 골짜기 너머로 후퇴할 것을 고참 장군에게 전하게 했다. 브라우나우에서 쿠투조프에게 연대의 사열을 받은 바로 그 장군이었다. 투신과 그를 엄호하던 포병 중대는 바그라티온 공작의 머릿속에서 사라졌다. 안드레이 공작은 바그라티온 공작과 지휘관들의 대화와 그가 내리는 명령에 세심히 귀를 기울이다가 놀랍게도 어떠한 명령도 내려지지 않았다는 사실, 바그라티온 공작은 필연과 우연과 개별 지휘관들의 의지에 따라 일어나던 모든 것, 이 모든 것이 비록 자신의 명령대로는 아니라 해도 자신의 의도대로 일어나고 있다는 인상을 주려고 애쓸 뿐이라는 사실을 알아차렸다. 바그라티온 공작이 보여 주던 요령 덕분에 안드레이 공작은 사건들의 우연성과 지휘관의 의지에 대한 무관성에도 불구하고 그의 존재가 극히 많은 것을 했다는 것을 깨달았다. 바그라티온 공작에게 낙담한 얼굴로 다가오던 지휘관들은 점차 침착해졌고, 병사들과 장교들은 그를 즐겁게 맞이하고 그가 있는 동안 더욱 활기를 띠었다. 그들은 바그라티온 공작 앞에서 자신의 용맹을 과시하는 것 같았다.

18

바그라티온 공작은 아군의 오른쪽 측면에서 가장 높은 지점으로 나가서 우레 같은 총소리가 들리고 화약 연기에 가려 아무것도 보이지 않는 아래쪽으로 내려가기 시작했다. 그들이 골짜기 가까이 내려갈수록 앞을 보기가 더 힘들어졌지만 그야말로 실제 전장이 가깝다는 사실은 더 실감이 났다. 그들은 부상병들과 맞닥뜨렸다. 군모도 없이 머리가 피투성이가 된 병사를 두 병사가 양팔을 잡고 질질 끌고 갔다. 그 병사는 목쉰 소리를 내며 침을 뱉었다. 탄환이 입 안이나 목구멍에 맞은 듯했다. 그들과 마주친 또 다른 병사는 큰 소리로 "아아!" 하고 생생한 통증에 한 팔을 흔들면서도 라이플총 없이 혼자 힘차게 걷고 있었다. 병에서 쏟아지기라도 하듯 그의 팔에서 피가 외투로 흘러내리고 있었다. 고통스럽다기보다는 놀란 얼굴이었다. 그는 바로 직전에 부상을 당했다. 일행은 길을 건너 가파른 비탈을 내려가기 시작했고, 비탈에서 바닥에 드러누운 병사들을 보았다. 그들은 한 무리의 병사들과 마주쳤는데 그중에는 부상을 입지 않은 이들도 있었다. 병사들은 힘겹게 숨을 몰아쉬며 산을 오르고 있었고, 장군을 보고서도 큰 소리로 떠들며 팔을 흔들어 댔다. 앞쪽의 연기 속에서 회색 외투의 대열들이 보이고 있었다. 장교가 바그라티온을 보더니 돌아오라고 고함을 치며 무리 지어 걸어가고 있던 병사들을 뒤쫓아 달려갔다. 바그라티온은 대열로 다가갔다. 대열 여기저기에서 총소리가 말소리와 호령 소리를 삼키며 빠르게 탁탁댔다. 대기는 온통 화약 연기로 자욱했다. 병사들의 얼굴은 전부 화약에 그슬려 있었고 활기가 넘쳤다. 어떤 이들은 꽂을대를 꽂고, 또 어떤 이들은 격발기 판에 화약을 치고 배낭에서 장약을 꺼내고, 또 어떤 이들은 발사를 했다. 하지만 그들이 누구에게 쏘는지는 바람에도 흩어지지 않는 화약 연기 때문에 보이지 않았다. 웅웅거리고 쉭쉭거리는 경쾌한 소리가 자주 들려왔다. '이게 도대체 뭐지?' 안드레이 공작은 병사들의 무리로 말을 몰아 다가가며 생각했다. '사람들이 이렇게 떼거지로 있는데 이건 산병선일 리 없다! 사람들이 움직이지 않고 있으니 공격일 리 없다. 방진(方陣)*일 리도 없다. 그런 식으로 서 있질 않잖아.'

쇠약해 보이는 야윈 노인인 연대장이 미소를 지으며 바그라티온 공작에게 다가와 귀빈을 영접하는 집주인처럼 그를 맞이했다. 노안을 절반 이상 덮은 눈꺼풀이 온화한 인상을 더하고 있었다. 그는 프랑스 기병이 자신의 연대를 공격했다고, 연대가 공격을 물리치긴 했지만 병력을 절반 이상 잃었다고 바그라티온 공작에게 보고했다. 연대장은 자기 연대에서 일어난 일을 묘사할 만한 군사 용어가 무얼까 잠시 생각한 후 공격을 격퇴했다고 말했다. 그러나 사실 그 스스로가 자신의 부대에 그 30분 동안 무슨 일이 일어났는지 몰라서, 공격을 격퇴한 것인지 아니면 자신의 연대가 적의 공격에 격퇴를 당한 것인지 확실히 말할 수 없었다. 전투가 시작되었을 때 그가 알았던 것이라곤 연대 곳곳에 포탄과 유탄이 날아와 사람들을 죽이기 시작했다는 것, 그다음에 누군가가 "기병대다"라고 소리쳐서 아군도 사격을 시작했다는 것뿐이었다. 그리하여 그들은 이미 자취를 감춘 기병대를 향해서가 아니라 골짜기에 나타나 아군에게 총을 쏘아 대던 프랑스 보병을 향해 사격을 하고 있었다. 바그라티온 공작은 이 모든 것이 완전히 그가 예상한 대로였다는 표시로 고개를 끄덕였다. 그는 부관에게 얼굴을 돌리고 그들이 방금 지나쳐 온 엽병 제6연대의 2개 대대를 산에서 데려오라고 명령했다. 그 순간 안드레이 공작은 바그라티온 공작의 얼굴에 일어난 변화에 놀랐다. 그의 얼굴은 무더운 날 물에 뛰어들기 위해 마지막 질주를 하는 사람에게서 나타나는 긴장되고 행복한 결단을 드러냈다. 잠이 부족한 듯 흐릿한 눈동자도, 깊은 생각에 잠긴 척하던 표정도 없었다. 비록 움직임에는 이전의 느릿함과 정연함이 남아 있었지만 둥글고 단호한 매 같은 눈동자는 기쁨에 겨워, 그러면서도 다소 멸시하듯 그 무엇에도 머물지 않는 듯하며 전방을 바라보았다.

연대장이 바그라티온 공작을 향해 이곳은 너무 위험하니 뒤로 물러날 것을 간청했다. "각하, 제발 부탁드립니다!" 그는 맞장구쳐 주기를 바라는 마음으로 수행 장교를 힐끔 쳐다보며 말했지만 수행 장교는 그를 외면했다. "자, 보십시오!" 그는 그들 주위에서 끊임없이 날카로운 비명을 지르고 노래를 부르고 휘파람을 불어 대는 탄환에 주의를 돌리게 했다. 그는 목수가 도끼를 쥔 지주에게 '우리에겐 익숙한 일이지만 나리의 손에는 물집이 잡힐 겁니다' 하고 말할 때처럼 간청과 비난의 어조로 말했다. 그는 이 탄환들이 그 자신은 죽일 수 없다는 듯이 말했고, 그의 반쯤 감긴 눈은 그의 말에 한층 더 설득력 있는 표정을 더했다. 참모 장교가 연대장의 설득을 거들었다. 그러나 바그라티온 공작은 그들에게 대답하지 않고, 사격을 중지하고 다가오는 2개 대대에 자리를 내줄 수 있도록 정렬하라고 명령했다. 그가 말하는 동안 바람이 일어 마치 보이지 않는 손처럼 골짜기를 덮고 있던 연기의 휘장을 오른쪽에서 왼쪽으로 걷어 냈다. 그러자 프랑스군이 진군하고 있는 맞은편 산이 그들 앞에 드러났다. 모든 눈길이 자신들을 향해 움직이며 계단 모양의 비탈을 휘감고 있던 프랑스군 종대에 쏠렸다. 이미 병사들의 털이 덥수룩한 군모가 보였다. 장교들과 졸병들을 구분할 수 있을 정도였다. 그들의 군기가 깃대에서 펄럭이는 것도 보였다.

"멋지게 행진하는군." 바그라티온의 수행원들 가운데 누군가가 말했다.

종대의 선두는 이미 골짜기로 내려와 있었다. 이쪽 비탈에서 충돌이 일어날 것이 분명했다…….

전투에 참가하고 있던 아군 연대의 나머지가 서둘러 정렬하여 오른쪽으로 후퇴했다. 그 뒤에서 낙오병들을 몰아내며 엽병 제6연대의 2개 대대가 질서 정연하게 다가왔다. 그들은 아직 바그라티온에게 다다르지 않았지만 대군 전체가 발맞춰 걷는 묵직하고 육중한 발소리가 들렸다. 왼쪽 측면에서 바그라티온과 가장 가까이 걷던 사람은 중대장이었다. 아둔하고도 행복한 표정을 한 둥근 얼굴에 늘씬한 남자로, 막사에서 뛰어나왔던 바로 그 사람이었다. 그는 이 순간 지휘관 옆을 멋지게 지나가야 한다는 것 말고는 아무 생각도 하지 않는 듯했다.

그는 전선에 있다는 의기양양한 기분에 젖어 조금도 힘들어하지 않고 몸을 쭉 펴며 힘줄이 튀어나온 억센 다리로 흘러가듯 가볍게 걸었다. 이 가벼움이 그의 걸음에 맞춰 걷는 병사들의 무거운 걸음과 구별 짓고 있었다. 그는 칼집에서 뺀 가느다랗고 좁다란 장검을 (무기처럼 보이지 않는 휘어진 작은 칼이었다) 다리 옆에 차고 지휘관과 뒤쪽을 번갈아 보면서도 보조를 놓치지 않고 강인한 몸통 전체를 유연하게 돌리곤 했다. 지휘관 옆을 가장 멋진 모습으로 지나가는 데만 온통 정신이 쏠려 있는 듯했다. 그리고 그는 자신이 이 일을 잘 해내고 있다고 느끼며 행복한 듯했다. "왼발…… 왼발…… 왼발……." 그는 한 걸음 한 걸음 내디딜 때마다 속으로 계속 중얼거리는 것 같았다. 배낭과 라이플총을 짊어진 병사들의 벽이 다양한 모습의 근엄한 얼굴과 함께 이 박자에 맞춰 움직이고 있었다. 수백 명의 병사들이 저마다 걸음을 내디디며 마음속으로 '왼발…… 왼발…… 왼발……' 하고 중얼거리는 것 같았다. 뚱뚱한 소령은 숨을 헐떡이고 보조를 놓치며 도중에 있는 덤불을 우회했다. 뒤처진 한 병사는 자신의 태만에 놀란 얼굴로 헐떡대며 중대를 뒤쫓아 맹렬하게 달려오고 있었다. 포탄이 대기를 짓누르며 바그라티온 공작과 수행원들의 머리 위로 날아와 '왼발, 왼발!' 하는 박자에 맞춰 종대를 명중시켰다. "밀집 대형으로!" 중대장의 한껏 뽐내는 목소리가 들렸다. 병사들은 포탄이 떨어진 자리에 있는 무언가를 피해 활 모양으로 굽은 대형으로 우회했다. 훈장을 받은 적 있는 나이 지긋한 측면의 부사관은 전사자들 주위에 잠시 머물렀다가 자신의 중대를 쫓아와 살짝 뛰어 발을 바꾸고 보조를 맞춘 후 성이 나서 주위를 둘러보았다. '왼발…… 왼발…… 왼발…….' 위협적인 침묵으로부터, 그리고 동시에 땅을 울리는 단조로운 발소리로부터 구령 소리가 들려오는 것 같았다.

"장하다, 제군들!" 바그라티온 공작이 말했다.

"각하를…… 위이하아여!" 소리가 대열에 울려 퍼졌다. 왼쪽에서 걷던 침울한 병사가 큰 소리로 외치며 '우리도 압니다' 하고 말하는 듯한 표정으로 바그라티온에게 눈길을 돌렸다. 다른 병사는 주의가 산만해질까 두렵다는 듯 주위에 눈길도 주지 않고 입을 크게 벌리고 외치며 지나갔다.

행군을 멈추고 배낭을 내려놓으라는 명령이 내려졌다.

바그라티온은 자기 옆을 지나간 대열들 주위를 빙 돌고 말에서 내렸다. 그러고는 고삐를 카자크에게 건네고 두르고 있던 망토도 벗어 건넨 다음 다리를 곧게 펴고 머리 위의 군모를 바로잡았다. 그 순간 장교들이 앞장선 프랑스군 종대의 선두가 산 아래에서 모습을 드러냈다.

"하느님이 함께하시길!" 바그라티온은 똑똑히 들리는 결연한 목소리로 말하고는 눈 깜짝할 사이에 정면으로 돌아서서 가볍게 두 팔을 흔들며 마치 일을 하는 듯 기병 특유의 불편해 보이는 걸음으로 울퉁불퉁한 들판을 따라 앞으로 나아가기 시작했다. 안드레이 공작은 저항할 수 없는 어떤 힘이 자신을 앞으로 이끄는 것을 느끼며 커다란 행복을 맛보고 있었다.*

프랑스군은 아주 가까이 있었다. 바그라티온과 나란히 걷던 안드레이 공작은 붕대와 붉은 견장과 심지어 프랑스군의 얼굴까지 뚜렷이 식별하고 있었다. (관절이 틀어진 두 다리에 각반을 찬 채 덤불을 붙잡고 힘겹게 산을 오르던 늙은 프랑스군 장교의 모습이 그의 눈에 또렷이 보였다.) 바그라티온 공작은 새로운 명령을 내리지 않고 계속 입을 다문 채 대열의 선두에서 걷고 있었다. 갑자기 프랑스군 사이에서 총성이 한 발 울렸다. 그리고 두 발, 세 발…… 뒤이어 혼란에 빠진 적군의 대열 전체로 연기가 퍼졌고, 포성이 울리기 시작했다. 그토록 유쾌하게 열심히 행군하던 둥근 얼굴의 장교를 포함한 아군 몇 명이 쓰러졌다. 그러나 첫 번째 총성이 울려 퍼진 바로 그 순간, 바그라티온은 뒤를 돌아보고 외쳤다. "우라!"*

"우라아아아!" 아군의 전선에서 길게 늘인 함성 소리가 울려 퍼졌다. 아군은 무질서하지만 유쾌하고 활기찬 무리를 이루어 바그라티온 공작을 앞지르고 서로 앞서거니 뒤서거니 하며 혼란에 빠진 프랑스군을 쫓아 산 아래로 달려 내려갔다.

19

엽병 제6연대의 공격은 오른쪽 측면의 후퇴를 안전하게 확보해
주었다. 중앙에서는 쇤그라벤을 불태우는 데 성공한 투신의 잊힌
포병 중대의 활동이 프랑스군의 움직임을 저지하고 있었다. 프랑
스군은 바람에 번지는 불을 끄느라 러시아군이 퇴각할 시간을 주
었다. 골짜기를 통한 중앙의 후퇴는 다급하고 소란스럽게 이루어
졌다. 그러나 부대들이 후퇴하는 가운데 명령의 혼동이 일어나지
는 않았다. 하지만 아조프 보병 연대와 포돌스크 보병 연대 및 파
블로그라트 기병 연대로 이루어진 왼쪽 측면은 란이 지휘하는 우
세한 프랑스 병력에 공격과 포위를 동시에 당하면서 혼란에 빠져
있었다. 바그라티온은 제르코프에게 즉각 퇴각하라는 명령을 들
려 왼쪽 측면의 장군에게 보냈다.

제르코프는 군모에서 손을 떼지 않은 채 씩씩하게 말을 몰아 달
려갔다. 그러나 바그라티온의 곁을 떠나자마자 기력이 그를 배신
했다. 극복할 수 없는 공포가 그를 덮쳐서 그는 위험한 그곳으로
갈 수 없었다.

그는 왼쪽 측면의 부대로 다가가 사격이 벌어지던 앞쪽으로 가
지 않고 장군과 지휘관들이 있을 리 없는 곳에서 그들을 찾았고,

결국 명령을 전하지 못했다.

왼쪽 측면의 지휘권은 연공서열에 따라 브라우나우 부근에서 쿠투조프에게 사열을 받았던, 돌로호프가 병사로 복무하는 연대의 지휘관에게 있었다. 그러나 왼쪽 측면 끝부분의 지휘권은 로스토프가 복무하는 파블로그라트 연대의 지휘관에게 있어서 그 때문에 말썽이 생겼다. 두 지휘관은 서로에게 강한 반감을 품고 있었다. 그리하여 오른쪽 측면에서 이미 오래전에 전투가 벌어졌고 프랑스군이 진격을 시작한 그 시각에 두 지휘관은 서로를 모욕할 목적을 띤 담판에 정신이 팔려 있었다. 기병 연대도, 보병 연대도 임박한 전투에 거의 준비되어 있지 않았다. 병사부터 장군에 이르기까지 연대의 병사들은 전투를 예상하지 못한 채 기병대는 말에게 먹이를 주고 보병대는 장작을 모으는 평화로운 작업들을 한가로이 하고 있었다.

"하지만 그 사람이 나보다 관등이 높잖나." 독일인 경기병 연대장이 말을 몰고 다가온 부관을 향해 얼굴을 붉히며 말했다. "그러니까 그 사람이 원하는 대로 하도록 내버려 두게. 나는 내 경기병들을 희생시킬 수 없어. 나팔수! 퇴각 나팔을 불어!"

그러나 상황이 다급해졌다. 오른쪽과 중앙에서 포성과 총성이 뒤섞여 울렸다. 란 휘하 저격병들의 군용 외투들이 이미 물레방앗간의 둑을 지나 이쪽에서 2열 라이플총 사격 대형으로 정렬하고 있었다. 보병 연대장은 휘청거리는 걸음으로 말에게 다가가 기어오른 뒤 몸을 아주 꼿꼿하게 높이 세우고 파블로그라트 연대의 지휘관에게 달려갔다. 두 연대장은 마음속에 적의를 감춘 채 한자리에 모여 정중히 인사를 나누었다. "다시 말하지만, 연대장……." 장군이 말했다. "하지만 난 부하의 절반을 숲에 남겨 둘 수 없소. **부탁하오, 부탁하오.**" 그는 거듭 말했다. "**진영을** 갖추고 공격을 준비해 주시오."

"내가 부탁드립니다. 본인의 일이 아닌 일에 간섭하지 말아 주십시오." 연대장이 벌컥 화를 내며 대답했다. "만약 당신이 기병이라면……."

"나는 기병이 아니오, 연대장. 하지만 나는 러시아 장군이오. 만약 당신이 이 점을 모른다면……."

"아주 잘 알고 있습니다, 각하." 연대장이 말을 움직이며 시뻘게진 얼굴로 갑자기 소리를 질렀다. "산병선에 가 보시는 게 어떨까요? 그러면 그 진영이 아무짝에도 쓸모없다는 걸 보실 겁니다. 나는 당신의 만족을 위해 내 연대를 전멸시키고 싶지 않습니다."

"제정신이 아니시군, 연대장. 난 내 만족을 채우려는 게 아니오. 그런 말은 용납할 수 없소."

장군은 용맹을 겨뤄 보자는 연대장의 도전을 받아들여 가슴을 쭉 펴고 인상을 찌푸린 채 그와 함께 산병선 쪽으로 말을 달렸다. 마치 그들의 불화가 그곳 산병선의 탄환 아래에서 해결되어야 하는 것 같았다. 그들이 산병선에 도착하자 머리 위로 탄환 몇 개가 날아갔다. 그들은 말없이 말을 멈추었다. 산병선에는 볼 만한 것이 아무것도 없었다. 그들이 이전에 서 있던 지점에서도 기병대가 덤불과 골짜기에서 활동하기란 불가능하다는 점과 프랑스군이 왼쪽 날개 쪽을 우회하고 있다는 사실이 분명했기 때문이었다. 장군과 연대장은 싸울 준비를 하는 두 마리 수탉처럼 준엄하고 의미심장한 눈길로 서로를 바라보며 상대방에게서 주눅 든 기색을 찾았다. 두 사람 다 시험에 통과했다. 아무 할 말이 없었고 어느 쪽도 상대방에게 자신이 먼저 총탄 아래에서 달아났다고 말할 빌미를 주고 싶지 않아서, 만약 그때 거의 그들의 바로 등 뒤 숲에서 요란한 총소리와 한데 뒤엉킨 불분명한 고함 소리가 들리지 않았더라면 그들은 서로의 용맹을 시험하며 그곳에 오랫동안 서 있었을 것이다. 프랑스군이 장작을 구하기 위해 숲에 있던 러시아 병사들을 공격했다. 경기병들은 이미 보병과 함께 후퇴할 수 없었다. 그들은 왼쪽으로 프랑스군에 의해 퇴로를 차단당했다. 이 때문에 지형이 아무리 불리하더라도 길을 뚫기 위해서는 공격을 하지 않을 수 없었다.

로스토프가 복무하던 기병 중대는 말에 올라타자마자 적과 대면하면서 발이 묶이고 말았다. 엔스강의 다리 위에서처럼 다시 또 기병 중대와 적 사이에는 아무도 없었다. 그들 사이에는 그때와 똑같이 미지와 공포의 무시무시한 선이 마치 산 자와 죽은 자를 나누는 선처럼 그들을 가르며 놓여 있었다. 모든 사람들이 이 선의 존재를 느끼고 있었다. 그리고 이 선을 넘을 것인가 말 것인가, 어떻게 넘을 것인가 하는 물음이 그들을 동요하게 만들었다.

연대장이 전선으로 말을 몰고 와서 장교들의 질문에 성난 기색으로 대답하고는 필사적으로 자기 방식을 고집하는 사람처럼 어떤 명령을 내렸다. 어느 누구도 확실하게 말하는 사람은 없었지만 공격에 대한 소문이 기병 중대에 퍼졌다. 대형을 꾸리라는 명령이 울려 퍼졌고, 이어 칼집에서 빼낸 기병도가 날카로운 쇳소리를 냈다. 그러나 여전히 아무도 움직이지 않았다. 보병이나 경기병이나 할 것 없이 왼쪽 측면의 부대들은 상부에서도 무엇을 해야 할지 모른다는 사실을 느끼고 있었다. 지휘관들의 망설임이 부대에 전해졌다.

'어서, 자, 어서.' 로스토프는 생각했다. 그는 동료 경기병들로부터 그토록 숱하게 들었던 공격의 쾌감을 맛볼 시간이 드디어 닥쳐왔음을 느꼈다.

"제군들, 하느님이 함께하시길." 데니소프의 목소리가 울렸다.

"속보로 전진!"

앞줄에서 말들의 엉덩이가 들썩거리기 시작했다. 그라치크가 고삐를 잡아당기며 스스로 움직였다.

로스토프는 오른쪽으로 아군 경기병들의 선두 대열을 보았고, 더 멀리 앞쪽에는 그가 잘 식별할 수는 없었지만 적이라고 여긴 검은 줄을 보았다. 총성이 들렸지만 멀리 떨어진 곳이었다.

"속도를 높여라!" 명령이 들렸다. 로스토프는 자신의 그라치크가 갤럽*으로 발을 바꾸며 엉덩이를 쳐드는 것을 느꼈다.

말의 움직임을 미리 짐작하게 되자 그는 점점 더 즐거워졌다. 그는 앞쪽에 외로이 선 나무 한 그루를 보았다. 처음에 그 나무는 앞쪽에, 그토록 무섭게 보이던 선의 한가운데에 있었다. 하지만 그 선을 넘자 더 이상 무서운 것이 없었을 뿐 아니라 모든 것이 한층 유쾌하고 생기를 띠었다. '아, 놈들을 어떻게 베어 줄까?' 로스토프는 칼자루를 꽉 움켜쥐며 생각했다.

"우르라아아!" 목소리들이 울려 대기 시작했다.

'자, 이제 어떤 놈이든 걸리기만 해라.' 로스토프는 그라치크에게 박차를 가하며 다른 사람들을 앞질러 전속력으로 말을 몰았다. 앞쪽에 벌써 적이 보였다. 갑자기 무언가가 넓은 빗자루로 쓸듯 기병 중대를 내리쳤다. 로스토프는 적을 벨 태세로 기병도를 들어 올렸다. 하지만 그 순간 앞쪽에서 말을 달리던 병사 니키텐코가 그에게서 멀어졌다. 마치 꿈속처럼 로스토프는 초자연적인 빠른 속도로 계속 돌진하면서도 그와 더불어 제자리에 머물러 있는 느낌이었다. 안면이 있는 경기병 반다르추크가 뒤에서 달려오며 성난 눈초리로 그를 쳐다보았다. 반다르추크의 말이 펄쩍 뛰어오르는 바람에 로스토프는 옆으로 비껴 났다. '도대체 어떻게 된 거지? 내가 움직이지 않는 거야? 말에서 떨어졌구나. 난 죽은 거야……'

짧은 순간에 로스토프는 스스로 묻고 답했다. 그는 들판 한가운데에 홀로 있었다. 움직이는 말과 경기병들의 등 대신 그는 자기 주위에서 움직이지 않는 땅과 수확 후의 그루터기를 보았다. 따뜻한 피가 그의 몸 아래 고여 있었다. '아니야, 나는 부상당했고 말이 죽은 거야.' 그라치크가 앞발로 일어서려다 기수의 한쪽 다리를 짓누르고 쓰러졌다. 말의 머리에서 피가 흐르고 있었다. 말은 몸부림쳤지만 일어설 수 없었다. 로스토프도 일어서려 했지만 쓰러지고 말았다. 타시카가 안장에 걸렸던 것이다. 아군이 어디에 있는지, 프랑스군이 어디에 있는지 그는 알지 못했다. 주위에는 아무도 없었다.

그는 한 발을 빼내고 일어섰다. '두 군대를 그처럼 확연하게 구분하던 선은 이제 어디에, 어느 쪽에 있을까?' 그는 스스로에게 물었지만 대답할 수 없었다. '이미 나에게 무언가 나쁜 일이 일어난 것은 아닐까? 이런 경우가 종종 있는 일인가? 그렇다면 이런 경우에는 어떻게 해야 하나?' 그는 몸을 일으키며 스스로에게 물었다. 순간 그는 감각이 마비된 왼팔에 무언가 쓸모없는 것이 매달려 있는 듯한 느낌이 들었다. 팔에 달린 손이 마치 남의 손 같았다. 그는 팔에서 핏자국을 찾으며 이리저리 살펴보았다. '어, 저기 사람들이 온다.' 그는 자신을 향해 달려오는 몇몇 사람을 보고 기뻐하며 생각했다. '저 사람들이 나를 도와주겠지!' 그 사람들의 맨 앞에서 기묘하게 생긴 키베르를 쓰고 파란 외투를 입은, 햇볕에 그을린 거무스름한 피부에 매부리코를 지닌 사람이 달려왔다. 또 두 사람, 그리고 또 더 많은 사람들이 그 뒤에서 달려왔다. 그들 가운데 한 사람이 러시아어가 아닌 이상한 말을 했다. 뒤쪽의 똑같은 키베르를 쓴 똑같은 사람들 틈에 러시아 경기병이 한 명 있었다. 그의 팔이 붙들려 있었다. 그의 뒤에는 그의 말이 붙들려 있었다.

'틀림없이 아군 포로다…… 그래. 이제 나도 붙잡으려는 건가? 저 사람들은 도대체 누구지?' 로스토프는 자신의 눈을 믿지 못하고 계속 생각했다. '정말 프랑스군인가?' 그는 점점 가까이 다가오는 프랑스군을 바라보았다. 조금 전만 해도 오직 프랑스 군인들을 따라잡아 베어 버리겠다는 일념으로 말을 달리고 있었음에도 이제는 그들이 가까이 있다는 사실이 너무도 끔찍하게 느껴져서 자신의 눈을 믿을 수가 없었다. '저들은 누굴까? 무엇 때문에 달려오는 거지? 설마 내게로? 정말 내게로 달려오는 거야? 왜? 날 죽이려고? 모두가 사랑하는 **나를?**' 그의 머릿속에 자신을 향한 어머니와 가족들과 친구들의 사랑이 떠올랐다. 그러자 그를 죽이려는 적의 의도가 절대 있을 수 없는 일로 느껴졌다. '어쩌면 그럴지도……. 날 죽일지도 몰라!' 그는 그 자리에서 움직이지도, 자신이 처한 상황을 깨닫지도 못하고 10초 이상 계속 서 있었다. 선두에 선 매부리코의 프랑스인이 어느새 얼굴 표정이 보일 정도로 가까이 달려오고 있었다. 총검을 앞으로 기울인 채 숨을 죽이며 자기를 향해 가볍게 달려오는 그의 흥분한 낯선 표정이 로스토프를 놀라게 했다. 로스토프는 피스톨을 꽉 쥐더니 그것을 쏘기는커녕 프랑스인에게 내던지고 온 힘을 다해 떨기나무 숲으로 뛰어갔다. 그는 엔스 다리를 지날 때 품었던 의혹과 투쟁의 감정이 아니라 사냥개를 피해 달아나는 토끼의 심정으로 달렸다. 자신의 젊고 행복한 삶을 잃는 데 대한 두려운 감정만 그의 온 존재를 지배했다. 그는 숨바꼭질할 때처럼 날쌔게 밭고랑을 껑충껑충 뛰어넘으며 들판을 쏜살같이 달려가다가 이따금 자신의 창백하고 선량하고 젊은 얼굴로 뒤를 돌아보곤 했다. 그럴 때면 공포의 한기로 등줄기가 오싹했다.

'아니야, 차라리 안 보는 게 낫겠어.' 그는 그렇게 생각했지만 떨기나무 숲이 가까워지자 한 번 더 돌아보았다. 프랑스인들은 뒤처졌다. 심지어 그가 돌아본 순간에는 선두의 군인이 뛰던 걸음을 보통 걸음으로 바꾸고는 뒤돌아서서 동료에게 뭐라고 힘껏 외치는 것이었다. 로스토프는 걸음을 멈추었다. '뭔가 이상해.' 그는 생각했다. '저 사람들이 날 죽이고 싶어 할 리가 없어.' 그동안에도 그의 왼팔은 2푸드짜리 아령이 매달린 것처럼 너무나 무거웠다. 그는 더 이상 달릴 수가 없었다. 프랑스인도 멈춰 서더니 총을 겨누었다. 로스토프는 실눈을 뜨고 몸을 굽혔다. 총알이 윙 소리를 내며 한 발 두 발 그의 곁을 날아갔다. 그는 마지막 힘을 모아 오른손으로 왼쪽 팔을 잡고 떨기나무 숲까지 뛰었다. 떨기나무 숲에는 러시아 저격병들이 있었다.

20

숲속에서 불시의 습격을 당한 보병 연대는 숲 밖으로 도망쳤고, 중대들은 다른 중대와 뒤섞여 무질서하게 무리를 지어 달아났다. 겁에 질린 한 병사가 별 의미 없는, 하지만 전쟁터에서는 무시무시한 말을 내뱉었다. "차단당했다!" 그러자 그 말은 공포의 감정과 함께 군대 전체로 퍼졌다.

"포위됐다! 차단됐다! 끝장났다!" 달아나는 병사들의 목소리가 부르짖었다.

뒤쪽에서 총소리와 외침이 들려온 순간 연대장은 자기 연대에 끔찍한 일이 일어났다는 것을 깨달았다. 그러자 오랜 세월 무엇 하나 흠잡을 데 없이 복무해 온 모범 장교인 자신이 실책이나 통솔력 부족으로 상관들 앞에서 추궁을 당할지도 모른다는 생각이 너무도 두렵게 그를 엄습했다. 그래서 그는 바로 그 순간 불손한 기병 연대장이며 장군으로서의 위엄은 다 잊은 채, 특히 위험이나 자기 보존의 감정은 깡그리 잊은 채, 우박처럼 쏟아지면서도 다행히 자신을 피해 가는 총탄 아래에서 안장의 굴곡진 가장자리를 잡고 말에 박차를 가하며 연대를 향해 질주했다. 그가 바라는 것은 단 한 가지였다. 상황을 파악하고, 부하들을 돕고, 만약 자신이 실수한 것이 있다면 무슨 일이 있어도 바로잡고, 22년 동안 복무하면서 어떤 일로도 질책을 받은 적이 없는 모범적인 장교로서 추궁을 받지 않는 것이었다.

운 좋게 프랑스군 사이를 빠져나온 그는 숲 너머 들판으로 말을 달렸다. 숲을 통과해 달아나던 아군은 상관의 명령도 듣지 않고 산 아래로 내려가고 있었다. 전투의 운명을 판가름하는 정신적 동요의 순간이 닥쳤다. 혼란에 빠진 병사들의 무리가 지휘관의 목소리에 귀를 기울일 것인가, 아니면 그를 힐끗 돌아보고는 계속 앞으로 달아날 것인가. 전에는 병사들에게 그토록 준엄하게 들리던 연대장의 필사적인 고함에도 아랑곳하지 않고, 또 딴사람이 된 듯한 연대장의 시뻘겋게 격분한 얼굴과 그가 휘두르는 장검에도 아랑곳하지 않고 병사들은 계속해서 떠들고 달리며 허공에 총을 쏘기만 할 뿐 명령에는 귀를 기울이지 않았다. 전투의 운명을 결정짓는 정신적 동요는 분명 공포 쪽으로 기우는 것처럼 보였다.

장군은 고함과 화약 연기 때문에 기침을 하기 시작했다. 그는 절망 앞에서 멈춰 섰다. 모든 것을 잃은 듯싶었다. 하지만 그 순간 아군을 공격하던 프랑스군이 별안간 눈에 띄는 이유도 없이 뒤로 달아나더니 숲 언저리에서 자취를 감추었다. 뒤이어 러시아군 저격병들이 숲에 나타났다. 티모힌의 중대였다. 유일하게 숲에서 질서를 유지하고 있던 그들이 숲 옆 도랑에 매복했다가 불시에 프랑스군을 공격한 것이었다. 티모힌이 어찌나 필사적으로 고함을 지르며 프랑스군에게 돌진했던지, 그가 작은 칼 하나 들고 어찌나 미친 듯이 술 취한 사람처럼 저돌적으로 적군에게 달려들었던지 프랑스군은 미처 정신을 차릴 틈도 없이 무기를 버리고 달아났다. 티모힌과 나란히 달리던 돌로호프는 프랑스군 한 명을 정통으로 맞혀 죽였고, 항복한 장교의 멱살을 맨 먼저 움켜잡았다. 달아났던 병사들이 다시 돌아오고 대대들이 집결했다. 왼쪽 측면의 부대를 둘로 갈라놓았던 프랑스군은 순식간에 격퇴되었다. 예비 부대가 드디어 합류했고, 탈주병들도 걸음을 돌렸다. 에코노모프 소령과 함께 다리 옆에 서서 후퇴하는 중대를 통과시키고 있던 연대장에게 한 병사가 다가와 그가 탄 말의 등자를 잡고 그에게 기대다시피 했다. 병사는 공장제 모직으로 지은 푸르스름한 외투를 입고 있었지만 배낭과 키베르는 없었다. 머리에 붕대를 감고, 어깨에는 프랑스군의 탄약 주머니를 걸치고, 손에는 장교용 검을 쥐고 있었다. 병사의 얼굴은 창백했고, 하늘색 눈동자는 연대장의 얼굴을 오만하게 쏘아보았으며, 입은 씩 웃고 있었다. 연대장은 에코노모프 소령에게 명령을 내리느라 분주했지만 이 병사에게 주의를 돌리지 않을 수 없었다.

"각하, 여기 전리품 두 개가 있습니다." 돌로호프가 프랑스군의 장검과 탄약 주머니를 가리키며 말했다. "제가 포로로 잡은 장교입니다. 제가 중대를 멈추었습니다." 돌로호프는 많이 지친 듯 무겁게 숨을 몰아쉬었다. 그는 띄엄띄엄 말을 이었다. "중대 전체가 증언해 줄 겁니다. 기억해 주셨으면 합니다, 각하!"

"좋소, 좋아." 연대장은 이렇게 말하고 에코노모프 소령에게 얼굴을 돌렸다.

그러나 돌로호프는 물러나지 않았다. 그는 손수건을 풀어 손에 쥐고 머리칼에 말라붙은 피를 보여 주었다.

"총검에 입은 부상입니다. 저는 전선 맨 앞에 있었습니다. 기억해 주십시오, 각하."

투신의 포병 중대는 사람들의 기억 속에 사라졌다. 전투가 완전히 끝날 무렵이 되어도 계속 중앙에서 대포 소리가 들리자 그제야 바그라티온 공작은 포병 중대에 속히 후퇴하라고 명하도록 당직 참모 장교와 안드레이 공작을 연이어 그곳으로 보냈다. 투신의 대포 옆에 배치되었던 엄호 부대는 전투가 한창일 때 누군가의 명령을 받고 떠나 버렸다. 그러나 포병 중대는 계속 포격을 했고, 누구의 엄호도 받지 못한 대포 네 문에서 그토록 대담한 포격이 가해졌으리라고는 적군이 상상할 수 없었던 오직 그 이유로 프랑스군에 붙잡히지 않았다. 오히려 이 포병 중대의 열정적인 활약으로 적군은 여기 중앙에 러시아군의 주력 부대가 결집되어 있다고 생각하여 두 차례에 걸쳐 이 지점에 대한 공격을 시도했다. 그리고 두 번 모두 이 고지에 외롭게 놓인 대포 네 문의 산탄 사격에 물러나고 말았다.

바그라티온 공작이 떠나고, 이내 투신은 쇤그라벤을 불태우는데 성공했다.

"허둥지둥하는 꼴 좀 봐! 탄다! 봐, 연기야! 잘한다! 대단하군! 연기다, 연기!" 포수들이 활기차게 떠들었다.

모든 대포가 명령이 없어도 화재가 난 곳을 향해 있었다. 병사들은 마치 가축을 몰듯 발포할 때마다 한목소리로 외쳤다. "잘한다! 그거야, 그거! 너…… 대단하다!" 바람에 흩날린 불길이 빠르게 번져 나가면서 마을 밖으로 나갔던 프랑스군 종대들이 후퇴하고 말았다. 그리고 이 실패에 대한 응징이라도 하듯 적군은 마을 오른편에 대포 열 문을 설치하고 투신을 겨냥해 일제히 포격하기 시작했다.

화재가 불러일으킨 어린아이 같은 기쁨과 프랑스군을 겨냥한 포격이 성공했다는 흥분 때문에 아군 포병들은 포탄 두 개와 뒤이어 날아온 포탄 네 개가 대포들 사이에 떨어져 한 발이 말 두 마리를 쓰러뜨리고 또 한 발이 탄약차 담당의 다리 하나를 날려 버렸을 때에야 비로소 그 포병 중대를 알아차렸다. 그러나 한번 솟아오른 기백은 수그러들지 않았다. 다만 상황이 바뀌었다. 말을 예비 포가에 매어 놓은 다른 말들로 교체하고 부상자를 옮긴 뒤 대포 네 문을 대포 열 문을 갖춘 프랑스 포병 중대 쪽으로 돌렸다. 투신의 동료 장교는 전투 초반에 전사했고, 한 시간 동안 포수 마흔 명 가운데 열일곱 명이 떨어져 나갔다. 그러나 포병들은 여전히 쾌활하고 활기찼다. 그들은 두 번에 걸쳐 가까운 아래쪽에 프랑스군이 나타난 것을 알아차렸고, 그때마다 적에게 산탄을 퍼부었다.

동작이 힘이 없고 서툰 작은 사람은, 그의 말에 따르면 **저것에 대한 포상으로 한 파이프 더** 채우라고 줄곧 종졸을 닦달했고, 파이프의 불티를 사방에 날리며 앞으로 달려가 작은 손을 이마에 대고 프랑스군을 바라보곤 했다.

"때려 부숴, 제군들!" 그는 이렇게 말하면서 직접 대포의 바퀴를 붙잡고 나사를 뺐다.

매번 그를 움찔하게 하던 쉴 새 없는 포성에 귀가 먹먹해진 투신은 짧은 담배 파이프에서 손을 놓지 않은 채 연기 자욱한 가운데 이 대포에서 저 대포로 뛰어다니며 포를 조준하고, 탄약을 세고, 죽거나 다친 말의 교체를 지시하고, 쇠약하고 가늘고 더듬대는 목소리로 소리를 질러 댔다. 그의 얼굴은 점점 더 생기를 띠었다. 오직 사람들이 죽거나 부상당할 때만 얼굴을 찌푸렸다. 그럴 때면 죽은 사람에게서 고개를 돌리며 언제나처럼 부상자나 시체를 일으키는 데 꾸물거리던 부하들을 향해 버럭 소리를 지르곤 했다. 대부분 잘생긴 젊은이들인 병사들은 (포병 중대에서 늘 그렇듯 키가 장교보다 머리통 두 개만큼 더 크고 어깨는 두 배 더 넓었다) 다들 곤란한 처지에 놓인 어린아이들처럼 지휘관을 쳐다보았다. 그리고 지휘관의 얼굴에 떠오른 표정은 그대로 그들의 얼굴에 투영되었다.

그 무시무시한 굉음과 소음, 주의와 활동에 대한 요구 때문에 투신이 공포라는 불쾌한 감정을 조금이라도 느꼈던 것은 아니다. 자신이 전사하거나 심한 부상을 입을 수 있다는 생각도 머리에 떠오르지 않았다. 오히려 그는 점점 더 쾌활해졌다. 그에게는 적군을 보고 처음으로 포격했던 순간이 이미 오래전의, 거의 어제 일처럼 느껴졌고, 자신이 서 있는 한 조각 땅이 오래전부터 낯익은 장소처럼 여겨졌다. 그는 모든 것을 기억하고 모든 것을 헤아리고, 가장 우수한 장교가 그의 처지에서 할 수 있는 모든 것을 하고 있었지만, 신열에 들떠 헛소리를 하거나 술 취한 사람과 비슷한 상태였다.

사방에서 귀가 먹먹해지도록 울리는 아군의 대포 소리로 인해, 적군의 포탄이 쌩 하고 날아와 쿵 하고 터지는 소리로 인해, 땀에 흠뻑 젖고 얼굴이 벌겋게 달아올라 대포 주위에서 허둥대는 포수의 모습으로 인해, 사람들과 말들이 흘린 피의 광경으로 인해, 저쪽에서 적군의 조그마한 연기가 피어오르는 모습으로 인해(연기가 피어오른 뒤에는 매번 포탄이 날아와 땅이나 사람이나 대포나 말을 때렸다), 이런 대상들의 모습으로 인해 그의 머릿속에는 그 자신의 환상적인 세계가 형성되어 그의 기쁨을 이루고 있었다. 그의 상상 속에서 적의 대포는 대포가 아니라 눈에 보이지 않는 담배를 피우는 사람이 이따금 동그란 고리 모양으로 연기를 뿜어내는 담배 파이프였다.

"저것 봐, 또 뿜었어." 산에서 연기가 자욱이 피어오르고 바람에 실려 왼쪽으로 띠처럼 날아가고 있을 때 투신은 혼잣말로 속삭이듯 말했다. "이제 공을 기다려라. 되돌려 주지."

"뭐라고 하셨습니까, 대위님?" 그가 중얼거리는 소리를 옆에서 들은 포병대 하사가 물었다.

"아무것도 아니야. 유탄……." 그가 대답했다.

'자, 우리 마트베브나.' 그는 속으로 중얼거렸다. 그의 상상 속에서 마트베브나는 맨 끝에 놓인 커다란 구식 대포였다. 자신들의 대포 주위에 있는 프랑스군은 그에게 개미로 상상되었다. 두 번째 대포의 잘생긴 술꾼인 제1포병은 그의 세계에서 **아저씨**였다. 투신은 다른 사람들보다 그를 더 자주 바라보았고, 그의 동작 하나하나에 즐거워했다. 산 아래에서 잦아들다가 다시 거세어지던 라이플총 소리는 누군가의 숨소리로 여겨졌다. 그는 멎었다 격렬해졌다 하는 그 소리에 귀를 기울였다.

'자, 또 숨을 쉬었다. 숨을 쉬었어.' 그는 속으로 중얼거렸다.

그 자신은 두 손으로 프랑스군에 포탄을 힘차게 던지는, 키가 어마어마하게 크고 힘이 센 사나이로 생각되었다.

"자, 마트베브나, 어멈, 배신하면 안 돼!" 그가 대포에서 물러나며 이렇게 말하는 순간 그의 머리 위에서 낯선 목소리가 울렸다.

"투신 대위! 대위!"

투신은 깜짝 놀라 돌아보았다. 그룬트에서 자기를 쫓아낸 참모 장교였다. 그가 숨찬 목소리로 투신에게 외쳤다.

"뭡니까, 정신 나갔어요? 퇴각하라는 명령을 두 번이나 받고도 당신은……."

'어라, 저 사람들이 왜 나를……?' 투신은 두려움 어린 눈으로 지휘관을 쳐다보며 속으로 생각했다.

"전…… 아무것도……." 그는 손가락 두 개를 군모 챙에 붙이며 중얼거렸다. "전……."

그러나 대령은 하려던 말을 끝맺지 못했다. 가까이 스치고 날아간 포탄 때문에 급히 몸을 푹 숙여야 했기 때문이다. 그는 입을 다물었고, 무언가를 말하려고 하자마자 또다시 포탄이 가로막았다. 그는 말을 돌려 멀찍이 떨어졌다.

"후퇴! 전원 후퇴!" 그가 멀리서 외쳤다.

병사들이 웃음을 터뜨렸다. 잠시 후 부관이 똑같은 명령을 가지고 나타났다.

안드레이 공작이었다. 투신의 대포들이 배치된 공간으로 나아갔을 때 가장 먼저 그의 눈에 띈 것은 다리가 부러져 마구가 벗겨진 채 포차에 매인 말들 주위에서 울부짖는 말이었다. 말의 다리에서 피가 샘처럼 흘러나왔다. 포차 앞바퀴들 사이에는 죽은 사람들이 쓰러져 있었다. 그가 가까이 다가가는 동안 포탄이 잇달아 머리 위로 날아갔고, 그는 오싹한 한기가 등골을 타고 달리는 것을 느꼈다. 그러나 자신이 두려워하고 있다는 생각만으로도 다시 사기가 올라갔다. '나는 두려워할 수 없다.' 그는 이렇게 생각하고 천천히 말에서 내려 대포들 사이에 섰다. 그는 명령을 전하고 나서도 포병 중대를 떠나지 않았다. 그는 자신이 있는 동안 대포들을 진지에서 떼어 내 철수시켜야겠다고 결심했다. 프랑스군의 무시무시한 포격 아래 투신과 함께 시체를 넘어 다니며 그는 대포들을 철거하는 일에 몰두했다.

"방금 다른 상관도 오셨는데 어찌나 빨리 달아나시던지……." 포병대 하사가 안드레이 공작에게 말했다. "부관님과는 전혀 달랐습니다."

안드레이 공작은 투신과 한마디도 하지 않았다. 두 사람 다 너무 바빠서 서로의 얼굴을 볼 틈도 없는 것 같았다. 대포 네 문 가운데 망가지지 않은 두 문을 포차 앞부분에 연결하고 그들이 산 아래로 내려가기 시작했을 때(파손된 대포 한 문과 일각포*는 내버려 두었다), 안드레이 공작은 투신에게 말을 몰고 다가갔다.

"자, 그럼 다음에 봅시다." 안드레이 공작이 투신에게 한 손을 내밀며 말했다.

"다음에 뵙겠습니다, 친절하신 부관님." 투신이 말했다. "부관님은 좋은 분입니다! 안녕히 가십시오, 친절하신 부관님." 투신은 왜 갑자기 솟구쳤는지 알 수 없는 눈물과 함께 말했다.

바람이 잠잠해지고, 검은 먹구름이 지평선에서 화약 연기와 하나로 어우러지며 전장에 낮게 드리웠다. 날이 어두워지자 화재의 불빛은 두 지점에서 그만큼 더욱 뚜렷하게 보였다. 포격은 약해졌지만 라이플총 소리는 뒤쪽과 오른쪽에서 더욱 빈번하게, 더욱 가까이 들렸다. 투신이 자신의 대포를 끌고 부상병들을 피해 돌아가거나 그들과 부딪치기도 하면서 포격을 벗어나 골짜기로 내려가자마자 상관들과 부관들이 그를 맞았다. 그중에는 참모 장교도, 두 번이나 투신의 포병 중대에 파견되고도 한 번을 닿지 못한 제르코프도 있었다. 그들 모두 서로 앞다투어 말하면서 어떻게 어디로 가라고 명령을 내리거나 전하고 그에게 비난과 질책을 쏟아 냈다. 투신은 아무 조치도 취하지 않았다. 스스로도 왜 그런지 몰랐지만 말 한마디 한마디를 하려 할 때마다 금방이라도 울음을 터뜨릴 것만 같아 말문을 열기 두려워하며 묵묵히 포병대의 야윈 말을 타고 뒤따라갔다. 부상자를 버리라는 명령이 떨어졌지만 많은 부상병들이 느릿느릿 부대를 따라오며 대포 위에 태워 달라고 애원했다. 전투 전에 투신의 임시 막사에서 뛰쳐나간 용맹한 보병 장교는 배에 총알을 맞고 마트베브나의 포가에 실려 있었다. 산 아래에서 창백한 경기병 사관후보생이 한 팔을 다른 손으로 잡은 채 투신에게 다가와 태워 달라고 청했다.

"대위님, 부탁입니다. 전 팔에 타박상을 입었습니다." 그가 쭈뼛 쭈뼛 말했다. "제발 부탁입니다. 더는 못 걷겠습니다. 제발!"

사관후보생은 이미 다른 곳에서 여러 번 태워 달라고 청했다가 번번이 거절당한 것 같았다. 그는 머뭇대는 애처로운 목소리로 부탁했다.

"제발 태우라고 명령을 내려 주십시오."

"태워요, 태워." 투신이 말했다. "어이, 아저씨, 외투를 깔아 줘." 그는 자신이 좋아하는 병사를 향해 말했다. "그런데 부상당한 장교는 어디 있나?"

"내려놨습니다. 숨이 끊어졌어요." 누군가가 대답했다. "태워 줘요. 타요, 젊은이, 어서 타요. 외투를 밑에 깔아 줘, 안토노프."

사관후보생은 로스토프였다. 그는 창백한 얼굴로 한쪽 팔을 다른 손으로 잡고 오한 때문에 아래턱을 덜덜 떨었다. 그는 죽은 장교를 내려놓은 대포인 마트베브나에 올라탔다. 깔아 놓은 외투는 피에 흠뻑 젖어 있었다. 그 피가 로스토프의 군복 바지와 손을 물들였다.

"어라, 부상당한 거요, 젊은이?" 투신이 로스토프가 앉은 대포로 다가가며 말했다.

"아닙니다. 타박상입니다."

"그럼 어째서 포가에 피가 묻었을까?" 투신이 물었다.

"대위님, 그 장교가 피범벅으로 만들어 놨습니다." 포병대 병사가 외투 소매로 피를 닦으며 대답했다. 마치 대포가 더러워진 데 대해 용서를 구하는 것 같았다.

보병의 도움을 받아 대포를 간신히 산으로 끌어 올리고 군터스도르프 마을에 이르러서야 이동을 멈추었다. 날은 이미 열 발짝 떨어진 병사들의 군복도 구분할 수 없을 만큼 어두워졌고, 서로를 향해 쏘아 대던 사격도 차츰 멎기 시작했다. 갑자기 오른쪽 가까이에서 다시 비명과 포성이 울렸다. 포격으로 어둠 속에서 빛이 번득였다. 프랑스군의 마지막 공격이었다. 마을 인가에 묵고 있던 병사들이 공격에 응수했다. 모두 마을에서 우르르 뛰쳐나왔다. 그러나 투신의 대포는 움직일 수 없었다. 포병들과 투신과 사관후보생은 자신들의 운명을 기다리며 말없이 서로 쳐다보고 있었다. 사격이 잦아들기 시작했고, 옆길에서 병사들이 활기차게 떠들며 쏟아져 나왔다.

"안 다쳤어, 페트로프?" 한 사람이 물었다.

"따끔하게 혼내 줬지. 이젠 함부로 나서지 못할걸." 다른 사람이 말했다.

"아무것도 안 보이던데. 그놈들, 자기들끼리 엄청나게 볶아 대던데! 어두워서 보이지도 않잖아. 뭐, 취할 것 없어?"

프랑스군은 최후의 격퇴를 당했다. 또다시 완전한 어둠 속에서 투신의 대포는 웅성대던 보병들에게 액자처럼 에워싸인 채 어딘가를 향해 앞으로 움직였다.

어둠 속에서 보이지 않는 음울한 강이 속삭임과 말소리와 말발굽 소리와 바퀴 소리를 내며 줄곧 한 방향으로 흐르는 듯했다. 밤의 어둠 속에서 모든 소리들이 함께 어우러져서 내는 소음 가운데 다른 어떤 소리보다 선명하게 들리는 것은 부상병들의 신음과 목소리였다. 그들의 신음 소리가 부대를 에워싼 어둠을 가득 채우고 있는 것 같았다. 얼마 후 진군하던 무리에서 동요가 일었다. 수행원을 거느린 누군가가 백마를 타고 지나가다가 무슨 말을 했던 것이다.

"뭐라고 했어? 지금 어디로 가는 거지? 야영한다는 건가, 뭐야? 고맙다고 한 거야, 뭐야?" 사방에서 탐욕스럽게 이것저것 캐묻는 목소리들이 들렸고, 움직이는 무리 전체가 자기들끼리 밀치기 시작했다. (선두가 걸음을 멈춘 모양이었다.) 정지 명령이 떨어졌다는 소문이 순식간에 퍼졌다. 다들 가던 길 그대로 진창길 한가운데에 멈춰 섰다.

불빛이 비치고 말소리가 더 잘 들리기 시작했다. 투신 대위는 중대에 지시를 내린 후 병사 한 명을 보내 사관후보생을 위해 야전 응급 치료소나 의사를 찾아보도록 하고는 병사들이 길 위에 피운 모닥불 옆에 앉았다. 로스토프도 힘들게 몸을 움직여 불가로 다가왔다. 통증과 추위와 습기로 인한 오한 때문에 온몸이 떨렸다. 견딜 수 없이 잠이 쏟아졌지만 욱신욱신 쑤시고 어떻게 놓아도 아픈 팔의 고통스러운 통증 때문에 잠을 이룰 수 없었다. 그는 눈을 감기도 하고, 강렬하도록 붉게 보이는 불꽃을 바라보기도 하고, 그의 곁에 투르크식으로 앉아 있던 투신의 구부정하고 허약한 모습을 쳐다보기도 했다. 투신의 선하고 지적인 커다란 눈동자는 동정과 연민을 띤 채 로스토프를 향해 있었다. 그는 투신이 진심으로 그를 돕고 싶어 하지만 방법이 없다는 것을 알고 있었다.

도보로 혹은 말을 타고 지나가는 군인들과 주위에 자리 잡은 보병들의 발소리와 말소리가 사방에서 들려왔다. 목소리, 발소리, 진창에서 걸음을 떼는 말발굽 소리, 가까이서도 멀리서도 탁탁 튀며 타오르는 장작 소리가 물결치는 웅성임으로 하나가 되어 어우러졌다.

이제 어둠 속은 더 이상 아까와 같은 보이지 않는 강의 흐름이 아니었다. 마치 폭풍우 뒤에 음울한 바다가 잠잠하게 가라앉아 이리저리 일렁이는 듯했다. 로스토프는 그의 앞과 주위에서 벌어지는 일들을 멍하니 보고 들었다. 한 보병이 모닥불로 다가와 쭈그리고 앉더니 손을 쬐면서 얼굴을 돌렸다.

"괜찮습니까, 대위님?" 그는 투신을 향해 묻는 듯이 말했다. "중대에서 낙오됐습니다, 대위님. 저도 제가 어디에 있는지 모르겠습니다. 큰일입니다!"

한쪽 뺨에 붕대를 댄 보병 장교가 병사와 함께 모닥불로 다가와 짐마차를 통과시켜야 하니 대포를 조금 옮기도록 해 달라고 투신에게 요청했다. 중대장 뒤에서 병사 두 명이 모닥불로 달려왔다. 그들은 부츠 한 짝을 서로 잡아당기며 무섭게 욕을 퍼붓고 주먹질을 해 댔다.

"뭐, 네가 집었다고? 참 약삭빠르다!" 한 명이 목쉰 소리로 고함쳤다.

그다음에는 피투성이가 된 각반을 목에 감은 초췌하고 창백한 병사가 다가와 포병들에게 성난 목소리로 물을 달라고 요구했다.

"뭐야, 죽으라는 거야, 뭐야, 개처럼?" 그가 말했다.

투신은 그에게 물을 주라고 일렀다. 그다음에는 쾌활한 병사가 달려와서 보병대에 불씨를 달라고 청했다.

"보병대에 활활 타는 불씨를 좀 줘! 잘 지내게나, 동포들. 불씨를 줘서 고마워. 나중에 이자까지 붙여서 갚지." 그가 벌겋게 타는 장작개비를 어둠 속 어딘가로 가져가며 말했다.

그 병사에 뒤이어 병사 네 명이 외투로 뭔가 무거운 것을 나르면서 모닥불 옆을 지나갔다. 그들 가운데 한 명이 발이 걸려 비틀거렸다.

"에이, 제기랄, 길에다 장작을 놓고 난리야." 그가 투덜거렸다.

"죽었잖아. 뭣 때문에 옮겨야 해?" 그중 한 명이 말했다.

"이런, 네놈들을!"

그러자 그들은 짐과 함께 어둠 속으로 자취를 감추었다.

"왜요? 아파요?" 투신이 로스토프에게 속삭이며 물었다.

"아픕니다."

"대위님, 장군님께 가 보십시오. 저 농가에 계십시다." 포병대 하사가 투신에게 다가오며 말했다.

"지금 가겠네, 친구."

투신은 자리에서 일어나 외투의 단추를 잠그고 옷매무새를 단정히 한 뒤에 모닥불 곁을 떠났다…….

포병들의 모닥불에서 멀지 않은 곳에 바그라티온 공작을 위해 마련된 농가에서는 공작이 저녁 식탁 앞에 앉아 그의 숙소로 모인 몇몇 부대 지휘관들과 이야기를 나누고 있었다. 그 자리에는 눈을 반쯤 감고 양고기 뼈다귀를 탐욕스럽게 갉아 먹는 자그마한 노인, 보드카 한 잔과 식사로 얼굴이 붉게 물든, 22년 동안 문책 한 번 받은 적 없는 장군, 이름이 새겨진 보석 반지를 낀 참모 장교, 불안한 시선으로 모두를 둘러보는 제르코프, 그리고 창백한 얼굴로 입술을 꽉 다문 채 열병에 걸린 것처럼 눈을 번득이는 안드레이 공작이 있었다.

농가에는 노획한 프랑스군의 깃발이 한구석에 기대어 세워져 있었고, 순박한 얼굴의 법무관이 깃발 천을 만지작거리며 미심쩍은 듯 고개를 갸웃거렸다. 어쩌면 정말로 깃발의 생김새에 흥미를 느껴서일 수도, 또 어쩌면 자기 몫의 식기가 없는 식탁을 바라보는 것이 굶주린 그에게 힘든 일이어서일 수도 있었다. 옆 농가에는 용기병에게 잡힌 프랑스군 대령이 있었다. 그의 주위에 구경하러 온 장교들이 북적거렸다. 바그라티온 공작은 각 지휘관에게 빠짐없이 감사를 표하고 나서 전투의 세부적인 상황과 손실에 대해 물었다. 브라우나우에서 사열을 받은 연대장이 자신은 전투가 시작되자마자 숲에서 후퇴하여 벌목대를 모아 그들을 먼저 지나가게 한 후 2개 대대를 이끌고 프랑스군을 총검으로 공격하여 격퇴했다고 공작에게 보고했다.

"각하, 저는 1대대가 혼란에 빠진 모습을 보고 길에 서서 '일단 이들을 통과시키고 일제 포화로 맞아 주자'라고 생각하고는 그렇게 했습니다."

연대장은 그렇게 하기를 간절히 바랐지만, 미처 그렇게 하지 못한 것이 너무나 아쉬웠던 터라, 이 모든 것이 그대로 이루어진 것처럼 느껴졌다. 맞아, 혹시 정말 그랬던 게 아닐까? 과연 이 혼란 속에서 무엇이 일어났고 무엇이 일어나지 않았는지 구별할 수 있었을까?

"덧붙여 꼭 말씀드릴 게 있습니다, 각하." 그는 돌로호프와 쿠투조프의 대화, 그리고 자신과 그 강등병의 만남을 떠올리며 말을 이었다. "병사로 강등된 돌로호프가 제 눈앞에서 프랑스군 장교를 생포했고 대단한 공을 세웠습니다."

"저도 파블로그라트 연대의 공격을 보았습니다, 각하." 이날 경기병을 본 적이 전혀 없고 그저 어느 보병 장교로부터 그들에 대한 이야기를 들었을 뿐인 제르코프가 불안한 눈빛으로 주위를 돌아보며 끼어들었다. "방진을 두 개나 분쇄했습니다, 각하."

제르코프의 말에 몇몇 사람들이 언제나처럼 그에게서 농담을 기대하며 싱긋 웃었다. 그러나 그의 말 또한 아군과 이날의 영광을 칭송하는 것임을 깨닫자, 많은 사람들이 제르코프가 하는 말이 전혀 근거 없는 거짓이라는 것을 알았지만 진지한 표정을 지었다. 바그라티온 공작은 몸집이 작은 늙은 연대장에게 얼굴을 돌렸다.

"여러분 모두에게 감사드립니다. 보병대, 기병대, 포병대 할 것 없이 모든 부대가 영웅적으로 활약해 주었어요. 그런데 중앙의 대포 두 문은 어쩌다 방치된 겁니까?" 그는 눈으로 누군가를 찾으며 물었다. (바그라티온 공작은 왼쪽 측면의 대포에 대해서는 묻지 않았다. 그는 전투가 시작되자마자 그곳의 대포들이 전부 내버려진 사실을 이미 알고 있었다.) "당신에게 부탁했던 것 같은데." 그가 당직 참모 장교를 돌아보았다.

"한 문은 파괴되었습니다만⋯⋯." 당직 참모 장교가 대답했다. "다른 한 문은 영문을 모르겠습니다. 제가 그곳에 줄곧 머무르며 명령을 내리다가 방금 돌아왔습니다만⋯⋯. 정말 격렬했습니다." 그는 공손하게 덧붙였다.

누군가가 투신 대위가 바로 이 마을에 있다고, 그를 부르러 이미 사람을 보냈다고 말했다.

"그러고 보니 당신도 그곳에 있었지요." 바그라티온 공작이 안드레이 공작을 향해 말했다.

"물론입니다. 우리는 자주 마주쳤지요." 당직 참모 장교가 볼콘스키에게 반가운 미소를 보내며 말했다.

"나는 당신을 만나는 기쁨을 누리지 못했습니다." 안드레이 공작은 냉정하게 딱 잘라 말했다. 다들 입을 다물었다.

투신이 문지방에 나타나 장교들의 등 뒤에서 쭈뼛쭈뼛 걸어 나왔다. 비좁은 농가 안에서 장군들을 돌아 지나가다가 늘 그렇듯이 상관들을 보고 당황한 투신은 미처 깃대를 보지 못하고 걸려서 비틀거렸다. 몇몇 목소리가 웃음을 터뜨렸다.

"어쩌다 대포가 방치된 거요?" 바그라티온이 대위를 향해서라기보다는 웃음을 터뜨린 자들을 향해 얼굴을 찌푸리며 물었다. 그 가운데 제르코프의 목소리가 가장 크게 들렸다.

준엄한 상관의 모습을 본 투신은 그제야 비로소 자신은 살아남았지만 대포를 두 문이나 잃어버린 죄와 불명예를 극심한 공포 속에서 떠올렸다. 그는 너무 흥분한 나머지 그 순간까지 미처 그 점에 대해서는 생각하지 못했다. 장교들의 웃음소리는 더욱더 그를 혼란스럽게 했다. 그는 바그라티온 앞에 서서 아래턱을 바들바들 떨며 가까스로 말했다.

"모르겠습니다, 각하…… 사람들이 없었습니다, 각하."

"엄호 부대에서 몇 사람 차출할 수도 있었을 텐데요!"

엄호 부대가 없었다는 것, 그것은 명백한 사실이었음에도 투신은 그 점을 말하지 않았다. 그는 그런 말로 다른 상관에게 누를 끼칠까 두려워서, 당황한 학생이 시험관의 눈을 쳐다보듯이 시선을 고정한 채 말없이 바그라티온의 얼굴을 똑바로 바라보았다.

침묵은 꽤 오래 지속되었다. 바그라티온 공작은 엄하게 대하는 것을 원치 않는 듯 할 말을 찾지 못하고 있었다. 나머지 사람들은 감히 대화에 끼어들 엄두를 내지 못했다. 안드레이 공작은 투신을 흘깃 쳐다보았다. 그의 손가락들이 초조하게 움직이고 있었다.

"각하……." 안드레이 공작이 특유의 날카로운 목소리로 침묵을 깼다. "장군께서 저를 투신 대위의 포병 중대로 파견하셨습니다. 저는 그곳에 갔다가 사람들과 말 3분의 2가 죽고 대포 두 문이 망가진 것을 발견했습니다. 그 어떤 엄호 부대도 없었습니다."

바그라티온 공작과 투신은 신중하면서도 흥분된 어조로 말하는 볼콘스키를 똑같이 물끄러미 바라보고 있었다.

"각하, 만일 제 의견을 말하도록 허락해 주신다면……." 그는 계속 말했다. "오늘 우리의 성공은 무엇보다 이 포병 중대의 활약과 투신 대위를 비롯한 중대원들의 영웅적인 끈기 덕분입니다." 말을 마친 안드레이 공작은 대답도 기다리지 않고 즉시 자리에서 일어나 탁자 곁을 떠났다.

바그라티온 공작은 투신을 바라보았다. 그는 볼콘스키의 예리한 판단에 의혹을 드러내고 싶지 않으면서도 그 말을 전적으로 믿을 수는 없다고 느꼈는지 고개를 숙이며 투신에게 물러가도 좋다고 말했다. 안드레이 공작은 그를 뒤따라 나갔다.

"고맙습니다. 저를 곤경에서 구해 주셨습니다, 친절하신 부관님." 투신이 그에게 말했다.

안드레이 공작은 투신을 바라보고는 아무 말도 하지 않고 그의 곁을 떠났다. 안드레이 공작은 슬프고 마음이 무거웠다. 이 모든 것이 너무도 낯설었고, 그가 기대한 것과 너무도 달랐다.

'저들은 누구일까? 저들은 왜 여기 있는 것일까? 저들은 무엇이 필요한 것일까? 그리고 이 모든 것은 언제 끝날까?' 로스토프는 눈앞에서 계속 바뀌는 그림자를 바라보며 생각했다. 팔의 통증은 계속 더 심해지고 있었다. 참을 수 없을 만큼 잠이 쏟아지고 눈 안에서 붉은 원들이 춤을 추었다. 그 목소리들과 그 얼굴들에 대한 인상과 고독의 감정이 통증과 어우러지고 있었다. 저들이다. 부상을 당하거나 당하지 않은 병사들, 바로 저들이 짓누르기도 하고 덮치기도 하고 힘줄을 비틀기도 하고 그의 부러진 팔과 어깨에 붙은 살을 태우기도 했다. 그들에게서 벗어나기 위해 로스토프는 눈을 감았다.

순간 그는 의식을 잃었다. 하지만 그 짧은 망각의 순간에 그는 꿈속에서 수많은 대상들을 보았다. 그는 어머니와 그녀의 크고 하얀 손을 보았다. 소냐의 가냘픈 어깨를, 나타샤의 눈동자와 웃음을, 특유의 목소리와 콧수염을 지닌 데니소프를, 텔랴닌을, 텔랴닌과 보그다니치와 자기 사이에 벌어졌던 모든 일들을 보았다. 그 모든 사건은 날카로운 목소리를 가진 이 병사와 똑같았다. 그 모든 사건과 이 병사가 너무도 고통스럽고 집요하게 그의 팔을 꽉 붙잡아 누르며 계속 한쪽으로 끌어당겼다. 그는 그들로부터 벗어나려고 안간힘을 썼다. 그러나 그들은 단 한 순간도, 털끝만큼도 그의 어깨를 놓아주지 않았다. 그들이 잡아당기지만 않으면 어깨가 아프지 않고 성할 텐데. 하지만 그들로부터 벗어날 방법이 없었다.

그는 눈을 뜨고 위를 쳐다보았다. 밤의 검은 장막이 숯불이 내뿜는 불빛에서 1아르신 위에 드리워 있었다. 떨어지던 눈가루가 그 불빛 속에서 흩날렸다. 투신은 돌아오지 않았고, 군의관도 오지 않았다. 그는 혼자였고, 그저 몸집이 자그마한 병사 한 명만 모닥불 저편에 맨몸으로 앉아서 누렇게 뜬 야윈 몸을 쬐고 있었다.

'나는 누구에게도 필요치 않아!' 로스토프는 생각했다. '날 도와주는 사람도, 동정해 주는 사람도 없어! 한때는 나도 집에선 강하고 유쾌하고 사랑받는 사람이었다.' 그는 탄식했고, 자기도 모르게 한숨과 함께 신음 소리를 냈다.

"어이, 어디가 아픈가?" 몸집이 작은 병사가 모닥불 위에 루바시카를 털며 물었다. 그러고는 대답을 기다리지 않고 캑캑거리면서 덧붙였다. "하루 동안에 사람들이 꽤나 많이 다쳤지. 무서운 일이야!"

로스토프는 병사의 말을 듣고 있지 않았다. 그는 불 위에 흩날리는 작은 눈송이를 바라보며 러시아의 겨울을, 따뜻하고 밝은 집과 푹신한 털외투와 빠른 썰매와 건강한 육체와 가족들의 넘치는 사랑과 보살핌을 떠올리고 있었다. '난 무엇을 위해 이곳에 왔을까!' 그는 생각했다.

이튿날 프랑스군은 공격을 재개하지 않았고, 바그라티온 부대의 살아남은 병사들은 쿠투조프의 군대에 합류했다.

제3부

I

　바실리 공작은 자신의 계획에 대해 깊이 생각하지 않았다. 이익을 얻으려고 사람들에게 악을 저지를 생각은 더더욱 없었다. 그는 그저 상류 사회에서 성공을 거두고 그 성공을 습관으로 삼아 버린 사교계 인사에 지나지 않았다. 그에게는 상황에 따라, 사람들과의 친분에 따라 다양한 계획과 생각이 끊임없이 만들어졌다. 정작 그 자신은 그런 계획과 생각을 뚜렷하게 인식하지 않았지만, 그의 삶의 관심은 온통 그런 것에 쏠려 있었다. 그런 계획과 생각이 한둘이 아니라 수십 개가 머릿속에서 진행되곤 했다. 어떤 것들은 이제 막 머리에 떠오르기 시작했고, 어떤 것들은 실현되고 있었고, 어떤 것들은 폐기되었다. 예를 들어 그는 '이 사람은 권력을 쥐고 있다. 그의 신뢰와 우정을 얻고 그를 통해 일시 보조금의 지급을 확보해 두어야 해'라거나 '피에르는 이제 부자다. 이 인간을 꾀어 딸과 결혼시키고 내게 필요한 4만 루블을 빌려야 해'라고 속으로 말하지 않았다. 그러나 권세를 가진 사람과 마주치는 순간이면 그 즉시 본능이 이 사람은 쓸모 있을 것이라고 그에게 속삭였다. 그러면 바실리 공작은 그에게 접근해서 기회를 잡는 대로 별다른 준비 없이 본능에 따라 아첨을 하고 허물없이 굴면서 필요한 것을 말하곤 했다.

피에르는 모스크바에서 그의 손아귀에 있었다. 바실리 공작은 피에르가 당시 5등 문관의 관등에 해당하는 시종보*에 임명되도록 일을 추진했고, 청년이 페테르부르크로 함께 가서 자기 집에 묵어야 한다며 고집을 부렸다. 무심한 듯하면서도 꼭 그렇게 되어야 한다는 의심의 여지 없는 확신을 가지고서 바실리 공작은 피에르와 자신의 딸을 결혼시키는 데 필요한 모든 일을 하고 있었다. 만약 바실리 공작이 자신의 계획을 미리 궁리하는 사람이었다면 그렇듯 자연스러운 태도를 취하지 못했을 것이고, 자신보다 지위가 높고 낮음에 상관없이 모든 사람과의 관계에서 그렇듯 소탈하고 친근하게 굴지도 못했을 것이다. 무언가가 그를 자신보다 더 강하고 부유한 사람들에게로 끊임없이 끌어당겼다. 그리고 그에게는 사람들을 이용해야 하고, 또 그렇게 할 수 있는 순간을 포착해 내는 남다른 재능이 있었다.

느닷없이 부자에다 베주호프 백작이 된 피에르는 얼마 전까지만 해도 혼자 속 편하게 살던 자신이 이제 잠자리에서나 겨우 혼자 남을 정도로 사람들에게 둘러싸여 분주하게 지내고 있음을 느꼈다. 그는 서류에 서명을 하고, 의미를 명확히 알 수 없는 관청들과 교섭을 하고, 총관리인에게 무언가에 대해 질문을 하고, 모스크바 근교의 영지에 가고, 전에는 그의 존재에 대해 알고 싶어 하지도 않았으면서 이젠 그가 만나려 하지 않으면 모욕을 느끼고 괴로워하는 많은 인물들의 방문에 응해야 했다. 업무와 관련된 사람, 친척, 지인 등 온갖 다양한 사람들 모두가 젊은 상속인에게 한결같이 친절하고 다정한 호의를 보였다. 그들 모두가 피에르의 뛰어난 자질을 확신하고 있음이 의심할 여지 없이 분명했다. 그는 이런 말들을 끊임없이 들었다. "당신의 보기 드문 인자함으로"라든지, "당신의 아름다운 마음으로"라든지, "당신은 너무 순수해요, 백작……"이라든지, 아니면 "만일 그 사람이 당신처럼 똑똑하다면" 등등의 말들이었다. 그래서 그는 자신의 보기 드문 선량함과 보기 드문 총명함을 진심으로 믿기 시작했다. 늘 마음속 깊은 곳에서는 자신이 정말로 매우 선하고 매우 똑똑한 사람이라고 여겼기에 더욱 그랬다. 전에는 노골적으로 적의를 드러내던 사람들조차 그를 부드럽고 다정하게 대했다. 그토록 화를 잘 내던, 허리가 길고 인형처럼 곱게 매만진 머리를 하고 있던 첫째 공작 영애도 장례식 후에 피에르의 방에 찾아왔다. 그녀는 눈을 내리깐 채 계속 얼굴을 붉히면서 그들 사이에 있었던 오해에 대해 매우 안타깝게 생각한다고, 이제 자신에게는 아무것도 부탁할 자격이 없음을 느낀다고, 지금은 큰 충격을 받은 후이니 자신이 그토록 사랑했고 그토록 큰 희생을 감내한 집에서 몇 주만 머물도록 청할 뿐이라고 말했다. 그녀는 이 말을 하며 마음을 억누르지 못하고 울음을 터뜨렸다. 차디찬 동상 같던 공작 영애가 그토록 변한 것에 감격한 피에르는 그녀의 손을 잡고 스스로 이유를 모른 채 용서를 빌었다. 그날부터 공작 영애는 피에르에게 줄 목도리를 짜기 시작했고, 그에 대한 태도를 완전히 바꾸었다.

"이보게, 공작 영애를 위해 이 일을 해 주게. 어쨌든 고인 때문에 그녀가 많은 고생을 했잖나." 바실리 공작은 피에르에게 공작 영애를 위한 서류에 서명해 달라면서 이렇게 말했다.

바실리 공작은 공작 영애의 머릿속에서 공작이 모자이크 들어간 서류 가방 사건에 관여한 사실을 말해야겠다는 생각이 떠오르지 않게 하려면 3만 루블짜리 어음이라는 뼈다귀를 가난한 공작 영애에게 던져 줄 필요가 있다고 판단했다. 피에르는 어음에 서명했고, 그때부터 공작 영애는 더욱 착해졌다. 손아래 자매들 또한 그에게 다정하게 대했는데, 특히 점이 있는 예쁘장한 막내는 그를 볼 때마다 특유의 미소를 지으며 부끄러워해서 피에르를 종종 당황하게 만들었다.

피에르에게는 모든 사람들이 그를 사랑한다는 것이 아주 자연스럽게 여겨졌다. 누군가가 그를 좋아하지 않는다면 그것이야말로 부자연스럽게 느껴질 터여서, 그는 자기를 둘러싼 사람들의 진심을 믿지 않을 수 없었다. 게다가 그는 이 사람들의 속내가 진심이냐 아니냐에 대해 스스로에게 물어볼 틈이 없었다. 그는 늘 짬이 없었고, 지속적으로 부드럽고 즐거운 황홀감에 빠진 듯한 기분을 느꼈다. 그는 자신이 어떤 중요한 전체 움직임의 중심이라고 느꼈다. 사람들이 자신에게 끊임없이 무언가를 기대한다고, 만약 자신이 그것을 하지 않으면 많은 사람을 슬프게 하고 그들의 기대를 저버리게 될 것이라고, 만약 이런저런 것들을 한다면 다 잘될 것이라고 느꼈다. 그래서 그는 요구받은 일들을 했지만, 그 좋은 무언가는 계속 그의 앞에 남아 있었다.

그 첫 시기에 피에르의 일은 물론이고 피에르 자신을 누구보다 강력하게 지배한 사람은 바실리 공작이었다. 베주호프 백작이 죽은 이후로 그는 피에르를 손에서 놓아주지 않고 있었다. 바실리 공작은 일에 짓눌려 피곤하고 지쳤지만 연민 때문에 이 의지할 곳 없는 청년, 어쨌든 벗의 아들이고 **뭐니 뭐니 해도** 그런 막대한 재산을 가진 청년을 도저히 운명과 사기꾼들의 농락에 내버려 둘 수 없는 사람의 표정을 짓고 있었다. 베주호프 백작이 죽은 후 모스크바에서 머문 며칠 동안 그는 피에르를 자기 방으로 부르거나 몸소 피에르의 방을 찾기도 하며 피로한 듯하면서도 확신에 찬 말투로 피에르에게 해야 할 일들을 지시했다. 그는 매번 이렇게 말하는 것 같았다.

'자네도 알겠지만 나는 일이 너무 많아 주체하지 못할 지경이네. 하지만 자네를 그렇게 내버려 두는 것은 무정한 짓이 되겠지. 자네도 알 거야. 내가 자네에게 말하는 것이 유일한 방안이라는 점을 말일세.'

"자, 친구, 드디어 내일 출발하는군." 어느 날 그는 눈을 감고 손가락으로 피에르의 팔꿈치를 만지작거리면서, 마치 자기가 하는 말이 아주 오래전부터 그들 사이에 결정된 것이고 다른 결정은 있을 수 없다는 투로 말했다.

"내일 우리는 떠나는 거야. 내 콜랴스카에 자네 자리를 마련해 주지. 정말 기쁘군. 이곳에서 우리의 중요한 볼일은 다 끝났네. 난 이미 오래전에 떠났어야 해. 이건 내가 재상에게 받은 것이네. 내가 자네를 위해 미리 그에게 청원을 해 두었지. 자네는 외교단에 편입되었고 시종보가 되었어. 이제 자네에게 외교관의 길이 열린 거야."

자신의 직업에 대해 오래 생각해 온 피에르는 이 말에 더해진 그 지친 듯 확신에 찬 말투의 기세에 아랑곳하지 않고 반박하려 했다. 그러나 바실리 공작이 다정하게 속삭이는 듯한 저음의 어조로 그의 말을 가로막았다. 자신의 말이 끊길 가능성을 아예 배제한, 그리고 반드시 설득하지 않으면 안 될 경우에 그가 사용하는 말투였다.

"**하지만 이보게**, 내가 그 일을 한 것은 나 자신을 위해, 나의 양심을 위해서였어. 그러니 나에게 감사할 것은 전혀 없네. 사람들에게 너무 많은 사랑을 받는다고 불평할 사람은 아무도 없어. 게다가 자네는 자유롭잖은가. 내일이라도 다 던져 버리게. 페테르부르크에 가면 직접 다 보게 될 걸세. 그리고 자네는 벌써 오래전에 이 끔찍한 기억에서 벗어나야 했어." 바실리 공작은 한숨을 쉬었다. "암, 그렇고말고. 자네의 콜랴스카에는 내 시종을 태우지. 아, 그래, 깜빡 잊고 있었군." 바실리 공작이 덧붙였다. "**이보게**, 자네도 알겠지만, 나와 고인 사이에 계산할 것이 남았어. 그러니 내가 랴잔에서 받은 것은 그대로 두지. 자네에겐 필요 없으니까 말이야. 나중에 셈하기로 하세."

바실리 공작이 말한 '랴잔에서 받은 것'은 그가 수중에 남겨 둔 수천 루블의 소작료였다.

모스크바에서와 마찬가지로 페테르부르크에서도 다정하고 사랑이 넘치는 사람들이 피에르를 에워쌌다. 그는 바실리 공작이 마련해 준 직위, 아니 더 정확히 말해서 (그는 아무 일도 하지 않았으므로) 작위를 거절할 수 없었다. 친분과 초대와 사회적 임무는 몽롱하고 조급한 느낌과, 계속 다가오고 있지만 아직 이루어지지 않은 어떤 축복의 느낌을 피에르가 모스크바에서보다 훨씬 더 많이 맛볼 정도로 많았다.

예전의 독신 친구들 가운데 많은 이들이 페테르부르크에 없었다. 근위대는 원정을 떠났고, 돌로호프는 강등되었고, 아나톨은 지방의 군대에 있었고, 안드레이 공작은 외국에 나가 있었다. 그래서 피에르는 예전에 즐기던 대로 밤을 보낼 수도, 손위의 존경하는 친구와 우정 어린 대화를 나누며 간혹 속마음을 털어놓을 수도 없었다. 피에르의 시간은 만찬과 무도회 그리고 주로 바실리 공작의 집에서 그의 아내인 뚱뚱한 공작 부인과 아름다운 엘렌을 상대하는 가운데 흘러갔다.

여느 사람들과 다를 바 없이 안나 파블로브나 셰레르도 피에르에 대한 사교계의 시각에서 일어난 변화를 그에게 드러내 보였다.

예전에 피에르는 안나 파블로브나와 함께 있으면 자신이 하는 말이 무례하고 눈치 없고 불필요한 것이라는 느낌을 계속 받았다.

머릿속으로 준비하는 동안에는 현명하게 느껴지던 말들이 큰 소리로 입 밖에 나오기만 하면 이내 어리석은 말이 되어 버리고, 오히려 이폴리트의 멍청하기 짝이 없는 말들은 현명하고 사랑스러운 말이 되는 것 같았다. 그러나 지금은 그가 무슨 말을 하든 모든 말이 **매력적인 것이** 되었다. 심지어 안나 파블로브나가 그렇게 말하지 않아도, 그는 그녀가 그렇게 말하고 싶지만 그의 겸손함을 존중하여 자제하고 있다는 것을 알았다.

1805년에서 1806년에 걸친 겨울 초입에 피에르는 안나 파블로브나에게서 평소와 다름없는 장밋빛 초대장을 받았다. 거기에는 이런 말이 덧붙어 있었다. **"아무리 바라보아도 질리지 않는 아름다운 엘렌도 우리 집에 올 거예요."**

그 부분을 읽으며 피에르는 그와 엘렌 사이에 뭇사람들이 인정하는 어떤 관계가 형성되고 있음을 처음으로 느꼈다. 그는 그런 생각에 마치 감당할 수 없는 의무를 짊어지기라도 한 듯 깜짝 놀라면서, 동시에 재미있는 상상이라며 마음에 들어 하기도 했다.

안나 파블로브나의 야회는 처음 것과 똑같았다. 안나 파블로브나가 손님들에게 대접하는 신상품만 바뀌었는데, 그것은 모르테마르가 아니라, 알렉산드르 황제가 포츠담에 체재하고 있으며 두 존귀한 벗이 그곳에서 굳건한 동맹을 맺고 인류의 적에 맞서 올바른 대의를 수호하기로 맹세했다는 등 최신의 상세한 소식들을 베를린에서 가져온 외교관이었다.* 안나 파블로브나는 슬픈 기색으로 피에르를 맞이했다. 그 슬픔은 청년에게 닥친 최근의 상실, 곧 베주호프 백작의 죽음과 관련된 것이었다. (모든 사람들이 피에르가 거의 알지도 못하던 아버지의 죽음 때문에 몹시 비탄에 잠겨 있다고 스스로 믿게끔 하는 것을 자신들의 의무로 여기고 있었다.) 그 슬픔은 그녀가 존엄한 마리야 페오도로브나 황태후 폐하를 언급할 때 나타나던 지고한 슬픔과 똑같은 것이었다. 피에르는 자신이 이런 것에 우쭐해하고 있음을 느꼈다. 안나 파블로브나는 평소대로 특유의 기교를 발휘하여 자신의 응접실 모임들을 꾸렸다. 바실리 공작과 장군들이 속한 큰 모임은 외교관을 향유했다. 다른 모임은 티 테이블 곁에 모여 있었다. 피에르는 첫 번째 모임에 끼려고 했다. 하지만 새로운 멋진 생각들이 수천 가지나 떠올라 생각을 실행에 옮길 틈이 거의 없는 전장 지휘관의 흥분 상태에 놓인 안나 파블로브나, 안나 파블로브나가 피에르를 보고는 그의 소매를 손가락으로 만지작거렸다.

"잠깐만요, 오늘 밤에 내가 당신을 위해 생각한 것이 있어요." 그녀는 엘렌을 쳐다보고 그녀를 향해 생긋 웃었다.

"사랑하는 엘렌, 당신은 당신을 숭배하는 나의 가여운 아주머니에게 친절을 베풀어야 해요. 아주머니와 10분만 함께 있어 줘요. 당신이 너무 심심해하지 않도록 당신에게는 사랑스러운 백작이 있어요. 백작도 당신과 함께 가는 걸 거절하지 않을 거예요."

미인이 아주머니 쪽으로 향했다. 그러나 안나 파블로브나는 마치 최후의 불가피한 명령을 내리지 않으면 안 된다는 듯한 표정을 지으며 피에르를 곁에 붙잡아 두고 있었다.

"정말 매혹적이지 않아요?" 물 위를 미끄러지듯 걸어가는 당당한 미인을 가리키며 그녀가 피에르에게 말했다. "몸가짐은 또 얼마나 훌륭한가요! 저렇게 젊은 아가씨에게 저런 재치와 저토록 훌륭하게 처신하는 솜씨가 있다니! 저런 모습은 마음에서 우러나오는 거예요! 저런 아가씨를 자기 여자로 삼는 남자는 행복할 거예요! 그녀와 함께라면 아무리 비사교적인 남편이라도 사교계에서 가장 눈부신 자리를 차지하게 될 거예요. 그렇지 않나요? 난 그저 당신 의견을 알고 싶어요." 그러고 나서야 안나 파블로브나는 피에르를 놓아주었다.

피에르는 엘렌의 몸가짐에 대한 안나 파블로브나의 질문에 진심으로 긍정적인 대답을 했다. 만약 그가 엘렌에 대해 생각한 적이 있다면 그것은 바로 그녀의 아름다움과 사교계에서 말없이 품위를 지키는 예사롭지 않게 침착한 능력에 대해서였을 것이다.

아주머니는 두 젊은이를 자신이 있는 한구석으로 맞아들였다. 그러나 엘렌에 대한 동경을 숨기고, 안나 파블로브나에 대한 두려움을 더 많이 드러내고 싶은 것 같았다. 그녀는 이 사람들과 무엇을 해야 되는지 묻는 듯 조카를 흘깃거렸다. 그들의 곁을 떠나면서 안나 파블로브나는 또다시 피에르의 소매를 손가락으로 만지며 말했다.

"다음번에는 우리 집이 따분하다고 말하지 않기를 바랄게요." 그러고는 엘렌을 쳐다보았다.

엘렌은 누군가 자신을 보고도 황홀해하지 않을 가능성을 용납할 수 없다는 표정으로 생긋 웃었다. 아주머니는 기침을 하고 침을 삼킨 뒤 엘렌을 보아서 무척 기쁘다고 프랑스어로 말했다. 그러고는 피에르를 향해 똑같은 표정으로 똑같은 인사를 건넸다. 따분하고 더듬더듬 이어지는 대화 도중에 엘렌은 피에르를 돌아보며 그녀가 모두에게 짓던 화사하고 아름다운 미소를 보냈다. 피에르는 매우 익숙했던 그 미소가 그에겐 별 의미가 없어서 아무런 주의도 기울이지 않았다. 그때 아주머니가 고인이 된 피에르의 아버지 베주호프 백작의 담뱃갑 수집에 대해 말하며 자신의 담뱃갑을 보여 주었다. 엘렌 공작 영애가 담뱃갑 위에 그려진 아주머니 남편의 초상화를 보여 달라고 청했다.

"이건 틀림없이 비네스가 만든 거군요." 피에르는 유명한 세밀화가의 이름을 언급하며 담뱃갑을 쥐기 위해 테이블로 몸을 구부리고 다른 테이블에서 벌어지는 대화에 귀를 기울였다.

그는 돌아다니고 싶어 슬며시 일어섰다. 그러나 아주머니가 엘렌의 등 뒤에서 곧장 그녀를 거쳐 담뱃갑을 내밀었다. 엘렌은 비켜 주기 위해 앞으로 몸을 숙이고 미소 띤 얼굴로 돌아보았다. 야회에 참석할 때면 언제나 그렇듯이 그녀는 당시에 유행하던 앞뒤가 몹시 파인 드레스를 입고 있었다. 피에르에게 늘 대리석처럼 느껴지던 그녀의 가슴이 그의 눈과 어찌나 가까이 있던지 그는 무심결에 근시인 눈으로 그녀의 어깨와 목덜미의 생생한 매력을 감지했다. 게다가 그녀의 가슴은 그가 조금만 몸을 숙여도 닿을 만큼 그의 입술과 매우 가까이 있었다. 그녀의 체온과 향수 냄새가 느껴졌고, 그녀가 움직일 때마다 삐걱대는 코르셋 소리가 들렸다. 그가 본 것은 드레스와 하나의 전체를 이룬 그녀의 대리석 같은 아름다움이 아니었다. 그가 보고 느낀 것은 그저 옷으로 덮여 있을 뿐인 그녀의 육체의 모든 매력이었다. 그리하여 우리가 한 번 밝혀진 속임수로는 되돌아갈 수 없듯이 그도 그 매력을 한 번 보고 나자 다른 식으로는 볼 수 없었다.

그녀는 그를 돌아보더니 검은 눈을 반짝이며 똑바로 쳐다보고 미소를 지었다.

'그럼 당신은 지금껏 내가 얼마나 아름다운지 몰랐단 말이에요?' 엘렌은 그렇게 말하는 듯했다. '당신은 내가 여자라는 걸 몰랐어요? 그래요, 난 누구나 소유할 수 있는, 또한 당신의 소유도 될 수 있는 여자예요.' 그녀의 눈빛이 그렇게 말했다. 바로 그 순간 피에르는 엘렌은 자신의 아내가 될 수 있을 뿐 아니라 꼭 되어야 한다고, 그렇게 될 수밖에 없다고 느꼈다.

순간 그는 마치 그가 그녀와 함께 혼례관 아래 서서 그 사실을 안 것처럼 그 사실을 확실히 알았다. 어떻게 하면 그렇게 될까? 그리고 언제? 그는 몰랐다. 심지어 그렇게 되면 좋을지 어떨지도 몰랐다. (심지어 왠지 좋지 않을 것 같은 느낌마저 들었다.) 하지만 그는 그 일이 일어나리라는 것은 알았다.

피에르는 눈을 내리깔았다가 다시 들었다. 그는 예전에 매일같이 보던 대로 자신에게 낯설고 먼 그런 미녀로 다시 보고 싶었다. 그러나 더는 그럴 수가 없었다. 마치 전에 안개 속에서 부리안*의 줄기를 보고 나무로 생각하던 사람이 그 줄기를 알아본 후에는 다시 나무로 볼 수 없듯이. 그녀는 두려울 정도로 그에게 가까이 있었다. 그녀는 이미 그를 지배하고 있었다. 그와 그녀 사이에는 이미 그 자신의 의지라는 장애물 외에는 더 이상 어떤 장애물도 없었다.

"좋아요. 당신들을 당신들만의 구석에 남겨 두겠어요. 내가 보기에는 그곳이 당신들에게 좋겠네요." 안나 파블로브나의 목소리가 들렸다.

그러자 피에르는 두려움에 휩싸여 자신이 뭔가 부끄러운 짓을 하지 않았나 싶어 상기된 얼굴로 주위를 둘러보았다. 그가 보기에는 모두가 그 못지않게 그에게 일어난 일에 대해 잘 아는 듯했다.

잠시 후 그가 큰 무리로 다가가자 안나 파블로브나가 말했다.

"당신이 페테르부르크에 있는 집을 다시 꾸미고 있다고들 하던데요?"

(그 말은 사실이었다. 건축 기사가 그럴 필요가 있다고 해서 피에르는 영문도 모른 채 페테르부르크에 있는 거대한 저택을 손보고 있었다.)

"잘했어요. 하지만 바실리 공작 댁을 떠나진 말아요. 그런 친구를 두는 건 좋은 일이니까." 그녀는 바실리 공작에게 미소를 지으며 말했다. "나도 그 일에 대해 아는 게 좀 있지요. 그렇지 않나요?

당신은 아직 젊어요. 당신에겐 누군가의 조언이 필요해요. 내가 노인의 권리를 행사한다고 내게 화내지 말아요." 여자들이 자기 나이를 말한 뒤에는 언제나 무언가를 기대하며 잠자코 있듯이 그녀도 잠시 입을 다물었다. "당신이 결혼하게 되면 문제가 달라지죠." 그리고 그녀는 두 사람을 한 시선 안에 묶었다. 피에르는 엘렌을 쳐다보지 않았고, 그녀도 그를 쳐다보지 않았다. 그러나 여전히 그녀는 무서울 정도로 그에게 가까이 있었다. 그는 뭐라고 웅얼대면서 얼굴을 붉혔다.

집으로 돌아온 피에르는 자신에게 일어난 일을 생각하며 오랫동안 잠을 이루지 못했다. 도대체 그에게 무슨 일이 일어난 것일까? 아무 일도 일어나지 않았다. 그저 어렸을 적부터 알던 여자가, 엘렌이 미인이라는 말을 들으면 "그래, 예쁘네" 하고 무심하게 대꾸하던 여자가, 그 여인이 자신의 소유가 될 수 있다는 것을 깨달았을 뿐이었다.

'하지만 그녀는 어리석어. 내 입으로 그녀가 멍청하다고 말하기도 했잖아.' 그는 생각했다. '그녀가 내 안에 불러일으킨 감정에는 추악한 무언가가, 금지된 무언가가 있어. 사람들 말이, 그녀의 남동생 아나톨이 그녀에게 반하고 그녀도 그를 좋아해서 온갖 일이 벌어졌다던데. 아나톨을 멀리 보낸 것도 그 때문이라잖아. 그녀의 오빠는 이폴리트…… 아버지는 바실리 공작……. 좋지 않아.' 그는 생각했다. 그렇게 곰곰이 생각하는 사이에 (그 생각들은 아직 결론을 맺지 못한 채 남았다) 그는 자신이 빙그레 웃고 있음을 깨달았고, 처음 생각에서 다른 생각들이 연달아 떠오르는 것을 자각하고 있었다. 그녀를 보잘것없는 여자라고 생각하면서도 동시에 그녀가 자신의 아내가 되지 않을까, 그녀가 자신을 사랑하게 되지 않을까, 그녀가 완전히 다른 여자가 되지 않을까, 또 자신이 그녀에 대해 생각하고 들은 모든 것이 거짓이지 않을까 염원하고 있음을 자각했다. 또다시 그는 그녀를 바실리 공작의 딸로서 보고 있지 않았다. 그가 보고 있던 것은 회색 드레스에 가려졌을 뿐인 그녀의 육체였다. '하지만 안 돼. 도대체 왜 전에는 이런 생각이 떠오르지 않았을까?' 그리고 다시 한번 그는 그런 일은 있을 수 없다고, 이 결혼에는 추악하고 부자연스러운, 자신이 보기에 불명예가 될 무언가가 있다고 속으로 중얼거렸다. 그는 예전에 그녀가 한 말을, 눈빛을, 그리고 그와 그녀를 함께 바라보던 사람들의 말과 눈빛을 떠올렸다. 그는 안나 파블로브나가 저택에 관해 말할 때의 말과 눈빛을 떠올렸고, 바실리 공작과 다른 사람들이 던진 숱한 그런 암시들을 떠올렸다. 그러자 분명 좋지 않은, 그가 해서는 안 되는 그런 일을 하도록 스스로를 무언가로 옭아맨 것이 아닐까 하는 두려움이 그를 덮쳤다. 그러나 그런 결심을 다지는 사이에 마음의 다른 한구석에서는 여성스러운 아름다움으로 충만한 그녀의 모습이 떠오르고 있었다.

2

1805년 11월, 바실리 공작은 네 개 현(縣)에 시찰을 떠나야 했다. 그는 자신을 위해 이 일을 추진했다. 관리가 엉망인 자신의 영지에 잠시 들를 겸 아들 아나톨을 (그가 속한 연대의 소재지에서) 잡아끌고 니콜라이 안드레예비치 볼콘스키 공작의 집에 들러 아들을 그 부유한 노인의 딸과 결혼시킬 목적이었다. 그러나 출발과 이런 새로운 용무에 앞서 바실리 공작은 피에르와의 일을 해결해야 했다. 사실 피에르는 최근에 집에서, 즉 그가 지내는 바실리 공작의 집에서 하루 종일 시간을 보내며 엘렌 앞에만 서면 (사랑에 빠진 남자가 으레 그러듯) 흥분하여 우스꽝스럽고 멍청하게 굴면서도 여전히 청혼은 하지 않고 있었다.

'다 좋아. 하지만 이제 끝을 보아야 해.' 어느 날 아침 바실리 공작은 그렇게나 자신에게 신세를 지고 있는 (뭐, 어쩔 수 없지!) 피에르가 이 문제에 있어 도무지 제대로 처신하지 못하는 것을 깨닫고 슬픔의 탄식과 함께 혼잣말을 했다. '젊음…… 경솔함……. 에잇, 맘대로 하라지!' 바실리 공작은 자신의 인자함을 흡족해하며 생각했다. '끝을 봐야 해, 끝을. 모레가 룔랴의 명명일이니 사람들을 몇 부르자. 만일 그가 해야 할 일을 깨닫지 못하면 그 일은 내

몫이 될 것이다. 그래, 내 몫. 난 아버지니까!'

안나 파블로브나의 야회가 있고 나서 피에르는 흥분으로 잠 못 이루며 엘렌과의 결혼은 불행한 일이 될 터이므로 그녀를 피해 달 아나야겠다고 결심한 그날 밤 이후 한 달 반 동안을, 그렇게 결심 한 이후에도 여전히 피에르는 바실리 공작의 집을 떠나지 않고 있 었다. 그러면서 사람들 눈에 자신이 점점 더 그녀와 엮이고 있고, 더 이상 그녀를 예전의 눈길로 바라볼 수 없고 그녀를 떠날 수 없 으며, 끔찍한 일이 되겠지만 자신의 운명을 그녀와 엮어야만 하리 라는 점을 끔찍한 심정으로 느끼고 있었다. 어쩌면 그는 자신을 억누를 수 있었을지도 모른다. 그러나 (손님을 맞는 일이 거의 없 던) 바실리 공작의 집에서는 야회가 열리지 않고 지나가는 날이 없었다. 즐거운 분위기를 망치고 모든 이들의 기대를 저버리기를 바라지 않는 한 피에르는 야회에 참석해야 했다. 바실리 공작은 어쩌다 집에 있을 때면 피에르의 곁을 지나가다 그의 손을 아래쪽 으로 잡아당기며 깨끗이 면도한 주름투성이 뺨을 무심코 내밀어 입을 맞추게 하고는 "내일 보세"라거나 "만찬에 오게. 그러지 않 으면 자네를 볼 수 없으니 말이야"라거나 "내가 남아 있는 건 자 네를 위해서야"라고 말하곤 했다. 그러나 바실리 공작은 (그가 말 한 대로라면) 피에르를 위해 남았을 때에도 그와는 두 마디도 말 을 나누지 않았다. 그럼에도 피에르는 자신이 그의 기대를 저버리 지 못하리라고 느꼈다. 그는 날마다 똑같은 말을 중얼거렸다. '결 국 그녀를 이해하고, 그녀가 누구인지 분명히 알아야 해. 내가 전 에 잘못 알았나? 아니면 지금 잘못 아는 건가? 아니, 그녀는 어리 석지 않아. 아니, 그녀는 훌륭한 아가씨야!' 그는 이따금 혼잣말 을 했다. '그녀는 한 번도 실수한 적이 없어. 한 번도 어리석은 말 을 한 적이 없어. 좀처럼 말을 하지 않지만 그녀가 하는 말은 언제나 솔직하고 분명해. 그러니까 어리석지 않아. 그녀는 한 번도 당황한 적이 없고, 지금도 마찬가지야. 그러니까 나쁜 여자가 아니야!' 종종 그가 그녀와 토론을 하거나 자신의 생각을 입 밖에 내는 경우가 있었다. 그럴 때마다 그녀는 짤막하지만 시의적절하게 말해서 자신이 그 문제에 흥미 없음을 드러내는 의견으로 답하거나, 피에르에게 자신의 탁월함을 무엇보다 생생하게 보여 주는 말 없는 미소와 눈빛으로 답하곤 했다. 그 미소에 비하면 모든 논쟁은 헛소리에 불과하다고 인정하는 점에서 그녀는 옳았다.

그녀는 언제나 신뢰에 찬 즐거운 미소로, 오직 한 사람과만 관련된 미소로 그를 대했다. 그 미소 속에는 언제나 그녀의 얼굴을 아름답게 꾸미던 평소의 미소에 깃든 것보다 더 의미심장한 무언가가 있었다. 피에르는 알았다. 모두가 기다리는 것은 마침내 그가 한마디 말을 입 밖에 내고 어떤 선을 넘는 것뿐이었다. 그리고 머지않아 그 선을 넘게 되리라는 것을 알았다. 그러나 그 무시무시한 한 발짝을 떠올리기만 해도 이해할 수 없는 공포가 그를 사로잡았다. 자신이 그 무시무시한 심연으로 점점 더 끌려 들어간다고 느끼던 그 한 달 반 동안 피에르는 수천 번 스스로에게 물었다. '그래, 이게 뭐란 말인가? 결단력이 필요해! 정말 내게는 그것이 없단 말인가?'

그는 마음을 정하고 싶었다. 그러나 자기 안에 있다고 생각했던, 그리고 실제로 그에게 있었던 결단력이 이 경우엔 없다는 사실을 두려움과 함께 느끼고 있었다. 피에르는 자신이 완벽하게 순수하다고 느낄 때만 강해지는 사람들의 부류에 속했다. 하지만 안나 파블로브나의 집에서 담뱃갑을 앞에 놓고 경험한 욕망의 감정이 그를 사로잡았던 그날 이후로 그 갈망에 깃든 무의식적인 죄책감이 그의 결단력을 마비시켰다.

엘렌의 명명일에 바실리 공작의 집에서는 공작 부인이 가장 가깝다고 말하던 사람들, 즉 친척과 친구 몇 명만 모여 저녁 식사를 했다. 이들은 모두 명명일을 맞은 주인공의 운명이 바로 이날 결정되리라는 느낌을 받았다. 손님들이 저녁 식탁 앞에 앉았다. 한때는 아름다웠던, 몸집이 크고 풍채가 당당한 쿠라기나 공작 부인이 안주인 자리에 앉았다. 그녀의 양옆에는 가장 영예로운 귀빈인 연로한 장군과 그의 아내, 그리고 안나 파블로브나 셰레르가 앉았다. 식탁 끝에는 그보다 나이가 덜 지긋한 귀빈들이 앉았다. 가족들도 그곳에 앉은 가운데 피에르와 엘렌은 나란히 앉았다. 바실리 공작은 식사를 하지 않았다. 그는 식탁 주위를 즐거운 기분으로 돌아다니며 이 손님 저 손님 옆에 돌아가며 앉았다. 그는 엘렌과 피에르를 제외한 모든 사람에게 허물없는 유쾌한 말을 던졌다. 두 사람이 그 자리에 있는 것을 모르는 듯했다. 바실리 공작은 모두에게 활기를 불어넣었다. 촛불들이 환하게 타올랐고, 은제와 크리스털제 그릇, 귀부인들의 의상과 금은으로 만든 견장들이 반짝반짝 빛났다. 식탁 주위에는 붉은 카프탄을 입은 하인들이 빠른 걸음으로 돌아다녔다. 나이프와 컵과 접시 소리, 식탁 주위 여기저기에서 대화를 나누는 활기찬 말소리가 들렸다. 한쪽 끝에서는 나이 지긋한 시종이 늙은 남작 부인을 향해 열렬한 사랑을 장담하는 소리와 그녀의 웃음소리가 들렸고, 다른 쪽 끝에서는 마리야 빅토로브나라는 여인의 실패에 대한 이야기가 들렸다. 식탁 한가운데에서는 바실리 공작이 청중을 끌어모으고 있었다. 그는 입가에 익살맞은 미소를 머금고 최근 수요일에 열린 참의원 회의에 관해 부인들에게 들려주고 있었다. 그 회의에서 페테르부르크의 신임 군정 총독인 세르게이 쿠지미치 뱌즈미티노프는 알렉산드르 파블로비치 황제가 군대에서 보낸, 당시 유명했던 칙서를 받아 낭독했다. 황제는 칙서에서 자신은 사방에서 국민의 충성심에 대한 성명을 받고 있으며 페테르부르크의 성명에 특히 기뻐한다고, 그런 국민의 수장이 된 영예를 자랑스럽게 여기며 그에 걸맞은 군주가 되기 위해 노력할 것이라고 말했다. 이 칙서는 다음과 같은 말로 시작되었다. **"세르게이 쿠지미치! 사방에서 내 귀로 소문이 전해지고 있소……"**등등.*

"그래서 '세르게이 쿠지미치'에서 더 나아가지 못했단 말인가요?" 한 부인이 물었다.

"네, 네, 털끝만큼도요." 바실리 공작이 웃음을 터뜨리며 대답했다. "'세르게이 쿠지미치…… 사방에서…… 사방에서, 세르게이 쿠지미치…….' 가여운 뱌즈미티노프는 더 이상 읽을 수 없었습니다. 몇 번이나 편지를 읽으려 했지만 '세르게이……'라고 말하는 순간 흐느낌이 튀어나오고…… '쿠……지미……치' 하면 눈물이 쏟아지고…… '사방에서' 하면 흐느낌에 소리가 묻히고, 그래서 더는 읽을 수가 없었어요. 그리고 또다시 손수건, 또다시 '세르게이 쿠지미치, 사방에서……' 또 눈물…… 결국에는 사람들이 다른 사람에게 읽어 달라고 부탁했지요."

"쿠지미치…… 사방에서…… 그리고 눈물……." 누군가가 낄낄거리며 따라 했다.

"심술궂게 굴지 좀 말아요." 식탁의 다른 쪽 끝에서 안나 파블로브나가 위협적인 손짓을 하고는 말했다. **"그가 얼마나 훌륭한 사람인데요. 우리의 착한 뱌즈미티노프……."**

다들 왁자지껄 웃어 댔다. 영예로운 상석에 앉은 이들도 모두 온갖 다채로운 활기찬 분위기에 영향을 받아 즐거워 보였다. 피에르와 엘렌만 식탁 말석에 말없이 나란히 앉아 있었다. 두 사람은 얼굴에 세르게이 쿠지미치와 상관없는 환한 미소를, 자신들의 감정을 부끄러워하는 미소를 조심스레 띠고 있었다. 다른 사람들이 무슨 말을 하든, 아무리 웃고 농담을 하든, 아무리 맛있게 라인 포도주와 소테와 아이스크림을 먹든, 아무리 이 한 쌍에게서 시선을 돌리려 하면서 이 한 쌍에게 태연하고 무심한 척하든, 그들이 두 사람에게 이따금 던지는 시선을 보면 세르게이 쿠지미치 이야기도 웃음도 음식도, 모든 것이 억지로 꾸며 낸 듯했고, 그 모임의 관심은 온통 오직 이 한 쌍, 피에르와 엘렌에게 쏠린 것 같았다. 바실리 공작은 세르게이 쿠지미치가 흐느끼던 모습을 흉내 내는 중간에 딸 쪽으로 재빨리 시선을 던지곤 했다. 그리고 그가 웃음을 터뜨렸을 때 그의 표정은 이렇게 말하고 있었다. '그래, 그래, 모든 게 잘되고 있어. 오늘 다 결정 날 거야.' 안나 파블로브나는 **우리의 착한 뱌즈미티노프**를 위해 그에게 나무라는 몸짓을 했다. 하지만 그 순간 피에르를 향해 순간적으로 반짝인 그녀의 눈동자에서 바실리 공작은 미래의 사위와 딸의 행복에 대한 축하를 읽었다. 늙은 공작 부인은 서글픈 한숨과 함께 옆자리에 앉은 부인에게 술을 권하며 화난 표정으로 딸을 흘깃 쳐다보았다. 그 한숨으로 이렇게 말하는 듯했다. '그래요, 친구, 이제 당신과 나에겐 달콤한 포도주를 마시는 것 말고는 더 이상 아무것도 남은 게 없어요. 이제는 저 젊은이들이 너무나 뻔뻔스럽고 불손하게 보일 만큼 행복해질 때니까요.' 외교관은 연인들의 행복한 얼굴을 흘깃 쳐다보며 생각에 잠겼다. '내가 흥미라도 가진 듯이 떠들어 대는 이 모든 것이 얼마나 어리석은 말인가! 바로 저런 게 행복이지!'

이 모임을 결합하고 있던 보잘것없이 사소하고 억지스러운 관심들 위에 아름답고 건강한 젊은 남녀가 서로를 갈망하는 소박한 감정이 떨어졌다. 그리고 이 인간적인 감정은 모든 것을 압도하며 그들의 모든 부자연스러운 수다 위로 날아올랐다. 익살은 즐겁지 않았고, 새로운 소식은 흥미롭지 않았으며, 활기는 분명 거짓이었다. 그들뿐 아니라 시중을 들던 하인들도 똑같이 느꼈던지 얼굴을 환히 빛내는 아름다운 엘렌과 불그레하고 살진, 행복과 불안이 뒤섞인 피에르의 얼굴을 넋 잃고 보다가 시중드는 순서를 잊곤 했다. 초의 불빛조차 이 행복한 두 사람의 얼굴만 비추는 것 같았다.

피에르는 자신이 모든 것의 중심임을 느끼고 있었다. 이런 상황은 그를 기쁘게 하는 동시에 난처하게도 했다. 그는 어떤 일에 깊이 몰두한 사람의 상태에 있었다. 아무것도 보이지 않았고, 이해되지도 들리지도 않았다. 그저 이따금 예기치 않게 마음속에서 단편적인 생각과 현실의 인상이 어른거릴 뿐이었다.

'벌써 이렇게 다 끝났구나!' 그는 생각했다. '이 모든 게 어쩌다 일어난 걸까? 이렇게 빨리! 그녀 한 사람을 위해서나 나 한 사람을 위해서가 아니라 모두를 위해 **이 일**이 반드시 이루어져야 한다는 걸 이제 알겠어. 다들 너무나 **이 일**을 기다리고 있어서, 이 일이 일어날 거라고 확신하고 있어서, 나는 저들의 기대를 저버릴 수 없어, 그럴 수 없어. 그런데 이 일은 어떻게 일어나는 거야? 모르겠어. 하지만 일어날 거야. 반드시 일어날 거야.' 피에르는 자신의 눈동자 바로 곁에서 빛나고 있는 어깨를 흘깃거리며 생각했다.

순간 불현듯 그는 무언가가 부끄러워졌다. 자기가 모두의 관심을 독차지하는 것이, 다른 사람들의 눈에 행운아로 비치는 것이, 잘생기지도 않은 얼굴로 헬레네를 차지하는 파리스가 된 것이 거북했다. '하지만 분명 이런 일은 언제나 이런 식으로 일어나고, 또 이렇게 되어야 하는 거야.' 그는 스스로를 위로했다. '그런데 이 일을 위해 내가 한 것은 도대체 무엇인가? 언제 이 일이 시작된 것인가? 나는 바실리 공작과 함께 모스크바를 떠났다. 그때만 해도 아직 아무 일이 없었다. 그다음에 내가 그의 집에 묵으면 안 되는 이

유도 없지 않았던가? 그러고 나서 나는 그녀와 카드놀이를 하고 손가방을 들어 주고 함께 썰매도 탔다. 도대체 이 일이 언제 시작된 것인가? 이 모든 일이 언제 이루어진 것인가?' 지금 그는 구혼자로서 여기 그녀 곁에 앉아 그녀의 숨소리를, 그녀의 몸짓을, 그녀의 아름다움을 듣고 보고 느끼고 있다. 그러자 문득 그토록 뛰어나게 아름다운 사람은 그녀가 아니라 자기 자신처럼 느껴지고, 사람들이 자기를 그처럼 쳐다보는 것도 그래서인 것 같다. 그는 사람들의 감탄에 행복해져서 가슴을 편다. 고개를 들고 자신의 행복에 기뻐한다. 갑자기 어떤 목소리가, 낯익은 누군가의 목소리가 들리고 그에게 무언가를 재차 말한다. 그러나 피에르는 다른 것에 마음을 빼앗긴 나머지 그 말을 알아듣지 못한다.

"볼콘스키 공작에게서 언제 편지를 받았는지 묻고 있네." 바실리 공작이 똑같은 말을 세 번째 되풀이한다. "이보게, 정말로 얼이 빠졌군."

바실리 공작이 빙그레 웃는다. 피에르는 모두가, 모두가 그와 엘렌을 향해 싱글거리는 것을 본다. '뭐, 당신들이 모두 알고 있다면 어쩔 수 없지.' 피에르는 속으로 혼잣말을 한다. '뭐, 어쩌겠어? 사실인데.' 그러고 나선 특유의 어린아이 같은 온순한 미소를 짓는다. 그러자 엘렌도 생긋 웃는다.

"언제 받았냐니까? 올뮈츠에서 온 건가?" 바실리 공작은 논쟁을 해결하기 위해 꼭 알아야 한다는 듯 거듭 묻는다.

'그런 하찮은 것에 대해 말하고 생각해도 되는 걸까?' 피에르는 생각한다.

"네, 올뮈츠에서 왔습니다." 그는 한숨을 쉬며 대답한다.

저녁 식사가 끝나자 피에르는 다른 사람들을 뒤따라 자신의 숙녀를 응접실로 안내했다. 손님들이 흩어지기 시작했고, 몇몇 사람들은 엘렌에게 작별 인사를 하지 않고 떠났다. 또 다른 몇몇은 마치 그녀를 그녀의 중대한 일에서 떼어 놓고 싶지 않은 듯 잠시 다가왔다가 배웅을 만류하며 서둘러 떠났다. 외교관은 서글픈 얼굴로 입을 꾹 다문 채 응접실에서 나갔다. 피에르의 행복에 비하면 외교관으로서의 출세가 몹시도 공허해 보였던 것이다. 늙은 장군은 발 상태가 어떤지 묻는 아내에게 성난 목소리로 투덜거렸다. '에잇, 멍청한 할망구 같으니!' 그는 생각했다. '저기 옐레나 바실리예브나는 쉰 살이 되어도 계속 아름다울 거야.'

"당신에게 축하 인사를 드려도 될 것 같네요." 안나 파블로브나가 공작 부인에게 속삭이며 힘껏 입을 맞추었다. "편두통만 없다면 남아 있으련만."

공작 부인은 아무 대꾸도 하지 않았다. 딸의 행복에 대한 질투가 그녀를 괴롭히고 있었다.

손님들을 전송하는 동안 피에르는 그들이 앉아 있던 작은 응접실에 엘렌과 단둘이 오랫동안 남아 있었다. 그는 전에도, 그러니까 지난 한 달 반 동안에도 종종 엘렌과 단둘이 남곤 했지만 한 번도 그녀에게 사랑의 말을 한 적이 없었다. 이제 그는 그것이 불가피하다고 느끼면서도 이 마지막 한 걸음을 도저히 내디딜 수 없었다. 그는 부끄러웠다. 자기가 여기에, 엘렌 곁에 있는 것이 마치 남의 자리를 차지한 것처럼 느껴졌다. '이 행복은 너를 위한 것이 아니다.' 내면의 목소리가 그에게 말하고 있었다. '이 행복은 네게 있는 것을 갖지 못한 사람들을 위한 것이다.' 그러나 무슨 말이든 해야 했다. 그래서 입을 열었다. 그녀에게 오늘의 야회가 만족스러운지 물었다. 언제나처럼 단순하게 그녀는 오늘의 명명일은 자신에게 가장 기쁜 날들 가운데 하루였다고 대답했다.

가장 가까운 친척들 몇 명은 아직 남아 있었다. 그들은 큰 응접실에 앉아 있었다. 바실리 공작은 느릿느릿한 걸음으로 피에르에게 다가갔다. 피에르는 자리에서 일어나며 이미 시간이 많이 늦었다고 말했다. 마치 피에르가 하는 말이 너무 이상해서 알아들을 수도 없었다는 듯 바실리 공작이 묻는 듯 엄한 눈초리로 그를 바라보았다. 그러나 뒤이어 엄한 표정은 바뀌었다. 바실리 공작은 피에르의 손을 아래로 잡아끌어 그를 앉히고는 다정한 미소를 지었다.

"자, 어떠냐, 룔랴?" 그는 곧장 딸을 향해 평소의 다정함이 깃든 허물없는 투로 말을 걸었다. 그런 허물없는 말투는 자녀들을 어릴 때부터 귀여워해 온 부모들에게 저절로 배는 것이지만 바실리 공작은 다른 부모들을 모방한 것이었을 뿐이었다.

그는 다시 피에르를 향해 말했다.

"세르게이 쿠지미치, 사방에서." 그는 조끼의 맨 위 단추를 끄르며 말했다.

피에르는 빙그레 웃었지만, 그의 미소에는 그가 이 순간 바실리 공작의 관심거리가 세르게이 쿠지미치의 일화가 아니라는 점을 이해하고 있다는 사실이 엿보였다. 바실리 공작도 피에르가 그 점을 알고 있다는 것을 깨달았다. 바실리 공작은 갑자기 뭐라고 투덜거리며 나갔다. 피에르의 눈에는 바실리 공작조차 당혹스러워하는 것 같았다. 그 늙은 사교계 인사가 허둥지둥하는 모습이 피에르의 마음을 움직였다. 피에르는 엘렌을 돌아보았다. 그녀도 당황한 듯했고, 그녀의 시선은 이렇게 말하는 듯했다. '어쩌겠어요, 당신 잘못인걸요.'

'어쩔 수 없어. 넘어서야 해. 하지만 할 수 없어. 난 못해.' 피에르는 이렇게 생각하며 다시 그와 상관없는 세르게이 쿠지미치 이야기를 꺼내며 그 일화를 제대로 듣지 못한 탓에 그것이 어떤 것이었는지 물었다. 엘렌은 생긋 웃으며 자기도 모른다고 대답했다.

바실리 공작이 응접실에 들어섰을 때 공작 부인은 중년 부인과 함께 피에르에 대해 조용히 말을 나누고 있었다.

"물론 저 둘은 아주 멋진 배필이지만, 행복은……."

"결혼은 하늘에서 맺어 주는 거잖아요." 중년 부인이 대답했다.

바실리 공작은 마치 부인들의 대화를 듣고 있지 않다는 듯이 먼 구석으로 가서 소파에 앉았다. 그는 눈을 감고 조는 것 같았다. 그의 머리가 아래로 떨어지나 싶더니 번쩍 눈을 떴다.

"알린……." 그가 아내에게 말했다. "저 애들이 뭘 하고 있는지 가서 봐."

공작 부인은 의미심장하면서도 무심한 표정으로 문을 지나치며 응접실 안을 몰래 훔쳐보았다. 피에르와 엘렌은 여전히 앉아서 이야기를 나누고 있었다.

"똑같아요." 그녀가 남편에게 대답했다.

바실리 공작이 인상을 찌푸리고 입술을 한쪽으로 삐죽했다. 특유의 불쾌하고 야비한 표정으로 두 뺨이 실룩거렸다. 그는 몸을 흔들며 자리에서 일어나 고개를 뒤로 젖힌 채 단호한 걸음으로 부인들 옆을 지나 작은 응접실로 갔다. 그는 빠른 걸음으로 기쁨에 차서 피에르에게 다가갔다. 공작의 얼굴이 예사롭지 않은 엄숙한 표정을 짓고 있어서 피에르는 깜짝 놀라 일어났다.

"하느님, 감사합니다!" 그가 말했다. "아내가 전부 말해 주었네!" 그는 한 손으로 피에르를, 다른 손으로는 딸을 끌어안았다. "룔랴! 정말, 정말 기쁘구나!" 그의 목소리가 떨렸다. "나는 자네 아버님을 사랑했네……. 이 아이는 자네에게 좋은 아내가 될 거야……. 하느님이 두 사람에게 축복을 내려 주시길!"

그는 딸을 껴안았다. 그러고는 다시 피에르를 끌어안고 노인의 입술로 입을 맞추었다. 눈물이 정말로 그의 두 뺨을 적셨다.

"여보, 공작 부인, 어서 이리 와." 그가 소리쳤다.

공작 부인도 와서 함께 울었다. 중년 부인도 손수건으로 눈물을 훔쳤다. 사람들이 피에르에게 입을 맞추었고, 그도 아름다운 엘렌의 손에 여러 번 입을 맞추었다. 잠시 후 다시 두 사람만 남겨졌다.

'모든 게 이렇게 되어야만 했어. 달리 어쩔 수 없었어.' 피에르는 생각했다. '그러니 이게 좋은 일인지 나쁜 일인지 물어볼 것도 없어. 결정되어서 예전의 괴로운 의심이 없으니 좋네.' 피에르는 말 없이 약혼녀의 손을 잡고 높아졌다 낮아졌다 하는 아름다운 가슴을 바라보았다.

"엘렌!" 그가 소리 내어 말하고는 그대로 멈췄다.

'사람들은 이런 경우에 무언가 아주 특별한 말을 하는데.' 그는 생각했다. 그러나 이런 경우에 무슨 말을 하는지 도무지 떠올릴 수가 없었다. 그는 그녀의 얼굴을 바라보았다. 그녀가 그에게 더 가까이 다가왔다. 그녀의 얼굴이 붉게 물들었다.

"아, 이것 좀 벗어 봐요…… 이것 좀…….' 그녀가 안경을 가리 켰다.

피에르는 안경을 벗었다. 안경을 벗은 사람들의 눈이 일반적으로 이상해 보이는 것 이상으로 그의 눈, 그의 눈은 두려움과 의문에 차서 바라보고 있었다. 그는 허리를 굽혀 그녀의 손에 입을 맞추려 했다. 하지만 그녀가 먼저 빠르고 거칠게 고개를 움직이며 그의 입술을 찾더니 자신의 입술을 댔다. 그녀의 얼굴은 불쾌할 만큼 평정을 잃은 달라진 표정으로 그에게 충격을 주었다.

'이제 이미 늦었어. 다 끝났어. 게다가 난 이 여자를 사랑해.' 피에르는 생각했다.

"**사랑합니다!**" 그는 이런 때 꼭 해야 하는 말을 생각해 냈다. 하지만 그 말이 어찌나 초라하게 울리던지 그는 스스로가 부끄러워졌다.

한 달 반 후 그는 결혼식을 올렸고, 사람들의 말대로라면 아름다운 아내와 수백만 루블을 가진 행복한 남자로서 새롭게 단장한 베주호프 백작가의 페테르부르크 대저택에 거처를 잡았다.

3

니콜라이 안드레예비치 볼콘스키 노공작은 1805년 12월에 바실리 공작으로부터 아들과 함께 방문하겠다는 편지를 받았다. ("제가 감찰을 가게 되었습니다. 물론 존경하는 은인인 공작을 방문하기 위해서라면 1백 베르스트는 저에게 멀리 도는 것도 아닙니다." 그는 썼다. "제 아들 아나톨도 군대에 복귀하는 길에 저와 동행할 것입니다. 제 아들이 아비를 본받아 공작께 품은 깊은 존경을 직접 표현할 수 있도록 허락해 주시기 바랍니다.")

"마리를 데려갈 필요도 없네요. 구혼자들이 몸소 우리에게 오니까요." 소식을 들은 작은 공작 부인이 경솔하게 말을 내뱉었다.

니콜라이 안드레예비치 공작은 얼굴을 찌푸리고 아무 말도 하지 않았다.

편지를 받은 지 2주가 지난 어느 날 저녁에 바실리 공작의 하인들이 먼저 도착했고, 그 자신도 다음 날 아들과 함께 왔다.

아버지 볼콘스키는 언제나 바실리 공작의 자질을 변변찮게 평가해 왔다. 파벨과 알렉산드르의 새로운 치세에 바실리 공작의 관등과 명예가 드높아진 최근에는 더더욱 그러했다. 하물며 니콜라이 안드레예비치 공작이 편지와 작은 공작 부인의 암시를 통해 무슨 일인지 깨닫게 된 지금은 그의 마음속에서 바실리 공작에 대한 낮은 평가가 악의에 찬 경멸의 감정으로 바뀌었다. 그래서 바실리 공작에 대해 말할 때마다 계속 콧방귀를 뀌었다. 바실리 공작이 도착하기로 한 그날, 니콜라이 안드레예비치 공작은 특히 불만에 차서 언짢은 모습이었다. 바실리 공작이 와서 기분이 안 좋은 것이든, 아니면 기분이 안 좋아서 바실리 공작의 방문을 불만스러워한 것이든, 어쨌든 그는 기분이 안 좋았고 아침에는 티혼도 공작의 방에 보고하러 들어가지 말라며 건축 기사를 만류했다.

"어떻게 걷고 계시는지 들어 봐요." 티혼이 건축 기사의 주의를 공작의 발소리로 돌리며 말했다. "발바닥 전체로 걷고 계시잖아요. 우리는 벌써부터 아는데……."

그러나 평소처럼 8시가 지나자 공작은 흑담비 옷깃이 붙은 벨벳 외투 차림에 흑담비 모자를 쓰고 산책하러 나갔다. 전날 밤엔 눈이 내렸다. 니콜라이 안드레예비치 공작이 온실에 갈 때 지나는 오솔길은 깨끗이 치워져 있었다. 쓸어 둔 눈 위에 빗자루의 흔적이 보였고, 오솔길 양쪽에 쌓인 부서져 내릴 것 같은 눈 더미에 삽이 한 자루 꽂혀 있었다. 공작은 인상을 찌푸리고 말없이 온실과 하인들 숙소와 건축 현장을 둘러보았다.

"썰매가 다닐 수 있을까?" 그는 자신을 집까지 배웅한, 얼굴과 태도가 주인을 닮은 존경할 만한 관리인에게 물었다.

"눈이 깊습니다, 공작 각하. 제가 이미 가로수 길을 쓸라고 지시했습니다."

공작은 말없이 고개를 숙인 채 현관 계단으로 다가갔다. '하느님, 감사합니다.' 관리인은 생각했다. '먹구름이 지나갔구나!'

"썰매가 다니기 힘들었습니다, 공작 각하." 관리인이 덧붙였다. "제가 듣기로, 대신께서 공작 각하를 방문할 것이라고 하던데요?"

공작이 관리인을 향해 돌아서더니 음울한 시선을 그에게 고정시켰다.

"뭐? 대신? 무슨 대신? 누가 그러라고 시켰나?" 그는 특유의 날카롭고 냉혹한 목소리로 말했다. "내 딸 공작 영애를 위해서는 길을 치우지 않고 대신을 위해서는 치웠어! 우리 집에 대신 따위는 없어!"

"공작 각하, 제 생각에는……."

"자네가 생각을 했다고!" 공작은 점점 더 성급하고 조리 없는 말을 내뱉으며 소리 질렀다. "자네가 생각을 해……. 강도들! 돼먹지 못한 놈들! 내가 네놈에게 생각이라는 것을 가르쳐 주지." 그러고는 지팡이를 들어 알파티치를 향해 휘둘렀다. 만약 관리인이 자기도 모르게 몸을 피하지 않았더라면 제대로 맞았을 것이다. "생각했다고……! 비열한 놈들!" 그는 닥치는 대로 외쳤다. 그러나 매질을 피하려 한 불손함에 자기가 깜짝 놀란 알파티치가 공작에게 다가와 그의 앞에 벗어진 머리를 공손히 숙이는데도, 아니면 어쩌면 바로 그 때문인지 공작은 "비열한 자식들……! 길을 다시 눈으로 메워 놔!"라고 계속 소리치며 지팡이를 쳐들지 않고 집 안으로 뛰어 들어갔다.

식사 전에 공작의 기분이 좋지 않다는 것을 안 공작 영애와 **마드무아젤 부리엔**은 그를 기다리며 서 있었다. **마드무아젤 부리엔**은 '난 아무것도 몰라요. 난 여느 때와 똑같아요'라고 말하는 듯 빛나는 얼굴을 하고 있었고, 마리야 공작 영애는 눈을 내리깐 채 창백하고 겁에 질린 표정을 짓고 있었다. 마리야 공작 영애에게 무엇보다 힘든 것은 이런 경우에 **마드무아젤 부리엔**처럼 행동해야 한다는 것을 자신도 알면서도 그러지 못한다는 점이었다. 그녀의 머릿속에 이런 생각이 들었다. '내가 모르는 것처럼 행동하면 아버지는 내가 공감하지 않는다고 생각하실 거야. 그렇다고 나 자신이 울적하고 기분이 안 좋다는 식으로 행동하면 (종종 그랬듯이) 내가 기운이 없다고 말씀하실 거야.'

공작이 겁에 질린 딸의 얼굴을 쳐다보고 호통을 쳤다.

"머, 멍청이 같으니……!" 그가 말했다.

'그 애가 없어! 벌써 누가 수다를 떨었군.' 그는 식당에 나타나지 않은 작은 공작 부인에 대해 생각했다.

"공작 부인은 어디 있지?" 그가 물었다. "숨은 거야……?"

"몸이 조금 안 좋으세요." **마드무아젤 부리엔**이 명랑하게 생글거리며 말했다. "나오지 않으실 거예요. 그분의 상태에서는 충분히 이해가 되잖아요."

"흠! 흠! 크흐! 크흐!" 공작은 이렇게 중얼거리고 식탁 앞에 앉았다.

그의 눈에 접시가 깨끗해 보이지 않았다. 그는 얼룩을 가리키고는 접시를 집어 던졌다. 티혼이 접시를 받아 식탁 담당 하인에게 건넸다. 작은 공작 부인은 몸이 안 좋은 것이 아니었다. 하지만 그녀는 도저히 극복할 수 없을 정도로 공작을 무서워해서 그의 기분이 좋지 않다는 말을 듣고 나오지 않기로 결심했다.

"아이 때문에 걱정이에요." 그녀는 **마드무아젤 부리엔**에게 말했다. "놀라서 무슨 일이라도 생길지 누가 알겠어요?"

작은 공작 부인은 리시예 고리에서 늘 노공작에 대한 두려움과 반감이 뒤섞인 감정 상태로 지냈다. 그녀는 반감을 깨닫지 못하고 있었는데, 두려움이 너무나 압도적이어서 그것을 느낄 수 없었기 때문이었다. 공작 측에서도 반감이 있었지만, 그것은 경멸감에 묻혔다. 리시예 고리의 생활에 적응된 공작 부인은 **마드무아젤 부리엔**을 특히 좋아해 낮 시간을 함께 보내고 밤에도 같이 자 달라고 부탁하곤 했고, 그녀와 종종 시아버지에 대해 말을 나누고 비난도 했다.

"우리에게 손님이 와요, 공작님." 마드무아젤 부리엔이 조그만 장밋빛 손으로 하얀 냅킨을 펼치며 말했다. "제가 듣기로는 쿠라긴 공작 각하께서 아드님과 함께 오신다고요?" 그녀가 묻듯이 말했다.

"음…… 그 각하라는 녀석은 풋내기요. 내가 그를 정부에 넣어주었지." 공작이 모욕을 당한 듯한 투로 말했다. "아들은 왜 데려오는지 이해할 수가 없어. 리자베타 카를로브나 공작 부인과 마리야 공작 영애는 알지도 모르지. 난 그자가 뭐 하러 이곳에 아들놈을 데려오는지 모르겠소. 나는 볼일도 없는데." 그러고는 얼굴이 빨개진 딸을 바라보았다.

"몸이 안 좋으냐? 대신이 무서워서냐, 오늘 그 멍청이 알파티치가 말한 것처럼?"

"아니에요, 아버지."

마드무아젤 부리엔은 성공적인 화제를 찾아내지 못하면서도 그치지 않고 온실과 갓 피어난 꽃송이의 아름다움에 대해 수다를 떨어 댔다. 그 덕분인지 공작은 수프를 먹은 후에 기분이 누그러졌다.

식사 후 그는 며느리에게 갔다. 작은 공작 부인은 작은 탁자 앞에 앉아서 하녀인 마샤와 수다를 떨고 있었다. 시아버지를 본 그녀의 얼굴이 하얗게 질렸다.

작은 공작 부인은 몹시 변했다. 이제는 예쁘다기보다 추해 보였다. 뺨이 처지고, 입술은 위로 말리고, 눈은 아래로 늘어졌다.

"네, 몸이 좀 무거운 것 같아요." 그녀는 몸이 어떠냐는 공작의 물음에 이렇게 대답했다.

"필요한 것은 없느냐?"

"없어요, 감사합니다, 아버님."

"그래, 됐다, 됐어."

그러고 나선 하인 방으로 갔다. 알파티치는 방 안에 고개를 숙이고 서 있었다.

"길은 덮어 두었나?"

"덮었습니다, 공작 각하. 제발 용서해 주십시오. 제가 어리석었습니다."

공작은 그의 말을 가로막고 특유의 부자연스러운 웃음을 터뜨렸다.

"음, 됐네, 됐어."

그는 손을 뻗어 알파티치에게 입을 맞추게 하고는 서재로 갔다.

저녁에 바실리 공작이 왔다. 마부와 하인들이 **프레시펙트**(프로스펙트를 그렇게 불렀다*)에서 그를 맞이해 일부러 눈을 덮어 놓은 길을 따라 고함을 지르며 그의 보조크와 사니*를 별채로 옮겼다.

바실리 공작과 아나톨은 방을 따로 배정받았다.

아나톨은 캄졸*을 벗고는 양손으로 허리를 받치고 탁자 앞에 앉았다. 그는 미소를 띤 채 아름다운 큰 눈으로 탁자 한구석을 뚫어져라 응시했다. 아나톨은 자신의 삶 전부를 누군가 어떤 이유로 그를 위해 의무적으로 마련해야 했던 끝없는 유흥으로 바라보고 있었다. 지금도 그는 사악한 노인과 못생긴 부유한 상속녀를 찾아온 자신의 여행을 그렇게 간주했다. 그의 예상으로는 이 모든 것이 매우 좋고 재미있는 일이 될 수 있었다. '그렇게 부자라면 그 여자와 결혼하지 않을 이유가 뭐야? 그런 건 전혀 방해가 되지 않아.' 아나톨은 생각했다.

그는 습관이 된 꼼꼼하고 멋스러운 방식으로 깨끗이 면도를 하

고 향수를 뿌린 후 아름다운 머리를 높이 치켜든 채 타고난 온화
하고 의기양양한 표정을 지으며 아버지의 방으로 들어갔다. 바실
리 공작 주위에는 그의 두 시종이 그에게 옷을 입히며 부산을 떨
고 있었다. 공작 자신은 활기차게 주위를 둘러보며 방으로 들어오
는 아들에게 마치 '그래, 내가 바라던 모습 그대로야!'라고 말하듯
기분 좋게 고개를 끄덕였다.

"아뇨, 농담은 그만두시고요, 아버지, 그렇게 못생겼어요? 네?"
그는 여행하는 동안 여러 차례 나눈 대화를 이어 가려는 듯이 프
랑스어로 물었다.

"바보 같은 소리 그만해라! 무엇보다 노공작 앞에서는 정중하
고 분별 있게 행동하도록 노력해."

"그 사람이 욕이라도 하면 전 떠날 겁니다." 아나톨이 말했다.
"그런 노인네들은 참을 수가 없어요. 아셨죠?"

"네 장래가 이 일에 달려 있다는 걸 기억해."

그때 하녀들의 방에서는 대신과 아들의 도착이 전해진 것은 물
론, 두 사람의 외양에 대한 상세한 묘사도 이루어졌다. 마리야 공
작 영애는 자기 방에 홀로 앉아 마음의 동요를 가라앉히기 위해
부질없는 노력을 쏟고 있었다.

'어째서 그들은 편지를 보냈을까? 왜 리자는 그걸 나에게 말했
을까? 정말로 그런 일이 있을 리가 없잖아!' 그녀는 거울을 들여
다보며 혼잣말을 했다. '응접실로 어떻게 나가지? 설령 그 사람이
내 마음에 들더라도 지금은 함께 있을 수도 없을 텐데.' 그녀는 아
버지의 눈빛을 떠올리는 것만으로도 두려움에 휩싸였다.

작은 공작 부인과 **마드무아젤 부리엔**은 대신의 아들이 뺨이 발
그레하고 눈썹이 검은 미남이라는 것과, 그들의 아버지는 발을 간
신히 끌며 계단을 오르내리는데 그는 뒤에서 독수리처럼 세 계단

씩 성큼성큼 뛰어가더라는 것 등 하녀 마샤에게서 필요한 모든 정보를 이미 얻은 상태였다. 이런 정보를 얻자 작은 공작 부인과 **마드무아젤 부리엔**은 복도에서부터 울리는 목소리로 생기발랄하게 이야기를 나누며 공작 영애의 방에 들어왔다.

"그 사람들이 왔어요, 마리, 알아요?" 작은 공작 부인이 부른 배를 안고 뒤뚱뒤뚱 걸어와 안락의자에 힘겹게 앉으며 말했다.

그녀는 어느새 이른 아침에 입었던 블라우스를 벗고 자신이 가지고 있는 가장 좋은 드레스들 중 하나를 입고 있었다. 머리는 세심하게 손질되어 있었고, 얼굴에는 생기가 돌았다. 하지만 그러한 생기조차 축 늘어지고 죽은 사람처럼 창백해진 얼굴 모양을 감추지는 못했다. 페테르부르크 사교계에서 평소 입던 화려한 옷을 입으니 그녀가 얼마나 많이 추해졌는지 더욱 두드러져 보였다. **마드무아젤 부리엔**의 옷차림도 눈에 띄게는 아니지만 어딘지 모르게 더 나았다. 그것이 예쁘장하고 생기 넘치는 얼굴에 한층 매력을 더해 주었다.

"어머, 옷차림이 그대로네요, 사랑하는 공작 영애?" 그녀가 입을 열었다. "손님들이 응접실에 나오셨다고 곧 알리러 올 거예요. 아래층으로 내려가야 할 텐데. 조금이라도 치장을 하지 그래요!"

작은 공작 부인이 안락의자에서 몸을 일으키고 벨을 눌러 하녀를 부른 뒤 바삐 서두르며 즐겁게 마리야 공작 영애를 위한 옷차림을 생각해 내고 실행에 옮기기 시작했다. 마리야 공작 영애는 자신에게 약속된 구혼자의 도착에 스스로 동요하고 있는 것 때문에 자존감이 손상된 기분을 느꼈다. 손님들의 방문이 다른 일 때문일 수도 있다고 두 친구가 생각하지 않는 것은 더욱더 모욕적이었다. 그녀가 자신과 그들 때문에 얼마나 수치스러운지 그들에게 말하는 것은 곧 자신의 동요를 드러내는 셈이나 마찬가지였다. 게 다가 그들이 제안하는 몸치장을 거절하면 그들은 계속 우스갯소리를 하며 고집을 부릴 것이었다. 그녀의 얼굴이 확 붉어졌다. 아름다운 눈이 흐릿해지고 얼굴이 반점으로 뒤덮였다. 그녀의 얼굴에 가장 자주 나타나던 보기 흉한 희생자 같은 표정을 띤 채 그녀는 **마드무아젤 부리엔**과 리자의 손에 자신을 내맡겼다. 두 여자는 그녀를 예쁘게 만드는 일에 **진심을 다해** 정성을 쏟았다. 그녀가 너무 못생겨서 두 사람 중 어느 누구에게도 그녀와 경쟁해야겠다는 생각은 들 리가 없었다. 그래서 그들은 옷이 얼굴을 예쁘게 할 수 있다는 여성 특유의 순진하고 확고한 신념을 품고 진심으로 그녀의 몸단장에 매달렸다.

"아냐, 친구, 그 옷은 정말 예쁘지 않아요." 리자가 멀리서 공작 영애를 곁눈질하며 말했다. "이쪽으로 가져오라고 해 줘요. 거기 당신 쪽에 있는 자홍색 옷 말이에요. 그래요! 정말이지 이것으로 삶의 운명이 결정될 수도 있잖아요. 그건 너무 밝아서 안 좋아요. 아뇨, 안 예뻐요!"

예쁘지 않은 것은 옷이 아니라 공작 영애의 얼굴과 모습이었지만, **마드무아젤 부리엔**과 작은 공작 부인은 그것을 느끼지 못하고 있었다. 그들은 계속해서 위로 빗어 올린 머리에 하늘색 리본을 달고 갈색 드레스에 하늘색 숄을 늘어뜨린다든지 하면 다 좋아질 것이라고 여겼다. 그들은 겁에 질린 얼굴과 모습은 바꿀 수 없다는 사실을 잊고 있었다. 그래서 그들이 아무리 얼굴의 틀과 장식을 바꾸어도 얼굴 자체는 여전히 볼품없고 못생긴 채로 남았다. 마리야 공작 영애가 고분고분 따르던 두세 번에 걸친 차림새의 변화 후에, 그녀가 머리를 틀어 올리고 (그 머리 모양은 그녀의 얼굴을 완전히 망쳐 버렸다) 하늘색 숄과 아름다운 자홍색 드레스를 차려입은 순간 작은 공작 부인은 두어 차례 그녀의 주위를 돌았다. 이쪽에서는 자그마한 손으로 드레스의 주름을 바로잡아 주고 저쪽에서는 숄을 잡아당기더니 고개를 기울이며 이쪽저쪽 바라보았다.

"아냐, 이건 안 되겠어." 그녀가 손뼉을 치면서 단호하게 말했다. "아니에요, 마리. 이 옷은 당신에게 전혀 어울리지 않아요. 회색 평상복을 입은 모습이 훨씬 더 좋아요. 제발 날 위해 그렇게 해줘요. 카탸……." 그녀는 하녀에게 말했다. "공작 영애의 회색 드레스를 가져와. **마드무아젤 부리엔**, 내가 그 옷을 어떻게 꾸미는지 잘 봐요." 그녀는 미리 맛보는 예술적 기쁨의 미소를 지으며 말했다.

그러나 카탸가 지시받은 옷을 가져왔을 때 마리야 공작 영애는 여전히 거울 앞에 꼼짝 않고 앉아서 자기 얼굴을 바라보고 있었다. 거울 속에서 그녀는 두 눈에 눈물이 고이고 금방이라도 울음을 터뜨릴 듯 입매가 바르르 떨리는 자신의 모습을 보았다.

"자, 공작 영애님……." 마드무아젤 부리엔이 말했다. "**조금만 더 참아요.**"

작은 공작 부인이 하녀의 손에서 드레스를 받아 들고 마리야 공작 영애에게 다가갔다.

"아니에요, 이제 우리는 소박하고 사랑스러운 모습으로 꾸며 볼 거예요." 그녀가 말했다.

무언가를 두고 웃음을 터뜨린 공작 부인과 **마드무아젤 부리엔**과 카탸의 목소리가 새들의 지저귐 같은 명랑한 재잘거림으로 어우러졌다.

"**아뇨, 날 좀 내버려 둬요.**" 공작 영애가 말했다.

그녀의 목소리가 너무나 진지하고 고통스럽게 울려서 새들의 지저귐이 그 즉시 멎었다. 그들은 애원이 담긴 맑은 눈빛으로 자신들을 바라보는 눈물과 상념으로 가득한 크고 아름다운 눈동자를 보자 계속 밀어붙이면 도움이 안 될 뿐 아니라 심지어 잔인한 짓이 될 수도 있다는 것을 깨달았다.

"머리 모양만이라도 바꿔요." 작은 공작 부인이 말했다. "내가 말했잖아요." 그녀는 **마드무아젤 부리엔**을 향해 비난하는 투로 덧붙였다. "마리의 얼굴은 이런 머리 모양이 전혀 어울리지 않는 형이라고요. 제발 바꿔요."

"날 그냥 내버려 둬요. 난 아무래도 좋아요." 가까스로 눈물을 참는 목소리가 대답했다.

마드무아젤 부리엔과 작은 공작 부인은 이런 모습의 마리야 공작 영애가 몹시 추하고 여느 때보다 더 못생겨 보인다는 것을 인정하지 않을 수 없었다. 그러나 이미 늦었다. 그녀는 그들이 익히 알던 상념과 슬픔이 담긴 표정으로 그들을 바라보고 있었다. 그 표정은 그들의 마음에 마리야 공작 영애에 대한 두려움을 불러일으키지 않았다. (그녀는 누구에게도 그런 감정을 불러일으키지 않았다.) 하지만 그들은 그런 표정이 그녀의 얼굴에 나타날 때는 그녀가 입을 다물고 자신의 결심을 바꾸지 않는다는 것을 알고 있었다.

"바꿀 거죠, 그렇죠?" 리자가 말했다. 그러나 마리야 공작 영애가 아무 대답도 하지 않자 리자는 방에서 나가 버렸다.

마리야 공작 영애는 홀로 남았다. 그녀는 리자의 희망대로 하지 않았다. 머리 모양을 바꾸지 않았을 뿐만 아니라 거울 속의 자신을 쳐다보지도 않았다. 그녀는 힘없이 눈을 내리깔고 양팔을 축 늘어뜨린 채 말없이 앉아 생각에 잠겼다. 남편이, 남자가, 그녀를 완전히 다른 행복한 자신의 세계로 별안간 옮겨 놓을 강력하고 위압적이고 불가해하고 매력적인 존재가 눈앞에 떠올랐다. **자신의**

아이가, 어제 유모의 딸네 집에서 본 그런 아이가 자신의 가슴에 안겨 있는 모습이 떠올랐다. 남편이 서서 그녀와 아이를 다정하게 바라본다. '하지만 아냐, 그런 일은 있을 수 없어. 난 너무 못생겼어.' 그녀는 생각했다.

"차 드시러 오세요. 공작님께서 곧 나오세요." 문밖에서 하녀의 목소리가 들렸다.

그녀는 정신을 차리고 자신의 생각에 몸서리를 쳤다. 자리에서 일어난 그녀는 아래층으로 내려가기 전에 이콘이 있는 방으로 들어갔다. 그녀는 구세주의 커다란 이콘에서 램프 불빛을 받은 검은 얼굴을 응시하며 그 앞에 두 손을 모으고 몇 분 동안 서 있었다. 마리야 공작 영애의 영혼에는 괴로운 의심이 자리 잡고 있었다. 사랑의, 남자를 향한 지상의 사랑의 기쁨이 그녀에게 가능할까? 결혼에 대한 생각 속에서 마리야 공작 영애는 가정의 행복도, 아이들도 염원했다. 그러나 강렬하기 그지없고 은밀한 그녀의 주된 염원은 지상의 사랑이었다. 그녀가 그 꿈을 다른 사람들, 심지어 자신에게조차 숨기려고 애쓸수록 그 감정은 더 강해졌다. '주여…….' 그녀는 혼잣말을 했다. '어떻게 해야 제 마음속에 있는 이 악마의 생각을 억누를 수 있을까요? 어떻게 해야 평온한 마음으로 당신의 뜻을 따르도록 이 사악한 생각들을 물리칠 수 있을까요?' 그녀가 이 질문을 던지자마자 하느님이 그녀의 마음속에서 그녀에게 응답했다. '자신을 위해 아무것도 바라지 말라. 구하지도 말며, 근심하지도 말며, 시기하지도 말라. 인간의 미래와 너의 운명을 너는 모르는 것이 마땅하니라. 그러나 모든 것에 준비하며 살라. 만약 하느님이 결혼의 의무로 너를 시험하고자 하신다면 그 뜻에 따를 준비를 하라.' 마음을 진정시키는 그런 생각과 함께 (그러나 여전히 자신에게 금지된 지상의 염원의 실현에 대한 희망과 함께) 마리야 공작 영애는 한숨을 쉬고 성호를 그은 뒤 드레스에 대해서도, 머리 모양에 대해서도, 어떻게 응접실에 들어가고 무엇을 말할지에 대해서도 전혀 생각하지 않고 아래층으로 내려갔다. 하느님의 예정에 비하면 이 모든 것에 무슨 의미가 있었던가. 하느님의 의지 없이는 인간의 머리에서 머리카락 한 올도 떨어지지 않을 것인데.

4

마리야 공작 영애가 응접실에 들어섰을 때 바실리 공작과 그의
아들은 이미 와서 작은 공작 부인과 **마드무아젤 부리엔**과 함께 이
야기를 나누고 있었다. 그녀가 뒤꿈치로 바닥을 디디며 무거운 걸
음걸이로 들어가자 남자들과 **마드무아젤 부리엔**이 살짝 몸을 일
으켰다. 작은 공작 부인이 남자들에게 마리야 공작 영애를 소개했
다. "마리예요!" 마리야 공작 영애의 눈에 모두가, 그것도 세세히
보였다. 공작 영애를 보고 한순간 심각하게 굳었다가 이내 미소를
짓는 바실리 공작의 얼굴, 그리고 손님들의 얼굴에서 **마리**가 그들
에게 불러일으키는 인상을 호기심 어린 눈으로 읽고 있는 작은 공
작 부인의 얼굴이 보였다. 그녀는 **마드무아젤 부리엔**도, 그녀의
리본과 예쁜 얼굴과 여느 때와 달리 생기를 띠고 **그를** 주시하는 시
선도 보았다. 하지만 그녀는 **그를** 볼 수 없었다. 응접실에 들어선
순간 그저 자기 쪽으로 움직인 커다랗고 눈부시고 아름다운 무언
가를 보았을 뿐이었다. 그녀에게 먼저 다가온 사람은 바실리 공
작이었다. 그녀는 자신의 손 위로 숙인 벗어진 머리에 입을 맞추
고는 오히려 자기야말로 그를 아주 잘 기억하고 있다며 그의 말에
대답했다. 그다음 아나톨이 다가왔다. 그녀는 여전히 그를 보지

못하고 있었다. 그저 자기 손을 꼭 잡은 부드러운 손길을 느끼고 포마드를 바른 아름다운 금빛 머리칼 아래의 하얀 이마를 살짝 건드렸을 뿐이다. 그를 쳐다보았을 때 그녀는 그의 아름다움에 깜짝 놀랐다. 아나톨은 잘 채운 군복 단추 안쪽에 오른손 엄지손가락을 끼운 채 가슴을 앞으로 내밀고 등은 뒤로 젖힌 자세로 한쪽 다리를 가볍게 흔들며 살짝 고개를 숙이고는 공작 영애를 전혀 의식하지 않는 듯 쾌활한 눈길로 말없이 그녀를 바라보았다. 아나톨은 대화에서 재치가 없었고, 말이 빠르지 않고 달변도 아니었지만 그에게는 사교계가 높이 평가하는 능력인 침착함과 그 무엇으로도 바꿀 수 없는 자신감이 있었다. 스스로에 대한 확신이 없는 사람이 처음으로 인사를 나누는 자리에서 입을 다물고 있다가 그런 침묵이 예의에 어긋난다는 자각을 드러내고 뭔가 이야깃거리를 찾으려는 기색을 보이면 그 결과는 별로 좋지 않을 것이다. 그러나 아나톨은 입을 다문 채 한쪽 다리를 흔들면서 공작 영애의 머리 모양을 즐겁게 관찰하고 있었다. 그는 그렇듯 침착하게 아주 오랫동안 침묵할 수 있을 것 같았다. '침묵이 거북한 쪽이 먼저 이야기를 하세요. 난 그러고 싶지 않군요.' 그의 표정은 그렇게 말하는 듯했다. 게다가 여자를 대하는 아나톨의 태도에는 여자들에게 호기심과 두려움과 심지어 사랑을 불러일으키는 어떤 방식이 있었다. 바로 상대를 깔보는 듯한 태도로써 자신의 우월함을 의식하는 방식이었다. 그는 자신의 표정으로 이렇게 말하는 듯했다. '당신들을 압니다, 알아요. 하지만 뭣 때문에 당신들에게 매달려 있어야 합니까? 물론 당신들은 좋아하겠지만요!' 어쩌면 그는 여자들을 만날 때 그런 생각을 하지 않았을지도 모른다. (대체로 생각을 거의 하지 않았기 때문에 심지어 그렇게 생각하지 않았을 가능성이 높다.) 하지만 그의 표정과 태도는 그랬다. 공작 영애는 그 점을 느끼고 그녀도 감히 그의 관심을 끌 생각을 하지 않는다는 것을 보여 주겠다는 듯 노공작 쪽으로 돌아섰다. 작은 공작 부인의 귀여운 목소리와 하얀 치아 위로 말려 올라간 솜털이 보송보송한 작은 입술 덕분에 모든 사람이 참여하는 활기찬 대화가 이루어졌다. 그녀는 유쾌하고 수다스러운 사람들이 종종 사용하는 장난스러운 태도로 바실리 공작을 맞이했다. 그 태도는 그런 식의 응대를 받는 상대방과 자기 사이에 오래전부터 확립된 농담과, 어떤 부분은 일부 사람들만 아는 즐겁고 재미있는 추억을 전제로 하는 것이었다. 사실 그런 추억 따위는 전혀 없더라도 말이다. 작은 공작 부인과 바실리 공작 사이에도 역시 그런 것은 없었다. 바실리 공작은 기꺼이 그런 태도에 굴복했다. 작은 공작 부인은 결코 일어난 적 없는 우스꽝스러운 사건들에 대한 추억에 그녀가 거의 몰랐던 아나톨도 끌어들였다. 마드무아젤 부리엔도 공통의 추억을 함께 나누었고, 심지어 마리야 공작 영애조차 자신도 이 유쾌한 추억에 엮였음을 만족스럽게 느꼈다.

"자, 이제 우리는 당신을 충분히 향유할 수 있겠군요, 친애하는 공작님." 작은 공작 부인이 물론 프랑스어로 바실리 공작에게 말했다. "여기는 **아네트** 집에서 열리던 우리의 야회들과는 다르답니다. 당신은 늘 달아나셨죠. **그 사랑스러운 아네트**를 기억해 보세요!"

"아, **설마** 당신도 아네트처럼 정치 **이야기를 하지는** 않겠지요!"*

"그럼 우리의 작은 티 테이블은 어때요?"

"오, 좋습니다!"

"당신은 왜 **아네트**의 집에 한 번도 오지 않았나요?" 작은 공작 부인이 아나톨에게 물었다. "아! 알아요, 알아." 그녀가 한쪽 눈을 찡긋하며 말했다. "당신의 형 이폴리트가 당신이 한 일을 나에게 들려주곤 했어요. 오!" 그녀는 그에게 손가락을 위협적으로 흔들었다. "당신이 파리에서 저지른 장난들도 알고 있어요!"

"그 애가, 이폴리트가 너한테 말하지 않더냐?" 바실리 공작이 (마치 달아나고 싶어 하는데 간신히 붙든 것처럼 공작 부인의 손을 덥석 잡고는 아들을 향해) 말했다. "이폴리트 그놈이 사랑하는 공작 부인 때문에 피골이 앙상할 정도로 수척해졌는데도 공작 부인은 **자기를 집에서 쫓아냈다고** 그녀석이 네게 말하지 않았냐?"

"오! 이분은 **여성들 가운데 진주랍니다, 공작 영애!**" 그는 공작 영애를 돌아보았다.

파리라는 말에 **마드무아젤 부리엔**도 공통의 추억담에 끼어들 기회를 놓치지 않았다.

그녀는 아나톨이 파리를 언제 방문했는지, 그 도시가 마음에 들었는지 대담하게 물었다. 아나톨은 프랑스 여인에게 흔쾌히 대답하고 싱글벙글 웃는 얼굴로 바라보며 그녀의 조국에 대해 이야기를 나누었다. 예쁘장한 **부리엔**을 본 아나톨은 이곳 리시예 고리에서도 따분하지 않겠다고 결론을 내렸다. '꽤 예쁜데!' 그는 그녀를 훑어보며 생각했다. '이 **말벗**은 꽤 예뻐. 공작 영애가 나한테 시집올 때 저 여자도 데려오면 좋겠군.' 그는 생각했다. '**아주, 아주 괜찮아.**'

노공작은 서재에서 느긋하게 옷을 갈아입으며 얼굴을 찡그린 채 어떻게 해야 할지 곰곰이 생각하고 있었다. 그는 손님들의 방문에 화가 나 있었다. '바실리 공작과 그 아들놈이 나에게 뭐란 말인가? 바실리 공작이 텅 빈 허풍쟁이니 아들놈도 아주 훌륭하겠지.' 그는 속으로 투덜거렸다. 손님들의 방문이 자기 마음을 휘저으며 그동안 계속 억눌러 온 아직 해결되지 않은 문제를 들쑤신 것이 그는 화가 났다. 노공작은 이 문제에 대해 늘 스스로를 속여

왔다. 문제는 과연 그가 마리야 공작 영애를 떠나보내기로, 그녀를 남편에게 맡기기로 결심할 수 있겠는가였다. 공작은 결코 이 문제를 스스로에게 정면으로 제기할 엄두를 내지 못했다. 자신이 공정하게 대답하겠지만 공정함은 감정과 대립하는 것을 넘어 자기 생애의 모든 가능성과 대립하리라는 것을 알았기 때문이었다. 니콜라이 안드레예비치 공작은 마리야 공작 영애를 별로 소중히 여기지 않는 것 같았지만 그녀가 없는 삶은 생각할 수 없는 일이었다. '그 애가 뭣 때문에 결혼을 해야 한단 말인가?' 그는 생각했다. '틀림없이 불행할 것이다. 여기 리자는 안드레이와 (요즘 더 나은 남편감은 찾기 힘들 거다) 결혼했지만 과연 그 애가 자신의 운명에 만족하고 있는가? 그리고 누가 마리야를 사랑 때문에 데려가겠어? 못생기고 별다른 재주도 없다. 인맥과 재산을 노리고 데려가려는 거지. 게다가 처녀로 살아가는 여자들도 있지 않나? 훨씬 행복하지!' 니콜라이 안드레예비치 공작은 옷을 입으며 생각했다. 하지만 그와 동시에 계속 미뤄 왔던 문제가 즉각적인 해결을 요구하고 있었다. 바실리 공작이 아들을 데리고 온 것은 분명 청혼하려는 속셈일 테고, 아마 오늘이나 내일 단도직입적인 대답을 요구할 것이다. 그의 명성과 사교계에서의 지위는 상당하다. '뭐, 나도 싫다는 건 아니야.' 그는 속으로 혼잣말을 했다. '하지만 그 녀석이 딸을 데려갈 만한 인간이라야지. 우리가 그 점을 잘 지켜봐야지.'

"그 점을 우리가 잘 지켜봐야지." 그는 소리 내어 중얼거렸다. "바로 그 점을 잘 지켜봐야 하는 거야."

그는 여느 때처럼 활기찬 걸음으로 응접실에 들어가서 재빠른 눈길로 모두를 둘러보며 작은 공작 부인의 바뀐 드레스도, **부리엔**의 작은 리본도, 마리야 공작 영애의 꼴사나운 머리 모양도, **부리**

엔과 아나톨의 미소도, 공통의 대화에서 자신의 공작 영애가 소외된 사실도 알아차렸다. '바보같이 차려입었구나!' 그는 딸을 매섭게 쳐다보았다. '수치를 몰라! 저 녀석은 저 애를 알고 싶어 하지도 않는데!'

그는 바실리 공작에게 다가갔다.

"음, 잘 지냈나, 잘 지냈어, 만나서 반갑네."

"사랑하는 벗을 위해서라면 7베르스트의 길도 멀리 돌아가는 게 아니지요." 바실리 공작은 여느 때처럼 자신만만하고 친근한 어조로 빠르게 말했다. "이 아이가 제 둘째입니다. 부디 사랑과 호의를 베풀어 주십시오."

니콜라이 안드레예비치 공작은 아나톨을 돌아보았다.

"훌륭하군, 훌륭해!" 그가 말했다. "자, 와서 입을 맞추게." 그러고는 그에게 뺨을 내밀었다.

아나톨은 노인에게 입을 맞추고 그에게서 아버지가 단언한 괴상한 행동을 곧 보게 되지 않을까 기대하며 호기심 어린 눈길로 그를 바라보았다.

니콜라이 안드레예비치 공작은 평소 자신의 자리인 소파 한구석에 앉더니 바실리 공작을 위한 안락의자를 자기 쪽으로 끌어당겨 그에게 가리켜 보이고 정치 사안과 새로운 소식에 대해 이것저것 묻기 시작했다. 그는 바실리 공작의 이야기를 주의 깊게 듣는 것 같았지만 사실은 끊임없이 마리야 공작 영애를 흘깃거렸다.

"그렇다면 포츠담에서 벌써부터 편지가 오고 있단 말이지?" 그는 바실리 공작의 마지막 말을 되풀이하고는 갑자기 벌떡 일어나 딸에게 다가갔다.

"손님들을 위해 이렇게 치장한 것이냐, 그래?" 그가 말했다. "멋지구나, 아주 멋져. 네가 손님들 앞에 새로운 머리 모양을 선보였다만, 손님들 앞에서 네게 말하는데, 앞으로 내 허락 없이는 옷차림을 바꾸지 말거라."

"그건, **아버님**, 제 탓이에요." 작은 공작 부인이 얼굴을 붉히며 마리야 공작 영애를 감쌌다.

"당신은 얼마든지 마음대로 해도 좋소." 니콜라이 안드레예비치 공작은 며느리 앞에서 한 발을 뒤로 빼고 절을 하면서 말했다. "하지만 저 애가 자기 스스로를 꼴사납게 만들 필요는 없어요. 이대로도 충분히 못생겼으니까."

그러고 나서 그는 눈물이 북받친 딸에게는 더 이상 관심을 기울이지 않고 다시 자리에 앉았다.

"그렇지 않습니다. 공작 영애에겐 저 머리 모양이 아주 잘 어울립니다." 바실리 공작이 말했다.

"어이, 이보게, 젊은 공작, 이름이 뭔가?" 니콜라이 안드레예비치 공작이 아나톨을 향해 말했다. "이리 와서 대화를 나누며 서로 알아 가세."

'이제 재미있는 일이 시작될 때군.' 아나톨은 이렇게 생각하며 웃음 띤 얼굴로 노공작 곁에 다가앉았다.

"음, 그래, 젊은이, 듣자 하니 외국에서 교육을 받았다던데. 자네 아버지나 내가 교회 머슴한테 읽고 쓰는 걸 배우던 때와는 다르군. 말해 보시오, 젊은이. 지금 근위 기병대에서 복무하오?" 노인이 아나톨을 가까이에서 뚫어지게 바라보며 물었다.

"아닙니다. 육군으로 옮겼습니다." 아나톨은 간신히 웃음을 참으며 대답했다.

"아! 좋은 일이오. 그럼, 젊은이, 당신도 차르와 조국에 봉사하기를 원하시오? 지금은 전시요. 이렇게 훌륭한 젊은이는 군 복무를 해야지. 복무해야 하고말고. 그럼 전선에 있소?"

"아닙니다, 공작님. 우리 연대는 출정했습니다. 제가 소속된 곳은…… 아빠, 내가 어디에 소속되어 있죠?" 아나톨이 웃으며 아버지를 돌아보았다.

"훌륭하게 복무하고 있군, 훌륭해. 내가 어디에 소속되어 있죠? 라고. 하하하!" 니콜라이 안드레예비치 공작이 웃음을 터뜨렸다.

그러자 아나톨은 더 큰 소리로 웃었다. 갑자기 니콜라이 안드레예비치 공작이 인상을 찌푸렸다.

"자, 가 보게." 그가 아나톨에게 말했다.

아나톨은 미소 띤 얼굴로 다시 숙녀들에게 다가갔다.

"과연 자네는 아이들을 외국에서 공부시켰다지, 바실리 공작? 응?" 노공작은 바실리 공작을 돌아보았다.

"제가 할 수 있는 만큼 했습니다. 그리고 말씀드리지만, 그곳의 교육이 우리 교육보다 훨씬 낫습니다."

"그래, 지금은 모든 게 달라졌어. 모든 게 새로운 방식을 따르지. 훌륭한 청년이야! 훌륭해! 자, 내 방으로 가세."

그는 바실리 공작의 팔을 잡고 서재로 이끌었다.

공작과 단둘이 남게 된 바실리 공작은 즉시 자신의 바람과 희망을 그에게 밝혔다.

"아니, 무슨 생각을 하는 건가?" 노공작이 성난 목소리로 말했다. "내가 딸을 붙잡아 두고 있다고, 내가 그 애와 헤어질 수 없다고? 다들 마음대로 생각하라지!" 그러고는 화를 내며 중얼거렸다. "난 내일이라도 좋아! 다만 자네에게 말해 두지. 난 사윗감을 좀 더 잘 알고 싶네. 자네는 내 원칙을 알고 있지. 모든 것을 숨김없이! 나는 내일 자네가 있는 자리에서 딸에게 묻겠네. 그 애가 원하면 자네 아들을 잠시 머무르게 하지. 잠시 머무르도록 두게. 내가 지켜보겠네." 공작이 콧방귀를 뀌었다. "결혼할 테면 하라고 해. 난 상관없어." 그는 아들과 작별할 때 외치던 날카로운 목소리로 고함을 질렀다.

"솔직히 말씀드리겠습니다." 바실리 공작은 상대방의 예리한 눈앞에서 교활하게 구는 것은 불필요하다고 확신한 교활한 사람의 어투로 말했다. "당신은 정말 사람을 환히 들여다보시지요. 아나톨은 비록 천재는 아니지만, 정직하고 착한 아이이며, 훌륭한 아들로 제 피붙이입니다."

"그래, 그래, 좋아, 곧 알게 되겠지."

오랫동안 남자들 없이 산 외로운 여자들에게 늘 그렇듯이, 아나톨의 출현에 니콜라이 안드레예비치 공작의 집에 사는 세 여인 모두 똑같이 이제까지 그들의 삶은 삶이 아니었다고 느꼈다. 생각하고 느끼고 관찰하는 힘이 그들 모두의 안에서 순식간에 열 배로 커졌다. 지금까지 어둠 속에서 이루어지던 그들의 삶에 갑자기 의미로 충만한 새로운 빛이 비쳐 들어온 듯했다.

마리야 공작 영애는 자신의 얼굴과 머리 모양에 대해 전혀 생각하지 않았고 기억도 못했다. 어쩌면 남편이 될지 모를 사람의 잘생기고 숨김없는 얼굴이 그녀의 주의를 통째로 삼켜 버렸다. 그녀의 눈에는 그가 착하고 용감하고 결단력 있고 남자답고 관대해 보였다. 그녀는 그 점을 확신했다. 미래의 가정생활에 대한 수천 가지 공상이 끊임없이 그녀의 상상 속에 떠올랐다. 그녀는 그것들을 몰아냈고, 감추려 애썼다.

'하지만 내가 그에게 너무 차갑게 구는 것은 아닐까?' 마리야 공작 영애는 생각했다. '난 스스로를 억누르려 애쓰고 있어. 마음 깊은 곳에서 그 사람을 지나칠 정도로 가깝게 느끼기 때문이야. 하지만 내가 그에 대해 생각하는 것을 그가 다 알 수는 없잖아. 어쩌면 자기를 싫어한다고 생각할지 몰라.'

그래서 마리야 공작 영애는 이 새로운 손님을 상냥하게 대하려고 애썼지만 잘되지 않았다.

'**불쌍한 여자야! 지독하게 못생겼어.**' 아나톨은 그녀에 대해 이렇게 생각했다.

아나톨의 방문으로 역시 높은 수위의 흥분에 빠진 **마드무아젤 부리엔**은 다른 생각을 하고 있었다. 세상에서 일정한 지위도 없고 가족과 친구, 심지어 조국마저 없는 이 예쁜 아가씨는 당연히 니콜라이 안드레예비치 공작의 시중을 들고 그에게 책을 읽어 주고 마리야 공작 영애와 우정을 나누는 데 일생을 바칠 생각이 없었다. **마드무아젤 부리엔**은 못생기고 옷차림도 볼품없고 서투른 러시아의 공작 영애들보다 그녀가 뛰어나다는 것을 한눈에 알아볼, 그녀와 사랑에 빠져 데리고 떠나 줄 러시아 공작을 오래전부터 기다려 왔다. 그리고 바로 그 러시아 공작이 마침내 왔다. **마드무아젤 부리엔**에게는 친척 아주머니로부터 듣고 그녀 자신이 결말을 짓고는 상상 속에서 되풀이하기를 좋아하던 이야기가 하나 있었다. 유혹에 빠진 아가씨에게 **그녀의 가여운 어머니**가 나타나 결혼도 하지 않고 남자에게 몸을 내맡긴 것을 나무라는 이야기였다. 마드무아젤 부리엔은 종종 상상 속에서 **그에게**, 유혹한 남자에게 그 이야기를 들려주며 감동의 눈물을 흘리곤 했다. 그런데 이제야말로 **그가**, 진짜 러시아 공작이 나타난 것이다. 그는 그녀를 데려갈 것이다. 그다음에 **나의 가여운 어머니**가 나타날 테고, 그는 그녀와 결혼할 것이다. 그와 파리에 대한 이야기를 나누던 바로 그때 **마드무아젤 부리엔**의 머릿속에서는 자신의 모든 미래가 그런 모습으로 펼쳐지고 있었다. **마드무아젤 부리엔**이 타산적으로 생각해서 행동한 것은 아니었다. (그녀는 자신이 무엇을 해야 할지에 대해 단 한 순간도 곰곰이 생각한 적이 없었다.) 그 모든 것은 오래전부터 그녀의 내면에 준비되어 있다가 눈앞에 나타난 아나톨의 주위로 모여들었을 뿐이다. 그녀는 최대한 그의 마음에 들기를 바랐고, 또 그렇게 되려고 애썼다.

작은 공작 부인은 늙은 군마처럼 나팔 소리를 듣고 무심결에 자신의 처지를 잊은 채 꿍꿍이나 경쟁하려는 마음은 전혀 없이 순진하고 경박한 명랑한 모습으로 익숙한 교태의 갤럽을 준비하고 있었다.

아나톨은 여자들과 함께 있는 자리에서 으레 자신을 따르는 여자들을 귀찮아 하는 사람의 입장을 취하곤 했지만, 이 세 여인에게 자신이 끼친 영향을 보며 허영에 찬 만족감을 느꼈다. 게다가 예쁘장하고 도발적인 **부리엔**에게는 엄청난 속도로 그를 덮쳐서 이루 말할 수 없이 거칠고 대담한 행동을 하도록 자극하던 뜨거운 동물적 욕구를 느끼기 시작했다.

차를 마신 후 사람들은 소파가 있는 방으로 자리를 옮겼고, 공작 영애는 클라비코드를 연주해 달라는 요청을 받았다. 아나톨은 그녀의 앞에 있는 **마드무아젤 부리엔** 곁에서 팔꿈치를 괴고 있었다. 그의 눈은 즐겁게 웃으며 마리야 공작 영애를 바라보았다. 마리야 공작 영애는 괴롭고도 기쁜 흥분과 함께 자신을 향한 그의 시선을 느끼고 있었다. 좋아하는 소나타가 그녀를 마음속 가장 깊은 곳의 시적인 세계로 이끌었고, 몸에 느껴지는 시선은 이 세계에 훨씬 더 큰 서정을 부여해 주었다. 그러나 아나톨의 시선은 비록 그녀를 향하기는 했지만 그녀가 아니라 그 순간 그가 피아노 밑에서 한쪽 발로 건드리고 있던 **마드무아젤 부리엔**의 자그마한 발의 움직임을 의식하고 있었다. **마드무아젤 부리엔**도 공작 영애를 바라보고 있었다. 그리고 그녀의 아름다운 눈동자에는 마리야 공작 영애에게 새로운 두려움이 깃든 기쁨과 희망의 표정도 어려 있었다.

'그녀는 나를 얼마나 사랑하는가!' 마리야 공작 영애는 생각했다. '나는 지금 얼마나 행복한가, 그리고 저런 친구와 저런 남편과 함께라면 얼마나 행복할까! 과연 나의 남편이 될까?' 그녀는 차마 그의 얼굴을 쳐다보지 못하고 내내 자신을 향한 똑같은 시선을 느끼며 생각했다.

저녁에 밤참을 마치고 흩어질 때 아나톨은 공작 영애의 손에 입을 맞추었다. 그녀는 스스로도 어떻게 용기가 생겼는지 몰랐지만 자신의 근시인 눈 쪽으로 다가오는 아름다운 얼굴을 똑바로 쳐다보았다. 그는 공작 영애 다음에 **마드무아젤 부리엔**의 손 쪽으로 다가섰다. (무례한 행동이었지만 그는 모든 것을 아주 자신만만하고 간단히 해냈다.) 그러자 **마드무아젤 부리엔**은 얼굴을 확 붉히며 두려운 눈으로 공작 영애를 쳐다보았다.

'세심하기도 해라.' 공작 영애는 생각했다. '**아멜리에**(마드무아젤 부리엔의 이름이었다)는 정말로 내가 그녀를 질투해서 그녀의 순수한 다정한 마음과 나에 대한 헌신적인 사랑을 소중히 여기지 않을 수도 있다고 생각하는 걸까?' 그녀는 **마드무아젤 부리엔**에게 다가가 입을 꼭 맞추었다. 아나톨은 이제 작은 공작 부인의 손 쪽으로 다가섰다.

"아뇨, 안 돼요, 안 돼! 당신 아버지께서 당신의 몸가짐이 훌륭해졌다고 편지를 보내 주시면 그때 내 손에 입을 맞추게 해 주죠. 그전에는 안 돼요."

그러고 나서 그녀는 자그마한 손가락들을 들고 생긋 웃으며 방에서 나갔다.

5

모두 흩어졌다. 침대에 눕자마자 바로 잠이 든 아나톨 외에는 누구도 그 밤에 오래 잠들지 못했다.

'과연 그가, 이 잘생기고 착한 낯선 남자가 내 남편일까? 무엇보다 착해.' 마리야 공작 영애는 생각했다. 그러자 이제껏 거의 찾아오지 않던 두려움이 그녀를 엄습했다. 그녀는 주위를 둘러보는 게 두려웠다. 누군가가 저 칸막이 뒤 어둑한 구석에 서 있는 것만 같았다. 그 누군가는 바로 그, 악마였다. 하얀 이마와 검은 눈썹과 붉은 입술을 지닌 그 남자였다.

그녀는 벨을 눌러 하녀를 부르고는 자기 방에서 같이 자 달라고 부탁했다.

마드무아젤 부리엔은 그날 밤 부질없이 누군가를 기다리며 오랫동안 겨울 정원을 거닐었다. 누군가를 향해 미소 짓기도 하고, 상상 속에서 그녀의 타락을 나무라는 **가여운 어머니**의 말에 눈물이 나도록 감동하기도 했다.

작은 공작 부인은 침대가 형편없다며 하녀에게 투덜거렸다. 옆으로 누울 수도, 엎드려 누울 수도 없었다. 어떻게 해도 힘들고 불편하기는 마찬가지였다. 배가 거추장스러웠다. 그 어느 때보다도 바로 이날 배가 더 거추장스러웠던 것은 아나톨의 존재가 그녀를 다른 시간으로, 이 거추장스러운 배 없이 그녀에게 모든 것이 가볍고 즐거웠던 시절로 생생하게 이끌었기 때문이었다. 그녀는 코프토치카*와 나이트캡 차림으로 안락의자에 앉아 있었다. 졸음에 겨운 카탸는 땋은 머리를 흐트러뜨린 채 뭐라고 중얼거리면서 묵직한 깃털 이불을 세 번째 두들기고 뒤집었다.

"내가 말했잖아. 온통 울퉁불퉁하다니까." 작은 공작 부인이 똑같은 말을 자꾸 되풀이했다. "나도 잘 수 있으면 좋겠어. 그러니까 내 탓이 아니야." 막 울음을 터뜨리려는 어린아이처럼 그녀의 목소리가 떨리기 시작했다.

노공작도 잠을 이루지 못했다. 티혼은 잠결에 그가 성난 걸음으로 돌아다니면서 콧김을 씩씩 내뿜는 소리를 들었다. 노공작은 딸 때문에 자기가 모욕을 당한 것 같았다. 자신이 아닌 다른 사람, 그가 자신보다 더 사랑하는 딸에 대한 것이어서 이루 말할 수 없이 쓰라린 모욕이었다. 그는 이 모든 문제를 곰곰이 생각해 옳고 마땅히 해야 할 일을 찾으리라 스스로에게 말했지만 그러기는커녕 더욱더 노여워할 뿐이었다.

'처음 보는 남자가 모습을 드러내니까 아비고 뭐고 까맣게 잊은 채 달려가고 머리를 빗어 올리고 꼬리를 흔들고 평소와 딴판이 되니! 아비를 버리게 되니 기쁜 게지! 내가 볼 거라는 것을 알면서. 프르…… 프르…… 프르……. 그 멍청한 놈이 부리엔카만 쳐다보는 것을 과연 내가 못 보나! (그 애를 쫓아내야 해.) 어떻게 그걸 알아차릴 만큼의 자긍심도 없을까! 스스로에 대한 긍지가 없다면 하다못해 나에 대해서라도 가져 줘야지. 저 멍청이가 그 애는 안중에도 없이 **부리엔**만 쳐다보고 있는 걸 그 애한테 알려 줘야 해. 그 아이에게는 긍지가 없어. 내가 그 애한테 그걸 보여 줘야지…….'

노공작은 알고 있었다. 네가 착각하는 것이라고, 아나톨은 **부리엔**에게 구혼하려 한다고 딸에게 말하면 마리야 공작 영애는 자존심에 상처를 입고 그의 문제(딸과 헤어지고 싶지 않다는 바람)가 해결될 것이었다. 그래서 그는 그것으로 안심했다. 그는 소리쳐 티혼을 부르고 옷을 벗기 시작했다.

'악마에게나 잡혀가 버려라!' 희끗한 털이 가슴을 뒤덮은 메마른 늙은 몸뚱이를 티혼이 잠옷으로 감싸는 동안 그는 생각했다. '난 저 녀석들을 부르지 않았어. 저 녀석들은 내 삶을 망치러 온 거야. 내 삶이 이제 얼마 안 남았는데.'

"빌어먹을!" 그는 루바시카 밖으로 머리를 빼면서 중얼거렸다.

티혼은 이따금 자신의 생각을 입 밖으로 표현하는 공작의 습관을 알고 있었다. 그래서 루바시카 밖으로 빠져나온 얼굴의 묻는 듯 성난 눈빛을 변함없는 얼굴로 맞았다.

"잠자리에 들었나?" 공작이 물었다.

여느 좋은 하인처럼 티혼도 주인의 생각을 본능으로 알았다. 그는 바실리 공작과 그 아들에 대해 묻는 것이라고 짐작했다.

"잠자리에 드시고 불을 끄셨습니다, 공작 각하."

"아무짝에도 쓸모없어, 아무짝에도……." 공작은 빠르게 중얼거리고는 발은 슬리퍼에, 손은 할라트에 쑤셔 넣고 잠자리로 사용하는 소파로 갔다.

아나톨과 마드무아젤 부리엔 사이에 아무 말이 없었음에도 불구하고, 그들은 **가여운 어머니**가 출현하기 전인 이야기의 전반부와 관련하여 서로를 환히 이해했고 서로에게 은밀히 해야 할 말들이 많다는 것을 알았다. 그래서 그들은 아침부터 단둘이 만날 기회를 찾고 있었다. 공작 영애가 평소의 시각에 아버지에게 갔을 때 마드무아젤 부리엔은 겨울 정원에서 아나톨과 만났다.

마리야 공작 영애는 그날 유난히 떨리는 마음으로 서재 문에 다가갔다. 그녀의 생각에는 모두가 오늘 그녀의 운명이 결정되리라는 것을 알고 있을 뿐 아니라 그녀가 그 점에 대해 생각하고 있다는 것도 알고 있는 것 같았다. 그녀는 티혼의 얼굴에서, 그리고 뜨거운 물을 든 채 복도에서 마주치자 허리를 깊이 숙여 인사한 바실리 공작의 시종의 얼굴에서 그런 표정을 읽었다.

이날 아침 노공작은 한없이 다정하고 열성적으로 딸을 대했다. 마리야 공작 영애는 아버지가 애쓸 때의 그 표정을 잘 알았다. 그것은 산수 문제를 이해하지 못하는 딸에 대한 짜증으로 공작이 마른 두 손을 꽉 움켜쥐던, 그리고 일어나 그녀에게서 떨어지며 나직한 목소리로 몇 번이고 똑같은 말을 되풀이하던 순간들마다 떠오르던 표정이었다.

그는 즉시 본론으로 들어가 "그대"라고 부르며 말문을 열었다.

"그대를 달라고 청혼을 했어요." 그가 부자연스러운 미소를 지으며 말했다. "그대도 짐작했을 거라 생각해요." 그는 말을 계속했다. "바실리 공작이 이곳에 오고, 자신의 피양육자까지 (어쩐 일인지 니콜라이 안드레예비치 공작은 아나톨을 피양육자라고 불렀다) 데려온 것은 나의 아름다운 눈을 위해서가 아니에요. 어제 나한테 그대를 달라고 청혼하더이다. 그대가 나의 원칙을 알고 있기에 그대에게 말한 것이에요."

"**아버지**, 제가 아버지 말씀을 어떻게 이해해야 할까요?" 창백해지고 붉어진 얼굴로 공작 영애가 중얼거렸다.

"어떻게 이해하다니!" 아버지가 성을 내며 소리쳤다. "바실리 공작이 널 며느릿감으로 마음에 들어 하고, 그래서 자신의 피양육자를 위해 너한테 청혼한 거야. 어떻게 이해하긴 뭘 어떻게 이해해! 그럼 너한테 묻겠다."

"전 모르겠어요, **아버지**, 아버지는 어떻게……." 공작 영애는 속삭이는 소리로 중얼거렸다.

"나? 나? 나 따위가 뭔데? 나 같은 건 신경 쓰지 마라. 내가 시집가는 게 아니야. **그대**는 어떠신가? 바로 그 점을 알고 싶은 것이에요."

공작 영애는 아버지가 이 일을 탐탁지 않게 여긴다는 것을 알았다. 그러나 지금이 아니면 자기 삶의 운명을 결정지을 기회는 영원히 없을 것이라는 생각이 들었다. 그녀는 아버지의 시선의 영향 아래서는 생각을 할 수가 없고 그저 습관에 따라 복종하게 될 뿐이라고 느꼈다. 그래서 그의 시선을 피하기 위해 눈을 내리깔고 말했다.

"제가 바라는 건 오직 한 가지, 아버지의 뜻을 따르는 것뿐이에요." 그녀가 말했다. "하지만 저의 바람을 밝혀야 한다면……."

하지만 그녀는 채 말을 끝맺지 못했다. 공작이 그녀의 말을 끊었던 것이다.

"멋지구나!" 그가 소리쳤다. "그 녀석은 지참금과 함께 너를 데려가는 김에 **마드무아젤 부리엔**도 손에 넣겠지. 아내가 되는 건 그 여자일 테고, 넌……."

공작은 말을 멈추었다. 그는 그 말이 딸에게 불러일으킨 효과를 알아차렸다. 그녀는 고개를 떨어뜨리고 울먹거렸다.

"이런, 이런, 농담이다, 농담." 그가 말했다. "이것 하나만 기억해라, 공작 영애. 나는 남편을 고를 권리가 전적으로 여성 본인에게 있어야 한다는 원칙을 지키는 사람이다. 따라서 너에게도 자유를 주마. 하나만 기억해 다오. 네 인생의 행복은 너의 결정에 달린 거야. 나에 대해서는 아무 말도 필요 없다."

"그래도 전 모르겠어요…… **아버지**."

"말할 것 없다니까! 그 녀석은 분부를 받았어. 그 녀석은 너뿐 아니라 누구와든 결혼하려고 해. 하지만 넌 자유롭게 선택할 수 있다……. 네 방으로 가서 곰곰이 생각해 보고 한 시간 후에 내게 와. 그리고 그가 있는 자리에서 '네'인지 '아니요'인지 말해라. 난 네가 기도하리라는 것을 안다. 음, 부디 기도해라. 하지만 생각을 하는 편이 더 나아. 그럼 가라."

"네, 아니요, 네, 아니요, 네, 아니요!" 공작 영애가 안개 속을 걸어가듯 비틀거리며 서재를 나갔을 때에도 그는 계속해서 소리치고 있었다.

그녀의 운명은 결정되었다. 그것도 행복한 쪽으로. 그러나 아버지가 마드무아젤 부리엔에 대해 한 말, 그 암시는 끔찍했다. 설령 사실이 아니라 해도 끔찍했다. 그녀는 그 문제에 대해 생각하지 않을 수 없었다. 그녀는 겨울 정원을 지나 곧장 앞으로 걸어가고 있었다. 아무것도 보이지도, 들리지도 않던 그녀를 갑자기 귀에 익은 **마드무아젤 부리엔**의 속삭임이 일깨웠다. 그녀가 눈을 들자 두어 걸음 떨어진 곳에서 아나톨이 보였다. 그는 프랑스 여자를 안고 뭔가를 속삭이고 있었다. 아나톨은 잘생긴 얼굴에 무서운 표정을 띠고 마리야 공작 영애를 돌아보았다. 첫 순간에는 그녀를 보지 못한 **마드무아젤 부리엔**의 허리를 놓으려 하지 않았다.

'거기 누구요? 왜요? 잠시 기다려요!' 아나톨의 얼굴은 마치 그렇게 말하는 듯했다. 마리야 공작 영애는 말없이 그들을 쳐다보았다. 그녀는 이 상황을 이해할 수 없었다. 마침내 마드무아젤 부리엔이 비명을 지르고 달아났다. 아나톨은 유쾌한 미소를 지으며 마치 이 기이한 경우에 대해 한바탕 웃어 달라고 권하기라도 하듯 마리야 공작 영애에게 허리 숙여 인사했다. 그러고는 어깨를 으쓱한 뒤 그의 처소로 나 있는 문으로 걸어갔다.

한 시간 후에 티혼이 마리야 공작 영애를 부르러 왔다. 그는 공작이 그녀를 부른다는 말과 함께 바실리 세르게이치 공작도 거기 있다고 덧붙였다. 티혼이 왔을 때 공작 영애는 자기 방 소파에 앉아서 울고 있는 **마드무아젤 부리엔**을 안고 있었다. 마리야 공작 영애는 그녀의 머리를 조용히 쓰다듬었다. 예전의 평온과 광채를 완전히 되찾은 공작 영애의 아름다운 눈동자가 부드러운 사랑과 연민을 띤 채 **마드무아젤 부리엔**의 예쁘장한 작은 얼굴을 바라보고 있었다.

"아니에요, 공작 영애님, 난 영원히 당신의 호의를 잃었어요." 마드무아젤 부리엔이 말했다.

"아니, 왜요? 난 어느 때보다 더 당신을 사랑해요." 마리야 공작 영애가 말했다. "당신의 행복을 위해서라면 힘닿는 한 모든 것을 할 수 있도록 노력할 거예요."

"하지만 당신은 날 경멸해요. 당신은 너무 순수한 분이어서 분명 날 경멸할 거예요. 당신은 정열에 사로잡힌 이런 모습을 결코 이해하지 못할 거예요. 아, 나의 가여운 어머니……."

"난 다 이해해요." 마리야 공작 영애가 슬픈 미소를 지으며 대답했다. "진정해요, 나의 친구. 난 아버지에게 가야겠어요." 그녀는 이렇게 말하고 방을 나섰다.

바실리 공작은 한쪽 다리를 높이 구부리고 두 손에 담뱃갑을 든 채 이루 말할 수 없이 감동한 듯, 스스로도 자신의 감상적인 성격을 유감스럽게 여기며 조롱하는 듯 얼굴에 감동의 미소를 짓고 앉아 있었다. 마리야 공작 영애가 들어서자 그는 황급히 담배 한 줌을 코로 가져갔다.

"아, 사랑스러운 아가씨, 사랑스러운 아가씨." 그가 자리에서 일어나며 그녀의 두 손을 잡고 말했다. 그러고는 한숨을 쉬고 이렇게 덧붙였다. "내 아들의 운명은 당신 손에 달렸어요. 나의 사랑스러운, 나의 소중한, 나의 다정한, 내가 언제나 딸처럼 사랑한 마리, 자, 결정을 내려 주세요."

한 걸음 뒤로 물러나는 그의 눈에 진짜 눈물이 어렸다.

"프르…… 프르…… 프르……." 니콜라이 안드레이치 공작이 씩씩거렸다.

"공작이 자신의 피양육자…… 아들을 대신해 너에게 청혼을 하시는구나. 너는 아나톨 쿠라긴 공작의 아내가 되기를 원하느냐 아니냐? 말해라. '네'인지 '아니요'인지 말해라!" 그가 소리 지르기 시작했다. "그다음에 나도 내 의견을 말할 권리를 고수하겠다. 그래, 내 의견은 그저 나 자신의 의견일 뿐이다." 니콜라이 안드레이치 공작이 바실리 공작을 돌아보고 그의 애원하는 듯한 표정에 답하며 덧붙였다. "'네'냐, '아니요'냐? 응?"

"저의 바람은, **아버지**, 절대 아버지를 떠나지 않는 것, 절대로 제 삶을 아버지의 삶과 갈라놓지 않는 거예요. 저는 결혼하고 싶지 않아요." 그녀는 아름다운 눈으로 바실리 공작과 아버지를 쳐다보며 단호하게 말했다.

"헛소리다, 멍청한 소리야! 헛소리, 헛소리, 헛소리야!" 니콜라이 안드레이치 공작은 얼굴을 찌푸리고 소리를 지르며 딸의 손을 잡아 자기 쪽으로 끌어당겼다. 그는 입을 맞추지는 않고 자기 이마를 기울여 딸의 이마에 가볍게 댔다. 그가 딸의 손을 어찌나 꽉 움켜잡았던지 그녀는 얼굴을 찡그리고 비명을 질렀다.

바실리 공작이 일어섰다.

"나의 사랑스러운 아가씨, 당신에게 말하건대 나는 결코 이 순간을 잊지 않을 겁니다. 하지만 나의 착하디착한 아가씨, 우리에게 그토록 선하고 관대한 그 가슴을 움직일 작은 희망이라도 주시지요. 어쩌면이라고 말해요……. 미래는 매우 위대합니다. 말해 주세요, 어쩌면이라고."

"공작님, 제가 말씀드린 것이 제 마음속에 있는 전부입니다. 이런 영광을 주신 것에 감사드립니다만, 결코 아드님의 아내가 되지 않겠습니다."

"자, 이보게, 이걸로 끝이군. 자네를 보아서 몹시 기쁘네. 자네를 보아서 몹시 기뻐. 네 방으로 가라, 공작 영애, 가." 노공작이 말했다. "자네를 보아서 정말, 정말 기쁘네." 그는 바실리 공작을 얼싸안으며 똑같은 말을 되풀이했다.

'나의 소명은 다른 거야.' 마리야 공작 영애는 마음속으로 생각했다. '나의 소명은 다른 행복, 사랑과 자기희생으로 행복해지는 거야. 이 일이 내게 어떤 대가를 요구하든 난 가여운 **아멜리에**를 행복하게 해 줄 거야. 그녀는 너무 열렬하게 그를 사랑해. 그녀는 너무 열렬하게 참회하고 있어. 난 그녀와 그의 결혼을 추진하기 위해 모든 것을 할 거야. 그가 부유하지 않다면 내가 그녀에게 돈을 주겠어. 아버지께 부탁하고 안드레이에게도 부탁할 거야. 그녀가 그의 아내가 된다면 난 너무 행복할 거야. 그녀는 너무 불행해. 타국에 있어서 외롭고 도움 얻을 곳도 없어! 하느님, 그녀가 그렇듯 자신을 잊을 수 있다면 그를 얼마나 뜨겁게 사랑하는 건가요. 어쩌면 나도 똑같이 행동했을지 몰라……!' 마리야 공작 영애는 생각했다.

6

로스토프가 사람들은 오랫동안 니콜루시카에 대한 소식을 받지 못했다. 겨울 중반에 접어들어서야 백작에게 편지 한 통이 전해졌을 뿐이다. 백작은 편지에 적힌 주소에서 아들의 필체를 알아보았다. 백작은 편지를 받고 깜짝 놀라 남의 눈에 띄지 않도록 애쓰며 서둘러 발끝으로 자신의 서재로 달려가 틀어박혀서는 편지를 읽기 시작했다. 안나 미하일로브나는 (집 안에서 벌어지는 모든 일도 알고 있었듯이) 편지를 받은 것을 알고 조용한 걸음으로 백작의 서재에 들어가 두 손에 편지를 들고 흐느끼기도 하고 웃기도 하는 그를 보았다.

안나 미하일로브나는 사정이 좋아졌는데도 여전히 로스토프가에서 지내고 있었다.

"나의 선한 친구인가요?" 안나 미하일로브나가 묻는 듯 서글픈 목소리로 얼마든지 동정을 표현할 의향으로 말했다.

백작은 더욱 심하게 흐느끼기 시작했다.

"니콜루시카가…… 편지를…… 부상을…… 당한…… 모양인데…… **마 셰르**…… 부상을…… 나의 사랑하는 아들이…… 백작 부인이…… 장교로 승진했다고…… 하느님, 감사합니다……. 백작 부인에게 어떻게 말해야 하지요······?"

안나 미하일로브나는 그에게 다가앉아 자기 손수건으로 그의 눈에서 눈물을 닦고, 또 그 눈물로 얼룩진 편지를 닦고 자신의 눈물을 훔친 후 편지를 읽고 백작을 위로했다. 그러고 나선 식사하는 동안, 그리고 차를 마시기 전까지 백작 부인에게 마음의 준비를 하게 한 다음, 하느님이 도와주신다면 차를 마신 후에 모든 것을 밝히기로 결정했다.

식사하는 내내 안나 미하일로브나는 전쟁에 대한 소문과 니콜루시카를 화제에 올렸다. 그녀는 이미 알면서도 니콜루시카에게서 마지막 편지가 온 게 언제인지 두 번 묻고는 어쩌면 오늘 편지가 올 가능성이 아주 크다고 말했다. 백작 부인이 이런 암시에 불안해하며 근심스러운 눈으로 백작과 안나 미하일로브나를 번갈아 쳐다볼 때마다 안나 미하일로브나는 은근슬쩍 대화를 사소한 대상으로 돌렸다. 가족을 통틀어 억양과 시선과 표정의 미묘한 차이를 감지하는 재능이 가장 뛰어난 나타샤는 식사를 시작할 때부터 두 귀를 쫑긋 세우고 있다가 아버지와 안나 미하일로브나 사이에 무언가가, 오빠와 관련된 무언가가 있다는 것과, 안나 미하일로브나가 마음의 준비를 시키고 있다는 것을 알았다. 그토록 대담한 그녀도 (나타샤는 어머니가 니콜루시카와 관련된 모든 것에 얼마나 예민한지 알고 있었다) 차마 식사하는 동안에는 물어볼 결심을 하지 못했다. 그녀는 식사하는 내내 불안해서 아무것도 입에 대지 않았고, 가정 교사의 지적에도 아랑곳 않고 의자 위에서 계속 안절부절못했다. 식사 후에 그녀는 안나 미하일로브나를 쏜살같이 뒤쫓아 가서는 소파가 있는 방에서 그대로 그녀의 목에 달려가 매달렸다.

"아줌마, 말해 주세요, 무슨 일이에요?"

"아무것도 아니란다, 애야."

"아니에요. 사랑하는 아줌마, 귀여운 아줌마, 복숭아처럼 예쁜 아줌마, 난 아줌마에게서 떨어지지 않을 거예요. 아줌마가 알고 계시다는 걸 난 알아요."

안나 미하일로브나는 고개를 저었다.

"아이고, 아가, 이런 꾀쟁이를 봤나." 그녀가 말했다.

"니콜렌카한테서 편지가 왔죠? 틀림없어요!" 나타샤는 안나 미하일로브나의 얼굴에서 수긍하는 대답을 읽어 내며 큰 소리로 외쳤다.

"하지만 제발 조심해야지. 이 소식이 네 **엄마**에게 얼마나 큰 충격을 줄지 잘 알잖니."

"그럴게요, 그럴게요. 그러니까 말씀해 주세요. 말씀해 주지 않으실 거예요? 음, 그럼 당장 가서 말할래요."

안나 미하일로브나는 아무에게도 말하지 않는다는 조건을 걸고 짧은 몇 마디로 나타샤에게 편지 내용을 들려주었다.

"정말이에요." 나타샤는 성호를 그으며 말했다. "아무한테도 말하지 않을게요." 그러고는 곧장 소냐에게 달려갔다.

"니콜렌카가…… 부상을 당해서…… 편지를……." 그녀가 엄숙하게, 그러면서도 기쁘게 말했다.

"**니콜라!**" 소냐의 얼굴이 순식간에 창백해지며 단지 이 말만 뱉었다.

나타샤는 오빠의 부상 소식이 소냐에게 불러일으킨 반응을 본 후에야 처음으로 이 소식의 슬픈 면을 온전히 느꼈다.

그녀는 소냐에게 달려들더니 끌어안고 울기 시작했다.

"약간 부상을 입었지만 장교로 진급했어. 지금은 건강해. 오빠가 직접 편지를 썼어." 그녀는 눈물을 글썽이며 말했다.

"여자들은 모두 울보인가 봐." 페탸가 단호한 걸음으로 성큼성큼 방 안을 돌아다니며 말했다. "난 너무 기뻐. 형이 큰 공을 세운 게 정말 너무 기뻐. 누나들은 다 울보야! 아무것도 몰라."

나타샤가 눈물을 글썽이며 생긋 웃었다.

"편지 읽지 않았어?" 소냐가 물었다.

"못 읽었어. 하지만 아줌마가 말해 줬어. 모든 게 지나갔고, 오빠는 이제 장교가 되었다고······."

"하느님, 감사합니다." 소냐는 성호를 그으며 말했다. "하지만 아줌마가 널 속였을지도 모르잖아? **엄마**한테 가 보자."

페탸는 말없이 방 안을 걸어 다녔다.

"내가 니콜루시카였다면 프랑스 자식들을 더 많이 죽였을 텐데." 그가 말했다. "정말이지 더러운 놈들이야! 나라면 그놈들을 산더미처럼 죽였을 거야." 페탸가 말을 계속했다.

"조용히 해, 페탸, 넌 정말 바보야······!"

"내가 바보가 아니라, 별일도 아닌데 훌쩍거리는 여자들이 바보지." 페탸가 말했다.

"그를 기억해?" 잠시 침묵이 흐른 뒤에 나타샤가 불쑥 물었다. 소냐가 빙그레 웃었다.

"**니콜라**를 기억하냐고?"

"아니, 소냐, 너는 잘 기억한다고 할 정도로, 모든 것을 기억한다고 할 정도로 그를 기억하냐고." 자신의 말에 진지한 의미를 부여하고 싶은 듯 나타샤는 애써 몸짓을 해 가며 말했다. "나도 니콜렌카를 기억해. 기억한단 말이야." 그녀가 말했다. "그런데 보리스는 기억이 안 나. 전혀 기억나질 않아······."

"어떻게? 보리스를 기억하지 못한다고?" 소냐가 깜짝 놀라서 물었다.

"기억을 못하는 건 아니야. 그가 어떤 사람인지는 알아. 하지만 니콜렌카를 기억하듯 그렇게는 기억이 안 나. 눈을 감으면 니콜렌카가 떠올라. 그런데 보리스는 떠오르지 않아. (그녀는 눈을 감았다.) 정말 떠오르지 않아. 아무것도!"

"아, 나타샤!" 소냐는 친구를 쳐다보지 않고 환희에 찬 진지한 모습으로 말했다. 마치 그녀는 자기가 하는 말을 들을 자격이 없는 사람이라고 여기는 듯했다. 소냐는 이 말을 마치 다른 누군가에게, 농담을 건네서는 안 될 누군가에게 하는 듯했다. "네 오빠를 사랑하게 된 이상 그에게, 그리고 나에게 무슨 일이 생겨도 나는 절대 그에 대한 사랑을 멈추지 않을 거야. 평생토록."

나타샤는 깜짝 놀라서 호기심 어린 눈으로 소냐를 바라보며 침묵했다. 그녀는 소냐가 말하는 것이 사실이라고, 소냐가 말하는 그런 사랑이 있다고 느꼈다. 하지만 나타샤는 아직 그런 것을 전혀 경험하지 못했다. 그녀는 그런 사랑이 있을 거라고 믿으면서도 이해하지는 못하고 있었다.

"편지 쓸 거니?" 그녀가 물었다.

소냐는 생각에 잠겼다. **니콜라**에게 어떻게 편지를 쓸지, 편지를 써야 하는지에 대한 물음은 그녀를 괴롭혀 온 문제였다. 이미 장교이자 부상을 입은 영웅이 된 그에게 지금 그녀 쪽에서 자기를 떠올리게 해서 마치 그가 그녀와의 관계에 있어 짊어진 의무를 떠올리게끔 하는 듯해도 괜찮을까?

"모르겠어. 그 사람이 쓰면 나도 써야겠다고 생각하고는 있어." 그녀는 얼굴을 붉히며 말했다.

"그럼 넌 오빠에게 편지 쓰는 게 부끄럽지 않아?"

소냐는 빙그레 웃었다.

"아니."

"난 보리스에게 편지를 쓰는 게 부끄러워. 난 안 쓸 거야."

"도대체 뭐가 부끄러워?"

"그냥 그래, 잘 모르겠어. 왠지 쑥스럽고 부끄러워."

"난 알지. 누나가 왜 부끄러워하는지." 나타샤가 아까 한 비난에 화난 페탸가 말했다. "누나가 그 안경 쓴 뚱보를 (페탸는 자신과 이름이 같은 새로운 베주호프 백작을 그렇게 불렀다) 좋아하게 됐거든. 지금은 또 그 가수한테 (페탸는 나타샤의 성악 선생인 이탈리아 남자에 대해 말하고 있었다) 빠져 있고. 그래서 부끄러운 거야."

"페탸, 넌 바보야." 나타샤가 말했다.

"너보다 멍청하진 않아, 이 아줌마야." 아홉 살 페탸는 마치 늙은 여단장처럼 말했다.

백작 부인은 식사하는 동안 안나 미하일로브나가 던진 암시로 마음의 준비가 되어 있었다. 자기 방으로 돌아온 그녀는 안락의자에 앉아 담뱃갑에 끼워 넣은 아들의 작은 초상화에서 눈을 떼지 못했다. 눈에 눈물이 핑 돌았다. 편지를 쥔 안나 미하일로브나가 발뒤꿈치를 들고 백작 부인의 방으로 다가가 걸음을 멈췄다.

"들어오지 마세요." 그녀가 뒤따라온 노백작에게 말했다. "나중에요." 그러고는 등 뒤로 문을 닫았다.

백작은 자물쇠에 대고 귀를 기울였다.

처음에는 무심한 말소리가 들렸고, 그다음에는 긴 이야기를 늘어놓던 안나 미하일로브나의 목소리 하나만, 그런 다음에는 비명 소리가 들렸다. 그리고 침묵이 이어지더니 다시 두 목소리가 기쁨이 어린 억양으로 말을 나누었고, 그런 다음 발소리가 났다. 그러더니 안나 미하일로브나가 그에게 문을 열어 주었다. 안나 미하일로브나의 얼굴에는 힘든 절단 수술을 끝낸 후 자신의 솜씨를 자랑하려고 의료진을 불러들이는 외과 의사의 긍지에 찬 표정이 어려 있었다.

"다 됐어요!" 그녀가 엄숙한 몸짓으로 백작 부인을 가리키며 백작에게 말했다. 백작 부인은 한 손에 초상화가 붙은 담뱃갑을, 다른 손에는 편지를 쥐고 이쪽저쪽 번갈아 입술을 대고 있었다.

백작을 본 그녀는 두 손을 뻗어 그의 벗어진 머리를 끌어안고 대머리 너머로 다시 편지와 초상화를 바라보곤, 또다시 그것들에 입을 맞추려고 대머리를 가볍게 밀쳤다. 베라와 나타샤와 소냐와 페탸가 방으로 들어왔고, 편지 낭독이 시작되었다. 편지에는 행군과, 니콜루시카가 참가한 두 번의 전투와, 장교 진급이 간략히 묘사되어 있고, **엄마**와 **아빠**에게 축복을 구하며 그들의 손에 입을 맞춘다는 말과, 베라와 나타샤와 페탸에게 입을 맞춘다는 말이 적혀 있었다. 그 밖에도 그는 **무슈** 셀링과 **마담** 쇼스와 보모에게 인사를 전했으며, 또 예전과 다름없이 사랑하고 예전과 다름없이 기억하는 소중한 소냐에게도 입맞춤을 청했다. 그 문구를 들은 소냐는 눈에 눈물이 고이도록 얼굴을 빨갛게 붉혔다. 그러고는 자신을 향한 시선들을 견디지 못하고 홀로 뛰쳐나가 계속 내달리더니 빙글빙글 돌기 시작했다. 그녀는 드레스를 풍선처럼 부풀리며 빨갛게 물든 얼굴에 미소를 머금고 바닥에 앉았다. 백작 부인은 울고 있었다.

"무엇 때문에 우세요, **엄마**?" 베라가 말했다. "그 애가 쓴 건 다 기뻐할 내용이지 울 일이 아니잖아요."

전적으로 옳은 말이었다. 그러나 백작도, 백작 부인도, 나타샤도 다들 비난하는 눈길로 그녀를 쳐다보았다. '누굴 닮아 저런 애가 나왔을까!' 백작 부인은 생각했다.

니콜루시카의 편지는 수백 번 읽혔다. 그의 편지를 들을 자격이 있다고 생각되는 사람들은 편지를 손에서 놓지 않는 백작 부인에게 와야 했다. 가정 교사들, 보모들, 미텐카, 몇몇 지인들이 왔다. 백작 부인은 매번 새로운 기쁨을 느끼며 편지를 거듭거듭 읽었고, 매번 그 편지를 통해 자기 아들 니콜루시카의 새로운 미덕을 찾아내곤 했다. 그녀의 아들, 20년 전 그녀 자신의 배 속에서 간신히 알아차릴 만큼 조그마한 팔다리를 꼬물거리던 아들, 지나치게 응석을 받아 주는 백작과 그녀 사이에서 말다툼의 원인이 되곤 했던 아들, '배'라는 말을 먼저 배우고 나서 '할머니'라는 말을 배운 아들, 그 아들이 지금 저기 낯선 땅, 낯선 환경에서 아무런 도움과 지도 없이 늠름한 전사가 되어 거기서 어떤 남성적인 일을 하고 있다는 사실이 그녀에게는 너무나 신기하고 놀랍고 기쁘게 느껴졌다. 아이들이 요람에서부터 눈에 띄지 않는 여정을 통해 성인 남자가 된다는 사실을 보여 주는, 오랜 세월에 걸친 전 세계의 모든 경험이 백작 부인에게는 존재하지 않았다. 똑같은 방식으로 어른이 된 수많은 사람들이 아예 존재하지도 않았던 양 그녀에게는 아들의 성장이 때마다 번번이 범상치 않은 일로 다가왔다. 20년 전에 자신의 가슴 아래 어딘가에서 살던 그 작은 존재가 응애응애 울음을 터뜨리고 젖을 빨기 시작하고 말을 하게 되리라는 것이 믿기지 않았듯이, 지금도 그녀에게는 바로 그 존재가 이 편지로 판단할 수 있듯이 지금처럼 강하고 용감한 사내가 되어 다른 아들과 세상 사람들의 모범이 될 수 있었다는 게 믿기지 않았다.

"문제가 어떤가요? 정말 멋지게 쓰지 않아요!" 그녀가 편지의 묘사적인 부분을 읽으며 말했다. "마음은 또 어떻고요! 자신에 대해서는 아무것도 쓰지 않았어요……. 아무것도요! 데니소프라는 사람에 대해 썼네요. 하지만 틀림없이 그 애가 가장 용감할 거예요. 그 애는 자신의 고통에 대해서는 아무것도 쓰지 않았어요. 마음 씀씀이가 이렇다니까요! 내가 아는 그대로예요! 그리고 모든 사람들을 얼마나 잘 기억하고 있는지! 아무도 잊지 않았어요. 난 늘, 늘 말했어요. 그 아이가 아주 요만 했을 때부터 난 늘 말했어요……."

온 집안이 니콜루시카에게 보낼 편지를 준비하고 초안들을 쓰고 깨끗이 정서하는 데 일주일이 넘게 걸렸다. 백작 부인의 감독과 백작의 세심한 보살핌 아래 필요한 물건들과 군복을 지을 돈과 새로 진급한 장교를 위한 필수품이 준비되었다. 안나 미하일로브나는 자신과 아들의 서신 교환을 위해서도 군대 안에 연줄을 만들 수 있을 만큼 수완이 좋은 여자였다. 그녀는 근위대를 지휘하던 콘스탄틴 파블로비치* 대공에게도 편지를 보낼 수 있었다. 로스토프가 사람들은 **재외 러시아 근위대**는 아주 확실한 주소라고, 따라서 근위대를 지휘하는 대공에게 편지가 닿는다면 분명 그 부근에 있을 파블로그라트 연대에 편지가 도착하지 않을 이유가 없다고 판단했다. 그리하여 대공의 급사를 통해 보리스에게 편지와 돈을 보내기로 결정했다. 그렇게 하면 틀림없이 보리스가 그것들을 니콜루시카에게 전달할 것이었다. 그것들은 노백작과 백작 부인과 페탸와 베라와 나타샤와 소냐가 보내는 편지들이었고, 군복을 맞출 6천 루블의 돈과 백작이 아들에게 보내는 온갖 물건들이었다.

7

11월 12일 올뮈츠 부근에서 야영하던 쿠투조프의 전투 부대는 다음 날 러시아와 오스트리아 두 황제의 사열을 준비했다. 러시아에서 막 접근한 근위대는 올뮈츠에서 15베르스트 떨어진 곳에서 밤을 보내고, 다음 날 아침 10시 무렵 사열을 위해 곧장 올뮈츠 들판으로 들어섰다.

니콜라이 로스토프는 이날 이즈마일로프 연대가 올뮈츠에 15베르스트 못 미친 곳에서 밤을 보내게 되었고 보리스가 편지와 돈을 전하기 위해 그를 기다리고 있다는 소식을 알리는 쪽지를 받았다. 전투에서 돌아온 부대가 올뮈츠 부근에 진을 쳤고, 물자를 풍부하게 갖춘 종군 매점 주인들과 오스트리아 유대인들이 진영을 꽉 채우고 온갖 유혹을 던지는 지금 로스토프에게는 특히 돈이 필요했다. 파블로그라트 연대의 기병들은 전투에서 받은 포상을 축하하며 연이어 술판을 벌였고, 최근 올뮈츠로 다시 와서 여급이 있는 선술집을 연 카롤리나 벤게르카를 찾아 올뮈츠에 드나들었다. 로스토프는 얼마 전에 기병 소위로 승진한 것을 자축했고, 데니소프의 말인 베두인을 샀다. 그러느라 동료들과 매점 상인들에게 사방으로 빚을 졌다. 보리스의 쪽지를 받은 로스토프는 동료들과 함께 올뮈츠에 가서 식사를 하고 포도주 한 병을 마신 후 어린 시절의 친구를 찾아 혼자 근위대 진영으로 말을 몰았다. 로스토프는 군복을 맞출 새가 없었다. 그는 병사용 십자 훈장이 붙은 낡아빠진 사관후보생 상의와 해진 가죽을 덧댄 승마용 바지 차림에 끈 달린 장교용 기병도를 찼다. 그가 탄 말은 원정 도중 카자크에게서 산 돈 지방의 말이었다. 쭈글쭈글한 군모는 기세 좋게 뒤쪽으로 비스듬히 얹혀 있었다. 이즈마일로프 연대 진영으로 다가가며 그는 전장에 익숙한 전투적인 경기병의 모습으로 자신이 보리스와 그의 근위대 동료들을 얼마나 놀라게 할까 생각했다.

근위대는 행군 기간 내내 축제 행진이라도 벌이듯 청결과 규율을 뽐냈다. 각 행군 거리는 짧았고, 배낭은 짐마차로 운반했으며, 장교들은 이동하는 내내 오스트리아 정부로부터 훌륭한 만찬을 대접받았다. 연대들은 음악과 함께 도시에 들어갔다 나왔고, 행군 내내 (행군은 근위대의 자랑거리였다) 대공의 명에 따라 병사들은 발맞추어 행진하고, 장교들은 각자 위치에서 도보로 이동했다. 행군하는 동안 보리스는 행진할 때나 숙소에 묵을 때나 이제는 중대장이 된 베르크와 늘 함께 있었다. 행군 중에 중대를 맡게 된 베르크는 성실성과 정확성으로 상관들의 신임을 얻는 데 성공했으며, 자신의 경제적 문제도 매우 유리하게 처리해 나갔다. 보리스는 행군 중에 자신에게 도움이 될 만한 사람들과 친분을 쌓았고, 피에르가 보낸 추천장을 통해 안드레이 볼콘스키 공작과도 안면을 텄다. 보리스는 그를 통해 총사령부의 직위를 얻기를 바랐다. 마지막 주간 이동 후 휴식을 취한 베르크와 보리스는 깨끗하고 단정한 차림으로 그들에게 배정된 깨끗한 숙소의 둥근 탁자 앞에 앉아 체스를 두고 있었다. 베르크는 두 무릎 사이에 연기가 나는 작은 파이프를 끼워 두었다. 베르크가 말을 움직이기를 기다리는 동안 보리스는 특유의 정확성으로 하얗고 가느다란 두 손을 움직여 체스 말로 피라미드를 쌓으며 상대의 얼굴을 바라보고 있었다. 언제나 자신이 몰두하는 일에 대해서만 생각해 왔듯, 이번에도 승부에 대해 생각하는 듯했다.

"자, 이걸 어떻게 빠져나갈 건가요?" 그가 말했다.

"애써 보지요." 베르크가 폰*을 건드리다가 다시 손을 내려놓으며 대답했다.

그때 문이 열렸다.

"드디어 찾았군!" 로스토프가 외쳤다. "베르크도 여기 있네! 아이고, 너, **페티장팡, 알레 쿠셰 도르미르!**"* 그는 어렸을 때 보리스와 함께 놀려 주던 보모의 말을 내뱉으며 큰 소리로 외쳤다.

"이야! 너 정말 많이 변했네!" 보리스는 로스토프를 맞으러 일어나면서도 떨어진 말들을 잡아 제자리에 놓는 것을 잊지 않았다. 그는 친구를 부둥켜안으려 했지만 니콜라이가 피했다. 남이 밟아 다져 놓은 길을 꺼리는, 남들을 모방하지 않고 자기만의 방식으로 새롭게 감정을 표현하고 싶어 하는, 단지 손위 사람들이 종종 보여 주는 겉치레와는 다르게 감정을 표현하기를 바라는 젊은이 특유의 감정으로 니콜라이는 친구를 만나는 자리에서 뭔가 색다른 것을 하고 싶어 했다. 그는 보리스를 꼬집든 쿡 찌르든 아무렇게나 하고 싶었지, 모두가 하는 대로 서로 입을 맞추는 것만큼은 하고 싶지 않았다. 반면에 보리스는 오히려 침착하고 다정하게 로스토프를 끌어안고 세 번 입을 맞추었다.

그들은 거의 반년 동안 보지 못한 터였다. 젊은이들이 삶의 여정에서 첫걸음을 내딛는 나이에 두 사람은 서로에게서 엄청난 변화를, 각자 인생의 첫걸음을 내디딘 사회가 투영된 전혀 새로운 모습을 발견했다. 두 사람은 마지막 만남 이후로 많이 달라졌고,

자신에게 일어난 변화를 서로에게 서둘러 말해 주고 싶어 했다.

"아, 자네들은 빌어먹을 마루 닦는 일꾼들 같네! 깨끗하고 산뜻한 게 마치 산책 갔다 온 것 같아. 우리 같은 죄 많은 전투병들과는 다르군." 로스토프는 진흙이 튄 자신의 승마 바지를 가리키며 보리스에게 낯선 바리톤의 목소리와 전투병다운 몸짓으로 말했다.

독일인 안주인이 로스토프의 우렁찬 목소리에 문밖으로 얼굴을 내밀었다.

"무슨 일인가요, 예쁜 아가씨?" 그는 한쪽 눈을 찡긋하면서 말했다.

"왜 그렇게 소리를 질러? 사람들이 놀라잖아." 보리스가 말했다. "네가 오늘 올 거라곤 생각도 못했어." 그는 덧붙였다. "볼콘스키라고, 쿠투조프의 부관으로 있는 사람을 통해 어제 겨우 너한테 쪽지를 보냈으니까. 그 사람이 이렇게 빨리 전해 줄 거라고는 생각도 못했지……. 그래, 넌 어때? 벌써 총소리에 익숙해진 거야?" 보리스가 물었다.

로스토프는 아무 대답도 하지 않고 군복 끈에 달린 병사용 게오르기 십자 훈장을 흔들고는 붕대를 감은 자신의 팔을 가리키며 빙그레 웃는 얼굴로 베르크를 쳐다보았다.

"보다시피." 그가 말했다.

"과연, 그렇군, 그래!" 보리스가 빙긋 웃으며 말했다. "우리도 멋진 행군을 했어. 너도 알겠지만, 황태자께서 계속 우리 연대와 함께 움직이신 덕분에 온갖 편의와 혜택을 누렸지. 폴란드에서 베풀어 준 환영회와 만찬과 무도회가 얼마나 멋졌다고! 너한테 말할 수 없을 정도야! 황태자께서는 우리 장교들을 매우 친절하게 대해 주시고."

그리하여 두 친구는 서로에게 자기 이야기를 들려 주었다. 한 사람은 경기병들의 떠들썩한 술자리와 전쟁터에 대해, 또 한 사람은 고관들의 지휘 아래 복무하는 즐거움과 이점 등에 대해 말했다.

"오, 근위대란!" 로스토프가 말했다. "그건 그렇고, 술 좀 가져오라고 해."

보리스가 인상을 찌푸렸다.

"정 마시고 싶다면." 그가 말했다.

그러고는 침상으로 다가가 깨끗한 베개 밑에서 지갑을 꺼낸 후 술을 가져오라고 지시했다.

"참, 너한테 돈과 편지를 줘야지." 그는 덧붙였다.

편지를 받은 로스토프는 소파에 돈을 던지고 탁자 위에 두 팔꿈치를 괸 채 편지를 읽기 시작했다. 그는 몇 줄 읽고 베르크를 사나운 눈초리로 흘깃 쳐다보았다. 그와 시선이 마주치자 로스토프는 편지로 얼굴을 가렸다.

"그런데 꽤 많은 돈을 보내왔군요." 소파가 푹 꺼질 만큼 묵직한 지갑을 바라보며 베르크가 말했다. "우리는 그저 봉급으로 근근이 살아가고 있습니다, 백작. 당신에게 나에 대한 이야기를 하자면⋯⋯."

"이봐요, 베르크, 그러니까 말이오⋯⋯." 로스토프가 말했다. "당신이 집에서 편지를 받고 모든 것에 대해 이것저것 물어보고 싶은 사람과 만날 때, 내가 마침 그 자리에 있게 된다면 말이오, 나는 당신에게 방해되지 않도록 당장 나갈 거요. 부탁입니다, 제발 어디든, 어디든 가 버려요⋯⋯ 제기랄!" 그는 버럭 소리를 지르고는 곧바로 자신의 거친 말을 부드럽게 만들려 애쓰는 듯 베르크의 어깨를 잡고 그의 얼굴을 다정하게 바라보며 덧붙였다. "알잖아요. 화내지 말아요. 친구, 난 우리가 예전부터 아는 사이라 솔직하게 말하는 겁니다."

"아, 미안합니다, 백작. 잘 이해합니다." 베르크가 일어서며 쉰 목소리로 혼잣말을 하듯 말했다.

"집주인 부부에게 가 보세요. 당신을 찾았습니다." 보리스가 덧붙였다.

베르크는 작은 얼룩이나 티끌 하나 없이 깨끗한 프록코트를 걸치고 거울 앞에서 구레나룻을 매만져 알렉산드르 파블로비치*처럼 위로 올렸다. 그러고는 로스토프의 시선을 통해 자신의 프록코트가 눈길을 끈다는 것을 확인하고 흡족한 미소를 지으며 방에서 나갔다.

"아, 난 역시 빌어먹을 놈이야!" 로스토프가 편지를 읽으며 중얼거렸다.

"아니, 왜?"

"아, 난 역시 돼지같이 배은망덕한 놈이야. 한 번도 편지를 쓰지 않아 가족들을 놀라게 하다니. 아, 난 정말 돼지 같은 놈이야!" 그는 별안간 얼굴을 붉히며 반복해서 말했다. "어쩌겠어. 가브릴로에게 술을 가져오라고 시켜! 좋아, 술이나 마시자!" 그가 말했다.

가족들의 편지 안에는 바그라티온 공작 앞으로 보내는 추천의 편지도 들어 있었다. 안나 미하일로브나의 조언에 따라 노백작 부인이 지인들을 통해 보낸 것으로, 백작 부인은 아들에게 임지로 추천장을 가져가서 잘 이용하라며 부탁하고 있었다.

"이런 어리석은 행동을 하시다니! 퍽이나 나한테 필요하겠다." 로스토프는 추천장을 탁자 밑으로 내팽개치며 말했다.

"그걸 왜 버려?" 보리스가 물었다.

"추천 편지야. 이런 편지 따위는 시시해!"

"아니, 편지가 시시하다고?" 보리스가 편지를 집어 들고 수신인의 이름을 읽으며 말했다. "이 편지는 너한테 아주 필요한 거야."

"내게는 아무것도 필요 없어. 나는 누구의 부관도 되지 않을 거니까."

"아니, 왜?" 보리스가 물었다.

"그건 하인이 하는 일이야!"

"넌 여전히 몽상가구나." 보리스는 고개를 내저으며 말했다.

"넌 여전히 외교가이고. 그래, 어쨌든 그게 문제가 아니고……. 그래, 넌 어때?" 로스토프가 물었다.

"보다시피. 지금까지는 다 좋아. 하지만 솔직히 말해 정말로 부관이 되고 싶어. 전선엔 남고 싶지 않아."

"왜?"

"군인의 길에 발을 내디딘 이상, 눈부신 출세를 위해 최대한 노력을 쏟아야 하기 때문이지."

"그래, 그렇지!" 다른 생각을 하고 있는 듯 로스토프가 말했다.

그는 어떤 물음에 대한 해답을 부질없이 찾는 것처럼 하며 묻는 듯 친구의 눈을 뚫어지게 바라보고 있었다.

가브릴로 노인이 포도주를 가져왔다.

"이제 알폰스 카를리치를 데려오라고 하는 게 어때?" 보리스가 말했다. "그 사람이 너와 마실 거야. 난 못 마셔."

"데려와, 데려와! 그래, 그 독일 놈은 어때?" 로스토프가 멸시에 찬 웃음을 지으며 말했다.

"아주, 아주 훌륭하고 정직하고 유쾌한 사람이야." 보리스가 말했다.

로스토프는 다시 한번 보리스의 눈을 유심히 바라보더니 한숨을 쉬었다. 베르크가 돌아왔다. 술 한 병을 놓고 세 장교 사이의 대화가 활기를 띠었다. 근위대원들은 로스토프에게 자신들의 행군에 대해, 러시아와 폴란드와 외국에서 얼마나 좋은 예우를 받았는지에 대해 이야기해 주었다. 그들은 지휘관인 대공의 말과 행동에 대해서도 이야기했고, 그의 인자함과 성마름에 관한 일화도 들려 주었다. 베르크는 평소처럼 화제가 자신과 직접 관련이 없을 때는 입을 다물었다. 그러나 대공의 성마른 기질에 대한 일화가 나오 자, 갈리치아*에서 대공이 각 연대를 둘러보던 중에 동작이 틀리 다며 격분했을 때 자신이 그와 성공적으로 대화한 일을 자랑스레 이야기했다. 얼굴에 흡족한 미소를 띠고 그는 몹시 격분한 대공이 그에게로 말을 몰고 와서는 "알바니아 놈들!"*이라고 ('알바니아 놈들'이란 황태자가 격분했을 때 즐겨 쓰는 말이었다) 외치며 중 대장을 불러오라고 한 일을 들려주었다.

"백작, 믿을지 모르겠지만 난 조금도 놀라지 않았습니다. 내가 옳다는 걸 알았거든요. 나는요, 아시겠습니까, 백작, 자랑하는 건 아니지만 연대의 명령을 줄줄 암기하는 데다 규약도 **하늘에 계신 우 리 아버지시여**처럼 잘 안다고 말할 수 있습니다. 그래서요, 백작, 내 중대에는 태만한 자가 없지요. 그러니 내 양심은 평온합니다. 난 대공 앞으로 나갔습니다. (베르크는 슬며시 일어나 한 손을 군모 챙에 대고 앞으로 나갔던 장면을 흉내 냈다. 그 이상의 정중함과 자부심을 얼굴로 표현하기란 정말이지 어려운 일이었다.) 사람들 이 하는 말처럼 그분은 나에게 욕을 퍼붓고, 퍼붓고, 또 퍼부었지 요. 흔히 말하듯 죽어라 욕을 퍼부었어요. '알바니아 놈'이라느니, '악마'라느니, '시베리아로 보내!'라느니 하면서요." 베르크는 약 삭빠르게 웃으며 말했다. "난 내가 옳다는 걸 압니다. 그러니까 침 묵하는 거지요, 그렇지 않습니까, 백작? '뭐야, 벙어리야, 그래?' 그분은 고함을 지르기 시작했습니다. 난 계속 침묵하지요. 어떻게 됐을 것 같습니까, 백작? 다음 날 명령서에는 아무것도 없었습니 다. 당황하지 않는다는 것은 바로 그런 의미지요. 바로 그런 겁니

다, 백작." 베르크는 파이프에 불을 붙인 뒤 동그랗게 연기를 뿜으
며 말했다.

"그래요, 훌륭하네요." 로스토프가 미소를 지으며 말했다.

그러나 보리스는 로스토프가 베르크를 조롱한다는 것을 알아
채고 능숙하게 다른 쪽으로 화제를 돌렸다. 그는 로스토프에게 어
디서 어떻게 부상을 입었는지 들려 달라고 부탁했다. 로스토프는
그 부탁에 기분이 좋아져서 말문을 열었고, 이야기하는 동안 점점
더 열을 올렸다. 전투에 참가한 사람들이 대개 이야기하는 바로
그런 방식으로, 즉 그들이 바란 전투대로, 그들이 다른 사람들에
게 들은 대로, 최대한 아름다운 이야기가 되게, 하지만 실제와는
완전히 다르게 그는 자신의 쇤그라벤 전투를 그들에게 들려주었
다. 로스토프는 정직한 청년이었다. 그는 결코 일부러 거짓을 말
하지는 않았을 것이다. 그는 모든 것을 정확히 있었던 그대로 들
려줄 의도로 이야기를 시작했지만, 미처 알아차리지 못하는 사이
에, 자기도 모르게, 스스로를 위해 어쩔 수 없이 거짓으로 넘어갔
다. 만약 그가 그 자신과 마찬가지로 이미 공격에 대한 이야기를
수없이 듣고 공격이 어떤 것인지에 대해 일정한 개념을 세운, 그
리하여 그와 똑같은 이야기를 기대하는 이 청중에게 진실을 말했
다면, 그들은 그의 말을 믿지 않았거나, 더욱 안 좋은 것은 기병대
공격에 대해 이야기하는 사람들에게 일어나는 그런 일들이 로스
토프에게 일어나지 않은 것이 그 자신의 잘못이라고 생각했을 것
이다. 그는 모두들 전속력으로 말을 달리는데 자신은 말에서 떨어
져 한쪽 팔을 삐고 프랑스군을 피해 온 힘을 다하여 숲속으로 달
아났다는 것을 솔직하게 그대로 이야기할 수 없었다. 게다가 모든
것을 있는 그대로 이야기하기 위해서는 실제 일어난 것만 말하도
록 자신을 억눌러야 했다. 진실을 말하기란 매우 어렵고, 젊은 사

람들은 좀처럼 그렇게 하지 못한다. 어떻게 그가 자신도 기억하지 못하는 사이에 온통 불타올랐는지, 어떻게 폭풍처럼 방진을 덮쳤는지, 어떻게 그 속으로 쳐들어가 거침없이 적들을 베었는지, 어떻게 기병도가 인육을 맛보았는지, 어떻게 그가 기진맥진하게 되었는지 같은 이야기들을 그들은 기다리고 있었다. 그는 그 모든 것들을 그들에게 들려주었다.

이야기가 한창일 때, "공격하는 동안 얼마나 기묘한 광기를 경험하게 되는지 넌 상상도 못할 거야"라고 그가 말하는 순간, 보리스가 기다리던 안드레이 볼콘스키 공작이 방으로 들어왔다. 젊은 사람들의 후원자 역할을 하기 좋아하고 사람들이 돌봐 달라고 자신을 찾는 것에 흡족해하던 안드레이 공작은 전날 그의 마음에 드는 데 성공한 보리스에게 호의를 품고 있어서 이 청년의 바람을 들어주고 싶었다. 쿠투조프가 황태자에게 보내는 서류를 들고 파견 나온 그는 보리스 한 사람만 만나기를 바라며 그의 방에 들렀다. 방에 들어오다가 (안드레이 공작이 견디지 못하는 부류의 인간인) 전투 편력을 늘어놓는 거친 경기병을 본 그는 보리스에게 다정한 미소를 던지고는 얼굴을 찌푸리며 로스토프에게 실눈을 떴다. 그는 가볍게 허리를 굽혀 인사한 후 피곤한 기색으로 나른하게 소파에 앉았다. 그는 꼴사나운 모임에 끼게 되어 불쾌했다. 로스토프가 이를 눈치채고 얼굴을 확 붉혔다. 하지만 아무래도 좋았다. 그는 남이었다. 그러나 보리스를 쳐다보니 그도 거친 경기병을 부끄러워하는 것 같아 보였다. 안드레이 공작의 조롱하는 듯한 불쾌한 어조에도 불구하고, 로스토프가 전투 부대의 시각에서 분명 지금 들어온 사람도 속했을 모든 사령부 부관들에 대해 품은 전반적인 경멸에도 불구하고, 로스토프는 곤혹스러움을 느껴 얼굴을 붉히고 입을 다물었다. 보리스는 사령부에 어떤 새로운 소식이 있는지, 아군의 일정에 대해 들리는 말이 있는지 무례하지 않게 물었다.

"아마 진격할 겁니다." 볼콘스키가 관계없는 사람이 있는 자리에선 더 이상 말하고 싶지 않은 듯 대답했다.

베르크는 이 기회를 이용하여 소문처럼 전선 부대의 중대장들에게 말먹이 수당이 두 배로 지급되는지 정중하게 물었다. 그 질문에 안드레이 공작은 그처럼 중요한 국가적 조치들에 대해서는 자신이 판단을 내릴 수 없다며 미소 띤 얼굴로 답했다. 그러자 베르크는 기쁘게 껄껄댔다.

"당신 문제에 대해서는……." 안드레이 공작이 다시 보리스에게 말을 건넸다. "우리 나중에 이야기합시다." 그리고 그는 로스토프를 돌아보았다. "사열이 끝나고 날 찾아오십시오. 힘닿는 한 무엇이든 해 드리지요."

그러고는 방 안을 쭉 둘러본 후 로스토프를 향해 어린아이처럼 당혹스러움을 이기지 못하고 분노하기 시작한 기분을 알아주지 않고 이렇게 말했다.

"쇤그라벤 전투 이야기를 하는 것 같던데요? 그곳에 있었습니까?"

"나는 그곳에 있었습니다." 로스토프는 마치 그렇게 함으로써 부관에게 모욕을 주기라도 하려는 듯 분노에 찬 음성으로 말했다.

경기병의 상태를 알아차린 볼콘스키는 그것이 우스워 보였다. 그는 가벼운 경멸의 미소를 지었다.

"그래요! 요즘 그 전투에 대해 많이들 이야기하지요."

"네, 그렇더군요!!" 로스토프는 갑자기 광기에 찬 눈빛으로 보리스와 볼콘스키를 번갈아 쳐다보며 큰 소리로 말했다. "네, 많은 이야기들이 나오더군요. 하지만 우리 이야기는 바로 적들의 포화

속에 있던 사람들의 이야기입니다. 우리 이야기에는 무게가 있습니다. 아무것도 하지 않고 포상을 받는 사령부 건달들 이야기와는 다르죠."

"당신이 보기에 나는 어느 부류인 것 같습니까?" 안드레이 공작이 차분하고도 유난히 쾌활한 미소를 지으며 물었다.

순간 분노와 함께 이 인물의 침착함에 대한 존경이 한데 뒤엉킨 기묘한 감정이 로스토프의 마음속에서 일었다.

"난 당신에 대해 말하는 게 아닙니다." 그가 말했다. "난 당신을 모릅니다. 솔직히 말하면 알고 싶지도 않습니다. 난 사령부 사람들 전반에 대해 말하는 겁니다."

"당신에게 이 점을 말해 두고 싶군요." 안드레이 공작이 목소리에 고요한 위력을 담아 그의 말을 가로막았다. "당신은 나에게 모욕을 주고 싶어 합니다. 그게 아주 쉬운 일이라는 것에 나도 기꺼이 동의합니다. 단, 당신에게 스스로를 존중하는 마음이 충분치 않다면 말입니다. 하지만 이 경우에 당신은 시간도 장소도 아주 잘못 골랐다는 것을 인정해야 합니다. 며칠 안에 우리 모두는 큰, 보다 심각한 결투의 현장에 있게 될 겁니다. 게다가 나의 용모가 당신의 마음에 들지 않는 불행을 안게 된 것은 스스로를 당신의 오랜 친구라고 말하는 드루베츠코이의 잘못이 전혀 아니지요. 그러나……" 그는 일어서며 말했다. "당신은 나의 성을 알고, 어디서 나를 찾을지도 압니다. 하지만 나는……" 그는 덧붙였다. "나도 당신도 모욕을 당했다곤 전혀 생각하지 않는다는 것을 잊지 마십시오. 그리고 당신보다 좀 더 나이 많은 사람으로서 내가 하고 싶은 조언은 이 일에 뒤끝을 남기지 말라는 것입니다. 그럼 금요일, 사열식 후에 당신을 기다리고 있겠습니다, 드루베츠코이. 다음에 봅시다." 안드레이 공작은 말을 맺고 두 사람에게 허리를 굽혀 인사한 뒤 밖으로 나갔다.

　로스토프는 그가 방을 나간 후에야 비로소 대답해야 했다는 생각을 떠올렸다. 그리고 대답하는 것을 잊었다는 데 더욱더 화가 났다. 로스토프는 당장 말을 가져오라고 지시했다. 그는 보리스와 무뚝뚝하게 작별 인사를 나누고 자신의 부대로 떠났다. 내일 총사령부에 가서 이 잘난 척하는 부관에게 결투를 신청해야 하나, 아니면 이 문제를 그냥 내버려 두어야 하나? 돌아가는 길 내내 그를 괴롭힌 문제였다. 그는 자신의 피스톨 아래에서 이 작고 허약하고 오만한 인간의 공포를 보면 얼마나 기분이 좋을까 하고 적의에 찬 심정으로 생각하다가 자신이 아는 모든 사람들 가운데 자신이 증오하는 이 부관만큼 친구로 삼고 싶었던 사람이 아무도 없었다는 점을 느끼며 놀라워했다.

8

보리스와 로스토프가 만난 다음 날, 오스트리아군과 러시아군의 사열식이 있었다. 러시아에서 갓 도착한 부대들뿐 아니라 쿠투조프와 함께 전투에서 돌아온 부대들도 사열을 받았다. 두 황제, 그러니까 후계자인 황태자를 거느린 러시아 황제와 대공을 거느린 오스트리아 황제가 8만 연합군의 사열을 거행했다.

이른 아침부터 말쑥하게 씻고 단장한 부대들이 요새 앞 들판에 정렬하기 위해 움직이기 시작했다. 수천 개의 발과 총검이 바람에 펄럭이는 군기와 함께 움직이다가 장교들의 명령에 따라 멈추고, 방향을 바꾸고, 다른 군복 차림의 똑같이 대규모인 다른 보병 부대들을 우회하며 일정한 간격을 두고 정렬했다. 수놓은 파란색, 빨간색, 초록색 군복을 입고 검은색, 적갈색, 회색 말에 올라탄 화려한 기병대가 자수로 장식한 군악대를 앞세우고 규칙적인 말발굽 소리와 쟁강거리는 소리를 냈다. 깨끗하게 닦인 반짝이는 대포들이 포가 위에서 흔들리며 특유의 구리 소리를 내고 화승간(火繩杆)*이 독특한 냄새를 풍기는 가운데 포병대가 보병대와 기병대 사이에 길게 뻗은 채 느릿느릿 이동하다가 정해진 위치에 자리를 잡았다. 뚱뚱하거나 마른 허리를 한껏 졸라매고 목덜미가 새빨개질 정도로 옷깃을 세우고 견장과 온갖 훈장을 주렁주렁 달아 완벽하게 예복을 갖춰 입은 장군들뿐 아니라, 머리에 포마드를 바르고 한껏 멋을 부린 장교들뿐 아니라, 산뜻하게 면도하고 깨끗하게 얼굴을 씻고 더 이상 광채를 낼 수 없을 만큼 장비를 반질반질하게 닦아 놓은 병사 한 사람 한 사람도, 어찌나 정성껏 손질했는지 털이 새틴처럼 반짝이고 축축하게 젖은 갈기가 한 올 한 올 가지런히 누운 말 한 마리 한 마리도, 모두 무언가 진지하고 중요하고 엄숙한 일이 벌어지고 있음을 느끼고 있었다. 장군들과 병사들 저마다 자신이 이 인간의 바다에서 한 알의 모래알이라는 것을 인식하며 자신의 보잘것없음을 느꼈고, 그와 더불어 자신을 이 거대한 전체의 일부로 인식하며 자신의 강력함을 느꼈다.

이른 아침부터 긴장에 싸인 분주한 움직임과 노력이 시작되었고, 10시가 되자 모든 것이 그에 요구되는 질서를 갖추었다. 거대한 들판에 대열들이 생겼다. 전 군대가 세 줄로 늘어섰다. 맨 앞에 기병대, 그 뒤에 포병대, 또 그 뒤에 보병대가 섰다.

군대의 각 대오 사이에는 거리 같은 것이 생겼다. 이 군대의 세 부분, 즉 쿠투조프 휘하의 전투 부대(오른쪽 측면의 맨 앞줄에는 파블로그라트 연대가 서 있었다), 러시아에서 도착한 전열 연대*들과 근위 연대들 그리고 오스트리아 군대는 서로 뚜렷하게 나뉘었다. 그러나 모두 한 줄로, 동일한 지휘 아래 똑같은 순서로 서 있었다.

잎사귀를 스치는 바람처럼 흥분한 속삭임이 퍼져 나갔다. "온다! 온다!" 놀란 목소리들이 들리고, 마지막 준비를 위한 소동의 물결이 전 부대를 따라 밀려갔다.

앞에 올뮈츠로부터 접근해 오는 무리가 나타났다. 그리고 바로 그 순간, 바람이 없는 날이었는데도 가벼운 한 줄기 바람이 군대를 쓸고 지나가며 창끝의 작은 깃발과 펼쳐져 깃대에서 펄럭이던 군기를 흔들었다. 이런 가벼운 움직임으로 군대 스스로 다가오는 군주들에 대한 기쁨을 표현하는 듯했다. 하나의 목소리가 들렸다. "차렷!" 뒤이어 동틀 무렵의 수탉들처럼 목소리들이 구석구석에서 똑같은 말을 되풀이했다. 그리고 모든 것이 잠잠해졌다.

죽음 같은 고요 속에 오직 말발굽 소리만 들렸다. 두 황제의 수행원들이었다. 두 황제가 대열 측면으로 가까이 다가왔다. 그러자 장군 행진곡을 연주하는 기병 제1연대의 나팔 소리가 울려 퍼졌다. 나팔수들이 부는 것이 아니라 군대 스스로가 군주의 왕림을 기뻐하며 자연스럽게 그 소리를 내는 것 같았다. 그 소리들 가운데 알렉산드르 황제의 젊고 다정한 목소리만 또렷하게 들렸다. 그가 인사말을 하자 제1연대가 "우라아!" 하고 힘껏 외쳤다. 함성이 너무나 우렁차고 길고 기쁨에 넘쳐 나서 사람들은 자신들이 이루고 있던 거대한 무리의 수(數)와 힘에 스스로 전율했다.

군주가 제일 먼저 다가간 쿠투조프 부대의 첫 대오에 선 로스토프는 그 부대원들이 경험한 것과 똑같은 감정, 자기 망각, 힘에 대한 자랑스러운 자각, 이 의식의 동기가 된 그에 대한 열렬한 동경의 감정을 맛보았다.

그는 이 사람의 말 한마디에 이 거대한 무리 전체가 (그리고 그는 이 무리에 속한 보잘것없는 모래알이었다) 불과 물로, 범죄로, 죽음으로나 아니면 더없이 위대한 영웅적 행위로 뛰어들 것이라 느꼈고, 그래서 점점 다가오는 그 말의 형상에 전율하고 숨이 멎는 듯한 기분을 느끼지 않을 수 없었다.

"우라아! 우라아! 우라아!" 사방에서 함성이 울려 퍼졌다. 연대들이 연이어 장군 행진곡의 소리로 군주를 맞이했다. 그다음에는 "우라아!"와 장군 행진곡, 그리고 또다시 "우라아!"와 "우라아!"

함성 소리는 점점 더 커지고 높아지다가 귀청을 찢는 듯한 커다란 소리로 합쳐졌다.

군주가 가까이 가기 전까지 침묵과 부동자세를 취한 각 연대는 생명이 없는 몸뚱이처럼 보였다. 그러나 군주가 옆을 지나는 순간, 연대는 생기를 띠고 큰 소리로 함성을 지르며 군주가 이미 지나친 대열 전체의 포효에 합류했다. 이 목소리들이 고막을 찢을 듯한 무서운 소리를 내는 동안 마치 사각형 그대로 돌처럼 굳은 듯 부동자세를 취하고 있는 대규모 부대 한가운데로 말을 탄 수행원 수백 명과 그들 앞의 두 사람, 황제들이 태연하게 비대칭으로, 무엇보다 자유롭게 움직였다. 이 거대한 무리의 사람들 전체의 억눌린 열렬한 관심이 온통 그들에게로 쏠렸다.

근위 기병대 군복을 입고 삼각모를 챙부터 눌러쓴 잘생긴 젊은 알렉산드르 황제는 특유의 쾌활한 얼굴과 그리 크지 않은 낭랑한 목소리로 사람들의 시선을 완전히 사로잡았다.

로스토프는 나팔수와 멀지 않은 곳에 서서 예리한 눈으로 멀리서 군주를 알아보고 그가 다가오는 모습을 주시했다. 군주가 스무 걸음 거리로 다가와 황제의 아름답고 젊고 행복한 얼굴을 세세히 전부 또렷이 보게 되었을 때, 로스토프는 이제껏 경험한 적이 없는 부드러움과 환희의 감정을 느꼈다. 군주의 모든 것, 생김새 하나하나, 움직임 하나하나가 모두 매력으로 다가왔다.

군주는 파블로그라트 연대 맞은편에서 말을 멈추고 오스트리아 황제에게 프랑스어로 말하고는 빙그레 미소를 지었다.

그 미소를 본 로스토프는 무심결에 자기도 미소를 짓고 강렬하기 이를 데 없는 군주에 대한 사랑이 밀려옴을 느꼈다. 그는 군주에 대한 자신의 사랑을 어떻게든 표현하고 싶었다. 하지만 그것이 불가능하다는 것을 알았고, 그래서 울고 싶었다. 군주가 연대장을 불러 몇 마디 말을 건넸다.

'오, 하느님! 폐하께서 나에게 말을 걸어 주신다면 무슨 일이 일어날까!' 로스토프는 생각했다. '행복해서 죽을지도 몰라.'

군주는 장교들에게도 말을 걸었다.

"제군들, 여러분 모두에게 (로스토프에게는 말 한마디 한마디가 천상에서 들려오는 소리 같았다) 진심으로 고마워하고 있다."

지금 차르를 위해 죽을 수만 있다면, 로스토프는 얼마나 행복할 것인가!

"자네들은 게오르기 군기*를 받았다. 앞으로도 그에 값하도록 하라."

'저분을 위해 죽을 수만 있다면, 죽을 수만 있다면!' 로스토프는 생각했다.

군주가 로스토프가 알아듣지 못한 무슨 말을 또 하자 병사들이 가슴이 터지도록 힘차게 "우라아!" 하고 외치기 시작했다.

로스토프도 안장 쪽으로 몸을 숙이고 있는 힘을 다해 외쳤다. 군주를 향한 자신의 환희를 한껏 표현할 수만 있다면 몸이 상하도록 외치고 싶었다.

군주는 주저하는 듯한 기색으로 경기병들 맞은편에 몇 초 동안 서 있었다.

'군주가 어떻게 주저할 수 있을까?' 로스토프는 생각했다. 하지만 로스토프에게는 심지어 이런 우유부단함조차 군주가 하던 모든 것과 마찬가지로 위대하고 매력적으로 보였다.

군주의 우유부단함이 지속된 것은 한순간에 지나지 않았다. 당시의 사람들처럼 앞이 좁고 뾰족한 부츠를 신은 군주의 다리 한쪽이 그가 탄 꼬리를 짧게 자른 밤색 암말의 사타구니에 닿았다. 하얀 장갑을 낀 군주의 손이 고삐를 끌어당겼고, 군주는 무질서하게 이리저리 흔들리는 부관들의 바다와 함께 움직이기 시작했다. 그는 다른 연대들 곁에 멈추곤 하며 더 멀리 더 멀리 멀어져 갔고, 마침내 로스토프의 눈에는 황제를 둘러싼 수행원들 뒤로 그의 군모에 달린 하얀 깃털 장식만 보였다.

로스토프는 수행원들 사이에서 말 위에 나른하고 방종한 자세로 앉은 볼콘스키도 알아보았다. 로스토프의 머릿속에 전날 그와 다툰 일이 떠올랐고, 그에게 결투를 신청해야 할지 말지 의문이 들었다. '물론 그럴 필요까진 없지.' 로스토프는 생각했다…….'그리고 지금 같은 순간에 그런 것을 생각하고 말하는 것이 가치 있는 일인가? 이런 사랑과 환희와 자기 부정의 감동적인 순간에 우리의 다툼과 울분이 다 무슨 소용이란 말인가! 나는 이제 모두를 사랑하고 모두를 용서한다.' 로스토프는 생각했다.

군주가 거의 모든 연대를 돌자 군대는 제식 행진을 하며 그의 옆을 지나가기 시작했다. 로스토프는 데니소프에게서 산 베두인을 타고 자신의 기병 중대 끝에서 말을 달렸다. 군주 앞에 혼자 온전히 모습을 드러낸 것이다.

뛰어난 기수인 로스토프는 군주 앞에 이르기 전 베두인에게 두 번 박차를 가해서 열이 오른 베두인이 보여 주던 맹렬한 질주의 행복으로까지 그를 이끌었다. 자신을 향한 군주의 시선을 느낀 베두인은 거품을 문 낯짝을 가슴팍으로 숙이고 꼬리를 길게 뻗은 채 마치 발이 땅에 닿지 않게 공중을 나는 것처럼 두 다리를 우아하게 높이 쳐들어 이쪽저쪽 바꾸면서 멋지게 지나갔다.

로스토프는 다리를 뒤쪽으로 젖히고 배를 바짝 붙이고는 말과 한 덩어리가 된 자신을 느끼며 잔뜩 찌푸렸지만 축복된 얼굴을 하고서, 데니소프의 말대로 **위세 등등하게** 군주 옆을 지나갔다.

"훌륭하다, 파블로그라트 연대!" 군주가 말했다.

'오, 하느님! 저분이 내게 당장 불 속에 뛰어들라고 분부하신다면 얼마나 행복할까.' 로스토프는 생각했다.

사열이 끝나자 새로 도착한 부대의 장교들과 쿠투조프 휘하의 장교들이 여기저기 무리 지어 모이기 시작했고, 포상에 대한, 오스트리아인들과 그들의 군복에 대한, 그들의 전선에 대한, 보나파르트에 대한, 특히 이제 에센의 군단이 또 도착하고* 프로이센이 아군 편에 서게 될 때는 그가 얼마나 불리한 상황에 놓이게 될지에 대한 대화가 시작되었다.

그러나 어느 무리에서든 가장 많이 화제에 오른 것은 알렉산드르 황제였다. 사람들은 그의 말 한마디 한마디, 동작 하나하나를 전하며 그에게 열광했다.

모두들 오직 한 가지, 군주의 지휘 아래 어서 적에 맞서 진격하기만을 바라고 있었다. 군주가 직접 지휘한다면 상대가 누구든 무찌르지 않을 수 없을 것이다. 로스토프와 장교들 대부분은 사열을 마치고 그렇게 생각했다.

사열식 후에는 다들 두 번의 전투에서 이겼을 때보다 더 강하게 승리를 확신하는 듯했다.

9

사열식 다음 날 보리스는 가장 좋은 군복을 입고 동료 베르크로 부터 성공을 기원하는 말을 들으며 볼콘스키를 찾아 올뮈츠로 떠났다. 볼콘스키의 호의를 이용해 가장 좋은 직위를, 특히 군대에서 특별히 그의 마음을 끈 유력한 인물의 부관 자리를 마련하고 싶어서였다. '아버지가 1만 루블씩 보내 주는 로스토프야 누구에게도 고개를 숙이고 싶지 않다고, 누구의 하인도 되지 않겠다고 판단해도 좋지. 하지만 머리 말고 아무것도 가진 게 없는 나는 출세해야 해. 그러려면 기회를 놓치지 말고 이용해야 하는 거야.'

올뮈츠에서 그날 그는 안드레이 공작을 만나지 못했다. 그러나 총사령부와 외교 사절단이 머물고, 두 황제가 궁중 대신들과 측근들로 이루어진 수행원들과 함께 지내는 올뮈츠의 광경은 이 최상류 사회에 속하고 싶은 그의 열망을 더욱더 부채질했다.

그는 아는 사람이 아무도 없었다. 그가 세련된 근위대 군복을 입고 있어도 화려한 에키파시를 타고 깃털 장식과 리본과 훈장을 휘감은 채 거리를 오가는 이 최고 상류층 사람들, 궁내 대신들과 군인들은 근위대 장교 나부랭이인 자신보다 까마득하게 높은 곳에 있어서 그의 존재를 알고 싶어 하지도 않을뿐더러 알아보지도 못하는 것 같았다. 그가 볼콘스키와의 면회를 신청한 총사령관 쿠투조프의 숙소에서는 부관들, 심지어 종졸들조차 그와 같은 장교들이 이곳에 너무 많이 어슬렁대서 누구 하나 예외 없이 이미 진절머리가 났다는 것을 알려 주고 싶어 하는 눈초리로 그를 바라보았다. 그렇지만, 아니 그 때문에 더욱 그는 다음 날인 15일에 식사한 후 다시 올뮈츠로 가서 쿠투조프가 거처하는 집에 들어가 볼콘스키와의 면회를 신청했다. 안드레이 공작은 집에 있었다. 보리스는 아마도 예전에는 무도회장이었을 큰 홀로 안내되었다. 그곳에는 침대 다섯 개, 탁자와 의자와 클라비코드 등 다양한 가구가 있었다. 페르시아풍 할라트를 걸친 부관 하나가 문 가까이 탁자 앞에 앉아서 무언가를 쓰고 있었다. 또 한 명은 얼굴이 불그레하고 뚱뚱한 네스비츠키였는데, 머리를 두 손으로 받친 채 침대에 누워 옆에 걸터앉은 장교와 낄낄거렸다. 세 번째 사람은 클라비코드로 빈의 왈츠를 치고, 네 번째 사람은 그 클라비코드 위에 누워 연주에 맞춰 노래를 불렀다. 볼콘스키는 없었다. 부관들 가운데 어느 누구도 보리스를 보고 자세를 바꾸지 않았다. 글을 쓰고 있던 부관에게 보리스가 말을 걸자 그는 짜증스럽게 돌아보고는 볼콘스키는 당직이어서 그를 만나려면 왼쪽에 있는 문을 통해 접견실로 가라고 말했다. 보리스는 감사를 표하고 접견실로 갔다. 접견실에는 장교들과 장군들이 열 명가량 있었다.

보리스가 들어섰을 때 안드레이 공작은 경멸 어린 표정으로 눈을 가늘게 뜬 채 (의무만 아니라면 나는 한순간도 당신과 이야기하지 않을 것이라고 분명하게 말하는 정중하면서도 피곤한 듯한 그 특유의 표정으로) 훈장을 단 늙은 러시아 장군의 말을 듣고 있었다. 장군은 거의 발끝으로 서다시피 하며 부동자세를 취하고는 시뻘건 얼굴에 병사 같은 비굴한 표정을 띠고 안드레이 공작에게 무언가를 보고하는 중이었다.

"아주 좋습니다. 잠시 기다려 주시겠습니까?" 그는 경멸 조로 말하고 싶을 때 하던 대로 러시아어를 프랑스어처럼 발음하며 장군에게 말했다. 그러다 보리스를 알아본 안드레이 공작은 장군을 (그는 끝까지 더 들어 달라고 애원하며 안드레이 공작을 뒤쫓아 뛰어다녔다) 더 이상 상대하지 않고 유쾌한 미소를 띤 채 보리스를 향해 고개를 끄덕였다.

순간 보리스는 예전에 예견했던 것, 바로 군대에는 규정에 쓰여 있고 연대에서 사람들이 알고 있고 그도 알고 있던 상하 관계와 규율 외에 보다 본질적인 다른 상하 관계가 있다는 것, 대위인 안드레이 공작이 자기만족을 위해 준위인 드루베츠코이와 대화하는 편을 더 좋게 여길 때 몸에 꽉 끼는 옷을 입고 얼굴이 시뻘건 장군을 정중히 기다리게 만드는 그런 상하 관계가 있다는 것을 명확히 깨달았다. 보리스는 앞으로 규정에 쓰인 상하 관계가 아니라 이 명시되지 않은 상하 관계에 따라 복무하겠다고 어느 때보다 굳게 결심했다. 지금 그는 단지 안드레이 공작에게 천거되었다는 이유만으로 전선에서 다른 경우라면 근위대 준위인 자신을 없애 버릴 수도 있었을 장군보다 더 높아진 기분을 느꼈다. 안드레이 공작이 그에게 다가와 손을 잡았다.

"어제 당신이 나를 못 보고 가서 무척 아쉬웠습니다. 나는 하루 종일 독일인들과 바쁜 일정을 보냈습니다. 바이로터와 함께 부대 배치를 살펴보러 다녔지요.* 독일인들은 어찌나 꼼꼼히 따지는지 끝이 없습니다!"

보리스는 안드레이 공작이 누구나 아는 이야기인 양 넌지시 말한 것을 자신도 이해한 것처럼 빙그레 웃었다. 하지만 그는 바이로터라는 성도, 심지어 부대 배치라는 용어도 처음 들었다.

"어때요, 친구, 여전히 부관이 되고 싶습니까? 난 그동안 당신 문제를 좀 생각해 보았습니다만."

"네, 저는……." 보리스는 무슨 까닭인지 자기도 모르게 얼굴을 붉히며 말했다. "총사령관님께 부탁드릴까 생각했습니다. 쿠라긴 공작님이 총사령관님 앞으로 저에 관해 쓴 편지가 있습니다. 제가 부탁드리려 한 것은 단지……." 그는 변명하듯 덧붙였다. "근위대가 전투에 나가지 않을까 걱정되어서입니다."

"좋아요! 좋아! 모든 것에 대해 상의해 봅시다." 안드레이 공작이 말했다. "다만 이분에 관해 보고하고 온 다음에요. 그러고 나면 나는 당신 차지입니다."

안드레이 공작이 얼굴이 시뻘건 장군에 관해 보고하러 간 사이, 명시되지 않은 상하 관계의 유리한 점에 관한 보리스의 이해를 공유하지 않는 듯싶은 장군이 부관과 끝까지 이야기를 하지 못하도록 방해한 건방진 준위를 어찌나 뚫어지게 쳐다보는지 보리스는 거북해졌다. 그는 얼굴을 돌리고 안드레이 공작이 총사령관의 집무실에서 돌아오기를 초조하게 기다렸다.

"실은, 친구, 당신에 대해 생각하고 있었습니다." 그들이 클라비코드가 있는 큰 홀로 왔을 때 안드레이 공작이 말했다. "당신이 총사령관에게 가 보았자 아무 소용 없습니다." 안드레이 공작은 말했다. "그는 당신에게 입에 발린 말을 잔뜩 떠벌린 다음 식사를 하러 오라고 말할 겁니다. ('그런 복종 관계에 따른 근무를 위해서라면 그것도 별로 나쁘지 않을 텐데' 하고 보리스는 생각했다.) 그러나 거기서 얻을 것은 아무것도 없습니다. 우리 부관과 사령부 소속 장교들이 곧 한 대대를 이룰 테니까요. 하지만 우리 바로 이렇게 합시다. 나에게 좋은 친구가 있습니다. 시종 무관장이고 멋진 사람이지요. 돌고루코프 공작입니다. 당신은 이 점을 알 리 없지만, 문제는 지금 사령부를 지휘하는 쿠투조프와 우리 모두 그야말로 아무것도 아니라는 겁니다. 지금은 모든 것이 군주에게 집중되고 있습니다. 그러니까 돌고루코프에게 가 보는 겁니다. 난 그 사람에게 가 봐야 하기도 하고요. 이미 그에게 당신에 대한 이야기를 해 두었습니다. 그러니 그가 당신을 자기 곁에 두거나 아니면 태양에 더 가까운 저 어딘가에 자리를 마련해 줄 방법을 찾았는지 보러 갑시다."

안드레이 공작은 청년들을 지도하거나 그들의 세속적 성공을 도와야 할 때면 특히 활기를 띠었다. 긍지 때문에 자신을 위해서는 결코 받지 않을 그런 도움을 다른 사람에게 베푼다는 핑계로 그는 성공을 주고 또 자신의 마음을 끄는 그런 환경을 가까이했다. 그는 기꺼이 보리스를 돕기 위해 그와 함께 돌고루코프 공작에게 갔다.

그들이 두 황제와 측근들이 머물고 있는 올뮈츠 궁전에 들어섰을 때는 이미 늦은 밤이었다.

바로 그날 궁정전쟁위원회의 모든 위원과 두 황제가 참석한 군사 회의가 있었다. 회의에서는 노장파인 쿠투조프와 슈바르첸베르크* 공작의 견해와 반대로 지체 없이 진격하여 보나파르트와 결전을 치른다는 결정이 내려졌다. 안드레이 공작이 보리스를 대동하고 궁에 도착해서 돌고루코프 공작을 찾았을 때는 군사 회의가 막 끝난 뒤였다. 총사령부의 인물들은 모두 소장파가 승리를 거둔 당일 군사 회의의 황홀함에 빠져 있었다. 진격하지 말고 좀 더 기다려 보자고 조언하는 신중파의 목소리는 일방적으로 묵살되고, 그들의 논거는 진격의 유리함에 대한 의심할 여지 없는 증거에 의해 반박되었다. 그리하여 회의에서 논의된 것들, 즉 미래의 전투와 의심할 여지 없는 승리는 미래가 아닌 과거의 일처럼 보였다. 모든 유리한 점이 아군 편에 있었다. 의심할 여지 없이 나폴레옹의 병력을 능가하는 엄청난 병력이 한곳에 집결해 있었다. 군대는 두 황제의 왕림에 고무되었고 전투를 열망했다. 군대를 지휘하는 오스트리아 장군 바이로터는 군사 행동이 이루어져야 하는 전략 지점을 아주 작은 것까지 상세히 알고 있었다. (이제 곧 프랑스군과 전투를 벌일 바로 그 들판에서 지난해에 오스트리아 군대가 기동 작전 훈련을 한 것은 행복한 우연이 벌인 일 같았다.) 눈앞에 놓인 지형을 아주 상세한 점까지 샅샅이 파악했을 뿐 아니라 지도로도 그려 놓았다. 쇠약해진 듯 보이는 보나파르트는 아무것도 할 수 없었다.

가장 열렬히 진격을 지지하는 사람들 가운데 한 명인 돌고루코프는 피로로 녹초가 되었지만 승리를 거머쥐어 활기차고 당당한 모습으로 이제 막 회의에서 돌아왔다. 안드레이 공작은 자신이 보살피는 장교를 소개했다. 그러나 돌고루코프는 정중하게 보리스의 손을 꽉 쥐고는 아무 말도 하지 않았다. 분명 그 순간 무엇보다 강하게 자신의 마음을 사로잡은 생각을 드러내고 싶어 견딜 수 없었던 듯 그는 안드레이 공작에게 프랑스어로 말을 건넸다.

"친구, 우리가 얼마나 대단한 격전을 치렀는지 모릅니다! 하느님, 부디 그 결과로 일어날 것도 오직 그와 같은 승리가 되게 해 주소서! 하지만 친구……." 그는 두서없이 활기차게 말했다. "나는 오스트리아인들 앞에, 특히 바이로터 앞에 나의 죄를 고백해야 합니다. 얼마나 정확하고 얼마나 세밀하던지요! 지형을 어찌나 잘 알고, 모든 가능성과 모든 조건과 모든 세부적인 것들을 어찌 그리 잘 내다보던지요! 아닙니다, 친구, 우리가 처한 조건보다 더 유리한 것은 일부러 생각해 내려 해도 절대 못합니다. 오스트리아인의 면밀함과 러시아인의 용맹함이 결합되었어요. 당신은 도대체 뭘 더 바랍니까?"

"그래서 진격이 최종적으로 결정되었다고요?" 볼콘스키가 말했다.

"그게 말이지요, 친구, 내가 보기에는 보나파르트가 확실히 자신의 라틴을 잃은 것 같아요.* 당신도 오늘 황제 폐하 앞으로 보나파르트의 편지가 전달된 것을 아시잖소." 돌고루코프가 의미심장한 미소를 지었다.

"그런 일이! 그가 뭐라고 썼습니까?" 볼콘스키가 물었다.

"그가 무슨 말을 쓸 수 있겠습니까? 이러니저러니 말을 하지만 그저 시간을 버는 게 목적입니다. 당신에게 말해 두는데 그는 우리 손아귀에 놓여 있어요. 확실합니다! 하지만 무엇보다 우스운 점은⋯⋯." 그가 갑자기 선량한 웃음을 터뜨리며 말했다. "그에게 보내는 답장에 수신인의 이름을 어떻게 써야 할지 도저히 묘안이 떠오르지 않았다는 겁니다. 내가 보기에는, 통령에게가 아니라면, 물론 황제께도 아니라면, 부오나파르트 장군에게라고 해야 할 것 같았어요."

"하지만 황제로 인정하지 않는 것과 부오나파르트 장군이라고 부르는 것 사이에는 차이가 있지요." 볼콘스키가 말했다.

"그게 문제입니다." 돌고루코프는 껄껄거리며 말을 가로막고 빠르게 말했다. "당신이 빌리빈을 알다시피 그는 매우 똑똑한 사람입니다. 그가 수신인 자리에 '왕위 찬탈자이자 인류의 적에게'로 쓰자고 제안했어요."

돌고루코프는 유쾌하게 낄낄거렸다.

"그것뿐입니까?" 볼콘스키가 물었다.

"하지만 어쨌든 빌리빈은 수신인을 위한 진지한 직함을 찾아냈습니다. 그 기발하고 똑똑한 사람은⋯⋯."

"뭡니까?"

"프랑스 정부의 우두머리에게." 돌고루코프 공작은 진지하게, 그러면서도 만족한 듯이 말했다. "정말 좋지 않습니까?"

"좋군요. 하지만 그는 그 직함을 아주 싫어할 겁니다." 볼콘스키가 지적했다.

"오, 아주 싫어하겠죠! 내 형이 그를 압니다. 형은 지금의 황제인 그와 파리에서 여러 차례 식사를 했습니다. 그보다 더 섬세하고 교활한 외교가는 본 적이 없다고 하더군요. 프랑스인의 노련함과 이탈리아인의 연기력이 결합된 겁니다. 그와 마르코프 백작 사이의 일화를 압니까?* 마르코프 백작 한 사람만이 그를 다룰 줄 알았습니다. 손수건 이야기를 아는지요? 멋진 이야깁니다."

말 많은 돌고루코프는 보리스와 안드레이 공작을 번갈아 쳐다보며 보나파르트가 러시아 공사인 마르코프를 시험해 보고 싶어 일부러 그의 앞에 손수건을 떨어뜨리고는 멈춰 서서 시중을 기대하는 눈치로 마르코프를 쳐다보자 마르코프는 그 즉시 자신의 손수건을 나란히 떨어뜨린 후 보나파르트의 손수건은 줍지 않고 자기 것을 집어 올린 이야기를 들려주었다.

"멋지네요." 볼콘스키가 말했다. "그런데 사실은 공작, 내가 당신에게 온 것은 이 청년에 대한 청원을 하기 위해서입니다. 아시다시피……."

그러나 안드레이 공작이 미처 말을 끝맺기도 전에 부관이 방으로 들어와 돌고루코프에게 황제의 부름을 전했다.

"아, 정말 유감입니다!" 돌고루코프는 황급히 일어나 안드레이 공작과 보리스에게 악수를 청하며 말했다. "당신도 알겠지만 당신을 위해서도 이 잘생긴 청년을 위해서도 내가 할 수 있는 모든 일을 하게 되어 무척 기쁩니다." 그는 경박함이 뒤섞인 선량하고 진실하고 활기찬 표정으로 한 번 더 보리스의 손을 꽉 잡았다. "하지만 보다시피…… 그럼 다음에 봅시다!"

보리스는 최고 권력에 가까이 있다는 생각으로 흥분했다. 그 순간 그는 자신이 최고 권력 안에 있다고 느꼈다. 연대에 있을 때는 자신이 대군의 순종적이고 보잘것없는 일부로 느껴졌지만, 이곳에서는 자신이 대군의 거대한 모든 움직임을 이끄는 원동력과 접촉하고 있음을 인식했다. 그들은 돌고루코프 공작을 뒤따라 복도로 나왔다가 (돌고루코프가 들어간 군주의 방에서) 나오는 평복 차림의 키 작은 사람과 마주쳤다. 지적인 얼굴의 사내로, 예리한 선을 그리며 앞으로 튀어나온 턱은 얼굴을 망치기보다 표정에 독특한 생기와 민첩함을 더했다. 키 작은 사내는 가까운 사이인 양 돌고루코프에게 고개를 끄덕이곤 두 사람 쪽으로 똑바로 걸어오며 안드레이 공작이 고개 숙여 인사하거나 길을 양보해 주기를 기대하는 듯 차가운 시선으로 안드레이 공작을 유심히 쳐다보았다. 안드레이 공작은 어느 것도 하지 않았다. 그의 얼굴에 적의가 떠올랐고, 젊은 남자는 얼굴을 홱 돌리고 복도 가장자리로 지나갔다.

"누굽니까?" 보리스가 물었다.

"가장 뛰어난 인물들 가운데 한 명이지만 나에게는 가장 불쾌한 사람들 가운데 한 명이지요. 외무 대신 아담 차르토리스키* 공작입니다."

"바로 저런 사람들……." 궁전에서 나오며 볼콘스키는 탄식을 억누르지 못하고 말했다. "바로 저런 사람들이 여러 민족의 운명을 결정합니다."

다음 날 군대는 진군을 시작했다. 보리스는 아우스터리츠 전투 때까지 볼콘스키에게도, 돌고루코프에게도 들르지 못하고 한동안 이즈마일로프 연대에 머물렀다.

IO

　16일 새벽, 니콜라이 로스토프가 복무하고 있는, 바그라티온 공작의 부대에 속한 데니소프의 기병 중대는 흔히 말하듯 숙소에서 전장으로 이동했다. 그들은 다른 종대들 뒤에서 1베르스트 정도 나아가다 큰길에서 행군을 멈췄다. 로스토프는 카자크들, 기병 제1중대와 제2중대, 보병 대대들과 포병대가 자기 옆을 지나쳐 진군하고 부관들을 거느린 바그라티온과 돌고루코프 장군이 말을 타고 지나가는 것을 보았다. 예전처럼 그가 전투를 앞두고 경험한 모든 두려움, 그 두려움을 극복하는 수단이 되어 주던 모든 내적 투쟁, 이 전투에서 경기병으로서 어떻게 두각을 드러낼 것인가에 관한 그의 온갖 공상이 허사가 되었다. 그들의 기병 중대는 예비 부대로 남겨졌고, 니콜라이 로스토프는 그날 하루를 따분하고 우울하게 보냈다. 오전 8시에서 9시 사이에 그는 자기 앞쪽에서 총소리와 "우라!" 하는 함성 소리를 들었고, 뒤쪽으로 실려 가는 부상병들을 (그들의 수는 많지 않았다) 보았고, 마침내 한 프랑스 기병 부대 전체가 수백 명의 카자크들에게 포위되어 끌려가는 것을 보았다. 전투가 끝난 듯했고, 크지는 않지만 성공적인 전투로 보였다. 돌아오는 병사들과 장교들은 눈부신 승리에 대해, 도시 비샤우를 점령하고 프랑스 기병 중대 전체를 생포한 일에 대해 떠들어 대고 있었다. 밤의 혹독한 추위가 물러가고 햇살이 비치는 맑은 날이었다. 가을 한낮의 즐거운 광채가 전투에 참가한 사람들의 이야기뿐 아니라 로스토프의 옆을 지나 전장으로 갔다가 돌아오는 병사들과 장교들과 장군들과 부관들의 기쁜 표정도 전하는 승리에 대한 소식과 어우러지고 있었다. 전투를 앞두고 대두되는 모든 두려움을 부질없이 겪고 그 즐거운 하루를 아무것도 하지 않고 보낸 니콜라이의 가슴은 그만큼 더 미어지듯 아렸다.

"로스토프, 이리 와. 슬픔을 곱씹으며 술이나 마시자!" 길가에 수통과 자쿠스카를 앞에 놓고 앉아 있던 데니소프가 외쳤다.

장교들이 데니소프의 휴대용 식량 가방 주위에 둥글게 모여 가볍게 먹고 마시며 말을 나누었다.

"저기 또 한 놈 끌고 온다!" 장교들 중 하나가 카자크 두 명에게 끌려오는 프랑스군 용기병 포로를 가리키며 말했다.

두 카자크 가운데 한 명은 포로에게 빼앗은 키가 크고 아름다운 프랑스 말의 고삐를 끌고 가고 있었다.

"말을 팔아!" 데니소프가 카자크에게 소리쳤다.

"좋습니다, 장교님……."

장교들이 일어나서 카자크들과 프랑스인 포로를 에워쌌다. 프랑스 용기병은 독일어 억양으로 프랑스어를 말하는 알자스 지방의 젊은 사내였다. 그는 흥분으로 숨을 헐떡거렸고, 얼굴이 새빨갰다. 프랑스어를 듣고 그는 이 사람 저 사람 장교들과 빠르게 말하기 시작했다. 그는 자신이 붙잡히지 않았을지 모른다고, 붙잡힌 것은 자기 잘못이 아니라 말 덮개를 가져오라고 자기를 보낸 **하사** 잘못이라고, 자신이 그에게 러시아군이 이미 저기에 왔다고 말했다고 했다. 그리고 말끝마다 **"제 어린 말을 불쌍히 여겨 주십시오"**

라고 덧붙이며 자신의 말을 어루만졌다. 그는 자신이 어디에 있는지 이해가 안 되는 모양이었다. 그는 붙잡힌 것에 대해 변명하기도 하고, 눈앞에 자기 상관이 있다고 생각하며 군인으로서 자신의 성실함과 꼼꼼함을 증명하려 들었다. 그는 아군에게는 너무도 낯설었던 프랑스 군대의 생기 넘치는 분위기를 아군의 후위대에 몰고 왔다.

카자크들은 금화 두 개에 말을 넘겨주었다. 집에서 돈을 받아 장교들 중에서 가장 넉넉하던 로스토프가 말을 샀다.

"제 어린 말을 불쌍히 여겨 주십시오." 말이 넘겨지자 알자스 남자는 로스토프에게 선량하게 말했다.

로스토프는 빙그레 웃으며 용기병을 안심시키고 그에게 돈을 주었다.

"알료, 알료!" 카자크가 앞으로 계속 가라고 포로의 팔을 치며 말했다.

"폐하다! 폐하야!" 갑자기 경기병들 사이에서 웅성거리는 소리가 들렸다.

모두 서둘러 달리기 시작했다. 로스토프는 뒤쪽 길에서 하얀 깃털 장식이 달린 군모를 쓴 사람들이 말을 달려 다가오는 것을 보았다. 다들 순식간에 제자리로 돌아가서 기다렸다.

로스토프는 자신이 어떻게 제자리로 달려와서 말에 올라탔는지 기억하지도, 느끼지도 못했다. 전투에 참가하지 못한 애석함과 싫증이 나도록 본 얼굴들 틈에서 느끼던 지루한 기분이 한순간에 없어지고 자신에 대한 온갖 상념들도 순식간에 사라졌다. 그는 군주가 가까이 온다는 사실에서 비롯된 행복의 감정에 푹 빠져 있었다. 그는 이렇듯 군주와 가까이 있는 것 하나로도 이날의 손실을 보상받은 기분을 느꼈다. 그는 고대하던 만남을 마침내 이룬 연

인처럼 행복했다. 대열 속에서 감히 주위를 돌아볼 엄두도 못 냈
고 또 돌아보지도 않았지만 그는 황홀에 겨운 감각으로 군주의 접
근을 느꼈다. 다가오는 기마 행렬의 말발굽 소리 하나만으로 그가
그것을 느낀 것은 아니었다. 군주가 다가오면서 주위의 모든 것이
더 환하고 더 기쁘고 더 의미심장하고 더 흥겨워졌기 때문이다.
로스토프를 위한 이 태양은 온유하고 장엄한 빛줄기를 주위에 흩
뿌리며 점점 더 가까이 다가왔다. 이제 로스토프는 그 빛이 자신
을 감싼 것을 느끼고, 그의 목소리, 그 다정하고 평온하고 장엄하
면서도 그만큼이나 소탈한 목소리를 듣는다. 로스토프의 기분을
고려하면 당연한 일이지만 죽음 같은 고요가 찾아왔고, 그 고요
속에서 군주의 목소리가 울려 퍼졌다.

"파블로그라트 경기병들인가?" 뭔가 묻고 싶은 듯 그가 말했다.
"예비 부대입니다, 폐하!" "파블로그라트 경기병들인가?"라고
말한 초인간적인 목소리 다음에 들렸기에 그만큼 더 인간적인 누
군가의 목소리가 대답했다.

군주가 로스토프 옆에 나란히 멈추어 섰다. 알렉산드르의 얼굴
은 사흘 전의 사열식 때보다 더 아름다웠다. 그 얼굴은 열네 살 어
린아이의 활발함을 떠올리게 하는 쾌활함과 젊음으로, 티 없이 순
수한 젊음으로 환하게 빛났다. 그러면서도 엄연히 위대한 황제의
얼굴이었다. 기병 중대를 우연히 돌아보던 군주의 눈이 로스토프
의 눈과 마주쳤고 겨우 2초 동안 그의 눈에 머물렀다. 군주가 로
스토프의 마음속에서 일어나는 것을 전부 알아차렸든 아니든(로
스토프에게는 그가 모든 것을 이해한 것처럼 느껴졌다), 그는 자
신의 푸른 눈동자로 로스토프의 얼굴을 약 2초 동안 바라보았다.
(그의 두 눈에서 부드럽고 온화한 빛이 흘러나왔다.) 그러고 나서
갑자기 그는 눈썹을 치켜올리고 왼발로 단호하게 말을 차더니 앞

으로 질주하여 달려갔다.

전위 부대의 사격 소리를 듣고 젊은 황제는 전장에 있고 싶은 마음을 억누를 수 없어 궁정 신하들의 간언에도 아랑곳 않고 12시에 자신과 함께 움직이던 제3종대에서 떨어져 나와 전위 부대를 향해 말을 달렸다. 경기병들에게 이르기 전에 몇몇 부관들이 전투의 성공적인 결과에 대한 소식과 함께 그를 맞이했다.

프랑스군 기병 중대를 사로잡은 것에 불과한 전투는 프랑스군에 대한 눈부신 승리로 묘사되었고, 그래서 특히 전장에 화약 연기가 아직 흩어지지 않고 있던 동안 군주와 군대 전체는 프랑스군이 패하여 후퇴하는 중이라고 믿었다. 군주가 지나가고 나서 몇 분 후 파블로그라트 기병대는 전진 명령을 받았다. 작은 독일의 도시 비샤우에서 로스토프는 군주를 한 번 더 보았다. 군주가 도착하기 전까지 꽤 격렬한 교전이 있었던 도시 광장에는 미처 수습하지 못한 사상자 몇 명이 널브러져 있었다. 무관과 문관 수행원들에게 둘러싸인 군주는 사열식 때와 다른 꼬리를 짧게 자른 적갈색 암말을 타고 있었다. 그는 비스듬히 몸을 구부린 채 금으로 된 로니에트*를 우아한 몸짓으로 눈가에 대고 군모도 없이 피투성이 머리를 드러낸 채 엎어져 있는 병사를 바라보았다. 부상당한 병사가 너무 더럽고 추하고 역겨워서 로스토프는 그 병사가 군주와 가까이 있다는 사실에 모욕을 느꼈다. 로스토프는 마치 한기가 휩쓸고 지나간 듯 군주의 구부정한 어깨가 부르르 떨리는 것을, 그의 왼발이 경련하듯 박차로 말의 옆구리를 차는 것을 보았다. 익숙해진 말은 주위를 무심하게 둘러볼 뿐 자리에서 꼼짝도 하지 않았다. 말에서 내린 부관들이 병사의 발을 부축해서 들것에 눕혔다. 병사가 신음했다.

"더 천천히, 더 천천히, 제발 더 천천히 할 수 없겠나?" 죽어 가는 병사보다 더 고통스러운 듯 군주가 말하고는 말을 몰고 그 자리를 떠났다.

로스토프는 군주의 눈에 가득 고인 눈물을 보았고, 군주가 그곳을 떠나며 차르토리스키에게 프랑스어로 하는 말을 들었다.

"전쟁은 얼마나 끔찍한 것인가, 얼마나 끔찍한 것인가 말이야! **전쟁은 정말 끔찍한 것이야!**"

온종일 아주 미미한 교전 끝에 아군에 자리를 넘겨준 적의 산병선을 고려하여 전위 부대는 비사우 앞쪽에 배치되었다. 군주는 전위 부대에 감사를 표하고 포상을 약속했으며, 병사들에게 보드카를 평소보다 두 배로 지급했다. 지난밤보다 더 유쾌하게 야영지의 모닥불이 타닥거렸고 병사들의 노래가 울려 퍼졌다. 데니소프는 이날 밤 소령으로 승진한 데 대해 축하연을 베풀었다. 이미 꽤취한 로스토프는 술자리가 파할 무렵 군주의 건강을 위해, 하지만 "공식적인 만찬에서 하는 대로 황제 폐하의 건강을 위해서가 아니라……." 그는 말했다. "선하고 매력적이고 위대한 인간인 군주의 건강을 위해" 건배를 제안했다. "그분의 건강과 프랑스군에 대한 확실한 승리를 위해 다 함께 마시자!"

"지금까지 싸우는 동안에도……." 그가 말했다. "우리는 쇤그라벤 부근에서처럼 프랑스군을 용서하지 않았는데 이제 그분이 직접 선두에 서시면 어떻게 될까? 우리 모두 죽자, 그분을 위해 기쁜 마음으로 죽자. 여러분, 그럴 거지? 어쩌면 내가 제대로 말을 못하는지도 모르지. 술을 너무 많이 마셨어. 하지만 내 기분은 그래. 자네들도 마찬가지겠지. 알렉산드르 1세의 건강을 위하여! 우라아!"

"우라아!" 장교들의 고무된 목소리가 울려 퍼졌다.

늙은 기병 대위 키르스텐도 사기 충천한 목소리로, 그리고 스무 살 로스토프 못지않게 진심으로 외쳤다.

장교들이 술을 비우고 자신의 잔을 깨뜨리자 키르스텐은 다른 잔들에 술을 따랐고, 루바시카와 승마 바지 차림으로 한 손에 잔을 들고 병사들의 모닥불로 다가가더니 희끗한 긴 수염과 앞 단추를 푼 루바시카 사이로 허연 가슴을 드러내며 위풍당당한 자세로 한 손을 위로 흔들고는 불빛 속에 멈춰 섰다.

"제군들, 황제 폐하의 건강을 위해, 적에 대한 승리를 위해, 우라아!" 그는 용맹한 늙은 경기병의 바리톤으로 외쳤다.

경기병들은 한자리에 모여들어 사이좋게 커다란 함성으로 화답했다.

밤이 깊어 모두 흩어지자 데니소프는 짤막한 손으로 자신이 좋아하는 로스토프의 어깨를 가볍게 두드렸다.

"원정 중에 사랑할 사람이 없어 차르를 사랑하게 되었나 보지." 그가 말했다.

"데니소프, 그런 식으로 농담하지 마." 로스토프가 화난 듯이 소리쳤다. "이건 아주 고귀하고, 아주 아름다운 감정이란 말이야. 아주……."

"믿어, 믿는다니까, 친구. 나도 동감이야. 동의한다고……."

"아냐, 자넨 몰라!"

로스토프는 벌떡 일어나 모닥불 사이를 이리저리 헤매면서 목숨을 아끼지 않고 (그는 그런 것은 감히 꿈꿀 수도 없었다) 죽는다면, 그것도 군주의 눈앞에서 죽는다면 얼마나 행복할까 염원했다. 그는 정말로 차르를, 러시아군의 영광을, 미래의 승리에 대한 희망을 사랑하게 된 것이다. 그리고 아우스터리츠 전투를 앞둔 잊지 못할 그 며칠 동안 그런 감정을 느낀 것은 로스토프 혼자만이 아니었다. 비록 덜 열광적이긴 했지만 그때 러시아군 가운데 열에 아홉은 차르와 러시아군의 영광에 대한 사랑에 빠졌다.

II

 이튿날 군주는 비샤우에 머물렀다. 궁중 의사 빌리예는 여러 차례 그에게 불려 갔다. 군주의 건강이 좋지 않다는 소식이 총사령부와 근처의 가까운 부대들에 퍼졌다. 측근들의 말에 따르면, 그는 아무것도 먹지 않았을뿐더러, 그날 밤 잠도 제대로 이루지 못했다. 그 원인은 사상자들의 모습이 군주의 다감한 영혼에 불러일으킨 강렬한 인상에 있었다.

 17일 동틀 녘에 한 프랑스 장교가 최전선에서 비샤우로 파견되었다. 그는 휴전의 백기를 들고 와서 러시아 황제와의 면담을 요청했다. 그 장교는 사바리*였다. 군주가 막 잠들어 사바리는 기다려야 했다. 정오에 그는 군주를 알현하도록 허락받았고, 한 시간 후 돌고루코프 공작과 함께 프랑스군의 전초 부대로 떠났다.

 들리는 말에 따르면, 사바리를 파견한 목적은 평화 협정을 제안하고 알렉산드르 황제와 나폴레옹의 회담을 제의하기 위해서였다. 사적인 회담은 거부되었고, 이에 전 군대는 긍지를 느꼈다. 이 교섭이 기대에 반해 실제로 평화 협정에 대한 희망을 목적으로 삼는다면 나폴레옹과 협상하도록, 비샤우 전투의 승리자인 돌고루코프 공작이 군주를 대신해 사바리와 함께 파견되었다.

저녁 무렵 돌아온 돌고루코프는 곧장 군주에게 가서 오랫동안 그를 독대했다.

11월 18일과 19일에 군대는 두 차례 더 진격했고, 짧은 교전 후에 적의 최전선은 퇴각했다. 19일 정오부터 군대의 최고 수뇌부에서 매우 분주하고 흥분된 움직임이 일어 다음 날, 즉 그 잊지 못할 아우스터리츠 전투가 일어난 11월 20일 아침까지 계속되었다.

19일 정오까지 움직임, 활기찬 대화, 분주함, 부관들의 파견 등은 황제들의 사령부에만 국한되었다. 그러나 그날 정오가 지나서는 쿠투조프 사령부와 종대 지휘관들의 참모부에도 움직임이 전해졌고, 저녁에는 부관들을 통해 이 움직임이 군대 전체에 구석구석 퍼져 나갔다. 그리하여 19일에서 20일에 걸친 밤 동안에 8만 대군의 연합군은 웅웅대는 말소리와 함께 숙영지를 떠나 9베르스트에 이르는 거대한 삼베처럼 흔들리며 움직이기 시작했다.

이른 아침 두 황제의 사령부에서 시작하여 이후의 모든 움직임에 자극이 된 집중된 움직임은 커다란 시계탑에 있는 중간 바퀴의 첫 움직임과 비슷했다. 바퀴 하나가 서서히 움직이자 두 번째, 세 번째 바퀴가 돌고, 뒤이어 다른 바퀴들과 도르래와 톱니바퀴가 점점 더 빠르게 돌아가고, 음악이 울리면서 인형들이 튀어나오고, 시곗바늘이 운동의 결과를 드러내며 규칙적으로 움직이기 시작했다.

전쟁의 메커니즘 역시 시계의 메커니즘과 마찬가지로 일단 주어진 운동은 최후의 결과에 이르기까지 억제되지 않으며, 전쟁이 아직 도달하지 않은 메커니즘의 부분부분들은 운동이 전달되기 직전까지 무심하게 꼼짝도 하지 않는다. 톱니들이 맞물리며 바퀴들이 축 위에서 끽끽 소리를 내고 도르래들이 회전하며 빠른 속도 때문에 쉭쉭대지만, 인접한 바퀴는 꼼짝 않고 백 년이라도 기꺼이 버티겠다는 듯 여전히 평온하게 가만히 있다. 그러나 어느 순간 지렛대가 걸리면 바퀴는 운동에 순종하여 삐걱거리며 돌아가기 시작하고, 스스로 그 결과와 목적을 헤아리지 못하는 하나의 운동에 합류한다.

시계에서 수많은 각양각색의 바퀴들과 도르래들이 복잡하게 움직인 결과가 그저 시간을 가리키는 느리고 규칙적인 시곗바늘의 움직임에 불과하듯이, 이 16만 명의 러시아인과 프랑스인이 만드는 인간의 온갖 복잡한 움직임들, 이들의 모든 열정과 바람과 참회와 굴욕과 고통과 자존심의 분출과 공포와 희열의 결과도 '세 황제의 전투'*라 불리는 아우스터리츠 전투의 패배, 곧 인류 역사의 숫자판 위에서 세계사의 시곗바늘이 느리게 이동한 것에 불과했다.

안드레이 공작은 이날 당직이어서 총사령관 옆에 계속 붙어 다녔다.

오후 5시가 지났을 무렵 쿠투조프는 황제들의 사령부에 와서 잠시 군주를 만난 다음 궁내 대신인 톨스토이 백작에게 들렀다.

볼콘스키는 그 시간을 이용해 사태를 상세히 파악할 요량으로 돌고루코프를 찾아갔다. 안드레이 공작은 쿠투조프가 무엇 때문인지 실망하고 불만에 차 있다고, 사령부에서도 그에게 불만을 품고 있다고, 황제의 사령부에 있는 모든 인물이 다른 사람은 모르는 무언가를 아는 사람의 태도로 그를 대하고 있다고 느꼈다. 그래서 그는 돌고루코프와 잠시 말을 나누고 싶었다.

"아, 안녕하십니까, **친구**." 빌리빈과 앉아서 차를 마시고 있던 돌고루코프가 말했다. "축하연은 내일입니다. 당신의 노인장은 어떻습니까? 기분이 안 좋던가요?"

"기분이 안 좋다고는 할 수 없어도 사람들이 자신의 말을 끝까지 들어주었으면 하고 바라시는 듯합니다."

"다들 군사 회의에서 그 노인네의 말을 들었습니다. 그리고 그분이 전투를 말하는 한 다들 귀를 기울일 것입니다. 하지만 보나파르트가 무엇보다도 결전을 두려워하는 지금, 늦장을 부리면서 무언가를 기다린다는 것은 불가능합니다."

"참, 당신은 그를 봤지요?" 안드레이 공작이 물었다. "그래, 보나파르트는 어떤 사람입니까? 어떤 인상을 주던가요?"

"네, 나는 그를 보고 그가 세상에서 무엇보다도 두려워하는 것이 결전이라는 점을 확신했습니다." 돌고루코프는 나폴레옹과의 만남에서 끌어낸 이 전반적인 결론을 대단한 것으로 여기는 듯 거듭 말했다. "만약 그가 전투를 두려워하는 것이 아니라면, 무엇 때문에 이런 회담을 요청하고, 교섭을 하고, 무엇보다도 후퇴를 했겠습니까? 후퇴는 전쟁을 수행하는 그의 모든 방식에 정면으로 배치되는데 말입니다. 날 믿으세요. 그는 지금 두려워하고 있어요. 결전을 두려워합니다. 드디어 그의 최후가 온 겁니다. 이게 내가 당신에게 하려는 말입니다."

"그래도 말씀해 주시지요. 그는 어떻던가요, 어떤 사람입니까?" 안드레이 공작이 다시 물었다.

"회색 프록코트를 입은 사람, 내가 '폐하'라고 불러 주기를 몹시 바랐지만 원통하게 나에게서 아무런 칭호도 얻지 못한 사람입니다. 이것이 그가 어떤 사람이냐에 대한 대답입니다. 그 이상은 아니에요." 돌고루코프가 미소 띤 얼굴로 빌리빈을 돌아보며 대답했다.

"나는 연로한 쿠투조프를 한없이 존경하는 바이지만……" 그는 말을 계속했다. "지금 나폴레옹이 확실히 우리 손아귀에 있는데도 무언가를 기다리고, 그로 인해 그에게 달아나거나 우리를 기만할 기회를 준다면 우리 모두에게 좋을 리 있습니까? 아뇨, 수보로프와 그의 원칙을 잊어서는 안 됩니다. 공격당하는 위치에 놓이지 말고 스스로 공격할 것. 믿으세요, 전쟁에서는 젊은 사람들의 에너지가 종종 늙은 쿤크타토르*들의 노련함보다 더 확실하게 길을 제시합니다."

"하지만 도대체 어느 위치에서 그를 공격한단 말입니까? 내가 오늘 최전선에 다녀왔는데, 그가 바로 어디에 주력 부대와 함께 있을지 판단이 안 됩니다." 안드레이 공작이 말했다.

그는 돌고루코프에게 자신의 공격 계획을 말해 주고 싶었다.

"아, 그건 전혀 상관없습니다." 돌고루코프가 자리에서 일어나 탁자 위에 지도를 펼치더니 빠르게 말하기 시작했다. "모든 가능성을 예상해 두었으니까요. 만약 그가 브륀에 있다면⋯⋯."

돌고루코프 공작은 바이로터의 측면 이동 계획에 대해 빠른 속도로 불분명하게 이야기했다.

안드레이 공작은 반박하며 자신의 계획을 주장했다. 그것은 바이로터의 계획 못지않게 훌륭했지만, 바이로터의 계획이 이미 승인되었다는 결점을 지니고 있었다. 안드레이 공작이 바이로터의 계획이 지닌 단점과 자신의 계획이 지닌 장점을 증명하려 들자마자 돌고루코프 공작은 그의 말을 더 이상 듣지 않고 지도가 아니라 안드레이 공작의 얼굴을 멍하니 바라보았다.

"어쨌든 오늘 쿠투조프의 거처에서 군사 회의가 있습니다. 당신은 이 모든 것을 그 자리에서 말할 수 있습니다." 돌고루코프가 말했다.

"그러겠습니다." 안드레이 공작이 지도에서 물러나며 말했다.

"여러분, 뭘 걱정합니까?" 지금까지 유쾌한 미소를 지으며 그들의 대화를 듣고 있던 빌리빈이 이제 농담을 하려는 듯 입을 열었다. "내일 승리하든 패배하든 러시아군의 영광은 보장되어 있습니다. 당신들의 쿠투조프 말고 종대에는 러시아 지휘관이 한 명도 없습니다. 지휘관들은 **빔프펜 장군, 랑주롱 백작, 리히텐슈타인 대공, 호엔로에 공작, 또 프르시…… 프르시…… 등등입니다. 폴란드 이름이 다 그렇지요, 뭐.**"(독일어와 프랑스어)

"그만하십시오. 입이 험하십니다." 돌고루코프가 말했다. "그렇지 않습니다. 이제 이미 러시아 지휘관이 둘이에요. 밀로라도비치와 도흐투로프입니다. 세 번째로 아락체예프 백작도 있지만 그 사람은 신경이 허약해서 말이지요."*

"그런데 미하일 일라리오노비치가 나오신 것 같습니다." 안드레이 공작이 말했다. "행운과 성공을 기원합니다, 여러분." 그는 이렇게 덧붙이고 돌고루코프와 빌리빈에게 악수를 하고는 밖으로 나왔다.

숙소로 돌아오는 길에 안드레이 공작은 옆에서 말없이 앉아 있는 쿠투조프에게 내일의 전투에 대해 어떻게 생각하는지 묻지 않을 수 없었다.

쿠투조프는 부관을 엄하게 바라보고는 잠시 침묵하다가 대답했다.

"전투에서 패할 거라고 생각하네. 톨스토이 백작에게 그렇게 말했고, 그 말을 군주께 전해 달라고 부탁도 했네. 자네는 그 사람이 나한테 뭐라고 대답했을 거라 생각하나? **아이고, 친애하는 장군! 난 밥과 커틀릿에 신경을 쓰는데 당신은 전쟁에 관심을 쏟는구려.** 그래…… 바로 그게 내가 들은 대답이라네!"

12

밤 9시가 지나 바이로터는 자신의 계획을 가지고 군사 회의가 예정된 쿠투조프의 숙소로 건너왔다. 종대의 모든 지휘관들이 총사령관의 호출을 받았다. 참석을 거절한 바그라티온 공작을 제외하고 모두가 정해진 시각에 맞춰 나타났다.

전투의 총지휘를 맡아 활기차고 조급한 모습을 보여 준 바이로터는 마지못해 군사 회의 의장과 지도자 역할을 수행하며 뿌루퉁하고 졸린 표정을 짓고 있던 쿠투조프와 선명한 대조를 이루었다. 바이로터는 분명 자신이 억제할 수 없게 된 움직임의 선두에 서 있다고 느끼는 듯했다. 그는 마치 짐수레를 끌고 산 아래로 내달리는 말 같았다. 그는 자신이 끌고 가는지 아니면 쫓겨 가는지 알지 못했다. 하지만 이 움직임이 무엇으로 이끄는지 판단할 겨를도 없이 가능한 한 전속력으로 질주했다. 바이로터는 이날 저녁때 적의 산병선을 직접 살펴보러 두 차례 다녀왔고, 러시아 군주와 오스트리아 군주에게 보고하고 설명하기 위해 두 번 갔으며, 그러고는 자신의 집무실에서 독일어로 작전 계획을 받아 적게 했다. 그리고 지친 몸으로 이제 쿠투조프에게 왔다.

그는 너무 바빠서 총사령관에게 예의를 갖추어야 한다는 것조차 잊은 듯했다. 그는 총사령관의 말을 가로막고 상대의 얼굴을 쳐다보지 않은 채 자신에게 하는 질문에 대꾸도 없이 빠르고 불분명하게 말했으며, 진흙투성이가 되어서는 불쌍하고 지치고 당황한, 그러면서도 우쭐하고 자신만만한 모습이었다.

쿠투조프는 오스트랄리츠 부근에 있는 크지 않은 귀족의 성에서 묵었다. 총사령관 집무실로 삼은 커다란 응접실에 쿠투조프와 바이로터 그리고 군사 회의 위원들이 모였다. 그들은 차를 마시고 있었다. 군사 회의를 시작하기 위해 바그라티온 공작이 오기만 기다리고 있었다. 7시가 지나 바그라티온의 연락 장교가 공작은 참석하지 못한다는 소식을 가지고 왔다. 안드레이 공작은 총사령관에게 그에 대한 보고를 하러 왔다가 전에 쿠투조프에게 회의에 참석해도 좋다고 허락받은 것을 기회 삼아 응접실에 남았다.

"바그라티온 공작이 올 수 없다니 우리끼리 회의를 시작해도 되겠지요." 바이로터가 서둘러 자리에서 일어나 브륀 부근의 커다란 지도가 펼쳐진 탁자 쪽으로 다가가며 말했다.

쿠투조프는 군복 단추를 풀어 헤치고 볼테르식 안락의자에 앉아 살이 오른 노쇠한 두 팔을 대칭으로 팔걸이에 올려놓고는 거의 자다시피 했다. 살진 목이 자유를 찾은 듯 옷깃 위로 쑥 올라왔다. 그는 바이로터의 목소리에 간신히 외눈을 떴다.

"그래요, 그래, 부탁합니다. 그러지 않으면 늦어요." 그는 중얼거리고 나서 고개를 끄덕이더니 머리를 툭 떨어뜨리고 다시 눈을 감았다.

처음에 군사 회의 의원들이 쿠투조프가 자는 척한다고 생각했다면, 이후 낭독이 이어지는 동안 그의 코에서 난 소리는 이 순간 총사령관에게는 작전 계획이나 다른 어떤 것에 대해서든 경멸을 드러내고 싶은 욕구보다 훨씬 더 중요한 문제가 있다는 것을 보여 주었다. 그에게는 억누를 수 없는 인간의 욕구, 즉 잠에 대한 욕구를 충족시키는 것이 문제였다. 그는 정말로 자고 있었다. 바이로터는 1분이라도 시간을 허비할까 노심초사하는 사람의 몸짓으로 쿠투조프를 흘깃 쳐다보고 그가 자고 있는 것을 확인하더니 서류한 장을 꺼내 향후 전투에 대한 작전 계획을 크고 단조로운 어조로 읽기 시작했다. 그는 '1805년 11월 20일 코벨니츠와 소콜니츠 뒤편의 적진 공격에 대한 작전 계획'이라는 제목 또한 읽었다.

작전 계획은 매우 복잡하고 어려웠다. 원안에는 다음과 같이 기록되어 있었다.

"적의 왼쪽 측면은 숲으로 덮인 산에 의지하고 오른쪽 측면은 코벨니츠와 소콜니츠를 따라 그곳에 자리한 못들 뒤로 뻗어 있다. 반대로 아군은 왼쪽 측면이 적의 오른쪽 측면보다 우세하다. 따라서 적의 오른쪽 측면을 공격하는 것이 아군으로서는 유리하다. 특히 아군이 소콜니츠와 코벨니츠 마을을 점령한다면 더욱 그럴 것이다. 적의 측면을 공격하고, 적의 전선을 은폐한 슐라파니츠와 벨로비츠 사이의 협로를 피해 슐라파니츠와 투에라사 숲 사이의 평지에서 적을 추적할 수 있기 때문이다. 이러한 목적을 위해 반드시…… 제1종대가 진군하고…… 제2종대가 진군하고…… 제3종대가 진군하고……(독일어)" 등등. 바이로터가 낭독했다. 장군들은 어려운 작전 계획을 마지못해 듣는 것 같았다. 금발의 키큰 장군 북스게브덴은 벽에 등을 기대고 서서 타오르는 촛불에 시선을 둘 뿐 제대로 듣는 것 같지도 않았고, 심지어 사람들에게 듣고 있는 것처럼 보이고 싶어 하지도 않는 듯했다. 바이로터의 바로 맞은편에서는 얼굴이 불그레하고 콧수염과 어깨가 살짝 들린 밀로라도비치가 크게 뜬 빛나는 두 눈을 그에게 박고 두 팔꿈치를 바깥쪽으로 향한 채 두 손을 무릎에 올려놓고는 군인다운 자세로 앉아 있었다. 그는 바이로터의 얼굴을 쳐다보며 고집스럽게 침묵했고, 이 오스트리아 참모장이 입을 다물 때에만 그에게서 눈을 떼고 다른 장군들을 의미심장한 눈길로 둘러보았다. 그러나 그 의미심장한 시선의 의미로는 그가 작전 계획에 동의하는지 동의하지 않는지, 만족하는지 만족하지 않는지 알 수 없었다. 바이로터의 가장 가까이에는 랑주롱 백작이 앉아 있었다. 그는 바이로터가 읽는 내내 프랑스 남부 사람의 얼굴에 미묘한 미소를 띤 채 초상화가 붙은 작은 금장 담뱃갑 귀퉁이들을 옮겨 잡으며 빠르게 돌리던 자신의 가느다란 손가락들을 쳐다보고 있었다. 이루 말할 수 없이 긴 문장들 중 어느 하나의 중간쯤에서 그는 담뱃갑 돌리기를 멈추고 고개를 들었다. 그는 얇은 입술 언저리에 불쾌한 정중함을 띠며 바이로터의 말을 끊고 무언가를 말하려 했다. 그러나 오스트리아 장군은 낭독을 중단하지 않고 화가 난 듯 얼굴을 찌푸리고서 두 팔꿈치를 흔들어 댔다. 마치 '나중에, 나중에 자기 생각을 말하고 지금은 지도를 보며 들어주시지 않겠습니까?' 하고 말하는 듯했다. 랑주롱은 어리둥절한 표정으로 눈을 치뜨고 마치 해명을 구하기라도 하듯 밀로라도비치를 돌아보았다. 그러나 아무것도 의미하지 않는 의미심장한 밀로라도비치의 시선과 마주치자 우울하게 눈을 내리깔고 다시 담뱃갑을 돌리기 시작했다.

"지리학 수업이군." 그는 혼잣말을 하듯, 그러나 사람들에게 들리도록 꽤 큰 소리로 중얼거렸다.

프시비셰프스키는 공손하면서도 위엄 있는 정중한 태도로 주의를 빼앗긴 사람의 표정을 지으며 바이로터를 향해 한쪽 귀를 손으로 구부렸다. 키가 작은 도흐투로프는 겸손하게 고심하는 표정으로 바이로터의 바로 맞은편에 앉아 펼쳐 놓은 지도 위로 몸을 숙인 채 작전 계획과 자신이 모르는 지형을 진지하게 연구했다.

그는 잘 알아듣지 못한 단어와 어려운 마을 이름을 다시 말해 달라며 몇 번이고 바이로터에게 부탁했다. 바이로터가 그의 바람을 들어주자 도호투로프는 받아 적었다.

한 시간 넘게 이어진 낭독이 끝나자 랑주롱은 다시 담뱃갑 돌리기를 멈추었고, 바이로터도 딱히 다른 누구도 쳐다보지 않고 적이 이동 중이어서 아군이 적의 위치를 모를 수도 있는데 적의 위치가 이미 알려진 것으로 가정한 작전 계획을 실행에 옮기는 것이 얼마나 어려운지에 대해 말하기 시작했다. 랑주롱의 반박은 정당한 것이었지만, 그 주된 목적은 초등학생을 대하듯 아주 자신만만하게 자신의 작전 계획을 읽던 바이로터 장군으로 하여금 그가 상대하는 이들이 모두 바보들이 아니라 군사 면에서 그에게 가르침을 줄 수 있는 사람들이라는 점을 느끼게 하려는 것임이 분명했다. 바이로터의 단조로운 목소리가 멎자 쿠투조프는 졸음을 부르는 물레바퀴 소리가 끊기면 잠이 깨는 방앗간 주인처럼 눈을 뜨고 랑주롱의 말에 귀를 기울였다가, 마치 '자네들은 아직도 여전히 그런 멍청한 소리를 떠벌리고 있나!' 하고 말하듯 얼른 눈을 감고는 더 깊이 고개를 떨어뜨렸다.

랑주롱은 작전 계획의 입안자로서 바이로터가 과시하는 자부심에 최대한 신랄한 모욕을 가하려고 애쓰며 보나파르트는 공격을 당하기는커녕 오히려 쉽게 공격해 올 수 있다고, 그러므로 이 작전 계획은 아무짝에도 쓸모없게 될 것이라고 주장했다. 바이로터는 모든 반박에 대해 경멸 어린 단호한 미소로 답했다. 그에게 무슨 말을 하든 모든 반박에 대비하여 미리 준비해 놓은 듯한 미소였다.

"그가 우리를 공격할 수 있다면, 오늘 했겠지요." 그가 말했다.

"당신은 그가 무력하다고 생각하는 모양이지요?" 랑주롱이 말했다.

"그에게 4만 군대가 있다면 대군이지요." 바이로터는 민간요법을 하는 아낙에게 치료법을 알려 주겠다는 말을 들은 의사의 미소를 띠고 대답했다.

"그런 경우에 그는 우리의 공격을 기다리다가 파멸로 치닫게됩니다." 비꼬는 듯 미묘한 미소를 짓고 맞장구쳐 줄 사람을 찾아가장 가까이 있던 밀로라도비치를 돌아보며 랑주롱이 말했다.

하지만 그 순간 밀로라도비치는 장군들이 논쟁하는 바에 대해서는 별생각이 없는 듯했다.

"실로······." 그가 말했다. "내일 전장에서 모든 것을 알게 되겠지요."

바이로터는 러시아 장군들의 반박에 부딪혀, 그리고 그 자신만지나칠 정도로 확신하는 것이 아니라 두 황제 폐하까지 이미 납득시킨 부분을 증명하게 되어 **자신으로서는** 우스꽝스럽고 이상하다고 말하는 웃음을 다시 씩 지었다.

"적이 불을 껐습니다. 그런데 저들의 진영에서 끊이지 않고 소음이 들립니다." 그가 말했다. "이게 무슨 뜻이겠습니까? 우리가단 하나 두려워해야 할 것이지만 적이 퇴각하거나, 아니면 진영을바꾸고 있겠지요. (그는 씩 웃었다.) 하지만 설사 투에라사에 진영을 둔다 해도 저들은 그저 우리를 큰 번거로움에서 구해 줄 뿐입니다. 모든 지시는 아주 세세한 부분까지 변함없습니다."

"도대체 어떤 식으로 말입니까······?" 한참 전부터 자신의 의혹을 표명할 기회를 기다리던 안드레이 공작이 말했다.

쿠투조프가 잠에서 깨어 힘겹게 기침을 내뱉고는 장군들을 둘러보았다.

"여러분, 내일의, 아니 (이미 12시가 지났으니) 오늘의 작전 계획은 변경될 수 없습니다." 그가 말했다. "여러분은 작전 계획을 들었습니다. 이제는 모두 우리의 의무를 다합시다. 전투 전에 무엇보다 중요한 것은…… (그는 잠시 입을 다물었다) 푹 자 두는 것이오."

그러고는 일어서려는 기색을 보였다. 장군들은 작별 인사를 하고 흩어졌다. 이미 자정이 넘은 시각이었다. 안드레이 공작은 밖으로 나왔다.

안드레이 공작이 자신의 바람대로 의견을 말하지 못한 군사 회의는 그의 내면에 모호하고 불안한 인상을 남겼다. 누가 옳은지, 돌고루코프와 바이로터인지, 아니면 공격 계획에 찬성하지 않은 쿠투조프와 랑주롱을 비롯한 다른 장군들인지 알 수 없었다. '하지만 쿠투조프는 정말 군주에게 자신의 생각을 직접 말할 수 없었을까? 정말 이렇게 말고는 다른 방법이 없는 것인가? 과연 궁정 신하들의 판단과 개인적 판단 때문에 수만 명과 나의, **나의** 목숨을 위험에 빠뜨려야 하는가?' 그는 생각했다.

'그래, 아마 나는 내일 죽기 십상이겠지.' 그는 생각했다. 그러자 죽음에 대한 생각을 하던 와중에 불현듯 까마득히 아득한, 가장 가슴 뭉클한 일련의 기억들이 뇌리에 일었다. 아버지와 아내와의 마지막 작별이 떠올랐다. 아내와 사랑에 빠졌던 시절이 떠올랐다. 그리고 임신에 관한 기억이 떠오르자 그녀도 자신도 가련하게 느껴졌다. 그는 흥분에 휩싸인 초조하고 부드러운 마음이 되어 네스비츠키와 함께 묵는 농가를 나와서 집 앞을 거닐기 시작했다.

밤은 안개에 잠겨 있었다. 달빛이 안개를 뚫고 신비롭게 비쳤다. '그래, 내일, 내일이다!' 그는 생각했다. '내일이면 내 모든 것이 끝날 것이다. 이 모든 기억이 더 이상 존재하지 않을 것이고, 이 모든 기억이 더 이상 내게 아무 의미도 없을 것이다. 어쩌면 바로 내일, 아니 분명 내일, 그런 예감이 든다. 드디어 처음으로 내가 할 수 있는 모든 것을 보여 주어야 한다.' 그러자 전투와 패배, 한 지점에 집중되는 싸움과 지휘관들의 당혹스러워하는 모습이 눈앞에 떠올랐다. 그리고 그 행복한 순간이, 그가 그토록 오래 기다려 온 그 툴롱이 마침내 그의 앞에 나타난다. 그는 쿠투조프에게도, 바이로터에게도, 두 황제에게도 자신의 견해를 단호하게 말한다. 다들 그의 판단의 신뢰성에 깊은 인상을 받지만, 누구도 실행에 옮기려 하지 않는다. 그때 그가 1개 연대, 아니 1개 사단을 취한 뒤 아무도 더 이상 그의 명령에 간섭하지 않는다는 조건을 내세우고 사단을 결전의 지점으로 이끌고 가서 홀로 승리를 거둔다. 그럼 죽음과 고통은? 다른 목소리가 말한다. 하지만 안드레이 공작은 그 목소리에 답하지 않고 자신의 성공을 이어 간다. 다음 전투의 작전 계획은 그가 홀로 짠다. 그는 쿠투조프 휘하 군대의 당직 장교 직함을 달고 있지만 혼자서 모든 것을 수행한다. 그리고 홀로 다음 전투에서 승리를 거둔다. 쿠투조프는 경질되고 그가 임명된다……. 그럼 그다음에는? 다시 다른 목소리가 말한다. 그다음에는, 설령 네가 그 이전에 열 번을 부상도 입지 않고, 전사도 하지 않고, 속임수에도 넘어가지 않았다고 치자, 그래, 그다음에는 어떻게 되는데? '뭐, 그다음에는…….' 안드레이 공작은 스스로에게 대답한다. '그다음에 무슨 일이 일어날지 나는 모른다. 알고 싶지도 않거니와, 알 수도 없다. 하지만 내가 그런 것을 바란다 해도, 영광을 원한다 해도, 사람들에게 알려지기를 바란다 해도, 그들에게 사랑받기를 원한다 해도, 실로 내가 그런 것을 바라는 것은, 그것 하나만을 원하는 것은, 그것 하나만을 위해 사는 것은 잘못이 아니다. 그래, 이것 하나만을 위해! 나는 결코 누구에게도 이것을 말하지 않을 것이다. 하지만, 오, 하느님! 내가 오직 영광과 사람들의 사랑 외에 아무것도 사랑하지 않는다면 나는 도대체 무엇을 해야 하는가. 죽음, 부상, 가족의 상실, 아무것도 나는 두렵지 않다. 많은 사람들이, 아버지가, 누이가, 아내가, 내게 가장 소중한 사람들이 아무리 소중하고 좋다 해도, 반면 이것이 아무리 무시무시하고 부자연스러워 보일지라도, 나는 영광의 순간을 위해, 사람들에 대한 승리의 순간을 위해, 내가 알지 못하고 앞으로도 알지 못할 사람들의 사랑을 얻기 위해, 바로 그런 사람들의 사랑을 위해 나는 당장이라도 그들 모두를 넘길 것이다.' 그는 쿠투조프의 숙소 마당에서 들리는 말소리에 귀를 기울이며 생각했다. 그곳에서 짐을 꾸리는 종졸들의 목소리가 들려왔다. 안드레이 공작도 아는 티트라 불리는 쿠투조프의 늙은 요리사를 놀리던, 아마도 마부인 듯한 사람의 목소리가 말했다. "티트, 어이, 티트?"

"어." 노인이 대답했다.

"티트, 탈곡이나 하러 가." 익살꾼이 말했다.

"쳇, 악마에게나 잡혀가라." 목소리가 울렸다가 이내 종졸들과 하인들의 너털웃음에 묻혔다.

'어쨌든 내가 사랑하고 소중히 여기는 것은 오직 그들 모두에 대한 승리뿐이다. 나에게 소중한 것은 이 안개 속에서 바로 여기 내 머리 위를 떠도는 신비스러운 힘과 영광이다!'

13

그날 밤 로스토프는 소대를 데리고 바그라티온 부대 전방의 측면 산병선에 있었다. 그의 경기병들은 둘씩 짝을 지어 산병선에 흩어져 있었다. 그 자신은 도저히 저항할 수 없이 몰아치는 잠을 이기려 애쓰면서 말을 타고 산병선을 따라 왔다 갔다 했다. 그의 뒤로는 아군의 모닥불이 안개 속에서 어렴풋이 타오르는 거대한 공간이 보였고, 앞은 안개 자욱한 어둠이었다. 멀리 안개에 싸인 이 광활한 땅을 아무리 들여다봐도 로스토프는 아무것도 볼 수 없었다. 무언가가 잿빛을 띠다가 때론 검은빛을 띠는 것 같았다. 분명 적이 있을 곳에서 불빛이 어른거리는 것 같기도 하고, 그저 그의 눈동자 안에서 빛나는 것처럼 여겨지기도 했다. 눈이 자꾸 감겼다. 머릿속에 때로는 군주가, 때로는 데니소프가, 때로는 모스크바의 추억이 떠올랐다. 다시 황급히 눈을 뜨면 가까이 자신이 탄 말의 머리와 귀가 보였다. 이따금 그가 대여섯 발짝 거리를 두고 경기병들과 맞닥뜨릴 때는 그들의 검은 형체가 보였지만, 저 멀리는 여전히 모든 것이 안개 자욱한 어둠에 잠겨 있었다. '아니, 왜? 충분히 그럴 수 있잖아.' 로스토프는 생각했다. '폐하가 나와 마주치면 여느 장교에게나 그렇듯이 내게 임무를 맡기며 '저기에 무엇이 있는지 가서 알아보라'라고 하실지도 몰라. 폐하가 전적으로 우연히 어떤 장교를 알고 가까이하게 되신 것을 많이들 얘기했잖아. 그분이 나를 가까이 두시면 어떻게 될까? 아, 내가 어떻게든 그분을 지켜 드리고 모든 진실을 아뢰고 간신들의 정체를 밝혀낼 텐데!' 그리고 로스토프는 군주에 대한 자신의 사랑과 충성을 생생히 떠올리기 위해 적이나 독일인 간신배를 눈앞에 그렸다. 그는 쾌감을 느끼며 그들을 죽였을 뿐 아니라 군주가 보는 앞에서 그들의 뺨을 쳤다. 갑자기 먼 고함 소리가 로스토프를 깨웠다. 그는 몸을 흠칫 떨며 눈을 떴다.

'내가 어디 있는 거지? 그래, 산병선이다. 군호*와 암호는 끌채와 올뮈츠. 내일 우리 기병 중대가 예비 부대로 남는 건 너무 분하다…….' 그는 생각했다. '전투에 참가하게 해 달라고 요청해야지. 어쩌면 이번이 폐하를 뵐 유일한 기회일지도 몰라. 그래, 이제 교대까지 얼마 안 남았어. 한 번 더 돌아보고, 돌아오는 대로 장군을 찾아가서 요청해야겠어.' 그는 자신의 경기병들을 한 번 더 둘러보기 위해 안장 위에서 자세를 바로잡고 말을 움직였다. 더 밝아진 것 같았다. 왼쪽으로 빛을 받은 완만한 비탈과 맞은편의 벽처럼 가파른 듯한 검은 언덕이 보였다. 그 언덕에 로스토프가 도저히 짐작할 수 없는 하얀 반점이 있었다. 달빛을 받은 숲속의 빈터일까, 녹지 않은 눈일까, 아니면 하얀 집들인가? 그가 보기에는 심지어 그 하얀 반점을 따라 무언가가 꿈틀거리는 것 같기도 했다. '틀림없이 눈일 거야, 저 반점은. 반점은 **윈 타슈.'*** 로스토프는 생각했다. '이런 네게는 타시…….'

'나타샤, 나의 누이, 검은 눈동자. 나……타시카……. (내가 폐하를 뵌 얘기를 해 주면 나타샤가 깜짝 놀라겠지!) 나타시카를…… 타시카를 챙겨…….'* "오른쪽으로 가 주십시오, 소위님,

이쪽은 덤불입니다." 로스토프가 꾸벅꾸벅 졸며 지나친 경비병의 목소리가 들렸다. 로스토프는 어느 틈에 말갈기까지 내려온 머리를 들어 올리고 경기병 옆에 멈춰 섰다. 이겨 낼 수 없는 아이의 젊은 잠이 자꾸 그의 고개를 떨어뜨렸다. '참, 내가 무슨 생각을 했더라? 잊으면 안 돼. 폐하와 어떻게 말을 나눌까? 아냐, 그게 아냐. 그건 내일 일이야. 그래, 맞다! 나 타시쿠, 나스투피티……. 투피티 나스.* 누구를? 경기병들을. 또 구사리 이 우시*……. 콧수염을 기른 경기병이 말을 타고 트베르스카야 거리를 달려가고 있다. 또 그 사람 생각을 했네. 바로 구리예프의 집 맞은편……. 구리예프 노인……. 아, 멋진 녀석이야, 데니소프는!* 그래, 이런 건 다 쓸데없어. 지금 중요한 건 폐하가 이곳에 계시다는 사실이야. 그분이 나를 어떻게 바라보셨던가. 무언가 말씀하고 싶어 하셨지만 차마 그러지 못하셨어……. 아니야, 차마 그러지 못한 건 나야. 참, 이런 건 다 쓸데없는 짓이지. 요점은 내가 어떤 필요한 것을 생각하고 있었다는 사실을 잊지 않는 거야, 그래. 나-타시쿠, 나스-투-피티.* 그래, 그래, 맞아. 이건 좋아.' 그는 다시 말의 목덜미로 고개를 떨어뜨렸다. 불현듯 총격을 당한 느낌이 들었다. '뭐지? 뭐지? 뭐야……! 베어라! 뭐야……?' 로스토프는 정신을 차리고 중얼거렸다. 눈을 뜬 순간 로스토프는 적이 있는 전방에서 수천의 목소리가 내는 긴 함성을 들었다. 그의 말과 곁에 있던 경기병의 말이 그 함성 소리에 귀를 쫑긋 세웠다. 함성이 들려오는 곳에서 불꽃 하나가 타오르다 꺼지더니 뒤이어 다른 불꽃이, 그러고는 산 위에 뻗은 프랑스군의 전선 전체에 불꽃이 타오르면서 함성 소리가 점점 더 커졌다. 로스토프는 프랑스 말소리를 들었지만 알아들을 수 없었다. 너무도 많은 목소리가 웅웅거렸다. 그저 들리는 소리라곤 '아아아아!'와 '르르르르!'뿐이었다.

"저게 뭐지? 자네 생각은 어때?" 로스토프는 옆에 있는 경기병을 돌아보았다. "정말로 적진에서 나는 소린가?"

경기병은 아무 대답이 없었다.

"뭐야, 설마 안 들린다는 거야?" 꽤 오랫동안 대답을 기다리다가 로스토프가 다시 물었다.

"누가 알겠습니까, 소위님." 경기병이 마지못해 대꾸했다.

"장소로 봐서는 적이 틀림없지?" 로스토프가 다시 말을 되풀이했다.

"아마 적이겠죠. 아마 그럴 겁니다." 경기병이 중얼거렸다. "밤이다 보니. 야, 장난칠래!" 그러고는 꿈지럭거리는 말에게 버럭 소리를 질렀다.

로스토프의 말도 소리들에 귀를 기울이고 불꽃들을 주시하면서 한쪽 발로 얼어붙은 땅을 차며 초조해했다. 숱한 목소리들의 함성이 계속 강해져서 수천의 군대만이 낼 수 있는 하나의 울림으로 커졌다. 불이 프랑스군 진영의 전선을 따라 번지는 듯 점점 더 넓게 퍼졌다. 로스토프는 더 이상 졸리지 않았다. 적의 군대에서 들리는 유쾌하고 의기양양한 함성이 그를 흥분시켰다. **"황제 폐하, 황제 폐하 만세!"** 하는 소리가 이제 로스토프의 귀에도 분명히 들렸다.

"멀지 않아. 분명 개울 너머야." 그가 곁에 있던 경기병에게 말했다.

경기병은 아무 대꾸 없이 그저 한숨을 쉬고는 화를 내며 가래를 뱉었다. 그때 전선을 따라 전속력으로 달리는 말발굽 소리가 들렸고, 밤안개로부터 갑자기 거대한 코끼리처럼 보이는 경기병 부사관의 형체가 불쑥 나타났다.

"소위님, 장군들이 오십니다!" 부사관이 로스토프에게 다가와 말했다.

로스토프는 불과 함성 쪽을 계속 돌아보면서 전선을 따라 말을 타고 오는 사람들을 맞이하러 가기 위해 부사관과 함께 말을 몰았다. 한 사람은 백마를 타고 있었다. 바그라티온 공작이 돌고루코프 공작과 부관들을 거느리고 적 진영에 나타난 불과 함성의 기이한 현상을 살피러 나온 것이다. 바그라티온에게 다가간 로스토프는 보고를 하고 부관들 틈에 끼어서 장군들이 하는 말에 귀를 기울였다.

"믿으세요." 돌고루코프 공작이 바그라티온을 향해 말했다. "이건 술책에 지나지 않습니다. 그가 후퇴한 다음에 후위대에서 우리를 속이기 위해 불을 지르고 웅성거리라고 명령한 겁니다."

"그럴 리가요." 바그라티온이 말했다. "나는 저녁부터 저 언덕 위에 적들이 있는 걸 봤습니다. 퇴각했다면 저곳에서도 철수했겠지요. 장교……." 바그라티온 공작이 로스토프를 돌아보며 물었다. "적의 측면 엄호대가 아직 저곳에 있나?"

"저녁부터 계속 있었습니다. 하지만 지금은 모르겠습니다, 각하. 명령을 내려 주십시오. 제가 경기병들과 가 보겠습니다." 로스토프가 말했다.

바그라티온은 그 자리에 멈춰 서더니 대답은 하지 않고 안개 속에서 로스토프의 얼굴을 분간하려고 애썼다.

"좋소, 다녀오시오." 잠시의 침묵 뒤에 그가 말했다.

"알겠습니다."

로스토프는 말에 박차를 가하고, 페드첸코 부사관과 다른 경기병 둘을 큰 소리로 불러 뒤따르라고 명령하고는 계속 들려오는 함성을 쫓아 산 아래로 질주했다. 저곳으로, 누구도 가지 않은, 안개에 싸인 저 비밀스럽고 위험한 먼 곳으로 혼자 세 명의 경기병을 이끌고 가는 동안 로스토프는 무섭기도 하고 마음이 들뜨기도 했다. 산 위에서 바그라티온이 그에게 개울보다 더 멀리는 가지 말라고 소리쳤다. 그러나 로스토프는 그의 말을 못 들은 듯한 표정을 지으며 말을 세우지 않고 앞으로 계속 나아갔다. 덤불을 나무로, 수레바퀴 자국을 사람으로 끊임없이 착각하면서 또 끊임없이 자신의 오해를 변명하면서. 산을 질주해 내려온 그의 눈에는 더이상 아군 진영의 불도 적진의 불도 보이지 않았지만 프랑스군의 함성 소리는 더 크고 분명하게 들려왔다. 협곡에서 그는 앞쪽으로 강 비슷한 무언가를 보았는데, 그곳에 다다랐을 때 그것이 밟혀서 다져진 길이라는 것을 알아차렸다. 길로 나온 그는 길을 따라 갈까, 아니면 길을 가로질러 검은 들판을 지나 산으로 갈까 고민하며 말의 고삐를 조였다. 안개 속에서 밝아 오는 길로 가는 편이 사람을 보다 빨리 알아볼 수 있어 덜 위험했다. "따라와." 그는 이렇게 말하고 길을 건너 저녁부터 프랑스군 보초들이 서 있던 곳을 향해 전속력으로 말을 몰아 산을 오르기 시작했다.

"소위님, 적군이 있습니다!" 뒤에서 한 경기병이 말했다.

안개 속에서 불쑥 나타난 검은 무언가를 로스토프가 파악할 새도 없이 작은 불꽃이 번쩍 빛나고 탕 하는 총소리가 나더니, 마치 무언가를 투덜거리듯 탄환이 안개 속 높은 곳에서 쉭쉭거리며 멀리 날아가고는 소리가 그쳤다. 다른 라이플총은 탄환이 발사되지 않았지만 격발기에서 불꽃이 번쩍 일었다. 로스토프는 말을 돌려 전속력으로 달렸다. 불규칙한 간격으로 네 발의 총성이 더 울렸다. 탄환들은 안개 속 어딘가에서 다양한 음조로 노래했다. 로스토프는 총소리에 자기만큼이나 들뜬 말의 고삐를 조이며 천천히 몰았다. '자, 좀 더, 좀 더!' 그의 마음속에서 어떤 유쾌한 목소리가 말했다. 그러나 총성은 더 이상 들리지 않았다.

아군 진영 쪽에 다다라서야 로스토프는 다시 말의 고삐를 늦추어 전속력으로 달리면서 한 손을 모자 챙에 댄 채 바그라티온에게 다가갔다.

돌고루코프는 프랑스군이 후퇴하면서 아군을 속이기 위해 불을 피운 것이라는 자신의 견해를 계속 주장하고 있었다.

"이것이 도대체 무엇을 증명합니까?" 로스토프가 다가갔을 때 그가 말했다. "적은 후퇴하면서 보초만 남겨 둔 것일 수도 있습니다."

"아직 전부 물러간 것은 아닌 듯싶군요, 공작." 바그라티온이 말했다. "내일 아침까지, 내일이면 모든 것을 알게 되겠지요."

"산 위에 보초가 있습니다, 각하. 저녁부터 있던 자리에 여전히 있습니다." 로스토프는 몸을 앞으로 숙이고 한 손을 챙에 붙이며 보고했다. 그는 정찰이, 특히 탄환이 날아가는 소리가 마음속에 불러일으킨 즐거움의 미소를 억누를 수 없었다.

"좋아, 좋아." 바그라티온이 말했다. "고맙소, 장교."

"각하⋯⋯." 로스토프가 말했다. "청이 있습니다."

"뭐요?"

"내일 저희 기병 중대는 예비 부대로 정해졌습니다. 기병 1중대에 저를 파견해 주십시오."

"성이 뭐요?"

"로스토프 백작입니다."

"아, 좋네. 내 옆에 연락 장교로 있게."

"일리야 안드레이치의 아들인가?" 돌고루코프가 물었다.

하지만 로스토프는 대꾸하지 않았다.

"그렇게 되기를 희망합니다, 각하."

"지시해 두겠네."

'내일 운이 좋으면 임무를 띠고 폐하께 파견될지도 몰라.' 그는 생각했다. '하느님, 감사합니다!'

적의 진영에서 함성과 불길이 일어난 것은 나폴레옹의 명령서가 부대에서 낭독될 때 황제가 몸소 말을 타고 야영지를 돌았기 때문이었다. 황제를 본 병사들은 짚단에 불을 붙이고는 "**황제 만세!**"를 외치며 뒤따라 달렸다. 나폴레옹의 명령서는 다음과 같았다.

병사들이여! 울름에서 패한 오스트리아군의 복수를 하고자 러시아군이 그대들을 향해 진격하고 있다. 이자들은 그대들이 홀라브룬에서 격파한 이래로 계속 이곳까지 추격해 온 바로 그 부대다.* 우리가 차지한 진영은 강력하다. 그리고 나를 오른쪽에서부터 에워싸기 위해 이동하는 동안 적은 측면을 노출할 것이다! 병사들이여! 내가 직접 그대들의 부대를 지휘할 것이다. 만약 그대들이 평소의 용맹함으로 적의 대오를 혼란과 당혹에 빠뜨린다면 나는 포화로부터 멀리 떨어져 있을 것이다. 그러나 단 한 순간이라도 승리가 의심스러울 경우 그대들은 적에게 가장 먼저 공격받는 그대들의 황제를 보게 될 것이다. 승리에는 주저함이 있을 수 없기 때문이다. 우리 국민의 명예를 위해 없어서는 안 될 프랑스 보병의 명예가 걸린 날에는 특히 그렇다.
부상병들을 후송한다는 구실로 대오를 흐트러뜨리지 말라! 우리 국민에 대한 커다란 증오심에 고무된 이 영국의 용병들을 반드시 쳐부수어야 한다는 생각으로 싸워 주길. 이 승리가 우리의 원정을 끝낼 것이다. 그러면 우리는 프랑스에서 편성 중인 새로운 프랑스군이 우리를 맞을 겨울 병영으로 돌아갈 수 있다.

그때야말로 내가 맺을 평화 조약이 나의 국민과 그대들과 나에게 합당한 것이 될 것이다.

나폴레옹

14

새벽 5시, 사방이 캄캄했다. 중앙군과 예비 부대 그리고 바그라 티온의 오른쪽 측면은 아직 움직이지 않고 있었다. 그러나 왼쪽 측면에서는 작전 계획에 따라 프랑스군 우측을 공격하여 보헤미 아산으로 쫓아내기 위해 고지에서 가장 먼저 내려가야 했던 보병 과 기병과 포병의 종대들이 벌써부터 들썩이며 숙영지에서 움직 였다. 불필요한 것들을 전부 던져 넣은 모닥불의 연기가 눈을 아 프게 했다. 춥고 어두웠다. 장교들은 서둘러 차를 마시고 아침 식 사를 했다. 병사들은 건빵을 씹고, 몸을 덥히느라 발을 동동 구르 고, 불 앞에 모여 막사의 잔해, 의자, 탁자, 바퀴, 나무통 등 가져갈 수 없는 것들을 전부 장작더미에 던졌다. 오스트리아군 종대의 지 휘관들은 러시아군 부대 사이를 분주히 오가며 출정을 알리는 사 자 노릇을 했다. 오스트리아 장교가 연대장의 숙영지 근처에 모습 을 드러내면서 연대는 술렁이기 시작했다. 병사들은 모닥불 옆을 떠나 황급히 모여들어 파이프는 부츠 윗부분에, 작은 자루는 짐 마차에 쑤셔 넣고 제각기 라이플총을 챙겨 정렬했다. 장교들은 단 추를 잠그고 장검과 배낭을 착용한 뒤 고함을 지르며 대열 주위를 돌아다녔다. 수송병들과 종졸들은 말을 짐마차에 매고 짐을 실은 후 단단히 묶었다. 부관들과 대대장들과 연대장들은 말에 올라타 성호를 긋고 뒤에 남을 수송병들에게 마지막 명령과 훈시와 임무를 전달했다. 그러고 나자 수천 개의 발소리가 단조롭게 울렸다. 종대들은 어디로 향하는지 모른 채, 에워싼 사람들과 연기와 짙어지는 안개 때문에 자신들이 벗어나는 곳도, 들어서고 있는 곳도 보지 못하고 움직였다.

행군 중인 병사는 수병이 자기가 탄 군함에 이끌려 가듯 자신의 연대에 에워싸여 속박된 채 나아갔다. 아무리 멀리 걸어가도, 아무리 낯설고 위험한 미지의 광활한 땅에 들어서도 그의 주위에는, 수병 주위에 언제나 그리고 어디서나 자신이 탄 배의 똑같은 갑판과 돛대와 밧줄뿐이듯, 언제 어디서나 똑같은 동료들, 똑같은 대열들, 똑같은 이반 미트리치 상사, 똑같은 중대의 개 주치카, 똑같은 상관들이 있었다. 병사는 자신의 배가 위치해 있는 광활한 지역을 좀처럼 알려고 하지 않는다. 그러나 전투의 날에는 결정적이고 장엄한 어떤 것이 접근할 때 울리는, 그리고 그들을 천성에 어울리지 않는 호기심과 마주하게 하는, 어디서 어떻게 오는지 하느님만이 아실 하나의 엄밀한 음조가 모든 군인의 정신세계 속에서 들린다. 전투의 날에 병사들은 흥분하여 자기 연대의 이해관계에서 벗어나려 애쓰고, 귀를 기울이고 주시하면서 주위에 무슨 일이 벌어지는지 탐욕스럽게 묻는다.

동이 텄는데도 안개가 너무 짙어져 열 걸음 앞도 보이지 않았다. 덤불이 거대한 나무처럼 보이고 평지가 절벽과 비탈처럼 보였다. 어디서든 열 걸음 앞의 보이지 않는 적과 사방에서 부딪칠 수 있었다. 그러나 종대들은 오랫동안 똑같은 안개 속에서 산을 오르내리고 정원과 울타리를 지나치며 알지 못하는 새로운 지형을 따라 행군하면서 어디서도 적과 맞닥뜨리지 않았다. 반면 병사들은 앞, 뒤, 사방에서 우리 러시아군 종대들이 같은 방향으로 나아가는 것을 보고 있었다. 자신이 가는 그곳으로, 즉 어딘지 알 수 없는 그곳으로 자기 말고도 수많은 아군이 가고 있다는 것을 알았기 때문에 병사들은 저마다 기분이 좋아졌다.

"저것 봐, 쿠르스크 놈들도 막 지나갔어." 대열 틈에서 여러 명이 지껄였다.

"굉장해. 어이, 우리 편 군대가 얼마나 모인 거야! 어젯밤에 불을 지폈을 때 보니 끝이 보이지도 않던데. 한마디로 모스크바야!"

종대 지휘관들 중에서 누구도 대열에 다가와 병사들과 말을 나누지 않았지만 (우리가 군사 회의에서 보았듯이 종대 지휘관들은 지금 수행하는 전투가 언짢고 불만이어서 그저 명령을 수행할 뿐 병사들의 사기를 돋우는 일에는 신경 쓰지 않았다) 그럼에도 병사들은 전투에 나설 때면, 특히 공격에 나설 때면 늘 그렇듯 즐겁게 행군했다. 그러나 한 시간가량 짙은 안개 속을 계속 걷다 보니 군대의 상당수가 멈춰 설 수밖에 없었고, 눈앞에서 벌어지고 있는 무질서와 혼란에 대한 불쾌한 자각이 대열들 사이로 빠르게 퍼져 나갔다. 그런 인식이 어떤 식으로 전달되는지 규정하기는 매우 어렵다. 하지만 그것이 매우 분명하게 전달되고, 협곡의 물처럼 어느새 막을 길 없이 빠르게 흘러넘친다는 것은 의심할 여지가 없다. 만약 동맹군 없이 러시아 군대 하나만 있었다면, 무질서에 대한 그런 자각이 전체의 확신이 되기까지는 더 많은 시간이 걸렸을지 모른다. 그러나 지금은 유난히 만족스럽고 자연스럽게 무질서의 원인을 어리석은 독일인 탓으로 돌리면서 다들 소시지 장사꾼*들의 짓거리인 위험한 혼란이 벌어지고 있다고 확신했다.

"왜 멈춘 거야? 길이 막히기라도 했나? 아니면 벌써 프랑스 놈을 맞닥뜨린 건가?"

"아냐, 그런 소리는 안 들리는데. 그랬다면 총을 쏘아 댔겠지."

"출발하라고 그렇게 재촉하더니 막상 출발하니까 공연히 벌판 한가운데 세워 두고 말이야. 빌어먹을 독일 놈들이 모든 걸 뒤죽박죽으로 만드는 거야. 멍청한 악마들 같으니!"

"나라면 그놈들을 선두로 보낼 텐데. 하지만 놈들은 틀림없이 뒤에 움츠리고 숨어 있겠지. 아직도 이런 데서 밥도 못 먹고 서 있다니."

"도대체 곧 닿을 수 있는 거야? 기병대가 길을 막았다던데." 한 장교가 말했다.

"에잇, 빌어먹을 독일 놈들, 자기네 땅도 몰라!" 다른 장교가 거들었다.

"자네들은 어느 사단인가?" 말을 탄 부관이 다가오며 소리쳤다.

"18사단입니다."

"그런데 왜 여기 있나? 자네들은 한참 전에 앞으로 갔어야 하잖아. 이래서야 저녁까지 통과도 못하겠군. 멍청한 명령을 내리니 그렇지. 뭘 하는지 자기도 몰라." 장교는 이렇게 말하고 그곳을 떠났다.

그러고 나서 한 장군이 말을 타고 지나가며 성이 나서 러시아어가 아닌 말로 뭐라고 외쳤다.

"뭐라고 웅얼거리는 거야? 한마디도 못 알아듣겠네." 한 병사가 자리를 뜬 장군을 흉내 내며 말했다. "나라면 저놈들을 총살시켜 버리겠어, 비열한 새끼들!"

"9시 전까지 제 위치에 도착해야 한다는 명령을 받았는데 아직 반도 못 왔어. 뭐 이따위 명령이 다 있어!" 이런 말들이 곳곳에서 터져 나왔다.

그리하여 군대가 전투에 나갈 때 품었던 힘찬 기세는 어리석은 명령과 독일인에 대한 분노와 적의로 바뀌기 시작했다.

혼란의 원인은 오스트리아 기병대가 좌측에서 진군하는 동안 군사령부가 아군의 중심이 우측에서 지나치게 멀리 떨어진 사실을 발견하고 기병대 전체에 오른쪽으로 이동하라는 명령을 내렸기 때문이다. 수천 명의 기병대가 보병대 앞을 지나가는 바람에 보병대는 기다려야 했던 것이다.

앞쪽에서 오스트리아군 종대 지휘관과 러시아군 장군 사이에 충돌이 일어났다. 러시아 장군은 기병대에 정지할 것을 요구하며 고함을 질렀다. 오스트리아인은 자기 잘못이 아니라 군사령부의 책임이라고 주장했다. 그러는 동안 군대는 따분해하며 의기소침하게 서 있었다. 한 시간을 지체한 후에 군대는 마침내 앞으로 움직여 산을 내려가기 시작했다. 산 위에서 흩어지던 안개가 군대가 내려간 저지대에서는 더욱 짙어졌다. 전방의 안개 속에서 한 발, 또 한 발 총성이 울렸다. 처음에는 일정하지 않은 간격으로 불규칙하게 트라트 타…… 타트 하고 울리더니, 그다음에는 한층 규칙적으로 빈번하게 들려왔다. 그렇게 골드바흐강 위쪽에서 전투가 시작되었다.

산 아래에서 적을 마주치리라고 예상하지 못한 데다 안개 속에서 불시에 맞닥뜨린 탓에 이젠 늦었다는 자각이 부대에 퍼지고, 고위급 지휘관들로부터 사기를 돋우는 말을 한마디도 들을 수 없었던 탓에, 무엇보다도 짙은 안개로 인해 전방과 주변에서 아무것도 볼 수 없었던 탓에, 러시아군은 자기 부대를 찾지 못해 안개 속에서 낯선 지역을 헤매고 다니던 지휘관들과 부관들에게서 제때 명령을 받지 못한 채 꾸물거리며 느릿느릿 적과 총질을 주고받다가 조금 전진하고는 다시 멈추기를 반복했다. 아래로 내려간 제1, 2, 3종대에 전투는 그렇게 시작되었다. 쿠투조프가 속한 제4종대는 프라첸 고지에 주둔해 있었다.

전투가 시작된 저지대에는 여전히 짙은 안개가 깔려 있었다. 위쪽은 완전히 개었지만 전방은 여전히 아무것도 보이지 않았다. 적의 모든 병력이 아군의 예상대로 10베르스트 떨어진 곳에 있는지, 아니면 여기, 안개의 경계선 안에 있는지 8시가 넘도록 아무도 몰랐다.

오전 9시였다. 끝없는 안개의 바다가 지면에 깔려 있었다. 하지만 나폴레옹이 자신의 원수들에 둘러싸여 서 있던 고지대의 슐라파니츠 마을 근처는 날이 완전히 갰다. 맑고 푸른 하늘이 그의 머리 위에 있었고, 속이 텅 빈 거대한 진홍색 부표 같은 태양의 거대한 공이 안개의 우윳빛 바다 위에서 흔들리고 있었다. 전체 프랑스군뿐만 아니라 참모부와 함께 나폴레옹 자신도 아군이 그 너머에 진지를 구축하고 전투를 개시할 계획이었던 개천과 소콜니츠와 슐라파니츠 마을의 저지대 건너편이 아닌, 나폴레옹이 육안으로 아군의 기병과 보병을 구분할 만큼 아주 가까웠던 이쪽 편에 있었다. 나폴레옹은 이탈리아 원정을 치를 때 입었던 바로 그 파란 외투 차림으로 회색의 작은 아라비아산 말에 올라탄 채 자신의 원수들보다 조금 앞쪽에 있었다. 그는 안개의 바다로부터 쑥 떠오른 듯한, 러시아 군대가 저 멀리서 진군하고 있는 구릉을 말없이 바라보며 협곡에서 들리는 사격 소리에 귀를 기울이고 있었다. 당시는 야위었던 그의 얼굴은 근육 하나 꿈틀거리지 않았다. 빛나는 눈동자가 흔들림 없이 한곳을 향해 있었다. 그의 예상이 적중했다. 러시아군 중 일부는 이미 협곡의 못과 호수 쪽으로 내려갔고, 일부는 그가 공격하려 했고 진지의 거점으로 여겼던 프라첸 고지에서 철수하고 있었다. 안개 속에서 그는 프라츠 마을 부근의 두 산 사이에 있는 우묵한 곳에서 러시아군 종대가 총검을 번득이며 골짜기를 향해 한 방향으로 계속 움직이다가 차례차례 안개의 바다 속으로 모습을 감추는 것을 보았다. 엊저녁부터 그에게 전달된 보고를 통해, 밤에 전초지에서 들은 바퀴 소리와 발소리를 통해, 러시아군 종대의 무질서한 움직임을 통해, 모든 가정을 통해 그는 연합군이 그가 멀리 앞쪽에 있는 것으로 여긴다는 것을, 프라첸 가까이에서 움직이는 종대들이 러시아군의 중심이라는 것을, 그리고 중심이 이미 충분히 약해져서 공격이 성공하리라는 것을 분명히 알았다. 그러나 그는 여전히 전투를 시작하지 않고 있었다.

오늘은 그에게 영광스러운 날, 그의 대관식 기념일이었다.* 아침이 밝기 전에 그는 몇 시간 졸았다. 그러고는 모든 것이 가능할 것 같고 모든 것이 성공하리라는 행복한 예감 속에서 건강하고 유쾌하고 생기 있는 모습으로 말에 올라 벌판으로 나갔다. 그는 안개 너머로 보이는 고지를 쳐다보며 꼼짝 않고 서 있었다. 그의 차가운 얼굴에는 사랑에 빠진 소년의 얼굴에 나타나곤 하는, 자기 확신에 찬 당연한 행복의 독특한 기색이 어려 있었다. 원수들은 그의 뒤에 서서 감히 그의 주의를 흩뜨릴 엄두를 내지 못했다. 그는 프라첸 고지와 안개 속에서 떠오른 태양을 번갈아 바라보았다.

태양이 안개에서 완전히 벗어나 눈을 멀게 할 듯한 광채를 벌판과 안개에 흩뿌리자 (그는 전투 개시를 위해 오직 이것만을 기다린 듯했다) 그는 아름다운 하얀 손에서 장갑을 벗어 그것으로 원수들에게 신호를 보내고 전투를 시작하라는 명령을 내렸다. 원수들은 부관을 대동하고 사방으로 말을 달렸다. 그리고 몇 분 뒤 프랑스군의 주력은 골짜기를 향해 왼쪽으로 내려가는 러시아 군대가 철수하고 있던 프라첸 고지로 빠르게 움직였다.

15

8시에 쿠투조프는 이미 아래로 내려간 프시비셰프스키와 랑주롱의 종대가 있던 곳을 맡기로 되어 있던 밀로라도비치의 제4종대 앞에서 프라츠 마을을 향해 말을 몰고 출발했다. 그는 선두에 있던 연대의 병사들과 인사를 나누고 진군 명령을 내렸다. 이로써 그는 이 종대를 직접 이끌겠다는 의지를 보인 것이다. 프라츠 부근에 이르자 그는 말을 멈추었다. 안드레이 공작은 총사령관의 수행단을 이룬 사람들 틈에 섞여 그의 뒤에 서 있었다. 안드레이 공작은 오래전부터 기다리던 순간이 닥칠 때 인간이 경험하는 흥분과 초조, 그리고 그와 동시에 신중하고 침착한 기분을 느꼈다. 그는 오늘이 그의 툴롱이나 아르콜레 다리의 날이 되리라고 굳게 믿었다. 어떻게 그렇게 될지는 몰랐지만, 그렇게 되리라는 것은 굳게 확신했다. 지형과 아군의 배치에 대해 그가 아는 정도는 아군의 여느 누구와 다를 바 없었다. 그는 이제 명백히 실행에 옮길 생각을 할 만한 것도 없는 자기 자신의 전략을 잊었다. 이제 이미 바이로터의 계획에 들어서고 있어서 안드레이 공작은 발생 가능한 온갖 가능성을 떠올리고 자신의 빠른 판단과 결단이 요구될 수 있는 새로운 상황을 고려했다.

안개에 싸인 좌측 아래쪽에서 눈에 보이지 않는 두 군대가 교전을 벌이는 총소리가 들려왔다. 안드레이 공작이 보기에는 그곳에 전투가 집중되고 그곳에서 장애물을 만나게 될 것 같았다. 그는 생각했다. '난 여단이나 사단과 함께 저곳으로 파견되겠지. 저곳에서 손에 군기를 들고 앞으로 나아가며 내 앞에 있는 모든 것을 부수고 말리라.'

안드레이 공작은 지나가는 대대들의 군기를 무심하게 바라볼 수 없었다. 깃발을 바라보며 그는 계속 생각했다. 어쩌면 저것이 내가 군대의 선두에서 진격할 때 쥐게 될 깃발일지도 몰라.

동틀 무렵 고지에는 밤안개가 서리만 남겨서 이슬로 바뀌어 갔지만, 골짜기에는 여전히 하얀 우윳빛 안개의 바다가 깔려 있었다. 아군이 내려간 골짜기 왼쪽에는 아무것도 보이지 않고 총소리만 들려올 뿐이었다. 고지 위에 맑게 갠 어둑한 하늘이 있고, 오른쪽에는 거대한 태양의 공이 있었다. 앞쪽 멀리 안개의 바다 기슭에는 적군이 있음에 틀림없는, 나무가 우거진 구릉들이 서서히 떠오르며 모습을 드러냈다. 그리고 무언가가 보였다. 오른쪽으로 발걸음 소리와 바퀴 소리를 울리며 이따금 총검을 번득이는 근위대가 안개 지역으로 들어서고 있었고, 왼쪽으로 마을 너머에서는 그만큼 많은 기병대들이 안개의 바다로 다가가 자취를 감추고 있었다. 앞쪽과 뒤쪽에서 보병대가 움직였다. 총사령관은 마을 입구에 서서 자기 옆으로 군대를 통과시켰다. 이날 아침 쿠투조프는 몹시 피로하고 신경이 예민해 보였다. 그의 옆을 지나던 보병대가 명령도 없이 멈춰 섰다. 전방의 무언가가 앞을 가로막았기 때문인 듯했다.

"이제 대대별로 정렬해서 마을을 우회하라고 하시오." 쿠투조프가 다가오는 장군에게 성을 내며 말했다. "어째서 이해를 못하는 거요, 장군. 적을 향해 가는데 마을의 이런 좁은 길을 따라 길게 늘어설 수는 없잖소."

"마을 밖에서 부대를 정렬시킬 생각이었습니다, 각하." 장군이 대답했다.

쿠투조프는 신경질적으로 웃어 댔다.

"적의 눈앞에서 전선을 펼치다니, 잘하시는 일이오. 아주 좋아 요!"

"적은 아직 멀리 있습니다, 각하. 작전 계획에 따르면……."

"작전 계획이라니!" 쿠투조프가 신경질적으로 고함을 질렀다. "누가 당신에게 그런 것을 말해 주었소……? 제발 명령대로 해 주 시오."

"알겠습니다!"

"**친구.**" 네스비츠키가 안드레이 공작에게 소곤거렸다. "**노인네 가 기분이 아주 안 좋은데.**"

하얀 군복을 입고 군모에 녹색 깃털을 단 오스트리아 장교가 쿠 투조프에게 말을 달려와 제4종대가 전투에 나섰는지 황제의 이름 으로 물었다.

쿠투조프는 대꾸 없이 얼굴을 돌렸다. 느닷없이 그의 시선이 곁 에 서 있던 안드레이 공작에게 향했다. 볼콘스키를 보고 쿠투조 프는 지금 벌어지는 일이 부관의 잘못이 아니라는 것을 깨달은 듯 적의에 찬 신랄한 눈빛을 누그러뜨렸다. 그는 오스트리아 부관에 게는 대답하지 않고 볼콘스키를 향해 말했다.

"**이보시게, 3사단이 마을을 통과했는지 가서 보고 오시오. 그들 에게 진군을 멈추고 내 명령을 기다리라고 전해요.**"

안드레이 공작이 막 떠나려는데 쿠투조프가 불러 세웠다.

"**그리고 저격병들을 배치했는지 물어보시오.**" 그가 덧붙였다.

"뭘 하는지, 도대체 뭘 하는 건지!" 그는 여전히 오스트리아인에게는 대답하지 않고 혼잣말을 중얼거렸다.

안드레이 공작은 임무를 수행하기 위해 말을 달렸다.

그는 선두에서 행군하던 대대들을 전부 앞질러 제3사단을 멈춰세우고 아군의 종대 앞에 저격병의 산병선이 없음을 확인했다. 연대 앞에 있던 연대장은 저격병들을 배치하라는 총사령관의 명령을 전달받자 몹시 놀랐다. 연대장은 앞에 다른 부대가 더 있다고, 10베르스트 이내에는 적이 있을 리 없다고 확신하며 그곳에 서 있었던 것이다. 정말로 전방에는 앞쪽이 경사지고 짙은 안개에 덮인 황량한 지형 외에 아무것도 보이지 않았다. 빠뜨린 일을 수행하도록 총사령관의 이름으로 지시한 후 안드레이 공작은 말을 몰아 되돌아갔다. 쿠투조프는 여전히 같은 자리에 서서, 노인답게 안장 위에서 뚱뚱한 몸을 축 늘어뜨리고 눈을 감은 채 크게 하품을 했다. 부대는 이미 진군을 멈추고 라이플총을 벗어 발치에 세워 놓았다.

"좋아, 좋아." 그는 안드레이 공작에게 말하면서, 좌측의 종대가 전부 내려갔으니 이제 진군할 때가 되지 않았냐고 손에 시계를 들고 말하는 장군을 돌아보았다.

"아직 시간이 있소, 장군." 쿠투조프가 하품을 하며 말했다. "시간이 있어요!" 그가 되풀이해서 말했다.

그때 쿠투조프의 뒤쪽 멀리서 연대들이 경의를 표하는 소리가 들려오기 시작했다. 그 목소리는 진격 중인 러시아 종대의 길게 뻗은 대열 전체를 따라 빠르게 가까워졌다. 인사를 받는 사람이 빠르게 말을 몰고 오는 것이 분명했다. 쿠투조프 바로 뒤에 있는 연대의 병사들이 함성을 지르자 그는 옆으로 약간 물러나 인상을 쓰며 돌아보았다. 프라첸에서 오는 길을 따라 기병 중대처럼 보이는 다채로운 복장의 기수들이 말을 달렸다. 그중 두 사람이 다른 사람들 앞에서 대단히 빠른 속도로 나란히 말을 달렸다. 한 사람은 검은 군복에 하얀 깃털 장식을 단 군모를 쓰고 꼬리를 짧게 자른 적갈색 말을 탔으며, 다른 한 사람은 하얀 군복을 입고 검은 말을 타고 있었다. 수행단을 거느린 두 황제였다. 쿠투조프가 서 있던 부대를 향해 전선에 출정한 노련한 군인의 허세를 드러내며 "차려!" 하고 명령을 내린 뒤 경례를 하면서 황제 쪽으로 말을 몰았다. 그의 모습과 태도가 돌변했다. 그는 스스로 판단을 내리지 않는 종속적인 사람의 표정을 지었다. 그는 알렉산드르 황제에게 분명 불쾌한 충격을 안겨 주었을 가식적인 정중한 태도로 다가가 경례를 했다.

불쾌한 인상은 그저 맑은 하늘에 남은 안개의 자취처럼 젊고 행복한 황제의 얼굴을 잠시 스치고 사라졌다. 병을 앓고 난 뒤라 이날 그는 볼콘스키가 국외에서 그를 처음으로 보았던 올뮈츠 평원에서보다 다소 수척해 보였다. 그러나 아름다운 회색 눈동자는 여전히 매력적으로 어우러진 위엄과 온화함을 간직했고, 얇은 입술도 다양한 표정을 지을 수 있는 가능성과 무엇보다 고결하고 순수한 젊음의 표정을 변함없이 띠었다.

올뮈츠의 사열식에서 그는 보다 당당했고, 이곳에서 그는 더 쾌활하고 힘이 넘쳤다. 3베르스트를 질주한 탓에 얼굴이 다소 상기되어 있었다. 그는 말을 세우고 숨을 몰아쉬며 그의 얼굴과 마찬가지로 젊고, 마찬가지로 생기 넘치는 수행원들의 얼굴을 돌아보았다. 차르토리스키와 노보실체프, 볼콘스키 공작과 스트로가노프,* 그 밖에 하나같이 호화롭게 차려입은 쾌활한 청년들이 손질 잘된, 아름답고 생기 넘치고 이제야 약간 땀을 흘리는 말을 탄 채 서로 이야기를 나누고 미소 짓고 하면서 군주 뒤에 멈춰 섰다. 얼굴이 길고 불그레한 청년인 프란츠 황제는 아름다운 검은 수말에 꼿꼿한 자세로 앉아 근심에 찬 눈길로 천천히 주위를 둘러보았다. 그는 하얀 군복을 입은 부관들 가운데 한 명을 불러 무언가를 물었다. '틀림없이 그들이 몇 시에 출발했느냐는 질문이겠지.' 안드레이 공작은 억누를 수 없는 미소와 함께 황제를 알현한 일을 떠올리고 옛 지인을 관찰하며 생각했다. 두 황제의 수행원들 중에는 러시아군과 오스트리아군의 근위 연대와 전열 연대에서 선발한 연락 장교들이 있었다. 그들 사이에서 조마사(調馬師)들이 수놓은 덮개를 씌운 황제의 아름다운 예비 말들을 끌고 있었다.

열어젖힌 창문을 통해 답답한 방 안에 갑자기 들판의 신선한 공기가 불어오듯, 말을 타고 달려온 눈부신 청년들로부터 젊음과 힘찬 기운과 성공에 대한 확신이 쿠투조프의 우울한 사령부로 불어왔다.

"어째서 시작하지 않는 거요, 미하일 일라리오노비치?" 알렉산드르 황제가 서둘러 쿠투조프에게 말하면서 동시에 프란츠 황제를 정중하게 쳐다보았다.

"기다리는 중입니다, 폐하." 쿠투조프가 정중하게 고개를 앞으로 기울이며 대답했다.

황제는 얼굴을 살짝 찌푸리며 제대로 알아듣지 못했다는 표시로 한쪽 귀를 동그랗게 모았다.

"기다리는 중입니다, 폐하." 쿠투조프가 되풀이 말했다. (안드레이 공작은 쿠투조프가 "기다리는 중입니다"라고 말할 때 그의 윗입술이 부자연스럽게 떨린 것을 보았다.) "종대들이 아직 다 모이지 않았습니다, 폐하."

군주는 제대로 알아들었지만, 그 대답이 마음에 들지 않는 듯했다. 그는 굽은 어깨를 으쓱하고 곁에 서 있던 노보실체프를 힐끗 쳐다봄으로써 마치 그 시선으로 쿠투조프에 대한 불만을 표출하는 것 같았다.

"미하일 일라리오노비치, 지금 우리는 차리친 루크에 있는 게 아니잖소. 그곳에서라면 모든 연대가 도착할 때까지 사열식을 시작하지 않지." 군주는 이렇게 말하고 다시 프란츠 황제의 눈을 흘 깃 쳐다보았다. 마치 말을 거들지 않을 거라면 자신의 말을 잘 들어라도 달라고 요청하는 듯했다. 그러나 프란츠 황제는 계속 주위를 두리번거리며 그의 말을 듣지 않았다.

"그래서도 시작하지 않는 것입니다, 폐하." 쿠투조프가 말이 들리지 않을 경우를 예방하려는 듯 우렁찬 목소리로 말했다. 그의 얼굴에서 또 한 번 무언가가 떨렸다. "우리가 열병식을 하는 것도 차리친 루크에 있는 것도 아니기 때문에 제가 시작하지 않는 겁니다, 폐하." 그는 또박또박 분명하게 말했다.

순간적으로 서로 눈길이 마주친 수행원들의 얼굴에 불평과 비난이 떠올랐다. '아무리 나이가 많아도 저러면 안 되지. 저렇게 말하면 절대 안 되지.' 그들의 얼굴은 그렇게 말하고 있었다.

군주는 쿠투조프가 무슨 말을 더 하지 않을까 기대하며 그의 눈을 뚫어져라 바라보았다. 그러나 쿠투조프 역시 정중히 고개를 숙인 채 기다리는 것 같았다. 1분가량 침묵이 이어졌다.

"하지만, 폐하, 폐하의 명이라면⋯⋯." 쿠투조프는 고개를 들고 이전의 생각 없이 복종하는 아둔한 장군의 어조로 바꾸며 말했다.

그는 말을 움직였고, 종대 지휘관인 밀로라도비치를 자기 쪽으로 불러 공격 명령을 하달했다.

부대가 다시 들썩거렸고, 노브고로트 연대의 2개 대대와 아프셰론 연대의 1개 대대가 군주를 지나 앞으로 진군했다.

아프셰론 대대가 지나갈 때 얼굴이 불그레한 밀로라도비치가 외투 없이 훈장을 단 군복 차림에 커다란 깃털 장식이 있는 군모를 비스듬히 눌러쓰고 앞으로 앞으로 말을 달렸다. 그러고는 씩씩하게 경례를 하며 군주 앞에서 말의 고삐를 당겼다.

"하느님께서 함께하실 거요, 장군." 군주가 그에게 말했다.

"폐하, 힘닿는 한 무엇이든 하겠습니다, 폐하!" 서툰 프랑스어 발음 때문에 군주의 수행원들로부터 비웃음을 사면서도 그는 쾌활하게 대답했다.

밀로라도비치는 말을 홱 돌려 군주의 뒤에 조금 떨어져 섰다. 군주가 있다는 사실에 흥분한 아프셰론 연대의 병사들이 씩씩하고 기운차게 발맞추어 걸으며 두 황제와 수행원들을 지나쳤다.

"제군들!" 밀로라도비치가 자신만만하고 쾌활한 목소리로 크게 외쳤다. 사격 소리와 전투에 대한 기대 그리고 수보로프 시절부터 전우였던 용맹스러운 아프셰론 병사들이 두 황제의 옆을 기운차게 지나가는 모습에 그는 군주의 존재를 잊어버릴 만큼 흥분한 듯 보였다. "제군들, 그대들은 마을을 점령하는 게 처음이 아니지 않은가!" 그가 소리쳤다.

"최선을 다하겠습니다!" 병사들이 외쳤다.

군주의 말이 예기치 못한 고함 소리에 흠칫 물러났다. 러시아에서 사열식을 할 때 군주를 태웠던 그 말은 이곳 아우스터리츠 벌판에서도 위에 탄 사람이 왼발로 무심하게 가하는 박차를 참으며 그를 태우고 있었다. 들려오는 포성의 의미도, 자신이 프란츠 황제의 검은 수말과 함께 있는 의미도, 자기 위에 탄 사람이 이날 말하고 생각하고 느낀 모든 것의 의미도 전혀 헤아리지 못하면서 마르소보 풀례에서 그랬듯이 사격 소리에 귀를 쫑긋 세웠다.

군주는 미소 띤 얼굴로 측근을 돌아보고 용맹스러운 아프셰론 연대의 병사들을 가리키며 무언가를 그에게 말했다.

16

부관들을 거느린 쿠투조프는 총기병들 뒤에서 천천히 말을 몰았다.

종대 후미에서 반 베르스트쯤 갔을 때 그는 두 길의 분기점 곁에 있는 (전에 선술집이었던 듯한) 황폐한 외딴집에서 멈춰 섰다. 두 길 모두 산 아래로 이어졌고, 군대는 두 길을 따라 행군하고 있었다.

안개가 흩어지기 시작했다. 그러자 2베르스트가량 떨어진 맞은편 고지에서 적군이 흐릿하게 보였다. 왼편 아래쪽에서 사격 소리가 점점 또렷하게 들려왔다. 쿠투조프는 멈춰 서서 오스트리아 장군과 이야기를 나누었다. 안드레이 공작은 뒤쪽에 조금 떨어져 서서 적들을 바라보다 망원경을 빌리려고 부관을 돌아보았다.

"보십시오, 보십시오." 부관이 멀리 있는 부대가 아닌 그들 앞의 산 아래를 보며 말했다. "프랑스군입니다!"

그 말에 두 장군과 부관들이 앞다투어 망원경을 잡았다. 모든 사람의 표정이 갑자기 변했고, 모두의 얼굴에 공포가 떠올랐다. 프랑스군이 2베르스트 떨어진 곳에 있을 것으로 예상했는데 갑자기 아군 앞에 나타난 것이었다.

"저들이 적군일까요……? 아닙니다! 맞아요, 보십시오, 저들은…… 분명…… 이게 어찌 된 일일까요?" 목소리들이 들렸다.

안드레이 공작은 오른편 아래에서 아프셰론 병사들을 향해 빽빽하게 올라오는 프랑스군 종대를 육안으로 보았다. 쿠투조프가 선 곳에서 채 5백 걸음도 떨어지지 않은 곳이었다.

'드디어 왔군. 결정적인 순간이 왔어! 이제 나의 차례가 온 거야.' 안드레이 공작은 이렇게 생각하며 말에 박차를 가해 쿠투조프에게 다가갔다.

"아프셰론 연대의 병사들을 멈춰 세워야 합니다, 각하!" 그가 소리쳤다.

하지만 바로 그 순간 모든 것이 연기로 덮이고 가까이에서 총소리가 울렸다. 안드레이 공작으로부터 두 걸음 떨어진 곳에서 두려움에 싸인 순박한 목소리가 외쳤다. "자, 형제들, 일 끝났어!" 그 목소리는 마치 구령 같았다. 그 목소리에 모두들 달아나기 시작했다.

점점 늘어나는 혼잡한 무리는 5분 전에 군대가 두 황제의 옆을 지나갔던 장소로 되돌아 달려갔다. 무리를 멈춰 세우기도 어려웠지만 무리와 함께 뒤로 떠밀리지 않는 것도 불가능했다. 볼콘스키는 쿠투조프에게서 떨어지지 않으려고 애쓰며 눈앞에서 무슨 일이 벌어지는지 이해하지 못한 채 당혹스러운 표정으로 주위를 두리번거렸다. 네스비츠키는 그답지 않게 벌겋게 상기된 얼굴에 격분한 표정을 띠고서 쿠투조프에게 지금 떠나지 않으면 틀림없이 사로잡힐 것이라고 소리쳤다. 쿠투조프는 그 자리에 그대로 서서 아무 대꾸 없이 손수건을 꺼냈다. 그의 뺨에서 피가 흘렀다. 안드레이 공작이 사람들을 헤치고 다가갔다.

"다치셨습니까?" 그는 아래턱의 떨림을 가까스로 억누르며 물었다.

"다친 곳은 여기가 아니라 바로 저곳이오!" 쿠투조프가 상처 입은 뺨을 손수건으로 누른 채 달아나는 병사들을 가리키며 말했다.

"저들을 멈추시오!" 그는 외침과 동시에 그들을 멈춰 세울 수 없다는 것을 확신한 듯 말에 박차를 가해 오른쪽으로 갔다.

또다시 밀어닥친 달아나는 병사들의 무리가 그를 덮쳐 뒤쪽으로 끌고 갔다.

군대가 어찌나 빽빽하게 무리를 이루어 달리는지 일단 무리에 휩쓸리면 벗어나기가 힘들었다. 누군가는 "어서 가, 뭘 꾸물거려?" 하며 소리쳤고, 누군가는 그 자리에서 등을 돌려 허공에 총을 쏘아 댔고, 누군가는 쿠투조프가 탄 말을 후려쳤다. 사람들의 급류에서 안간힘을 다해 왼쪽으로 벗어난 쿠투조프는 절반 넘게 줄어든 수행원들을 거느리고 포성이 들리는 쪽으로 말을 몰았다. 패주병들의 무리에서 벗어나 쿠투조프에게서 떨어지지 않으려고 애쓰던 안드레이 공작은 연기에 휩싸인 산비탈에서 여전히 대포를 쏘고 있던 러시아 포병 중대와 그들 쪽으로 달려가는 프랑스군을 보았다. 좀 더 위쪽에는 러시아군 보병대가 포병 중대를 돕기 위해 전진하려고도, 패주병들과 같은 방향으로 후퇴하려고도 하지 않고 서 있었다. 보병대에서 말을 탄 장군이 떨어져 나와 쿠투조프에게 다가왔다. 쿠투조프의 수행원 가운데 남은 사람은 네 명뿐이었다. 다들 창백한 얼굴로 말없이 서로에게 눈짓만 보냈다.

"저 파렴치한 놈들을 멈추게 하시오!" 쿠투조프는 연대장에게 달아나는 병사들을 가리키며 숨 가쁘게 말했다. 그러나 바로 그 순간 그 말에 대한 벌이라는 듯 총알이 윙윙 소리를 내며 연대와 쿠투조프의 수행원들에게 새 떼처럼 날아들었다.

포병 중대를 공격하던 프랑스군이 쿠투조프를 보고 그에게 총을 쏘아 댔던 것이다. 이 일제 사격에 연대장은 한쪽 다리를 움켜잡았고, 몇몇 병사들이 쓰러졌으며, 군기를 들고 서 있던 특무 상사는 군기를 놓쳤다. 군기가 이리저리 흔들리다 쓰러지며 옆에 있던 병사들의 라이플총에 걸렸다. 병사들은 명령도 받지 않았는데 사격을 시작했다.

"오오!" 쿠투조프가 절망에 찬 표정으로 울부짖으며 주위를 보았다. "볼콘스키⋯⋯." 그는 늙어 버린 자신의 무력함을 깨닫고 떨리는 목소리로 속삭였다. "볼콘스키⋯⋯." 그가 무질서한 대대와 적군을 가리키며 속삭였다. "이게 도대체 뭐란 말인가?"

그러나 그가 말을 채 끝내기 전에 안드레이 공작은 목구멍으로 치밀어 오르는 수치와 분노의 눈물을 느끼며 말에서 훌쩍 뛰어내려 군기를 향해 달려갔다.

"제군들, 전진하라!" 그가 어린아이 같은 높고 날카로운 목소리로 부르짖었다.

'드디어 때가 왔다!' 깃대를 쥐고 바로 그를 겨냥한 것이 분명한 총소리를 쾌감과 함께 들으며 안드레이 공작은 생각했다. 몇몇 병사들이 쓰러졌다.

"우라!" 안드레이 공작은 무거운 군기를 두 손으로 간신히 지탱하며 외치고는, 대대 전체가 뒤따라 달려오리라는 확신과 함께 앞으로 돌격했다.

실제로 그가 혼자 달린 것은 겨우 몇 걸음에 지나지 않았다. 한 병사가 움직이자 또 한 병사가 움직이고, 이윽고 전 대대가 "우라!" 하는 함성과 함께 그를 앞질러 돌격했다. 대대 부사관이 달려와 안드레이 공작의 두 손에서 무게 때문에 흔들리는 군기를 넘겨받았지만 곧바로 전사하고 말았다. 안드레이 공작은 다시 군기를 움켜잡고 깃대를 질질 끌며 대대와 함께 달렸다. 그의 앞에 아군 포병들이 보였다. 어떤 이들은 적과 싸우고 있었고, 어떤 이들은 대포를 버리고 그를 향해 달려왔다. 그는 포병대의 말을 붙잡고 대포를 돌리는 프랑스군 보병들도 보았다. 안드레이 공작과 대대는 대포에서 스무 걸음 떨어진 곳에 있었다. 머리 위에서 쉴 새 없이 윙윙대는 총탄 소리가 들렸고, 그의 양옆에서 병사들이 계속 신음하며 쓰러졌다. 하지만 그는 그들을 보지 않았다. 오로지 그의 앞, 포병 중대에서 벌어지는 일만 주시했다. 원통형 군모를 비뚜름히 쓴 채 꽂을대 한쪽 끝을 잡아당기는 한 붉은 머리 포병의 모습이 뚜렷하게 보였다. 꽂을대 반대쪽 끝은 프랑스 병사가 잡아당기고 있었다. 안드레이 공작은 자신들이 무엇을 하고 있는지 모르는 듯한 두 사람의 얼굴에서 당황한 기색과 더불어 적의에 찬 표정을 보았다.

'저들은 뭘 하는 걸까?' 안드레이 공작은 그들을 쳐다보며 생각했다. '어째서 붉은 머리 포병은 무기도 없으면서 달아나지 않는 걸까? 어째서 저 프랑스인은 그를 죽이지 않는 걸까? 여기까지 달려오기 전에 프랑스인이 무기를 생각해 내고 그를 죽이겠지.'

실제로 다른 프랑스인이 서로 맞붙어 싸우는 두 사람에게 라이플총을 겨누고 달려왔다. 그리하여 무엇이 자신을 기다리는지 여전히 모르는 채 의기양양하게 꽂을대를 잡아챈 붉은 머리 포병의 운명이 막 결정되려는 순간이었다. 그러나 안드레이 공작은 그 운명이 어떻게 끝났는지 보지 못했다. 마치 가장 가까이 있는 병사들 가운데 누군가가 단단한 몽둥이를 힘껏 휘둘러 그의 머리를 친 것 같았다. 조금 아프기도 했지만, 무엇보다도 통증이 주의를 흩뜨려 그가 주시하던 장면을 보지 못하도록 방해했기 때문에 불쾌했다.

'어떻게 된 거지? 내가 쓰러지는 건가! 다리에 힘이 풀려.' 이런 생각이 들고 나서 그는 뒤로 쓰러졌다. 그는 프랑스인들과 포병들의 싸움이 어떻게 끝나는지 보고 싶어서, 붉은 머리 포병이 죽었는지 살았는지, 대포를 빼앗겼는지 지켰는지 알고 싶어서 눈을 떴다. 그러나 아무것도 보이지 않았다. 그의 위에는 하늘 외에는, 높은 하늘, 맑지는 않지만 그럼에도 헤아릴 수 없이 높은 하늘, 회색 구름이 조용히 떠다니는 하늘 외에는 아무것도 없었다. '정말 고요하고 평온하고 장엄하구나. 내가 달릴 때와 전혀 달라.' 안드레이 공작은 생각했다. '우리가 달리고 소리치고 싸울 때와는 달라. 프랑스인과 포병이 적의와 두려움에 찬 얼굴로 서로 꽂을대를 잡아당기던 때와 전혀 달라. 저 높고 끝없는 하늘에서 구름은 전혀 다르게 흘러가는구나. 왜 전에는 저 높은 하늘을 보지 못했을까? 마침내 저 하늘을 알게 되었으니 난 얼마나 행복한가. 그래! 저 끝없는 하늘 말곤 모든 게 공허해, 다 거짓이야. 저 하늘 외에는 아무것도, 아무것도 없다. 하지만 심지어 그마저도 없다. 정적과 평온 외에는 아무것도 없어. 아, 하느님, 감사합니다……!'

I7

바그라티온의 우측에서는 9시에 아직 전투가 시작되지 않고 있었다. 전투를 시작하라는 돌고루코프의 요구에 동의하고 싶지 않은 데다 책임을 피하고 싶어서 바그라티온 공작은 총사령관에게 사람을 보내 그 문제에 대해 물어보자고 돌고루코프에게 제안했다. 양 측면 사이의 거리가 거의 10베르스트여서 설령 전령이 죽지 않는다 해도(죽을 가능성이 매우 높았다), 설령 아주 어려운 일이었지만 그가 총사령관을 찾아낸다 해도 저녁때까지 돌아올 수 없다는 점을 바그라티온은 알고 있었다.

바그라티온은 잠을 충분히 자지 못한 듯 무표정한 큰 눈으로 수행단을 돌아보았다. 자기도 모르게 흥분과 기대로 얼어붙은 로스토프의 어린아이 같은 얼굴이 가장 먼저 눈에 들어왔다. 그는 로스토프를 파견했다.

"만약 총사령관님보다 폐하를 먼저 뵙게 되면 어떻게 합니까, 각하?" 로스토프가 한 손을 군모 챙에 붙이고 물었다.

"폐하께 전해도 좋소." 돌고루코프가 바그라티온의 말을 황급히 가로막으며 말했다.

산병선에서 교대하고 돌아와 아침이 밝기까지 몇 시간 눈을 붙인 뒤여서 로스토프는 동작의 탄력, 자신의 행복에 대한 확신, 모든 것이 쉽고 즐겁고 가능해 보이는 마음 상태와 더불어 유쾌하고 대담하고 결연한 감정을 느꼈다.

그의 모든 바람이 이날 아침에 다 이루어졌다. 결전이 벌어졌고, 그는 거기에 참가했다. 또한 가장 용맹한 장군의 연락 장교가 되었다. 그뿐 아니라 임무를 띠고 쿠투조프에게 가게 되었다. 어쩌면 군주에게도 갈지 몰랐다. 밝게 빛나는 아침이었고, 그가 탄 말은 뛰어났다. 마음이 기쁘고 행복했다. 명령을 받자 그는 말을 몰아 전선을 따라 달려갔다. 처음에는 전투에 돌입하지 않은 채 꼼짝 않고 서 있던 바그라티온 부대의 전선을 따라 말을 달렸다. 그다음에는 우바로프*의 기병대가 점유한 지역에 들어섰고, 여기에서 이미 부대의 이동과 전투 준비의 징후를 알아차렸다. 우바로프의 기병대를 지나칠 때 그는 앞쪽에서 들려오는 대포와 여러 화포의 발사 소리를 또렷이 들었다. 총포 소리가 점점 맹렬해지고 있었다.

불규칙한 간격으로 두세 발의 총소리와 뒤이은 한두 발의 화포 소리가 들리던 이전과 달리 싱그러운 아침 공기 속에서 프라첸 앞쪽의 산비탈을 따라 우레 같은 라이플총 소리가 들려왔다. 그 사이사이에 화포 소리가 어찌나 자주 끼어드는지 이따금 몇몇 포성들은 더 이상 따로 구분되지 않고 하나의 전체적인 울림으로 어우러졌다.

라이플총 연기가 마치 산비탈을 따라 서로를 추격하며 달리는 듯하고, 화포 연기가 빙글빙글 소용돌이치며 올라가 사방으로 흩어져 뒤섞이는 모습이 보였다. 연기 사이로 번뜩이는 총검의 광채로 크게 무리 지어 이동하는 보병들과 녹색 포차로 좁은 띠를 이룬 포병들을 알아볼 수 있었다.

로스토프는 무슨 일이 벌어지고 있는지 살피기 위해 언덕에서 잠시 말을 세웠다. 그러나 아무리 주의를 집중해도 아무것도 알 수 없었고 벌어지는 일을 파악할 수도 없었다. 저기 연기 속에서 사람들이 움직이고 있었다. 아마포처럼 펼쳐진 부대들이 앞에서도 뒤에서도 움직였다. 하지만 어째서? 누가? 어디로? 도무지 혜아릴 수가 없었다. 그 광경과 소리는 그에게 음울하고 소심한 감정을 불러일으키기는커녕 오히려 힘과 결의를 북돋았다.

'자, 더, 좀 더 힘을 내!' 그는 마음속으로 그 소리에 말을 건네며 다시 전선을 따라 말을 몰아서 이미 부대들이 전투에 돌입한 지역으로 점점 더 깊숙이 침투했다.

'저곳이 어떻게 될지는 모르지만 다 잘되겠지!' 로스토프는 생각했다.

어느 오스트리아 부대를 지나친 로스토프는 그다음 전선이 (그것은 근위대였다) 이미 전투에 돌입한 것을 보았다.

'잘됐어! 가까이에서 봐야지.' 그는 생각했다.

그는 거의 최전선을 따라 달렸다. 말을 탄 사람들이 그가 있는 쪽으로 달려왔다. 대열이 흐트러진 채 공격에서 돌아오는 아군의 근위 창기병이었다. 그들을 지나치다가 로스토프는 무심결에 그들 중 한 명이 피투성이가 된 것을 보고는 앞으로 계속 달려갔다.

'나와 상관없는 일이야!' 그는 생각했다. 그러고 나서 그가 몇백 걸음을 가기도 전에 벌판 전체에 걸쳐 뻗은 거대한 기병대 무리가 그의 왼쪽에서 앞을 가로지르며 나타났다. 눈부신 하얀 군복을 입고 검은 말을 탄 그들은 그를 향해 똑바로 질주해 왔다. 로스토프는 이 기병들이 통과하는 길에서 벗어나기 위해 전속력으로 말을 몰았다. 만약 그들이 같은 속도로 달렸다면 그는 그들로부터 벗어날 수 있었을 것이다. 하지만 그들이 계속 속도를 높여서 몇몇 말들은 이미 전속력으로 질주하고 있었다. 말발굽 소리와 그들의 무기가 쟁강대는 소리가 로스토프의 귀에 점점 더 크게 들려왔고 말과 사람들의 모습, 심지어 얼굴까지 또렷하게 보이기 시작했다. 맞은편에서 접근해 오는 프랑스 기병대를 공격하러 가는 아군의 근위 기병들이었다.*

근위 기병들은 빠른 속도로 말을 몰긴 했지만 아직은 말을 억제하고 있었다. 로스토프는 이미 그들의 얼굴을 보았고, 한 장교가 자신의 순종 말을 전속력으로 몰면서 "돌격, 돌격!" 하고 외치는 소리를 들었다. 로스토프는 짓밟히거나 아니면 프랑스군에 대한 공격에 휩쓸릴까 봐 두려워 전선을 따라 말을 최대한 힘껏 달렸지만 그럼에도 그들을 벗어날 수 없었다.

몸집이 장대하고 얼굴에 얽은 자국이 있는 맨 끝의 근위 기병은 앞쪽에서 충돌을 피할 수 없게 된 로스토프를 보자 사납게 인상을 썼다. 만약 로스토프가 그 근위 기병이 탄 말의 눈을 채찍으로 후려칠 생각을 해내지 못했다면 근위 기병은 틀림없이 로스토프와 그의 말 베두인을 (로스토프에게는 그 거대한 사람들과 말들에 비해 자신이 너무나 작고 연약하게 느껴졌다) 쓰러뜨렸을 것이다. 키가 50베르쇼크*나 되는 덩치 좋은 검은 말은 귀를 접은 채 옆으로 비켰다. 그러나 곰보 근위 기병이 커다란 박차로 옆구리를 세차게 치자 말은 꼬리를 휘두르며 목을 쑥 빼고는 더욱 빠르게 질주했다. 근위 기병들이 로스토프를 거의 다 지나쳐 갈 즈음 그는 "우라!" 하고 외치는 그들의 함성 소리를 들었다. 뒤를 돌아본 그는 근위 기병의 선두 대열이 아마도 프랑스군일, 붉은 견장을 단 낯선 기병들과 뒤섞이는 광경을 보았다. 더 이상은 아무것도 볼 수 없었다. 곧이어 어디에선가 대포를 쏘기 시작해 모든 것이 연기로 뒤덮였기 때문이었다.

로스토프를 지나친 근위 기병들이 연기 속으로 자취를 감춘 순간 그는 그들을 뒤따라 질주해야 할지, 자신이 가야 할 곳으로 향해야 할지 잠시 망설였다. 그것은 프랑스군조차 경탄한 근위 기병들의 눈부신 공격이었다. 나중에 로스토프는 거구의 미남들로 이루어진 그 부대 전체에서, 1천 루블짜리 말을 탄 부자, 젊은이, 장교, 사관후보생 등 그를 지나쳐 달려간 그 눈부신 사람들 중에서 공격 후 살아남은 사람이 겨우 열여덟 명이라는 사실을 듣고 두려움에 떨었다.

'내가 왜 부러워해야 하지? 내 몫이 없어지는 것도 아닌데. 그리고 난 지금 군주를 만날지도 모르잖아!' 로스토프는 이렇게 생각하고 앞으로 달렸다.

근위 보병대와 나란히 가게 된 그는 그들 머리 위로, 그리고 그들 주위로 포탄이 날아다니는 것을 알아차렸다. 포탄 소리를 들어서라기보다는 병사들의 얼굴에서 불안을 보고, 장교들의 얼굴에서 부자연스러울 정도로 군인다운 엄숙한 분위기를 보았기 때문이었다.

대열을 지은 근위 보병 연대들 가운데 한 연대의 뒤를 지나치려 할 때 그는 자신의 이름을 부르는 목소리를 들었다.

"로스토프!"

"뭐야?" 그는 보리스를 알아보지 못한 채 부름에 대꾸했다.

"어때, 제1전선에 떨어졌어! 우리 연대가 공격을 했다니까!" 보리스가 처음으로 공격에 참가한 청년들이 흔히 그러듯 행복한 미소를 지으며 말했다.

로스토프는 말을 멈추었다.

"정말!" 그가 말했다. "그래, 어떻게 됐어?"

"물리쳤지!" 말이 많아진 보리스가 활기차게 말했다. "상상할 수 있겠어?"

그러더니 보리스는 제 위치에 있던 근위대가 눈앞의 군대를 보고 오스트리아군으로 착각했다가 그 군대가 발사한 포탄에 자신들이 제일선에 있다는 것을 불현듯 깨닫고 예기치 않게 전투에 돌입해야 했던 경위를 늘어놓기 시작했다. 로스토프는 보리스의 말을 다 듣지 않고 말을 움직였다.

"넌 어디로 가는데?" 보리스가 물었다.

"임무를 띠고 폐하께 가는 길이야."

"저기 계셔!" 로스토프의 말을 '폐하'가 아닌 '전하'를 만나야 한다는 뜻으로 듣고 보리스가 말했다.

그러고는 그들에게서 1백 걸음 떨어진 곳에 있는 대공을 가리켜 보였다. 대공은 철모를 쓰고 근위 기병용 상의를 입은 차림으로 언제나처럼 어깨를 으쓱 올리고 눈썹을 찌푸린 채 하얗고 창백한 오스트리아 장교에게 고함을 지르고 있었다.

"저분은 대공이잖아. 난 총사령관님이나 군주께 가야 해." 로스토프는 이렇게 말하고 말을 움직였다.

"백작, 백작!" 보리스처럼 활기에 넘친 베르크가 다른 쪽에서 달려오며 외쳤다. "백작, 난 오른팔에 부상을 입고도 (그는 손수건으로 동여맨 피투성이 손을 보여 주며 말했다) 전선에 남았습니다. 백작, 난 이제 왼손으로 장검을 쥡니다. 백작, 우리 폰 베르크 가문은 모두가 기사였어요."

베르크가 뭐라고 더 말했지만 로스토프는 그의 말을 다 듣지 않고 이미 그 자리를 떠나 버렸다.

근위대와 텅 빈 지역을 지나친 로스토프는 근위 기병의 공격에 휘말린 것처럼 또다시 제1전선에 들어가지 않으려고 총성과 포성이 가장 격렬한 곳을 멀리 우회하며 예비 부대의 전선을 따라 말을 몰랐다. 별안간 그의 앞쪽과 아군의 뒤쪽에서, 그가 결코 적이 있을 것이라고 예상할 수 없던 곳에서 라이플총 소리가 가깝게 들려왔다.

'어떻게 이럴 수가 있지?' 로스토프는 생각했다. '적이 아군의 후미에 있나? 그럴 리가.' 이런 생각이 들자 자신과 전투 결과에 대한 소름 끼치는 공포가 그를 엄습했다. '하지만 어떻게 된 일이든……' 그는 생각했다. '이제 이미 우회할 지점도 없어. 이곳에서 총사령관님을 찾아야 해. 만일 모두 죽었으면 나의 임무도 끝장나는 거야.'

로스토프가 프라츠 마을 너머 온갖 부대의 무리가 뒤섞여 있는 지역으로 깊숙이 들어갈수록, 갑자기 그를 덮쳤던 불길한 예감은 점점 더 확실해졌다.

"어떻게 된 거야? 어떻게 된 일이냐고? 누구에게 쏘는 거야? 누가 쏘는 거야?" 로스토프는 그의 길목을 막고 서로 뒤섞여 도망치는 러시아와 오스트리아 병사들의 무리와 나란히 달리며 물었다.

"그런 건 악마나 알겠지! 전부 죽었어! 전멸이라고!" 도주하는 병사들의 무리가 러시아어로, 독일어로, 체코어로 대답했다. 로스토프와 마찬가지로 그들도 그곳에서 무슨 일이 벌어지고 있는지 정확히 알지 못했다.

"독일 놈들을 쳐부수자!" 한 사람이 소리쳤다.

"악마에게 그놈들을 잡아가라고 해! 배신자들."

"악마가 잡아갈 저 러시아 놈들……!"(독일어) 독일인이 뭐라고 투덜거렸다.

몇몇 부상병들이 길을 따라 걸어가고 있었다. 욕설과 고함과 신음이 하나의 전체적인 울림으로 뒤섞였다. 사격 소리가 잦아들었다. 나중에 로스토프가 알아보니 러시아 병사들과 오스트리아 병사들이 서로에게 총질을 한 것이었다.

'하느님, 맙소사! 도대체 이게 뭐야?' 로스토프는 생각했다. '폐하께서 어느 순간이든 저들을 보실 수 있는 이곳에서도……! 아니야. 틀림없이 몇몇 불한당의 짓일 거야. 이런 일은 곧 지나갈 거야. 이건 아니야. 절대 있을 수 없는 일이야.' 그는 생각했다. '그저 얼른, 얼른 저놈들에게서 떨어지자!'

패배니 도주니 하는 생각은 로스토프의 머리에 들어올 수 없었다. 바로 프라첸 고지에 있는, 총사령관을 찾도록 지시받은 바로 그 고지에 있는 프랑스군의 대포와 군대를 보았으면서도 그는 그것을 믿을 수 없었고 믿고 싶지도 않았다.

18

로스토프는 프라츠 마을 부근에서 쿠투조프와 군주를 찾으라는 명령을 받았다. 하지만 그곳에는 그들이 없었을 뿐 아니라 단한 명의 지휘관도 없었고, 무질서한 군대의 잡다한 무리뿐이었다. 그는 한시바삐 이 무리를 지나치기 위해 이미 지쳐 버린 말을 재촉했지만, 앞으로 나아갈수록 무리는 더 무질서해졌다. 그가 큰길로 나오자 콜랴스카들, 온갖 종류의 에키파시들, 온갖 병종(兵種)의 러시아와 오스트리아 병사들, 부상자들과 부상을 당하지 않은 자들로 붐볐다. 프라첸 고지에 배치된 프랑스 포병 중대에서 날아오는 포탄들의 음울한 소리 아래 이 모든 것들이 와글거리며 어지럽게 꿈틀대고 있었다.

"폐하는 어디 계신가? 쿠투조프는 어디 계셔?" 로스토프는 멈춰 세울 수 있는 모든 이들에게 물었지만 누구에게서도 답을 얻지 못했다.

마침내 그는 한 병사의 옷깃을 움켜잡고서 강제로 대답을 받아냈다.

"어, 형제! 다들 한참 전에 저기 앞쪽으로 줄행랑을 쳤지!" 병사는 무엇 때문인지 킬킬거리며 몸을 빼려고 버둥거리면서 로스토프에게 말했다.

로스토프는 술에 취한 것이 분명한 이 병사를 내버려 두고 고위층 인사의 종졸이나 조마사의 말을 멈춰 세운 뒤 그에게 이것저것 묻기 시작했다. 종졸은 군주를 실은 카레타가 한 시간 전에 바로 이 길을 따라 전속력으로 달려갔으며 군주가 중상을 입었다고 알려 주었다.

"그럴 리가……." 로스토프가 말했다. "아마 다른 누구겠지."

"제가 직접 봤습니다." 종졸은 자신만만하게 씩 웃으며 말했다. "이제 저 같은 놈도 폐하를 알아볼 때가 됐지요. 페테르부르크에서 이만큼 가까운 거리에서 여러 번 뵌 것 같습니다. 지독하게 창백한 모습으로 카레타에 앉아 계셨습니다. 정말이지 검은 말이 끄는 사두마차가 우리 옆을 쏜살같이 지나치는데 어찌나 덜그럭대던지. 이제 저도 차르의 말과 일리야 이바노비치를 알아볼 때도 되지 않았나 싶은데요. 마부 일리야는 차르 외에는 아무도 마차로 모시지 않거든요."

로스토프는 그의 말을 놓아주고 앞으로 가려 했다. 옆을 지나치던 부상당한 장교가 그에게 말을 걸었다.

"누굴 찾으십니까?" 장교가 물었다. "총사령관님 말입니까? 포탄에 맞아 전사하셨습니다. 우리 연대에서 가슴에 포탄을 맞으셨지요."

"전사하신 게 아니라 부상을 당하셨지." 다른 장교가 말을 바로 잡았다.

"누가요? 쿠투조프가요?" 로스토프가 물었다.

"쿠투조프가 아니라, 그 사람 이름이 뭐더라? 뭐, 어쨌든 매한가집니다. 살아남은 사람이 얼마 안 됩니다. 저기 저 마을로 가십시오. 그곳에 지휘관들이 모두 모였습니다." 그 장교는 호스티에라데크 마을을 가리키며 이렇게 말하고 지나쳐 갔다.

로스토프는 왜, 그리고 누구에게 가는지도 모른 채 천천히 말을 몰았다. 군주는 부상당했고 전투는 패했다. 이제 그 사실을 믿지 않을 수 없었다. 로스토프는 장교가 가리킨 대로 멀리 탑과 교회가 보이는 쪽으로 방향을 잡았다. 그는 어디로 서둘러 가야 했단 말인가? 심지어 군주와 쿠투조프가 살아 있고 부상도 당하지 않았다 해도 이제 와서 그들에게 무슨 말을 할 것인가?

"이 길로 가십시오, 장교님. 거기에 있다가는 즉사합니다." 한 병사가 소리쳤다. "거기에 있으면 죽는다고요!"

"오! 무슨 소리야!" 다른 병사가 말했다. "저 사람은 어디로 가는 거야? 이쪽이 더 가까운데."

로스토프는 잠시 생각하다가 거기로 가면 죽게 될 것이라고 들은 바로 그 방향으로 갔다.

'이제 어떻게 되든 상관없어! 폐하께서 부상을 당하셨다면, 그런 마당에 내가 정말 나를 소중히 할 수 있겠어?' 그는 생각했다. 그리고 프라첸에서 도망친 사람들이 가장 많이 죽은 지역으로 들어섰다. 아직은 프랑스군이 점령하지 않았지만 살았거나 부상당한 러시아인들은 오래전에 그곳을 버리고 떠난 상태였다. 벌판에는 기름진 밭에 쌓인 낟가리처럼 1데샤티냐*당 열 명에서 열다섯 명의 사상자들이 쓰러져 있었다. 부상자들은 둘 혹은 셋씩 함께 기어갔다. 불쾌하고, 때로는 로스토프가 듣기에 억지로 꾸민 듯한 그들의 비명과 신음 소리가 들려왔다. 로스토프는 고통에 처한 그들을 보지 않으려고 빠른 속도로 말을 몰았다. 그는 무서워졌다. 자기 목숨 때문이 아니라 자신에게 필요했던 용기 때문에 두려웠다. 그는 자신의 용기로는 그 불행한 사람들의 모습을 견딜 수 없으리라는 것을 알았다.

살아 움직이는 사람은 이제 아무도 없고 사상자들로 뒤덮인 이 벌판에 사격을 중지했던 프랑스군은 벌판에서 말을 타고 가는 부관을 보자 그가 있는 쪽으로 대포를 돌려 포탄을 몇 발 쏘았다. 바람을 휙휙 가르는 그 무시무시한 소리에 대한 느낌과 주위를 에워싼 시체들이 로스토프의 마음속에서 공포와 자기 연민이라는 하나의 인상으로 어우러졌다. 어머니의 마지막 편지가 떠올랐다. '어머니가 지금 이곳에서, 이 벌판에서, 대포가 나를 겨눈 상황에서 나를 보신다면 어떻게 느끼실까?' 그는 생각했다.

호스티에라데크 마을에는 비록 혼란에 빠졌어도 매우 질서 있게 전장을 벗어나 이동하는 러시아 군대가 있었다. 프랑스군의 포탄이 이곳에는 미치지 않아서 사격 소리가 아련하게 들렸다. 여기에서는 이미 다들 아군이 전투에 패한 것을 분명히 알았고, 또 그렇게 말했다. 누구에게 물어보아도 군주가 어디에 있는지, 쿠투조프가 어디에 있는지 로스토프에게 말해 줄 수 있는 사람은 아무도 없었다. 어떤 이들은 군주의 부상에 대한 소문이 옳다고 말했다. 또 어떤 이들은 그렇지 않다고 말하면서 그런 헛소문이 유포된 것은 황제의 수행단에 속한 다른 사람들과 전장에 나갔던 궁내 대신 톨스토이 백작이 겁에 질린 창백한 얼굴로 군주의 카레타를 타고 전장에서 달아났기 때문이라고 설명했다. 한 장교는 로스토프에게 마을 너머 왼편에서 최고 지휘관들 중 누군가를 보았다고 말했다. 그래서 로스토프는 더 이상 누군가를 찾으리라는 기대도 없이 그저 스스로의 양심을 깨끗이 하기 위해 그곳으로 출발했다. 3베르스트가량을 가서 러시아군의 마지막 부대를 지나친 로스토프는 도랑으로 에워싸인 채소밭 주위에서 말을 탄 채 도랑을 마주하고 서 있는 두 사람을 보았다. 군모에 하얀 깃털 장식을 한 사람은 왠지 로스토프에게 낯이 익었다. 멋진 적갈색 말을 탄 (그 말은 로스토프에게 친숙했다) 또 다른 사람은 도랑으로 다가가더니 말에 박차를 가하고 고삐를 늦추어 채소밭의 도랑을 사뿐히 뛰어넘었다. 말의 뒷발굽에 두둑의 흙이 조금 흩어져 내렸을 뿐이었다. 그는 말을 홱 돌려 다시 도랑을 도로 뛰어넘더니 하얀 깃털 장식을 단 사람에게 아마도 똑같이 해 보라고 권하는 듯 정중히 말을 건넸다. 로스토프에게 낯익어 보인 형상을 하고 왠지 자신도 모르게 그의 주의를 끈 이 사람은 고개와 한 손으로 거절하는 몸짓을 해 보였다. 그 몸짓에 로스토프는 자신의 애통과 숭배의 대상인 군주를 순간적으로 알아보았다.

'하지만 저 사람이 그분일 리 없어. 이런 황량한 벌판 가운데 혼자 계실 리 없어.' 로스토프는 생각했다. 그때 알렉산드르가 고개를 돌렸고, 로스토프는 자신의 기억 속에 그토록 생생하게 새겨진 흠모하는 이의 생김새를 보았다. 군주의 얼굴빛은 창백했고 두 뺨은 홀쭉했으며 두 눈은 푹 꺼져 있었다. 하지만 그런 모습이 그의 얼굴에 매력과 온화함을 더했다. 군주의 부상에 대한 소문이 사실이 아님을 확인한 로스토프는 행복했다. 군주를 보아서 행복했다. 그는 군주를 곧장 알현하여 돌고루코프에게 명받은 것을 전할 수 있게 되었다는 것, 심지어 그래야 한다는 것을 알았다.

그러나 사랑에 빠진 젊은이가 막상 염원하던 순간이 찾아와 연인과 단둘이 있게 되면 기쁨으로 어리둥절한 나머지 부들부들 떨기만 할 뿐 밤마다 꿈꾸던 것을 차마 말하지 못하듯, 또한 도움을 구하거나 때를 미루고 달아날 기회를 노리며 두려운 눈으로 주위를 두리번거리듯, 지금 로스토프도 세상에서 가장 바라던 기회를 얻고도 군주에게 어떻게 다가가야 할지 몰랐다. 그리고 그런 행동이 왜 부적절하고 무례하며 불가능한지에 대한 수천 가지 생각이 떠올랐다.

'뭐야! 마치 내가 저분이 혼자 의기소침하게 계신 틈을 이용하게 되어 기뻐하는 것 같잖아. 이런 슬픔의 순간에는 낯선 얼굴이 저분에게 불쾌하고 괴롭게 느껴질 수도 있어. 그리고 저분을 보기만 해도 심장이 멎을 것 같고 입 안이 바짝바짝 타들어 가는 지금 같은 때에 내가 저분께 무슨 말을 할 수 있을까?' 그가 자신의 상상 속에서 군주를 향해 준비한 그 무수한 말들이 지금은 머릿속에 단 한 마디도 떠오르지 않았다. 그 말들은 전혀 다른 상황을 위해 준비된 것이었다. 그 말들은 대부분 승리와 환희의 순간에, 특히 부상으로 인한 죽음의 순간에, 군주가 그의 영웅적인 행동에 감사를 표하고 죽음을 앞에 둔 그가 전투에서 증명한 자신의 사랑을 군주에게 고백하는 순간에 나올 것들이었다.

'그렇다면 프랑스군의 오른쪽을 치라는 명령에 대해 폐하께 뭐라고 여쭙지? 벌써 오후 3시가 지났고 전투는 패했는데. 아니, 난 절대로 폐하께 다가가서는 안 돼. 폐하의 상념을 방해해서는 안 돼. 폐하로부터 불쾌한 시선을 받고 나쁜 평가를 듣느니 차라리 천 번을 죽는 게 더 나아.' 로스토프는 그렇게 결심하고 가슴에 슬픔과 절망을 안은 채 물러났다. 그러고는 여전히 머뭇거리며 똑같은 자리에 서 있는 군주를 계속 돌아보았다.

로스토프가 그런 생각을 하며 슬프게 군주로부터 물러나는 동안 폰 톨* 대위가 우연히 똑같은 장소에 왔다가 군주를 보고는 곧장 말을 몰아 다가갔다. 그는 도움을 드리고 싶다고 말한 뒤 군주가 말에서 내려 도랑을 건널 수 있도록 도왔다. 군주는 쉬고도 싶고 몸도 안 좋아서 사과나무 아래 앉았고 톨이 그의 곁에 머물렀다. 톨이 오랫동안 군주에게 무언가를 열심히 말하는 모습을, 군주가 울기 시작한 듯 한 손으로 눈을 가리고 다른 한 손을 톨에게 내미는 모습을 로스토프는 질투와 후회를 가슴에 품은 채 멀리서 보았다.

'내가 저 자리에 설 수 있었어!' 로스토프는 생각했다. 그리고 군주의 운명에 대한 동정의 눈물을 간신히 참으며 완전한 절망 속에 자신이 지금 어디로, 그리고 무엇 때문에 가는지도 모르면서 앞으로 말을 몰았다.

자신의 나약함이 이 비애의 원인이라고 느끼면서 그의 절망은 점점 더 커져 갔다.

그는 군주에게 다가갈 수 있었다……. 그럴 수 있었을 뿐 아니라 그렇게 해야만 했다. 그것은 군주에게 자신의 충성을 내보일 유일한 기회였다. 하지만 그 기회를 이용하지 않았다……. '내가 무슨 짓을 한 거지?' 그는 생각했다. 그래서 말을 돌려 황제를 보았던 곳으로 서둘러 되돌아갔다. 그러나 도랑 너머에는 아무도 없었다. 짐마차들과 에키파시들만 지나다녔다. 로스토프는 한 수송병으로부터 쿠투조프의 사령부가 그곳에서 멀지 않은 마을에 있으며, 수송 대열이 그곳으로 가는 중이라는 사실을 알게 되었다. 로스토프는 그들을 뒤따라갔다.

그의 앞에는 쿠투조프의 조마사가 덮개를 씌운 말 여러 필을 끌며 걸어가고 있었다. 조마사 뒤로는 짐마차 한 대가, 짐마차 뒤로는 챙 달린 모자를 쓰고 반외투를 걸친 안짱다리의 늙은 하인이 따랐다.

"티트, 어이, 티트!" 조마사가 말했다.

"왜?" 노인이 무심하게 대꾸했다.

"티트! 탈곡이나 하러 가시지."

"에이, 멍청한 놈, 퉤!" 노인은 화가 나서 침을 탁 뱉고 말했다. 묵묵히 이동하는 가운데 얼마의 시간이 흘렀고, 다시 똑같은 농담이 되풀이되었다.

오후 4시가 넘었을 때 전투는 모든 지점에서 패배로 종결되었다. 1백 문이 넘는 대포가 프랑스군의 수중에 떨어졌다.

프시비셰프스키와 그의 군대는 무기를 내려놓고 항복했다. 다른 종대들은 병력을 절반 정도 잃고 무질서하게 혼잡한 무리를 이루어 퇴각했다.

랑주롱과 도흐투로프의 부대에서 살아남은 병사들은 서로 뒤섞여 아우게스트 마을에 있는 못 부근의 둑과 제방에 빼곡히 모여 있었다.

5시가 지나자 프랑스군의 일방적인 맹렬한 포격 소리가 들려오는 곳은 아우게스트의 둑 근처뿐이었다. 프랑스군은 프라첸 고지의 비탈에 수많은 포대를 배치하고 퇴각하는 아군 부대에 포화를 퍼부었다.

후위대에서는 도흐투로프와 여러 사람들이 대대를 모아 아군을 추격하는 프랑스 기병대에 맞서 방어 사격을 하고 있었다. 어둠이 깔리기 시작했다. 아우게스트의 좁은 둑 위에서는, 그토록 오랜 세월 모자 쓴 방앗간 노인이 손자가 루바시카의 소매를 걷고 바가지로 펄떡이는 은빛 물고기를 떠올리는 동안 낚싯대를 쥐고 평화로이 앉아 있던 그 둑 위에서는, 그토록 오랜 세월 털모자를 쓰고 파란 웃옷을 입은 모라비아인들이 말 두 마리가 끄는 짐수레에 밀을 싣고서 평화롭게 지나갔다가 밀가루를 온통 뒤집어쓴 채 하얀 짐수레를 끌고 되돌아가던 그 둑 위에서는, 이제 그 좁은 둑 위에서는 죽음의 공포로 추악한 몰골이 된 사람들이 치중차와 대포 사이에서, 말 아래와 바퀴 사이에서 북적대며 서로를 짓누르고, 죽어 가고, 똑같이 죽음을 맞을 뿐인데도 고작 몇 걸음 더 가기 위해 죽은 사람들을 타 넘고, 서로를 죽이고 있었다.

이 빽빽한 무리 한가운데로 10초마다 공기를 가르며 포탄이 쿵 떨어지거나 유탄이 폭발하여 부근에 있던 사람들이 죽거나 피를 뒤집어썼다. 팔에 부상을 입고 자기 중대의 병사 열 명과 함께 걸어서 이동하고 있던 돌로호프와 (그는 이미 장교였다) 말을 탄 연대장이 연대 전체의 생존자였다. 그들은 군중에 떠밀려 둑 입구로 들어섰다가 사방에서 짓눌려 그 자리에 멈춰 섰다. 앞쪽에서 말이 대포 아래 깔려 사람들이 끌어내고 있었기 때문이다. 포탄 하나가 그들 뒤에 있던 누군가를 죽였고, 또 다른 포탄이 앞쪽에 떨어져 돌로호프에게 피를 튀겼다. 무리는 필사적으로 서서히 나아가다가 주춤하고, 또 몇 걸음 움직이다가 다시 멈추었다.

'이 1백 걸음 거리만 통과하면 목숨을 건질 수 있을 거야. 하지만 2분만 더 이렇게 있다가는 틀림없이 죽고 말 거야.' 저마다 그렇게 생각했다.

무리 한가운데 서 있던 돌로호프가 병사 두 명을 넘어뜨리고 둑 가장자리로 달려가더니 못을 뒤덮은 얼음 위로 뛰어내렸다.

"방향을 틀어!" 그는 발밑에서 쩍쩍 갈라지는 얼음 위를 껑충껑충 뛰면서 소리쳤다. "방향을 틀라니까!" 그는 대포를 향해 외쳤다. "안 깨져!"

빙판은 그를 지탱하긴 했지만 푹푹 꺼지고 쩍쩍 갈라졌다. 대포나 사람들의 무리는커녕 그 한 사람의 무게만으로도 금방 산산조각이 날 것 같았다. 사람들이 그를 보고 기슭으로 몰려들었지만 빙판에 올라설지 말지 망설였다. 둑 입구에서 말을 멈추고 서 있던 연대장이 손을 들고 돌로호프를 향해 입을 열었다. 갑자기 포탄 하나가 무리 위로 아주 낮게 휙 날아와서 모두 몸을 숙였다. 무언가가 축축한 것 속에 철퍼덕 떨어졌고, 뒤이어 장군이 말과 함께 피의 웅덩이로 쓰러졌다. 누구도 장군을 일으킬 생각은커녕 그에게 눈길조차 주지 않았다.

"빙판으로 가! 빙판을 지나라니까! 어서 가! 방향을 틀어! 내 말이 안 들려! 빨리 가!" 장군에게 포탄이 떨어진 후에 갑자기 스스로도 무슨 말을 왜 외치는지 모르는 무수한 목소리들이 들렸다.

둑에 들어선 뒤쪽의 대포들 가운데 하나가 빙판 쪽으로 방향을 틀었다. 둑에서 병사들의 무리가 얼어붙은 못 위로 뛰어내리기 시작했다. 앞쪽에 있던 한 병사의 발밑에서 얼음이 갈라져 한쪽 발이 물속에 쑥 빠졌다. 그가 몸을 바로 세우려 하자 허리까지 빠졌다. 가까이 있던 병사들이 머뭇거렸고, 대포 수송병은 말을 세웠다. 그러나 뒤에서는 여전히 고함 소리가 들려왔다. "빙판으로 가! 왜 멈춘 거야? 전진! 전진!" 무리 속에서 공포에 질린 비명 소리가 들렸다. 대포를 에워싼 병사들은 방향을 돌려 앞으로 나아가기 위해 말들에게 주먹질을 해 댔다. 말들이 기슭에서 걸음을 뗐다. 보병들을 지탱하던 빙판이 거대한 조각으로 내려앉으면서, 빙판 위에 있던 마흔 명가량의 병사들이 서로를 물에 빠뜨리며 누구는 앞으로 누구는 뒤로 내달렸다.

포탄이 여전히 쉭쉭 소리를 내며 규칙적으로 날아와 얼음 위로, 물속으로, 그리고 무엇보다도 자주, 둑과 못과 기슭을 뒤덮은 무리 속으로 쿵쿵 떨어졌다.

19

프라첸 고지에, 두 손에 깃대를 쥔 채 쓰러진 바로 그 자리에 안드레이 볼콘스키 공작은 피를 흘리며 누워 자신도 모르게 아이처럼 나직하고 애처로운 신음 소리를 내뱉고 있었다.

저녁 무렵 그는 신음을 그치고 완전히 잠잠해졌다. 그는 얼마나 오랫동안 의식을 잃었는지 몰랐다. 불현듯 그는 자신이 살아 있으며, 머릿속의 타는 듯하고 뭔가를 쥐어뜯는 듯한 통증으로 고통스러워하고 있다는 사실을 깨달았다.

'그것은, 내가 이제껏 알지 못하다가 오늘에야 본 그 높은 하늘은 어디 있는가?' 그의 머리에 떠오른 첫 생각이었다. '이런 고통도 전에는 몰랐지. 그런데 나는 어디에 있는가?'

그는 가만히 귀를 기울였다. 그러자 가까이 다가오는 말발굽 소리와 프랑스어로 말하는 목소리가 들렸다. 그는 눈을 떴다. 위에는 또다시 변함없는 높은 하늘과 훨씬 더 높이 올라 떠다니는 구름들이 있었다. 구름 사이로 푸르른 무한이 보였다. 그는 고개를 돌리지 않았고, 말발굽 소리와 목소리로 비추어 그에게 다가와 멈춘 듯한 사람들을 쳐다보지도 않았다.

말을 타고 다가온 사람은 나폴레옹과 그의 두 부관이었다. 보나파르트는 전장을 돌아보며 아우게스트 둑을 포격하는 포병 중대를 강화하도록 마지막 명령을 내린 뒤 전장에 버려진 사상자들을 살펴보고 있었다.

"훌륭한 사람들이야!" 나폴레옹은 전사한 러시아 척탄병을 보면서 말했다. 그 척탄병은 추위에 얼어붙은 한 팔을 멀리 뻗은 채 얼굴을 땅에 처박아 거메진 뒷덜미를 드러내고 엎어져 있었다.

"더 이상 포탄이 없습니다, 폐하!" 그때 아우게스트를 포격하는 포병 중대에서 온 부관이 말했다.

"예비 부대에서 가져오라고 지시하시오." 나폴레옹은 이렇게 말하고 말을 몇 걸음 움직이다가 곁에 버려진 깃대와 함께 (깃발은 프랑스군이 이미 전리품으로 가져갔다) 고개를 젖히고 쓰러져 있는 안드레이 공작 위에 멈춰 섰다.

"여기 아름다운 죽음이 있군." 나폴레옹이 볼콘스키를 바라보며 말했다.

안드레이 공작은 그것이 자신을 두고 한 말이며, 그 말을 한 사람이 나폴레옹이라는 것을 깨달았다. 그는 그 말을 한 사람이 폐하라고 불리는 것을 들었다. 하지만 그에게 그 말은 마치 파리가 붕붕거리는 소리처럼 들렸다. 그는 그들에게 관심이 없었을 뿐 아니라 주의를 기울이지도 않았고, 그나마 곧 잊었다. 머리가 타는 것 같았다. 피가 빠져나가는 느낌이 들었다. 그는 저 위 아득히 높고 영원한 하늘을 보고 있었다. 그는 이 사람이 자신의 영웅 나폴레옹임을 알았다. 그러나 이 순간 구름이 달려가는 저 높고 무한한 하늘과 자신의 영혼 사이에서 지금 벌어지는 것에 비하면 나폴레옹은 너무도 작고 보잘것없는 인간으로 보였다. 누가 자기 위에 있든, 자신에 대해 무슨 말을 하든 이 순간 그는 아무 상관이 없었다. 그는 그저 사람들이 그의 위에서 멈춰 주어 기뻤다. 이 사람들이 도움의 손길을 내밀어, 이제는 그가 너무도 달리 이해하게 된 까닭에 그토록 아름답게 여겨진 삶으로 자신을 되돌려 주기만 바랄 뿐이었다. 그는 조금이라도 움직이고 어떤 소리라도 내려고 온 힘을 모았다. 그는 힘없이 한쪽 다리를 꿈틀거리며 아주 측은하게 느껴지는 가늘고 고통스러운 신음 소리를 냈다.

"아! 살아 있군." 나폴레옹이 말했다. "**이 청년**을 야전 의무실로 데려가라!"

그렇게 말한 뒤 나폴레옹은 모자를 벗고 미소 띤 얼굴로 승리를 축하하며 황제에게 다가오는 란 원수를 향해 앞으로 갔다.

안드레이 공작은 더 이상 아무것도 기억하지 못했다. 그는 들것에 실리고 운반될 때 충격을 받고 야전 응급 치료소에서 상처 부위를 검사받고 하면서 자신에게 가해진 끔찍한 통증에 의식을 잃었다. 날이 저물 무렵 부상을 입고 포로가 된 다른 러시아 장교들과 함께 병원으로 옮겨질 때에야 그는 정신이 들었다. 이동하는 동안 다소 기분이 개운해져서 주위를 둘러보고 심지어 말도 할 수 있었다.

그가 의식을 회복하고 처음 들은 말은 다급하게 지껄이는 프랑스군 호송 장교의 말이었다.

"여기서 멈춰야 해. 폐하께서 곧 지나가실 거야. 포로가 된 이 신사들을 보시면 만족하실 거야."

"오늘은 포로가 너무 많아. 거의 러시아군 전체야. 그러니 폐하도 진절머리를 내실 거야." 다른 장교가 말했다.

"뭐, 그렇긴 하지만! 이 사람이 알렉산드르 황제의 근위대를 지휘했다지." 첫 번째 장교가 하얀 근위 기병 군복 차림의 부상당한 러시아 장교를 가리키며 말했다.

볼콘스키는 페테르부르크의 사교계에서 만난 적이 있는 레프닌* 공작을 알아보았다. 그의 곁에는 역시 부상당한 근위 기병 장교인 열아홉 살의 풋내기 청년이 있었다.

질주해 달려온 보나파르트가 말을 세웠다.

"누가 선임인가?" 그가 포로들을 보고 물었다.

대령인 레프닌 공작의 이름이 불렸다.

"당신이 알렉산드르 황제의 근위 기병 연대를 이끈 지휘관이오?" 나폴레옹이 물었다.

"나는 기병 중대를 지휘했습니다." 레프닌이 대답했다.

"당신의 연대는 자신의 의무를 명예롭게 수행했소." 나폴레옹이 말했다.

"위대한 사령관의 칭찬은 병사에게 최고의 상입니다." 레프닌이 대답했다.

"기꺼이 당신에게 찬사를 건네오." 나폴레옹이 말했다. "당신 옆에 있는 이 청년은 누구요?"

레프닌 공작은 수흐텔렌 중위라고 밝혔다.*

그를 보고 나폴레옹은 빙그레 웃으며 말했다.

"우리와 싸우러 나서기에는 너무 어리군."

"젊음이 용맹에 걸림돌이 되지는 않습니다." 수흐텔렌이 끊어지는 목소리로 말했다.

"훌륭한 대답이군." 나폴레옹이 말했다. "젊은이, 당신은 크게 성공할 것이오!"

안드레이 공작도 포로라는 전리품의 완성도를 위해 황제의 눈에 띄는 앞쪽에 운반된 만큼 그의 관심을 끌지 않을 수 없었다. 나폴레옹은 벌판에서 안드레이 공작을 본 것을 기억한 듯 그에게 말을 걸며 **청년**이라는 호칭을 사용했다. 볼콘스키는 나폴레옹의 기억에 그러한 호칭으로 처음 각인되었던 것이다.

"당신이오, 청년? 그러니까 당신이 그 청년이오?" 나폴레옹이 안드레이 공작에게 물었다. "기분이 어떻소, **나의 용사여?**"

5분 전만 해도 자신을 운반하는 병사들에게 몇 마디 건넬 수 있었던 안드레이 공작은 이제 나폴레옹에게 시선을 똑바로 향한 채 침묵을 지킬 뿐이었다……. 이 순간 그에게는 나폴레옹을 사로잡은 모든 관심거리가 너무도 초라해 보였다. 자신이 보고 헤아리게 된 저 높고 공평하고 선한 하늘에 비하면 이 저급한 허영과 승리에 대한 기쁨을 드러내는 자신의 영웅 자체가 너무도 졸렬해 보였다. 그래서 나폴레옹의 말에 대답을 할 수 없었다.

심한 출혈로 인한 쇠약과 고통과 임박한 죽음에 대한 예감이 마음에 불러일으킨 준엄하고 위대한 일련의 상념에 비하면 참으로 모든 것이 너무나 쓸모없고 하찮게 여겨졌다. 나폴레옹의 눈을 쳐다보며 안드레이 공작은 위대함의 보잘것없음에 대해, 아무도 그 의미를 이해할 수 없었던 생의 보잘것없음에 대해, 그리고 산 사람들 가운데 어느 누구도 그 의미를 이해할 수 없고 설명할 수 없었던 죽음의 한층 더한 보잘것없음에 대해 생각했다.

황제는 대답을 기다리다 못해 고개를 돌렸고, 자리를 떠나며 지휘관 중 한 사람에게 말했다.

"이 신사분들을 잘 보살피고 내 막사로 데려오시오. 내 주치의 라레*에게 저들의 부상을 살펴보게 하시오. 그럼 안녕히, 레프닌 공작." 그러고는 말을 움직여 빠르게 앞으로 달려갔다.

그의 얼굴에는 자기만족과 행복의 광채가 어려 있었다.

안드레이 공작을 운반할 때 그들의 눈에 띈, 마리야 공작 영애가 오빠에게 걸어 준 작은 황금 이콘을 목에서 벗겼던 병사들은 황제가 포로들을 대하는 부드러운 태도를 보고는 부랴부랴 이콘을 제자리에 돌려놓았다.

안드레이 공작은 누가 어떻게 그것을 다시 걸어 주었는지 보지 못했다. 그러나 문득 정신을 차려 보니 군복 위 가슴팍에 가느다란 금사슬이 달린 이콘이 놓여 있었다.

'그랬으면 좋으련만.' 안드레이 공작은 누이가 그토록 다감하고 경건하게 걸어 준 작은 이콘을 쳐다보며 생각에 잠겼다. '모든 것이 누이에게 보이듯 그렇게 분명하고 단순하면 좋으련만. 이 생에 어디서 도움을 구할지, 그 후에 저기 관 너머에서는 무엇을 기다릴지 알 수 있다면 얼마나 좋을까! "주여, 제게 자비를 베푸소서!" 지금 그렇게 말할 수 있다면 난 얼마나 행복하고 평안할까! 하지만 이 말을 누구에게 하지? 내가 말을 건넬 수도 없을 뿐 아니라 위대한 전체인지 무(無)인지 말로 표현할 수도 없는 그 불분명하고 이해할 수 없는 힘?' 그는 혼잣말을 했다. '아니면 누이가 이 부적 주머니 안에 넣고 꿰매 준 그 하느님? 내가 이해하는 모든 것의 보잘것없음과 이해할 수는 없지만 지극히 중요한 무언가의 위대함 외에 분명한 것은 아무것도, 아무것도 없다!'

들것이 움직이기 시작했다. 들것이 흔들릴 때마다 그는 다시 참기 힘든 통증을 느꼈다. 열에 들뜬 상태가 점차 심해져서 그는 헛소리를 하기 시작했다. 아버지와 아내와 누이와 장차 태어날 아들에 대한 염원, 전투 전야에 경험한 부드러운 감정, 작달막하고 보잘것없는 나폴레옹의 형상, 그리고 그 모든 것 위에 있는 높은 하늘이 열에 들뜬 그의 생각의 주된 토대를 이루고 있었다.

리시예 고리에서의 조용한 생활과 평온한 가정의 행복이 머릿속에 떠올랐다. 그가 그 행복을 한껏 즐기고 있을 때 특유의 냉담하고 편협하고 타인들의 불행에 행복해하는 눈빛을 지닌 작달막한 나폴레옹이 갑자기 나타났다. 그러자 의심과 고뇌가 시작되었고, 오직 하늘만이 평온을 약속했다. 아침 무렵에는 모든 공상이 뒤섞여 의식 불명과 망각의 혼돈과 암흑으로 한데 어우러졌다. 나폴레옹의 주치의인 라레의 견해에 따르면, 그런 상태는 쾌유보다 죽음으로 끝날 가능성이 훨씬 높았다.

"이 사람은 신경질적이고 예민해서 병이 낫지 않을 겁니다."

안드레이 공작은 가망 없는 다른 부상자들에 섞여 주민들의 보호 아래 맡겨졌다.

제2권

제1부

I

    1806년 초, 니콜라이 로스토프는 휴가를 받아 돌아왔다. 데니소프도 보로네시*의 집으로 가는 길이어서 로스토프는 모스크바까지 함께 가서 자기 집에 머물라고 그를 설득했다. 끝에서 두 번째 역참에서 동료를 만난 데니소프는 그와 술을 세 병이나 마시고 역마가 끄는 썰매 바닥에 너부러져 길이 울퉁불퉁한데도 모스크바에 닿을 때까지 로스토프 옆에서 한 번도 깨지 않았다. 로스토프는 모스크바가 가까워 올수록 점점 더 조바심을 냈다.

    '곧 도착하나? 다 온 건가? 오, 이 지긋지긋한 길, 상점, 빵,* 가로등, 삯마차!' 그들이 검문소에서 휴가증을 등록하고 모스크바로 들어섰을 때* 로스토프는 생각했다.

    "데니소프, 다 왔어! 자는구나!" 그는 몸을 앞으로 숙이며 말했다. 마치 그런 자세로 썰매의 움직임에 속도를 더하고 싶은 듯했다. 데니소프는 응답이 없었다.

    "저긴 삯마차 마부 자하르가 마차를 세워 두던 네거리 모퉁이잖아. 바로 저기 저 사람이 자하르고, 말도 그대로네! 프랴니크*를 팔던 상점도 저기 있고. 이제 다 왔나? 자, 어서 가!"

    "어느 집으로 가라고요?" 마부가 물었다.

"저기 끝에 있는 큰 집이야. 어떻게 저 집이 안 보여! 저게 우리 집이야." 로스토프가 말했다. "정말 우리 집이구나!"

"데니소프! 데니소프! 이제 곧 도착해."

데니소프는 고개를 들어 기침을 하곤 아무 대꾸도 하지 않았다.

"드미트리." 로스토프가 마부석에 앉은 하인을 향해 물었다. "저게 정말 우리 집 불빛인가?"

"맞습니다. 아버님 서재에서도 불빛이 비치네요."

"다들 아직 잠자리에 들지 않았나? 자네 생각은 어때?"

"알았지? 잊지 마. 곧장 나한테 새 벤게르카*를 꺼내 줘야 해." 로스토프는 갓 자란 콧수염을 만지작거리며 덧붙였다. "자, 어서 가!" 그는 마부에게 소리쳤다. "제발 일어나, 바샤." 그러고는 다시 고개를 떨어뜨린 데니소프를 돌아보며 말했다.

"자, 보드카 값으로 3루블 줄 테니까 어서 가, 어서!" 썰매가 어느덧 세 집 너머 그의 집 현관 입구가 보이는 곳에 이르자 로스토프가 소리쳤다. 그에게는 말들이 움직이지 않는 것처럼 느껴졌다. 마침내 썰매가 현관 계단 입구를 향해 오른쪽으로 돌았다. 로스토프는 석고가 떨어져 나간 낯익은 처마와 현관 계단과 보도의 기둥을 보았다. 그는 썰매가 멎기도 전에 훌쩍 뛰어내려 현관으로 달려 들어갔다. 집은 누가 와도 상관없다는 듯 여전히 꼼짝 않고 무뚝뚝하게 서 있었다. 현관에는 아무도 없었다. '아, 하느님! 다 괜찮은 건가?' 로스토프는 심장이 멎는 심정으로 잠시 섰다가 이내 현관과 눈에 익은 휘어진 계단을 따라 내달리며 생각했다. 여전히 똑같은 문손잡이가, 백작 부인이 더럽다고 화를 내곤 하던 그 손잡이가 예전처럼 힘없이 열렸다. 현관방에는 수지 양초 한 자루가 타고 있었다.

미하일로 노인은 궤짝* 위에서 자고 있었다. 외출할 때 데리고 다니는 하인으로 카레타 뒤쪽을 들어 올릴 만큼 힘이 센 프로코피는 앉아서 자투리 천으로 나무껍질 신발*을 엮고 있었다. 그는 열린 문을 흘긋 쳐다보았다. 졸음에 겨운 태평한 그의 표정이 갑자기 환희에 차고 놀란 표정으로 변했다.

"이런, 세상에! 젊은 백작님!" 그는 젊은 주인을 알아보고 비명을 질렀다. "이게 어찌 된 일입니까, 나리!" 프로코피는 흥분으로 떨면서 그가 온 것을 알리기 위해서인 듯 응접실 문으로 달려갔다. 그러나 생각을 바꾸었는지 되돌아와서 젊은 주인의 어깨를 덥석 껴안았다.

"다들 건강하지?" 로스토프가 팔을 빼며 물었다.

"다행히요! 모두 다행히요! 다들 지금 막 식사를 끝내셨습니다! 어디 얼굴 좀 보여 주세요, 백작 각하!"

"아무 일 없어?"

"다행히요, 다행히요!"

로스토프는 데니소프에 대해서는 까맣게 잊은 채, 누구도 자신이 온 것을 미리 알리게 만들고 싶지 않아서 외투를 벗어 던지고 어둑한 큰 홀로 뒤꿈치를 든 채 달려갔다. 똑같은 카드놀이 탁자, 덮개를 씌운 똑같은 샹들리에, 모든 것이 예전 그대로였다. 그러나 누군가가 이미 젊은 주인을 보고 알렸는지 그가 응접실로 달려가기도 전에 옆문에서 무언가가 폭풍처럼 맹렬하게 달려 나와서는 그를 안고 입을 맞추었다. 다른 문에서, 또 다른 문에서, 다른 존재가, 똑같아 보이는 또 다른 존재가 뛰쳐나왔다. 잇따른 포옹, 잇따른 입맞춤, 잇따른 외침과 기쁨의 눈물. 그는 아빠가 어디 있고 누구인지, 누가 나타샤인지, 누가 페탸인지 구분할 수 없었다. 모두가 한꺼번에 소리 지르고 말하면서 그에게 입을 맞추었다. 오직 어머니만 없었다. 그는 그것이 신경 쓰였다.

"그런데도 나는, 몰랐어…… 니콜루시카…… 나의 친구, 콜랴!"

"여기 그가…… 우리의……. 달라졌네! 초가 없어! 차를 가져와!"

"나도 입 맞춰 줘!"

"애야…… 나도."

소냐, 나타샤, 페탸, 안나 미하일로브나, 베라, 노백작이 그를 끌어안았다. 하인들도 하녀들도 방을 가득 메운 채 탄성을 질렀다.

페탸가 그의 다리에 매달렸다.

"나도!" 그가 외쳤다.

나타샤는 로스토프를 끌어당겨 얼굴에 입맞춤을 퍼붓고는 팔짝 뛰어 물러났다. 그러고는 그의 벵게르카 앞깃을 잡고 계속 한자리에서 염소처럼 깡충깡충 뛰며 날카로운 소리로 환호성을 질렀다.

사방에 기쁨의 눈물로 빛나는 애정 어린 눈동자들이 있었고, 사방에 입맞춤을 구하는 입술들이 있었다.

쿠마치* 천처럼 빨간 소냐도 그의 팔을 붙잡고 그토록 기다려온 그의 눈동자를 향한 축복된 시선 속에 온통 빛나고 있었다. 소냐는 벌써 열여섯 살이었고, 아주 예뻤다. 행복과 환희에 차서 생기를 띤 이 순간에는 특히 그랬다. 그녀는 미소 띤 얼굴로 숨을 죽이며 눈을 떼지 못하고 그를 바라보았다. 그는 감사의 눈길로 그녀를 쳐다보았다. 하지만 그런 와중에도 내내 누군가를 기다리고 찾았다. 노백작 부인은 아직 나오지 않았다. 드디어 문가에서 발소리가 들렸다. 걸음이 너무 빨라서 어머니의 것 같지가 않았다.

하지만 그 사람은 바로 어머니였다. 그가 없는 동안 지은 듯 전에 본 적이 없는 새 옷을 입고 있었다. 모두가 그를 놓아주자 그는 어머니에게 달려갔다. 두 사람이 마주한 순간, 그녀는 흐느끼며 그의 가슴에 쓰러졌다. 그녀는 얼굴을 들지 못하고 그저 그의 벤게르카에 붙은 차가운 줄 장식에 얼굴을 꼭 대고 있었다. 아무도 알아채지 못한 사이에 데니소프가 방으로 들어서다가 그 자리에 서서 그들을 바라보며 눈시울을 닦았다.

"바실리 데니소프입니다. 아드님의 친굽니다." 그는 의아하게 바라보는 백작에게 자신을 소개하며 말했다.

"어서 와요. 압니다, 알다마다요." 백작이 데니소프에게 입을 맞추고 얼싸안으며 말했다. "니콜루시카가 편지에 썼지요……. 나타샤, 베라, 이분이 바로 데니소프란다."

하나같이 행복과 환희에 찬 얼굴들이 머리털이 덥수룩하고 콧수염이 거뭇한 데니소프의 작달막한 체구를 돌아보고 그를 에워쌌다.

"아, 데니소프!" 나타샤는 기뻐서 어쩔 줄 몰라 하며 날카로운 목소리로 외치더니 그에게 뛰어가 끌어안고 입을 맞추었다. 모두 나타샤의 행동에 당황했다. 데니소프도 얼굴을 붉혔지만 빙그레 웃고는 나타샤의 손을 잡고 입을 맞추었다.

데니소프는 그를 위해 준비된 방으로 안내되었고, 로스토프가 사람들은 모두 소파가 있는 방으로 가서 니콜루시카 주위에 모여 있었다.

노백작 부인은 한시도 그의 손을 놓지 않고 끊임없이 입을 맞추며 옆에 나란히 앉아 있었다. 나머지 사람들은 그를 둘러싸고 모여 그의 몸짓 하나, 말 한마디, 눈길 하나도 놓치지 않았으며, 기쁨과 사랑이 넘치는 시선을 그에게서 떼지 못했다. 남동생과 누이들은 말다툼을 벌이며 그에게 더 가까운 자리를 차지하려 했고, 누가 그에게 차와 손수건과 파이프를 가져다줄지를 두고 싸웠다.

로스토프는 가족들이 보여 준 사랑에 무척 행복했다. 그러나 만남의 첫 순간이 너무도 축복된 것이어서 지금의 행복이 그에게는 작게 느껴졌다. 그는 또 다른, 또 다른, 또 다른 무언가를 계속 기다렸다.

다음 날 아침, 오랜 여정에서 돌아온 사람들은 9시가 넘도록 잠을 잤다.

그들의 방과 붙은 앞방에는 기병도, 배낭, 타시카, 활짝 열린 여행 가방, 더러운 부츠가 여기저기 흩어져 있었다. 박차가 달린 부츠 두 켤레는 깨끗이 손질되어 방금 벽 가에 놓였다. 하인들이 세면기와 면도를 위한 온수와 깨끗이 손질된 옷을 가져왔다. 담배와 남자 냄새가 났다.

"헤이, 그리시카, 파이프 줘!" 바시카 데니소프의 목쉰 소리가 외쳤다. "로스토프, 일어나!"

로스토프는 눈꺼풀이 들러붙은 눈을 비비며 뜨뜻한 베개에서 헝클어진 머리를 들었다.

"뭐야, 늦었어?"

"늦었지. 9시가 넘었어." 나타샤의 목소리가 대답했다. 옆방에서 풀 먹인 드레스가 바스락거리는 소리와 속삭이고 웃어 대는 아가씨들의 목소리가 들려왔고, 살짝 열린 문틈으로 하늘빛의 무언가와 리본과 검은 머리카락과 명랑한 얼굴들이 아른거렸다. 로스토프가 일어났는지 알아보러 온 나타샤와 소냐와 페탸였다.

"니콜렌카, 일어나!" 문가에서 다시 한번 나타샤의 목소리가 들렸다.

"당장!"

그사이 앞방에서 기병도를 발견하고 손에 쥔 페탸는 소년들이 군인다운 형의 모습에서 느끼곤 하는 희열을 맛보며, 누나들이 옷을 걸치지 않은 사내들을 보는 것은 예의에 어긋난다는 점도 잊고 문을 활짝 열었다.

"형 칼이야?" 그가 소리쳤다. 소녀들은 팔짝 뛰며 물러났다. 데니소프는 놀란 눈을 한 채 털이 덥수룩한 다리를 이불 속으로 감추며 도움을 구하기 위해 친구를 돌아보았다. 문이 페탸를 들여보내고 다시 닫혔다. 문 뒤에서 웃음소리가 들렸다.

"니콜렌카, 할라트 걸치고 나와." 나타샤의 목소리가 말했다.

"이거 형 칼이야?" 페탸가 물었다. "아니면 당신 건가요?" 그는 콧수염이 난 검은 머리의 데니소프에게 아부와 존경이 뒤섞인 태도로 말을 걸었다.

로스토프는 부랴부랴 신을 신고 할라트를 걸친 뒤 밖으로 나갔다. 나타샤가 박차 달린 부츠를 한 짝 신고 다른 한 짝에 발을 집어넣고 있었다. 그가 나왔을 때 소냐는 빙빙 돌다가 드레스 자락을 부풀려 막 앉으려는 참이었다. 두 사람은 똑같이 새로 지은 하늘색 드레스를 입고 있었다. 뺨이 발간, 생기 있고 명랑한 모습이었다. 소냐는 달아났고, 나타샤가 오빠의 팔을 잡고 소파가 있는 방으로 끌고 갔다. 그리고 그들의 대화가 시작되었다. 두 사람은 오직 그들만이 흥미를 가질 수 있을 수천 가지 사소한 것들에 대해 서로 묻고 대답하느라 숨 쉴 틈이 없었다. 나타샤는 그와 자신이 하는 말 한마디 한마디에 웃음을 터뜨렸다. 자신들이 하는 말이 우스워서가 아니라 그녀 자신이 즐거운 나머지 웃음으로 표출되는 기쁨을 억누를 수 없어서였다.

"아, 정말 훌륭해, 멋져!" 그녀는 모든 말에 그렇게 말했다. 로스토프는 나타샤의 사랑이 뿜어내는 뜨거운 빛줄기의 영향 아래 1년 반 만에 처음으로 자신의 영혼과 얼굴에 어린아이 같은 순수한 미소가 피어나는 것을 느꼈다. 그는 집을 떠난 후로 단 한 번도 그런 미소를 지어 본 적이 없었다.

"아냐, 들어 봐." 그녀가 말했다. "오빠는 이제 완전히 남자가 된 거지? 난 미치도록 기뻐. 오빠가 내 오빠라서." 그녀는 그의 콧수염을 건드렸다. "난 오빠 같은 남자들이 어떤지 알고 싶어. 우리와 똑같아? 아니야?"

"소냐는 왜 도망갔어?" 로스토프가 물었다.

"응. 그건 또 할 얘기가 많아! 소냐를 어떤 식으로 부를 거야? 너 아니면 당신?"

"되는대로." 로스토프가 말했다.

"소냐에게 '당신'이라고 해, 부탁이야. 나중에 얘기해 줄게."

"도대체 뭐야?"

"그럼 지금 말해 줄게. 오빠도 알지만, 소냐는 내 친구야. 그녀를 위해서라면 내 팔을 지져도 좋은 그런 친구란 말이야. 자, 봐." 그녀는 한쪽 모슬린 소매를 걷어 올려 길고 가늘고 부드러운 팔에서 어깨 아래로 팔꿈치보다는 훨씬 높은 곳(무도회 드레스로도 덮이는 부분이었다)에 난 붉게 찍힌 자국을 보여 주었다.

"이건 소냐에게 나의 사랑을 보여 주기 위해 불로 지진 거야. 그냥 쇠 자를 불에 달구었다가 꾹 눌렀어."

자신의 옛 공부방에서 팔걸이 위에 쿠션이 달린 소파에 앉아 나타샤의 감당할 수 없을 만큼 생기발랄한 눈동자를 들여다보는 동안 로스토프는 다시 자신의 어릴 적 가족의 세계로, 자기 외에 누구에게도 의미를 갖지 못하는, 하지만 그에게는 인생에서 최고의 기쁨 가운데 하나를 선사해 준 세계로 들어갔다. 사랑을 증명하기 위해 쇠 자로 팔을 지진 것이 그에게는 황당한 짓으로 보이지 않았다. 그는 그것을 이해했기에 놀라지 않았다.

"그래서 어쨌다는 거야?" 그는 그저 이렇게 물을 뿐이었다.

"그러니까 우리는 친구야. 정말로 친한 친구란 말이야! 쇠 자로 이렇게 한 건 바보 같은 짓이지. 하지만 우리는 영원히 친구야. 소냐는 누굴 사랑하게 되면 영원히 사랑해. 난 그게 이해가 안 돼. 난 금방 잊어버리거든."

"그래서?"

"응, 그러니까 소냐는 나와 오빠를 사랑해." 나타샤가 갑자기 얼굴을 붉혔다. "그러니까, 오빠, 기억하지? 떠나기 전에……. 소냐는 그렇게 말했어. 오빠가 모든 걸 다 잊었을 거라고……. 소냐는 말했어. '난 언제나 그를 사랑할 거야. 하지만 그를 자유롭게 해 줄 거야.' 정말이지 훌륭해. 훌륭하고 고결해! 그렇지, 그렇지? 정말 고결하지? 그렇지?" 나타샤가 너무도 진지하고 흥분한 모습으로 묻는 바람에 지금 한 말을 그녀가 전에 눈물을 흘리며 말한 적이 있는 듯했다. 로스토프는 생각에 잠겼다.

"난 내가 한 말은 어떤 것도 번복하지 않아." 그는 말했다. "게다가 소냐는 너무나 매력적이야. 도대체 어떤 멍청이가 자신의 행복을 거부하려 하겠니?"

"아냐, 아냐." 나타샤가 외쳤다. "우리는 벌써 그 문제에 대해 얘기 나누었어. 우리는 오빠가 그렇게 말할 줄 알았어. 하지만 그러면 안 돼. 오빠도 이해하겠지만, 만약 오빠가 그렇게 말하면, 그러니까 자신을 언약에 얽매인 몸으로 여기면 소냐가 마치 일부러 그런 말을 한 것처럼 되잖아. 그러면 오빠는 억지로 소냐와 결혼하게 되는 거고, 전혀 다른 결과가 되는 거잖아."

로스토프는 그들이 이 모든 것을 잘 생각해 냈다고 느꼈다. 소냐는 어제도 자신의 아름다움으로 그에게 충격을 주었다. 오늘 그녀를 잠깐 보았을 때 그녀는 더더욱 아름다워 보였다. 그녀는 열여섯 살의 매력적인 소녀였고, 분명 그를 열정적으로 사랑하고 있었다. (그는 이 점을 단 한 순간도 의심하지 않았다.) 그가 그녀를 사랑해서는 안 되고 심지어 결혼해서는 안 될 이유가 도대체 뭐란 말인가? 로스토프는 생각했다. 그러나 지금은 아니었다. 지금은 다른 즐거움과 일들이 너무 많다! '그래, 둘이서 이 문제에 대해 정말 좋은 생각을 해냈어.' 그는 생각했다. '난 자유로운 몸으로 남아야 해.'

"그래, 아주 훌륭해." 그는 말했다. "그건 나중에 얘기하자. 아, 널 보아서 얼마나 기쁜지 몰라!" 그는 덧붙였다. "그런데 넌 어때? 보리스를 배신한 거 아니야?" 오빠가 물었다.

"바보 같은 소리!" 나타샤가 깔깔거리며 소리쳤다. "나는 그 사람에 대해서도, 그 누구에 대해서도 생각하지 않아. 알고 싶지도 않고."

"그럴 수가! 왜 그렇게 된 거야?"

"나 말이야?" 나타샤가 되물었고, 얼굴이 행복한 미소로 환하게 빛났다. "**뒤포르** 본 적 있어?"*

"아니."

"그 유명한 발레리노 뒤포르를 본 적이 없단 말이야? 그럼 오빠는 이해하지 못할 거야. 난 이런 사람이야." 나타샤는 마치 춤추듯 두 팔을 둥글게 만들어 치맛자락을 잡고 몇 걸음 뛰어갔다가 돌아서서 앙트르샤*를 하고 발과 발을 맞부딪치고는 발가락을 세우고 서서 몇 발짝 더 걸었다. "정말 선 거야? 자, 봐!" 그녀가 말했다. 그러나 발끝으로 몸을 지탱하지 못했다. "바로 이게 내 모습이야! 난 절대 누구와도 결혼 안 할 거야. 난 발레리나가 될 거야. 아무한 테도 말하지 마."

로스토프는 데니소프가 자신의 방에서 질투를 느낄 만큼 큰 소리로 유쾌하게 웃어 댔다. 나타샤도 웃음을 참지 못하고 깔깔거렸다. "그래도 정말 잘하지?" 그녀는 계속 말했다.

"잘하네. 이제 보리스와는 결혼하고 싶지 않은 거야?"

나타샤의 얼굴이 확 붉어졌다.

"난 누구와도 결혼하고 싶지 않아. 보리스를 보면 똑같이 말할 거야."

"정말?" 로스토프가 말했다.

"응, 그럴 거야. 그런 건 시시해." 나타샤는 계속 재잘거렸다. "그런데 데니소프는 좋은 사람이야?" 그녀가 물었다.

"좋은 사람이지."

"자, 갈게. 옷이나 입어. 데니소프는 무서운 사람이야?"

"왜 무서워?" **니콜라**가 물었다. "바시카는 멋진 사람이야."

"오빠는 그 사람을 바시카라고 불러……? 이상하네. 그럼 정말 좋은 사람이구나?"

"아주 좋은 사람이야."

"자, 얼른 차 마시러 와. 다 같이 마시자."

나타샤는 발끝으로 일어나 발레리나가 걷듯이, 그러나 행복한 열다섯 살 소녀만이 짓는 미소를 머금고 방에서 걸어 나갔다. 응접실에서 소냐와 마주친 로스토프는 얼굴을 붉혔다. 그녀를 어떻게 대해야 할지 몰랐다. 어제는 만남의 기쁨이 솟아나는 첫 순간에 서로 입을 맞추었지만 오늘은 그럴 수 없을 것 같았다. 그는 모두가, 어머니도, 누이들도, 뭔가 묻는 듯 자신을 바라보며 자신이 소냐에게 어떻게 행동하는지 궁금해한다고 느꼈다. 그는 그녀의 손에 입을 맞추면서 그녀를 **소냐, 당신**이라고 불렀다. 그러나 마주친 그들의 눈은 서로에게 '너'라 말했고, 부드러운 입맞춤을 나누었다. 그녀의 눈빛은 나타샤를 사절로 삼아 감히 그의 언약을 떠올리게 한 것에 대한 용서를 구하고, 그의 사랑에 대한 감사를 전했다. 그의 눈빛은 자유를 제안한 데 대한 감사를 그녀에게 전했고, 그녀를 사랑하지 않을 수 없으므로 무슨 일이 있어도 그녀를 사랑하지 않게 되는 일은 절대 없을 것이라고 말했다.

"그런데 참 이상하네." 모두가 침묵한 순간을 틈타 베라가 말했다. "지금 소냐와 니콜렌카가 마주쳤을 때 서로 모르는 사람처럼 '당신'이라고 했어." 언제나 그렇듯 이번에도 베라의 지적은 정확했다. 하지만 대개 그렇듯 그녀의 지적은 모두를 거북하게 만들었다. 소냐와 니콜라이와 나타샤뿐 아니라 노백작 부인도 소녀처럼 얼굴을 붉혔다. 그녀는 아들에게서 눈부신 배필을 앗아 갈 수 있는, 소냐를 향한 아들의 사랑을 두려워하고 있었다. 데니소프가 전장에서와 똑같이 새 군복을 입고 머리에 포마드를 바르고 향수까지 뿌린 멋쟁이가 되어 응접실에 나타나 너무도 친절하게 귀부인들을 상대하는 것을 보고 로스토프는 깜짝 놀랐다. 로스토프는 그에게서 그런 모습을 보리라고는 전혀 기대하지 않기 때문이었다.

2

군대에서 모스크바로 돌아온 니콜라이 로스토프는 가족들에게 최고의 아들로, 영웅으로, 눈에 넣어도 아프지 않을 니콜루시카로 대우받았다. 친척들은 그를 사랑스럽고 유쾌하고 예의 바른 청년으로 받아들였다. 지인들 사이에서 그는 잘생긴 경기병 중위이자 뛰어난 춤꾼이며 모스크바의 일등 신랑감 가운데 하나였다.

모스크바 전체가 로스토프가와 아는 사이였다. 올해 노백작은 모든 영지를 다시 담보로 잡히고 대출을 받아 돈이 넉넉했다. 그래서 자기 소유의 경주마와, 모스크바에서 아직 아무도 구하지 못한 최신 유행의 독특한 승마 바지와, 구두코가 아주 뾰족하고 조그마한 은제 박차가 달린 최신 유행의 부츠를 갖게 된 니콜루시카는 매우 즐거운 시간을 보내고 있었다. 집으로 돌아온 로스토프는 예전의 생활 환경에 적응하는 시간을 어느 정도 갖고 나서야 즐거운 기분을 느끼게 되었다. 그는 자신이 꽤 성장하고 어른이 된 것 같은 기분이 들었다. 교리 문답에서 떨어져 낙심한 일, 가브릴로에게 삯마차 요금을 빌린 일, 남몰래 소녀와 입을 맞춘 일, 이 모든 일을 그는 이제 까마득하게 먼 어린 시절로 떠올리고 있었다. 이제 그는 은빛 멘티크에 병사용 게오르기 훈장을 단 경기병 중위로

서 존경받는 중년의 이름난 사냥꾼들과 언제라도 경주마를 달릴 준비가 되어 있었다. 가로수 길에는 아는 귀부인이 있어서 밤이면 말을 타고 갔다. 그는 아르하로프가의 무도회에서 마주르카*를 지휘하고, 카멘스키 원수와 전쟁 이야기를 나누고, 영국 클럽*에도 갔다. 그리고 데니소프가 소개해 준 마흔 살 된 대령과도 **너나들이로** 지내고 있었다.

군주를 향한 그의 열정은 모스크바에서 다소 시들해졌다. 모스크바에서 지내는 동안 군주를 보지 못했기 때문이다. 하지만 그럼에도 그는 종종 군주에 대해, 그를 향한 자신의 사랑에 대해 이야기하며 자신은 아직 모든 것을 말한 것이 아니고 군주를 향한 자신의 감정에는 누구나 다 이해할 수 없는 무언가가 더 있다고 느끼게 만들었다. 그리고 그 무렵 모스크바에 퍼져 있던 일반적인 감정, 당시 모스크바에서 '인간의 몸을 입은 천사'라고 불리던 알렉산드르 파블로비치 황제에 대한 숭배의 감정에 진심으로 공감했다.

군대로 복귀할 때까지 모스크바에 머물던 그 짧은 기간에 로스토프는 소냐와 가까워지기는커녕 오히려 멀어졌다. 그녀는 매우 아름답고 사랑스러운 데다 분명 그를 뜨겁게 사랑했다. 그러나 그는 사랑에 몰두할 **틈이 없을** 만큼 할 일이 많은 듯 느껴지는 젊음의 시기에 있었다. 그리고 젊은이는 얽매이는 것을 두려워한다. 다른 많은 일에 필요한 자신의 자유를 소중히 여기게 되는 것이다. 모스크바에 머무는 동안 그는 소냐를 생각할 때마다 속으로 혼잣말을 하곤 했다. '아! 저기 어딘가에 그녀와 같은 여자들이, 아직 내가 모르는 여자들이 많이, 아주 많이 있을 거야. 지금도 있어. 사랑에 빠지는 건 나중에 내가 원할 때 또 할 수 있겠지만 지금은 그럴 틈이 없어.' 또 그가 보기에 여성들의 세계에는 자신의 용기에 불명예스러운 무언가가 있는 것 같았다. 그는 마지못한 척하면서 무도회와 여성들의 모임에 드나들었다. 경마, 영국 클럽, 데니소프와 벌이는 떠들썩한 술판, **거기에** 가는 것, 이런 것은 다른 문제였다. 이런 일들은 용맹한 경기병에게 어울리는 것이었다.

3월 초에 일리야 안드레예비치 로스토프 노백작은 영국 클럽에서 바그라티온 공작의 환영 만찬을 준비하는 일로 정신이 없었다.

백작은 할라트 차림으로 홀을 돌아다니며 클럽의 지배인과 영국 클럽의 수석 요리사인 유명한 페옥티스트에게 바그라티온 공작의 만찬을 위한 아스파라거스, 싱싱한 오이, 딸기, 송아지 고기, 생선 등에 대해 지시를 내리고 있었다. 백작은 클럽의 창립 멤버이자 간사였다. 그는 클럽으로부터 바그라티온을 위한 환영회 준비를 위임받았다. 그처럼 아낌없이 넉넉하게 연회를 준비할 사람이 드문 데다, 특히 연회 준비에 돈이 필요할 경우 자기 돈을 보탤 수 있고 또 기꺼이 보태려는 사람이 거의 없었기 때문이다. 요리사와 클럽 지배인은 즐거운 얼굴로 백작의 지시를 듣고 있었다. 백작과 일할 때가 아니면 수천 루블의 비용이 드는 만찬으로 그토록 많은 이윤을 남길 수 없음을 알았기 때문이다.

"그럼 유의해 주게. 그리고 토르튀에 닭 볏을, 닭 볏을 넣어. 알겠지!"*

"그럼 차가운 소스가 셋이 되겠네요……?" 요리사가 물었다.

백작은 생각에 잠겼다.

"그보다 적어서는 안 되지. 셋으로 해……. 하나는 마요네즈로 하고." 그가 손가락을 꼽으며 말했다.

"그럼 철갑상어는 큰 것으로 가져오라고 할까요?" 지배인이 물었다.

"어쩌겠나. 값을 깎아 주지 않으면 그냥 가져와. 이런, 깜빡 잊을 뻔했군. 테이블에 앙트레*를 꼭 하나 더 내야 해. 아이고, 아버지!"
그는 머리를 움켜쥐었다. "누가 꽃을 가져오지? 미텐카! 미텐카!
미텐카, 자넨 말을 타고 포드모스코브나야*로 가." 그는 그의 부름
을 받고 들어온 관리인에게 말했다. "말을 몰고 포드모스코브나
야에 가서 정원사 막심카에게 당장 부역을 동원하라고 해. 온실의
꽃을 전부 펠트 천에 꽁꽁 싸서 가져오라고 전해. 금요일까지 이
곳에 화분 2백 개가 도착해야 한다고 해."

이런저런 지시를 내리고, 또 내린 후 그는 휴식을 취하러 백작
부인에게 가다가 필요한 것이 또 생각나 되돌아왔다. 그는 요리사
와 지배인을 되불러 또다시 지시를 내리기 시작했다. 문가에서 남
자의 가벼운 발걸음 소리와 철컥거리는 박차 소리가 들렸다. 뒤이
어 뺨이 붉고 콧수염이 거뭇한 잘생긴 젊은 백작이 들어왔다. 모스
크바에서 편안하게 지내는 동안 푹 쉬면서 응석받이가 된 듯했다.

"아이고, 애야! 머리가 빙빙 도는구나." 노인은 창피한 듯 아들
앞에서 씩 웃으며 말했다. "하다못해 너라도 도와야지! 노래할 사
람이 더 필요하단다. 악단은 우리 집에 있으니까, 그래, 집시를 불
러야 할까? 너희 군인들은 그런 걸 좋아하잖니."

"정말이지, 아버지, 바그라티온 공작이 쇤그라벤 전투를 준비
할 때도 지금의 아버지보다는 덜 분주했던 것 같아요." 아들이 빙
그레 웃으며 말했다.

노백작은 화가 난 척했다.

"그래, 어디 한번 떠들어 봐라. 해 볼 테면 해 봐!"

그러고 나서 백작은 현명하고 정중한 얼굴로 주의 깊고도 다정
하게 아버지와 아들을 바라보던 요리사를 돌아보았다.

"참 나, 젊은 놈들 좀 보게, 어떤가, 페옥티스트?" 그가 말했다.
"우리 늙은이들을 비웃는구먼."

"어쩌겠습니까, 백작 각하. 젊은 분들은 그저 먹는 것만 좋아하시죠. 모든 걸 준비하고 **차려 내는 건** 그분들의 일이 아니거든요."

"맞아, 맞아!" 백작이 소리치고는 아들의 두 손을 덥석 잡으며 다시 외쳤다. "그러면 되겠구나. 너, 나한테 딱 걸렸다! 지금 당장 말 두 마리가 끄는 썰매를 타고 베주호프가로 가거라. '백작, 일리야 안드레이치께서 신선한 딸기와 파인애플을 부탁한다며 날 보내셨습니다. 다른 댁에서는 더 구할 수가 없어서요'라고 말해라. 그 사람이 없으면 공작 영애들을 찾아가서 말해 봐. 그 집을 나온 다음에는 그래, 라즈굴라이로 가라. 마부 이팟카가 알아. 그곳에서 일리유시카*라는 집시를 찾아. 기억나지? 그때 오를로프 백작 집에서 하얀 카자킨*을 입고 춤을 추었잖니. 그 사람을 이곳으로 데려와."

"집시 여자들도 데려올까요?" 니콜라이가 웃으며 물었다.

"이런, 이런······!"

그때 안나 미하일로브나가 근심에 찬 사무적인 표정으로, 동시에 한 번도 그녀를 떠난 적이 없는 온화한 그리스도교 신자의 표정으로 발소리를 죽이며 홀에 들어왔다. 매일 안나 미하일로브나가 찾아올 때 백작은 할라트 차림인데도 매번 그는 그녀 앞에서 당황하며 차림새에 대해 용서를 구했다. 지금도 그랬다.

"괜찮아요, 백작." 그녀는 온화하게 두 눈을 감으며 말했다. "베주호프에게는 내가 갈게요." 그녀가 말했다. "젊은 베주호프가 왔으니, 백작, 우리는 그의 온실에서 무엇이든 다 구할 수가 있어요. 그를 볼 일도 있고요. 그가 내게 보리스의 편지를 보내 주었거든요. 고맙게도 보랴는 지금 참모부에 있어요."

백작은 안나 미하일로브나가 자신이 맡긴 일을 일부 맡아 주어 기뻤다. 그는 그녀를 위해 작은 카레타에 말을 매라고 지시했다.

"베주호프에게도 오라고 말해 주십시오. 그를 명단에 올리겠습니다. 참, 아내와 함께 왔나요?" 그가 물었다.

안나 미하일로브나는 눈을 감았다. 그녀의 얼굴에 깊은 슬픔이 떠올랐다…….

"아, 백작, 그는 몹시 불행해요." 그녀가 말했다. "정말이지, 우리가 들은 게 사실이라면 끔찍해요. 우리가 그의 행복을 그토록 기뻐하던 때에 이런 일을 생각이나 했겠어요! 그렇게 지고한 천상의 영혼을 가진 사람이, 그 젊은 베주호프가! 그래요, 난 진심으로 그를 동정하고 있어요. 그래서 그를 위로하는 일이라면 내가 할 수 있는 한 노력해 보려고요."

"도대체 무슨 일이 있었습니까?" 아버지와 아들, 두 로스토프가 물었다.

안나 미하일로브나가 한숨을 푹 쉬었다.

"돌로호프, 마리야 이바노브나의 아들이오……." 그녀는 은밀하게 속삭이며 말했다. "그녀의 명예를 아주 위태롭게 만들었답니다. 베주호프가 그를 데려와 페테르부르크에 있는 자기 집으로 초대했어요. 그런데…… 그녀가 이곳에 오면서 그 불한당이 따라온 거예요." 안나 미하일로브나는 피에르에 대한 동정을 표현하려 하며 말했지만, 무의식적인 억양과 반쯤 지은 미소는 그녀가 불한당이라고 부른 돌로호프에 대한 동정을 드러냈다. "듣자 하니 피에르는 슬픔 때문에 완전히 절망에 빠져 있답니다."

"음, 그래도 그에게 오라고 전해 주십시오. 기분이 확 풀릴 테니까요. 성대한 연회가 될 겁니다."

다음 날인 3월 3일 오후 1시에서 2시 사이, 만찬에 모인 영국 클럽 회원 250명과 손님 50명은 귀빈이자 오스트리아 원정의 영웅인 바그라티온 공작을 기다리고 있었다. 아우스터리츠 전투 소식을 접한 모스크바는 처음엔 당혹에 빠졌다. 그 무렵 러시아 사람들은 승리에 너무 익숙해 있어서 패배에 대한 소식을 듣고 어떤 이들은 그저 믿지 않았고, 또 어떤 이들은 무엇이든 특별한 이유로 이 기이한 사건을 해명해 보려고 애썼다. 소식이 당도하기 시작한 12월만 해도 정확한 정보와 권위를 지닌 저명인사들이 전부 모인 영국 클럽에서는 전쟁과 마지막 전투에 대해 마치 침묵하기로 약속이라도 한 듯 아무도 일절 말을 꺼내지 않았다. 라스톱친 백작, 유리 블라디미로비치 돌고루키 공작, 발루예프, 마르코프 백작, 뱌젬스키 공작 등과 같이 대화에 방향을 제시하던 사람들은* 클럽에 나타나지 않고 돌아가며 집에서 그들만의 내밀한 모임을 가졌으며, 남들이 하는 말을 따라 지껄이던 모스크바 사람들은 (그중에는 일리야 안드레이치 로스토프 백작도 있었다) 잠시 전쟁 문제에 대해 명확한 견해도 없고, 지도자도 없는 상태로 남았다. 모스크바 사람들은 무언가가 잘못되었고, 이런 좋지 못한 소식을 판단하기는 어려우므로 침묵하는 편이 낫다고 느꼈다. 그러나 얼마 후 배심원들이 협의실에서 나오듯 클럽에서 견해를 제시하던 세도가들이 다시 나타났다. 그러자 다들 분명하고 단호하게 떠들어 대기 시작했다. 러시아가 패배했다는, 일찍이 들은 적도 없고 믿을 수도 없고 있을 수도 없는 사건의 원인들이 밝혀졌다. 모든 것이 분명해지자 모스크바 구석구석에서 똑같은 말이 나돌기 시작했다. 그 원인은 바로 이랬다. 오스트리아인들의 배신, 열악한 군량, 폴란드인 프르제비셉스키와 프랑스인 랑주롱의 배신, 쿠투조프의 무능, 그리고 보잘것없는 나쁜 사람들을 신뢰한 (사람들은 조용히 수군거렸다) 군주의 젊은 나이와 미숙함. 그러나 군대는, 러시아 군대는 대단해서 용맹의 기적을 이루어 냈다고 다들 입을 모아 말했다. 병사들, 장교들, 장군들은 영웅이었다. 하지만 영웅

중의 영웅은 쉰그라벤 전투와 아우스터리츠 퇴각으로 명성을 떨친 바그라티온 공작이었다. 아우스터리츠에서 그는 홀로 자신의 종대를 질서 정연하게 이끌었으며, 온종일 싸워 두 배나 더 강한 적을 물리쳤다. 바그라티온이 모스크바에서 영웅으로 꼽힌 데에는 그가 모스크바에 아무 인맥이 없는 이방인이라는 점도 함께 작용했다. 그를 통해 연줄과 음모가 없는 전투적이고 소탈한 러시아 군인, 이탈리아 원정의 기억으로 여전히 수보로프의 이름과 결부되어 있던 러시아 군인에게 경의가 바쳐지고 있었다.* 게다가 그에게 바치는 그 같은 경의에는 쿠투조프에 대한 혐오와 비난이 무엇보다도 잘 표현되고 있었다.

"만약 바그라티온이 없었다면 **그를 발명해야 했을 거야.**" 익살꾼 신신이 볼테르의 말을 패러디하며 말했다.* 쿠투조프에 대해 말하는 사람은 아무도 없었고, 몇몇 사람들은 그를 두고 궁중의 바람둥이니 늙은 사티로스*니 하며 수군수군 욕을 해 댔다.

"풀을 바르고 또 발라라. 그러면 자기 몸에도 온통 풀이 묻을 것이다." 아군의 패배를 과거의 승리에 대한 추억으로 위안 삼던 돌고루코프 공작이 한 말을 온 모스크바가 되풀이하고 있었다. 또한 프랑스 군인들을 전투에 끌어내려면 화려한 문구를 써야 하고, 독일인들과는 후퇴가 전진보다 더 위험하다고 설득하면서 논리적으로 따져야 하지만, 러시아 군인들은 단지 억제시키며 "더 천천히!"라고 당부하기만 하면 된다는 라스톱친의 말도 회자되었다. 아군 병사들과 장교들이 아우스터리츠에서 보여 준 용기의 개별 사례에 대한 새롭고 새로운 이야기들이 사방에서 들려왔다. 누구는 군기를 구했고, 누구는 프랑스군 다섯 명을 죽였으며, 누구는 혼자서 대포 다섯 문에 포탄을 장전했다. 그중에는 베르크에 대한 이야기도 있어서, 그를 모르는 사람들이 그가 오른팔에 부상을 입어 왼손으로 장검을 쥐고 전진했다는 이야기를 했다. 볼콘스키에 대해서는 아무 말도 없었다. 그를 가까이 알던 사람들만 그가 임신한 아내를 괴짜 아버지에게 남겨 두고 일찍 죽은 것을 애석해할 뿐이었다.

3

3월 3일, 영국 클럽의 모든 방마다 이야기를 나누는 목소리들로 웅성거렸다. 마치 봄날에 날아다니는 꿀벌들처럼 클럽 회원들과 손님들은 이리저리 종종걸음을 치고, 앉았다 일어섰다 하고, 모였다 흩어졌다 했다. 그들은 군복과 연미복을 입었고, 또 어떤 이들은 머리에 분을 바르고 카프탄을 입었다. 제복을 입고 분을 바르고 긴 양말과 단화를 신은 하인들이 문마다 긴장한 채 서서 언제든 시중들 태세로 클럽의 손님들과 회원들의 움직임 하나하나를 빠짐없이 포착하려 애쓰고 있었다. 참석한 사람들은 대부분 나이 지긋한 명망가들로 자신감 넘치는 넓적한 얼굴과 살진 손가락과 확고한 동작과 목소리를 지니고 있었다. 이런 부류의 손님들과 회원들은 익숙한 일정한 자리에 앉아 익숙한 일정한 소모임을 이루었다. 참석한 이들 가운데 소수는 뜻밖의 손님들이었다. 주로 청년들이었는데, 그중에는 데니소프와 로스토프 그리고 다시 세묘놉스키의 장교가 된 돌로호프도 있었다. 청년들, 특히 군인들의 얼굴에는 노인들에 대한 경멸과 존경이 뒤섞인 표정이 어려 있었다. 그 표정은 마치 늙은 세대를 향해 이렇게 말하는 듯했다. '우리는 당신들에게 기꺼이 존경과 경의를 표하겠습니다. 하지만 미래

는 우리의 것임을 기억해 주시지요.'

네스비츠키는 클럽의 오랜 회원으로 또한 그곳에 있었다. 아내의 명령에 따라 머리카락을 기르고 안경을 벗고 유행하는 옷을 입은 피에르는 슬프고 우울한 표정으로 홀을 거닐었다. 어디를 가나 그렇듯 그의 재산 앞에 굽실거리는 사람들이 그를 둘러쌌고, 그는 몸에 밴 차르 같은 태도와 경멸 어린 무관심으로 그들을 대했다.

나이로 보면 그는 젊은 사람들 틈에 끼어야 했지만 재산과 인맥에 따라 그는 존경받는 노인 손님들의 모임에 속했다. 그래서 그는 이 모임과 저 모임을 오갔다. 여러 모임들 가운데 중심을 이루는 이들은 저명한 부류에 속한 노인들이었다. 낯선 사람들조차 고명한 사람들의 의견을 듣기 위해 그 모임 주위로 공손히 모여들었다. 큰 모임들은 라스톱친 백작과 발루예프와 나리시킨* 주위에 꾸려졌다. 라스톱친은 러시아 군인들이 패주하는 오스트리아 군인들에게 짓밟혀 도망자들 틈에서 총검으로 길을 내야 했던 일에 대해 들려주었다.

발루예프는 아우스터리츠 패전 소식에 대한 모스크바의 여론을 파악하기 위해 페테르부르크에서 우바로프가 파견된 일을 은밀하게 이야기했다.

세 번째 모임에서는 나리시킨이 수보로프가 오스트리아 장군들의 우매함에 대한 대답으로 커다랗게 수탉 울음소리를 냈던 한 오스트리아 군사위원회 회의에 대해 말하고 있었다. 바로 이 모임에 있던 신신은 쿠투조프가 수보로프에게서 수탉처럼 소리 지르는 이 어렵지 않은 기술조차 배울 수 없었던 것 같다고 우스갯소리를 하려 했다. 그러나 노인들은 이 익살꾼을 무섭게 노려봄으로써 이곳에서 쿠투조프에 대해 말하는 것은 아주 무례한 짓이라고 그가 느끼도록 만들었다.

일리야 안드레이치 로스토프 백작은 부드러운 부츠를 신고 식당에서 응접실로 노심초사하며 바쁘게 돌아다니는 중에도 모두 아는 사람이었던 지위가 높은 인물에게나 낮은 인물에게나 똑같이 허둥지둥 인사를 나누었다. 그러다가 이따금 맵시 좋은 젊은 아들을 눈으로 찾아 즐겁게 눈길을 멈추었다가 한쪽 눈을 찡긋해 보이곤 했다. 젊은 로스토프는 돌로호프와 함께 창가에 서 있었다. 로스토프는 얼마 전 그를 알게 되었고 그와의 친분을 소중히 여기고 있었다. 노백작이 돌로호프에게 다가와 그의 손을 쥐었다.

"우리 집에도 오시게. 자네는 우리 집의 멋진 청년과 아는 사이 아닌가…… 그곳에도 있었고, 함께 영웅적으로 행동했어. 아! 바실리 이그나티이치…… 안녕하시오, 노인장." 그는 지나가는 노인에게 말을 건넸다. 그러나 인사말을 채 맺기도 전에 주위가 술렁이기 시작했다. 놀란 얼굴로 달려온 하인이 "오셨습니다!" 하고 고했다.

벨 소리가 울렸다. 클럽의 간사들이 앞으로 달려갔다. 이 방 저 방에 흩어져 있던 손님들이 삽 위에서 흔들리는 호밀처럼 한 무더기로 몰려나와 홀의 문 옆에 있는 큰 응접실에 멈춰 섰다.

현관방 문가에 바그라티온이 모자도 장검도 없이 나타났다. 클럽 관례에 따라 수위에게 맡기고 온 것이다. 로스토프가 아우스터리츠 전투 전야에 보았던 것처럼 양가죽 모자를 쓰고 어깨에 채찍을 둘러멘 차림이 아니라, 몸에 꼭 맞는 새 군복을 입고 가슴 왼편에 별 모양의 게오르기 훈장이며 러시아와 외국의 훈장들을 달고 있었다. 만찬 직전에 이발을 하고 구레나룻을 민 듯했는데, 그것이 그의 인상을 불리하게 바꾸어 놓았다. 그의 얼굴에는 순박하면서도 축제처럼 흥겨운 무언가가 있었다. 그것은 단호하고 남성적인 이목구비와 결합하여 다소 우스꽝스럽기까지 한 표정을 그의 얼굴에 더했다. 그와 함께 온 베클레쇼프*와 표도르 페트로비치 우바로프는 주빈인 그가 앞장서도록 문가에 멈춰 섰다. 바그라티온은 그들의 정중함에 잠시 당황했다. 문가에서 정체가 벌어졌지만 결국 바그라티온이 앞장서서 들어갔다. 그는 손을 어디에 두어야 할지 몰라 주뼛주뼛 어색하게 응접실의 세공 마루 위를 걸었다. 쉰그라벤 전투 때 쿠르스크 연대의 선두에 서서 진군하던 때처럼 쏟아지는 총탄 아래 경작지를 지나는 것이 그에게는 더 익숙하고 쉬웠다. 간사들이 첫 번째 문에서 그를 맞아 그토록 귀한 손님을 만난 기쁨에 대해 몇 마디 하고는 대답을 기다리지도 않고 마치 체포하듯 그를 에워싸고 응접실로 안내했다. 응접실 문가에서도 서로를 밀치면서 희귀한 짐승인 양 서로의 어깨 너머로 바그라티온을 보기 위해 기를 쓰고 몰려든 회원들과 손님들 때문에 지나갈 수가 없었다. 일리야 안드레이치 백작이 누구보다 활기차게 웃으며 "좀 지나갑시다, **몽 셰르**, 지나갑시다, 지나갑시다!" 하면서 군중을 밀치고 손님들을 응접실로 안내하여 가운데 소파에 앉혔다. 에이스들, 클럽에서 가장 존경받는 회원들이 새로 온 사람들을 에워쌌다. 일리야 안드레이치 백작은 다시 군중을 밀치고 응접실을 빠져나가더니 잠시 후 다른 간사와 함께 은으로 된 커다란 접시를 들고 나타나 바그라티온 공작에게 가져갔다. 접시에는 영웅에게 경의를 표하여 지은 시가 인쇄되어 놓여 있었다. 바그라티온은 접시를 보고 깜짝 놀라 마치 도움을 구하듯 주위를 두리번거렸다. 그러나 모든 사람의 눈은 그에게 복종을 요구하고 있었다. 자신이 그들의 손안에 있다고 느끼며 바그라티온은 두 손으로 결연히 접시를 잡고 그것을 가져온 백작을 책망하듯 성난 얼굴로 쳐다보았다. 누군가가 친절하게 바그라티온의 손에서 접시를 받아들더니 (안 그러면 그 접시를 저녁까지 들고 있다가 그대로 테이블로 갈 것 같았다) 그의 주의를 시로 돌렸다. '그럼 읽겠습니다.' 바그라티온은 마치 그렇게 말하는 듯했다. 그는 피로한 눈으로 종이를 주시하며 골똘하고 진지한 표정으로 읽었다. 시를 쓴 사람이 직접 시를 쥐고 낭독하기 시작했다.* 바그라티온 공작은 고개를 숙인 채 들었다.

> 알렉산드르의 시대를 찬양하라,
> 옥좌에 앉은 우리의 티투스*를 수호하라,
> 무시무시한 사령관이자 선한 인간이 되어라,
> 조국에서는 리페우스,* 전장에서는 카이사르*가 되어라.
> 운 좋은 나폴레옹,
> 바그라티온이 어떤 사람인지 경험을 통해 깨달았으니
> 감히 러시아의 알키데스*를 더는 방해하지 못하는도다…….

그러나 시 낭독이 끝나기도 전에 집사가 "식사가 준비되었습니다!"라고 우렁찬 목소리로 알렸다. 문이 열리고 식당에서 폴로네즈가 울려 퍼졌다. "승리의 우렛소리여, 울려라, 기뻐하라, 용맹한 러시아인이여."* 일리야 안드레이치 백작은 계속 시를 낭독하는 시인을 성난 표정으로 쳐다보고는 바그라티온 앞에 허리 굽혀 인사했다. 다들 만찬이 시보다 더 중요하다고 느끼며 자리에서 일어났고, 또다시 바그라티온은 모든 이들의 선두에 서서 테이블로 갔다. 사람들은 군주의 이름과 연관되어 또한 의미를 지녔던 두 알렉산드르, 베클레쇼프와 나리시킨 사이의 상석에 바그라티온을 앉혔다. 식당에서 3백 명의 사람들은 관등과 신분에 따라, 신분이 높은 사람일수록 축하연의 주인공과 더 가까운 곳에 자리를 잡았다. 지대가 낮을수록 물이 더 깊이 흐르는 것만큼이나 자연스러운 일이었다.

만찬 직전에 일리야 안드레이치 백작은 공작에게 아들을 소개했다. 바그라티온은 그를 알아보고 이날 입 밖에 낸 모든 말과 마찬가지로 사리에 맞지 않는 어색한 말을 몇 마디 했다. 바그라티온이 아들과 이야기를 나누는 동안 일리야 안드레이치 백작은 기쁘고 자랑스러운 표정으로 모든 이들을 둘러보았다.

니콜라이 로스토프는 데니소프와 새로 알게 된 돌로호프와 함께 거의 테이블 한가운데에 앉았다. 그들 맞은편에는 피에르가 네스비츠키 공작과 나란히 앉았다. 일리야 안드레이치 백작은 다른 간사들과 함께 바그라티온을 마주하고 앉아서 모스크바식 환대의 화신이 되어 공작을 영접하고 있었다.

그의 노력은 헛되지 않았다. 만찬은 정진용(精進用)이든 간소한 것이든 모두 훌륭했다.* 그럼에도 만찬이 끝날 때까지 그는 완전히 마음 놓고 있을 수 없었다. 그는 관리인에게 한쪽 눈을 찡긋거리고, 하인들에게 귓속말로 지시를 내리고, 살짝 마음을 졸이며 눈에 익은 요리들을 하나하나 기다렸다. 모든 것이 훌륭했다. 거대한 철갑상어가 담긴 두 번째 코스가 나오자 (그것을 본 일리야 안드레이치는 기쁨과 수줍음에 얼굴을 붉혔다) 하인들은 펑 하는 소리와 함께 코르크를 뽑고 샴페인을 따르기 시작했다. 사람들에게 어느 정도 강한 인상을 남긴 생선 요리 후에 일리야 안드레이치 백작은 다른 간사들과 눈짓을 주고받았다. "건배할 일이 많을 겁니다. 이제 시작할 때입니다!" 그는 이렇게 속삭이고는 샴페인 잔을 잡고 일어섰다. 모두 입을 다물고 그가 무슨 말을 할지 기다렸다.

"황제 폐하의 건강을 위하여!" 그가 외쳤고, 순간 선량한 두 눈은 기쁨과 환희의 눈물로 젖었다. 이때 「승리의 우렛소리여, 울려라」가 연주되었다. 다들 자리에서 일어나 "우라!" 하고 외쳤다. 바그라티온도 쇤그라벤 벌판에서 외쳤을 때와 똑같은 목소리로 "우라!" 하고 부르짖었다. 젊은 로스토프의 환희에 찬 목소리가 3백 명의 목소리 속에서도 들렸다. 그는 울음을 터뜨릴 뻔했다.

"황제 폐하의 건강을 위하여······." 그가 외쳤다. "우라!" 그는 단숨에 잔을 비우고 바닥에 내동댕이쳤다. 많은 사람들이 그를 따라 했다. 그리고 커다란 함성 소리가 오래도록 이어졌다. 목소리가 잠잠해지자 하인들이 깨진 잔들을 치웠고, 모두 자리에 앉아 자신의 함성에 뿌듯한 미소를 지으며 이야기를 나누기 시작했다. 일리야 안드레이치 백작은 다시 일어나 자신의 접시 옆에 놓인 쪽지를 흘깃 보고는 지난 원정의 영웅인 표트르 이바노비치 바그라티온 공작의 건강을 위해 건배했다. 다시 백작의 하늘색 눈동자가 눈물로 촉촉해졌다. "우라!" 또다시 3백 명의 손님들이 외쳤고, 연주 대신 파벨 이바노비치 쿠투조프*의 칸타타를 합창하는 소리가 들려왔다.

러시아인들을 가로막는 모든 방해가 헛되도다,
용맹은 승리의 증표라,
우리에게는 바그라티온들이 있으니
모든 적들이 우리 발아래 있으리라······.

합창이 끝나자마자 새로운 건배가 잇따랐고, 그로 인해 일리야 안드레이치 백작은 점점 더 감격에 겨워했다. 점점 더 많은 잔들이 깨지고 함성이 점점 더 크게 들렸다. 베클레쇼프, 나리시킨, 우바로프, 돌고루코프, 아프락신,* 발루예프의 건강을 위해, 간사들의 건강을 위해, 운영자의 건강을 위해, 모든 클럽 회원들의 건강을 위해, 클럽을 찾은 모든 손님들의 건강을 위해, 끝으로 각별히 만찬의 주최자인 일리야 안드레예비치 백작의 건강을 위해 건배했다. 이 건배를 하면서 백작은 손수건을 꺼내 얼굴을 가리고 와락 울음을 터뜨렸다.

4

피에르는 돌로호프와 니콜라이 로스토프의 맞은편에 앉아 있었다. 그는 여느 때처럼 탐욕스럽게 많이 먹고 많이 마셨다. 그러나 가까이 지내던 사람들은 그의 내면에서 어떤 커다란 변화가 일어났음을 보고 있었다. 그는 만찬 내내 침묵을 지켰다. 눈을 가늘게 뜨고 얼굴을 찌푸리며 주위를 쳐다보거나 시선을 고정한 채 완전히 얼빠진 표정으로 손가락으로 미간을 문지르기도 했다. 그의 얼굴은 우울하고 암담했다. 주위에서 일어나는 일이 아무것도 보이지도 들리지도 않고, 해결되지 않은 어떤 괴로운 문제만 생각하는 듯했다.

그를 괴롭히던 해결되지 않은 문제는 모스크바에서 공작 영애가 그의 아내와 돌로호프의 친밀한 관계에 대해 던진 암시와 오늘 아침 받은 익명의 편지였다. 편지에는 모든 익명의 편지 특유의 비열한 조롱과 함께 그가 안경을 쓰고도 잘 보지 못하며, 그의 아내와 돌로호프의 관계는 오직 그 한 사람에게만 비밀이라고 쓰여 있었다. 피에르는 공작 영애의 암시도 편지도 결코 믿지 않았지만, 이 순간 맞은편에 앉은 돌로호프를 바라보기가 두려웠다. 돌로호프의 아름답고 뻔뻔한 눈과 우연히 시선이 마주칠 때마다 피에르는 자신의 영혼 속에서 끔찍하고 추악한 무언가가 솟구치는 것을 느껴 얼른 고개를 돌렸다. 무심결에 아내의 모든 과거며 그녀와 돌로호프의 관계를 떠올리던 피에르는 만약 이것이 **그의 아내**에 관한 일이 아니라면 편지에서 말한 것이 사실일 수 있고, 적어도 사실처럼 보일 수 있다는 것을 깨달았다. 피에르는 원정 후 모든 것을 회복한 돌로호프가 페테르부르크로 돌아와 자신에게 온 일을 무의식중에 떠올렸다. 돌로호프는 피에르와 흥청망청 놀던 친구라는 관계를 이용해 곧장 그의 집으로 찾아왔고, 피에르는 그를 집에 묵게 하면서 돈도 빌려 주었다. 피에르는 돌로호프가 그들의 집에서 지내는 것에 대해 엘렌이 생글거리며 불만을 드러내던 일, 돌로호프가 그 앞에서 뻔뻔하게 그의 아내의 미모를 칭찬하던 일, 돌로호프가 모스크바에 도착한 순간부터 단 한 순간도 그들 부부와 떨어지지 않았던 일을 떠올렸다.

'그래, 그는 아주 잘생겼어.' 피에르는 생각했다. '나는 그를 알아. 그는 나의 이름을 더럽히고 나를 조롱하는 데서 특별한 즐거움을 느끼겠지. 바로 내가 그를 돌보고 도왔기 때문이야. 그가 보기에 그 점이 자기의 기만에 얼마나 짜릿한 맛을 더할지 난 알아, 이해해. 만약 이게 사실이라면 말이지. 그래, 이게 사실이라면 말이야. 하지만 난 믿지 않아. 믿을 권리도 없고, 믿을 수도 없어.' 피에르는 돌로호프가 잔인함에 사로잡히던 순간들에, 가령 경찰서장을 곰과 묶어 강에 던지거나 아무 이유 없이 다른 사람에게 결투를 신청하거나 마부의 말을 총으로 쏘아 죽였을 때 그의 얼굴에 어떤 표정이 피어났었는지를 떠올렸다. 돌로호프가 피에르를 바라볼 때면 자주 그의 얼굴에 그 표정이 떠오르곤 했다. '그래, 그는 결투광이지.' 피에르는 생각했다. '사람 죽이는 일쯤은 그에겐 아무엇도 아니야. 그는 모두가 자기를 두려워한다고 여기는 게 틀림없어. 그걸 즐기는 게 분명해. 그는 나도 자기를 두려워한다고 생각하는 게 틀림없어. 사실 나는 그가 두려워.' 피에르는 생각했다. 이런 생각에 그는 또다시 무시무시하고 추악한 무언가가 자기 안에서 떠오르는 것을 느꼈다. 돌로호프와 데니소프와 로스토프는 피에르의 맞은편에 앉아 꽤 즐거운 듯 보였다. 로스토프는 한 명은 대담무쌍한 경기병이고, 다른 한 명은 유명한 결투광이자 난봉꾼인 두 친구와 유쾌하게 말을 나누며 이 만찬에서 거대한 체구로 멍하니 뭔가에 집중하고 있는 모습으로 사람들의 눈길을 끈 피에르를 이따금 조롱하듯 쳐다보았다. 로스토프는 불쾌한 낯으로 피에르를 바라보았다. 첫째, 로스토프 같은 경기병의 눈에는 부유한 문관이자 미인을 아내로 둔 피에르가 여자 같은 녀석으로 보였기 때문이다. 둘째, 뭔가에 골몰하여 멍하니 있던 피에르가 로스토프를 알아보지 못하고 그의 인사에 답하지 않았기 때문이다. 사람들이 군주의 건강을 위해 건배할 때 피에르는 생각에 잠겨 있느라 일어나지도 않고 잔을 쥐지도 않았다.

"당신, 뭡니까?" 로스토프가 환희와 증오가 섞인 눈빛으로 그를 쳐다보며 외쳤다. "'황제 폐하의 건강을 위하여!'라는 말이 당신에게는 들리지 않습니까?" 피에르는 한숨을 쉬고 순순히 일어나 자신의 잔을 비웠다. 그리고 모두 자리에 앉기를 기다렸다가 특유의 선한 미소를 띠며 로스토프에게 말했다.

"당신을 알아보지도 못했군요." 그가 말했다. 그러나 로스토프는 그 말을 들을 겨를도 없이 "우라!" 하고 외쳤다.

"왜 친해지려고 하지 않는 거야?" 돌로호프가 로스토프에게 말했다.

"맘대로 하라 그래, 멍청한 놈." 로스토프가 말했다.

"예쁜 여자의 남편이라면 귀여워해 줘야지." 데니소프가 거들었다.

피에르는 그들이 하는 말을 듣지 못했지만 자신에 대해 이야기한다는 것은 알았다. 그는 얼굴을 붉히며 고개를 돌렸다.

"자, 이제 아름다운 여자들의 건강을 위해." 돌로호프가 진지한 표정으로, 그러나 입가에 미소를 띤 채 잔을 들고 피에르를 향해 외쳤다. "아름다운 여자들의 건강을 위해, 페트루샤, 그리고 그 정부들의 건강을 위해." 그가 말했다.

피에르는 눈을 내리깐 채 돌로호프를 쳐다보지도, 그에게 대꾸하지도 않고 자기 잔을 마셨다. 쿠투조프의 칸타타를 나눠 주던 하인이 피에르를 더 존경할 만한 귀빈으로 대우하며 그의 앞에 종이를 놓았다. 그가 그것을 집으려 하자 돌로호프가 몸을 숙이고 그의 손에서 종이를 낚아채 읽기 시작했다. 피에르는 돌로호프를 힐끗 쳐다보았다. 그의 눈동자가 아래를 향했다. 만찬 내내 그를 괴롭히던 무시무시하고 추악한 무언가가 떠오르며 그를 사로잡았다. 그는 비대한 몸 전부를 테이블 위로 숙였다.

"멋대로 가져가지 마시오!" 그가 소리쳤다.

고함 소리를 듣고 그것이 누구를 향한 말인지 알아차린 네스비츠키와 오른편 옆 사람이 깜짝 놀라서 황급히 베주호프를 돌아보았다.

"그만해요, 그만. 도대체 왜 그래요?" 놀란 목소리들이 수군거렸다. 돌로호프는 유쾌함과 잔혹함을 띤 눈을 빛내면서 '아, 바로 이런 게 내가 좋아하는 거지' 하고 말하는 듯한 미소를 지으며 피에르를 바라보았다.

"주지 않겠습니다." 그는 또박또박 분명히 말했다.

얼굴이 창백해진 피에르가 입술을 바들바들 떨며 종이를 잡아챘다.

"당신…… 당신은…… 악당이야! 당신에게 결투를 청합니다."
그는 이렇게 말하고는 의자를 밀치고 테이블에서 일어섰다. 그렇게 행동하고 그렇게 말한 바로 그 순간, 피에르는 지난 하루 내내 자신을 괴롭히던 아내의 부정에 대한 의문이 조금도 의심할 여지 없는 사실로 결론 난 것을 느꼈다. 그는 아내를 증오했다. 그와 그녀의 인연은 영원히 끊어졌다. 이 문제에 개입하지 말라는 데니소프의 부탁에도 불구하고 로스토프는 돌로호프의 입회인이 되는 데 동의하고, 식사 후 베주호프의 입회인인 네스비츠키와 결투 조건을 협의했다. 피에르는 집으로 갔고, 로스토프와 돌로호프와 데니소프는 늦은 밤까지 클럽에 남아 집시 음악과 합창을 들었다.

"그럼 내일 보자고, 소콜니키*에서." 돌로호프는 클럽 현관 계단에서 로스토프와 작별 인사를 하며 말했다.

"그나저나 자네 괜찮아?" 로스토프가 물었다.

돌로호프가 걸음을 멈추었다.

"이것 봐, 내가 자네한테 결투의 비밀을 단 두 마디로 알려 주지. 만약 자네가 결투를 하러 가며 유언장을 쓰거나 부모에게 다정한 편지를 남긴다면, 또 자네가 죽을 수도 있다고 생각한다면 자네는 멍청이이고 틀림없이 쓰러져. 만약 자네가 신속하고 확실하게 상대를 죽이겠다는 확고한 의도를 가지고 간다면, 그때는 우리 코스트로마의 곰 사냥꾼이 나에게 말했듯 모든 것이 순조로워. 어떻게 곰을 무서워하지 않을 수 있냐고 물으니까 그자는 곰을 보는 순간 두려움은 싹 사라지고 어떻게 해야 곰이 도망가지 못하게 할까 하는 생각만 든다고 하더군. 나도 그래. 그럼 **내일 봐, 친구!**"

다음 날 오전 8시, 피에르와 네스비츠키는 소콜니츠키 숲에 도착하여 이미 와 있던 돌로호프와 데니소프와 로스토프를 발견했다. 피에르는 눈앞의 일과 전혀 상관없는 어떤 생각에 몰두한 사람의 표정을 짓고 있었다. 헬쑥해진 얼굴이 누런빛을 띠었다. 밤새 자지 않은 듯싶었다. 그는 멍하니 주위를 둘러보며 눈부신 태양 때문인지 얼굴을 찡그렸다. 단 두 가지 생각이 그를 사로잡고 있었다. 그것은 밤을 꼬박 새우고 나자 더 이상 한 점의 의혹도 남지 않은 아내의 부정과, 자기와 상관없는 사람의 명예를 지켜 줄 이유가 전혀 없는 돌로호프의 무죄였다. '내가 그의 입장이었다면 아마 나도 똑같이 했을 거야.' 피에르는 생각했다. '틀림없이 똑같은 행동을 했을 거야. 이 결투는, 이 살인은 도대체 뭘 위한 걸까? 내가 그를 죽이거나, 그가 내 머리나 팔꿈치나 무릎을 명중시키겠지. 여기를 떠나자, 달아나자, 어디론가 숨어 버리자.' 이런 생각이 뇌리를 스쳤다. 그러나 이런 생각이 떠오른 바로 그 순간 그는 자신을 바라보는 사람들에게 존경심을 불러일으킨 아주 차분하고 무심한 표정으로 물었다. "곧 하는 겁니까? 준비는 되었습니까?"

모든 것이 준비되고, 두 사람이 걸어서 다가가야 할 한계선을 표시하기 위해 기병도가 눈 속에 박히고 피스톨이 장전되자 네스비츠키가 피에르에게 다가갔다.

"백작, 만약 이처럼 중요한, 너무나도 중요한 순간에 내가 당신에게 진실을 말하지 않는다면……." 그는 소심한 목소리로 말했다. "나는 나의 의무도 다하지 못하고, 당신이 나를 입회인으로 뽑으면서 부여한 신뢰와 명예도 저버리게 될 것입니다. 나는 이 일이 이유도 충분하지 않을뿐더러 피를 흘릴 만한 가치도 없다고 생각합니다. 당신이 잘못했습니다. 당신이 잠시 흥분한 겁니다……."

"아, 그래요, 끔찍할 정도로 어리석은 짓이지요……." 피에르가 말했다.

"그러니 내가 당신의 유감을 전달하게 해 주십시오. 난 상대방도 당신의 사죄를 받아들이는 데 동의할 거라고 확신합니다." 네스비츠키가 (이 사건의 다른 관계자들 그리고 유사한 사건에 관여한 모든 사람들과 마찬가지로 이 사건이 실제 결투로까지 이어지리라고는 여전히 믿지 않으면서) 말했다. "백작, 당신도 알잖습니까, 문제를 돌이킬 수 없는 지경까지 끌고 가는 것보다 자신의 실수를 깨닫는 것이 훨씬 더 고결한 행동입니다. 어느 쪽도 모욕당할 일은 없었습니다. 내가 저들과 상의하도록 허락해 주십시오……."

"아니요, 무슨 말이 필요하겠습니까!" 피에르가 말했다. "아무래도 상관없습니다……. 그럼 준비됐습니까?" 그는 덧붙였다. "어떻게 어디로 가야 할지, 어디로 쏘아야 할지만 알려 주십시오." 그는 어색하고도 온화한 미소를 지으며 말했다. 그는 피스톨을 손에 쥐고 방아쇠를 당기는 법에 대해 이것저것 묻기 시작했다. 이제껏 피스톨을 손에 쥐어 본 적이 없기 때문이었는데, 그는 그 사실을 털어놓고 싶지 않았다. "아, 그래요, 이렇게 하는 거였지요. 압니다. 잊어버렸을 뿐입니다." 그가 말했다.

"어떤 사과도 절대 있을 수 없어." 돌로호프는 그의 편에서 역시 화해를 시도한 데니소프에게 이렇게 대꾸하고는 정해진 장소로 다가갔다.

결투 장소로 선택된 곳은 썰매를 세워 둔 길에서 여든 걸음 정도 떨어진, 소나무 숲속의 작은 공터로 지난 며칠 동안 계속된 해빙으로 녹아내리던 눈에 덮여 있었다. 두 결투 상대는 공터 양 끝에 서로 마흔 걸음 정도 떨어져 마주 섰다. 입회인들은 두 사람이 선 곳에서 한계선을 표시하기 위해 서로 열 걸음 떨어진 곳에 꽂아 둔 네스비츠키와 데니소프의 기병도까지 걸음 수를 세어 가며 질퍽한 눈 속에 계속 흔적을 남겼다. 눈이 계속 녹고 있었고, 여전히 안개가 깔려 있었다. 마흔 걸음 떨어진 두 사람에게는 서로의 모습이 잘 보이지 않았다. 3분이 흐르자 이미 모든 것이 준비되었다. 하지만 그들은 시작하기를 주저했다. 다들 침묵했다.

5

"자, 시작합시다!" 돌로호프가 말했다.

"좋습니다." 여전히 미소 띤 얼굴로 피에르가 말했다.

무시무시한 분위기가 감돌았다. 그토록 쉽게 시작된 일은 이제 무엇으로도 막을 수 없고, 어느새 사람들의 의지와 상관없이 저절로 흘러 끝장을 볼 것이라는 점이 분명해졌다. 데니소프가 먼저 한계선 앞으로 나와서 선언했다.

"두 사람 모두 화해를 거부했으니 이제 시작하는 게 어떨까요? 피스톨을 쥐고 '셋' 하는 말이 들리면 서로를 향해 걸어가십시오."

"하나! 둘! 셋……!" 데니소프는 성난 목소리로 외치고 옆으로 물러났다. 두 사람은 안개 속에서 서로를 확인하며 사람들의 발길에 다져져 생긴 길을 따라 점점 더 가까이 다가갔다. 두 적수에게는 한계선까지 가는 동안 언제든 원할 때 피스톨을 쏠 권리가 있었다. 돌로호프는 밝게 빛나는 하늘색 눈으로 상대방의 얼굴을 바라보며 피스톨을 들어 올리지 않은 채 천천히 걸어갔다. 그의 입은 여느 때처럼 겉보기에 웃는 듯한 모습을 띠고 있었다.

셋이란 말에 피에르는 사람들의 발에 다져진 길에서 벗어나 아무도 밟지 않은 눈 위를 빠르게 걸으며 앞으로 나아갔다. 피에르는 피스톨을 쥔 오른손을 앞으로 쭉 뻗고 있었다. 그 피스톨로 자신을 죽이지 않을까 두려워하는 듯했다. 왼손은 애써 뒤에 두었다. 왼손으로 오른손을 받치고 싶었지만 그래서는 안 된다는 것을 알았기 때문이다. 여섯 걸음 정도 걷다가 길에서 벗어나 눈 속에 빠지자 피에르는 발밑을 쳐다보고 다시 돌로호프를 재빨리 쳐다본 뒤 배운 대로 손가락을 당겨 피스톨을 쏘았다. 그처럼 강렬한 소리를 전혀 예상하지 못했던 피에르는 자기가 쏜 총소리에 흠칫 몸을 떨었고, 그다음에는 자신이 받은 인상에 씩 웃으며 그 자리에 멈춰 섰다. 첫 순간에는 안개 때문에 유난히 짙은 연기가 시야를 가렸다. 하지만 그가 기다리던 총소리는 울리지 않았다. 그저 돌로호프의 황급한 발소리만 들리더니 연기 뒤에서 그의 형체가 나타났다. 한 손은 왼쪽 옆구리를 꽉 누르고 다른 손은 축 늘어뜨린 피스톨을 쥐고 있었다. 그의 얼굴은 창백했다. 로스토프가 달려가 그에게 말했다.

"아…… 아니……." 돌로호프가 이를 악물고 중얼거렸다. "아니야, 끝나지 않았어." 그러고는 쓰러질 듯 휘청거리며 기병도까지 몇 걸음 더 가다가 그 옆의 눈 위에 쓰러졌다. 왼손이 피투성이였다. 그는 프록코트에 피를 문질러 닦고 왼손으로 몸을 지탱했다. 험악하게 찌푸려진 창백한 얼굴이 부들부들 떨렸다.

"제……." 돌로호프는 입을 열었지만 한 번에 말을 끝낼 수 없었다. "제발." 그는 가까스로 말을 맺었다. 피에르는 간신히 울음을 참으며 돌로호프에게 달려갔다. 그가 양쪽 한계선 사이의 공간을 막 넘어가려는데 돌로호프가 소리쳤다. "한계선으로!" 피에르는 사태를 파악하고 자기 쪽 기병도 곁에 멈춰 섰다. 불과 열 걸음의 거리가 그들을 갈라놓고 있었다. 돌로호프는 눈 쪽으로 고개를 떨어뜨리더니 탐욕스럽게 눈을 우적우적 씹고는 다시 고개를 들어 자세를 바로잡은 뒤 확실한 무게 중심을 찾으며 두 다리를 접고 앉았다. 그는 차가운 눈을 삼키고 핥았다. 입술은 바들바들 떨렸지만 여전히 미소를 머금고 있었다. 두 눈은 마지막으로 힘을 모으려는 노력과 적의로 빛났다. 그가 피스톨을 들고 조준했다.

"옆으로, 피스톨로 몸을 막아요." 네스비츠키가 외쳤다.

"몸을 막아요!" 데니소프조차 더 이상 참지 못하고 적에게 소리쳤다.

피에르는 연민과 후회가 깃든 온화한 미소를 지으며 무력하게 두 팔과 두 다리를 벌린 채 넓은 가슴을 돌로호프 앞에 쫙 펴고 서서 그를 바라보았다. 데니소프와 로스토프와 네스비츠키는 실눈을 떴다. 그와 동시에 그들은 총소리와 돌로호프의 적의에 찬 고함 소리를 들었다.

"빗나갔어!" 돌로호프가 외치고는 힘없이 눈 위로 엎어졌다. 피에르는 머리를 움켜쥐고 뒤로 돌아 알아들을 수 없는 말을 소리내어 중얼거리며 아무도 밟지 않은 눈밭을 걸어 숲으로 향했다.

"어리석어…… 어리석어! 죽음…… 거짓……." 그는 얼굴을 찌푸리며 같은 말을 되풀이했다. 네스비츠키가 그를 멈춰 세운 뒤 집으로 데려갔다.

로스토프와 데니소프는 부상당한 돌로호프를 데려갔다.

돌로호프는 눈을 감은 채 말없이 썰매에 누워 자신에게 하는 질문에 한마디 대꾸도 하지 않았다. 그러나 모스크바에 들어서자 갑자기 정신을 차리고 힘겹게 고개를 들더니 옆에 앉은 로스토프의 손을 잡았다. 로스토프는 완전히 변한, 예기치 못한 돌로호프의 환희에 찬 부드러운 표정에 깜짝 놀랐다.

"어때, 괜찮아? 기분이 어때?" 로스토프가 물었다.

"끔찍하지! 하지만 문제는 그게 아니야. 친구……." 돌로호프가 목멘 목소리로 말했다. "우리가 어디 있는 거지? 모스크바구나, 알겠어. 난 괜찮아. 하지만 난 그분을 죽였어, 죽였어……. 그분은 이 일을 견디지 못하실 거야. 견디지 못하실 거야……."

"누구?" 로스토프가 물었다.

"나의 어머니. 나의 어머니, 나의 천사, 열렬히 사랑하는 나의 천사, 어머니." 그러더니 돌로호프는 로스토프의 손을 쥐고 소리 내어 울기 시작했다. 어느 정도 흥분이 가라앉자 그는 자신이 어머니와 함께 살고 있으며, 어머니가 죽어 가는 그를 보면 견디지 못하시리라는 것을 로스토프에게 털어놓았다. 그러고는 어머니에게 가서 미리 마음의 준비를 시켜 달라고 애원했다.

로스토프는 부탁을 들어주기 위해 먼저 갔다가 돌로호프가, 이 광포한 인간이, 결투광 돌로호프가 모스크바에서 늙은 어머니와 척추 장애를 가진 누이와 함께 사는 더할 나위 없이 다정한 아들이자 오빠였다는 사실을 알고 크게 놀랐다.

6

피에르는 최근에 아내와 얼굴을 마주한 적이 별로 없었다. 페테르부르크에서도 모스크바에서도 그들의 집은 늘 손님으로 가득했다. 결투를 벌인 다음 날 밤, 그는 종종 그랬듯 침실로 가지 않고 아버지의 거대한 서재에 있었다. 노백작 베주호프가 죽음을 맞이한 장소였다. 잠 못 이루던 지나간 밤의 모든 마음고생이 얼마나 힘들었든 간에 이제 그보다 훨씬 괴로운 일이 시작되었다.

그는 소파에 누워 자기에게 일어난 모든 일을 잊기 위해 잠을 청했지만 그럴 수 없었다. 마음속에 이런저런 감정과 상념과 기억의 폭풍이 갑자기 너무도 강하게 일어서 잠을 이룰 수도, 자리에 앉아 있을 수도 없었던 탓에 그는 소파에서 벌떡 일어나 빠른 걸음으로 방 안을 돌아다녔다. 어깨를 드러내고 나른하면서도 격정에 찬 눈빛을 띤 그녀의 신혼 시절 모습이 떠오르다가는, 이내 만찬에서 본, 돌로호프의 잘생기고 뻔뻔하고 조롱에 찬 굳은 얼굴이 그녀와 나란히 떠올랐다. 돌로호프가 돌아서서 눈 위에 쓰러질 때 고통으로 경련을 일으키던 창백한 얼굴도 떠올랐다.

'도대체 무슨 일이 있었던 거지?' 그는 스스로에게 물었다. '나는 **정부**를 죽였어. 그래, 아내의 정부를 죽인 거야. 맞아, 그랬어.

왜? 어쩌다 내가 이 지경이 되었을까?' 내면의 목소리가 대답했다. '네가 그녀와 결혼했기 때문이야.'

'하지만 내가 뭘 잘못한 걸까?' 그는 물었다. '네 잘못은 네가 그녀를 사랑하지도 않으면서 결혼한 것, 네가 자신도 그녀도 속인 것이다.' 그러자 바실리 공작의 집에서 저녁 식사 후 내면에서 우러나오지 않은 그 말, **"당신을 사랑합니다"**라는 말을 했던 순간이 생생하게 떠올랐다. '모든 것이 그 때문인가? 난 그때도 느꼈다.' 그는 생각했다. '그때도 그 일이 옳지 않다고, 나에게는 그럴 권리가 없다고 느꼈어. 결국 이렇게 됐어.' 그는 밀월의 시간을 떠올리고 그 기억에 얼굴을 붉혔다. 결혼한 지 얼마 안 된 어느 날, 정오가 가까운 시간에 실크로 지은 할라트를 입고 침실을 나와 서재로 갔다가 그곳에서 총관리인을 만난 기억이, 총관리인이 정중히 인사하고 피에르의 얼굴과 할라트를 쳐다보고는, 마치 주인의 행복에 정중한 공감을 드러내려는 듯 가벼운 미소를 지었던 기억이 그로서는 유난히 생생하고 모욕적이고 수치스럽게 느껴졌다.

'그녀를 자랑스러워했던 적이 얼마나 많았던가!' 그는 생각했다. '그녀의 당당한 아름다움, 그 사교적인 기교를 얼마나 자랑스러워했던가! 그녀가 온 페테르부르크를 응대하던 나의 집을 얼마나 자랑스러워했고, 곁을 허락하지 않는 그녀의 오만함과 아름다움을 얼마나 자랑스러워했던가! 바로 이런 것을 내가 자랑스러워했단 말인가? 그때 나는 그녀를 이해할 수 없다고 생각했다. 그녀의 성격을 곰곰이 생각하면서 얼마나 숱하게 나 스스로에게 말했던가! 그녀를 이해하지 못하는 것은, 언제나 한결같은 침착함이며 만족감이며 열중하고 바라는 것이 전혀 없는 모습을 이해하지 못하는 것은 내 잘못이라고 말이야. 수수께끼의 모든 해답은 그녀가 타락한 여자라는 무시무시한 말 속에 있었다. 내가 스스로에게

이 끔찍한 말을 내뱉으면서 모든 것이 명확해졌다!'

'아나톨은 돈을 빌리러 와서 그녀의 맨어깨에 입을 맞추곤 했다. 그녀는 그에게 돈을 주지 않았지만 입맞춤은 허락했어. 장인이 농담으로 그녀의 질투를 자극하면 그녀는 침착한 미소를 지으며 자기는 질투할 만큼 어리석지 않다고 말하곤 했다. "하고 싶은 대로 하라고 해요." 그녀는 나에 대해 그렇게 말했어. 내가 임신의 기미를 느끼지 않느냐고 물었을 때 그녀는 경멸에 차서 깔깔거리며 자기는 아이를 갖고 싶어 할 만큼 바보가 아니라고, 나에게서 자기 자식들을 얻지는 않을 거라고 말했어.'

그는 또한 그녀가 최고의 귀족 사회에서 교육을 받고도 특유의 조잡하고 분명한 생각과 저속한 표현을 일삼던 것을 떠올렸다. "난 그런 바보가 아니에요…… 해 볼 테면 해 봐요. 꺼져요." 그녀는 이렇게 말하곤 했다. 피에르는 종종 사람들의 눈에 비친 그녀의 성공을 지켜보며 왜 자신이 그녀를 사랑하지 않는지 이해할 수 없었다. '그래, 난 그녀를 사랑한 적이 없어.' 피에르는 혼잣말을 했다. '난 그녀가 타락한 여자라는 걸 알았어.' 그는 속으로 똑같은 말을 되풀이했다. '하지만 차마 인정할 수 없었던 거야.'

'그리고 지금 돌로호프는, 이 순간 그는 눈 위에 앉아서 억지로 미소를 지으며 죽어 가고 있어. 어쩌면 용기 있는 척하는 모습으로 나의 후회에 응수하는지도 모르지!'

피에르는 겉보기엔 나약한 성격을 지녔어도 자신의 슬픔을 털어놓을 만한 친구를 애써 찾으려 하지 않는 부류의 사람이었다. 그는 혼자 속으로 비애를 삭였다.

'모든 게 그녀 잘못이야. 모든 잘못은 그녀에게 있어.' 그는 속으로 중얼거렸다. '하지만 그래서 어쨌다는 거야? 왜 나는 스스로를 그녀에게 얽어맸을까? 왜 그녀에게 "당신을 사랑합니다"라는 말을 했을까? 그건 거짓이야. 아니, 거짓보다 더 나빠.' 그는 스스로에게 말했다. '내 잘못이야. 그러니 견뎌야 해……. 하지만 뭘? 오명, 인생의 불행? 아, 다 부질없어.' 그는 생각했다. '오명이든 명예든 다 관습에 따른 거야. 모든 게 나와는 상관없어.

루이 16세가 처형당한 것은 그를 파렴치한 죄인이라고 말하던 **사람들**이 있었기 때문이다. (피에르의 머리에 이런 생각이 떠올랐다.) 그를 위해 순교자적인 죽임을 당하고 그를 성자의 반열에 넣은 자들이 정당한 것과 마찬가지로 그들도 자기 관점에서는 옳아. 그다음에 로베스피에르가 처형당한 것은 폭군이었기 때문이지.* 누가 옳고 누가 잘못했을까? 그 누구도 아니야. 산 사람은 살아야지. 내가 한 시간 전에 죽을 수 있었던 것처럼 내일 죽을 수도 있어. 영원에 비하면 삶은 한순간에 불과한데 그런 것으로 괴로워할 가치가 있을까?' 하지만 그런 식의 추론으로 마음이 진정되었다고 여긴 순간 갑자기 **그녀**가 떠올랐고, 그녀에게 진실하지 못한 자신의 사랑을 무엇보다 열렬히 표현하던 순간들에 그는 피가 심장으로 쏠리는 기분이 들어 다시 자리에서 일어나 이리저리 돌아다니며 손에 걸리는 것들을 부수고 갈기갈기 찢었다. '왜 그녀에게 "**당신을 사랑합니다**"라고 말했을까?' 그는 속으로 계속 같은 말을 되풀이했다. 그렇게 열 번이나 그 질문을 되풀이하고 나자 몰리에르의 "**빌어먹을, 도대체 그는 그 갤리선에서 무엇을 하려던 거지?**"라는 문구가 머리에 떠올랐다.* 그는 스스로를 비웃었다.

밤에 그는 시종을 불러 페테르부르크로 떠날 채비를 하라고 일렀다. 그녀와 한 지붕 아래 있을 수는 없었다. 이제 그녀와 말을 나누는 것조차 상상할 수 없었다. 그는 다음 날 떠나기로, 그리고 그녀에게는 영원히 그녀와 이별하고자 한다는 편지를 남기기로 결심했다.

아침에 시종이 커피를 들고 서재에 들어왔을 때 피에르는 오토만에 누워 책을 펼쳐 든 채 자고 있었다.

잠에서 깬 그는 자신이 어디에 있는지 몰라 놀란 눈으로 주위를 한참 두리번거렸다.

"백작님이 집에 계시는지 백작 부인께서 여쭤 보라고 분부하셨습니다." 시종이 물었다.

그러나 피에르가 대답을 하기도 전에 은실로 수놓은 하얀 새틴 할라트를 걸치고 간단히 머리를 매만진 (둘로 땋은 거대한 머리 타래가 그녀의 아름다운 머리를 **왕관 모양으로** 두 번 두르고 있었다) 그녀가 침착하고 당당하게 방으로 들어왔다. 살짝 튀어나온 대리석 같은 이마에 분노의 주름이 잡혀 있었다. 그녀는 특유의 참을성 있는 침착함으로 시종이 있는 동안에는 입을 열지 않았다. 그녀는 결투 이야기를 듣고 온 것이다. 그녀는 시종이 커피를 두고 나갈 때까지 기다렸다. 피에르는 안경 너머로 소심하게 그녀를 쳐다보고는 개들에게 에워싸인 토끼가 귀를 뒤로 젖힌 채 적의 눈 앞에서 계속 엎드려 있듯 그렇게 마냥 책을 읽으려고 해 보았다. 그러나 그것이 무의미하고 불가능하다는 것을 깨닫고 다시 그녀를 겸연쩍게 힐끔 쳐다보았다. 그녀는 자리에 앉지도 않고 경멸의 미소를 띤 채 그를 바라보며 시종이 나가기를 기다리고 있었다.

"이게 무슨 일인가요? 도대체 무슨 짓을 저지른 거예요? 내가 묻잖아요?" 그녀가 혹독하게 다그쳤다.

"나……? 뭘 말이오? 나는……." 피에르가 말했다.

"여기 대단한 용사가 나셨군요! 자, 대답해요, 그 결투는 뭐죠? 그걸로 뭘 입증하려 한 건가요? 뭐예요? 내가 당신에게 묻고 있잖아요." 피에르는 소파 위에서 굼뜨게 돌아누워 입을 열었지만 대답할 수 없었다.

"당신이 대답하지 않겠다면 내가 말해 주죠……." 엘렌이 말을 이어 갔다. "당신은 사람들이 당신에게 하는 말을 다 믿고 있어요. 당신에게 말했죠……." 엘렌이 깔깔거리며 웃었다. "돌로호프가 내 정부라고 말이에요." 그녀는 다른 어떤 말도 그렇듯, 특유의 천박하리만치 정확한 말로 '정부'라는 단어를 발음하며 프랑스어로 말했다. "그리고 당신은 그 말을 믿었어요! 하지만 당신이 그걸로 입증한 게 도대체 뭐죠? 그 결투로 뭘 입증했나요? 당신이 바보라는 거죠, **당신이 바보라는 것 말이에요**. 다들 그 점을 잘 알고 있어요. 이게 어떤 결과를 낳을까요? 난 온 모스크바의 웃음거리가 되겠죠. 다들 당신이 취한 모습으로 정신이 나가서 아무 근거 없이 질투하던 사람에게 결투를 청했다고 하겠죠." 엘렌이 점점 목소리를 높이며 열을 올렸다. "모든 면에서 당신보다 뛰어난 사람에게요……."

"음…… 음." 피에르는 그녀를 쳐다보지도 않고 손발 하나 꿈쩍하지 않으며 얼굴을 찌푸린 채 소 울음 비슷한 소리를 냈다.

"어떻게 당신은 그 사람이 내 정부라고 믿을 수 있어요……? 어떻게요? 내가 그 사람과 함께 있는 것을 좋아해서요? 만약 당신이 더 똑똑하고 더 유쾌한 사람이라면 나도 당신과 함께 있는 것을 더 좋아하겠죠."

"나에게 아무 말도 하지 말아요…… 부탁이오." 피에르가 목쉰 소리로 작게 중얼거렸다.

"왜 말하지 말라는 거예요! 난 말할 수 있고 또 당당하게 말하겠어요. 당신 같은 남편과 살면서 정부를 (데 자망을) 두지 않는 아내는 아마 없을 거예요. 하지만 난 그러지 않았어요." 그녀가 말했다. 피에르는 뭔가 말하려 했다. 그는 그녀가 이해할 수 없는 표정을 띤 묘한 눈길로 그녀를 흘깃 쳐다보고는 다시 누웠다. 그 순간 그는 육체적인 고통을 겪고 있었다. 가슴이 답답해서 숨을 쉴 수가 없었다. 그는 고통을 멈추기 위해 무언가 해야 한다는 것을 알았지만 그가 하려는 것은 너무나 무시무시했다.

"우리, 헤어지는 게 좋겠소." 그는 띄엄띄엄 말했다.

"당신이 원한다면 헤어지죠. 단, 당신이 나에게 재산을 준다면요." 엘렌이 말했다. "헤어지자고요? 그런 걸로 위협하다니!"

피에르는 소파에서 벌떡 일어나 비틀거리며 그녀에게 달려들었다.

"죽여 버리겠어!" 그는 이렇게 소리치고는 자신도 미처 알지 못한 힘으로 탁자의 대리석 상판을 붙잡고 그녀에게 한 걸음 다가가 그녀를 향해 번쩍 쳐들었다.

엘렌의 얼굴이 공포에 질렸다. 그녀는 날카로운 비명을 지르며 그에게서 펄쩍 물러났다. 아버지의 피가 그에게서 나타났다. 피에르는 광포함의 황홀한 매력을 느꼈다. 그는 상판을 내동댕이쳐 부수고는 두 팔을 벌린 채 엘렌에게 다가가며 소리쳤다. "꺼져!" 온 집안에 그 고함 소리가 끔찍하게 들릴 정도로 너무나 무시무시한 목소리였다. 엘렌이 방에서 달아나지 않았다면 그 순간 피에르가 무슨 짓을 했을지는 하느님만 아실 일이다.

일주일 후 피에르는 자기 재산의 대부분을 이루는 대러시아에 있는 모든 영지의 관리를 아내에게 위임하고 혼자 페테르부르크로 떠났다.

7

아우스터리츠 전투와 안드레이 공작의 전사 소식이 리시예 고리에 전해진 지 두 달이 지났다. 대사관을 통해 아무리 편지를 보내도, 아무리 수색을 해도 그의 시신은 발견되지 않았고 포로 명단에도 이름이 없었다. 가족들에게 무엇보다 힘든 것은 그가 전장에서 주민들에게 구조되어 건강을 되찾으며 누워 있거나 아니면 어디에선가 낯선 사람들 틈에서 소식을 전하지 못한 채 혼자 죽어가고 있을지도 모른다는 기대가 여전히 남아 있다는 점이었다. 노공작이 아우스터리츠의 패전 소식을 처음으로 접한 신문들에는 러시아군이 눈부신 전투 이후에 퇴각해야 했고 그 퇴각이 질서 정연하게 이루어졌다는 기사가 언제나처럼 아주 간략하고 모호하게 실려 있었다. 노공작은 이 공식적인 보도를 통해 아군이 격퇴된 사실을 알아차렸다. 신문이 아우스터리츠 전투 소식을 전한 지 일주일 후에 공작의 아들에게 닥친 운명을 알리는 쿠투조프의 편지가 당도했다.

"내 눈앞에서 당신 아들은⋯⋯." 쿠투조프는 썼다. "연대의 선두에서 군기를 손에 쥐고 아버지와 조국에 걸맞은 영웅으로 쓰러졌습니다. 나와 전 군대가 유감스러워하는 바이나 그가 살았는지 죽었는지 지금까지도 알 수 없습니다. 당신의 아들이 살아 있다는 희망으로 나 자신과 당신을 달래고 싶습니다. 그렇지 않다면 전장에서 발견된 장교들 가운데 (그들의 명단은 군사들을 통해 내게 전달되었습니다) 그도 있었을 것입니다."

밤늦게 서재에 혼자 있다가 이 편지를 받은 노공작은 누구에게도 아무 말도 하지 않았다. 다음 날 그는 평소처럼 아침 산책에 나섰다. 그러나 집사에게도, 정원사에게도, 건축 기사에게도 굳게 입을 다문 채 겉보기에는 화가 난 것이 분명한데도 누구에게도 일절 말을 하지 않았다.

마리야 공작 영애가 평소 시간에 맞춰 노공작의 방에 들어섰을 때, 그는 갈이 판 뒤에 서서 무언가를 갈고 있었다. 하지만 늘 그러던 대로 그녀를 돌아보지 않았다.

"아! 마리야 공작 영애!" 그가 갑자기 부자연스러운 목소리로 말하고는 끌을 내던졌다. (바퀴는 관성의 힘으로 계속 돌고 있었다. 마리야 공작 영애는 서서히 멎는 바퀴의 삐걱거리는 소리를 오랫동안 기억했다. 그녀에게 그 소리는 뒤따른 사건과 하나로 합쳐졌다.)

마리야 공작 영애는 아버지에게 다가가 얼굴을 보았다. 갑자기 그녀 안에서 무언가가 무너져 내렸다. 그녀의 눈은 더 이상 사물을 또렷이 볼 수 없었다. 아버지의 얼굴에서, 슬퍼 보이지도 절망스러워 보이지도 않지만 적의에 차서 무리하게 자신을 억누르는 그 얼굴에서 그녀는 지금, 지금 끔찍한 불행이, 이제껏 겪은 적 없는 인생 최악의 불행이, 돌이킬 수 없고 이해할 수 없는 불행이, 사랑하는 사람의 죽음이 머리 위에 드리워 자신을 짓누르고 있음을 깨달았다.

"아버지! 앙드레예요?" 우아하지도 세련되지도 않은 공작 영애가 표현될 수 없으리만치 너무도 매력적인, 슬픔과 망연자실함이 섞인 표정으로 말하는 바람에 아버지는 그녀의 시선을 더 이상 견디지 못하고 흐느끼며 얼굴을 돌렸다.

"소식을 받았다. 포로들 명단에도 없고, 전사자들 명단에도 없다. 쿠투조프가 편지하기를……." 그가 날카롭게 외쳤다. 마치 그렇게 고함을 쳐서 공작 영애를 내쫓으려는 듯했다. "전사했단다!"

공작 영애는 쓰러지지도, 정신이 혼미해지지도 않았다. 그녀의 얼굴은 이미 창백했지만, 그 말을 듣는 순간 얼굴이 변했고 그 찬란한 아름다운 눈에서 무언가가 반짝했다. 마치 기쁨이, 이 세상의 슬픔이나 기쁨과는 상관없는 지고한 기쁨이 그녀 안에 있는 강한 슬픔 위로 흘러넘친 듯했다. 그녀는 아버지에 대한 두려움을 전부 잊고 그에게 다가가 손을 잡더니 자기 쪽으로 끌어당겨 힘줄이 불거진 앙상한 목을 끌어안았다.

"아버지……." 그녀가 입을 열었다. "고개 돌리지 마세요. 함께 울어요."

"더러운 놈들! 비열한 놈들!" 노인은 그녀에게서 얼굴을 돌리며 외쳤다. "군대를 괴멸시키다니, 병사들을 죽이다니! 뭘 위해서? 가라, 가, 리자에게 말해 줘라."

공작 영애가 아버지 옆에 있는 안락의자에 힘없이 주저앉아 울기 시작했다. 지금 그녀는 다정하면서도 오만한 모습으로 자신과 리자에게 작별을 고하던 그 순간의 오빠를 보고 있었다. 다정하면서도 조롱하는 듯한 태도로 작은 이콘을 목에 걸던 그 순간의 그를 보고 있었다. '오빠는 믿었을까? 오빠가 자신의 불신앙을 뉘우쳤을까? 오빠는 지금 저곳에 있을까? 저곳에, 영원한 평안과 축복의 처소에 있을까?' 그녀는 생각했다.

"아버지, 말씀해 주세요, 어떻게 된 일이에요?" 그녀가 눈물을 홀리며 물었다.

"가라, 가. 러시아 최고의 병사들과 러시아의 영광을 사지로 내몬 전투에서 전사했다. 가시게, 마리야 공작 영애. 가서 리자에게 말해라. 나도 곧 가마."

마리야 공작 영애가 리자에게 갔을 때 작은 공작 부인은 일감을 들고 앉아서 임신한 여자들에게서만 볼 수 있는 행복하고도 평온한 내면적인 눈빛을 띤 독특한 표정으로 마리야 공작 영애를 바라보았다. 그녀의 눈은 마리야 공작 영애를 보는 것이 아니라 자신의 내면 깊은 곳을, 자기 안에서 일어나는 행복하고 신비로운 무언가를 들여다보는 것 같았다.

"마리⋯⋯." 그녀는 수틀을 물리고 몸을 뒤로 젖히며 말했다. "손 이리 줘 봐." 그녀는 공작 영애의 손을 잡아 자신의 배 위에 올려놓았다.

그녀의 눈이 기대에 차서 미소 짓고, 솜털이 보송한 입술은 위로 치켜 올라가서 어린아이 같은 행복한 모습으로 계속 들려 있었다.

마리야 공작 영애는 올케 앞에 무릎을 꿇고 그녀의 옷 주름에 얼굴을 묻었다.

"여기야, 여기, 들려? 너무 신기해. 난 말이야, 마리, 이 아이를 아주 많이 사랑해 줄 거야." 리자가 행복에 겨운 듯한 빛나는 눈으로 시누이를 바라보며 말했다. 마리야 공작 영애는 고개를 들 수 없었다. 그녀는 울고 있었다.

"무슨 일이야, 마샤?"

"아무것도 아니야⋯⋯ 그냥 슬퍼져서⋯⋯. 안드레이를 생각하니까 슬퍼서 그래." 그녀는 올케의 무릎에 눈물을 닦으며 말했다. 아침나절 내내 마리야 공작 영애는 몇 번이고 올케에게 마음의 준비를 시키려 했으나 그때마다 울음을 터뜨렸다. 작은 공작 부인이 아무리 신경이 둔한 여자라 해도 이유를 알 수 없는 그 눈물은 그녀를 불안하게 했다. 그녀는 아무 말 하지 않았지만 무언가를 찾기라도 하듯 불안하게 주위를 두리번거렸다. 식사 전에 그녀가 늘 겁을 내던 노공작이 그날따라 유난히 불안하고 사나운 얼굴로 그녀의 방에 들어왔다가는 한마디도 하지 않고 나갔다. 그녀는 마리야 공작 영애를 쳐다보고 임신한 여인들이 흔히 그러듯 자신의 내면에 신경을 집중한 눈빛으로 생각에 잠기더니 와락 울음을 터뜨렸다.

"안드레이에게서 무슨 소식이 온 거지?" 그녀가 말했다.

"아냐, 아직 소식이 올 리 없다는 걸 알잖아. 하지만 **아버지**가 불안해하셔. 나도 좀 두렵고."

"그럼 아무 일 없는 거야?"

"아무 일도 없어." 마리야 공작 영애는 빛나는 눈으로 올케를 의연하게 쳐다보며 말했다. 그녀는 올케에게 말하지 않기로 결심하고, 며칠 내로 곧 닥칠 해산 날까지 올케에겐 끔찍한 소식을 숨기자고 아버지를 설득했다. 마리야 공작 영애와 노공작은 저마다 나름대로 자신의 슬픔을 견디며 숨겼다. 노공작은 희망을 품고 싶지 않았다. 그는 안드레이 공작이 전사했다고 판단하여, 아들의 흔적을 찾기 위해 오스트리아로 관리를 파견하면서도 정원에 세울 작정으로 그에게 모스크바에서 묘석을 사 오도록 분부했다. 그리고 사람들에게 아들이 전사했다고 말했다. 그는 변함없이 예전의 생활 방식을 따르려고 노력했지만 기력이 그를 저버렸다. 그는 걷는 것이 줄었고, 먹는 것이 줄었고, 잠이 줄었으며 나날이 쇠약해졌다. 하지만 마리야 공작 영애는 계속 희망을 품었다. 그녀는 마치 오빠가 살아 있기라도 한 양 그를 위해 기도했고, 매 순간 그의 귀환 소식을 기다렸다.

8

"있잖아, 마리." 3월 19일 아침에 작은 공작 부인이 아침 식사를 하고 나서 말했다. 솜털이 보송한 윗입술이 오랜 습관에 따라 위로 치켜 올라갔다. 그러나 무서운 소식을 받은 그날 이후 이 집에서 모든 미소뿐 아니라 모든 말소리, 심지어 모든 발걸음에 슬픔이 배어 있었던 것처럼 지금 비록 그 이유는 몰랐지만 전체 분위기에 압도된 작은 공작 부인의 미소도 모두의 슬픔을 더욱 절실히 떠올리게 할 만큼 몹시 애잔했다.

"있잖아, 오늘 (요리사 포카가 그것을 부르는 대로) 프뤼슈티크* 때문에 몸이 안 좋아진 거 같아."

"무슨 일이야, 언니? 얼굴이 창백하잖아. 이런, 너무 창백해." 마리야 공작 영애가 특유의 묵직하면서도 부드러운 걸음으로 올케에게 달려가며 깜짝 놀라 말했다.

"공작 영애님, 마리야 보그다노브나를 부르러 사람을 보내야 하지 않을까요?" 그 자리에 있던 하녀들 가운데 한 명이 말했다. (마리야 보그다노브나는 군청 소재지에서 온 산파로, 이미 2주째 리시예 고리에서 지내고 있었다.)

"정말 그래야겠네." 마리야 공작 영애가 그 말을 받았다. "맞는 것 같아. 내가 갈게. **용기를 내, 나의 천사!**" 그녀는 리자에게 입을 맞추고 방에서 나가려 했다.

"아, 아냐, 아냐!" 작은 공작 부인의 얼굴에 창백함 외에도 피할 수 없는 육체적 고통에 대한 어린아이 같은 두려움이 떠올랐다.

"**아냐, 이건 위야…….말해 줘, 마리, 위가…….**" 공작 부인은 자그마한 두 손을 쥐어짜면서 어린아이처럼 괴로워하며 변덕스럽게, 심지어 다소 억지스럽게 울음을 터뜨렸다. 공작 영애가 마리야 보그다노브나를 부르러 방에서 뛰어나갔다.

"**오! 하느님! 하느님!**" 하는 소리가 그녀의 등 뒤에서 들려왔다.

의미심장하고도 침착한 얼굴을 한 산파가 작고 포동포동한 하얀 두 손을 비비며 그녀의 맞은편에서 벌써 걸어오고 있었다.

"마리야 보그다노브나! 시작된 것 같아요." 마리야 공작 영애는 겁에 질려 동그랗게 뜬 눈으로 노파를 쳐다보며 말했다.

"다행이지요, 공작 영애님." 마리야 보그다노브나는 걸음을 재촉하지 않으며 말했다. "공작 영애님 같은 아가씨들은 이런 것에 대해 알아서는 안 돼요."

"그런데 왜 모스크바에선 의사가 아직도 오지 않을까요?" 공작 영애가 말했다. (리자와 안드레이 공작의 바람대로 해산에 맞춰 모스크바로 산부인과 의사를 부르러 사람을 보내 놓고 이제나저제나 기다리고 있었다.)

"괜찮아요, 공작 영애님, 걱정하지 마세요." 마리야 보그다노브나가 말했다. "의사가 없어도 다 잘될 거예요."

5분 후 공작 영애는 무언가 묵직한 것을 옮기는 소리를 자신의 방에서 들었다. 그녀는 문밖으로 몸을 내밀었다. 하인들이 안드레이 공작의 서재에 있던 가죽 소파를 침실로 옮기고 있었다.* 운반하는 사람들의 얼굴에 엄숙하고 고요한 무언가가 어려 있었다.

마리야 공작 영애는 자신의 방에 홀로 앉아 집 안에서 나는 소리에 귀를 기울이고, 사람들이 문밖을 지나갈 때 이따금 문을 열어 보고, 복도에서 벌어지는 일을 눈여겨보았다. 여자들 몇이 조용한 걸음으로 그곳을 오가며 공작 영애를 돌아보다가 고개를 돌리곤 했다. 그녀는 차마 물어볼 수 없어 문을 닫고 방으로 돌아와 안락의자에 앉기도 하고, 기도서를 쥐기도 하고, 이콘 앞에 무릎을 꿇기도 했다. 그러나 불행스럽고 놀랍게도 그녀는 기도가 불안을 가라앉혀 주지 못한다는 것을 느꼈다. 갑자기 방문이 조용히 열리더니 머릿수건을 두른 그녀의 늙은 보모 프라스코비야 사비시나가 문지방에 나타났다. 그녀는 공작의 금지령으로 공작 영애의 방에 들어온 적이 거의 없었다.

"마셴카 아가씨, 잠시 함께 있고 싶어 왔어요." 보모가 말했다. "여기 공작님의 결혼식 양초를 성자님 앞에 켜 놓으려고 가져왔지요, 천사 같은 아가씨." 그녀는 한숨을 쉬고 말했다.

"아, 너무 기뻐요, 보모."

"하느님은 자비로우세요, 아가씨." 보모는 이콘 앞에 황금을 두른 양초를 켠 뒤 긴 양말을 짜기 위한 뜨갯거리를 들고 문가에 앉았다. 마리야 공작 영애는 책을 들고 읽기 시작했다. 발걸음이나 목소리가 들릴 때만 공작 영애는 깜짝 놀라 묻는 듯한 눈길로, 보모는 평온한 눈길로 서로를 바라보곤 했다. 마리야 공작 영애가 자기 방에 앉아서 경험한 것과 똑같은 감정이 집 안 구석구석에 넘쳐흘러 모두를 지배했다. 산모의 고통을 아는 사람이 적을수록 산모가 고통을 덜 느낀다는 미신에 따라 다들 애써 모르는 척했다. 아무도 입 밖으로 내어 말하지 않았지만 평소에 공작의 집 안을 지배하던 훌륭한 예의범절의 침착함과 정중함 외에 어떤 전반적인 염려, 부드러운 마음, 이 순간 일어나는 위대하고 불가해한 무언가에 대한 인식이 모든 사람들의 모습에서 엿보였다.

커다란 하녀 방에서는 웃음소리가 들리지 않았다. 식당 하인 방에서는 사람들이 무언가를 기다리며 앉아서 침묵하고 있었다. 집안을 돌보는 하인 방에서는 관솔불과 촛불을 켜 놓고 잠자리에 들지 않았다. 노공작은 서재에서 뒤꿈치를 쿵쿵 울리며 이리저리 거닐다가 티혼을 마리야 보그다노브나에게 보내 어찌 되었는지 묻게 했다.

"그냥 '공작님께서 어찌 되었는지 물어보라고 하셨습니다'라고만 말해. 그리고 내게 와서 그녀가 뭐라는지 전하게."

"공작님께 출산이 시작되었다고 보고하게." 마리야 보그다노브나가 심부름 온 사람을 의미심장하게 쳐다보며 말했다. 티혼은 공작에게 가서 보고했다.

"좋아." 공작이 등 뒤로 문을 닫으며 말했고, 티혼은 서재에서 아주 작은 소리 하나도 더 이상 들을 수 없었다. 얼마 후 티혼은 마치 양초를 손보기 위해서인 양 서재로 들어갔다. 공작이 소파에 누워 있는 것을 본 티혼은 공작을, 그 심란한 얼굴을 보더니 고개를 저으며 말없이 다가가 어깨에 입을 맞추고 양초는 손보지도 않고 자신이 왜 왔는지도 말하지 않은 채 방을 나왔다. 세상에서 가장 엄숙한 신비가 완성되어 가고 있었다. 어느새 저녁이 지나고 밤이 왔다. 그리고 기대감과 불가해함 앞에서 마음이 부드러워지는 느낌은 사그라지지 않고 더욱 고조되었다. 아무도 잠들지 않았다.

겨울이 마치 자기 자리를 되찾으려 악을 쓰며 필사적으로 마지막 눈을 뿌리고 눈보라를 휘몰아치는 듯한 3월의 밤들 가운데 하나였다. 이제나저제나 모스크바에서 오기를 기다리던 독일인 의사를 맞이하기 위해 큰길에서 마을의 샛길로 접어드는 갈림길에 바꿔 맬 말*을 보내 놓았고, 등불을 든 사람들이 도로의 움푹 팬 곳과 눈 밑에 살얼음이 낀 웅덩이를 피해 그를 안내하려고 말을 타고 마중 나가 있었다.

마리야 공작 영애는 벌써 오래전에 책을 내려놓았다. 그녀는 아주 세세하게 아는 보모의 주름투성이 얼굴에, 머릿수건에서 삐져나와 흘러내린 한 가닥 희끗한 머리카락에, 턱 아래에 주머니처럼 늘어진 피부에 빛나는 눈길을 고정한 채 말없이 앉아 있었다.

손에 긴 양말을 든 보모 사비시나는 자기가 하는 말을 듣지도 깨닫지도 못하면서 작고한 노공작 부인이 키시뇨프에서 산파 할멈 대신 몰다비아인 농사꾼 아낙의 손을 빌려 마리야 공작 영애를 낳았다는, 이미 수백 번이나 되풀이한 이야기를 나직한 목소리로 들려주고 있었다.

"하느님은 자비로우시니 어떤 의사 선생님도 필요 없어요." 그녀가 말했다. 갑자기 돌풍이 겹창의 틀을 뗀 (늘 종달새의 울음소리가 들리기 시작하면 공작의 뜻에 따라 방마다 겹창의 틀을 하나씩 떼어 냈다) 창문들 가운데 하나를 덮쳐 엉성하게 지른 빗장을 벗기고 묵직한 실크 커튼을 펄럭이며 추위와 눈을 몰고 들어와 촛불을 훅 꺼버렸다. 마리야 공작 영애는 몸을 떨었다. 보모가 긴 양말을 내려놓고 창으로 다가가 몸을 내밀어 홱 젖혀진 창문을 붙잡았다. 차가운 바람이 머릿수건 자락과 여러 가닥으로 삐져나온 희끗한 머리칼을 흐트러뜨렸다.

"어머나, 공작 영애님, 아가씨, 누가 프레시펙트로 말을 타고 와요!" 그녀가 창틀을 붙잡은 채 닫지 않고 말했다. "등불을 들었어요. 틀림없이 의사 선생님일 거예요……."

"아, 하느님! 하느님, 감사합니다!" 마리야 공작 영애가 말했다.

"마중하러 가야 해요. 그분은 러시아어를 모르니까요."

마리야 공작 영애는 숄을 걸치고서 말을 타고 오는 사람을 맞으러 달려갔다. 그녀는 현관방으로 내려가며 창문 너머로 등이 달린 에키파시가 현관 입구에 서 있는 것을 보았다. 그녀는 계단으로 나갔다. 난간의 작은 기둥에 놓인 수지 양초 한 자루가 바람결에 녹아내리고 있었다. 하인 필리프가 놀란 얼굴로 다른 양초 한 자루를 손에 들고 계단 아래쪽 첫 번째 층계참에 서 있었다. 그보다 더 아래 모퉁이 뒤에서 방한 부츠를 신고 계단을 따라 걸어오는 발소리가 들렸다. 마리야 공작 영애가 친숙하게 느낀 목소리가 말했다.

"다행이군!" 목소리가 말했다. "아버지는?"

"잠자리에 드셨습니다." 이미 아래에 와 있던 하인장 데미얀의 목소리가 대답했다.

그러고 나서 그 목소리가 또 뭐라 말하고, 데미얀이 또 뭐라고 대답했다. 이어 방한 부츠를 신은 발소리가 보이지 않는 계단 모퉁이를 따라 더 빨리 다가왔다. '안드레이야!' 마리야 공작 영애는 생각했다. '아니야, 그럴 리 없어. 그렇다면 너무 이상한 일이지.' 그녀가 그렇게 생각한 바로 그 순간, 하인이 양초를 들고 서 있던 층계참에 옷깃이 눈으로 덮인 털외투를 입은 안드레이 공작의 얼굴과 형상이 나타났다. 그랬다. 바로 그였다. 창백하고 야윈 데다 예전과 달리 이상하게 부드러우면서도 불안해 보이는 표정을 띠고 있었다. 계단을 올라온 그는 여동생을 껴안았다.

"내 편지 못 받았니?" 그가 물었고, 공작 영애가 아무 말도 못 했기에 어차피 듣지 못했을 대답을 기다리지 않고 되돌아갔다가 그를 뒤따라 들어온 산부인과 의사와 함께 (그들은 마지막 역참에서 만났다) 빠른 걸음으로 다시 계단을 올라와 또 한 번 여동생을 껴안았다.

"이런 운명이 있나!" 그는 중얼거렸다. "마샤, 사랑하는 내 동생!" 그러고는 털외투와 부츠를 벗고 작은 공작 부인의 거처로 향했다.

9

작은 공작 부인은 하얀 실내용 모자를 쓴 채 베개를 베고 누워 있었다. (그녀는 방금 막 고통에서 풀려났다.) 땀이 송골송골 솟은 뜨거운 두 뺨 위에 검은 머리카락이 가닥가닥 달라붙어 있었다. 입술이 거무스름한 솜털로 덮인 매혹적인 작은 붉은 입이 벌어지면서 그녀가 미소를 지었다. 안드레이 공작은 방으로 들어가 그녀 앞에, 그녀가 누운 소파의 발치에 멈춰 섰다. 어린아이처럼 놀라서 불안하게 쳐다보던 빛나는 눈동자가 표정을 바꾸지 않은 채 그에게 멈추었다. '난 당신들 모두를 사랑해요. 난 누구에게도 나쁜 짓을 한 적이 없어요. 그런데 왜 내가 고통받는 거예요? 날 도와줘요.' 그녀의 표정이 그렇게 말하고 있었다. 그녀는 남편을 보았다. 하지만 그가 그녀 앞에 지금 나타난 의미를 알지 못했다. 안드레이 공작이 소파를 빙 돌아가 그녀의 이마에 입을 맞추었다.

"여보!" 그는 이제껏 그녀에게 한 번도 해 본 적이 없는 말을 했다. "하느님은 자비로우시니……." 그녀는 어린아이처럼 비난하듯 미심쩍은 눈초리로 그를 바라보았다.

'나는 당신에게 도움을 기다렸는데 조금도, 조금도 도움이 안 되는군요. 당신도 똑같아요!' 그녀의 눈이 말했다. 그녀는 그가 온 것에 놀라지 않았을뿐더러 그가 온 것의 의미를 이해하지 못했다. 그가 온 것은 그녀의 고통과 그 고통을 덜어 주는 것과도 아무 상관이 없었다. 다시 진통이 시작되었고, 마리야 보그다노브나는 안드레이 공작에게 방에서 나가 줄 것을 청했다.

산부인과 의사가 방에 들어왔다. 안드레이 공작은 밖으로 나갔다가 마리야 공작 영애를 마주치자 그녀에게 다가갔다. 그들은 소곤소곤 말을 나누었지만 순간순간 대화가 끊어졌다. 그들은 기다리며 귀를 기울였다.

"가 봐, 오빠." 마리야 공작 영애가 말했다. 안드레이 공작은 다시 아내에게로 가서 옆방에 앉아 기다렸다. 아내의 방에서 어떤 여자가 놀란 얼굴로 나오다가 안드레이 공작을 보고 당황했다. 그는 두 손으로 얼굴을 가리고 몇 분 동안 앉아 있었다. 의지할 곳 없는 불쌍한 동물의 신음 소리가 문 너머에서 들려왔다. 안드레이 공작은 일어나서 다가가 문을 열려고 했다. 누군가 문을 잡고 있었다.

"안 돼요, 안 됩니다!" 안에서 깜짝 놀란 목소리가 말했다. 그는 방 안을 서성이기 시작했다. 비명이 잦아들고, 몇 초가 더 흘렀다. 갑자기 끔찍한 비명 소리가 (그녀의 비명이 아니었다, 그녀는 그렇게 비명을 지를 수 없었다) 옆방에서 울렸다. 안드레이 공작은 그녀의 방문으로 달려갔다. 비명은 멎었지만, 다른 비명, 갓난아이의 울음소리가 들렸다.

'왜 저기에 아기를 데려왔을까?' 첫 찰나에 안드레이 공작은 그렇게 생각했다. '아기? 웬……? 왜 저기에 아기가? 아니면 아기가 태어난 거야?'

문득 그 울음소리의 의미를 완전히 깨달았을 때 그는 기쁨의 눈물에 숨이 막혔다. 그는 창문턱에 양 팔꿈치를 괴고 어린아이처럼 흐느껴 울기 시작했다. 문이 열렸다. 프록코트를 벗고 루바시카의 소매를 걷어붙인 의사가 창백한 얼굴로 턱을 덜덜 떨며 방에서 나왔다. 안드레이 공작이 돌아보았지만 의사는 망연자실한 표정으로 흘깃 쳐다보곤 한마디 말도 없이 그의 옆을 지나갔다. 한 여자가 뛰쳐나오다 안드레이 공작을 보고 문지방에서 머뭇거렸다. 그는 아내의 방으로 들어갔다. 아내는 그가 5분 전에 보았던 그 자세로 죽은 채 누워 있었다. 눈동자가 움직이지 않고 두 뺨이 창백했지만 입술이 작은 솜털로 덮인, 어린아이처럼 수줍어하는 그 매혹적인 작은 얼굴에 어린 표정도 그대로였다.

'난 당신들 모두를 사랑했고 누구에게도 나쁜 짓을 하지 않았어요. 그런데 당신들은 나에게 무슨 짓을 한 거죠? 아, 당신들은 나에게 무슨 짓을 한 건가요?' 그녀의 매혹적인, 가련한 죽은 얼굴은 그렇게 말하고 있었다. 방 한구석에는 마리야 보그다노브나의 떨리는 하얀 두 손에서 자그맣고 불그레한 무언가가 꺅꺅거렸다.

그로부터 두 시간 뒤 안드레이 공작은 조용한 걸음으로 아버지의 서재에 들어갔다. 노인은 이미 모든 것을 알고 있었다. 그는 문바로 옆에 서 있었다. 문이 열리자마자 노인은 바이스*같이 뻣뻣한 늙은 두 팔로 아들의 목을 끌어안고는 어린아이처럼 흐느껴 울었다.

사흘 뒤에 작은 공작 부인의 장례식이 치러졌다. 안드레이 공작은 그녀와 작별하기 위해 관 계단에 올라섰다. 관 속에는 눈을 감기는 했지만 여전히 똑같은 얼굴이 있었다. '아, 당신들은 나에게 무슨 짓을 한 건가요?' 그 얼굴은 계속 그렇게 말했다. 안드레이 공작은 영혼 속에서 무언가가 찢어지는 것을, 그 자신이 돌이킬 수도 잊을 수도 없는 잘못을 저질렀다는 것을 느꼈다. 그는 울 수 없었다. 노인도 올라와 다른 한 손 위에 평화로이 그리고 높이 놓인 그녀의 창백한 작은 손에 입을 맞추었다. 그녀의 얼굴이 그에게 말했다. '아, 당신들이 나에게 도대체 무슨 짓을, 그리고 왜 저지른 건가요?' 그 얼굴을 본 노인은 화가 나서 고개를 돌렸다.

그리고 닷새가 지났을 때, 어린 공작 니콜라이 안드레이치는 세례를 받았다. 사제가 작은 거위 깃털로 사내아이의 쪼글쪼글하고 빨간 손바닥과 발바닥에 성수를 찍어 바르는 동안 유모는 턱으로 배내옷을 누르고 있었다.

대부인 할아버지는 젖먹이를 떨어뜨릴까 봐 겁이 나서 부들부들 떨며 아기를 안고 찌그러진 양철 성수반을 돌아 대모인 마리야 공작 영애에게 건넸다. 안드레이 공작은 아기를 물에 빠뜨리지나 않을까 하는 두려움에* 숨이 멎는 듯한 심정으로 성례가 끝나기를 기다리며 옆방에 앉아 있었다. 보모가 아기를 안고 나오자 기쁜 얼굴로 아기를 쳐다보았다. 그리고 성수반에 던진 머리카락 붙은 밀랍이 가라앉지 않고 떠 있었다고* 전해 주는 보모의 말에 기분 좋게 고개를 끄덕였다.

IO

돌로호프와 베주호프의 결투에 로스토프가 관여한 사건은 노백작의 노력으로 무마되었다. 그리하여 로스토프는 자신이 예상한 대로 강등되는 대신 모스크바 총독의 부관으로 임명되었다. 그바람에 그는 가족과 함께 시골에 가지 못하고 새 직무를 수행하느라 여름 내내 모스크바에 남아 있었다. 돌로호프는 건강을 회복했다. 이 시기에 로스토프는 그와 각별히 친해졌다. 돌로호프는 열렬하고 부드럽게 그를 사랑하던 어머니의 집에 누워 있었다. 페댜의 친구라는 이유로 로스토프를 좋아하게 된 늙은 마리야 이바노브나는 그에게 아들 이야기를 종종 해 주었다.

"그래요, 백작님, 그 애는 오늘날같이 타락한 세상에 살기에는 마음이 지나치게 고결하고 깨끗해요." 그녀는 말했다. "덕을 좋아하는 사람은 아무도 없어요. 모두의 귀에 거슬릴 뿐이지요. 자, 말씀해 보세요, 백작님, 베주호프의 입장에서 볼 때 그 일이 정당한 것이었나요? 그 일이 정직한 것이었나요? 페댜는 고상한 자기 성품 때문에 그를 사랑했고, 지금도 그에 대해 나쁜 말을 결코 한마디도 하지 않아요. 페테르부르크에서 경찰서장에게 친 장난 말이에요, 그곳에서 어떤 장난을 쳤든 그들이 함께 저지른 짓 아닌가요? 그런데 베주호프에게는 아무 일도 없고, 페댜가 모든 것을 어깨에 짊어졌어요! 정말이지 그 애가 얼마나 많은 고통을 견뎌야 했는데요! 그 애가 복귀했다고 쳐요. 아니, 어떻게 그 애를 복귀시키지 않았겠어요? 그곳에 그 애처럼 용맹한 조국의 아들은 많지 않았을 거라고 나는 생각해요. 아무튼, 좋아요, 이제 이 결투요. 그 사람들에게 감정이란 게, 명예심이란 게 있는 걸까요! 그 애가 외아들이란 걸 알면서 결투를 신청하고 그렇게 명중을 시켜요! 하느님이 우리에게 자비를 베푸셨으니 다행이죠. 도대체 무엇 때문에요? 아니, 우리 시대에 간통하지 않는 사람이 어디 있나요? 뭐 그가 그토록 질투심 강한 사람이라면, 난 이해해요, 미리 느끼게 해 줄 수도 있었잖아요. 1년이나 계속된 일인데요. 어쨌든 그 사람은 페댜가 그에게 빚을 지고 있기 때문에 싸우지 않을 거라고 생각해서 결투를 신청한 거예요. 얼마나 비열한가요! 얼마나 추악하냐고요! 난 당신이 페댜를 이해했다는 걸 알아요, 친절한 백작님. 그래서 당신을 진심으로 좋아해요. 정말이에요. 그 애를 이해하는 사람은 드물어요. 그 애는 너무나 고결한 천상의 영혼이에요……."

돌로호프도 회복기에 그에게서 결코 기대할 수 없었던 말들을 로스토프에게 종종 했다.

"사람들이 나를 나쁜 인간으로 생각한다는 걸 알아." 그는 말했다. "그러라고 해. 난 내가 사랑하는 사람들 외에는 아무도 알고 싶지 않아. 하지만 내가 사랑하는 사람은 목숨을 바칠 만큼 사랑해. 나머지 사람들은 만약 내 길을 가로막으면 다 짓밟아 버릴 거야. 나에게는 내가 열렬히 사랑하는 너무도 소중한 어머니와 두세 명의 친구가 있어. 자네도 그중 하나야. 나머지 사람들은 나에게 이익이 될지 해가 될지에 한해서만 관심을 기울여. 그리고 거의 모두 해악을 끼치지. 특히 여자들이 말이야. 그렇다니까, 친구."
그는 계속 말을 이었다. "정감 있고 고결하고 고상한 남자들은 만나 봤어. 하지만 여자들은 (백작 부인이든 하녀든 다 똑같아) 돈으로 살 수 있는 여자 외에는 아직 만나 본 적이 없어. 내가 여자에게서 찾는 천상의 순수와 정절은 아직 만난 적이 없어. 만약 그런 여자가 있다면 나는 목숨이라도 바칠 거야. 하지만 그 여자들은……!" 그는 경멸의 몸짓을 보였다. "내 말을 믿든 안 믿든 내가 아직도 목숨을 소중히 여긴다면, 그것은 오직 나를 소생시키고 깨끗하게 하고 고양시켜 줄 그런 천상의 존재를 만나고 싶어 하는 희망 때문이야. 하지만 자네는 이런 말을 이해하지 못할 거야."

"아니, 충분히 이해해." 새 친구의 영향을 받고 있던 로스토프는 그렇게 대답했다.

가을에 로스토프 일가는 모스크바로 돌아왔다. 겨울의 초입에는 데니소프도 돌아와 로스토프가에서 머물렀다. 니콜라이 로스토프가 모스크바에서 보낸 1806년 겨울의 첫 시기는 그에게나 가족들 모두에게나 가장 행복하고 즐거운 시절에 속했다. 니콜라이는 부모의 집에 많은 젊은이들을 끌어들였다. 베라는 스무 살의 아름다운 아가씨였고, 소냐는 갓 피어난 꽃송이 같은 매력이 넘치는 열여섯 살의 아가씨였다. 반은 아가씨고 반은 소녀인 나타샤는 때론 어린아이처럼 우스꽝스러웠고 때로는 아가씨처럼 매혹적이었다.

그 시절 로스토프가에는 사랑스럽고 젊은 아가씨들이 있는 집에서 종종 그러하듯 어떤 특별한 사랑의 분위기가 감돌았다. 로스토프가를 찾는 젊은이는 누구나 감수성 풍부하고 무언가에 (아마도 자신의 행복에) 미소 짓는 젊은 아가씨들의 얼굴을, 그 생기발랄한 떠들썩함을 보며, 그 앞뒤는 안 맞지만 누구에게나 상냥하고 의욕적이고 희망찬 청춘 여성들의 수다를 들으며, 어느 때는 노래로, 어느 때는 연주로 터져 나오는 그 생뚱맞은 소리들을 들으며 당장이라도 사랑에 빠지고 싶고 행복을 기대하는 감정을 똑같이 맛보았다. 그건 로스토프가의 젊은이들도 마찬가지였다.

로스토프가의 집에 들락거리는 젊은이들 가운데 돌로호프는 가장 먼저 드나든 축에 속했다. 나타샤를 제외한 모든 가족들이 그를 마음에 들어 했다. 하지만 나타샤는 돌로호프 때문에 오빠와 싸울 뻔했다. 그녀는 돌로호프가 나쁜 사람이라고, 베주호프와의 결투에서 옳은 쪽은 피에르이고 잘못한 쪽은 돌로호프라고, 돌로호프는 불쾌하고 가식적인 사람이라고 주장했다.

"내가 이해해야 할 게 뭐가 있어!" 나타샤는 고집스럽게 막무가내로 외쳤다. "돌로호프는 악한 데다 감정이 없어. 난 오빠 친구인 데니소프는 정말 좋아해. 그 사람은 방탕한 술꾼이지. 그래도 난 그 사람이 좋아. 이해할 수 있어. 오빠에게 어떻게 말해야 할지 모르겠지만 돌로호프는 모든 걸 계산적으로 해. 난 그런 게 싫어. 그러나 데니소프는……."

"아니, 데니소프는 경우가 달라." 니콜라이가 대꾸했다. 돌로호프에 비교하면 데니소프조차 보잘것없는 인간이라고 느끼게 하는 말투였다. "돌로호프가 어떤 영혼을 지닌 사람인지 이해해야해. 어머니와 함께 있는 그를 보아야 한다니까. 정말 마음씨가 훌륭한 사람이야!"

"난 그런 건 모르지만, 그 사람과 있으면 왠지 거북해. 그리고 오빠, 그 사람이 소냐를 사랑하는 건 알아?"

"무슨 바보 같은 소리를……."

"난 확신해. 두고 봐."

나타샤의 예언이 이루어지고 있었다. 여자들의 모임을 좋아하지 않던 돌로호프가 자주 집에 드나들기 시작했다. 누구 때문인가 하는 의문은 곧 (누구도 그 점에 대해 말하지 않았지만) 풀렸다. 소냐 때문이었다. 소냐도 차마 입 밖에 내어 말한 적은 없지만 알고 있었다. 그래서 돌로호프가 나타나면 늘 얼굴이 쿠마치 천처럼 붉게 물들었다.

돌로호프는 자주 로스토프가에서 식사를 했고, 로스토프가 사람들이 보러 가는 공연에도 빠진 적이 없으며, 그들이 늘 참석하는 이오겔의 **청소년** 무도회에도 드나들었다. 그는 소냐에게 집중적인 관심을 보였는데, 소냐가 얼굴을 붉히지 않고는 감당할 수 없었을 뿐 아니라 노백작 부인과 나타샤마저 눈치채고 얼굴을 붉힐 만큼 강렬한 눈빛으로 그녀를 바라보았다.

아무래도 이 강인하고 기이한 사내는 다른 남자를 사랑하는 이 검은 머리의 우아한 소녀가 자신에게 미치는 거부할 수 없는 영향에 사로잡힌 듯했다.

로스토프는 돌로호프와 소냐 사이에 뭔가 새로운 것이 있음을 눈치챘다. 그러나 그 새로운 관계가 어떤 것인지 딱히 정의 내리지 않았다. '저 애들은 늘 누군가를 사랑하니까.' 그는 소냐와 나타샤에 대해 그렇게 생각했다. 하지만 예전과 달리 소냐와 돌로호프와 함께 있는 것이 편치 않아서 집 밖으로 나도는 일이 잦아졌다.

1806년 가을부터 모두들 나폴레옹과의 전쟁에 대해, 지난해보다 더 뜨거운 열기로 말하기 시작했다.* 1천 명당 열 명의 신병 징집뿐 아니라 1천 명당 아홉 명의 민병 모집이 결정되었다.* 도처에서 보나파르트를 저주하는 소리가 들렸고, 모스크바에서는 전쟁이 임박했다는 소문만 나돌았다. 로스토프가로서는 이런 전쟁 준비에 대한 관심이 오직 니콜루시카가 무슨 일이 있어도 모스크바에 남으려 하지 않고 축일 후 함께 연대로 떠나기 위해 데니소프의 휴가가 끝나기만을 기다리고 있다는 점에 쏠려 있었다. 눈앞에 닥친 출발은 그가 즐기는 것을 방해하기는커녕 오히려 더욱 부추겼다. 그는 대부분의 시간을 집 밖에서 만찬과 야회와 무도회로 보냈다.

II

크리스마스 주간의 사흘째 되는 날, 니콜라이는 집에서 식사를 했다. 최근 들어 그에게 좀처럼 없던 일이었다. 주현절* 후에 데니소프와 함께 연대로 떠나기 때문에 이것은 공식적인 작별 만찬이었다. 돌로호프와 데니소프를 포함해 스무 명가량의 사람들이 만찬에 참석했다.

로스토프가에서 이 축일 기간만큼 사랑의 공기와 연애의 분위기가 강렬하게 느껴진 적은 이제껏 한 번도 없었다. '행복의 순간을 잡아. 널 사랑하게 만들어. 너도 사랑에 빠져 봐! 세상에서 진정한 것은 오직 이것 하나야. 나머지는 다 시시해. 우리가 이곳에서 관심을 두는 것도 이것뿐이지.' 그 분위기는 이렇게 말하고 있었다.

니콜라이는 여느 때처럼 말 네 마리가 기진맥진할 만큼 마차를 몰고서도 들러야 할 곳과 초대받은 곳을 다 돌아보지 못한 채 만찬 직전에야 집으로 돌아왔다. 집에 들어서자마자 그는 집 안에 사랑의 분위기가 팽팽하게 감도는 것을 느꼈다. 그뿐 아니라 그는 모임을 이룬 사람들 가운데 몇 명을 지배하고 있는 이상한 당혹감을 눈치챘다. 소냐와 돌로호프와 노백작 부인이 특히 동요하고 있었고, 나타샤도 다소 흥분한 상태였다. 니콜라이는 만찬 전에 소냐와 돌로호프 사이에 무슨 일이 있었다는 것을 깨달았다. 본래 감성이 섬세한 로스토프는 만찬 동안 매우 다정하고도 조심스럽게 두 사람을 대했다. 축일 기간의 셋째 날인 이날 밤에는 틀림없이 (무용 선생인) 이오겔이 축일이면 자신의 모든 남녀 학생들을 위해 열던 무도회들 중 하나가 있을 터였다.

"니콜렌카, 이오겔 선생님의 무도회에 갈 거야? 부탁이야, 가자." 나타샤가 그에게 말했다. "선생님이 오빠에게 특별히 청했잖아. 바실리 드미트리치도 (데니소프였다) 갈 거야."

"백작 영애의 분부라면 어딘들 못 가겠습니까!" 로스토프가에서 익살스럽게 나타샤의 기사를 자처하던 데니소프가 말했다. "숄 댄스라도 기꺼이 추겠습니다."

"시간이 되면! 아르하로프에게 그 집 야회에 가겠다고 약속했거든." 니콜라이가 말했다.

"자네는……?" 그가 돌로호프에게 물었다. 그러나 묻자마자 이내 그럴 필요가 없었음을 깨달았다.

"음, 어쩌면……." 돌로호프가 소냐를 흘깃 쳐다보더니 성난 목소리로 싸늘하게 대꾸했다. 그러고는 얼굴을 찌푸린 채 클럽 만찬에서 피에르를 볼 때와 똑같은 시선으로 니콜라이를 다시 쳐다보았다.

'뭔가가 있어.' 니콜라이는 생각했다. 만찬 후에 돌로호프가 즉시 떠나 버려 이러한 추측을 더욱 확신하게 된 니콜라이는 나타샤를 불러 어떻게 된 일인지 물었다.

"나도 오빠를 찾고 있었어." 그에게 달려온 나타샤가 말했다. "내가 말했는데 오빠는 내 말을 전혀 믿으려 하지 않았지." 그녀는 의기양양하게 말했다. "그 사람이 소냐에게 청혼했어."

요사이 아무리 소냐에게 별 관심을 기울이지 않았어도 그 말을 듣는 순간, 니콜라이는 마음속에서 무언가가 갈기갈기 찢어지는 느낌이었다. 돌로호프는 지참금이 없는 고아인 소냐에게 꽤 괜찮은, 어떤 면에서는 눈부신 남편감이었다. 노백작 부인과 상류 사회의 시각에서 보면 그런 사람을 거절해서는 안 되었다. 그래서 그 말을 들었을 때 니콜라이가 처음 느낀 감정은 소냐에 대한 분노였다. 그는 이렇게 말하려고 했다. '잘됐네. 물론 그녀는 어린 시절의 약속 따위는 잊고 청혼을 받아들여야겠지.' 그러나 미처 말할 틈이 없었다…….

"상상이 가? 소냐는 거절했어. 깨끗하게 거절했단 말이야!" 나타샤가 입을 열었다. 그녀는 잠시 침묵했다가 이렇게 덧붙였다. "소냐는 다른 사람을 사랑한다고 말했어."

'그래, 나의 소냐가 다른 식으로 행동했을 리 없지!' 니콜라이는 생각했다.

"엄마가 아무리 부탁해도 소냐는 거절했어. 난 알아. 소냐는 일단 무언가 말하고 나면 마음을 바꾸지 않아…….'"

"엄마가 소냐에게 부탁했다고?" 니콜라이가 비난하는 투로 물었다.

"그렇다니까." 나타샤가 말했다. "있잖아, 니콜렌카, 화내지 마. 하지만 난 오빠가 소냐와 결혼하지 않을 거란 걸 알아. 난 알아. 그 이유야 하느님이 아시겠지만, 난 오빠가 결혼하지 않으리란 걸 분명히 알고 있어."

"참 나, 네가 그걸 어떻게 알아." 니콜라이가 말했다. "하지만 난 소냐와 이야길 해야 해. 이런 소냐가 얼마나 사랑스러운지 모르겠어!" 그는 싱긋 웃으며 덧붙였다.

"너무 예쁘지! 내가 오빠한테 소냐를 보낼게." 그러고 나서 나타샤는 오빠에게 입을 맞추고 달려 나갔다.

1분 뒤 소냐가 놀라고 당황하고 죄지은 얼굴로 들어왔다. 니콜라이는 그녀에게 다가가 손에 입을 맞추었다. 로스토프가 집에 와 있는 동안 두 사람이 눈을 마주 보고 자신들의 사랑에 대해 말을 나눈 것은 이번이 처음이었다.

"**소피**……." 처음에 그는 소심하게 말을 꺼냈지만 점점 더 대담하게 말을 이어 갔다. "만약 당신이 훌륭하고 조건이 좋은 남편감을 거절하려 한다면, 그는 멋지고 고결한 남자이기도 한데……. 또 그는 내 친구고……."

소냐가 그의 말을 끊었다.

"난 이미 거절했어요." 그녀가 황급히 말했다.

"만약 당신이 나를 위해 거절하는 것이라면 난 두렵습니다. 나에게……."

소냐가 다시 그의 말을 가로막았다. 그녀는 애원이 담긴 놀란 눈길로 그를 바라보았다.

"**니콜라**, 나에게 그런 말은 하지 말아요." 그녀가 말했다.

"아니, 말해야 해요. 어쩌면 내 쪽에서 **주제넘은** 짓일지 모르지만, 그래도 말하는 편이 낫습니다. 만약 당신이 나 때문에 거절한다면 난 당신에게 모든 진실을 말해야 해요. 난 당신을 다른 누구보다도 사랑합니다. 난 그렇게 생각해요."

"내겐 그걸로 충분해요." 소냐가 얼굴을 붉히며 말했다.

"아뇨, 내가 당신에게 느끼는 이런 우정과 신뢰와 사랑의 감정은 누구에게도 품어 본 적이 없지만 난 숱하게 사랑에 빠졌고 앞으로도 많은 사랑을 하게 될 겁니다. 게다가 난 젊어요. **엄마**는 이 일을 원하지 않고요. 그러니까 간단히 말해 난 아무 약속도 할 수 없어요. 그래서 당신에게 돌로호프의 청혼을 생각해 보라고 부탁하는 겁니다." 그는 친구의 성을 힘겹게 내뱉으며 말했다.

"내게 그런 말은 하지 말아요. 난 아무것도 바라지 않아요. 난 당신을 오빠로서 사랑하고, 언제나 사랑할 거예요. 그 이상은 아무것도 필요 없어요."

"당신은 천사입니다. 난 당신에게 어울리는 사람이 아니에요. 어쩌면 내가 당신을 속이고 있는 게 아닐까 두렵습니다." 니콜라이는 한 번 더 그녀의 손에 입을 맞추었다.

12

이오겔의 무도회는 모스크바에서 가장 즐거운 무도회였다. 이제 막 배운 스텝을 밟아 보는 **사춘기** 자녀들을 보며 어머니들이 그렇게 말했다. 기진맥진할 때까지 춤을 추던 **앳된 소년 소녀들도** 그렇게 말했다. 어엿한 아가씨들과 청년들도 아이들의 수준에 맞춰 주겠다는 너그러운 생각으로 무도회에 왔다가 그 속에서 최고의 즐거움을 발견하고는 그렇게 말했다. 바로 올해 이 무도회에서 두 쌍의 결혼이 이루어졌다. 고르차코프가의 어여쁜 두 공작 영애가 신랑감을 찾아 시집을 갔다. 덕분에 이 무도회의 평판은 더욱 높아졌다. 이 무도회의 독특한 점은 주최를 맡은 남녀가 없다는 점이었다. 팔랑이는 깃털처럼 댄스 규칙에 따라 한 발을 뒤로 뺀 채 인사하며 모든 손님들에게 수업을 위한 표를 받는 선량한 이오겔이 있을 뿐이었다. 또 처음으로 긴 드레스를 입어 보는 열세 살에서 열네 살 소녀들의 바람대로 이 무도회에는 춤을 추고 흥겹게 놀려는 사람들만 온다는 점도 특별했다. 아주 간혹 예외가 있었지만 다들 예뻤고, 혹은 그렇게 보였다. 모두 환희에 찬 미소를 지었고, 눈동자가 활활 타올랐다. 이따금 가장 뛰어난 여학생들이 **솔 댄스**까지 추었는데, 그중에서 가장 잘 추는 소녀는 우아함이 돋보이는 나타샤였다. 그러나 이번 마지막 무도회에서는 에코세즈와 앙글레즈 그리고 이제 막 유행하기 시작한 마주르카만 추었다. 이오겔은 베주호프 저택의 홀을 빌렸고, 무도회는 다들 말하듯 매우 성공적이었다. 어여쁜 소녀들이 많았고, 특히 로스토프가의 아가씨들이 아름다운 축에 속했다. 그 두 아가씨는 이날 저녁 매우 행복하고 즐거웠다. 돌로호프의 청혼과 자신의 거절과 니콜라이와 나눈 고백으로 우쭐한 소냐는 집에 있을 때부터도 빙글빙글 돌며 하녀가 그녀의 땋은 머리를 손질하게 두지 않았고, 지금도 터질 듯한 기쁨으로 온통 빛났다.

나타샤도 처음으로 긴 드레스를 입고 진짜 무도회에 나온 것에 못지않게 우쭐해서 더더욱 행복해했다. 그들은 장밋빛 리본이 달린 하얀 모슬린 드레스를 입었다.

나타샤는 무도회에 들어선 순간부터 사랑에 빠졌다. 그녀는 특별히 어떤 한 사람이 아니라 모든 사람들에게 사랑을 느꼈다. 그녀가 쳐다보는 순간 눈에 들어오는 사람, 바로 그 사람에 대한 사랑에 빠졌다.

"아, 너무 좋아!" 그녀는 소냐에게 달려와선 끊임없이 그렇게 말했다.

니콜라이와 데니소프는 보호자처럼 다정한 눈길로 춤추는 사람들을 둘러보며 홀을 거닐었다.

"그녀는 정말 사랑스러워. 미인이 될 거야." 데니소프가 말했다.

"누구 말이야?"

"나타샤 백작 영애." 데니소프가 대답했다.

"춤도 얼마나 잘 추는지. 정말 우아해!" 잠시 침묵하던 데니소프가 다시 말했다.

"도대체 누굴 말하는 거야?"

"자네 여동생!" 데니소프가 화를 내며 버럭 소리를 질렀다.

로스토프는 가볍게 웃었다.

"친애하는 백작, 당신은 나의 가장 뛰어난 학생들 가운데 한 명입니다. 당신은 춤을 춰야 해요." 체구가 작은 이오겔이 니콜라이에게 다가와서 말했다. "예쁜 아가씨들이 얼마나 많은지 보세요." 그는 역시 자신의 학생이었던 데니소프를 향해서도 똑같은 부탁을 했다.

"아닙니다, 선생님. 전 앉아서 보는 편이 더 좋습니다." 데니소프가 말했다. "정말 기억 못하십니까, 전 선생님의 수업을 제대로 소화하지 못했는데요……?"

"오, 아니에요!" 이오겔이 황급히 위로했다. "당신은 단지 주의가 부족했을 뿐입니다. 당신에게는 소질이 있었어요. 맞아요, 소질이 있었다니까요."

새로 도입된 마주르카를 추기 시작했다. 니콜라이는 이오겔의 청을 거절할 수 없어 소녀에게 춤을 신청했다. 데니소프는 노파들 옆에 다가앉아 기병도 위에 팔꿈치를 괸 채 발로 박자를 맞추면서 춤추는 젊은이들을 힐끔거리며 무언가 재미있는 이야기로 늙은 귀부인들을 웃겼다. 이오겔은 선두에서 그의 자랑이자 최고의 학생인 나타샤와 짝을 이루어 춤을 추었다. 단화를 신은 조그만 두 발을 가볍고 부드럽게 옮기면서 이오겔은 부끄러워하기는 하지만 열심히 스텝을 밟는 나타샤와 함께 맨 앞에서 홀을 날아다녔다. 데니소프는 그녀에게서 눈을 떼지 않은 채 자신이 춤을 추지 않는 것은 못 춰서가 아니라 그저 추고 싶지 않아서라고 분명히 말하는 그런 표정으로 기병도를 두드리며 박자를 맞추었다. 춤 도중에 그는 옆으로 지나가는 로스토프를 자기 쪽으로 불렀다.

"이건 전혀 아니야." 그가 말했다. "이게 정말 폴란드 마주르카라고? 하지만 잘 추긴 하네."

데니소프가 뛰어난 마주르카 솜씨로 폴란드에서조차도 명성을 떨친 사실을 알고 있던 로스토프는 나타샤에게 달려갔다.

"가서 데니소프를 골라. 그럼 춤을 출 거야! 정말 굉장해!" 그가 말했다.

다시 나타샤의 차례가 되자 그녀는 리본 달린 신발을 신은 발로 재빨리 걸음을 옮기며 혼자 홀을 가로질러 데니소프가 앉은 한구석으로 수줍게 달려갔다. 그녀는 모두 자기를 쳐다보며 기다리는 것을 보았다. 니콜라이는 데니소프와 나타샤가 웃음 띤 얼굴로 다투는 것을, 데니소프가 거절은 하면서도 기쁘게 미소 짓는 것을 보았다. 그는 그들에게 달려갔다.

"부탁이에요, 바실리 드미트리치." 나타샤가 말했다. "같이 가요, 제발."

"아니, 무슨 당치도 않은 말을. 용서하십시오, 백작 영애." 데니소프가 말했다.

"이제 그만해, 바샤." 니콜라이가 끼어들었다.

"고양이 바시카를 설득하는 것 같군." 데니소프가 익살을 떨며 말했다.

"밤새 조를 거예요." 나타샤가 말했다.

"요술쟁이 아가씨, 저를 마음대로 하십시오!" 데니소프는 이렇게 말하고 기병도를 끌렀다. 그리고 의자 뒤에서 나와서 파트너의 한 손을 꼭 잡고는 고개를 살짝 쳐들고 한 발을 뒤로 뺀 채 박자를 기다렸다. 말을 탈 때나 마주르카를 출 때만큼은 데니소프의 작은 키가 눈에 띄지 않았다. 그럴 때면 그가 스스로에 대해 느끼던 대로 멋진 청년으로 보였다. 기다리던 박자가 나오자 그는 의기양양하면서 익살스럽게 파트너를 옆으로 흘깃 쳐다보더니 느닷없이 한 발을 쿵 찍고 공처럼 탄력 있게 바닥에서 튀어 올랐다. 그러고는 파트너를 이끌면서 원을 그리며 날 듯이 돌았다. 그는 한 발로 홀의 절반을 가로지르며 소리 없이 날아가더니, 앞에 놓인 의자들을 보지 못한 듯 그쪽으로 곧장 질주했다. 그러다 갑자기 박차를 울리고 두 발을 벌리더니 뒤축을 딛고 잠깐 멈춰 섰다가, 박차를 요란하게 울리며 두 발로 한곳을 쿵 하고 구르고는 빠르게 빙글빙글 돌았다. 그런 다음 왼발로 오른발을 가볍게 치고 다시 원을 그리며 날아갔다. 나타샤는 그가 무엇을 하려는지 직감하고, 어떻게 해야 하는지도 모른 채 그를 따르며 자신을 맡겼다. 그는 때론 오른손으로, 때로는 왼손으로 그녀를 빙글빙글 돌렸다. 무릎을 꿇고 그녀를 자기 주위로 돌리고는 다시 벌떡 일어나 마치 숨도 안 쉬고 모든 방들을 시나 달려가기로 작성한 듯 맹렬하게 앞으로 돌진하기도 했다. 그러고는 갑자기 다시 멈추며 예기치 않은 새로운 동작을 선보이기도 했다. 그가 나타샤를 그녀의 의자 앞에서 잽싸게 돌린 후 박차를 울리며 허리 숙여 인사했을 때 그녀는 그에게 무릎을 굽혀 인사하는 것조차 할 수 없었다. 그녀는 마치 그를 알아보지 못하는 듯 미소를 머금은 얼굴에 당혹감을 드러내며 그를 응시했다.

"이건 도대체 무슨 춤이에요?" 그녀가 중얼거렸다.

이오겔이 이 마주르카를 인정하지 않았음에도 다들 데니소프의 춤 솜씨에 매혹되어 끊임없이 그에게 파트너가 되어 달라고 청했다. 노인들은 싱글벙글 웃으며 폴란드에 대해, 그리고 좋았던 옛 시절에 대해 이야기를 나누기 시작했다. 마주르카를 추느라 얼굴이 새빨개진 데니소프는 손수건으로 땀을 닦으며 나타샤에게 다가앉아서 무도회 내내 그녀의 곁을 떠나지 않았다.

13

그 후로 이틀 동안 로스토프는 자기 집에서도 그의 집에서도 돌로호프를 보지 못했다. 사흘째 되는 날, 그는 돌로호프로부터 쪽지를 받았다.

"자네도 아는 이유로 더 이상 자네 집엔 가지 않을 작정이고, 또 부대로 돌아갈 거라서 오늘 밤 친구들과 함께 송별회를 하려고 해. 영국 호텔로 와." 그날 밤 9시가 넘은 시각에 로스토프는 가족들과 데니소프와 함께 갔던 극장에서 나와 영국 클럽으로 갔다. 그는 돌로호프가 잡아 둔 호텔 특실로 즉시 안내되었다.

스무 명가량의 사람들이 탁자 주위에 북적였고, 돌로호프는 탁자 앞 두 개의 양초 사이에 앉아 있었다. 탁자 위에는 금화와 지폐가 놓여 있고 돌로호프는 카드를 돌리는 중이었다. 청혼과 소냐의 거절 이후 아직 만난 적이 없어서 니콜라이는 그와 얼굴을 마주할 생각에 거북함을 느꼈다.

밝고 차가운 돌로호프의 시선이 마치 오래전부터 그를 기다렸다는 듯 문가에서 로스토프를 맞았다.

"오랜만이군." 그가 말했다. "와 줘서 고마워. 이것만 금방 다 돌릴게. 일류시카가 합창단을 끌고 올 거야."

"자네 집에 갔었어." 로스토프가 얼굴을 붉히며 말했다.

돌로호프는 아무런 대꾸도 하지 않았다.

"돈 걸어도 돼." 그가 말했다.

순간 로스토프는 언젠가 돌로호프와 나눈 기이한 대화를 떠올렸다. "바보들이나 운에 걸고 도박을 하는 거야." 그때 돌로호프는 그렇게 말했다.

"아니면 나와 카드를 하는 게 두려운가?" 돌로호프는 마치 로스토프의 생각을 들여다보기라도 한 듯 이렇게 말하고 씩 웃었다. 로스토프는 그 미소를 통해 그의 내면 상태를 알아챘다. 클럽 만찬 때, 그리고 일상생활에 염증이 난 듯 뭐든 색다른, 대부분은 잔혹한 행동으로 그것에서 벗어날 필요를 느낄 때 대체로 그가 보여준 마음 상태였다.

로스토프는 거북해졌다. 그는 머릿속으로 돌로호프의 말에 대꾸할 농담을 궁리했지만 찾지 못하고 있었다. 그러나 로스토프가 미처 적절한 농담을 찾아내기 전에 돌로호프가 그의 얼굴을 똑바로 쳐다보며 모두에게 들리도록 천천히 띄엄띄엄 말했다.

"기억하나? 자네에게 도박에 대해 말한 적이 있지……. 운을 걸고 도박을 하는 자는 바보라고. 도박은 확실성을 요구해. 하지만 난 그걸 한번 시험해 보고 싶어."

'운에 걸 것인가, 아니면 확실성에 걸 것인가?' 로스토프는 생각했다.

"역시 자네는 하지 않는 편이 좋겠어." 그는 이렇게 덧붙이고는 새로 뜯은 카드 한 벌을 탁 치며 말했다. "여러분, 판돈!"

돌로호프가 돈을 앞으로 밀고 패를 돌릴 준비를 했다. 로스토프는 그의 옆에 앉았고, 처음에는 게임에 끼지 않았다. 돌로호프가 그를 힐끗거렸다.

"안 하는 거지?" 돌로호프가 말했다. 그러자 이상하게도 니콜라이는 카드를 받고 얼마라도 판돈을 걸어서 게임을 시작해야만 할 것처럼 느꼈다.

"돈이 없어." 로스토프가 말했다.

"후불로 해도 돼!"

로스토프는 5루블을 걸었다가 잃고, 다시 걸었다가 또 잃었다. 돌로호프가 로스토프의 카드 열 장을 연달아 죽였다. 다시 말해 이겼다.

"여러분⋯⋯." 그가 한동안 패를 돌리다가 말했다. "카드에 돈을 걸어. 안 그러면 계산이 복잡해지니까."

게임을 하던 한 사람이 자신도 신용 거래를 했으면 좋겠다고 말했다.

"그렇게 해 줄 수 있지만 헷갈릴까 봐 걱정이야. 카드에 돈을 걸어." 돌로호프가 대꾸했다. "자네는 염려하지 마. 우리는 나중에 셈을 하지." 그는 로스토프에게 이렇게 덧붙였다.

게임이 계속되었고, 하인은 쉴 새 없이 샴페인을 날랐다.

로스토프는 번번이 져서 그의 앞으로 기록된 빚은 8백 루블에 이르렀다. 그는 또 한 카드에 8백 루블을 적었다. 그러나 샴페인을 건네받을 때 생각을 바꾸어 다시 20루블이라는 평범한 판돈을 적었다.

"그냥 둬." 로스토프를 쳐다보지 않는 것 같았지만 돌로호프가 말했다. "빨리 만회해야지. 난 다른 사람은 이기게 내버려 둬도 자네만큼은 꼭 이기겠어. 자네는 내가 두려운가?" 그가 똑같은 말을 되풀이했다.

로스토프는 800이라고 적은 것을 그대로 둔 채 자신이 바닥에서 집어 든 한쪽 모서리가 찢어진 하트 7을 내려놓았다. 그는 나중에도 이 사실을 잘 기억했다. 그는 하트 7을 내려놓고, 그 위에 부러진 분필로 둥글고 반듯한 숫자로 800이라고 썼다. 그는 사람들에게 제공된 따뜻하게 데운 샴페인 한 잔을 마시고 돌로호프의 말에 웃음을 지었다. 그러고는 심장이 멎는 기분으로 7을 기다리며 카드 한 벌을 쥔 돌로호프의 손을 주시했다. 이 하트 7로 이기느냐 지느냐는 로스토프에게 많은 것을 의미했다. 지난 일요일 일리야 안드레이치 백작은 아들에게 2천 루블을 주었다. 그런데 재정상의 곤경에 대해 말하기를 결코 좋아하지 않던 백작은 아들에게 5월 전까지 마지막 돈이니 이번에는 좀 더 알뜰하게 써 줄 것을 부탁했다. 니콜라이는 그 돈도 너무 많다고, 봄이 오기 전에는 맹세코 더 이상 돈을 받지 않겠다고 말했다. 이제 그 돈에서 1천2백 루블이 남아 있었다. 따라서 하트 7은 1천6백 루블을 잃는 것뿐만 아니라 자신이 한 맹세를 어길 수밖에 없다는 것을 의미했다. 그는 심장이 멎을 듯 돌로호프의 손을 바라보며 생각했다. '자, 어서 그 카드를 쥐. 그럼 난 군모를 집어 들고 데니소프와 나타샤와 소냐와 저녁을 먹으러 집으로 가겠어. 그리고 두 번 다시는 카드를 손에 쥐지 않겠어.' 순간 그의 가족의 삶이, 페탸와의 농담이, 소냐와의 대화가, 나타샤와의 이중창이, 아버지와의 피켓*이, 심지어 포바르스카야 거리의 집에 있는 편안한 침대까지 너무도 강렬하고 선명하고 매력적으로 그의 눈앞에 떠올랐다. 마치 이 모든 것이 이미 잃어버린 먼 과거의 더없이 소중한 행복 같았다. 7이 왼쪽보다 오른쪽에 먼저 놓이게 만든 어리석은 우연이 새롭게 이해되고 새롭게 비친 그 모든 행복을 그에게서 앗아 갈 수 있으며 아직 경험해 보지 못한 정체 모를 불행의 구렁텅이로 자신을 빠뜨릴 수도 있다고는 도저히 생각할 수 없었다. 그런 일은 있을 수 없었다. 하지만 그래도 그는 가슴을 졸이며 돌로호프의 손이 움직이기를 기다렸다. 루바시카 소매 밑으로 털이 보이는, 뼈가 굵직하고 불그레한 그 두 손은 카드를 내려놓고서 건네진 잔과 파이프를 잡았다.

"자네는 나와 승부하는 것이 두렵지 않은가 보군?" 돌로호프는 똑같은 말을 되풀이했다. 그러고는 마치 즐거운 이야기라도 들려주려는 듯 카드를 내려놓고 의자 등받이에 몸을 한껏 기대서는 빙글거리며 천천히 지껄이기 시작했다.

"자, 여러분, 내가 사기꾼이라는 소문이 모스크바에 무성하다지? 그러니 자네들에게 나를 조심하라고 충고하겠네."

"어서 패나 돌려!" 로스토프가 말했다.

"오, 모스크바 아줌마들이라니!" 돌로호프는 이렇게 말하고 씩 웃으며 카드를 들었다.

"아아아!" 로스토프는 두 손으로 머리카락을 움켜쥐며 부르짖다시피 했다. 그에게 필요한 7은 이미 맨 위에 첫 번째 카드로 놓여 있었다. 그는 자신이 갚을 수 있는 것보다 더 많은 돈을 잃었다.

"그래도 도를 넘지는 마." 돌로호프는 로스토프를 힐끔 쳐다보고 계속 패를 돌리며 말했다.

14

1시간 30분이 지나자 게임하던 사람들 대부분은 자신들의 게임을 장난으로 바라보고 있었다.

모든 승부는 로스토프 한 사람에게 집중되었다. 1천6백 루블 대신 그의 앞으로 긴 열을 이룬 숫자들이 적혀 있었다. 그는 1만 루블까지는 셈을 했지만 이제는 1만 5천 루블까지 올라갔으리라 어렴풋이 짐작하고 있었다. 사실 기록된 숫자는 이미 2만 루블을 넘어섰다. 돌로호프는 더 이상 이야기를 듣지도 하지도 않았다. 그는 로스토프의 손동작 하나하나를 주시했고, 이따금 자신이 로스토프 앞으로 적어 둔 것을 대충 훑었다. 그는 그 기록이 4만 3천으로 늘어날 때까지 게임을 계속하기로 결심했다. 그 숫자를 선택한 이유는 43이 그와 소녀의 나이를 더한 값이었기 때문이었다. 로스토프는 두 손으로 머리를 받친 채 뭔가가 빽빽하게 적히고 술이 쏟아지고 카드가 온통 흐트러진 탁자 앞에 앉아 있었다. 괴로운 인상 하나가 그를 떠나지 않았다. 루바시카 소매 밑으로 털이 보이는, 뼈가 굵직하고 불그레한 그 손, 그가 사랑하고 증오한 그 손이 그를 움켜쥐고 있었다.

'6백 루블, 에이스, 모서리,* 9…… 잃은 돈을 되찾는 건 불가능해! 집에 있었다면 얼마나 즐거울까. 잭에 판돈 두 배……. 이럴 리가 없어! 돌로호프는 도대체 무엇 때문에 나한테 이런 짓을 할까……?' 로스토프는 이런 생각을 하며 기억을 되새겨 보았다. 때때로 그는 많은 돈을 걸었다. 하지만 돌로호프는 그 패를 누르기를 거절하고 판돈을 지정해 주었다. 니콜라이는 그의 말에 따랐다. 그러고는 암슈테텐 다리 위 전장에서 기도한 것처럼 하느님에게 기도하기도 하고, 탁자 아래 구겨진 카드 더미에서 그의 손에 들어오는 첫 카드, 그 카드가 자신을 구해 줄 것이라고 상상하기도 하고, 자신의 상의에 장식 줄이 몇 개인지 세어서 그와 똑같은 숫자의 카드에 지금까지 잃은 돈 전부를 걸어 보려고도 했다. 도움을 구하며 다른 도박꾼들을 둘러보기도 했고, 이제는 싸늘한 돌로호프의 얼굴을 쳐다보며 그의 내면에서 무슨 일이 벌어지고 있는지 간파하려고 애쓰기도 했다.

'내가 날린 그 돈이 나에게 무엇을 의미하는지 그도 잘 알 텐데.' 그는 속으로 말했다. '그가 나의 파멸을 바랄 리는 없잖아? 그는 나의 친구였어. 나는 정말 그를 사랑했는데……. 하지만 그의 잘못도 아니지. 운이 좋아서 그런 것인데 그가 뭘 어쩌겠어? 내 잘못도 아니야.' 그는 속으로 혼잣말을 했다. '난 나쁜 짓은 하지 않았어. 내가 누굴 죽이고 모욕하고 악을 바란 적이 있었던가? 이런 끔찍한 불행은 도대체 무엇 때문일까? 그리고 언제 시작된 걸까? 아주 조금 전만 해도 1백 루블 따서 엄마의 명명일을 위해 작은 귀중품 함을 사 가지고 집에 가겠다는 생각을 하며 이 탁자에 다가왔을 때 난 얼마나 행복했던가, 얼마나 자유롭고 즐거웠던가! 난 그때 내가 얼마나 행복한지 몰랐어! 도대체 그것은 언제 끝났으며, 이 새로운 끔찍한 상태는 언제 시작된 것일까? 이 변화의 표지는 무엇이었을까? 난 이 자리에, 이 탁자에 줄곧 똑같이 앉아서 똑같이 카드를 집고 내놓으며 저 뼈대 굵은 민첩한 두 손을 바라보고 있었어. 도대체 이게 언제 일어났으며, 또 무슨 일이 벌어진 것일까? 난 건강하고 튼튼해. 난 여전히 똑같고 여전히 똑같은 자리에 있다. 아니야, 이럴 리 없어! 틀림없이 이 모두가 별일 아닌 것으로 끝날 거야.'

방이 덥지도 않은데 그는 벌겋게 상기된 채 땀에 푹 젖어 있었다. 특히 침착하게 보이려는 무기력한 바람 때문에 그의 얼굴은 끔찍하고 가련했다.

기록된 액수가 4만 3천이라는 숙명의 숫자에 다다랐다. 로스토프가 이번 판에서는 방금 그가 빌린 3천 루블부터 시작해 4분의 1씩 판돈이 올라가기로 되어 있던 카드를 준비했을 때, 돌로호프가 카드 한 벌을 탁 치고는 옆으로 밀쳐 놓더니 분필을 쥐고 특유의 정확하고 굳센 필체로 분필을 부러뜨려 가며 로스토프 앞으로 기록된 액수의 총액을 빠르게 계산하기 시작했다.

"밤참이다, 밤참 먹을 시간이야! 봐, 집시들도 왔어!" 정말로 머리카락이 검은 남자들과 여자들이 집시 특유의 억양으로 대화를 나누며 추운 바깥에서 들어오고 있었다. 니콜라이는 모든 것이 끝났음을 깨달았다. 그러나 그는 태연한 목소리로 말했다.

"어때? 더 하지 않겠어? 나한테 좋은 패가 들어왔는데." 마치 자신은 무엇보다 승부 자체의 즐거움에 관심 있다는 투였다.

'다 끝났어. 난 파멸이야!' 그는 생각했다. '이마에 총알 한 발, 이제 남은 건 그것뿐이야.' 그는 쾌활한 목소리로 말했다.

"한판 더 하지."

"좋아." 합산을 끝낸 돌로호프가 대답했다. "좋아! 21루블 걸지." 그는 4만 3천 루블을 초과한 21이라는 숫자를 가리키며 말하고는 카드 한 벌을 들고 패를 돌릴 준비를 했다. 로스토프는 접은 모퉁이를 순순히 펴고 준비한 6000 대신 21을 공들여 썼다.

"난 어떻게 되든 상관없어." 그가 말했다. "자네가 이 10을 죽일 지 나에게 패를 내줄지 그것에 관심이 있을 뿐이야."

돌로호프는 진지하게 패를 돌리기 시작했다. 오, 그 순간 손가락이 짧고 루바시카 소매 밑으로 털이 보이는, 자신을 움켜쥔 그 불그레한 손을 로스토프는 얼마나 증오했던가……. 10이 나왔다.

"나한테 4만 3천 루블의 빚을 졌군요, 백작." 돌로호프가 말하고는 기지개를 켜며 탁자 앞에서 일어섰다. "하지만 피곤하군. 너무 오래 앉아 있었어." 그가 말했다.

"그래, 나도 피곤하네." 로스토프가 말했다.

돌로호프는 로스토프가 농담하는 것이 부적절한 행동임을 상기시키려는 듯 그의 말을 가로막았다.

"돈은 언제 받을 수 있을까요, 백작?"

로스토프는 얼굴을 확 붉히며 돌로호프를 다른 방으로 불렀다.

"갑자기 그 돈을 다 갚을 수는 없어. 자네, 어음도 받겠지." 그가 말했다.

"들어 봐, 로스토프." 돌로호프가 환한 미소와 함께 니콜라이의 눈을 보며 말했다. "자네도 이런 속담 알지? '애정 운이 좋은 자는 카드 운이 나쁘다.' 자네 사촌 누이는 자네에게 푹 빠져 있더군. 난 알아."

'아! 내가 이런 인간의 손아귀에 잡혀 있다고 느끼는 건 끔찍하구나.' 로스토프는 생각했다. 로스토프는 도박 빚을 알리는 것이 아버지와 어머니에게 어떤 충격을 안겨 줄지 잘 알았다. 이 모든 것에서 벗어나면 얼마나 행복할지도 알았다. 그리고 돌로호프가 자기 힘으로 그를 이 수치와 비애에서 벗어나게 해 줄 수 있다는 것을 뻔히 알면서도 쥐를 희롱하는 고양이처럼 여전히 그를 농락하고 싶어 한다는 것을 알았다.

"자네 사촌 누이는……." 돌로호프가 계속 말하려 했지만 니콜라이가 가로막았다.

"내 사촌 누이는 이 일과 아무 상관 없어. 그러니 그녀에 대해선 아무 말도 하지 마!" 그는 격분하여 소리쳤다.

"그럼 돈은 언제 받을 수 있을까?" 돌로호프가 물었다.

"내일." 로스토프는 이렇게 내뱉고 방에서 나가 버렸다.

15

  '내일'이라고 말하면서 체면을 차리는 것은 어렵지 않았다. 그러나 혼자 집에 와서 누이들과 남동생과 어머니와 아버지의 얼굴을 대하고, 자신의 행동을 고백하고, 맹세를 해 놓고 권리도 없는 돈을 청하는 것은 끔찍했다.

  집에서는 사람들이 아직 잠자리에 들지 않았다. 로스토프가의 젊은이들은 극장에서 돌아와 밤참을 먹고 클라비코드 옆에 앉아 있었다. 니콜라이가 홀에 들어서자마자 이 겨울 그들의 집을 지배한 사랑이 넘치는 시적인 분위기가 그를 사로잡았다. 이제 그 분위기는 돌로호프의 청혼과 이오겔의 무도회 이후 뇌우가 내리기 전의 대기처럼 소냐와 나타샤 위에 더욱 짙게 드리워진 듯 보였다. 극장에 입고 갔던 하늘색 드레스 차림의 소냐와 나타샤는 어여쁘고, 스스로들 그것을 아는 행복한 모습으로 생글생글 웃으며 클라비코드 옆에 서 있었다. 베라는 응접실에서 신신과 체스를 두고 있었다. 노백작 부인은 아들과 남편을 기다리며 그들의 집에서 사는 늙은 귀족 부인과 카드 점을 치는 중이었다. 데니소프는 머리칼을 헝클어뜨린 채 눈을 반짝반짝 빛내면서 조그만 한쪽 발을 뒤로 빼고 클라비코드 앞에 앉아 짧은 손가락으로 건반을 치며 화음을 넣었다. 그리고 눈을 치뜨면서 특유의 작고 갈라진, 그러나 진실한 목소리로 자신이 지은 시「마법의 여인」을 노래했다. 그는 그 시에 곡을 붙이려 애쓰고 있었다.

마법의 여인이여, 말하라, 어떤 힘이
나를 버려진 선율로 이끄는가,
그대는 어떤 불길을 심장에 던졌는가,
어떤 환희가 손가락들에 넘쳐흘렀는가!

그는 놀란 눈으로 바라보는 나타샤를 향해 마노석처럼 검은 눈 동자를 빛내며 열정적인 목소리로 노래했다.

"멋져요! 훌륭해요!" 나타샤가 외쳤다. "한 소절 더요." 그녀는 니콜라이를 알아채지 못한 채 말했다.

'저 사람들은 늘 똑같군.' 니콜라이는 베라와 어머니와 노부인 이 있는 응접실을 흘깃 쳐다보며 생각했다.

"아! 니콜렌카도 왔네!" 나타샤가 그에게 달려갔다.

"아버지 집에 계셔?" 그가 물었다.

"오빠가 와서 얼마나 기쁜지 몰라!" 나타샤가 그의 질문에 대답 하지 않고 말했다. "우린 너무 즐거워! 바실리 드미트리치가 나를 위해 하루 더 머물 거야. 알고 있었어?"

"아뇨, 아빠는 아직 오시지 않았어요." 소냐가 말했다.

"코코, 왔구나. 애야, 내게 오너라." 응접실에서 백작 부인의 목 소리가 들렸다. 니콜라이는 어머니에게 다가가 손에 입을 맞추고 는 말없이 그녀의 탁자에 다가앉아 카드를 늘어놓는 그녀의 두 손 을 바라보았다. 홀에선 웃음소리와 나타샤를 설득하는 유쾌한 목 소리들이 계속 들려왔다.

"자, 좋아요, 좋아." 데니소프가 외쳤다. "이제 어떤 핑계도 안 됩니다. 당신이 「베네치아의 뱃노래」를 부를 차례라고요. 부탁합니다."

백작 부인이 말 없는 아들을 돌아보았다.

"무슨 일 있니?" 어머니가 니콜라이에게 물었다.

"아, 아무 일 없어요." 그는 늘 똑같은 질문이 성가시다는 듯 말했다. "아버지는 곧 오세요?"

"그럴 거야."

'우리 집 사람들은 항상 똑같아. 그들은 아무것도 몰라! 난 어디로 가야 하나?' 니콜라이는 이렇게 생각하며 다시 클라비코드가 있는 홀로 향했다.

소냐는 클라비코드 앞에 앉아서 데니소프가 특히 좋아하는 「베네치아의 뱃노래」 전주곡을 연주했다. 나타샤는 노래 부를 준비를 하고 있었다. 데니소프는 황홀한 눈으로 그녀를 바라보았다.

니콜라이는 방 안을 이리저리 오가기 시작했다.

'도대체 왜 저 아이에게 노래를 시키는 거지! 저 애가 뭘 부를 줄 안다고? 여기에도 재미있는 일이라곤 하나도 없군.' 니콜라이는 생각했다.

소냐가 전주곡의 첫 화음을 잡았다.

'맙소사, 난 명예도 모르는 파멸한 인간이야. 이마에 총알 한 방, 남은 건 그거 하나야, 노래하는 게 아니라.' 그는 생각했다. '떠날까? 하지만 어디로? 상관없어, 노래하라 그래!'

니콜라이는 방 안을 계속 거닐었고, 침울하게 데니소프와 소녀들을 흘깃거리면서 그들의 시선을 피했다.

'니콜렌카, 무슨 일 있어요?' 그를 향한 소냐의 시선이 물었다. 그녀는 그에게 무슨 일이 일어났음을 금방 알아차렸다.

니콜라이는 그녀에게서 얼굴을 돌렸다. 나타샤도 특유의 예민함으로 한순간에 오빠의 상태를 알아차렸다. 하지만 그 순간 너무 즐거워서, 비애와 우울과 비난과는 너무도 멀리 떨어져 있어서 (젊은 사람들이 종종 그러듯) 일부러 스스로를 속였다. '아니, 다른 사람의 비애에 대한 연민으로 자신의 즐거움을 망치기엔 난 지금 너무 즐거워.' 그녀는 스스로에게 말했다. '아니야, 내가 분명 착각한 거야. 오빠는 나처럼 즐거운 게 틀림없어.'

"자, 소냐." 그녀는 이렇게 말하고 홀 한가운데로 나갔다. 그녀의 견해에 따르면, 소리의 울림이 가장 좋은 자리였다. 나타샤가 무용수들이 그러듯 고개를 살짝 들고 죽은 사람처럼 두 팔을 축 늘어뜨린 후 발뒤꿈치를 바닥에 내딛고 발가락 끝으로 걸음을 떼는 일성적인 움직임으로 홀 한가운데에 나아가 멈춰 섰다.

'여기 있는 사람이 나예요!' 그녀는 자신을 뒤쫓는 데니소프의 환희에 찬 시선에 응답하며 이렇게 말하는 것 같았다.

'저 애는 뭐가 그리 즐거울까!' 니콜라이는 여동생을 쳐다보며 생각했다. '어쩌면 저렇게 지겨워하지도 부끄러워하지도 않을까!' 나타샤가 첫 음을 잡았다. 그녀의 목구멍이 확장되고, 가슴이 곧게 펴지고, 눈동자가 진지한 빛을 띠었다. 이 순간 그녀는 누구에 대해서도, 무엇에 대해서도 생각하지 않았다. 미소를 띤 입에서 소리가 흘러나왔다. 그것은 누구나 똑같은 시간 동안 똑같은 음정으로 낼 수 있는 소리였지만, 천 번은 당신을 냉담하게 내버려 두다가 천한 번째에야 당신을 전율하고 흐느끼게 만드는 소리였다.

나타샤는 올겨울 처음으로 진지하게 노래를 부르기 시작했다. 데니소프가 그녀의 노래에 열광하고 있었기 때문이었다. 그녀는 이제 어린아이처럼 부르지 않았다. 예전에 아이같이 우스꽝스럽게 애쓰던 모습은 그녀의 노래에서 더 이상 느껴지지 않았다. 그러나 노래를 아는 평자들이 그녀의 노래를 듣고 다들 말하듯 그녀는 노래를 잘하진 못했다. "다듬어지지 않았지만 훌륭한 목소리다. 다듬을 필요가 있다." 모두가 그렇게 말했다. 하지만 그들이 이렇게 말하는 것은 대개 그녀의 목소리가 멈추고 나서 한참이 지난 후였다. 호흡이 불안정하고 선율도 불안정한 이 다듬어지지 않은 목소리가 울리는 동안에는 전문 평자들조차 아무 말 하지 않고 그저 다듬어지지 않은 그 목소리를 즐기며 한 번 더 듣고 싶어 할 뿐이었다. 그녀의 목소리에는 순결과 순수, 자기 힘에 대한 무지, 아직 다듬어지지 않은 벨벳 같은 부드러움이 깃들어 있었다. 성악 기교의 부족이 이러한 점들과 아주 잘 어우러져서 그 목소리에 변화를 주려 하다가는 오히려 망가질 것 같았다.

'이게 도대체 어떻게 된 일이야?' 그녀의 목소리를 들은 니콜라이는 눈을 휘둥그레 떴다. '쟤한테 무슨 일이 생긴 거야? 오늘은 정말 잘 부르잖아!' 그는 생각했다. 불현듯 그에게는 온 세상이 다음 음, 다음 악절에 대한 기대에 집중한 것 같았고, 세상의 모든 것이 3박자로 나뉜 것 같았다. '오, 나의 잔인한 사랑이여……(이탈리아어) 하나, 둘, 셋…… 하나, 둘…… 셋…… 하나……. 오, 나의 잔인한 사랑이여……. 하나, 둘, 셋…… 하나. 에이, 우리의 어리석은 인생이여!' 니콜라이는 생각했다. '이 모든 것, 불행도, 돈도, 돌로호프도, 악의도, 명예도, 이 모든 게 다 부질없어……. 바로 이게 진짜야……. 나타샤, 사랑하는 나의 동생! 아이고, 어머니! 저 아이가 그 시를 어떻게 낼까……. 냈잖아? 하느님, 감사합니다.' 그는 자기도 깨닫지 못한 사이에 그 높은 음보다 3도 낮은 2성부 음을 내며 시 음을 받쳐 주기 위해 노래하고 있었다. '오, 하느님! 얼마나 아름다운가! 내가 정말 이 소리를 낸 건가? 정말 행복하다!'

그는 생각했다.

.아, 그 3도 화음이 어떻게 떨렸던가! 로스토프의 영혼 속에 있는 가장 고귀한 무언가가 얼마나 감동을 받았던가! 그 무언가는 세상 그 무엇과도 상관이 없고, 세상 그 무엇보다 고귀한 것이었다. 카드놀이에서 돈을 잃은 것, 돌로호프도, 맹세도, 그런 게 다 뭐란 말인가! 다 시시하다! 사람을 죽이고 도둑질을 한다 해도 여전히 행복할 수 있는 것이다……

16

로스토프가 이날처럼 음악에서 그런 희열을 맛본 것은 아주 오
랜만의 일이었다. 그러나 나타샤가 「베네치아의 뱃노래」를 끝내
자마자 다시 현실이 뇌리에 떠올랐다. 그는 아무 말 없이 홀을 나
와 아래층의 자기 방으로 향했다. 15분 후 노백작이 즐겁고 흡족
한 모습으로 클럽에서 돌아왔다. 니콜라이는 노백작이 도착하는
소리를 듣고 그에게 갔다.

"어때, 즐거웠니?" 일리야 안드레이치가 아들을 향해 기쁘고 자
랑스러운 미소를 지으며 말했다. 니콜라이는 '네' 하고 말하고 싶
었지만 그럴 수 없었다. 하마터면 울음을 터뜨릴 뻔했다. 백작은
아들의 상태를 알아차리지 못하고 파이프에 불을 붙였다.

'에잇, 피할 수 없는 일이야!' 니콜라이는 처음이자 마지막으로
그런 생각을 했다. 그러고는 갑자기 마치 시내에 타고 갈 에키파
시를 요청하기라도 하듯 스스로도 혐오스럽게 여길 만큼 태평한
어투로 아버지에게 말했다.

"아버지, 볼일이 있어서 왔어요. 깜빡 잊어버릴 뻔했네요. 돈이
필요해요."

"거봐라." 아버지가 말했다. 그는 유난히 기분이 좋았다. "내가

부족할 거라고 말하지 않았니. 많이 필요하냐?"

"아주 많이요." 니콜라이는 얼굴을 붉히면서 그 후로 오랫동안 스스로를 용서할 수 없었던 바보 같은 태연한 미소와 함께 말했다. "도박에서 돈을 약간, 아니 많이, 아주 많이 잃었어요. 4만 3천이오."

"뭐? 누구에게……? 농담이지!" 노인들이 얼굴을 붉힐 때 그러듯이 백작은 갑자기 뇌졸중을 일으킨 것처럼 목과 목덜미를 새빨갛게 물들이며 외쳤다.

"내일 갚겠다고 약속했어요." 니콜라이가 말했다.

"이런!" 노백작은 두 팔을 벌리며 말하고는 힘없이 소파에 주저앉았다.

"어찌겠어요! 이런 일은 누구에게나 있지 않나요?" 영혼 속에서는 스스로를 평생 죄를 씻을 수 없는 쓸모없고 비열한 놈이라고 여기면서도 아들은 건방지고 대담한 어조로 말했다. 그는 무릎을 꿇은 채 아버지의 손에 입을 맞추고 용서를 구하고 싶었을 것이다. 하지만 그는 무심하고 심지어 무례한 어투로 그런 일은 누구에게나 일어난다고 말했다.

아들에게서 이런 말을 듣자 일리야 안드레이치 백작은 눈을 떨구고 무언가를 찾는 듯 허둥대기 시작했다.

"그래, 그렇지." 그는 말했다. "힘들 거야. 그 돈을 구하기 힘들 것 같아 걱정이구나……. 누구에게나 있는 일이지! 그래, 누구에게나 있는 일이야……." 그리고 백작은 아들의 얼굴을 힐끔 쳐다보고 방을 나서려 했다. 니콜라이는 반격할 준비를 하고 있었지만 이런 것은 결코 예상하지 못했다.

"아버지! 아……버지!" 그는 흐느끼며 뒤에서 아버지를 향해 외쳤다. "절 용서해 주세요!" 그러고는 아버지의 손을 와락 잡아 입술을 꼭 대며 울음을 터뜨렸다.

아버지와 아들이 상의하는 동안 어머니에게는 딸과 못지않게 중요한 해명이 벌어지고 있었다. 나타샤가 흥분해서 어머니에게 달려왔다.

"엄마! 엄마……! 그 사람이 나한테 했어요……."

"뭘 해?"

"했어요, 청혼을 했어요. 엄마! 엄마!" 그녀가 외쳤다.

백작 부인은 귀를 의심했다. 데니소프가 청혼을 했다. 누구에게? 얼마 전까지 인형을 가지고 놀았고 지금도 수업을 받고 있는 이 조그마한 여자아이 나타샤에게 한 것이다.

"나타샤, 그만, 바보 같은 소리!" 그녀는 여전히 그 말이 농담이기를 바라며 말했다.

"아이, 바보 같은 소리라뇨! 사실이라고요." 나타샤가 화를 내며 말했다. "어떻게 해야 하는지 여쭤 보러 온 거예요. 그런데 엄마는 '바보 같은 소리'라고 하시니……."

백작 부인은 어깨를 으쓱했다.

"무슈 데니소프가 너한테 청혼한 게 사실이라면, 우습긴 하다만 그 사람에게 바보라고 말해 줘라. 그걸로 충분해."

"아니에요. 그 사람은 바보가 아니라고요." 나타샤는 모욕감을 느끼며 진지하게 말했다.

"그럼, 넌 어떻게 하고 싶어? 너희는 요즘 다들 사랑에 빠진 모양이구나. 그래, 사랑하면 결혼하렴." 백작 부인이 화난 표정으로 웃으며 말했다. "하느님께서 함께하시길!"

"아뇨, 엄마, 난 그 사람을 사랑하지 않아요. 그 사람을 사랑하지 않는 게 분명해요."

"그럼 사랑하지 않는다고 그에게 말해."

"엄마, 화나셨어요? 화내지 마세요, 엄마. 도대체 내가 뭘 잘못했다고요?"

"아니다. 그래, 어떻게 할 거니, 애야? 원한다면 내가 가서 그에게 말해 주마." 백작 부인이 빙그레 웃으며 말했다.

"아니에요, 제가 직접 말할 거예요. 엄마는 가르쳐만 주세요. 엄마는 뭐든 쉽게 하시잖아요." 그녀가 어머니의 미소에 답하며 덧붙였다. "그 사람이 내게 그 말을 하는 걸 엄마가 보셨더라면! 난 알아요. 그 사람도 그런 말을 하려던 게 아니라 무심코 입 밖에 낸 거예요."

"그래, 그렇지만 거절해야 한다."

"아니에요, 그래서는 안 돼요. 그 사람이 너무 가여워요. 얼마나 좋은 사람인데요."

"그래, 그럼 청혼을 받아들이렴. 시집갈 때도 됐으니까." 어머니는 화가 나서 조롱하듯 말했다.

"아니에요, 엄마, 난 그 사람이 너무 가여워요. 어떻게 말해야 할지 모르겠어요."

"그럼 넌 나설 것 없다. 내가 직접 말하마." 백작 부인은 다른 사람이 감히 자신의 어린 나타샤를 다 큰 어른으로 보았다는 사실에 분개하며 말했다.

"아뇨, 절대 안 돼요. 제가 직접 말할게요. 엄마는 문 앞에서 들어주세요." 그리고 나타샤는 응접실을 가로질러 홀로 달려갔다. 클라비코드 옆 의자에 데니소프가 두 손으로 얼굴을 가리고 앉아 있었다. 그는 그녀의 가벼운 발소리에 벌떡 일어났다.

"나탈리⋯⋯." 그가 빠른 걸음으로 그녀에게 다가가며 말했다. "내 운명을 결정해 주십시오. 내 운명은 당신의 손에 달렸습니다!"

"바실리 드미트리치, 난 당신이 너무 가여워요! 아니에요, 당신은 너무나 훌륭한 분인데…… 그렇지만 안 돼요…… 그렇게는……. 하지만 난 당신을 늘 사랑할 거예요."

데니소프는 그녀의 손 위로 몸을 숙였고, 그녀는 이해할 수 없는 이상한 소리를 들었다. 그녀는 그의 헝클어진 검은 곱슬머리에 입을 맞추었다. 그때 백작 부인의 옷자락이 스치는 부산스러운 소리가 들렸고, 백작 부인이 그들에게 다가왔다.

"바실리 드미트리치, 당신이 베풀어 준 영광에 감사합니다." 백작 부인이 당황한, 그러나 데니소프에게는 엄하게 느껴지는 목소리로 말했다. "하지만 내 딸은 너무 어려요. 그리고 난 당신이 내 아들의 친구로서 나에게 먼저 말해 주리라 생각했어요. 그랬다면 내가 부득이 당신을 거절할 수밖에 없는 상황에 처하게 하진 않았을 텐데요."

"백작 부인……." 데니소프는 시선을 떨군 채 잘못을 저지른 표정으로 이렇게 말하고 뭔가를 더 말하려다가 우물거렸다.

나타샤는 그가 너무 가여워 지켜보고 있을 수가 없었다. 그녀는 큰 소리로 흐느껴 울기 시작했다.

"백작 부인, 제가 부인 앞에서 잘못을 저질렀습니다." 데니소프가 더듬거리는 목소리로 말을 이었다. "하지만 아시지요, 제 목숨이 두 개라도 기꺼이 내놓을 만큼 부인의 따님과 가족 모두를 너무도 열렬히 사랑한다는 걸 말입니다……." 그는 백작 부인을 바라보았고, 그녀의 엄한 표정을 알아채고는…… "그럼 안녕히 계십시오, 백작 부인" 하고 말하면서 그녀의 손에 입을 맞추고 나타샤에게는 눈길도 주지 않은 채 빠르고 단호한 걸음으로 방에서 나갔다.

이튿날 로스토프는 모스크바에 단 하루도 더 이상 더 머물려 하지 않은 데니소프를 전송했다. 모스크바에 있는 친구들이 집시의 집에서 데니소프를 배웅했다. 그는 자신이 어떻게 썰매에 눕혀졌는지, 처음 세 개의 역참을 어떻게 지나쳤는지 기억하지 못했다.

데니소프가 떠난 후 로스토프는 노백작이 그렇게 갑자기 마련할 수 없던 돈을 기다리며 모스크바에서 2주를 더 보냈다. 그는 집 밖에 나가지 않고 아가씨들의 방에서 시간을 보냈다.

소냐는 그에게 전보다 더 헌신적이고 다정했다. 그녀는 그가 도박에서 돈을 잃은 것이 그를 향한 그녀의 사랑을 한층 더 깊어지게 만든 눈부신 위업이었다는 것을 그에게 보여 주고 싶은 듯했다. 그러나 니콜라이는 이제 자신이 그녀에겐 합당치 않다고 생각했다.

그는 소녀들의 앨범에 시와 악보를 가득 써넣었다. 그는 지인들 가운데 누구와도 작별 인사를 나누지 않았다. 마침내 4만 3천 루블을 다 보내고 돌로호프에게 영수증을 받은 뒤 이미 폴란드에 가 있던 연대를 쫓아 11월 말에 집을 떠났다.

제2부

I

아내와 담판을 지은 후 피에르는 페테르부르크로 떠났다. 토르조크 역참에는 말이 없거나 역참지기가 말을 내주려 하지 않는 것 같았다. 그 때문에 기다려야 했다. 그는 외투도 벗지 않고 둥근 테이블 앞의 가죽 소파에 드러누워 방한 부츠를 신은 커다란 두 발을 테이블 위에 올려놓고 생각에 잠겼다.

"가방들을 들여놓을까요? 잠자리를 펼까요, 아니면 차를 내올까요?" 시종이 이것저것 물었다.

피에르는 대답하지 않았다. 아무것도 들리지도, 보이지도 않았기 때문이다. 그는 앞 역참에서부터 상념에 빠지기 시작하여 계속 똑같은 것에 대해, 주위에서 일어나는 일에 전혀 주의를 기울이지 않을 정도로 중요한 것에 대해 생각하고 있었다. 그는 페테르부르크에 늦게 도착할지 일찍 도착할지, 아니면 이 역참에 쉴 곳이 있을지 없을지에도 관심이 없었다. 지금 그를 사로잡은 상념들에 비하면 이 역참에서 몇 시간을 머물든 평생을 보내든 그에게는 아무래도 상관없었다.

역참지기와 그의 아내와 시종과 토르조크의 자수품을 든 농부 아낙이 방에 들러 도울 일이 있는지 물었다. 피에르는 올려놓은 다리의 위치를 바꾸지 않고 안경 너머로 그들을 바라보았다. 그들에게 무엇이 필요할 수 있는지, 그 자신을 사로잡은 문제들을 해결하지 않은 채 그들이 어떤 식으로 살아갈 수 있는지 그로서는 이해되지 않았다. 결투를 하고 소콜니키에서 돌아와 고통스러운 불면의 첫 밤을 보낸 바로 그날부터 그는 똑같은 질문들에 계속 사로잡혀 있었다. 단지 여행의 고독에 빠진 지금은 그 문제들이 특별한 힘으로 그를 지배하는 것뿐이었다. 무엇에 대한 생각을 시작하든 그는 자신이 해결할 수 없으면서도 묻기를 멈출 수 없는 똑같은 질문들로 되돌아가곤 했다. 마치 머릿속에서 그의 모든 삶을 지탱하던 중요한 나사가 **망가진** 것 같았다. 나사는 더 들어가지도 나오지도 않은 채 똑같은 눈금 위에서 계속 헛돌기만 했고, 그 회전을 멈추는 것은 불가능했다.

역참지기가 들어와 백작 각하에게 두 시간만 기다려 주시면, 그후에는 각하를 위해 (무슨 일이 있어도) 역마를 내 드리겠다고 굽실대며 간청했다. 역참지기가 거짓말을 하고 있으며 그저 여행객으로부터 돈을 더 뜯어내기만 바란다는 것이 명백했다. '이것은 나쁜 행동일까, 아니면 좋은 행동일까?' 피에르는 스스로에게 물었다. '나는 괜찮지만 다른 여행객에게는 좋지 않은 행동이다. 그로서는 어쩔 수 없지. 그는 가진 게 아무것도 없으니까. 이 사람은 한 장교가 이런 일로 자기를 두들겨 팬 적이 있다고 했다. 장교는 서둘러 가야 했기 때문에 때린 거야. 난 나 자신이 모욕을 받았다고 생각했기 때문에 돌로호프를 쏘았다. 루이 16세는 죄인으로 간주되었기 때문에 처형되었고. 그런데 1년 뒤에는 그를 처형한 사람들 역시 어떤 이유로 죽임을 당했다. 무엇이 나쁜 것인가? 무엇이 좋은 것인가? 무엇을 사랑하고 무엇을 증오해야 하는가? 무엇을 위해 살아야 하며, 난 도대체 무엇인가? 삶은 무엇이고, 죽음은 무엇인가? 어떤 힘이 이 모든 것을 지배하는 것일까?' 그는 스스로에게 묻고 있었다. 이 질문들에 대한 답이 전혀 아닌, 비논리적인 한 가지 대답 외에는 어떤 질문에 대해서도 답을 찾을 수 없었다. 그 대답은 이것이었다. '죽으면 모든 것이 끝난다. 죽으면 모든 것을 알게 되든가 질문을 그치게 될 것이다.' 그러나 죽는 것도 무서웠다.

토르조크의 여자 행상이 새된 목소리로 자신의 상품을, 특히 염소 가죽 구두를 권했다. '나에게는 어디 둘 곳도 없는 수백 루블이 있는데 저 여자는 구멍 난 외투를 입고 서서 겁먹은 눈으로 나를 바라보고 있구나.' 피에르는 생각했다. '저 여자에게는 돈이 왜 필요한 것일까? 이 돈이 머리카락 한 올만큼이라도 행복과 영혼의 평안을 그녀에게 더해 줄 수 있을까? 과연 이 세상의 무엇이 저 여자와 나를 악과 죽음에 덜 예속된 존재로 만들어 줄 수 있을까? 모든 것을 끝낼, 오늘이든 내일이든 영원에 비하면 마찬가지인 한순간이 지나면 반드시 찾아올 죽음.' 그는 전혀 죄어지지 않은 나사에 다시 힘을 가했고, 나사는 여전히 똑같은 자리에서 계속 헛돌기만 했다.

하인이 책의 절반이 잘린 **마담 수자**의 서간체 소설을 가져다주었다. 그는 **아멜리에 드 망스펠**이라는 여자의 고난과 고결한 투쟁에 대해 읽기 시작했다.* '이 여인은 무엇 때문에 자신을 유혹한 남자와 맞서 싸운 것일까?' 그는 생각했다. '그녀는 그를 사랑했는데? 하느님은 자신의 의지에 반하는 갈망을 그녀의 영혼에 불어넣을 수 없었다. 내 아내였던 여자는 싸우려 하지 않았다. 어쩌면 그녀가 옳았는지도 모른다. 아무것도 찾은 게 없어.' 피에르는 다시 스스로에게 말했다. '아무것도 생각해 내지 못했어. 우리가 알 수 있는 것은 우리가 아무것도 모른다는 사실뿐이다. 이것이 인간

의 지혜가 이를 수 있는 최고 단계이다.'

자기 내면과 주위에 있는 모든 것이 그에겐 뒤죽박죽 무의미하고 혐오스럽게 여겨졌다. 그러나 자신을 에워싼 모든 것에 대한 그 혐오감 속에서 피에르는 일종의 자극적인 쾌감을 발견하고 있었다.

"여기 이 사람들을 위해 자리를 조금만 양보해 주시길 각하께 감히 부탁드립니다." 역참지기가 말이 부족해서 여정을 지체하게 된 다른 여행자 한 명을 데리고 방으로 들어오며 말했다. 여행자는 땅딸막하고 뼈대가 굵고 피부가 누르스름하고 주름이 많은 노인으로, 축 늘어진 희끗한 눈썹 아래로 딱히 무슨 색이라고 말하기 힘든 옅은 잿빛 눈동자가 빛나고 있었다.

피에르는 새로 들어온 사람에게 이따금 눈길을 던지며 테이블에서 두 다리를 내리고 일어나 그를 위해 마련된 침상에 누웠다. 음울하고 피곤한 표정의 노인은 피에르를 쳐다보지 않고 하인의 도움을 받아 힘겹게 외투를 벗었다. 난징 무명으로 겉감을 댄 남루한 모피 외투를 걸치고 뼈가 앙상한 야윈 두 발에 펠트 부츠를 신은 여행자는 관자놀이 사이가 넓고 머리털을 짧게 깎은 매우 커다란 머리를 등받이에 기대고 소파에 앉아서 베주호프를 쳐다보았다. 그 시선에 어린 엄격하고 지적이고 속을 꿰뚫어 보는 듯한 표정이 피에르에게 깊은 인상을 주었다. 피에르는 여행자와 말을 나누고 싶은 마음이 들었다. 하지만 그가 여행에 대한 질문으로 말을 건네려 했을 때 여행자는 이미 눈을 감고 주름투성이의 노쇠한 두 손을 포갠 채 꼼짝 않고 앉아 있었다. 손가락 하나에는 아담의 머리 형상이 새겨진 커다란 주철 반지를 끼고 있었다. 피에르가 보기에 그는 쉬는 듯도 하고 무언가에 대한 깊고 평온한 사색에 잠긴 듯도 했다. 여행자의 하인은 온통 쭈글쭈글하고 또한 살

갖이 누르스름한 작은 노인이었다. 콧수염도 턱수염도 없었는데 수염을 민 것이 아니라 난 적이 없는 것 같았다. 민첩한 하인이 식료품 가방을 열어 차를 준비하고 물이 끓는 사모바르를 가져왔다. 모든 준비가 끝나자 여행자는 눈을 뜨고 탁자에 다가와 자기 컵에 차를 따르고는 수염이 없고 체구가 작은 다른 노인을 위해 또 한 컵 따라 건넸다. 피에르는 불안한 기분이 들기 시작했다. 여행자와의 대화에 돌입해야 할 것 같고, 심지어 대화를 피할 수 없을 것 같은 느낌까지 들었다.

하인은 갉아 먹고 남은 설탕 조각과 함께 엎어 놓은 자신의 빈 컵을 치우더니 필요한 것이 없는지 물었다.

"아무것도 필요 없네. 책이나 주게." 여행자가 말했다. 피에르가 보기에 종교 서적인 듯한 책을 하인이 건네자 여행자는 독서에 몰두했다. 피에르는 그를 바라보고 있었다. 갑자기 여행자가 책을 내려놓더니 책갈피를 끼우고 책장을 덮었다. 그러고는 다시 눈을 감고 등받이에 기대어 아까와 같은 자세로 앉았다. 피에르가 그를 바라보다가 미처 고개를 돌릴 새도 없이 노인이 눈을 뜨더니 의연하고 준엄한 눈길로 피에르의 얼굴을 똑바로 응시했다.

피에르는 당혹감을 느끼고 그 시선을 피하려 했지만 노인의 빛나는 눈동자가 거부할 수 없는 힘으로 그를 끌어당겼다.

2

"내가 잘못 본 게 아니라면, 베주호프 백작과 말을 나누는 기쁨을 누리게 되었군요." 여행자가 서두르지 않고 큰 소리로 말했다. 피에르는 말없이 안경 너머로 상대방을 미심쩍게 바라보았다.

"당신에 대해 들었습니다." 여행자가 말을 이었다. "당신에게 닥친 불행에 대해서도요, 선생." 그는 '불행'이라는 단어를 힘주어 말했는데, 마치 '네, 당신이 뭐라고 부르든, 불행입니다. 모스크바에서 일어난 일이 당신에게 불행이었다는 것을 나는 압니다'라고 말하는 듯했다. "정말 유감스럽게 생각합니다, 선생."

피에르는 얼굴을 붉혔다. 그는 황급히 침대에서 다리를 내리고는 어색하고 겸연쩍은 미소를 지으며 노인에게 허리를 숙였다.

"당신에게 그 일을 언급한 것은 호기심 때문이 아니라 보다 중요한 이유가 있어서입니다, 선생." 그는 피에르에게서 눈을 떼지 않은 채 잠시 침묵하다가 소파에서 몸을 조금 움직였다. 그런 몸짓으로 옆에 앉으라고 청한 것이다. 피에르는 노인과 대화하게 된 것이 기쁘지 않았지만, 자기도 모르게 그의 말에 순종하며 다가가 곁에 앉았다.

"당신은 불행합니다, 선생." 그가 말을 이었다. "당신은 젊고 난 늙었습니다. 그러나 내 힘이 닿는 한 당신을 돕고 싶습니다만."

"아, 네." 피에르는 어색한 미소를 지으며 말했다. "정말 감사드립니다……. 어디서 오시는 길입니까?" 여행자의 얼굴은 부드럽기는커녕 차갑고 준엄하기까지 했다. 하지만 그럼에도 불구하고 새로 알게 된 사람의 말도 얼굴도 거부할 수 없는 매력으로 다가왔다.

"하지만 어떤 이유로든 나와 대화하는 것이 불쾌하다면 그렇다고 말해 주시오, 선생." 노인이 말하고는 갑자기 아버지 같은 부드러운 미소를 지었다.

"아, 아닙니다, 전혀 그렇지 않습니다. 오히려 당신을 알게 되어 무척 기쁩니다." 피에르는 이렇게 말하면서 새로 알게 된 남자의 손을 또 한 번 흘깃 쳐다보고는 반지를 더 가까이 살펴보았다. 그는 반지에서 프리메이슨의 표식인 아담의 머리를 보았다.*

"여쭤 봐도 되겠습니까?" 그가 물었다. "당신은 프리메이슨 회원입니까?"

"네, 나는 자유 석공 조합의 일원입니다." 여행자가 피에르의 눈을 더 깊이 들여다보며 말했다. "그래서 나 개인적으로, 또 그들을 대표해서 당신에게 형제의 손을 내밀고자 합니다."

"전 두렵습니다." 피에르는 그 프리메이슨 회원의 인격이 자신에게 불러일으킨 신뢰와 프리메이슨 신앙을 조롱하던 습관 사이에서 망설이며 미소 띤 얼굴로 말했다. "전 제가 제대로 이해하지 못할까 두렵습니다. 어떻게 말해야 할까요, 우주 만물에 대한 저의 사고방식이 당신과 정반대여서 서로를 이해하지 못할까 걱정됩니다."

"나는 당신의 사고방식을 압니다." 프리메이슨 회원이 말했다. "당신이 말하는, 그리고 당신 자신에게는 당신의 정신노동의 산

물로 보이는 당신의 그 사고방식은 대다수 사람들의 사고방식이며, 한결같이 오만과 나태와 무지가 낳은 열매입니다. 용서하시오, 선생. 만약 내가 그것을 몰랐다면, 나는 당신과 대화를 시작하지도 않았을 겁니다. 당신의 사고방식은 슬픈 망상입니다."

"마찬가지로 당신도 망상에 빠져 있다고 저는 가정할 수 있는 것이지요." 피에르는 희미한 미소를 지으며 말했다.

"나는 결코 내가 진리를 안다고 감히 말할 수는 없습니다." 프리메이슨은 분명하고 확고한 말로 피에르를 더욱 놀라게 하면서 말했다. "어느 누구도 혼자서 진리에 이를 수는 없습니다. 오직 인류의 조상 아담으로부터 우리 시대에 이르기까지 수백만 세대에 걸쳐 모든 사람이 참여하여 하나하나 돌을 쌓음으로써 위대한 하느님의 훌륭한 집이 될 선낭이 우뚝 솟아오르는 것이지요." 프리메이슨은 이렇게 말하고 눈을 감았다.

"당신에게 말하지 않을 수 없군요. 전 믿지 않습니다. 하느님을 믿지…… 않아요." 피에르는 진실을 털어놓을 수밖에 없음을 애석하게 느끼며 힘겹게 말했다.

프리메이슨은 피에르를 주의 깊게 바라보더니 빙긋 웃었다. 마치 수중에 수백만 루블을 가진 부자가 가난한 자신에게는 자신을 행복하게 만들어 줄 5루블이 없다고 말하는 가난뱅이를 향해 미소 짓는 것 같았다.

"그래요, 당신은 하느님을 모릅니다, 선생." 프리메이슨이 말했다. "당신은 그분을 알 수 없지요. 당신은 하느님을 모르고, 그래서 불행한 것이기도 하지요."

"네, 네, 저는 불행합니다." 피에르는 수긍했다. "하지만 제가 무엇을 해야 합니까?"

"당신은 그분을 모릅니다, 선생. 그래서 당신은 몹시 불행한 겁니다. 당신은 그분을 모르지만 그분은 여기 계십니다. 그분은 내 안에 계시고, 나의 말 속에 계시네. 그분은 자네 안에도, 심지어 자네가 지금 말한 그 신성 모독적인 말 속에도 계시네." 프리메이슨은 떨리는 목소리로 어느새 말을 낮추며 준엄하게 말했다.

그는 마음을 진정시키려고 애쓰는지 잠시 침묵하다가 한숨을 쉬었다.

"만약 하느님이 안 계시다면⋯⋯." 그는 나직이 말했다. "당신과 나는 그분에 대해 말을 나누지 않았을 겁니다, 선생. 우리가 무엇에 대해, 누구에 대해 말을 나눈 것인가? 자네는 누굴 부정한 것이야?" 갑자기 그가 환희에 찬 근엄함과 권위가 깃든 목소리로 말했다. "만약 그분이 안 계시다면 누가 그분을 생각해 냈단 말인가? 그런 불가해한 존재가 있다는 가정이 어떻게 자네 마음속에 떠오른 것인가? 어째서 자네와 온 세상은 그런 불가해한 존재가, 그 모든 본성에 있어 전능하며 영원하고 무한한 존재가 있다고 가정한 것인가⋯⋯?" 그는 말을 멈추고 오래도록 침묵했다.

피에르는 이 침묵을 깰 수 없었고 깨고 싶지도 않았다.

"하느님은 계시네. 다만 그분을 이해하기가 어렵지." 프리메이슨은 피에르의 얼굴이 아닌 자기 앞에 시선을 둔 채, 내면의 흥분 때문에 침착하게 가만있지 못하는 노쇠한 두 손으로 책장을 넘기며 다시 입을 열었다. "만약 이분이 그 존재를 자네가 의심하는 사람이라면, 나는 그 사람을 데려와 그의 손을 잡고 자네에게 보여줄 것이네. 하지만 언젠가 죽을 수밖에 없는 보잘것없는 존재인 내가 눈먼 사람에게, 아니면 그분을 보지 않고 이해하지 않기 위해, 그리고 자신의 모든 추악함과 죄악을 보지 않고 깨닫지 않기 위해 눈을 감는 사람에게 어떻게 그분의 모든 전능함과 모든 영원함과 모든 은총을 보여 줄 수 있겠나?" 그는 잠시 입을 다물었다.

"자네는 누구인가? 자네는 무엇인가? 자네는 그런 신성 모독적인 말을 할 수 있었기 때문에 스스로 현자라는 망상에 빠진 걸세." 그는 멸시에 찬 음울한 조소를 띠며 말했다. "하지만 자네는 정교하게 만들어진 시계의 부품을 가지고 놀면서 그 시계의 사명을 이해하지 못하니 그 시계를 만든 장인의 존재도 믿을 수 없다고 말하는 어린아이보다도 더 우둔하고 무분별해. 하느님을 알기는 어렵네. 우리는 인류의 조상 아담으로부터 오늘날까지 수 세기 동안 이러한 인식을 위해 노력해 왔네. 우리의 목적이 달성되기까지는 끝없이 머나먼 길이야. 그러나 우리는 그분에 대한 몰이해 속에서 우리의 연약함과 그분의 위대함을 보네……."

피에르는 가슴을 졸이며 반짝이는 눈으로 프리메이슨의 얼굴을 바라보면서 그의 말을 들었다. 그는 프리메이슨의 말을 가로막거나 질문을 던지지도 않고 이 낯선 남자가 하는 말을 진심으로 믿었다. 프리메이슨의 말이 지닌 이성적인 논거를 믿었든, 아니면 어린아이들이 믿듯 프리메이슨의 말에 깃든 어조와 확신과 진정성을, 이따금 프리메이슨의 말을 가로막다시피 한 목소리의 떨림을 믿었든, 혹은 그 신념과 함께 늙어 온 노인의 빛나는 눈을 믿었든, 혹은 프리메이슨의 온 존재에서 빛나던, 그리고 그 자신의 타락과 절망과 대조를 이루어 특히 그에게 강한 충격을 주었던 그 차분함과 의연함과 스스로의 사명에 대한 인식을 믿었든, 그는 진심으로 믿고 싶었고, 실제로 믿었으며, 평안과 갱생과 삶으로의 귀환이라는 기쁜 감정을 맛보았다.

"하느님은 이성이 아니라 삶을 통해 알아 가는 것이네." 프리메이슨이 말했다.

"저는 모르겠습니다." 피에르는 마음속에 떠오르는 의심을 두려운 심정으로 느끼며 말했다. 그는 상대방의 논거가 불분명하고 약한 것에 두려움을 느꼈다. 그는 프리메이슨을 믿지 못할까 봐 두려웠다. "이해할 수 없습니다." 그가 말했다. "어떻게 인간의 이성이 당신이 말하는 그런 앎을 포착하지 못한다는 겁니까?"

프리메이슨이 다시 온화한 아버지 같은 미소를 지었다.

"지고한 지혜와 진리는 우리가 자기 안에 받아들이고 싶어 하는 가장 순수한 물과 같은 것이네." 그가 말했다. "과연 나는 깨끗하지 않은 그릇에 그 깨끗한 물을 받고 그것의 깨끗함에 대해 판단할 수 있는가? 오직 자기 내면의 정화를 통해서만 나는 받아들이는 물을 일정 수준까지 깨끗하게 지킬 수 있는 것이네."

"네, 그래요, 그렇습니다!" 피에르가 기쁘게 말했다.

"지고한 지혜는 이성 하나에, 이성적 지식이 분화되는 물리, 역사, 화학 등의 세속적인 학문에 기초를 둔 게 아니네. 지고한 지혜는 하나뿐일세. 지고한 지혜는 하나의 학문만을 가지지. 만물에 대한 학문, 온 우주와 그 속에서 인간이 차지하는 자리를 해명하는 학문 말일세. 이 학문을 자기 안에 받아들이기 위해서는 자신의 내적 인간을 깨끗이 하고 새롭게 하지 않으면 안 되네. 그러니까 알기에 앞서 믿고 스스로를 완성할 필요가 있지. 그리고 이러한 목적을 이루기 위해 양심이라 불리는 신성한 빛이 우리 영혼 속에 존재하게 된 것이네."

"네, 그렇군요." 피에르가 수긍했다.

"영적 시선으로 자신의 내적 인간을 보고, 스스로에게 만족하는지 자신에게 물어보게. 자네는 오직 이성만을 따르며 무엇을 이루었나? 자네는 도대체 뭔가? 선생, 당신은 젊어요. 당신은 부자입니다. 똑똑하고 교양 있는 사람이에요. 당신은 자신이 받은 그 모든 은총으로 무엇을 했습니까? 당신은 자신에게, 자신의 삶에 만족합니까?"

"아니요, 저는 제 삶을 증오합니다." 피에르는 인상을 찌푸리며 말했다.

"삶을 증오하는군. 그럼 바꾸게. 자신을 정결히 하게. 정결해지는 정도에 따라 지혜를 알게 될 걸세. 선생, 자신의 삶을 바라보시오. 당신은 삶을 어떻게 영위해 왔소? 사회로부터 늘 받기만 하고 아무것도 되돌려 주지 않으면서 떠들썩한 술판과 방탕 속에 살았지요. 당신은 부를 얻었어요. 그것을 어떻게 사용했습니까? 당신은 이웃을 위해 무엇을 했습니까? 당신의 농노 수만 명에 대해 생각해 본 적이 있습니까? 그들을 육체적으로나 정신적으로 도운 적이 있습니까? 아니요. 당신은 방탕한 삶을 살기 위해 그들의 노동을 이용했습니다. 바로 그것이 당신이 한 일이에요. 당신이 이웃에게 도움이 될 일자리를 택한 적이 있습니까? 아니요. 당신은 나태 속에서 삶을 보냈습니다. 선생, 그러고는 당신은 결혼해서 젊은 아내를 지도할 책임을 떠맡았습니다. 그런데 당신은 도대체 무엇을 했습니까? 선생, 당신은 그녀가 진리의 길을 찾도록 돕지 않았고, 그녀를 거짓과 불행의 구렁텅이에 빠뜨렸습니다. 한 남자가 당신을 모욕했고, 당신은 그를 죽이려 했습니다. 그러고는 당신은 하느님을 모른다고, 자신의 삶을 증오한다고 말하는군요. 조금도 이상할 것 없습니다, 선생!"

이렇게 말한 후 프리메이슨은 긴 대화에 지친 듯 소파 등받이에 팔꿈치를 괴고 눈을 감았다. 피에르는 전혀 움직임이 없는 준엄한, 거의 죽은 듯한 늙은 얼굴을 바라보며 소리 없이 입술을 달싹였다. 그는 이렇게 말하고 싶었다. '그래요, 혐오스럽고 태만하고 방탕한 인생입니다.' 그러나 감히 침묵을 깨뜨릴 수 없었다.

프리메이슨은 노인들이 그러듯 목쉰 소리로 기침을 내뱉고는 큰 소리로 하인을 불렀다.

"말은 어찌 되었나?" 그는 피에르를 쳐다보지 않은 채 물었다.

"교체할 말을 끌고 왔습니다."* 하인이 대답했다. "쉬지 않으실 겁니까?"

"아니, 말을 매라고 이르게."

'정말 이 사람은 말을 마저 끝내지 않고, 내게 도움도 약속하지 않은 채 나를 혼자 두고 떠날 작정인가?' 피에르는 생각했다. 그는 자리에서 일어나 고개를 떨어뜨리고 이따금 프리메이슨을 힐끔힐끔 쳐다보며 방 안을 거닐기 시작했다. '그래, 그런 생각은 못 했지만 난 경멸받아 마땅한 생활을 해 왔어. 하지만 난 그런 방탕한 삶을 좋아하지도 원하지도 않았어.' 피에르는 생각했다. '이 사람은 진리를 알아. 만약 그가 원한다면 내게도 진리를 보여 줄 수 있을 거야.' 피에르는 프리메이슨에게 그 말을 하고 싶었지만 차마 입이 떨어지지 않았다. 여행자는 노쇠한 손으로 익숙하게 짐을 꾸리고 모피 외투의 단추를 채웠다. 일을 끝내자 그는 베주호프를 돌아보며 정중한 말투로 무심하게 말했다.

"당신은 이제 어디로 갑니까, 선생?"

"저요……? 저는 페테르부르크로 갑니다." 피에르는 어린아이처럼 머뭇거리는 목소리로 대답했다. "당신께 감사드립니다. 전 모든 점에서 당신의 말에 동의합니다. 하지만 제가 그렇게 나쁜 인간이라곤 생각하지 말아 주십시오. 전 진심으로 당신이 바라는 그런 인간이 되고 싶습니다. 그러나 지금까지 어느 누구에게서도 도움을 찾지 못했습니다……. 하지만 무엇보다도 먼저 모든 잘못은 저 자신에게 있습니다. 절 도와주십시오. 제게 가르침을 주십시오. 그럼 아마 저는……." 피에르는 더 이상 말을 잇지 못하고 코를 훌쩍이며 고개를 돌렸다.

프리메이슨은 무언가를 곰곰이 생각하는 듯 한동안 침묵했다.

"도움은 오직 하느님으로부터 옵니다." 그가 말했다. "하지만, 선생, 우리 교단의 힘이 닿는 한에서라면 교단이 당신에게 도움을 줄 것입니다. 페테르부르크에 가면 이것을 빌라르스키 백작에게 전하시오. (그는 공책을 꺼내 네 겹으로 접은 큰 종이에 몇 마디 썼다.) 당신에게 충고 한마디 해도 될까요? 수도에 도착하거든 처음 얼마 동안은 고독과 자성에 시간을 쏟고 이전 삶의 길에 발을 들여놓지 마시오. 그럼, 선생, 행복한 여정을 기원합니다." 그는 하인이 방에 들어온 것을 보고 말했다. "그리고 성공을……."

피에르가 역참지기의 명부에서 확인한 바에 따르면, 여행자는 오시프 알렉세예비치 바즈데예프였다. 바즈데예프는 노비코프 시대에 가장 유명한 마르틴주의자 프리메이슨 가운데 한 사람이었다.* 그가 떠난 후 피에르는 오래도록 잠자리에 들지도, 말에 대해 묻지도 않은 채 방을 거닐며 자신의 흠결에 찬 과거를 곰곰이 생각하고, 갱생의 환희와 함께 나무랄 데 없이 축복되고 고결한 미래를 상상하고 있었다. 그러한 미래는 너무나 쉬워 보였다. 그가 보기에 자신이 타락에 젖었던 것은 어찌 된 영문인지 모르지만 그저 도덕적으로 사는 것이 얼마나 좋은지를 우연히 잊고 있었기 때문인 듯했다. 그의 영혼 속에 예전에 품었던 의혹의 흔적은 남아 있지 않았다. 그는 선행의 길 위에서 서로를 지탱해 줄 목적으로 뭉친 사람들의 공동체가 가능함을 확고히 믿었고, 그에게는 프리메이슨이 그렇게 보였다.

3

페테르부르크에 도착한 피에르는 자신이 온 것을 누구에게도 알리지 않고, 아무 곳에도 나가지 않고, 여러 날을 온종일 어떤 사람이 전해 준 포마 켐피스키*의 책을 읽으며 보냈다. 그 책을 읽으며 피에르는 한 가지, 오직 한 가지만 이해했다. 그는 자신이 아직 알지 못했던 기쁨, 완성에 도달할 가능성과, 오시프 알렉세예비치가 열어 준, 사람들 사이의 실천적인 형제애의 가능성을 믿는 데서 오는 기쁨을 이해했다. 그가 도착하고 일주일이 지난 어느 날 저녁, 피에르가 페테르부르크 사교계를 통해 피상적으로 알던 젊은 폴란드 백작 빌라르스키가 돌로호프의 입회인이 그의 방에 들어올 때 짓던 사무적이고 엄숙한 표정으로 그의 방에 들어와 등 뒤로 문을 닫고는 피에르 외에 아무도 없음을 확인하고 그에게 말했다.

"제안과 전갈을 가지고 왔습니다, 백작." 그는 자리에 앉지 않고 피에르에게 말했다. "우리 공동체에서 매우 높은 위치에 계시는 분께서 당신이 기한보다 일찍 교단에 가입할 수 있도록 청원하셨고, 나에게 당신의 보증인이 되라고 제안하셨습니다. 나는 이분의 뜻을 수행하는 것을 신성한 의무로 여깁니다. 당신은 나의 보증으로 자유 석공 조합에 가입하기를 바랍니까?"

피에르는 무도회에 갈 때마다 가장 눈부신 여인들 틈에서 다정하게 미소 짓고 있는 모습을 늘 보았던 이 남자의 차갑고 준엄한 말투에 전율을 느꼈다.

"네, 바랍니다." 피에르가 말했다.

빌라르스키는 고개를 숙였다.

"질문이 하나 더 있습니다, 백작." 그가 말했다. "이 질문에 대해 미래의 프리메이슨이 아닌 정직한 인간으로서 성심을 다해 대답해 주기 바랍니다. 당신은 과거의 신념을 버렸습니까? 당신은 하느님을 믿습니까?"

피에르는 생각에 잠겼다.

"네…… 네, 나는 하느님을 믿습니다." 그가 말했다.

"그렇다면……." 빌라르스키가 입을 열었다. 그러나 피에르가 그의 말을 가로막았다.

"네, 난 하느님을 믿습니다." 그가 한 번 더 말했다.

"그렇다면 나와 함께 가도 좋습니다." 빌라르스키가 말했다. "나의 카레타를 이용하십시오."

길을 가는 내내 빌라르스키는 침묵했다. 무엇을 해야 할지, 어떻게 대답해야 할지 피에르가 묻는 질문에 빌라르스키는 그저 자기보다 더 훌륭한 형제들이 그를 시험할 것이고, 피에르는 진실을 말하는 것 외에 아무것도 할 필요가 없다고 말할 뿐이었다.

그들은 지부*의 방이 있는 큰 저택의 대문으로 들어가 어두운 계단을 지나 불이 켜진 작은 대기실로 들어갔고, 그곳에서 하인의 도움 없이 외투를 벗었다. 그들은 대기실을 나와 다른 방으로 들어갔다. 기이한 의복을 입은 사람이 문가에 나타났다. 빌라르스키는 그에게 프랑스어로 무언가 조용히 말하고는 작은 장롱으로 다가갔다. 장롱 속에는 피에르가 이제껏 본 적 없는 다양한 의상들이 가득했다. 장롱에서 손수건을 꺼낸 빌라르스키는 그것을 피에르의 눈에 대고 머리카락을 아프게 당기며 뒤에서 매듭을 지었다. 그런 다음 피에르를 끌어당겨 입을 맞추고는 손을 잡고 어딘가로 데려갔다. 피에르는 매듭에 낀 머리카락 때문에 아팠다. 그는 아파서 인상을 쓰면서도 왠지 부끄러워 미소 짓고 있었다. 두 손을 늘어뜨린 그의 거대한 형상이 찡그리며 미소 짓는 인상을 한 채 위태롭고 조심스러운 걸음걸이로 빌라르스키를 따라 움직였다.*

피에르의 손을 잡고 열 걸음 남짓 이끌고 가던 빌라르스키가 걸음을 멈추었다.

"당신에게 무슨 일이 벌어지든⋯⋯." 그가 말했다. "우리 공동체에 들어오기로 확고히 결심했다면 담대하게 모든 것을 견뎌 내야 합니다. (피에르는 알겠다는 대답으로 고개를 끄덕였다.) 문을 두드리는 소리가 들리면 눈을 가린 손수건을 푸십시오." 빌라르스키가 덧붙였다. "당신에게 용기와 성공을 기원합니다." 그런 다음 빌라르스키는 피에르의 손을 꽉 쥐어 주고 밖으로 나갔다.

혼자 남은 피에르는 계속 싱글싱글 웃었다. 그는 두어 번 어깨를 으쓱하고 한 손을 손수건 쪽으로 벗기고 싶은 듯 가져갔다가 다시 내렸다. 눈을 가리고 있던 5분이 그에게는 한 시간처럼 느껴졌다. 두 손이 붓고 두 다리가 후들거렸다. 피에르는 지친 듯한 느낌이 들었다. 그는 극도로 복잡하고 다양한 감정을 맛보고 있었다. 자신에게 일어날 일이 두려웠고, 자신이 두려움을 드러낼까 봐 더한층 두려웠다. 그는 자신에게 무슨 일이 일어날지, 자기 앞에 무슨 일이 펼쳐질지 알고 싶었다. 그러나 오시프 알렉세예비치를 만난 이후로 꿈꾸어 온 거듭남과 실천적인 도덕적 삶의 길에 드디어 들어서는 순간이 왔다는 사실에 무엇보다 기쁨을 느꼈다.

문을 세게 두드리는 소리가 들렸다. 피에르는 눈을 가리고 있던 손수건을 풀고 주위를 둘러보았다. 방 안은 칠흑같이 어두웠다. 오직 한곳에서만 하얀 무언가의 안에서 램프가 타오르고 있었다. 피에르는 좀 더 가까이 다가가 책이 펼쳐진 검은 탁자 위에 램프가 놓여 있는 것을 보았다. 책은 복음서였다. 타오르는 램프가 담긴 하얀 것은 구멍과 치아가 있는 인간의 두개골이었다. "한 처음, 천지가 창조되기 전부터 말씀이 계셨다. 말씀은 하느님과 함께 계셨고……."* 피에르는 복음서의 첫 구절들을 읽으며 탁자 주위를 빙 돌다가 무언가로 꽉 찬, 뚜껑이 열린 커다란 궤짝을 보았다. 뼈가 담긴 관이었다. 그는 자신이 본 것에 전혀 놀라지 않았다. 이전과 전혀 다른, 완전히 새로운 삶에 들어서기를 바라며 그는 비상한 모든 것, 자신이 본 것보다 훨씬 더 비상한 것을 기대하고 있었다. 두개골, 관, 복음서, 그로서는 자신이 이 모든 것을 예상했고, 더한 것도 예상한 것 같았다. 그는 내면에 감동의 느낌을 불러일으키려고 애쓰며 주위를 바라보았다. '하느님, 죽음, 사랑, 사람들의 형제애.' 그는 이 말들을 어렴풋하지만 기쁜 무언가의 개념과 연관 지으며 속으로 중얼거렸다. 갑자기 문이 열리면서 누군가가 들어왔다.

희미한, 하지만 피에르의 눈에 이미 익숙해진 불빛 속에서 키가 크지 않은 사람이 들어왔다. 빛에서 어둠 속으로 들어오며 이 사람은 걸음을 멈춘 듯했다. 그러고는 조심스러운 걸음으로 탁자 쪽으로 움직여 가죽 장갑에 감싸인 작은 두 손을 그 위에 올렸다.

그 키 작은 남자는 가슴과 다리 일부를 가리는 하얀 가죽 앞치마를 걸쳤고, 목에는 목걸이 비슷한 무언가를 드리웠다. 목걸이 뒤로는 아래쪽에서 빛을 받은 그의 갸름한 얼굴을 감싼 하얀 주름 장식이 높이 솟아 있었다.

"당신은 무엇을 위해 이곳에 왔습니까?" 방으로 들어온 사람은 피에르가 바스락대는 소리에 그쪽을 돌아보며 물었다. "빛의 진리를 믿지 않고 빛을 보지 못하는 당신은 무엇을 위해, 무엇을 위해 당신은 이곳에 왔습니까? 당신은 우리에게서 무엇을 원합니까? 지혜? 선? 계몽?"

문이 열리고 낯선 사람이 들어온 순간 피에르는 어린 시절 참회식 때 경험한 것과 비슷한 두려움과 경건함을 느꼈다. 그는 삶의 조건에서는 완전히 낯설고, 사람들의 형제애라는 점에서는 가까운 사람과 서로 마주 보고 있음을 느꼈다. 피에르는 숨이 막힐 듯 심장이 뛰는 것을 느끼며 레토르*(프리메이슨에서 **추구하는 자**에게 공동체 가입을 준비시키는 형제를 그렇게 불렀다)에게 다가갔다. 더 가까이 다가가며 피에르는 레토르의 모습에서 자신이 아는 사람인 스몰리야니노프를 알아보았다. 그러나 방에 들어온 사람을 아는 사람이라고 생각하는 것은 그에게 모욕적인 일이었다. 방에 들어온 사람은 단지 형제이자 덕망 높은 스승일 뿐이었다. 피에르는 한참 동안 말을 꺼낼 수 없었다. 그래서 레토르는 질문을 반복해야 했다.

"네, 저…… 저는…… 거듭남을 원합니다." 피에르는 가까스로 말했다.

"좋습니다." 스몰리야니노프는 이렇게 말하고 즉시 질문을 이어 나갔다. "당신은 우리의 성스러운 교단이 당신의 목적을 달성하도록 도울 수단에 대해 알고 있습니까……?" 레토르는 침착하고 빠르게 말했다.

"제가…… 바라는 것은…… 거듭남을 위한…… 지도와…… 도움입니다." 피에르는 흥분한 데다 추상적인 주제에 대해 러시아어로 말하는 데 익숙하지 않아 말의 어려움을 느끼며 떨리는 목소리로 말했다.

"당신은 프리메이슨에 대해 어떤 견해를 가지고 있습니까?"

"프리메이슨은 선행의 목표를 가진 사람들의 **형제애**와 평등이라고 생각합니다." 피에르는 자기 말이 이 순간의 엄숙함에 어울리지 않아 부끄러워하면서 말했다. "제 생각에는……."

"좋습니다." 레토르는 이 답변에 충분히 만족한 듯 서둘러 말했다. "당신은 자신의 목적을 달성하기 위한 수단을 종교에서 찾아본 적이 있습니까?"

"아니요, 저는 종교를 옳지 않다고 생각해서 따르지 않았습니다." 피에르가 너무 조용히 말하는 바람에 레토르는 그의 말을 알아듣지 못하고 무슨 말을 하느냐고 물었다. "저는 무신론자였습니다." 피에르가 대답했다.

"당신이 진리를 추구하는 것은 삶에서 진리의 법칙을 따르기 위함입니다. 따라서 당신이 구하는 것은 지혜와 덕입니다. 그렇지 않습니까?" 레토르는 잠시 침묵한 후 말했다.

"네, 네." 피에르가 수긍했다.

레토르는 헛기침을 하고 장갑 낀 두 손을 가슴에 포개고는 말하기 시작했다.

"이제 나는 우리 교단의 주된 목적을 당신에게 드러내야만 합니다." 그는 말했다. "만약 그 목적이 당신의 목적에 부합한다면 우리 공동체에 들어오는 것이 당신에게 유익할 것입니다. 우리 교단의 가장 중요한 첫 번째 목적이자 설립 기반이며 인간의 어떤 힘도 허물 수 없는 토대는 어떤 중요한 신비를 보존해서 후손에게 넘겨주는 것입니다. 태고로부터, 심지어 최초의 인간으로부터 우리에게까지 전해진, 어쩌면 인류의 운명이 달린 신비지요. 하지만 오랜 시간 열성적인 자기 정화로 준비하지 않으면 누구도 알 수 없고 이용할 수 없는 것이 이 신비의 특성이어서 누구나 금방 발견하기를 바랄 수는 없습니다. 따라서 우리는 두 번째 목적을 갖습니다. 우리 회원들을 최대한 준비시키는 것, 이 신비의 탐구를 위해 노력한 남성들로부터 입에서 입을 통해 우리에게 알려진 수단들로 그들의 마음을 바로잡고 이성을 정화하고 계몽하는 것, 하여 그들에게 이 신비를 지각할 수 있게 하는 것, 그것이 이 두 번째 목적입니다.

세 번째로 우리는 회원들을 정화하고 바로잡는 과정에서 회원들을 통해 온 인류에게 경건함과 덕의 모범을 제시함으로써 인류도 교화하기 위해 애씁니다. 그리고 그렇게 함으로써 세상을 지배하는 악과 온 힘을 다해 대적하려고 애씁니다. 이것에 대해 생각해 보십시오. 조금 뒤에 다시 오겠습니다." 그는 이렇게 말하고 방에서 나갔다.

"세상을 지배하는 악과 대적한다……" 피에르는 그 말을 되풀이했다. 그러자 이 분야에서 그가 펼칠 미래의 활동이 머릿속에 떠올랐다. 그는 2주 전의 자신과 똑같은 사람들의 모습을 떠올리고 마음속으로 그들에게 스승의 교훈적인 말을 건넸다. 자신이 말과 행동으로 도와줄 방탕하고 불행한 사람들을 떠올렸다. 박해자들을 떠올리며 자신이 그들로부터 희생자들을 구하는 모습을 그렸다. 레토르가 열거한 세 가지 목적 가운데 이 마지막 목적, 인류의 교화가 특히 피에르에게 가까웠다. 레토르가 언급한 중요한 신비도 호기심을 자극하기는 했지만 그에게 본질적인 것으로는 대두되지 않았다. 자기 정화와 자기 교화의 두 번째 목적은 그에게 별 관심을 끌지 못했다. 이 순간 그는 이미 예전의 죄악에서 완전히 벗어나 이제는 오직 선한 행동만 할 수 있을 것 같다고 느끼며 기쁨에 젖어 있었기 때문이다.

30분 후 레토르가 모든 프리메이슨이 내면에 함양해야 할, 솔로몬 신전의 일곱 계단에 상응하는 일곱 가지 덕을 추구하는 자에게 전하기 위해 돌아왔다. 그 덕은 다음과 같았다. 1) **겸손**, 교단의 신비를 지키기. 2) 교단 상급자에 대한 **복종**. 3) 방정한 품행. 4) 인류에 대한 사랑. 5) 용기. 6) 너그러움. 그리고 7) 죽음에 대한 사랑.

"**일곱째**, 죽음을 항상 생각함으로써 죽음이 더 이상 무서운 적이 아니라 친구로……." 레토르는 말했다. "덕을 좇는 수고에 지친 영혼을 보상과 안식이 있는 장소로 인도하기 위해 비참한 현세의 삶으로부터 벗어나게 해 주는 친구로 여겨지는 경지에 이르도록 애쓰십시오."

'그래, 그렇게 되어야 해.' 레토르가 그 말을 마치고 다시 피에르를 고독한 묵상 가운데 남겨 두고 방을 나가자 그는 생각했다. '그래야 한다. 하지만 이제야 그 의미가 어느 정도 드러나고 있는 내 삶을 사랑하기에 나는 아직 너무 미약하다.' 그러나 피에르는 손가락을 꼽으며 떠올린 나머지 다섯 가지 덕은, 그러니까 용기도, 너그러움도, 방정한 품행도, 인류에 대한 사랑도, 특히 자신에게는 덕이 아니라 오히려 행복으로 보이는 복종도 자신의 영혼 속에 있다고 느꼈다. (그는 이제 자신의 독단에서 벗어나 의심할 여지 없는 진리를 아는 사람 혹은 사람들에게 자신의 의지를 종속시킬 수 있어 너무 기뻤다.) 피에르는 일곱 번째 미덕은 잊어버렸고 아무리 해도 기억나지 않았다.

레토르가 세 번째로 돌아와서 피에르의 의향이 여전히 확고한지, 그에게 요구되는 모든 것에 복종할 결심인지 물었다.

"나는 모든 것에 준비되어 있습니다." 피에르가 말했다.

"당신에게 전해야 할 것이 또 있습니다." 레토르가 말했다. "우리 교단은 단지 말뿐만 아니라 다른 수단으로도 가르침을 전합니다. 지혜와 덕을 진정으로 추구하는 자에게는 그 수단들이 아마 말로만 하는 설명보다 더 강한 영향을 끼칠 것입니다. 당신의 마음이 진실하다면 이 건축물은 당신이 보는 그 장식을 통해 이미 당신의 가슴에 말보다 더 많은 것을 밝혀 주었을 것입니다. 아마 당신은 이후의 가입 절차에서 그와 유사한 설명 방식을 보게 될 것입니다. 우리 교단은 상형 문자로 가르침을 보여 주었던 고대 사회를 모방하고 있습니다. 상형 문자란……." 레토르가 말했다. "감정에 예속되지 않은 어떤 것의 명칭입니다. 그것은 묘사 대상과 유사한 자질을 지닙니다."

피에르는 상형 문자가 무엇인지 잘 알고 있었지만 감히 말할 수 없었다. 그는 모든 점을 미루어 볼 때 곧 시험이 시작되리라 생각하며 말없이 레토르의 말을 듣고 있었다.

"당신의 결심이 확고하다면 나는 가입 절차를 시작해야 합니다." 레토르가 피에르에게 더 가까이 다가오며 말했다. "너그러움의 표시로 모든 귀중품을 건네주기 바랍니다."

"하지만 저는 아무것도 가지고 있지 않습니다." 피에르는 자신이 가진 모든 것을 내놓으라는 요구를 한다고 생각하여 이렇게 말했다.

"당신이 몸에 지닌 것 말입니다. 시계, 돈, 반지……."

피에르는 황급히 지갑과 시계를 꺼냈다. 약혼반지는 살진 손가락에서 한참 동안 빠지지 않았다. 그 일을 마치자 프리메이슨이 말했다.

"복종의 표시로 옷을 벗어 주십시오." 피에르는 레토르의 지시에 따라 연미복과 조끼와 왼쪽 부츠를 벗었다. 프리메이슨이 그의 루바시카 왼쪽 가슴 부분을 젖히고 몸을 숙여 그의 왼쪽 바짓가랑이를 무릎 위로 끌어 올렸다. 피에르는 모르는 사람에게 이런 수고를 끼치고 싶지 않아 서둘러 오른쪽 부츠도 벗고 바짓가랑이를 걷으려 했다. 그러나 프리메이슨은 그럴 필요 없다고 말하면서 그의 왼발에 슬리퍼를 내밀었다. 그의 의지에 반해 얼굴에 떠오른, 부끄러움과 의혹과 자조가 뒤섞인 어린아이 같은 미소를 지으며 피에르는 두 손을 늘어뜨리고 두 발을 벌린 채 형제 레토르 앞에 서서 새로운 명령을 기다렸다.

"이제 마지막입니다. 정직함의 표시로 당신의 주된 집착에 대해 털어놓기 바랍니다." 그가 말했다.

"제 집착이오! 제겐 그런 게 너무 **많은데요**." 피에르가 말했다.

"덕의 길 위에서 다른 무엇보다 당신을 가장 주저하게 만드는 그런 집착 말입니다." 프리메이슨이 말했다.

피에르는 대답을 찾느라 잠시 침묵했다.

'술? 폭식? 무위? 게으름? 성급함? 적의? 여자?' 그는 자신의 죄악들을 꼽으며 마음속으로 저울질했지만 어느 것을 가장 우선으로 꼽아야 할지 알 수 없었다.

"여자입니다." 피에르는 들릴락 말락 한 목소리로 조용히 말했다. 대답을 들은 프리메이슨은 꼼짝 않고 한참 동안 입을 다물고 있었다. 마침내 그가 피에르에게 다가가더니 탁자 위에 놓인 손수건을 들어 다시 피에르의 눈을 가렸다.

"마지막으로 말합니다. 모든 관심을 당신 자신에게 돌리고 당신의 감정을 쇠사슬로 결박하십시오. 정욕이 아닌 자신의 마음속에서 복을 찾으십시오. 복의 근원은 밖이 아니라 우리 안에 있습니다……."

피에르는 자신의 영혼을 기쁨과 감동으로 채우고 소생시키는 그 복의 근원을 이미 자기 안에서 느끼고 있었다.

4

 그리고 얼마 지나지 않아 조금 전의 레토르가 아닌 보증인 빌라르스키가 피에르를 데려가기 위해 어둑한 건물 안으로 들어왔다. 피에르는 그의 목소리를 알아차렸다. 의향이 확고한지 묻는 새로운 질문들에 피에르는 대답했다.

 "네, 네, 동의합니다." 그러고 나서 어린아이 같은 눈부신 미소를 머금고 살진 가슴을 드러낸 피에르는 빌라르스키가 들이댄 장검에 드러난 가슴을 맡기고 한쪽은 맨발로, 다른 발은 신을 신은 채 고르지 않은 걸음으로 쭈뼛거리며 앞으로 나아갔다. 방에서 나온 그는 복도를 따라 이리저리 방향을 바꾸어 가며 이끌리다가 마침내 프리메이슨 지부의 문으로 안내되었다. 빌라르스키가 기침을 하자 프리메이슨식의 망치 두드리는 소리가 응답했고, 그들 앞에서 문이 열렸다. 저음의 목소리가 (피에르의 눈은 여전히 가려져 있었다) 피에르에게 누구인지, 언제 어디서 태어났는지 등의 질문을 던졌다. 그런 다음 그는 눈이 가려진 채 다시 어딘가로 이끌렸고, 걸어가는 동안 그의 여정에 닥칠 수고, 성스러운 우정, 태초 이전부터 계신 세계의 건축자, 그가 고난과 위험을 이겨 내기 위해 요구되는 용기 등에 대한 알레고리를 들었다. 이 여정 동안 피에르는 자신이 때로는 **추구하는 자**로, 때로는 **고난받는 자**로, 때로는 **구하는 자**로 불리며, 그럴 때마다 망치와 장검이 다른 식으로 두드려진다는 것을 알아차렸다. 그가 어떤 물체 가까이로 인도되는 동안 그는 지도자들 사이에서 혼란과 곤혹스러운 상황이 벌어진 것을 감지했다. 그는 자신을 둘러싼 사람들이 소곤거리며 다투는 소리와, 한 사람이 피에르를 양탄자 위로 지나가도록 인도해야 한다고 주장하는 소리를 들었다. 그 후 안내자는 피에르의 오른손을 잡고 무언가 위에 올려놓은 뒤 왼손으로 왼쪽 가슴에 나침반을 가져다 대라고 지시했다. 그리고 다른 사람이 읽어 주는 대로 교단 규범에 대한 충성의 서약을 말하도록 했다. 그런 다음 사람들은 촛불을 끄고, 피에르가 냄새를 통해 알아차렸듯이 알코올에 불을 붙인 후 그가 작은 빛을 보게 될 것이라고 말했다. 그러고는 그에게서 눈가리개를 벗겼다. 피에르는 마치 꿈속인 듯 알코올 등불의 희미한 빛 속에서 레토르와 똑같은 앞치마를 걸치고 맞은편에 서서 그의 가슴에 장검을 겨누고 있는 몇몇 사람을 보았다. 그들 사이에 피투성이의 하얀 루바시카를 입은 사람이 서 있었다. 그 모습을 본 피에르는 검에 찔리고 싶은 충동을 느끼며 가슴을 장검 쪽으로 내밀었다. 그러나 장검은 그를 피했고, 사람들은 즉시 그에게 또다시 눈가리개를 씌웠다.

"지금 그대는 작은 빛을 보았다." 누군가의 목소리가 들렸다. 그런 다음 촛불이 켜지고 그가 충만한 빛을 보아야 한다는 말소리가 들리더니 다시 눈가리개가 벗겨졌다. 갑자기 열 명 이상의 목소리가 말했다. "**세상의 영광은 이처럼 지나가노라.**"(라틴어)

피에르는 점차 정신이 들자 자신이 있던 방과 그곳에 있던 사람들을 둘러보기 시작했다. 검은 천으로 덮인 기다란 탁자 주위에 그가 전에 본 사람들과 똑같은 의상을 입은 열두어 명의 사람들이 앉아 있었다. 그중 몇 사람은 페테르부르크 사교계를 통해 알고 있었다. 의장 자리에는 낯선 젊은 남자가 목에 독특한 십자가를 걸고 앉아 있었다. 그 오른편에는 피에르가 2년 전 안나 파블로브나의 집에서 보았던 이탈리아인 수도원장이 앉아 있었다. 매우 유력한 고관 한 명과 예전에 쿠라긴가에서 지냈던 스위스인 남자 가정 교사 한 사람도 있었다. 모두 손에 망치를 쥔 의장의 말을 들으며 엄숙하게 침묵하고 있었다. 벽감에는 타오르는 별이 들어 있었다. 탁자 한쪽에는 갖가지 문양의 작은 양탄자가, 다른 쪽에는 복음서와 두개골이 놓인 제단 비슷한 무언가가 있었다. 탁자 주위에는 교회에서처럼 커다란 촛대 일곱 개가 놓여 있었다. 형제들 가운데 두 사람이 피에르를 제단으로 데려가 두 발을 직각으로 놓게 한 뒤, 이제 신전의 문을 향해 절을 할 것이라고 말하면서 누우라고 지시했다.

"그는 먼저 흙손을 받아야 합니다." 형제들 가운데 한 명이 소곤거리며 말했다.

"아! 그만하세요, 제발." 다른 사람이 말했다.

피에르는 복종하기를 주저하며 당혹감이 어린 근시의 눈으로 주위를 둘러보았다. 문득 의심이 들었다. '내가 어디에 있는 거지? 내가 뭘 하는 거야? 이 사람들이 나를 놀리는 게 아닐까? 훗날 내가 이 일을 떠올리며 부끄러워하지는 않을까?' 하지만 그 의심은 한순간에 지나지 않았다. 피에르는 자신을 둘러싼 사람들의 진지한 얼굴을 보고 이미 거쳐 온 모든 것을 떠올리며 도중에 멈출 수는 없다는 것을 깨달았다. 그는 자신이 의심을 품은 것에 소스라치게 놀랐다. 그래서 이전의 감동을 내면에 불러일으키려 애쓰며 사원의 문을 향해 엎드렸다. 그러자 정말로 이전보다 훨씬 더 강렬한 감동이 그를 덮쳤다. 한동안 엎드려 있은 후에 사람들이 그에게 일어나도록 명하고, 다른 사람들이 걸친 것과 똑같은 하얀 가죽 앞치마를 입혀 주고, 두 손에 흙손 한 자루와 장갑 세 켤레를 건네주었다. 그러고 나자 대수장이 그를 돌아보았다. 그는 피에르에게 견고함과 순수를 상징하는 앞치마의 흰색을 무엇으로도 더럽히지 않도록 애쓰라고 말했다. 그런 다음 설명되지 않은 흙손에 대해 그것으로 자신의 가슴에서 죄악을 정화하고 가까운 사람의 마음을 너그럽게 매만지도록 노력하라고 말했다. 첫 번째 남성용 장갑에 대해서는 피에르 자신이 그 의미를 알 수는 없겠지만 잘 보관해야 한다고 말했고, 두 번째 남성용 장갑에 대해서는 집회에서 착용해야 한다고 말했으며, 마지막으로 세 번째 여성용 장갑에 대해서는 이렇게 말했다.

"사랑하는 형제여, 이 여성용 장갑 역시 당신에게 예정된 것입니다. 그것을 당신이 어느 누구보다 존경하게 될 여성에게 주세요. 당신이 자신에게 합당한 여인 석공으로 선택할 여인에게 이 선물로 당신의 마음이 순수함을 확신시켜 주십시오." 그는 잠시 침묵했다가 덧붙였다. "하지만 사랑하는 형제여, 이 장갑이 더러운 손을 장식하지 않도록 지켜 주십시오." 대수장이 마지막 말을 한 순간 피에르의 눈에는 의장이 당황하는 것처럼 보였다. 피에르는 더한층 당황해서 어린아이처럼 눈물이 나도록 얼굴을 붉히곤 불안하게 주위를 두리번거렸다. 어색한 침묵이 조성되었다.

형제들 가운데 한 사람이 그 침묵을 깼다. 그는 피에르를 양탄자로 데려가 태양, 달, 망치, 다림줄, 흙손, 원석(圓石)과 각석(角石), 기둥, 세 개의 창문 등 양탄자에 표현된 모든 문양에 대한 설명을 공책에서 읽기 시작했다. 그런 다음 사람들은 피에르에게 자리를 지정해 주고 지부의 표식을 보여 주고 건물에 들어올 때의 암호를 말해 준 뒤에야 자리에 앉도록 허락했다. 대수장이 규약을 읽기 시작했다. 규약은 매우 길었다. 피에르는 기쁨과 흥분과 부끄러움으로 대수장이 읽는 내용을 이해할 수 있는 상태가 아니었다. 그가 귀담아들어 기억에 남은 것은 규약의 마지막 몇 마디뿐이었다.

"우리의 사원에서 우리는 선과 악 사이에 존재하는 것들 외에 다른 단계를 알지 못한다." 대수장이 읽었다. "어떤 것이든 평등을 파괴할 수 있는 구별을 만들지 마라. 그가 누구든 형제를 돕기 위해 쏜살같이 달려가라. 길 잃은 자를 인도하고, 넘어진 자를 일으키며, 형제에게 악의나 적의를 품지 마라. 친절하고 공손한 자가 되어라. 모든 이의 가슴에 선의 불길을 일으켜라. 네 이웃과 행복을 나누어라. 질투가 그 순수한 기쁨을 결코 흐리게 하지 말지어다.

네 원수를 용서하라. 적에게 복수는 오직 선을 행하는 것으로만 하라. 그처럼 지고의 법을 실천하면 네가 잃은 그 옛날 위대함의 흔적을 찾게 되리라." 그는 낭독을 마치자 몸을 살짝 일으켜 피에르를 끌어안고 입을 맞추었다.

피에르는 자신을 둘러싼 사람들의 축하 인사와 친분의 회복에 뭐라고 답해야 할지 몰라 기쁨의 눈물을 글썽이며 주위를 바라보았다. 그는 지인들을 전혀 알아보지 못했다. 그는 그 모든 사람들에게서 오직 형제만 볼 뿐이었고, 그들과 하루빨리 일을 시작하고픈 조급한 열정으로 타올랐다.

대수장이 망치를 두들겨 모두 제자리에 앉았다. 그리고 한 사람이 겸손의 필요성에 대한 설교문을 낭독했다.

대수장은 마지막 의무를 수행하자고 제안했다. 그러자 기부금 모금인이라는 직책을 가진 유력한 고관이 형제들 주위를 돌기 시작했다. 피에르는 가진 돈 전부를 기부금 명부에 적고 싶었지만 그것으로 오만함을 보일까 두려워 다른 사람들과 똑같은 액수를 적었다.

회합이 끝났다. 집으로 돌아온 피에르는 10년이 걸린 먼 여행에서 돌아온 것처럼, 완전히 변해서 이전 삶의 질서와 습관을 떨쳐낸 것처럼 느꼈다.

5

프리메이슨 지부에 가입한 다음 날 피에르는 집 안에 틀어박혀 책을 읽으며 한 변은 하느님, 다른 변은 정신적인 것, 세 번째 변은 육체적인 것, 네 번째 변은 그 혼합을 나타내는 사각형의 의미를 열심히 파고들고 있었다.* 이따금 그는 책과 사각형을 밀쳐 두고 상상 속에서 새로운 인생 계획을 짜 보기도 했다. 전날 지부에서 피에르는 결투에 관한 소문이 군주의 귀에까지 들어갔으니 페테르부르크를 멀리 떠나는 편이 현명할 것이라는 말을 들었다. 피에르는 남쪽 영지로 내려가 자신의 농민들에게 전념하기로 작정했다. 그는 즐거운 마음으로 그 새로운 삶에 대한 생각에 골몰했다. 그때 느닷없이 바실리 공작이 방에 들어왔다.

"이보게, 모스크바에서 무슨 짓을 저지른 것인가? 무엇 때문에 룔랴와 싸웠어, **이 친구야**? 자넨 오해하고 있네." 바실리 공작이 말했다. "내가 다 알아봤네. 자네에게 확실히 말해 줄 수 있어. 엘렌은 유대인 앞에 선 그리스도처럼 자네 앞에서 결백해."

피에르가 대답하려 했지만 바실리 공작이 가로막았다.

"왜 자네는 친구로서 내게 분명하고 솔직하게 말하지 않나? 난 전부 알고 있네. 다 이해해." 그는 말했다. "자네는 명예를 소중히 하는 사람답게 처신했네. 어쩌면 너무 성급했는지도 모르지. 하지만 우리 이 문제에 대해서는 판단하지 말도록 하세. 한 가지만 헤아려 주게. 자네가 엘렌과 나를 사교계 전체와 심지어 궁정의 면전에서 어떤 위치로 내몰고 있는가를 말일세." 그는 목소리를 낮추고 덧붙였다. "엘렌은 모스크바에 있고, 자네는 여기 있네. 이제 그만하게, 이 사람아." 그는 피에르의 손을 아래로 잡아당겼다. "여기에는 오해가 있어. 자네도 느낄 거라 생각하네. 당장 나와 함께 편지를 쓰세. 그럼 엘렌이 이리로 올 테고, 모든 것이 해명되겠지. 이 모든 소문도 그칠 테고 말이야. 자네에게 말해 두겠네만, 그러지 않으면, 이 사람아, 자네가 고통을 겪을 가능성이 아주 높아."

바실리 공작은 위엄에 찬 눈길로 피에르를 쳐다보았다.

"믿을 만한 소식통으로부터 알게 되었네만 황태후께서 이 모든 일에 매우 흥미를 갖고 계시네. 자네도 알다시피 그분은 엘렌에게 매우 호의적이시지."

피에르는 몇 번이고 말하려 했다. 그러나 바실리 공작이 그가 그렇게 하도록 내버려 두지 않고 황급히 말을 가로막은 데다, 다른 한편으로는 피에르 자신이 단호한 거절과 반대의 어조로 장인에게 대답하기로 단단히 결심했으면서도 말을 꺼내기를 두려워했다. 게다가 "친절하고 공손한 사람이 되어라"라는 프리메이슨 규약이 머리에 떠올랐다. 그는 인상을 쓰고 얼굴을 붉히고 일어났다 주저앉았다 하며 자신의 인생에서 가장 힘든 일을 하기 위해, 즉 상대가 누구든 그 사람이 기대하는 말을 하지 않고 정면으로 불쾌한 말을 던지기 위해 마음을 다잡았다. 그는 바실리 공작의 태평하고 자신만만한 말투에 복종하는 것에 너무나 익숙해져서 지금도 그 자신만만함을 대적하지 못하리라고 느꼈다. 그러나 앞으로의 그의 모든 운명이, 이전의 옛길을 걸을지, 아니면 프리메이슨이 그토록 매력적으로 제시해 주었고 자신도 새로운 삶의 부활을 찾게 되리라 굳게 믿은 그 새로운 길을 걸을지는 그가 지금 하는 말에 달려 있다고 느꼈다.

"이보게." 바실리 공작이 농담조로 말했다. "나에게 '네'라고만 말해 주게. 그럼 내가 직접 엘렌에게 편지를 쓰지. 그러고 나서 우리 살진 송아지를 잡도록 하세."* 그러나 바실리 공작이 미처 농담을 끝맺기도 전에 피에르가 그의 아버지를 떠올리게 하는 광포함을 얼굴에 띤 채 상대의 눈을 쳐다보지 않고 나직한 속삭임으로 중얼거렸다.

"공작, 난 당신을 초대한 적이 없습니다. 가세요, 제발, 가십시오!" 그러고는 벌떡 일어나 문을 열어 주었다. 바실리 공작의 얼굴에 나타난 곤혹과 두려움의 표정에 스스로도 믿을 수 없이 기쁨을 느끼며 그가 되풀이 말했다. "가십시오!"

"자네 무슨 일인가? 어디 아픈가?"

"가세요!" 떨리는 목소리가 또 한 번 말했다. 그리하여 바실리 공작은 어떤 해명도 듣지 못하고 떠나야 했다.

일주일 후 피에르는 프리메이슨의 새로운 친구들과 작별 인사를 나누고 그들에게 큰 액수의 기부금을 남긴 뒤 자신의 영지로 떠났다. 새로운 형제들은 그에게 키예프와 오데사의 프리메이슨 앞으로 보내는 편지들을 건네며 그에게 편지를 쓸 것이고, 그의 새로운 활동을 지도하겠다고 약속했다.

6

피에르와 돌로호프의 사건은 흐지부지되었다. 그 무렵 군주가 결투에 대해 엄격한 태도를 취하긴 했지만 두 사람도, 그들의 입회인들도 그 일로 고초를 겪지는 않았다. 그러나 피에르와 아내의 불화로 확인된 결투의 내막은 사교계에 널리 퍼졌다. 사생아였을 때는 사람들에게서 관대한 보호의 눈길을 받고, 러시아 제국의 최고 신랑감이 되었을 때는 사람들에게서 환대와 칭송을 받았던 피에르는 결혼 후 신붓감들과 어머니들이 그에게서 아무것도 기대할 수 없게 되자 사교계의 평판을 크게 잃었다. 그에게는 사교계의 비위를 맞추어 호의를 얻어 낼 재간도 없었고, 스스로도 그것을 바라지 않았기에 더욱 그랬다. 사람들은 이제 일어난 일에 대한 비난의 화살을 그 한 사람에게 돌렸으며, 그에 대해서는 아버지와 마찬가지로 걸핏하면 피에 굶주린 듯 광포한 발작을 일으키는 질투심 많은 멍청이라고 말하고 있었다. 피에르가 떠나고 엘렌이 페테르부르크로 돌아오자 그녀의 지인들은 그녀의 불행에 대한 경의마저 깃든 환대로 맞이했다. 화제가 남편에 이르면 엘렌은 그 의미도 모르면서 타고난 기교로 습득한 품위 있는 표정을 지었다. 그 표정은 그녀가 불평하지 않고 자신의 불행을 견디기로 결심했으며, 그녀의 남편은 하느님이 그녀에게 보낸 십자가라고 말하고 있었다. 바실리 공작은 더 노골적으로 자신의 의견을 말하곤 했다. 그는 화제가 피에르에 이르면 어깨를 으쓱하곤 이마를 가리키며 말했다.

"반미치광이입니다. 내가 늘 그렇게 말했잖아요."

"내가 미리 말했지요." 안나 파블로브나는 피에르에 대해 이렇게 말했다. "내가 그때 바로 말했잖아요. 누구보다도 먼저요. (그녀는 자신이 가장 빨랐다고 주장했다.) 그 사람이 시대의 방탕한 사상으로 망가진 정신 나간 젊은이라고요. 다들 그 사람에게 감탄할 때 말이지요. 그러니까 그가 외국에서 막 돌아왔을 때, 기억하세요, 언젠가 우리 집 야회에서 자기가 무슨 마라*라도 되는 양 흉내 낼 때, 그때도 내가 그렇게 말했잖아요. 결말이 뭔가요? 난 그때도 이 결혼을 탐탁지 않아 했고 이후에 일어날 모든 일을 예언했어요."

안나 파블로브나는 예전처럼 한가한 날이면 집에서 전과 똑같은 야회, 그녀만이 주최할 능력을 가진 야회 (안나 파블로브나 자신이 말하곤 했듯이) 무엇보다 **진정한 상류 사회의 정화, 페테르부르크 사교계의 지적 정수의 꽃**이 모이는 그런 야회를 열곤 했다. 이처럼 엄선된 모임이라는 점 외에도 안나 파블로브나가 야회에서 매번 흥미로운 새 인물을 제공한다는 점과, 정통주의자*적인 페테르부르크 궁중 사교계 분위기의 토대가 되는 정치 온도계의 눈금이 이 야회에서처럼 분명하고 명확하게 드러나는 곳은 어디에도 없다는 점 때문에 안나 파블로브나의 야회는 차별화되고 있었다.

1806년 말, 프로이센 군대가 예나와 아우어슈테트 부근에서 나폴레옹에게 전멸당하고 프로이센 요새 대부분이 함락되었다는 온갖 슬픈 소식들이 이미 자세히 전해지고,* 아군이 이미 프로이센에 진입해 아군과 나폴레옹의 두 번째 전쟁*이 시작된 무렵 안나 파블로브나는 집에서 야회를 열었다. **진정한 상류 사회의 정화**는 매혹적이면서도 남편에게 버림받은 불행한 엘렌과 **모르테마르**, 빈에서 막 돌아온 매력적인 이폴리트 공작, 두 명의 외교관, 친척 아주머니, 응접실에서 단순하게 **굉장한 장점을 가진 사람**이라는 명칭을 누리고 있던 청년, 새로 임명된 시녀와 그녀의 어머니, 그 외 덜 눈에 띄는 몇몇 다른 귀인들이었다.

안나 파블로브나가 이 야회에서 손님들에게 신상품으로 제공한 인물은 프로이센군으로부터 특사의 임무를 띠고 막 도착한 보리스 드루베츠코이였다. 그는 프로이센군에서 매우 유력한 인물의 부관이었다.

이날 야회 모임에서 드러난 정치 온도계의 눈금은 다음과 같았다. 유럽의 모든 군주들과 사령관들이 **나와 우리** 전체에 이런 불쾌함과 고뇌를 유발하기 위해 아무리 보나파르트를 눈감아 주려 애쓸지라도 보나파르트에 관한 우리의 견해는 결코 바뀌지 않는다. 이 점에 대해 우리는 우리의 거짓 없는 사고방식을 표명하기를 그치지 않을 것이며, 프로이센 왕을 비롯한 다른 이들에게는 이렇게 말할 수밖에 없다. '그만큼 너희에게는 더더욱 좋지 않다. **네가 그것을 원한 것이다, 조르주 당댕.*** 이것이 우리가 말할 수 있는 것의 전부다.' 바로 이것이 안나 파블로브나의 야회에서 정치 온도계가 가리킨 눈금이었다. 손님들에게 제공될 보리스가 응접실에 들어섰을 때 사람들은 이미 거의 다 모여 있었고, 안나 파블로브나가 이끄는 대화는 우리와 오스트리아의 외교 관계와 오스트리아와의 연합에 대한 기대로 이어지고 있었다.

성인이 된 보리스는 세련된 부관 제복을 입고 뺨을 발그레 물들인 채 생기 있는 모습으로 자유로이 응접실에 들어와 응당 그러듯 안나 파블로브나의 아주머니에게 인사하기 위해 끌려갔다가 다시 전체 모임에 섞였다.

안나 파블로브나는 자신의 메마른 손에 입을 맞추게 한 후 그가 모르는 몇몇 인물에게 그를 소개하고 나서 한 사람 한 사람에 대해 그에게 소곤소곤 알려 주었다.

"이폴리트 쿠라긴 공작, 사랑스러운 청년. 코펜하겐의 대리 공사인 무슈 크루그, 심오한 지성……" 그러고는 **"무슈 시토프, 굉장한 장점을 가진 사람"**이라는 간단한 말로 그 호칭을 가진 사람을 정의했다.

보리스는 이제껏 군에서 복무하는 동안 안나 미하일로브나의 뒷바라지와, 그의 취향과 그의 신중한 성격이 지닌 이런저런 자질 덕분에 군대에서 더할 나위 없이 유리한 위치에 설 수 있었다. 그는 아주 유력한 인물의 부관으로 있었고, 아주 중요한 임무를 띠고 프로이센에 갔다가 특사의 자격으로 이제 막 돌아왔다. 그는 올뮈츠에서 마음을 빼앗겼던 그 불문의 상하 관계를 충분히 습득했다. 그것에 따르면, 준위가 장군보다 비할 데 없이 더 높은 위치에 설 수 있었고, 또 그것에 따르면 군 생활에서 성공하기 위해서는 노력도, 수고도, 용맹도, 끈기도 필요한 것이 아니라, 일에 대해 보상해 주는 사람들을 대하는 능력이 필요할 따름이었다. 그는 자신의 빠른 성공에, 그리고 다른 사람들이 어떻게 이 사실을 모를 수 있는지에 자주 놀라곤 했다. 이러한 발견 덕분에 그의 삶의 방식, 옛 지인들과의 관계, 미래에 대한 계획이 송두리째 완전히 바뀌었다. 그는 부유하지 않았다. 그런데도 남들보다 더 잘 차려입는 데 마지막 남은 돈까지 털었다. 그는 페테르부르크 거리에서 허름한 에키파시를 타고 다니거나 낡은 군복을 입고 그곳에 나타나느니 차라리 많은 즐거움을 버렸을 것이다. 그는 자신보다 신분이 높아서 쓸모가 있을 사람들하고만 가까이 지냈고, 그들과의 교제만을 추구했다. 그는 페테르부르크를 사랑하고 모스크바를 경멸했다. 로스토프가의 집과 어린 시절 나타샤를 향한 사랑에 대한 추억이 그에게는 불쾌했다. 그래서 군대로 떠나던 바로 그 순간부터 로스토프가에 간 적이 한 번도 없었다. 그 자리에 참석하는 것을 군 생활에 있어 중요한 승진이라고 여겼던, 안나 파블로브나의 응접실에서 그는 자신의 역할을 즉시 이해했다. 그래서 그가 지닌 흥미를 안나 파블로브나가 이용하도록 내버려 두고 인물 하나하나를 유심히 관찰하면서 그들과 친분을 쌓는 것의 이점과 가능성을 재고 있었다. 그는 자신에게 지정된 아름다운 엘렌의 옆자리에 앉아 진제의 대화에 귀를 기울였다.

"빈은 일련의 눈부신 성공이 받쳐 주지 않으면 안건으로 상정된 조약의 근거를 확보하기 어렵다고 생각합니다. 우리에게 그것들을 확보할 수단이 있을지도 의심합니다.' 이것이 빈 내각의 솔직한 입장입니다." 덴마크 대리 공사가 말했다.

"그 의심에 으쓱한 기분이 드네요!" 심오한 지성이 미묘한 미소를 지으며 말했다.

"빈 내각과 오스트리아 황제를 구분하지 않으면 안 됩니다." 모르테마르가 말했다. "오스트리아 황제는 결코 그런 생각을 하지 못했습니다. 내각만 그렇게 말하는 겁니다."

"아, 친애하는 자작." 안나 파블로브나가 끼어들었다. "위럽(그녀는 어떤 이유에서인지 마치 그 단어야말로 프랑스인과 이야기할 때 스스로에게 허락할 수 있는 특히 섬세한 프랑스어라는 듯 위럽이라고 발음했다), 위럽은 결코 우리의 진정한 동맹자가 되지 않을 거예요."

뒤이어 안나 파블로브나는 보리스를 이 상황에 끌어들이기 위해 프로이센 왕의 용기와 의연함으로 화제를 돌렸다.

보리스는 자기 차례를 기다리며 사람들의 말을 주의 깊게 듣고 있었지만, 그러면서도 옆자리에 앉은 아름다운 엘렌을 여러 번에 걸쳐 돌아볼 여유를 가졌다. 그녀는 미소를 지으며 잘생긴 젊은 부관과 여러 차례 눈을 맞추었다.

프로이센의 정세를 이야기하던 안나 파블로브나는 아주 자연스럽게 보리스에게 글로가우 여행과 그가 목격한 프로이센 군대의 상태를 이야기해 달라고 요청했다.* 보리스는 조금도 서두르지 않고 순수하고 바른 프랑스어로 군대와 궁정에 대한 흥미로운 상세한 이야기들을 많이 들려주었다. 그는 말하는 내내 자신이 전하는 사실과 관련하여 본인의 견해를 표명하는 것을 애서 피했다. 한동안 보리스는 모두의 관심을 끌었고, 안나 파블로브나는 모든 손님들이 그녀가 내놓은 신상품을 흡족하게 받아들였음을 느꼈다. 보리스의 이야기에 누구보다 많이 관심을 보인 사람은 엘렌이었다. 그녀는 글로가우 여행의 몇 가지 세부적인 사항에 대해 여러 번 물었고, 프로이센 군대의 상태에 꽤 관심이 높은 것처럼 보였다. 보리스가 이야기를 마치자 그녀는 늘 짓는 미소와 함께 그에게 말했다.

"나를 만나러 꼭 와 줘야 해요." 보리스는 알 수 없는 어떤 사정으로 반드시 그렇게 되어야만 한다는 투로 그녀는 말했다. "화요일, 8시에서 9시 사이예요. 당신이 와 준다면 무척 기쁠 거예요."

보리스는 그녀의 바람대로 하겠다고 약속하며 그녀와 대화를 나누려 했다. 그때 안나 파블로브나가 그의 이야기를 듣고 싶어하는 아주머니를 핑계로 그를 불러냈다.

"당신은 그녀의 남편을 아나요?" 안나 파블로브나가 눈을 감은 채 슬픈 몸짓으로 엘렌을 가리키며 말했다. "아, 정말 불행하고도 매력적인 여인이에요! 그녀 앞에서는 절대로 남편에 대해 말하지 말아요. 제발 말하지 말아요. 그녀에게는 너무나 힘겨운 일이에요!"

7

보리스와 안나 파블로브나가 전체 모임으로 돌아왔을 때는 이 폴리트 공작이 대화를 주도하고 있었다. 그가 안락의자에서 몸을 쑥 내밀며 말했다.

"프로이센 왕!" 그는 이 말을 하고 웃음을 터뜨렸다. 모두가 그에게 고개를 돌렸다. "프로이센 왕?" 이폴리트는 이렇게 묻고 또 웃음을 터뜨리더니 다시 침착하고 진지한 모습으로 안락의자에 깊숙이 앉았다. 안나 파블로브나는 잠시 그의 말을 기다렸다. 그러나 이폴리트가 더 이상 아무 말도 하고 싶지 않은 듯한 태도를 보이자 그녀는 무신론자인 보나파르트가 어떻게 포츠담에서 프리드리히 대왕의 장검을 탈취했는지에 대한 이야기를 시작했다.

"이것이 프리드리히 대왕의 장검이에요. 내가⋯⋯." 그녀가 말을 시작했지만 이폴리트가 그녀를 가로막았다.

"프로이센 왕이⋯⋯." 그러고는 사람들이 자기를 돌아보자마자 다시 용서를 구하며 입을 다물었다. 안나 파블로브나는 인상을 썼다. 이폴리트의 친구인 **모르테마르**가 그를 향해 단호하게 말했다.

"그래, 프로이센 왕이 어쨌다는 건가?"

이폴리트는 자신의 웃음이 부끄러운 듯 웃음을 터뜨렸다.

"아니, 아무것도 아니야. 내가 하고 싶었던 말은…… (그는 빈에서 들은, 그리고 저녁 내내 꺼내려던 농담을 되풀이하기로 마음먹었다.) 난 그저 우리가 프로이센 왕을 위해 부질없는 전쟁을 치르고 있다는 말을 하고 싶었네."*

보리스는 조심스럽게 미소를 지었다. 어떻게 받아들여지느냐에 따라 그의 미소는 조롱으로도, 혹은 농담에 대한 인정으로도 비칠 수 있었다. 모든 이들이 웃음을 터뜨렸다.

"당신의 말장난은 별로 좋지 않군요. 매우 기발하긴 하지만 옳지 않아요." 쪼글쪼글한 손가락으로 위협하며 안나 파블로브나가 말했다. "우리는 프로이센 왕을 위해서가 아니라 고결한 원칙을 위해 싸우는 거예요. 오, 이폴리트 공작은 정말 나쁜 사람이군요!" 그녀가 말했다.

대화는 주로 정치 얘기가 오가며 저녁 내내 그치지 않았다. 야회가 끝날 무렵 군주가 하사하는 포상이 화제에 오르자 대화는 특히 활기를 띠었다.

"작년만 해도 NN이 초상화가 붙은 담뱃갑을 받았어요." 심오한 지성이 말했다. "그런데 왜 SS는 같은 상을 받지 못할까요?"

"죄송합니다만 황제의 초상이 붙은 담뱃갑은 포상이지 공로상이 아니에요. 차라리 선물이라고 할까요." 외교관이 말했다.

"전례가 있잖아요. 슈바르첸베르크를 보세요."

"그럴 리 없습니다." 다른 사람이 반박했다.

"내기를 하지요. 대수장(大綬章)*이라면 또 다른 문제이지만……."

모두들 떠나려고 일어섰을 때 야회 내내 거의 말이 없던 엘렌이 다시 보리스에게 부탁의 말을 하며, 화요일에 자기 집에 오라는 다정하고 의미심장한 명령을 내렸다.

"나한테 꼭 필요한 일이에요." 그녀가 안나 파블로브나를 돌아보며 생긋 웃는 얼굴로 말했다. 그러자 안나 파블로브나는 자신의 고위층 후원자를 언급할 때 짓는 우수에 찬 미소로 엘렌의 바람을 거들어 주었다. 이날 저녁 보리스가 프로이센 군대에 대해 한 어떤 말에서 엘렌은 문득 그를 만나야 할 이유를 발견한 것 같았다. 마치 그가 화요일에 오면 그 이유에 대해 설명하겠다고 약속하는 듯했다.

화요일 저녁에 엘렌의 눈부신 살롱을 찾은 보리스는 자신의 방문 이유에 대한 분명한 해명을 듣지 못했다. 다른 손님들이 있었고, 백작 부인은 그와 거의 말을 나누지 않았다. 그가 작별 인사를 하기 위해 손에 입을 맞출 때에야 그녀는 미소를 띠지 않은 야릇한 얼굴로 뜻밖의 말을 속삭였다.

"내일 만찬에 와요…… 저녁에요. 반드시 와야 해요. 꼭요."

페테르부르크에 체류하는 동안 보리스는 베주호바 백작 부인의 집에서 가까운 사람이 되었다.

8

전쟁이 격렬해지고 그 무대가 러시아 국경에 가까워지고 있었다. 도처에서 인류의 적 보나파르트에 대한 저주가 들렸다. 마을들마다 민병과 신병이 모집되었고, 전쟁의 무대에서 언제나 그렇듯 다양하게 해석되는, 모순된 소식들이 계속 당도했다.

볼콘스키 노공작과 안드레이 공작과 마리야 공작 영애의 삶은 1805년 이래 많은 면에서 달라졌다.

1806년 노공작은 당시 러시아 전역에 걸쳐 임명된 민병대 사령관 여덟 명 가운데 한 사람이 되었다. 아들이 전사한 것으로 여겼던 시기에 유난히 현저해진 노쇠함에도 불구하고 노공작은 군주가 직접 명한 직무를 거부할 권리가 자신에게는 없다고 생각했다. 새롭게 주어진 이 직무는 그를 자극하고 강인하게 만들었다. 그는 자신에게 맡겨진 세 현을 끊임없이 돌아다녔다. 고지식할 만큼 임무에 충실했고, 부하들에게 가혹할 정도로 엄격했으며, 지극히 세세한 것까지 직접 챙겼다. 덕분에 마리야 공작 영애는 이제 더 이상 아버지에게서 수학 수업을 받지 않았고, 다만 아버지가 집에 있을 때는 아침마다 유모와 함께 꼬마 공작 니콜라이(할아버지는 아이를 그렇게 불렀다)를 데리고 아버지의 서재에 들렀다. 젖먹이 공작 니콜라이는 유모와 보모 사비시나와 함께 고인이 된 공작 부인의 거처에서 지냈는데, 마리야 공작 영애는 힘닿는 한 어린 조카의 어머니를 대신하기 위해 아기방에서 하루의 대부분을 보냈다. **마드무아젤 부리엔**도 아이를 열렬히 사랑하는 것 같아서 마리야 공작 영애는 종종 자신의 마음을 누르며 어린 천사(그녀는 조카를 그렇게 불렀다)를 돌보고 그와 놀아 주는 즐거움을 친구에게 양보했다.

리시예 고리의 교회 제단 곁에는 작은 공작 부인의 무덤이 안치된 작은 예배당이 있었고, 예배당 안에는 이탈리아에서 실어 온, 날개를 펼치고 하늘로 날아오르려는 천사 모양의 대리석 기념비가 있었다. 천사의 윗입술이 마치 금방이라도 웃을 것처럼 살짝 들려 있었다. 어느 날 안드레이 공작과 마리야 공작 영애는 예배당에서 나오다가 이상하게 그 천사의 얼굴이 고인의 얼굴을 떠올리게 한다고 서로에게 털어놓았다. 그러나 안드레이 공작이 누이에게 말하지 않은 더 이상한 점은, 그가 죽은 아내의 얼굴에서 읽었던 그 온순한 비난의 말을 예술가가 천사의 얼굴에 우연히 부여한 표정에서도 똑같이 읽었다는 것이다. '아, 당신들은 어째서 나에게 이런 짓을 한 건가요……?'

안드레이 공작이 돌아오고 얼마 되지 않아 노공작은 아들을 분가시키며 리시예 고리에서 40베르스트 떨어진 보구차로보라는 큰 영지를 주었다. 리시예 고리에 힘든 기억이 얽혀 있는 데다, 자신이 아버지의 성격을 늘 침착하게 견뎌 낼 수 있을 것 같지도 않고, 또 혼자 있는 것이 필요하기도 해서 안드레이 공작은 보구차로보에 집을 짓고 거기서 대부분의 시간을 보냈다.

아우스터리츠 전투 이후 안드레이 공작은 다시는 군대에 들어가지 않겠다고 굳게 결심했다. 전쟁이 시작되어 모든 사람이 군

복무를 해야 하자 그는 실질적인 군 복무를 피하기 위해서 아버지의 지휘 아래 민병을 모집하는 임무를 맡았다. 1805년 원정 이후에 노공작은 아들과 역할을 서로 바꾼 것 같았다. 활동에 고무된 노공작은 이번 원정에서 온갖 좋은 면들을 기대했다. 반면 안드레이 공작은 전쟁에 참여하지 않고 마음속 깊이 그것을 유감스럽게 생각하며 나쁜 면만 보고 있었다.

1807년 2월 26일, 노공작은 관구를 둘러보러 떠났다. 안드레이 공작은 아버지가 집을 비울 때면 대개 그랬듯이 리시예 고리에 머물렀다. 어린 니콜루시카는 벌써 나흘째 몸이 좋지 않았다. 노공작을 태우고 간 마부가 도시에서 돌아오는 길에 안드레이 공작 앞으로 온 서류와 편지를 가져왔다.

서재에서 젊은 공작을 찾지 못한 시종은 편지들을 들고 마리야 공작 영애의 거처로 갔다. 하지만 그곳에도 공작은 없었다. 시종은 공작이 아이 방에 갔다는 말을 들었다.

"가 보세요, 공작님. 페트루샤가 서류를 들고 왔어요." 보모를 보조하는 하녀들 중 하나가 안드레이 공작에게 말했다. 그는 유아용 의자에 앉아 얼굴을 찡그리며 떨리는 손으로 작은 유리병에 든 약을 물이 반쯤 채워진 유리잔에 똑똑 떨어뜨리고 있었다.

"무슨 일이야?" 그가 화난 목소리로 말하고는 손을 부주의하게 떠는 바람에 유리잔에 약을 몇 방울 더 떨어뜨리고 말았다. 그는 유리잔의 약을 바닥에 쏟아 버리고 다시 물을 부탁했다. 하녀가 물을 건넸다.

방에는 아이 침대 하나, 궤짝 둘, 안락의자 둘, 탁자와 아이용 작은 탁자가 하나씩, 그리고 안드레이 공작이 앉은 유아용 의자 하나가 있었다. 창문에 커튼이 드리워져 있었고, 탁자 위에는 불빛이 침대에 들지 않도록 악보집으로 가려 놓은 양초 한 자루가 타고 있었다.

"오빠……." 침대 곁에 선 마리야 공작 영애가 안드레이 공작을 돌아보며 말했다. "기다리는 편이 좋겠어…… 나중에……."

"아, 제발 좀, 넌 계속 바보 같은 소리만 하는구나. 계속 기다려 왔잖아. 이게 기다린 결과야." 안드레이 공작은 누이의 마음을 상하게 하려는지 화난 목소리로 나직이 말했다.

"오빠, 정말이야, 깨우지 않는 게 좋아. 잠들었어." 공작 영애가 애원하는 목소리로 말했다.

안드레이 공작이 의자에서 일어나 유리잔을 들고 발끝으로 침대에 다가갔다.

"정말 아이를 깨우지 말아야 한다고 생각해?" 그는 머뭇거리며 물었다.

"마음대로 해. 정말이지…… 내 생각에는……. 하지만 오빠 마음대로 해." 자기 의견이 이긴 것을 두려워하고 부끄러워하는 듯 마리야 공작 영애가 말했다. 그러고는 오빠에게 조그만 목소리로 그를 부르는 하녀를 가리켰다.

열이 펄펄 끓는 아이를 돌보느라 두 사람이 잠을 이루지 못한 지 이틀째 밤이었다. 주치의를 믿지 못해 도시에서 의사를 불러 오게 한 뒤 그들은 꼬박 이틀 밤낮 동안 이 방법 저 방법을 써 보는 중이었다. 잠을 못 자서 지치고 불안해진 그들은 자신의 슬픔을 상대방 탓으로 돌리며 서로 비난하고 다투었다.

"페트루샤가 아버님이 보내신 서류를 가져왔어요." 하녀가 조그맣게 속삭였다. 안드레이 공작은 밖으로 나갔다.

"뭐, 거기 뭐야!" 그는 퉁명스럽게 중얼거렸고, 아버지의 구두 지시를 다 전해 들은 뒤 건네받은 아버지의 봉투들과 편지를 쥐고 아이 방으로 돌아왔다.

"어때?" 안드레이 공작이 물었다.

"여전히 똑같아. 제발 좀 기다려. 카를 이바니치가 잠이 가장 좋은 약이라고 늘 말하잖아." 마리야 공작 영애는 한숨을 쉬며 속삭였다. 안드레이 공작은 아이에게 다가가 이마를 만져 보았다. 열이 펄펄 끓었다.

"당신의 카를 이바니치하고 같이 꺼져 버려!" 그는 물약을 몇 방울 떨어뜨린 유리잔을 들고 다시 다가섰다.

"앙드레, 그러면 안 돼!" 마리야 공작 영애가 말했다.

하지만 그는 사납고도 고통스럽게 그녀를 향해 얼굴을 찌푸리고는 유리잔을 들고 아이에게로 몸을 숙였다.

"하지만 나는 이러길 원해." 그가 말했다. "자, 부탁할게. 약을 먹여."

마리야 공작 영애는 어깨를 으쓱했지만, 고분고분 유리잔을 받아 들고 보모를 가까이 불러 아이에게 약을 먹였다. 아이가 고함을 지르고 쌕쌕거렸다. 안드레이 공작은 얼굴을 찡그린 채 머리를 움켜쥐고 방에서 나가 옆방 소파에 주저앉았다.

편지는 계속 그의 손에 들려 있었다. 그는 기계적으로 편지를 펼치고 읽기 시작했다. 노공작은 파란 종이에 큼직하고 길쭉한 특유의 필체로 곳곳에 약어를 사용하며 다음과 같이 썼다.

"지금 특사를 통해 매우 기쁜 소식을 받았다. 거짓말이 아니라면 베니히센이 프로이센의 아일라우 부근에서 부오나파르트에게 그야말로 완전한 승리를 거둔 모양이다.* 페테르부르크에서는 다들 환호하고, 군에 보내는 포상이 끝이 없구나. 독일인이긴 하지만 축하하련다. 코르체보의 책임자인 한드리코프라는 작자는 뭘 하는 건지 납득할 수가 없구나. 지금까지도 보충 인원과 식량을 보내지 않았어. 당장 그곳으로 말을 몰고 가서 일주일 안에 모든 일이 마무리되지 않으면 내가 그의 목을 치겠다고 전해라. 프로이센령 아일라우 전투에 대해서는 페텐카한테서도 편지를 받았다. 참전했더구나. 다 사실이란다. 참견해서는 안 될 인간들이 참견하지 않으니 독일인도 부오나파르트를 무찌르는구나. 듣자 하니 그놈은 크게 낙담해서 달아나는 중이란다. 너는 지체하지 말고 코르체보로 달려가 임무를 수행해라!"

안드레이 공작은 한숨을 쉬고 다른 봉투를 뜯었다. 편지지 두 장을 작은 글씨로 빽빽하게 채운 빌리빈의 편지였다. 그는 그것을 읽지도 않은 채 접고 "코르체보로 달려가 임무를 수행해라!"라는 말로 끝나는 아버지의 편지를 다시 죽 읽었다.

'안 됩니다. 용서하십시오. 아이가 나을 때까지는 못 갑니다.' 그는 이렇게 생각하고는 문으로 다가가 아이 방을 엿보았다. 마리야 공작 영애가 침대 옆에 서서 조용히 아이를 어르고 있었다.

'그래, 아버지가 쓰신 내용 가운데 뭔가 불쾌한 것이 또 있었는데?' 안드레이 공작은 아버지의 편지 내용을 떠올렸다. '그래. 아군은 내가 복무하지 않는 바로 이런 때 보나파르트에게 승리를 거두었군. 그래, 그래, 다 날 조롱하는구나…… 뭐, 좋을 대로…….' 그러고는 프랑스어로 된 빌리빈의 편지를 절반도 이해하지 못한 채 읽었다. 그는 그저 자신이 지나치게 오랫동안 고뇌하고 있던 한 가지 상념을 잠시만이라도 멈추기 위해 그 편지를 읽었다.

9

빌리빈은 지금 외교관 자격으로 군사령부에 소속되어 있었다. 프랑스식 말장난과 표현을 구사해 가며 프랑스어로 쓴 편지였지만, 그는 자기비판과 자기 조롱을 두려워하지 않는 러시아인 특유의 대담함으로 원정 전반에 대해 기술하고 있었다. 빌리빈은 자신의 외교적 **겸손함**이 자신을 괴롭힌다고, 군에서 벌어지는 일을 지켜보며 마음속에 쌓이는 온갖 울화를 토로할 믿을 만한 상대로 안드레이 공작이 있어 행복하다고 썼다. 그 편지는 오래전에, 프로이센령 아일라우 전투가 벌어지기 전에 쓴 것이었다.

"당신도 알겠지만, 친애하는 공작……." 빌리빈은 썼다. "아군이 아우스터리츠에서 혁혁한 성과를 거둔 이후 난 더 이상 군사령부를 못 본 척 내버려 두지 않습니다. 난 확실히 전쟁의 맛에 빠져들었고, 그것에 매우 만족하고 있습니다. 그러나 지난 석 달 동안 본 것은 믿기 힘든 일이었습니다.

처음부터(라틴어) 시작해 볼까요. 당신도 잘 아는 인류의 적이 프로이센인들을 공격합니다. 프로이센인들은 3년 동안 우리를 세 번밖에 속이지 않은 성실한 동맹자입니다. 우리는 그들을 옹호합니다. 그러나 인류의 적은 우리의 미사여구에 주의를 기울이지 않고, 프로이센인들에게는 방금 시작한 사열식을 끝낼 틈도 주지 않은 채 저들 특유의 거칠고 야만적인 방식으로 덮쳐서 산산이 격파하고, 포츠담궁(宮)을 거처로 정합니다.

프로이센 왕이 보나파르트에게 편지를 씁니다. '나는 황제 폐하가 가장 흡족해하는 방식으로 나의 궁전에서 영접받기를 간절히 바라기에 특별히 신경 써서 상황이 허락하는 모든 분부를 내려 두었습니다. 오, 내가 이 목적을 달성할 수 있기를!' 프로이센 장군들은 프랑스인들 앞에서 정중함을 과시하며 그들의 요구에 즉각 투항합니다.

1만 명의 부하를 거느린 글로가우 수비대 지휘관은 어떻게 해야 할지 프로이센 왕에게 묻습니다……. 이것은 확실한 이야기입니다.

간단히 말하자면 우리는 전투적인 태도로 그들에게 겁만 주려 했는데 결국 자국의 국경선에서 전쟁에 말려든 겁니다. 그것도 프로이센 왕을 위해, 그리고 그와 함께 말입니다. 우리에게는 모든 것이 풍부한데 다만 하나가 부족합니다. 바로 총사령관입니다. 총사령관이 그렇게 젊지 않았다면 아우스터리츠의 성공도 좀 더 확실했을 것이라고 판단되었기에 80대 장군들에 대한 검토가 이루어집니다. 그리하여 프로조롭스키와 카멘스키 중에서 후자가 뽑힙니다.* 장군은 수보로프식으로 키빗카를 타고 오고, 사람들은 환희에 휩싸여 기쁨에 겨운 함성으로 그를 맞이합니다.

나흘째 되는 날 페테르부르크에서 첫 번째 특사가 도착합니다. 모든 것을 손수 하기를 좋아하는 원수의 집무실로 여행 가방들이 운반됩니다. 편지 정리하는 일을 돕고 우리에게 배정된 것을 가져가라며 집무실에서 날 부릅니다. 일을 맡긴 원수는 우리를 바라보며 본인 앞으로 온 봉투를 기다립니다. 우리는 찾습니다. 그러나 아무것도 없습니다. 원수는 흥분한 나머지 직접 일에 매달리더니 폐하께서 T. 백작, V. 공작, 그 밖의 다른 사람들에게 보내신 편지를 발견합니다. 그는 맹렬한 분노에 휩싸여 발끈 성을 냅니다. 그러더니 편지들을 집어 봉인을 뜯고는 다른 사람들 앞으로 온 편지들을 읽습니다. 아, 내가 이런 대접을 받다니. 이자들은 날 믿지 않아! 아, 날 감시하라는 지시군. 좋아, 어디 한번 해 보라지! 그리고 베니히센 백작 앞으로 그 유명한 명령을 써 내려 갑니다.

'나는 부상을 당해 말을 탈 수 없고, 따라서 군대를 지휘할 수도 없소. 그대는 그대의 격파된 코르 다르메*를 이끌고 풀투스크로 왔구려. 하지만 지금 이곳은 무방비 상태인 데다 장작도 없고 말먹이도 없으므로 원조가 필요하오. 어제 그대가 직접 북스게브덴 백작에게 말한 이상, 우리의 국경선으로 퇴각하는 것을 고려하지 않을 수 없게 되었소. 그 일은 오늘 실행되어야 하오.'

총사령관은 황제에게도 편지를 씁니다. '줄곧 말을 타고 다니느라 안장에 스쳐 찰과상을 입었습니다. 예전에 붕대를 감은 곳에 더해진 상처로 저는 말을 탈 수도, 이런 대규모 군대를 지휘할 수도 없게 되었습니다. 그래서 서열상 제 바로 아래의 장군인 북스게브덴 백작에게 지휘권을 넘겼습니다. 그리고 그에게 모든 당직 장교들과 그에 속한 모든 것을 보내고, 식량이 부족해지면 프로이센 내부로 더 깊숙이 퇴각하도록 조언해 두었습니다. 식량은 이제 하루치밖에 남지 않았고, 두 대대장 오스테르만과 세드모레츠키가 보고했듯이 다른 연대에는 아예 남아 있지 않기 때문입니다. 농부들이 식량을 다 먹어 치웠습니다. 저도 완치될 때까지는 오스트롤렌카의 병원에 남겠습니다. 그 날짜를 공손히 아뢰오며, 만일 군이 현재의 야영지에서 보름만 더 머물면 봄에는 건강한 병사가 한 명도 남아 있지 않을 것이라고 보고하는 바입니다.

이 노인을 시골로 내려가게 해 주십시오. 저는 위대하고 영광스러운 운명에 선택되었지만 그것을 수행할 수 없을 만큼 너무도 치욕스러운 처지에 놓였습니다. 저는 이곳 병원에서 폐하의 자비로 우신 허락을 기다리겠습니다. 군대의 **지휘관**이 아닌 **서기**의 역할을 하지 않기 위해서 말입니다. 제가 군대를 떠난다 해도 장님 한 사람이 군대를 떠날 때만큼이나 뒷공론은 절대 없을 것입니다. 저 같은 사람은 러시아에 수천 명이나 있으니 말입니다.'

원수는 군주에게 노하여 우리 모두를 벌합니다. 그야말로 완전히 논리적이지 않습니까!

바로 이것이 희극의 제1막입니다. 물론 그 이후 흥미는 점점 더 커져 갑니다. 원수가 떠난 후 우리가 적의 시야에 놓여 있고 교전하지 않을 수 없다는 사실이 밝혀집니다. 북스게브덴이 서열상 총사령관이었지만 베니히센 장군의 견해는 전혀 달랐습니다. 더욱이 적의 시야에 놓인 게 그와 그의 부대인 터라 그는 전투할 기회를 이용하고 싶어 합니다. 그는 전투를 개시합니다. 이것이 풀투스크 전투입니다. 이것은 대승리로 간주되지만 나의 견해로는 전혀 그렇지 않습니다.* 당신도 알다시피 우리 문관들에게는 전투의 승패에 대한 문제를 판가름하는 매우 나쁜 버릇이 있습니다. 전투 후 퇴각한 자는 전투에 패한 자다. 우리는 그렇게 말합니다. 이 점에 비추어 판단하자면 우리는 풀투스크 전투에서 패했습니다. 한마디로 전투 후에 퇴각한 겁니다. 하지만 우리는 페테르부르크로 특사와 함께 승전보를 보냅니다. 또한 베니히센 장군은 페테르부르크로부터 승리에 대한 포상으로 총사령관의 칭호를 받고자 희망하며 북스게브덴 장군에게 군 지휘권을 양보하지 않습니다. 이 지휘관 공백기에 우리는 실로 독창적이고 흥미진진한 일련의 책략을 세웁니다. 우리 계획은 응당 적을 피하거나 공격하는 것이어야 하는데 그게 아니라 단지 서열상 우리 지휘관이 되어야 할 북스게브덴을 피하는 것입니다. 이 목적을 어찌나 열렬히 갈구하는지 얕은 여울 하나 없는 강을 건널 때조차 현재는 보나파르트가 아니라 북스게브덴을 떼어 놓겠다는 일념으로 다리를 불태울 정도입니다. 우리를 그에게서 구해 준 그 뛰어난 책략들 가운데 하나로 인해 북스게브덴 장군은 하마터면 우세한 적의 공격을 받아 포로가 될 뻔했습니다. 북스게브덴은 우리를 추적하고 우리는 달아납니다. 그가 강을 건너 우리 쪽에 닿는 즉시 우리는 다시 반대편으로 건넙니다. 마침내 우리의 적 북스게브덴이 우리를 따라잡아 공격합니다. 타협이 벌어집니다. 두 장군 모두 화를 냅니다. 상황은 거의 두 총사령관의 결투로 치닫습니다. 그러나 다행히 일촉즉발의 순간에 페테르부르크로 풀투스크전 승전보를 전하러 간 특사가 총사령관 임명 소식을 가지고 돌아옵니다. 제1의 적인 북스게브덴이 패한 것입니다. 우리는 이제 제2의 적인 보나파르트에 대해 생각할 수 있게 되었습니다. 하지만 그 순간 우리 앞에 제3의 적이 나타났다는 사실을 알게 됩니다. 커다란 함성으로 빵, 소고기, 건빵, 건초, 귀리, 그 비슷한 것들을 요구하는 **정교도 병사들** 말입니다. 상점은 텅 비고, 도로는 통행이 불가능합니다. **정교도 병사들**은 약탈을 시작합니다. 지난번 원정을 생각하면 당신은 이 약탈을 도저히 납득할 수 없을 겁니다. 군대의 절반이 제멋대로 패거리를 이루어 지역을 돌아다니며 모든 것을 검과 불길에 희생시킵니다. 주민들은 완전히 몰락하고, 병원은 환자들로 가득 차고, 도처에서 기아로 허덕입니다. 심지어 약탈병들이 군사령부마저 두 번이나 덮치는 바람에 총사령관은 그들을 소탕하기 위해 1개 소대를 소집해야 했습니다. 나는 이 습격에서 빈 여행 가방 하나와 할라트를 뺏겼습니다. 폐하께서는 모든 사단장에게 약탈병을 총살할 권한을 주려 하십니다. 그러나 난 이로 인해 부대의 절반이 나머지 절반을 총살하게 되지 않을까 두렵습니다."

처음에 안드레이 공작은 그저 눈으로만 읽었다. 그러나 어느새 그가 읽은 내용이 (빌리빈의 말을 어느 정도로 믿어야 할지 알고 있었음에도) 점점 마음을 사로잡고 있었다. 그는 이 부분까지 읽고는 편지를 구겨서 내던져 버렸다. 편지 내용이 그를 화나게 한 것이 아니었다. 그는 자신과 상관없는 저 먼 곳의 삶이 자신을 흥분시킬 수 있다는 것에 화가 났다. 그는 눈을 감고 읽은 것에 대한 모든 관심을 몰아내려는 듯 손으로 이마를 문지르고는 아이 방에서 일어나는 일에 귀를 기울였다. 문득 문 너머에서 이상한 소리가 들린 것 같았다. 공포가 그를 덮쳤다. 편지를 읽는 동안 아이에게 무슨 일이 일어난 것은 아닌지 두려웠다. 그는 발끝으로 살그머니 아이 방으로 다가가 문을 열었다.

방 안에 들어선 순간, 그는 보모가 겁에 질린 표정으로 무언가 감추는 것을 목격했다. 마리야 공작 영애는 침대 곁에 없었다.

"오빠." 그에게는 절망적으로 비친, 마리야 공작 영애의 속삭임이 등 뒤에서 들려왔다. 오랜 불면과 오랜 흥분 뒤에 종종 찾아오는 원인 모를 두려움이 그를 엄습했다. 아이가 죽었다는 생각이 뇌리를 스쳤다. 보고 듣는 모든 것이 자신의 두려움을 확인시켜 주는 것 같았다.

'모든 게 끝났다.' 그는 생각했다. 이마에 식은땀이 돋았다. 그는 텅 빈 침대를 보게 될 것이라고, 보모가 죽은 아이를 감추던 것이라고 확신하며 망연자실하여 침대로 다가갔다. 그는 커튼을 걷었다. 두려움에 질린 산만한 두 눈동자는 한참 동안 아이를 찾지 못했다. 마침내 그는 아이를 보았다. 뺨이 발그레한 아이는 팔다리를 아무렇게나 뻗고 머리를 베개보다 낮게 떨어뜨린 채 침대에 가로누워 입을 달싹이며 쪽쪽 소리를 내고 숨을 고르게 쉬면서 잠들어 있었다.

안드레이 공작은 잃었던 자식을 다시 본 것처럼 기뻐했다. 그는 몸을 숙이고 누이가 가르쳐 준 대로 아이에게 열이 있는지 없는지 입술로 시험해 보았다. 부드러운 이마가 축축하게 젖어 있었다. 손으로 머리도 만져 보았다. 머리카락도 축축했다. 아이는 땀에 젖어 있었다. 아이는 죽지 않았을 뿐 아니라 이제 위기가 지나가고 회복된 듯 보였다. 안드레이 공작은 이 무기력한 작은 존재를 와락 들어 올려 으스러지게 꽉 끌어안고 싶었다. 하지만 차마 그럴 수 없었다. 그는 서서 아이의 머리와 작은 손과 이불 위로 윤곽이 드러난 작은 발을 바라보았다. 옆에서 옷자락 스치는 소리가 들리고, 침대 휘장 아래로 그림자가 보였다. 그는 주위를 돌아보지 않고 아기의 얼굴을 바라보며 그 고른 숨소리에 계속 귀를 기울였다. 검은 그림자는 소리 없는 발걸음으로 침대로 다가가서 휘장을 들어 올렸다가 등 뒤로 내린 마리야 공작 영애였다. 안드레이 공작은 돌아보지 않고도 그녀임을 알고 손을 뻗었다. 그녀가 그의 손을 꼭 잡았다.

"땀이 났구나." 안드레이 공작이 말했다.

"그 말을 하려고 오빠를 찾아다녔어."

아기가 잠결에 살짝 움직이더니 빙긋 웃고는 이마를 베개에 비볐다.

안드레이 공작은 누이를 바라보았다. 마리야 공작 영애의 빛나는 눈동자가 그 안에 고인 행복의 눈물로 인해 휘장 안의 어스름한 빛 속에서 평소보다 더 반짝였다. 마리야 공작 영애는 오빠에게 몸을 기울였고, 침대 휘장을 가볍게 잡고는 그에게 입을 맞추었다. 그들은 서로 위협하는 손짓을 하고는 휘장의 어스름한 빛

속에 잠시 더 서 있었다. 그들 셋이서 온 세상으로부터 분리된 이 세계와 떨어지고 싶지 않은 듯했다. 안드레이 공작이 모슬린 휘장에 머리를 헝클어뜨리며 먼저 침대 곁을 떠났다. '그래, 이제 나에게 남은 건 이것 하나뿐이야.' 그는 탄식하며 속으로 중얼거렸다.

IO

프리메이슨 교단에 가입하고 얼마 되지 않아 피에르는 교단이 자신을 위해 잔뜩 적어 준, 그가 영지에서 반드시 행해야 할 지침을 간직한 채 그의 농민들 대다수가 있는 키예프로 떠났다.

키예프에 도착한 피에르는 모든 관리인을 주 사무소로 불러 자신의 계획과 바람을 설명했다. 그는 그들에게 농민을 농노적 종속 상태에서 완전히 해방시키기 위한 조치가 즉각 취해질 것이라고, 그때까지 농민들에게 부역의 의무를 과중하게 지워서는 안 된다고, 아이가 있는 여자들을 부역에 내보내서는 안 된다고, 농민들에게 도움을 베풀어야 한다고, 처벌은 신체적 처벌이 아닌 훈계로 대신해야 한다고, 각 영지에 병원과 고아원과 학교를 설립할 것이라고 말했다. 몇몇 관리인들은 (그 자리에는 문맹에 가까운 관리인들도 있었다) 젊은 백작이 하는 말을 자신들의 관리와 횡령에 불만을 품었다는 뜻으로 짐작하며 겁먹은 표정으로 듣고 있었다. 두 번째 부류는 처음의 두려움이 가시자 피에르의 혀 짧은 소리와 이제껏 들어 본 적 없는 새로운 말을 재미있게 여겼다. 세 번째 부류는 그저 주인이 말하는 것을 듣는 데서 만족을 느꼈다. 총관리인을 비롯해 가장 똑똑한 네 번째 부류는 그 말에서 자신들의 목적을 달성하려면 주인을 어떤 방식으로 다루어야 할지 한눈에 파악했다.

총관리인은 피에르의 계획에 큰 공감을 드러내면서 그러한 개혁 외에도 열악한 상태에 놓인 업무를 전반적으로 살펴보아야 한다고 지적했다.

베주호프 백작의 재산이 막대했음에도, 재산을 물려받고, 사람들이 말하던 대로 연 수입 50만 루블을 받게 된 이래로 피에르는 고인이 된 백작에게서 1만 루블을 받던 때보다 자신이 훨씬 덜 부유하다고 느꼈다. 그는 지출 비용에 대해 대충 다음과 같이 어렴풋하게 짐작했다. 영지 전체에 걸쳐 약 8만 루블이 지방 의회에 납부되고 있었다. 모스크바 근교의 영지와 모스크바의 저택 유지비, 공작 영애들의 생활비로 약 3만 루블이 들었다. 연금으로 1만 5천 루블 그리고 자선 단체에도 그만큼이 나갔다. 백작 부인의 생활비로는 15만 루블이 보내졌다. 빚에 대한 이자가 약 7만 루블이었다. 교회 건축이 시작되어 지난 2년 동안 약 1만 루블이 나갔다. 나머지 약 10만 루블은 그도 어떻게 쓰는지 모르게 없어졌다. 그래서 거의 매년 그는 빚을 져야 했다. 그 밖에도 해마다 총관리인은 때로 화재에 대해, 때로 흉작에 대해, 때로 제조장과 종축장을 개축할 필요성에 대해 편지를 보내왔다. 따라서 피에르 앞에 놓인 첫 번째 업무는 그가 가장 못하고 가장 하기 싫어하는 것, 즉 실무를 처리하는 것이었다.

피에르는 총관리인과 함께 날마다 **일했다**. 그러나 자신의 일 처리가 업무를 단 한 걸음도 진척시키지 못하는 것을 느꼈다. 그가 느끼기에 그의 일 처리는 업무와 무관하게 이루어지고 제대로 맞물려 돌아가지 않고 있었다. 한편에서는 총관리인이 상황을 최악의 관점에서 제시하며 피에르에게 빚을 갚고 농노의 노동력으로 새로운 일에 착수할 필요성을 제시했다. 피에르는 동의하지 않았다. 다른 한편에서는 피에르가 농노 해방을 위한 업무에 착수해줄 것을 요구하고 있었다. 이에 대해 관리인은 먼저 후원위원회에 빚을 갚아야 한다는*, 그래서 빠른 실행은 불가능하다는 의견을 내놓았다.

관리인은 그 일이 완전히 불가능하다고는 말하지 않았다. 그는 그 목적을 이루기 위해 코스트로마의 숲을 매각하고 하구 지방과 크림에 있는 영지를 매각할 것을 제안했다. 그러나 관리인의 말 속에서 그 모든 사무는 금령 해제와 허가 요청 등의 과정과 너무 복잡하게 얽혀 있어서 피에르는 어리둥절해하며 그저 그에게 "네, 네, 그렇게 하세요"라고 말할 뿐이었다.

피에르에게는 직접 업무에 매달릴 만큼의 실무적 끈기가 없었다. 그래서 그는 실무를 좋아하지 않았고, 관리인 앞에서 그저 일하는 것처럼 보이려고 애쓸 뿐이었다. 관리인은 백작 앞에서 이일을 주인에게는 매우 유익하지만 자신에겐 성가신 것으로 여기는 척하려고 애썼다.

큰 도시에 지인들이 생겼다. 모르는 사람들이 현에서 가장 큰 영지를 소유한, 새로 온 부자와 앞다투어 친분을 맺으려 하고 그를 기쁘게 환영했다. 프리메이슨 지부에 가입할 때 고백했던 약점과 관련된 유혹 또한 피에르가 저항할 수 없을 만큼 너무나 강렬했다. 다시 온종일, 한 주 내내, 한 달 내내 피에르의 삶은 페테르부르크에서처럼 야회와 만찬과 오찬과 무도회에 둘러싸여 정신을 차릴 새도 없이 분주하게 흘러갔다. 소망하던 새로운 삶 대신 피에르는 상황만 다를 뿐 여전히 이전과 똑같은 삶을 살았다.

프리메이슨의 세 가지 사명 가운데 피에르는 프리메이슨 회원에게 도덕적 삶의 본보기가 되도록 명한 것을 실행하지 않은 점과, 일곱 가지 덕목 중 방정한 품행과 죽음에 대한 사랑 두 가지가 자신의 내면에 전혀 갖추어지지 않은 점을 자각하고 있었다. 그는 대신에 다른 사명인 인류를 바로잡는 일을 실천하고 있으며, 이웃에 대한 사랑과 특히 너그러움의 다른 덕목들을 갖추었다는 점으로 위안을 삼았다.

1807년 봄, 피에르는 페테르부르크로 돌아가기로 결심했다. 돌아가는 길에 모든 영지를 돌아보고 자신이 지시한 일들 가운데 어떤 것이 이루어졌는지, 또 하느님에게 위임받아 그 자신이 은혜를 베풀려고 애쓰는 농민들이 어떤 상황에 놓여 있는지 직접 확인해 보기로 했다.

젊은 백작의 모든 계획이 자신에게도, 백작에게도, 농민들에게도 이로울 게 없는, 거의 미친 짓이라고 여기던 총관리인이 양보했다. 여전히 농노 해방 사업은 불가능하다는 주장을 내세우면서도 그는 모든 영지에 학교와 병원과 고아원 등의 큰 건물을 건축하도록 지시했다. 그리고 주인이 가는 곳마다 환영회를 마련했다. 그가 알기로 피에르가 좋아하지 않을 화려하고 성대한 환영회가 아니라 이콘과 빵과 소금*으로 맞는 종교적이고 감사에 찬 환영식, 자신이 이해한 대로라면 틀림없이 백작의 마음을 움직이고 그를 속일 그런 환영회였다.

남쪽의 봄, 빈풍의 콜랴스카에 몸을 싣고 가는 안락하고 빠른 여행, 여정의 고독이 피에르에게 기쁨을 안겨 주었다. 그가 이제껏 가 본 적이 없던 영지들은 하나가 다른 하나보다 한층 더 그림처럼 아름다웠다. 어느 곳에서나 농민들은 유복한 생활을 하며 그가 베푼 은혜에 감격하고 감사하는 것처럼 보였다. 가는 곳마다 피에르를 당황하게도 했지만, 마음 깊은 곳에선 기쁜 감정을 불러일으키던 환영식이 있었다. 어떤 곳에서는 농부들이 빵과 소금과 베드로와 바울의 이콘을 가져왔고, 피에르가 베푼 은혜에 대한 사랑과 감사의 표시로 그의 수호성인인 베드로와 바울*에게 경의를 표하기 위해 자신들의 돈으로 교회에 새 부제단을 세우게 해 달라며 허락을 구했다. 어떤 곳에서는 젖먹이 딸린 여자들이 힘든 부역을 면하게 해 준 데 감사하며 그를 맞이했다. 또 다른 곳에서는 백작의 후원으로 아이들에게 읽고 쓰는 법과 종교를 가르치던 사제가 십자가와 함께 아이들에 둘러싸여 그를 맞았다. 피에르는 모든 영지에서 똑같은 설계에 따라 건축 중이거나 이미 건축된 병원, 학교, 양로원 등의 석조 건물들을 자신의 눈으로 직접 확인했다. 그것들은 조만간 문을 열기로 되어 있었다. 가는 곳마다 이전보다 줄어든 부역 노동에 대한 관리인들의 보고서를 보았고, 그에 대해 파란 카프탄을 입은 농민 대표단의 감동적인 감사의 말을 들었다.

　그러나 사람들이 빵과 소금을 가져오고 베드로와 바울의 부제단을 세우던 곳이 베드로 축일마다 장이 서는 상업 마을이라는 것, 부제단은 마을의 부농들, 그러니까 그의 앞에 나타났던 농부들이 이미 오래전부터 건축하고 있었다는 것, 그들 가운데 10분의 9는 극빈자라는 것을 피에르는 몰랐다. 자신의 지시로 젖먹이 딸린 아낙들이 부역 노동에 나가지 않게 된 결과, 바로 그 아기 엄마들이 자신들의 땅에서 훨씬 더 힘든 노동을 했다는 것을 몰랐다. 십자가를 들고 그를 영접한 사제가 무거운 세금으로 농민들을 힘들게 했다는 것과 사제에게 모인 학생들은 부모들이 눈물을 머금고 넘긴 것이며 아이들을 되찾으려면 많은 몸값을 내야 한다는 것을 몰랐다. 석조 건물들을 설계대로 건축하던 이들이 자신의 노동자들이고 그 때문에 농민들의 부역이 가중되었다는 것, 부역은 서류상에서만 줄어들었다는 것을 몰랐다. 그의 뜻에 따라 관리인이 소작료의 3분의 1을 감해 주었다고 장부에서 보여 준 지역에선 부역의 의무가 절반이 더 늘어났다는 것을 몰랐다. 아무것도 모른 채 영지를 둘러본 피에르는 벅찬 기쁨을 느끼고 페테르부르크를 떠날 때의 박애주의적인 기분을 완전히 회복해서 자신이 대수장이라고 부르던 지도자 형제에게 환희에 찬 편지들을 보냈다.

'얼마나 쉬운가, 이렇게 많은 선을 행하는 데 필요한 노력이 얼마나 적은가!' 피에르는 생각했다. '그런데 우리는 이런 일에 얼마나 신경을 안 쓰고 있는가!'

그는 사람들이 자신에게 보여 주는 감사에 행복했다. 그러나 감사를 받으며 부끄러운 마음이 들었다. 이러한 감사는 그에게 이 소박하고 선량한 사람들을 위해 자신이 얼마나 **더 많은 일**을 할 수 있었을지 새삼 깨닫게 했다.

매우 아둔하고도 교활한 총관리인은 똑똑하면서도 순진한 백작을 완전히 파악하자 그를 장난감처럼 가지고 놀았다. 그는 준비한 환영식이 피에르에게 끼친 영향을 보고는 이런저런 이유를 대며 농노 해방의 불가능성, 그렇게 하지 않아도 농노들은 더할 나위 없이 행복했다며 무엇보다 그 불필요성에 대해 더욱더 단호하게 말했다.

피에르는 이보다 더 행복한 사람들을 상상하기 힘들다는 점에서, 그리고 그들을 자유롭게 해 주었을 때 어떤 일이 그들을 기다릴지는 하느님만 아신다는 점에서 마음속 깊이 관리인의 말에 동의했다. 그러나 피에르는 비록 내키지 않아도 자신이 옳다고 여기는 것을 고집했다. 관리인은 백작의 뜻을 이루기 위해 모든 노력을 기울이겠다고 약속했다. 숲과 영지를 팔고 지방 의회로부터 저당물을 되찾기 위한 모든 조치를 취했는지 백작이 결코 자기를 조사할 수 없을뿐더러 새로 지은 건물이 텅 빈 채 서 있고 농부들이 다른 지주들에게 바치는 모든 것, 즉 그들이 바칠 수 있는 모든 것을 노동과 돈으로 여전히 바치고 있는 것에 대해 백작이 결코 묻지도 알게 되지도 않으리라는 것을 그는 확실히 알고 있었던 것이다.

II

더할 나위 없이 행복한 기분으로 남쪽 여행에서 돌아오던 피에르는 두 해 동안 만나지 못한 친구 볼콘스키를 방문하겠다는 오랜 생각을 실행에 옮겼다.

마지막 역참에서 피에르는 안드레이 공작이 리시예 고리가 아니라 새로 분가한 자신의 영지에 있다는 것을 알고 그곳으로 향했다.

보구차로보는 들판과 부분적으로 벌채가 이루어진, 자작나무가 섞인 전나무 숲으로 덮인 아름답지 않은 평평한 지역에 자리 잡고 있었다. 지주의 농장은 큰길을 따라 쭉 뻗은 마을 끝자락에, 물이 가득 차고 기슭의 풀이 아직 무성하게 자라지 않은 새로 판 연못 너머 커다란 소나무가 몇 그루 드문드문 서 있는 어린 숲 한가운데 있었다.

지주의 농장은 탈곡장, 별채들, 마구간들, 증기탕, 곁채 그리고 아직 건축 중인, 반원형 전면을 가진 커다란 돌로 된 집으로 이루어져 있었다. 집 주위에는 갓 꾸민 정원이 있었다. 새로 지은 담과 대문은 견고했다. 처마 밑에는 두 개의 소방 호스와 녹색으로 칠한 나무통이 있었다. 길들은 곧고, 난간이 달린 다리는 튼튼했다.

모든 것 위에 정연함과 능숙한 경영의 흔적이 보였다. 피에르와 마주친 하인들은 공작이 어디 머무느냐는 질문에 바로 연못가에 서 있는 자그마한 새 곁채를 가리켰다. 안드레이 공작이 어렸을 적에 그를 돌보던 늙은 하인 안톤이 피에르가 콜랴스카에서 내리는 것을 도운 뒤 공작이 집에 있다고 말하면서 그를 작고 깨끗한 문간방으로 안내했다.

피에르는 페테르부르크에서 친구를 마지막으로 만났을 때 호화로운 환경을 본 뒤라서 깨끗하긴 했지만 작은 집의 검소함에 깜짝 놀랐다. 그는 아직 소나무 향이 나는, 회반죽을 바르지 않은 작은 홀로 서둘러 들어가 앞으로 계속 가려 했지만 안톤이 발끝으로 먼저 달려가 문을 두드렸다.

"어, 무슨 일인가?" 날카롭고 불쾌한 목소리가 들렸다.

"손님입니다." 안톤이 대답했다.

"잠시 기다리시라고 해." 그리고 의자를 미는 소리가 들렸다. 피에르는 빠른 걸음으로 문을 향해 다가가다가 얼굴을 찌푸린 채 그를 향해 나오던, 그새 늙어 버린 안드레이 공작과 맞닥뜨렸다. 피에르는 그를 끌어안았고, 안경을 추켜올리고 그의 뺨에 입을 맞추고는 그를 가까이 바라보았다.

"이런, 뜻밖이군. 정말 반가워." 안드레이 공작이 말했다. 피에르는 아무 말도 하지 않았다. 그는 놀란 나머지 눈을 떼지 못하고 친구를 바라보았다. 안드레이 공작에게 일어난 변화가 그에게 충격을 안겼다. 안드레이 공작의 말은 다정했고, 입술과 얼굴엔 미소가 어려 있었다. 그러나 안드레이 공작이 기쁨과 즐거움의 광채를 부여하고 싶은 듯했지만 그럴 수 없었던 시선은 불이 꺼져 죽어 있었다. 친구가 더 야위었거나 더 창백해졌거나 더 성숙해진 것은 아니었다. 하지만 무언가에 오랫동안 집중했음을 보여 주는 시선과 이마의 주름은 피에르가 그것들에 익숙해질 때까지 그에게 충격을 주고 서먹함을 느끼게 했다.

늘 그렇듯이 오랜 이별 후의 만남에서 대화는 좀처럼 어느 하나에 머물지 못했다. 두 사람은 스스로들 오랫동안 말해야 한다는 것을 알고 있던 것들에 대해 간단히 묻고 대답했다. 마침내 대화는 앞서 단편적으로 언급된 것들, 그러니까 지난 삶, 미래의 계획, 피에르의 여행, 그의 일, 전쟁 등에 대한 질문들에 머물기 시작했다. 피에르가 안드레이 공작의 시선에서 알아챈 그 골똘함과 비탄은 이제 그가 피에르의 말을 들으며, 특히 피에르가 과거나 미래에 대해 기쁨의 열의에 차서 말할 때 짓는 미소에서 훨씬 더 강하게 드러나고 있었다. 안드레이 공작은 피에르가 하는 말에 공감하고 싶어 하면서도 그러지 못하는 듯했다. 피에르는 안드레이 공작 앞에서 환희, 염원, 행복과 선에 대한 희망 등을 표현하는 것이 무례한 짓이라고 느끼기 시작했다. 새로 품게 된 프리메이슨 사상, 특히 최근 여행이 마음속에 새롭게 일깨우고 자극한 사상들을 전부 털어놓으려니 부끄러웠다. 그는 자신을 억눌렀다. 순진해 보일까 봐 두려웠다. 그러면서도 페테르부르크 시절과 전혀 다른, 더 나은 피에르가 되었다는 사실을 친구에게 서둘러 보여 주고 싶어 견딜 수가 없었다.

"그동안 내가 얼마나 많은 일을 겪었는지 말도 못합니다. 나도 나 자신을 알아보지 못할 정도예요."

"그래, 우리는 그때 이후로 많이, 아주 많이 변했지." 안드레이 공작이 말했다.

"아, 당신은요?" 피에르가 물었다. "당신의 계획은 어떻게 됩니까?"

"계획?" 안드레이 공작이 비꼬듯 말을 되받았다. "내 계획?" 그는 그 말의 의미에 놀란 듯 되풀이 말했다. "보다시피 지금은 집을 짓고 있지. 내년에는 완전히 거처를 옮길 거고……."

피에르는 나이 들어 보이는 안드레이의 얼굴을 말없이 뚫어지게 들여다보았다.

"아뇨, 내 질문은……." 피에르가 입을 열었지만 안드레이 공작이 가로막았다.

"나에 대해 할 얘기가 뭐 있겠어……. 그러지 말고 얘기해 봐. 자네 여행에 대해, 그곳 자네 영지에서 자네가 벌인 일에 대해 다 이야기해 봐."

피에르는 영지에서 이룬 개혁에 자신이 관여한 바를 가능한 한 숨기려고 애쓰며 그곳에서 무슨 일을 했는지 이야기하기 시작했다. 안드레이 공작은 마치 피에르가 한 모든 것이 오래전부터 다 아는 이야기라는 듯 몇 번이고 피에르가 말할 내용을 앞서 이끌곤 했다. 그리고 피에르의 이야기를 별 관심 없이 들을 뿐 아니라 그 것에 수치심마저 느끼는 듯했다.

피에르는 친구와 함께 있는 것이 거북해졌고, 심지어 괴롭기까지 했다. 그는 입을 다물었다.

"실은 말이야, 친구." 역시 손님과 있는 것이 분명 괴롭고 답답했던 안드레이 공작이 말했다. "난 이곳에서 야영을 하고 있네. 그 냥 둘러보러 온 거야. 오늘 누이한테 다시 갈 거야. 난 자네를 그곳 사람들에게 소개할까 해. 아마 자네도 알 거야." 그는 이제 아무런 공통점도 느끼지 못하는 손님을 응대하는 투로 말했다. "식사를 하고 나서 가세. 그럼 이제 내 저택을 둘러볼 텐가?" 그들은 식사가 준비될 때까지 밖으로 나가 이리저리 돌아다니며 별로 친하지 않은 사람들처럼 정치 소식과 함께 아는 사람들에 대해 이야기를 나누었다. 안드레이 공작은 다소 활기와 흥미를 띠고 자신이 짓고 있는 새 저택과 건축물에 대해서만 말했다. 그러나 이때도 안드레이 공작은 공사장 발판 위에서 대화하던 도중 피에르에게 앞으로 지어질 집의 배치를 설명하다가 갑자기 말을 멈췄다. "하지만 이런 곳에 흥미로울 만한 것은 전혀 없어. 가서 식사하고 출발하세." 식사 중에 대화는 피에르의 결혼으로 넘어갔다.

"그 소식을 듣고 몹시 놀랐네." 안드레이 공작이 말했다.

피에르는 그 이야기를 할 때면 늘 그렇듯 얼굴을 붉히고 조급하게 말했다.

"이 모든 일이 어떻게 일어나게 됐는지 기회가 되면 이야기해 드리죠. 그러나 아시겠지만 다 끝났습니다. 영원히요."

"영원히라고?" 안드레이 공작이 말했다. "영원한 것은 아무것도 없네."

"하지만 이 모든 게 어떻게 끝났는지 아세요? 결투에 대해 들으셨어요?"

"그렇군. 자네는 그 일도 겪었군."

"내가 하느님께 감사하는 한 가지는 바로 내가 그 사람을 죽이지 않았다는 겁니다." 피에르가 말했다.

"아니, 왜?" 안드레이 공작이 말했다. "사나운 개를 죽이는 건 오히려 아주 잘하는 일이야."

"아니요, 사람을 죽이는 건 좋지 않아요. 옳지 않습니다……."

"어째서 옳지 않은 거지?" 안드레이 공작이 피에르의 말을 되받았다. "무엇이 옳고 그른지를 판단하는 것은 인간에게 허락된 일이 아니야. 인간은 항상 착각에 빠져 있었고, 앞으로도 영원히 그럴 거야. 인간들이 뭐가 옳거나 그르다고 생각할 때보다 더 큰 착각에 빠지는 경우는 없어."

"타인에게 악인 것은 옳지 않습니다." 피에르가 말했다. 피에르는 자신이 도착한 이후, 안드레이 공작이 처음으로 활기를 띠며 이야기를 시작하고 그를 지금의 모습으로 만든 모든 것에 대해 털어놓고 싶어 하는 것을 느끼며 기뻐했다.

"타인에게 악이라는 것이 도대체 무엇인지 누가 자네에게 말해 주었나?" 그가 물었다.

"악이오? 악 말입니까?" 피에르가 말했다. "우리는 모두 무엇이 자신에게 악인지 알고 있습니다."

"그래, 우리는 알지. 하지만 내가 스스로에게 악이 된다고 생각하는 것을 다른 사람에게 행할 수는 없어." 안드레이 공작은 사물에 대한 자신의 새로운 시각을 피에르에게 표명하고 싶은 듯 점점 더 활기를 띠고 말했다. 그는 프랑스어로 말했다. **삶에서 진정한 불행은 두 가지뿐이라는 것을 나는 알아. 바로 양심의 가책과 병이지. 이 두 가지 악만 없으면 그게 행복인 거야.** 이 두 가지 악을 피하면서 자신을 위해 사는 것, 이것이 현재 내가 터득한 지혜의 전부야."

"그럼 이웃에 대한 사랑은요, 자기희생은요?" 피에르가 말을 시작했다. "아뇨, 난 동의할 수 없습니다! 오직 악을 행하지 않기 위해, 후회하지 않기 위해 사는 것, 그것으론 부족합니다. 내가 그렇게 살았습니다. 자신을 위해 살다가 자기 인생을 망쳤어요. 다른 사람들을 위해 사는, 최소한 그렇게 살려고 노력하는 (피에르는 겸손함 때문에 자신의 말을 정정했다) 지금에야 겨우, 오직 지금에야 나는 삶의 모든 행복을 깨달았습니다. 아뇨, 난 당신에게 동의하지 않겠습니다. 게다가 당신도 사실은 당신이 말한 대로 생각하지 않잖아요." 안드레이 공작은 말없이 피에르를 바라보며 조소의 미소를 지었다.

"자네는 내 누이 마리야 공작 영애를 보게 될 거야. 두 사람이 서로 잘 맞겠어." 그가 말했다. "어쩌면 자네는 스스로에 관한 한 옳을지도 몰라." 그러고는 잠시 침묵하다가 말을 이었다. "하지만 저마다 자기 방식대로 사는 거야. 자네는 자신을 위해 살았어. 그러다가 지금은 자신의 인생을 망칠 뻔했다고, 다른 사람들을 위해 살기 시작했을 때에야 비로소 행복을 알게 되었노라 말하고 있어. 난 정반대의 경우를 겪었네. 난 명예를 위해 살았지. (과연 명예가 도대체 뭔가? 바로 그 타인에 대한 사랑, 다른 사람들을 위해 무언가를 하려는 열망, 그들의 찬사에 대한 갈망인 거지.) 나는 그렇게 다른 사람들을 위해 살다가 내 삶을 거의 망칠 뻔한 게 아니라 완전히 망치고 말았어. 나 자신만을 위해 살게 된 이후로 난 평온을 느끼기 시작했네."

"어떻게 자기 한 사람만을 위해 삽니까?" 피에르가 흥분하며 물었다. "아들은요, 누이는요, 아버지는요?"

"그 사람들은 다 나와 같아. 그들은 남이 아니야." 안드레이 공작이 말했다. "자네와 마리야 공작 영애가 지칭하는 타인, **이웃**, 즉 **르 프로샹**, 이건 망상과 악의 주된 근원이야. **르 프로샹**, 이건 자네가 선을 행하고 싶어 하는 자네의 키예프 농부들이지."

그리고 그는 피에르를 조소에 찬 도전적인 눈빛으로 바라보았다. 피에르를 자극하려는 모양이었다.

"농담하시는군요." 피에르는 점점 더 생기를 띠며 말했다. "(아주 미약하고 서툴게 행하긴 했지만) 내가 바란 것에, 선을 행하길 바라며 하다못해 뭐라도 행한 것에 도대체 무슨 망상과 악이 있을 수 있습니까? 불행한 사람들이, 우리 농부들이, 우리와 똑같이 이콘과 무의미한 기도 외에는 하느님과 진리에 대한 어떤 다른 개념도 없이 자라나고 죽어 가는 사람들이 내세, 보복, 보상, 위로와 같이 마음에 위안을 주는 신앙을 배우는 것에 무슨 악이 있을 수 있습니까? 물질적 도움을 베푸는 일은 너무도 쉬운데 사람들이 도움을 받지 못하고 병으로 죽어 갑니다. 그래서 나는 그들에게 약을 주고, 병원과 양로원도 지어 줍니다. 거기에 도대체 무슨 악과 망상이 있습니까? 낮이고 밤이고 평온할 때가 없는 농부에게, 아기가 딸린 아낙에게 내가 휴식과 여가를 주는 것은 그야말로 명백하고 의심할 여지 없는 선이 아닙니까……?" 피에르는 급하게 혀 짧은 소리를 내며 말했다. "그래서 난 그렇게 했습니다. 비록 잘하지도 못하고 많이 하지도 못했지만 그것을 위해 무언가를 했단 말입니다. 당신은 내가 한 것이 선한 일이라는 나의 신념을 깨뜨리지 못했을 뿐 아니라, 당신 역시 그렇게 생각하지 않는다는 나의 신념도 깨뜨리지 못했습니다. 중요한 것은……." 피에르는 말을 계속했다. "이젠 내가 안다는 겁니다. 선을 행하는 기쁨이 유일하고 확실한 삶의 행복이라는 걸 내가 분명히 안다는 겁니다."

"그래, 그런 식으로 문제를 제기하면 별개의 일이 되지." 안드레이 공작이 말했다. "나는 집을 짓고 정원을 가꾸는데, 자네는 병원을 짓는군. 어느 쪽이든 시간을 때우는 데 도움이 되겠지. 하지만 무엇이 옳은지, 무엇이 선인지 판단하는 문제는 우리가 아니라 전지자에게 맡길 일이야. 자네는 반박하고 싶어 하는군." 그는 이렇게 덧붙였다. "어디 해 봐." 그들은 탁자를 떠나 발코니를 대신하는 현관 계단에 앉았다.

"자, 해 봐." 안드레이 공작이 말했다. "자네는 학교……." 그는 손가락을 꼽으며 말을 계속했다. "교육 등등을 말하고 있어. 그러니까 자네는 저 사람을……." 그는 모자를 벗고 그들 옆을 지나가는 농부를 가리키며 말했다. "동물적인 상태에서 끌어내 그에게 정신적 욕구를 부여하길 원해. 하지만 내가 보기에 유일하게 가

능한 행복은 동물적인 행복이야. 그런데 자네는 저 사람에게서 그
것을 빼앗길 원하고 있어. 난 저 사람이 부러운데, 자네는 그를 나
처럼 만들려고 해. 그에게 나의 지성, 나의 감성, 나의 재산은 주지
않고 말이야. 또 한 가지, 자네는 그의 노동을 덜어 주겠다고 말하
지만 내 생각에는 자네와 내게 있어 정신노동이 그렇듯, 저 사람
에게 육체노동은 마찬가지로 없어서는 안 될 것, 즉 그의 생존의
조건이야. 자네는 생각을 하지 않으려고 해도 그럴 수 없어. 나는
2시가 지나서야 잠자리에 드네. 그런데 이런저런 생각들이 밀려
와서 잠을 이루지 못하고 뒤척거리다가 아침까지 꼬박 새우곤 해.
내가 생각을 하고, 또 생각을 하지 않을 수 없어서야. 마찬가지로
저 사람은 밭을 갈고 풀을 베지 않을 수 없네. 그러지 않으면 그는
술집에 가거나 병에 걸릴 거야. 내가 그의 무시무시한 육체노동을
견디지 못하고 일주일 후면 죽게 되듯, 저 사람도 나의 육체적 무
위를 견디지 못하고 살이 피둥피둥 쪄서 죽을 거야. 세 번째, 자네
가 또 말한 게 뭐였더라?"

안드레이 공작은 세 번째 손가락을 꼽았다.

"아, 그래. 병원, 약품. 저 사람이 뇌졸중을 일으켜 죽어 가는데
자네가 사혈을 해서 낫게 한다고 쳐. 그는 불구인 몸으로 사람들
의 짐이 되어 10년을 더 돌아다니겠지. 그에게는 죽는 편이 훨씬
마음 편하고 간단해. 다른 사람들이 태어날 테고, 또 그런 사람들
은 얼마든지 있어. 자네가 남아도는 일꾼 하나 없어지는 것을 아
쉬워한다면야. 나는 그를 그렇게 바라보네. 그런데 자네는 그에
대한 사랑 때문에 치료해 주고 싶어 하지. 하지만 그에게는 그런
도움이 필요 없어. 게다가 의학이 언제 누굴 고친 적이 있나? 이게
무슨 망상이야! 죽이기나 할 뿐이야! 그래!" 그는 사납게 인상을
쓰고 피에르를 외면한 채 말했다.

안드레이 공작은 이 문제에 대해 생각한 것이 한두 번이 아닌 듯 너무도 분명하고 확실하게 자신의 생각을 표명했고, 오랫동안 말을 하지 않은 사람처럼 열렬하고 빠르게 말했다. 그의 견해가 절망적일수록 눈빛은 그만큼 더 생기를 띠었다.

"아, 끔찍합니다, 끔찍해요!" 피에르가 말했다. "어떻게 그런 생각을 하면서 살 수 있는지, 그 점만은 도무지 이해가 안 됩니다. 나한테도 그런 순간들이 찾아온 적이 있습니다. 바로 얼마 전에요. 모스크바에서도 그랬고, 여행 중에도 그랬습니다. 하지만 그때 나는 살아 있는 게 아닌 수준으로까지 무너져 내렸습니다. 모든 게 혐오스러웠어요. 무엇보다 나 자신이 그랬습니다. 그때 난 먹지도 씻지도 않았는데…… 그런데 어떻게 당신은……."

"아니, 왜 안 씻어? 더럽잖아." 안드레이 공작이 말했다. "오히려 자신의 삶을 가능한 한 더 즐겁게 만들려고 노력해야지. 난 살아 있고, 그건 내 잘못이 아니네. 그러니 아무도 방해하지 말고 죽을 때까지 어떻게든 더 잘 살아야 해."

"하지만 당신의 삶을 추동하는 것은 도대체 무엇입니까? 그런 생각으로는 꼼짝도 않고 아무것도 하지 않으면서 앉아 있기만 할 텐데요."

"삶이 그렇게 가만히 있도록 내버려 두지도 않아. 난 아무것도 하지 않으면 기쁘겠어. 그런데 이곳 귀족들이 내게 귀족회장이라는 영예를 하사하더군. 난 간신히 뿌리쳤네. 그들은 그 직함이 요구하는 것, 그 직함이 요구하는 어떤 선량하고 부산스러운 평범함이 내겐 없다는 점을 이해하지 못했어. 그다음은 평온하게 지낼 거처를 갖기 위해 지어야 했던 바로 이 집이네. 지금은 민병대가 그렇고."

"왜 군 복무를 안 하십니까?"

"아우스터리츠 이후야!" 안드레이 공작은 음울하게 말했다. "아니, 이젠 됐어. 앞으로 러시아 야전 부대에서는 복무하지 않겠다고 스스로에게 다짐했네. 그리고 그러지 않을 거야. 설령 보나파르트가 저기 스몰렌스크에 서서 리시예 고리를 위협한다 해도, 나는 러시아군에 들어가지 않을 거야. 그래, 자네한테 말했지." 안드레이 공작이 마음을 가라앉히며 말을 계속했다. "이제는 민병대야. 아버지가 3관구 사령관이시니 내가 군 복무에서 벗어날 유일한 수단이 아버지 곁에 있는 거지."

"그럼 군 복무를 하고 있군요?"

"그렇지." 그는 잠시 침묵했다.

"그렇다면 도대체 왜 복무하는 겁니까?"

"이런 이유 때문이야. 내 아버지는 당신 시대에 가장 걸출한 사람들 가운데 한 분이셨어. 하지만 이제 늙으셨고, 가혹하지는 않은데 기질이 지나치게 활동적이셔서 말이야. 아버지는 무제한의 권력에 익숙한 데다 이제는 폐하께서 민병대 사령관들에게 부여한 권력으로 무시무시한 분이 되셨네. 2주 전에는 만약 내가 두 시간만 늦었어도 아버지가 유흐노보에서 조서 작성관의 목을 매달아 버리셨을 거야." 안드레이 공작은 미소를 머금고 말했다. "나 말고는 아버지에게 영향력을 미칠 사람이 아무도 없는 데다 어떤 경우에는 내가 아버지를 나중에 자책하실지 모를 행동에서 구해 드리기도 하니, 그래서 복무하는 거야."

"아, 그것 보세요!"

"그래, **하지만 자네가 생각하는 것과 달라.**" 안드레이 공작이 계속 말했다. "난 민병대원들의 부츠를 훔친 그 파렴치한 조서 작성관 놈에게 조금도 선을 베풀고 싶은 마음이 없었고, 지금도 마찬가지야. 오히려 그자의 목이 매달린 꼴을 봤다면 정말 기뻐했을 거야. 하지만 난 아버지가 불쌍해. 말하자면 역시 나 자신이 불쌍한 거지."

안드레이 공작은 점점 더 활기를 띠었다. 자기 행동에는 이웃에게 선을 행하고픈 바람이 전혀 없었음을 피에르에게 입증하려고 애쓰는 동안 그의 눈동자는 열에 들뜬 것처럼 빛났다.

"음, 그런데 자네는 농민을 해방시키고 싶어 해." 그가 말을 이었다. "아주 좋은 일이야. 하지만 그건 자네를 위해 좋은 일이 아니야. (나는 자네가 그 누구도 채찍으로 때리거나 시베리아로 보낸 적이 없을 거라고 생각해.) 농민들에게는 더더욱 아니야. 농민들을 구타하고 채찍으로 때리고 시베리아로 보낸다 해도, 난 말이야, 그 때문에 그들의 상황이 더 나빠지는 일은 결코 없으리라고 생각해. 시베리아에서도 그들은 여전히 가축 같은 생활을 꾸려 나갈 테고, 몸에 난 상처도 아물 테지. 그리고 전과 다름없이 행복할 거야. 이 일은 말이야, 공정하게든 부당하게든 처벌을 내릴 수 있는 가능성을 지닌 탓에 도덕적으로 파멸하고, 후회하면서 살아가고, 그 후회를 억누르고 거칠어지는 바로 그런 사람들을 위해 필요한 거야. 내게는 바로 그런 사람들이 불쌍하고, 나라면 그런 사람들을 위해 농노 해방을 바랄 거야. 자네는 아마 본 적이 없겠지만, 이 무제한적인 권력의 대물림 속에 양육된 좋은 사람들이 해가 갈수록 더 성마르게 되고, 잔혹하고 거칠게 변해 가고, 그걸 알면서도 자신을 억누르지 못하고 점점 더 불행해지고 불행해지는 모습을 난 봤네."

안드레이 공작이 어찌나 이 말에 열중하는지 피에르는 무심결에 안드레이에게 이런 생각을 불어넣은 것은 그의 아버지가 아닐까 생각했다. 그는 아무 대꾸도 하지 않았다.

"요컨대 사람이든 사물이든 내가 딱하게 여기는 것은 인간의 존엄과 양심의 평온과 순수이지 그들의 등이나 이마가 아니야. 등짝을 아무리 후려갈겨도, 머리털을 아무리 밀어 대도 그것들은 여전히 똑같은 등과 이마로 남을 테니까."

"아닙니다, 아니에요. 절대로 그렇지 않습니다! 난 결코 당신 말에 동의하지 않습니다." 피에르가 말했다.

I2

저녁에 안드레이 공작과 피에르는 콜랴스카를 타고 리시예 고리로 출발했다. 안드레이 공작은 피에르를 힐끔거리며 자기 기분이 좋다는 것을 보여 주는 말로 이따금 침묵을 깨뜨렸다.

그는 피에르에게 들판을 가리키며 자신의 경영 개선에 대해 말하고 있었다.

피에르는 짧은 말로 대꾸하며 침울하게 침묵을 지키고 있었고, 자기 생각에 몰두해 있는 듯했다.

피에르는 안드레이 공작이 불행하다고, 그가 잘못된 생각을 품고 있다고, 그는 참된 빛을 알지 못한다고, 따라서 자신이 그를 도와 계몽하고 일으켜야 한다고 생각했다. 그러나 피에르는 자신이 무엇을 어떻게 말할지 생각해 내자마자 안드레이 공작이 단 한 마디 말로, 단 하나의 논거로 자신이 믿는 모든 가르침을 실추시킬 것이라고 예감했다. 그래서 그는 말을 꺼내기가 두려웠고, 자신이 사랑하는 성소(聖所)를 조롱에 처하게 할까 봐 두려웠다.

"아뇨, 당신은 왜 그렇게 생각합니까?" 피에르가 고개를 떨구고 뿔로 받으려는 황소 같은 표정을 지으며 불쑥 말을 꺼냈다. "왜 그렇게 생각해요? 그렇게 생각해서는 안 됩니다."

"내가 무엇에 대해 생각한다는 건가?" 안드레이 공작이 깜짝 놀라며 물었다.

"삶에 대해, 인간의 사명에 대해서 말입니다. 그럴 리 없습니다. 나도 그렇게 생각했었습니다. 그런데 무엇이 날 구원했는지 압니까? 바로 프리메이슨입니다. 아뇨, 웃지 마세요. 나도 프리메이슨이 의식을 중시하는 종교적 분파라고 생각했었습니다. 하지만 그게 아니었어요. 프리메이슨은 인류의 가장 훌륭하고 영원불변한 측면을 보여 준 최상의 유일한 표현이에요." 그러고 나선 안드레이 공작에게 자기가 프리메이슨을 어떻게 이해하는지 설명하기 시작했다.

그는 프리메이슨이 국가적·종교적 속박에서 해방된 그리스도교의 가르침, 평등과 형제애와 사랑의 가르침이라고 말했다.

"우리의 신성한 공동체만이 삶에서 실제적인 의미를 갖습니다. 다른 모든 것은 한낱 꿈이에요." 피에르가 말했다. "친구, 이 조합 밖에서는 모든 것이 허위와 거짓으로 가득 차 있다는 것을 알아줘요. 나도 당신 말에 동의합니다. 현명하고 선한 사람에게는 당신처럼 그저 다른 사람들을 방해하지 않으려고 애쓰면서 자신의 삶을 끝까지 살아 내는 것 외에 아무것도 남은 게 없지요. 하지만 우리의 근본 신념을 받아들이고 우리 공동체에 가입하세요. 우리에게 자신을 맡기고 자신을 이끌도록 허락해요. 그럼 나도 느꼈듯이 당신은 곧 자신이 이 눈에 보이지 않는, 그 기원이 하늘에 감춰진 거대한 사슬의 일부임을 깨닫게 될 겁니다." 피에르가 말했다.

안드레이 공작은 말없이 앞쪽을 바라보며 피에르의 말을 듣고 있었다. 그는 여러 번 콜랴스카의 소음 때문에 제대로 듣지 못해서 자신이 놓친 말을 피에르에게 물었다. 안드레이 공작의 눈동자에서 타오르던 특별한 광채를 통해, 그리고 그의 침묵을 통해 피에르는 자신의 말이 헛되지 않았다는 것을, 안드레이 공작이 자신을 가로막지도, 자신의 말을 비웃지도 않으리라는 것을 알았다.

그들은 범람한 강 쪽으로 다가갔다. 나룻배로 강을 건너야 했다. 콜랴스카와 말을 싣는 동안 그들은 나룻배를 향해 걸어갔다.

안드레이 공작은 난간에 팔꿈치를 괴고 석양에 빛나는 범람하는 물을 말없이 바라보았다.

"당신은 이 점에 대해 어떻게 생각합니까?" 피에르가 물었다. "왜 말이 없어요?"

"내가 무슨 생각을 하냐고? 자네 말을 듣고 있었잖아. 다 맞는 말이지." 안드레이 공작이 말했다. "자네는 말하지. 우리 공동체에 들어와라. 그러면 우리가 삶의 목적과 인간의 사명과 세상을 다스리는 규범을 너에게 제시해 주겠다. 그런데 도대체 우리가 누군가? 인간들이지. 어째서 자네들이 모든 것을 안다는 건가? 어째서 자네들이 보는 것을 나 혼자만 보지 못하는 건가? 자네들은 지상에서 선과 진리의 왕국을 보지만 나에겐 그것이 보이지 않아."

피에르가 그의 말을 가로막았다.

"당신은 내세를 믿습니까?" 그가 물었다.

"내세?" 안드레이 공작이 반문했다. 그러나 피에르는 대답할 틈을 주지 않고 그 반문을 부인의 의미로 받아들였다. 안드레이 공작이 예전에 품었던 무신론적 신념을 알았기에 더욱 그랬다.

"당신은 지상에서 선과 진리의 왕국을 볼 수 없다고 말합니다. 나도 그걸 본 적이 없어요. 만약 우리의 삶을 모든 것의 끝으로 바라본다면 그것은 보일 리가 없지요. **지상**에는, 바로 이 땅에는 (피에르는 들판을 가리켰다) 진리가 없습니다. 온통 거짓과 악만 있지요. 하지만 세상에는, 온 세상에는 진리의 왕국이 있습니다. 우리가 지금은 지상의 자식이지만, 영원의 시각에서 보면 온 세상의 자식이지요. 내가 이 거대하고 조화로운 전체의 일부라는 걸 과연 나는 내 영혼 속에서 느끼지 않나요? 신성이, 지고한 힘이, 뭐, 좋을 대로 부르세요, 발현되는 이 무수한 존재 속에 내가 있다는 것, 내가 가장 낮은 존재부터 가장 지고한 존재를 잇는 하나의 고리, 하나의 단계를 이룬다는 것을 과연 나는 느끼지 않나요? 만약 내가 식물에서 인간에게로 이어진 이 사다리를 선명하게 본다면, 어째서 나는 저 아래 끝이 보이지 않는 이 사다리가 식물들 속에서 사라진다고 가정해야 합니까? 어째서 이 사다리가 나와 함께 끊어져서 멀리, 더 멀리 지고한 존재까지 뻗어 가지 않을 거라고 가정해야 하는 건가요? 나는 세상 그 무엇도 사라지지 않는 것처럼 나 역시 사라질 수 없을 뿐 아니라 내가 언제까지나 존재할 것이고 언제나 존재했다고 느낍니다. 나 말고 내 위에 영들이 산다는 것과 이 세상에 진리가 있다는 것을 나는 느낍니다."

"그래, 그건 헤르더의 학설이지." 안드레이 공작이 말했다. "하지만 친구, 그런 것으로는 날 납득시키지 못해. 날 납득시키는 것은 바로 삶과 죽음이야. 자네와 결부된, 자네가 그 앞에서 죄의식을 느끼고 무죄를 인정받고 싶었던, 자네에게 소중한 존재를 자네가 보고 있는데 (안드레이 공작은 목소리를 떨면서 고개를 돌렸다) 갑자기 그 존재가 고통을 당하며 괴로워하다가 존재하기를 멈춘다는 것…… 내가 납득하는 것은 그거야. 왜? 답이 없을 리가 없어! 난 답이 있다고 믿어……. 그게 바로 나를 납득시키는 것, 그게 바로 나를 납득시켰던 것이야." 안드레이 공작이 말했다.

"네, 그럼요. 네, 그렇고말고요." 피에르가 말했다. "내가 말하는 것도 그와 똑같은 것 아닌가요!"

"아니야. 나는 그저 내세의 불가피함을 납득하게 하는 것은 논거가 아니라, 한 사람과 손을 맞잡고 삶의 길을 나아가는데 갑자기 그 사람이 **그 자리에서 어디에도 없는 곳으로** 사라지고, 자네 자신은 그 심연 앞에 멈춰 서서 그곳을 들여다보는 것이라고 말하는 거네. 나도 들여다보았어……."

"네, 바로 그겁니다! 당신은 **그곳**이 있다는 것, **어떤 누군가**가 있다는 것을 알지요? 그곳은 있습니다. 내세이지요. **어떤 누군가**는 있습니다. 하느님이지요."

안드레이 공작은 대답하지 않았다. 콜랴스카와 말들은 벌써 오래전에 건너편 기슭으로 옮겨져 준비되어 있었다. 해는 이미 반이 사라지고, 저녁 서리가 나루터 옆 웅덩이를 별 모양으로 뒤덮었다. 하인들과 마부들과 사공들은 피에르와 안드레이가 여전히 배에 서서 말을 나누는 것에 놀라고 있었다.

"만약 하느님이 계시고 내세가 있다면 진리도 있고 선도 있습니다. 인간의 지고한 행복은 그것들을 성취하기 위해 노력하는 데 있어요. 살아야 합니다. 사랑해야 합니다." 피에르가 말했다. "우리가 지금 오직 이 한 조각 땅에서 살고 있는 것이 아니라 저곳에서, 모든 것 속에서 (그는 하늘을 가리켰다) 영원히 살았고 또 살게 되리라 믿어야 합니다." 안드레이 공작은 나룻배 난간에 팔꿈치를 괴고 선 채 피에르의 말을 들으며 범람하는 푸른 물에 반사된 태양의 붉은 광채를 눈길을 떼지 못하고 바라보고 있었다. 피에르는 침묵했다. 주위는 적막했다. 나룻배는 오래전에 정박했고, 오직 물결만이 희미한 소리를 내며 나룻배 밑바닥을 때렸다. 안드레이 공작에게는 찰싹찰싹 부딪히는 물결 소리가 피에르의 말에 대해 이렇게 말하는 것 같았다. '진실이다. 그 말을 믿어라.'

안드레이 공작은 한숨을 쉬었다. 그리고 기쁨에 겨워 발갛게 달아오른, 그러나 우월한 친구 앞에서 여전히 수줍어하는 피에르의 얼굴을 찬란하고 아이같이 부드러운 눈길로 바라보았다.

"그래, 그렇기만 하다면야!" 그가 말했다. "그나저나 이제 마차를 타러 가지." 안드레이 공작이 덧붙였다. 그리고 나룻배에서 내리다 피에르가 가리킨 하늘을 올려다보았다. 아우스터리츠 들판에 누워 보았던 그 높고 영원한 하늘이 아우스터리츠 이후 처음으로 그의 눈에 들어왔다. 그러자 오래전에 잠든 무언가가, 그의 내면에 있던 가장 고귀한 무언가가 갑자기 영혼 속에서 새로이 즐겁게 깨어났다. 그 감정은 안드레이 공작이 익숙한 삶의 조건에 다시 들어서자마자 사라졌다. 하지만 그는 자신이 성장시킬 수 없었던 그 감정이 내면에 살아 있음을 알았다. 피에르와의 만남은 안드레이 공작에게 획기적인 사건이었다. 그와 함께 비록 겉으로는 여전히 똑같은 삶이었지만 그의 내적 세계에서는 새로운 삶이 시작되었다.

13

안드레이 공작과 피에르가 리시예 고리 저택 현관 입구에 도착했을 때는 이미 주위가 어둑했다. 마차를 대는 동안 안드레이 공작은 빙그레 미소를 지으며 뒷문 계단에서 일어난 소동으로 피에르의 주의를 돌렸다. 배낭을 등에 진 허리 굽은 노파와 키가 작고 머리카락이 긴 검은 옷차림의 남자가 저택 안으로 들어오는 콜랴스카를 보곤 도로 대문으로 내달렸다. 여자 둘이 그들을 뒤쫓아 달려 나오더니, 네 사람 다 콜랴스카를 둘러보고 깜짝 놀라 뒷문 계단으로 달려 올라갔다.

"마샤의 하느님의 사람들이네." 안드레이 공작이 말했다. "우리를 아버지로 착각한 거야. 마샤가 아버지의 뜻에 순종하지 않는 유일한 한 가지야. 아버지는 저 순례자들을 내쫓으라고 명령하시는데 그 애는 저 사람들을 받아들이거든."

"하느님의 사람들이라는 게 뭔데요?" 피에르가 물었다.

안드레이 공작은 미처 대답할 틈이 없었다. 하인들이 그들을 맞으러 나왔고, 그는 노공작이 어디에 있는지, 곧 돌아올지 물었다.

노공작은 아직 도시에 있었고, 하인들은 그가 금방이라도 돌아올 것처럼 기다리고 있었다.

안드레이 공작은 아버지의 집에서 늘 완벽하게 정돈된 상태로 그를 기다리던 자기 거처로 피에르를 안내하고 자신은 아이 방으로 갔다.

"누이한테 가세." 안드레이 공작이 피에르에게 돌아와 말했다. "아직 누이를 못 봤어. 그 애는 지금 하느님의 사람들과 함께 숨어 있거든. 당연히 그 애는 당황하겠지만, 자네는 하느님의 사람들을 보게 될 거야. **정말 흥미롭다니까.**"

"하느님의 사람들이 **도대체 뭡니까?**" 피에르가 물었다.

"이제 곧 보게 될 거야."

그들이 마리야 공작 영애의 방에 들어가자 그녀는 정말 당황해서 반점이 떠오를 정도로 얼굴을 붉혔다. 이콘 받침대 앞에 작은 등불을 밝힌 그녀의 아늑한 방에는 긴 코에 긴 머리칼을 지닌 사내아이가 수도사 복장으로 그녀와 나란히 사모바르를 앞에 두고 소파에 앉아 있었다.

곁에 놓인 안락의자에는 어린아이의 온순한 얼굴 표정을 띤 주름투성이의 야윈 노파가 앉아 있었다.

"**앙드레, 왜 미리 알리지 않았어?**" 그녀가 병아리들 앞에 선 어미 닭처럼 자신의 순례자들 앞에 서서 부드러운 비난조로 말했다.

"**당신을 만나게 되어 정말 기뻐요. 정말 반가워요.**" 피에르가 손에 입을 맞추자 그녀가 말했다. 그녀는 어릴 때부터 그를 알았다. 그리고 지금은 안드레이와 그의 우정, 아내와 그의 불화, 무엇보다 그의 선량하고 소탈한 얼굴이 호감을 불러일으켰다. 그녀는 빛나는 아름다운 눈으로 그를 바라보았다. 마치 '난 당신을 매우 좋아해요. 하지만 **나의 사람들**을 비웃지 말아요'라고 말하는 듯했다. 첫 인사말을 나누고 그들은 자리에 앉았다.

"아, 이바누시카도 여기 있군." 안드레이 공작이 미소 띤 얼굴로 어린 순례자를 가리키며 말했다.

"앙드레!" 마리야 공작 영애가 애원하듯 말했다.

"알아 둬, 애는 여자야." 안드레이가 피에르에게 말했다.

"앙드레, 제발!" 마리야 공작 영애가 재차 말했다.

순례자들을 조롱하는 안드레이 공작의 태도와 그들에 대한 마리야 공작 영애의 헛된 옹호는 그들 사이에 굳어진 익숙한 장면인 듯했다.

"하지만 친구." 안드레이 공작이 말했다. "**넌 나한테 고마워해야 할 거야. 내가 너와 이 젊은이의 친분에 대해 피에르에게 설명하는 거니까.**"

"정말입니까?" 피에르는 안경 너머로 이바누시카의 얼굴을 쳐다보며 호기심 어린 진지한 태도로 (마리야 공작 영애는 특히 그 점에 대해 그에게 고마움을 느꼈다) 말했다. 이바누시카는 자기 얘기를 하고 있다는 것을 깨닫고 약삭빠른 눈으로 모두를 둘러보았다.

마리야 공작 영애가 **자기 사람들** 때문에 당황한 것은 그야말로 공연한 일이었다. 그들은 조금도 겁을 내지 않았다. 노파는 눈을 내리깔았지만 방에 들어온 사람들을 곁눈질로 쳐다보며 찻잔을 받침 접시에 거꾸로 엎고 갉아 먹은 설탕 조각을 옆에 내려놓고는 안락의자에 평온하게 꿈쩍 않고 앉아서 차를 더 권해 주기를 기다렸다. 이바누시카는 받침 접시에서 차를 홀짝거리며 약삭빠르고 여성적인 눈을 치뜨고 젊은 사람들을 바라보았다.

"어디, 키예프에 갔었나?" 안드레이 공작이 노파에게 물었다.

"그랬지요, 나리." 노파가 수다스럽게 대답했다. "바로 성탄일에 하느님의 종들과 더불어 거룩한 천상의 비밀에 참예할 영광을 누렸지요.* 지금은 콜랴진에서 오는 길입니다, 나리. 그곳에 큰 은혜가 임했답니다⋯⋯."

"그래, 이바누시카도 함께 갔었나?"

"전 혼자 다닙니다, 나리." 이바누시카가 굵은 목소리로 말하려고 애썼다. "유흐노보에서 펠라게유시카를 만났을 뿐입니다."

펠라게유시카가 동료의 말을 가로막았다. 그녀는 자신이 본 것을 이야기하고 싶은 모양이었다.

"콜랴진에, 나리, 큰 은혜가 임했답니다."

"뭔가, 새로운 성자의 유골?" 안드레이 공작이 물었다.

"그만해, 안드레이." 마리야 공작 영애가 말했다. "말하지 마, 펠라게유시카."

"왜요, 마님, 말하면 안 될 게 뭐 있어요? 난 나리가 좋아요. 나리는 선하세요. 하느님께 택함을 받은 분이에요. 제게 선을 베풀어 10루블을 주신 걸 기억해요. 키예프에 갔는데 키류샤가 제게 말하는 거예요. 그 유로디비*는 겨울이고 여름이고 맨발로 다니는 진정한 하느님의 사람이에요. 왜 엉뚱한 곳을 돌아다녀, 콜랴진으로 가, 그곳에 기적을 행하는 이콘이, 거룩한 성모가 나타나셨어, 그러는 거예요. 전 그 말에 하느님의 종들과 작별하고 길을 떠났지요⋯⋯."

모두 입을 다물었고, 순례자 노파 혼자 이따금 숨을 들이마시며 고른 목소리로 말했다.

"그곳에 갔더니 말이죠, 나리, 사람들이 제게 말하는 거예요. 큰 은혜가 임했다, 성모의 뺨에서 성유가 똑똑 떨어지고 있다⋯⋯."

"자, 좋아요, 좋아. 나중에 이야기해요." 마리야 공작 영애가 얼굴을 붉히며 말했다.

"이 여자에게 물어봐도 됩니까?" 피에르가 말했다. "자네가 직접 보았나?" 그가 물었다.

"그럼요, 나리, 제가 직접 뵐 영광을 누린걸요. 얼굴에 천상의 빛 같은 광채가 나고, 성모의 뺨에서는 성유가 계속 똑똑 떨어지고, 또 계속 떨어지고……."

"그건 틀림없이 속임수야." 순례자의 말을 주의 깊게 듣던 피에르가 순박하게 말했다.

"아, 나리, 무슨 말씀을!" 펠라게유시카가 보호를 기대하는 눈길로 마리야 공작 영애를 바라보며 겁에 질려 말했다.

"민중을 속이는 거야." 그는 거듭 말했다.

"주 예수 그리스도시여!" 순례자가 성호를 그으며 말했다. "오, 그런 말씀 마세요, 나리. 어떤 장군님도 그런 식으로 믿지 않고 말했죠. '수도사들이 속이는 거야'라고요. 그런데 그렇게 말하자마자 눈이 멀어 버렸어요. 그리고 페체르스카야의 성모님*이 그분을 찾아와서 '나를 믿어라, 내가 너를 고치리라' 하고 말씀하시는 꿈을 꾸었답니다. 그분은 조르기 시작하셨죠. '나를 데려가, 나를 성모님께 데려가.' 정말 있었던 사실을 나리께 말씀드리는 거예요. 제가 직접 봤어요. 사람들이 눈먼 그분을 성모님께 곧장 데려갔어요. 그분은 성모님께 다가가 바닥에 엎드려 말해요. '고쳐 주십시오! 차르께서 하사하신 것 전부를 당신께 바치겠습니다.' 이러는 거예요. 제가 직접 봤다고요, 나리. 성모님 이콘에 별 하나가 박혀 있었다고요. 결국 장군님은 눈을 떴죠! 그렇게 말하는 건 죄예요. 하느님이 벌하실 거예요." 순례자가 훈계조로 피에르를 향해 말했다.

"어떻게 별이 갑자기 이콘에 나타났을까?" 피에르가 물었다.

"성모님도 장군으로 승진하신 건가?" 안드레이 공작이 빙그레 웃으며 말했다.

펠라게유시카가 갑자기 하얗게 질린 얼굴로 두 손을 꼭 쥐었다.

"나리, 나리, 그건 죄예요, 죄. 나리께는 아들이 있잖아요!" 창백하던 얼굴이 갑자기 선명한 붉은색으로 변하며 그녀가 입을 열었다. "나리, 무슨 그런 말씀을 하세요. 하느님께서 나리를 용서하시길." 그녀는 성호를 그었다. "주여, 저분을 용서하소서. 마님, 이게 무슨 일이랍니까?" 그녀가 마리야 공작 영애를 돌아보더니 자리에서 일어나 거의 울먹이다시피 하며 배낭을 싸기 시작했다. 두렵기도 하고, 그런 말을 한 사람이 불쌍하기도 하고, 그런 말이 나올 수 있는 집안의 은혜를 입은 것이 수치스럽기도 하고, 이제 이 집안의 은혜를 잃을 수밖에 없다는 것이 아쉽기도 한 듯했다.

"도대체 뭘 하고 싶은 거예요?" 마리야 공작 영애가 말했다. "내 방에 왜 왔어요……?"

"아닙니다, 정말 농담이에요, 펠라게유시카." 피에르가 말했다. **"공작 영애, 이 여자에게 모욕을 줄 생각은 정말 없었습니다. 그냥 말해 본 겁니다. 신경 쓰지 말게, 농담한 거네."** 그는 겸연쩍게 웃으며 자신의 죄를 씻고자 이렇게 말했다.

펠라게유시카가 미심쩍어 하는 눈치로 멈춰 섰다. 그러나 피에르의 얼굴에 진심으로 후회하는 빛이 역력하고, 안드레이 공작도 너무나 온화하고 진지하게 펠라게유시카와 피에르를 번갈아 바라보아서 그녀는 조금 누그러졌다.

14

순례자는 마음을 가라앉혔다. 그리고 다시 이야기를 이어 가게 하자 손에서 향 냄새가 날 정도로 거룩한 삶을 산 암필로히 신부에 대해, 또 최근 키예프 순례 중에 아는 수도사들에게서 동굴의 열쇠를 받아 딱딱하게 마른 빵을 가지고 동굴에 들어가 꼬박 이틀 밤낮을 하느님의 종들과 보낸 일에 대해 오랫동안 이야기했다. "한 성물에 기도를 하고 기도문을 잠시 읽은 후 다른 성물로 가지요. 잠깐 눈을 붙이고는 다시 성물에 입을 맞추러 가요. 마님, 어찌나 고요하고 어찌나 행복한지 하느님이 창조한 이 세상으로 나오고 싶지 않답니다."

피에르는 진지하게 그녀의 말을 들었다. 안드레이 공작이 방에서 나갔다. 뒤이어 마리야 공작 영애가 하느님의 사람들이 차를 마저 마시게 남겨 두고 피에르를 응접실로 안내했다.

"당신은 정말 친절한 분이에요." 그녀가 피에르에게 말했다.

"아, 정말이지 그 여자에게 모욕을 줄 생각은 없었습니다. 나도 그런 감정을 잘 알고, 또 높이 평가합니다."

마리야 공작 영애는 말없이 그를 바라보고 부드럽게 미소를 지었다.

"난 당신을 오래전부터 알았고 친형제처럼 사랑해요." 그녀가 말했다. "안드레이는 어떤 거 같아요?" 그녀는 그 상냥한 말에 대한 답변으로 무언가 말할 틈도 그에게 주지 않고 서둘러 물었다. "안드레이 때문에 걱정이에요. 겨울에는 건강이 좋아졌는데, 지난봄에 상처가 다시 벌어졌어요. 의사 말이 치료를 받으러 가야 한댔어요. 정신적인 면에서도 난 안드레이를 몹시 걱정하고 있어요. 그는 우리 여자들처럼 자신의 슬픔 때문에 괴로워하거나 우는 성격이 아니에요. 그걸 속에 담아 둬요. 오늘 오빠는 쾌활하고 활기찼어요. 하지만 그건 당신의 방문이 영향을 미친 거예요. 그런 모습은 좀처럼 보기 드물어요. 만약 당신이 외국으로 떠나라고 오빠를 설득할 수만 있다면! 오빠에게는 활동이 필요해요. 이 평탄하고 조용한 생활이 오빠를 죽이고 있어요. 다른 사람들은 알아차리지 못하지만 내 눈엔 보여요."

9시가 지나 노공작이 탄 에키파시의 방울 소리를 들은 하인들이 현관 계단으로 달려 나갔다. 안드레이 공작과 피에르도 현관 계단으로 나갔다.

"이 사람은 누구냐?" 카레타에서 내리던 노공작이 피에르를 보고 물었다.

"아! 정말 반갑네! 입을 맞춰 주게나." 낯선 젊은이가 누군지 알아보고 그가 말했다.

노공작은 기분이 좋아 피에르를 다정하게 대해 주었다.

밤참 전에 안드레이 공작이 아버지의 서재로 다시 돌아왔을 때 노공작은 피에르와 열띤 논쟁을 벌이고 있었다. 피에르는 더 이상 전쟁이 없는 때가 올 것이라고 주장했다. 노공작은 그를 야유하면서도 화내지 않고 반박했다.

"혈관에서 피를 모조리 뽑고 물로 채우게. 그럼 전쟁이 없어질

거야. 여자들의 헛소리야, 여자들의 헛소리." 그는 이렇게 말하면
서도 피에르의 어깨를 다정하게 두드리고는 탁자로 다가갔다. 탁
자 곁에는 안드레이 공작이 대화에 끼고 싶지 않은 듯 노공작이
도시에서 가져온 서류를 뒤적이고 있었다. 노공작이 그에게 다가
가 업무 이야기를 하기 시작했다.

"귀족회장인 로스토프 백작이 인원의 절반을 내놓지 않았어.
도시에 와서는 식사에 초대할 생각이나 하고 말이다. 내가 그 작
자에게 진짜 만찬을 보여 주었지. 이걸 좀 보거라……. 그래, 얘
야." 니콜라이 안드레이치 공작은 피에르의 어깨를 툭툭 치며 아
들에게 말했다. "네 친구는 훌륭한 젊은이구나. 맘에 들어! 나를
불태우는구나. 다른 한 녀석은 똑똑한 말을 한다만 그 말은 듣고
싶지 않아. 이 친구는 헛소리를 하는데도 노인인 나를 끓어오르게
해. 자. 가라, 가." 그는 말했다. "어쩌면 나도 너희 밤참 자리에 함
께할지 모르겠다. 그때 다시 논쟁하도록 하지. 우리 집 멍청이 마
리야 공작 영애를 사랑해 주게." 그는 문 안쪽에서 피에르에게 소
리쳤다.

리시예 고리에 와서 피에르는 비로소 자신과 안드레이 공작의
우정이 지닌 힘과 매력을 제대로 평가할 수 있었다. 그 매력은 안
드레이 자신과의 관계에서보다는 모든 육친과 가족 구성원들과
의 관계에서 잘 드러났다. 피에르는 그들을 거의 몰랐지만 엄한
노공작과 온순하고 소심한 공작 영애를 이내 오랜 친구로 느꼈다.
그들 모두 피에르를 사랑하고 있었다. 순례자들을 대하는 피에르
의 온화한 태도에 마음을 빼앗겨 더없이 반짝이는 눈으로 그를 바
라보던 마리야 공작 영애뿐만 아니었다. 할아버지가 그렇게 부르
던, 한 살배기 어린 니콜라이 공작도 피에르에게 방긋 웃으며 그
의 두 팔에 가서 안겼다. 미하일 이바니치와 마드무아젤 부리엔은

피에르가 노공작과 이야기를 나눌 때 기쁨의 미소를 짓고 그를 바라보았다.

노공작이 밤참을 들러 나왔다. 분명 피에르를 위해 그런 것이다. 그는 피에르가 리시예 고리에 머문 이틀 동안 그를 아주 다정히 대했고 다음에 또 오라고 분부했다.

새로운 사람이 떠나면 늘 그러하듯 피에르가 떠나고 온 가족이 모여 그를 평할 때 드물게도 모두가 그에 대해 좋은 말만 했다.

15

휴가에서 돌아온 로스토프는 자신이 데니소프를 비롯한 연대 전체와 얼마나 강한 유대를 맺고 있는지 처음으로 느끼고 깨달았다.

연대에 다가가고 있을 때 로스토프는 포바르스카야 거리의 집에 이를 때와 비슷한 감정을 경험했다. 자기 연대의 군복을 입고 단추를 풀어 헤친 첫 경기병을 보았을 때, 머리털이 붉은 데멘티예프를 알아보고 적갈색 말들을 매어 두는 말뚝을 보았을 때, 라브루시카가 주인을 향해 "백작님이 오셨다!" 하고 기쁘게 소리치자 침상에서 자던 데니소프가 흐트러진 머리카락으로 참호에서 뛰쳐나와 그를 껴안고 장교들이 도착한 사람에게 모여들었을 때, 로스토프는 어머니와 아버지와 누이들이 껴안았을 때와 똑같은 감정을 느꼈고 기쁨의 눈물로 목이 메어 말을 할 수가 없었다. 연대도 집이었다. 부모의 집과 마찬가지로 변함없이 사랑스럽고 소중한 집이었다.

연대장에게 신고한 뒤 이전의 기병 중대로 배속되고 당직을 서고 말먹이 징발에 나가고 연대의 온갖 자질구레한 관심사에 빠져들면서 자신이 자유를 빼앗기고 언제나 똑같은 갑갑한 틀에 얽매여 있음을 느꼈을 때, 로스토프는 부모의 보호 아래 느끼던 것과 똑같은 평온, 똑같은 든든함, 자신이 집에, 자기 자리에 있다는 똑같은 자각을 맛보았다. 자기 자리를 찾지 못하고 잘못된 선택을 하던 자유로운 세계의 그 모든 혼잡함이 없었다. 그가 해명을 해야 하거나 하지 않아도 되는 소냐가 없었다. 어디로 가거나 가지 않을 기회가 없었다. 그토록 다양한 방법으로 누릴 수 있던 스물네 시간의 하루 밤낮이 없었다. 딱히 더 가깝지도 더 멀지도 않은 그 많은 사람들이 없었다. 아버지와의 불분명하고 애매한 금전적인 관계가 없었다. 돌로호프에게 큰 돈을 잃은 일을 떠올리게 하는 것이 없었다! 이곳 연대에서는 모든 것이 분명하고 단순했다. 온 세상이 불균등한 두 부분으로 나뉘어 있었다. 하나는 우리의 파블로그라트 연대이고, 다른 하나는 그 외의 모든 것이었다. 그 나머지와는 아무 볼일도 없었다. 연대 안에서는 누가 중위이고 누가 대위인지, 누가 좋은 사람이고 누가 나쁜 사람인지, 무엇보다 누가 동료인지, 모든 것이 알려져 있었다. 종군 매점의 상인은 외상으로 물건을 주고, 봉급은 네 달에 한 번씩 받는다. 딱히 궁리하거나 선택할 것이 아무것도 없고, 그저 연대에서 나쁘다고 여겨지는 것만 하지 않으면 된다. 파견될 때는 분명하고 확실하게 규정과 명령을 따르면 된다. 그러면 다 잘될 것이다.

연대의 이 같은 일정한 생활 속으로 다시 들어온 로스토프는 피로에 지친 사람이 쉬려고 누울 때 느낄 법한 기쁨과 평온을 맛보았다. (가족들이 아무리 위로해도 도저히 스스로 용서가 안 되는 행동이었던) 돌로호프에게 돈을 잃은 후 그는 예전과 다르게 군 생활을 하겠다고, 자신의 과오를 씻기 위해 열심히 복무하고 아주 탁월한 동료이자 장교, 즉 훌륭한 인간이 되겠다고 결심

했다. 그것은 **세상** 속에서는 그토록 어려운 일이었지만 연대에
서는 충분히 가능한 일로 보였다. 그만큼 이번 원정 동안 연대
생활은 로스토프에게 큰 위안이 되었다.

도박에서 돈을 잃은 이후 로스토프는 5년 안에 그 빚을 다 갚
기로 결심했다. 1년에 1만 루블을 송금받았지만 이제는 2천 루
블만 받고 나머지는 빚을 변제하기 위해 부모에게 맡기기로 마
음먹었다.

수차례의 퇴각과 진격 그리고 풀투스크 전투와 프로이센령
아일라우 전투 이후 아군은 바르텐슈타인 부근에 집결했다. 군
주가 도착하고 새로운 전투가 시작되기를 기다렸다.

1805년 원정에 참가한 군단 소속이었던 파블로그라트 연대는
러시아에서 병력을 보충하느라 전쟁의 첫 군사 활동에 늦었다.
파블로그라트 연대는 풀투스크 전투에도 프로이센령 아일라우
전투에도 참가하지 않았고, 전쟁 후반 실전 부대에 합류하여 플
라토프*의 분견대에 편입되었다.

플라토프의 분견대는 본대와 관계없이 독자적으로 행동했다.
파블로그라트 연대 병사들은 여러 차례 적과의 교전에 참가하
여 적을 생포하고 우디노* 원수의 에키파시를 탈취하기까지 했
다. 4월에 파블로그라트 연대는 몇 주 동안 완전히 파괴되어 텅
빈 독일 마을 부근에 주둔하며 그곳에서 움직이지 않고 있었다.

해빙과 진창과 추위가 있었고, 강의 얼음이 갈라졌고, 길은 통
행이 불가능해졌다. 여러 날씩 말들에게도 사람들에게도 식량
이 보급되지 않았다. 수송이 불가능해져서 병사들은 버려진 황
폐한 마을로 흩어져 감자를 찾았다. 그러나 이미 그마저도 거의
없었다.

주민들은 모든 것을 먹어 치우고 뿔뿔이 흩어져 달아났다. 남아 있는 사람들은 거지들보다도 못해서 빼앗을 만한 것이 아무것도 없었다. 동정심이 별로 없는 병사들조차 그들의 것을 빼앗는 대신 자기에게 마지막 남은 것을 건네곤 했다.

파블로그라트 연대는 전투에서 두 명의 부상자를 냈을 뿐이다. 그러나 굶주림과 질병으로 부대원을 절반 가까이 잃었다. 병원에 가면 죽을 게 뻔해서 열악한 식사로 인한 발열과 부종을 앓는 병사들은 병원에 가기보다는 다리를 간신히 끌고서라도 전선에서 복무하기를 더 원했다. 봄이 되자 병사들은 무슨 이유에서인지 그들이 마시카의 달콤한 뿌리라고 부르던, 땅속에서 올라오는 아스파라거스 비슷한 식물을 찾기 시작했다. 그 독초를 먹지 말라는 명령에도 불구하고 그들은 (맛이 아주 쓴) 마시카의 달콤한 뿌리를 찾아 풀밭과 들판에 흩어져 기병도로 그것을 캐 먹었다. 봄에 병사들 사이에서 팔과 다리와 얼굴이 붓는 새로운 질병이 나타났다. 의사들은 그 뿌리를 먹은 것이 질병의 원인이라고 추측했다. 그러나 아무리 먹지 못하게 막아도 데니소프 기병 중대에 속한 파블로그라트 연대의 병사들은 마시카의 달콤한 뿌리를 먹었다. 한 사람당 겨우 반 푼트씩 배급받은 건빵으로 이미 2주를 끈 데다 마지막 보급품으로 온 감자는 얼거나 싹이 난 것이었기 때문이었다.

말들도 2주째 지붕의 짚을 먹어서 볼품없이 야위고 뭉텅뭉텅 털이 빠진 채 겨울털로 덮여 있었다.

이 같은 고난에 직면해서도 병사들과 장교들은 여느 때와 다름없이 지냈다. 창백하게 부은 얼굴을 하고 누더기가 된 군복을 걸쳤어도 경기병들은 여전히 점호를 위해 정렬하고 청소를 하고 말과 장비를 손질하고 여물 대신 지붕의 짚단을 끌어 나르고, 식사를 하러 솥으로 갔다가 역겨운 음식과 자신의 허기를 조롱하며 주린 채로 솥 가에서 일어나곤 했다. 여가 시간에도 여느 때와 다름없이 병사들은 모닥불을 지피고, 옷을 벗은 채 불 옆에서 땀을 빼고, 담배를 피우고, 싹이 난 썩은 감자를 굽고, 포툠킨과 수보로프의 원정 이야기나 악당 알료샤와 사제의 머슴 미콜카에 대한 옛날이야기를 하고 들었다.

장교들도 평소와 다름없이 지붕이 벗겨진 반쯤 허물어진 집에서 두세 명씩 지냈다. 상급자들은 짚과 감자를 구하는 데, 대체로 병사들의 먹을거리를 찾는 데 여념이 없었고, 하급자들은 여느 때처럼 누구는 카드놀이를(식량은 없어도 돈은 많았다), 누구는 못던지기와 나무토막 쓰러뜨리기 같은 순박한 놀이를 했다. 전투의 전반적인 흐름에 대해 말하는 사람은 적었다. 긍정적인 것은 아무것도 알지 못하는 데다, 전쟁의 전반적인 상황이 나쁘게 흘러가고 있음을 어렴풋이 느끼고 있기 때문이었다.

로스토프는 예전처럼 데니소프와 함께 지냈는데, 그들의 우정은 휴가 이래로 더 끈끈해졌다. 데니소프는 로스토프의 가족에 대해 한 번도 말을 꺼내지 않았다. 그러나 지휘관이 부하 장교에게 보여 주는 다정한 우정에서 로스토프는 나타샤를 향한 선임 경기병의 불행한 사랑이 이렇듯 점점 깊어지는 우정에 관여하고 있음을 느끼고 있었다. 데니소프는 가능하면 로스토프를 위험에 덜 처하게 하려고 애쓰면서 그를 보호하고, 전투 후에는 온전하게 무사한 몸으로 귀환하는 그를 특히 기쁘게 맞이하는 것 같았다. 한번은 파견 임무를 수행하던 중에 식량을 구하기 위해 들어간 버려진 황폐한 마을에서 로스토프는 폴란드인 노인과 젖먹이가 딸린 그의 딸로 이루어진 가족을 발견했다. 그들은 헐벗고 굶주린 데다길을 떠날 기력도 없었고 타고 갈 이동 수단도 없었다. 로스토프는 그들을 숙영지로 데려와 자신의 숙소에 머물게 하고 노인이 회복되기까지 몇 주 동안 부양했다. 로스토프의 동료들이 여자 얘기를 하던 끝에 그가 자기들 중에서 가장 교활하다고, 그가 구해 준 예쁘장한 폴란드 여자를 동료들에게 소개한다고 해서 죄가 되지는 않을 것이라고 말하며 로스토프를 놀리기 시작했다. 로스토프는 그 농담을 모욕으로 받아들여 얼굴을 확 붉히면서 한 장교에게 몹시 불쾌한 말을 퍼부었다. 데니소프가 간신히 두 사람의 결투를 막았다. 그 장교가 자리를 뜨고 폴란드 여자에 대한 로스토프의 태도를 모르던 데니소프가 그의 불같은 성격을 나무라자 로스토프가 말했다.

"좋을 대로 생각해. 그 여자는 나에게 누이와도 같아. 자네에게 설명할 순 없지만 그 말이 내게 얼마나 모욕적이던지…… . 왜냐하면…… 그래, 왜냐……."

데니소프는 로스토프의 어깨를 툭 치고 그에게 눈길을 주지 않은 채 빠른 걸음으로 방 안을 서성거리기 시작했다. 그가 정신적으로 동요하는 순간에 곧잘 보여 주는 행동이었다.

"자네 로스토프 일가는 정말 바보 같아." 그가 말했다. 로스토프는 데니소프의 눈에 고인 눈물을 보았다.

16

4월에 군주가 왔다는 소식에 군대는 활기를 띠었다. 로스토프는 군주가 바르텐슈타인에서 행한 사열식에 참가할 수 없었다. 파블로그라트 연대가 바르텐슈타인에서 멀리 떨어진 전방의 최전선에 주둔하고 있었기 때문이었다.

그들은 야영을 했다. 데니소프와 로스토프는 병사들이 그들을 위해 판, 나뭇가지와 잔디로 덮은 토굴에서 지냈다. 토굴은 당시 유행하던 방식으로 만들어졌다. 그들은 너비 1.5아르신, 깊이 2아르신 그리고 길이가 3.5아르신인 참호를 팠다. 참호 한쪽 끝에 만들어진 계단이 아래로 내려가는 입구이자 현관 계단이었다. 참호 자체는 방이 되었다. 기병 중대 지휘관 같은 운 좋은 사람들의 참호에는 계단과 멀리 떨어진 맞은편에 말뚝을 박고 그 위에 판자를 얹었다. 탁자였다. 참호 양 측면을 따라 흙을 1아르신 정도 깎아낸 것은 두 개의 침상 겸 소파가 되었다. 지붕은 한가운데에서는 설 수 있고 탁자 쪽으로 좀 더 가까이 움직이면 심지어 침상에 앉을 수도 있게 만들었다. 그의 중대 병사들에게 사랑을 받아 호화롭게 지내던 데니소프의 토굴에는 지붕 박공에 판자도 대고, 깨지긴 했지만 잘 이어 붙인 유리를 그 판자에 끼워 놓았다. 날이 몹시 추울 때는 병사들의 모닥불에서 타고 남은 벌건 숯이 구부러진 철판에 담겨 계단으로 (데니소프가 막사의 이 부분을 부르던 대로 하면 응접실로) 운반되었다. 그러면 데니소프와 로스토프의 토굴에 늘 모여들던 많은 장교들이 루바시카만 입고 앉아 있을 만큼 훈훈해졌다.

4월에 로스토프는 숙직이었다. 밤을 꼬박 새우고 아침 7시가 지나 숙소로 돌아온 그는 숯불을 가져오도록 지시한 뒤, 비에 흠뻑 젖은 속옷을 갈아입고, 하느님에게 기도를 드리고, 차를 실컷 들이켜고, 몸을 덥히고, 자기 자리와 탁자의 물건들을 정리하고, 바람에 거칠어지고 벌겋게 달아오른 얼굴로 루바시카만 걸친 채 두 팔을 베고 누웠다. 그는 최근의 정찰로 조만간 한 계급 승진하게 될 것을 즐거운 마음으로 생각하며 어딘가로 나간 데니소프를 기다렸다. 로스토프는 그와 얘기를 나누고 싶었다.

그때 임시 막사 뒤편에서 화난 것이 분명한 데니소프의 천둥 같은 고함 소리가 들려왔다. 로스토프는 데니소프가 누구를 상대하는지 보기 위해 창 쪽으로 몸을 움직였다가 기병 특무 상사 톱체엔코를 보았다.

"녀석들이 그 마시카 뿌리인지 뭔지를 처먹지 못하게 하랬잖아!" 데니소프가 고함을 질렀다. "라자르추크가 들판에서 끌고 오는 걸 내 눈으로 봤단 말이야."

"지시했지만 말을 듣지 않습니다, 중대장님." 기병 특무 상사가 대답했다.

로스토프는 다시 침상에 누워 흡족한 기분으로 생각했다. '이제는 데니소프가 법석을 떨며 일하게 내버려 두고, 난 내 일을 끝냈으니까 누워 있자. 좋구나!' 벽 너머에서 기병 특무 상사 외에도 데니소프의 약삭빠르고 교활한 하인인 라브루시카가 말하는 소리도 들렸다. 라브루시카는 식량을 구하러 갔다가 본 짐마차들과 건빵과 황소들에 대해 이야기하고 있었다.

막사 뒤에서 또다시 멀어지는 데니소프의 고함 소리가 들렸다. "안장 얹어……. 2소대!"

'어딜 가려는 거야?' 로스토프는 생각했다.

5분 뒤 데니소프는 막사에 들어와 진흙투성이 발을 한 채 침상에 기어오르더니 성난 표정으로 파이프를 피워 댔다. 그러고는 자기 물건을 전부 내동댕이친 후 짧은 가죽 채찍과 기병도를 차고 토굴에서 나가려 했다. 어디 가냐는 로스토프의 물음에 그는 성난 모습으로 일이 있다고 모호하게 대답했다.

"저기서 하느님과 위대한 폐하가 나를 심판하라 그래!" 데니소프가 밖으로 나가며 말했다. 로스토프는 막사 뒤에서 말 몇 마리가 흙탕물 튀기는 소리를 들었다. 로스토프는 데니소프가 어디로 가는지 알고 싶지도 않았다. 자리에서 몸을 따뜻하게 녹인 그는 잠이 들었다가 저녁 전에야 막사에서 나왔다. 데니소프는 아직 돌아오지 않고 있었다. 저녁이 되자 날이 맑아졌다. 옆 토굴 근처에서 장교 두 명과 사관후보생 하나가 질퍽한 진창에 못 던지기 놀이를 하며 낄낄거리고 있었다. 로스토프도 놀이에 끼었다. 놀이를 하는 중에 장교들은 그들 쪽으로 다가오는 짐마차들을 보았다. 야윈 말을 탄 열다섯 명 남짓의 경기병들이 그 뒤를 따르고 있었다. 짐마차들은 경기병들의 호위를 받으며 말 매는 말뚝으로 다가왔다. 경기병들이 떼 지어 마차들을 에워쌌다.

"와, 데니소프가 늘 한탄하더니 이곳에도 식량이 왔어." 로스토프가 말했다.

"맞다!" 장교들이 말했다. "병사들이 정말 좋아하겠어!" 경기병들 조금 뒤에는 데니소프가 보병 장교 두 명과 이야기를 나누며 말을 몰고 오고 있었다. 로스토프는 그를 맞이하러 갔다.

"미리 통보하는 바요, 기병 대위." 장교들 가운데 야위고 키가 작은 사람이 격분한 기색으로 말했다.

"넘겨주지 않겠다고 말했을 텐데요." 데니소프가 대답했다.

"당신이 책임져야 할 겁니다, 기병 대위. 이건 난동입니다. 아군 수송대를 탈취하다니요! 우리 병사들은 이틀 동안 굶었습니다."

"우리 부대는 2주나 굶었소." 데니소프가 대꾸했다.

"이건 약탈입니다. 귀하가 책임을 지십시오!" 보병 장교가 목소리를 높이며 거듭 말했다.

"어쩌자고 귀찮게 나를 따라다니는 거요? 어?" 데니소프가 버럭 화를 내며 소리쳤다. "책임질 사람은 나지 당신들이 아냐. 다치기 전에 그만 좀 앵앵거리고 썩 꺼져!" 그는 장교들에게 고함을 질렀다.

"그렇다면 좋습니다!" 키 작은 장교는 주눅 들지도 않고 물러나지도 않으며 소리쳤다. "이건 강도질입니다. 그렇다면 나는 당신에게……."

"빌어먹을, 몸 성할 때 썩 꺼지라고!" 데니소프가 말 머리를 장교에게 돌렸다.

"좋아요, 좋아." 장교는 위협조로 말하더니 말을 돌려 안장 위에서 들썩들썩 몸을 흔들며 전속력으로 사라졌다.

"담장 위의 개로구나. 진짜 살아 있는 담장 위의 개야." 데니소프가 그의 뒤에 대고 지껄였다. 그것은 말 탄 보병에 대해 기병들이 던지는 가장 심한 조롱이었다. 그는 로스토프에게 다가와 호탕하게 웃어 댔다.

"보병들한테서 빼앗았어. 힘으로 수송대를 탈취했지!" 그가 말했다. "어쩌겠어. 병사들을 굶겨 죽일 수는 없잖아?"

경기병들 쪽으로 다가오던 짐마차들은 원래 보병 연대에 가는 것들이었다. 그러나 라브루시카를 통해 그 수송대에 호위가 없다는 걸 알게 된 데니소프가 경기병들을 이끌고 가서 무력으로 빼앗아 온 것이다. 병사들은 건빵을 넉넉히 배급받았고, 심지어 다른 기병 중대들까지 나누어 받았다.

다음 날 연대장이 데니소프를 부르더니 손가락을 펼쳐 자기 눈을 가리면서 말했다. "나는 이 일을 이렇게 보고 있소. 나는 아무것도 모르네. 문제 삼지도 않을 거요. 그러나 충고하건대 사령부에 들러 그곳 식량계에서 이 일을 무마하게. 가능하면 얼마만큼 식량을 받았다는 수령증을 쓰게. 그러지 않으면 청구서가 보병대 앞으로 기입되어 있어서 소송이 제기될 것이고, 나쁜 결과가 초래될 수도 있으니까."

데니소프는 진심으로 연대장의 충고를 따르고자 곧장 사령부로 갔다. 저녁에 그는 로스토프가 친구의 그런 모습을 아직 한 번도 본 적이 없는 상태가 되어 토굴로 돌아왔다. 데니소프는 말을 못하고 숨을 가쁘게 몰아쉬었다. 로스토프가 무슨 일인지 물으면 그저 갈라지고 힘없는 목소리로 알아들을 수 없는 욕과 위협을 내뱉었다.

데니소프의 상태에 놀란 로스토프는 그에게 옷을 갈아입고 물을 마시도록 권하고 나서 의사를 부르러 사람을 보냈다.

"나를 강도죄로 넘긴다고, 오! 물 좀 더 줘⋯⋯. 재판하라 그래. 그래도 비열한 놈들은 패 줄 거야. 쉬지 않고 패 줄 거라고. 폐하께 말씀드리겠어. 얼음 좀 주게." 그가 계속 중얼거렸다.

연대 군의관이 와서 피를 뽑아야 한다고 말했다. 털이 덥수룩한 데니소프의 팔에서 검은 피가 바닥 깊은 접시에 한가득 나왔다. 그제야 그는 자신에게 일어난 일을 말할 상태가 되었다.

"갔어." 데니소프가 이야기했다. "'어이, 여기 자네들 지휘관 어디 있나?' '기다려 주시겠습니까?' '나는 근무가 있는데도 30 베르스트나 말을 몰고 왔다. 기다릴 시간 없어. 보고해.' 마침 그 도둑들의 우두머리가 나오더군. 그자도 나를 가르치려 드는 거야. '이건 약탈입니다!' 내가 말했지. '약탈은 자기 병사들을 먹이기 위해 식량을 가져가는 게 아니라 호주머니를 채우기 위해 가져가는 거다!' 잘했지. 그자가 말하더군. '식량계에 가서 수령증을 쓰십시오. 그럼 당신 사건은 명령에 따라 회부될 것입니다.' 나는 식량계로 갔어. 들어가 보니 탁자 너머에······. 누구겠어? 아니, 자네가 직접 생각해 보라니까······! 우리를 굶주림으로 괴롭히는 인간이 도대체 누구냐 말이야." 데니소프가 소리치면서 아픈 손을 불끈 움켜쥐고 어찌나 세게 내리쳤던지 테이블이 엎어질 뻔하고 컵들이 튀어 올랐다. "텔랴닌이었어! '그래 우리를 굶주림으로 괴롭히던 놈이 네 녀석이야?' 한 번, 또 한 번 낯짝을 갈겨 주었지. 아주 멋지게 날려 줬어. '야, 이놈아! 받아라, 받아······.' 그렇게 녀석을 마구 두들겨 패기 시작했지. 어쨌든 속은 시원해졌다고 말할 수 있어." 데니소프는 기쁘면서도 적의에 찬 표정으로 검은 콧수염 아래 하얀 이를 드러내며 외쳤다. "사람들이 끌어내지 않았으면 그놈을 죽여 버렸을 거야."

"도대체 왜 소리를 지르는 거야, 진정해." 로스토프가 말했다. "또 피가 났잖아. 가만 좀 있어. 붕대를 갈아야 해."

데니소프는 붕대를 새로 감고 잠자리에 누웠다. 다음 날 그는 즐겁고 평온한 모습으로 잠에서 깼다.

그러나 정오에 연대의 부관이 심각하고 슬픈 얼굴로 데니소프와 로스토프가 함께 지내는 토굴을 찾아와 연대장이 데니소프 소령에게 보내는 공식 서류를 침통한 표정으로 내밀었다. 서류에는 전날 사건에 대한 질문 사항이 적혀 있었다. 부관은 사태가 아주 나쁜 방향으로 흘러가고 있음이 틀림없다고, 군법 회의가 꾸려졌다고, 군대 내 약탈과 횡포에 대한 현재의 엄격함을 고려할 때 최선이라 해 봤자 강등으로 사태가 마무리되는 정도일 것이라고 알렸다.

모욕당한 사람들 쪽에서 보면 사건은 이런 모양새를 취하고 있었다. 수송대 탈취 후에 데니소프 소령은 어떤 호출도 받지 않았으면서 술 취한 모습으로 식량계 과장 앞에 나타나서는 그를 도둑이라 부르고 구타로 위협했으며, 사람들이 끌어내자 사무실에 뛰어들어 관리 두 명을 두들겨 패서 한 사람의 팔을 탈골시켰다.

로스토프의 새 질문들에 대해 데니소프는 껄껄 웃으면서 그 자리에 다른 누군가가 갑자기 나타난 것 같기는 하다고, 하지만 다 헛소리이고 대수롭지 않은 일이라고, 자신은 재판 따위를 두려워하지 않는다고, 만일 그 비열한 놈들이 싸움을 걸기라도 하면 잊지 못할 정도로 응징해 주겠다고 말했다.

데니소프는 이 모든 사태에 대해 멸시에 찬 태도로 말했다. 그러나 로스토프는 데니소프가 (다른 사람들에게는 감출지라도) 마음속으로 재판을 두려워하며 나쁜 결과를 가져올 것이 분명한 이 사태로 괴로워하고 있다는 것을 알아챌 정도로 그를 지나치게 잘 알았다. 하루가 멀다 하고 질의문과 법정에 출두하라는 소환장이 날아들기 시작했다. 마침내 5월 1일 데니소프는 서열상 바로 아래인 장교에게 기병 중대의 지휘권을 넘기고 사단 본부에 출두하여 식량계에서 벌인 폭행 사건에 대해 해명하라는 명령을 받았다. 그 전날 밤에 플라토프는 카자크 2개 연대와 경기병 2개 중대를 이끌고 적을 정찰하러 갔다. 데니소프는 여느 때처럼 용맹을 뽐내며 산병선 앞으로 나갔다. 프랑스군 저격병들이 쏜 탄환 중 한 발이 그의 허벅지에 명중했다. 그는 다른 때 같았으면 그런 가벼운 부상으로 연대를 떠나지 않았겠지만, 이번에는 그 기회를 이용해 사단에 출두하라는 명령을 거부하고 야전 병원으로 떠났다.

17

파블로그라트 연대는 참가하지 않은 프리틀란트 전투가 6월에 벌어졌고, 뒤이어 휴전이 선언되었다.* 데니소프가 떠난 이후 그에 대한 어떤 소식도 접하지 못하고 그의 소송의 추이와 부상을 걱정하면서 친구의 빈자리를 힘겹게 느끼던 로스토프는 휴전을 틈타 데니소프에게 병문안을 가기 위해 휴가를 냈다.

병원은 두 차례에 걸쳐 러시아군과 프랑스군의 약탈을 당한 프로이센의 작은 촌락에 위치해 있었다. 들판 풍경이 너무도 아름다운 여름이었기에 지붕과 담장이 파괴되고 길은 지저분하고 누더기를 걸친 주민들과 술주정뱅이들과 부상병들이 그 길에서 배회하는 이 작은 촌락은 유난히 음울한 광경으로 비쳤다.

병원은 창과 창틀이 일부 깨진 석조 건물로, 무너진 담장의 잔해가 나뒹구는 마당에 있었다. 붕대를 감은, 창백하고 부은 얼굴의 몇몇 병사들이 마당의 양지바른 곳에서 이리저리 걷거나 앉아 있었다.

건물 안으로 들어서자마자 로스토프는 시체 썩는 냄새와 병원 냄새에 에워싸였다. 계단에서 그는 입에 시가를 문 러시아인 군의관과 마주쳤다. 러시아인 간호장이 그 뒤를 따르고 있었다.

"내가 한꺼번에 여러 일을 할 수는 없잖아." 의사가 말했다. "저녁에 마카르 알렉세예비치한테로 와. 난 거기 있을 거야." 간호장은 의사에게 또 무언가를 물었다.

"에이 참! 아는 대로 해! 어차피 마찬가지 아냐?" 의사는 계단을 올라오는 로스토프를 보았다.

"무슨 용무로 왔습니까?" 의사가 물었다. "왜 왔냐니까요? 총알에 맞지 않았으니 티푸스에라도 걸리고 싶어서요? 이봐요, 이곳은 격리 병원입니다."

"왜요?" 로스토프가 물었다.

"티푸스죠. 누가 들어오든 다 죽습니다. 아직 이곳을 돌아다니는 사람은 마케예프하고 (그는 간호장을 가리켰다) 나, 우리 둘뿐입니다. 여기서 벌써 동료 의사 다섯이 죽었어요. 새 의사가 와도 일주일이면 나가떨어집니다." 의사는 자못 흡족한 표정으로 말했다. "프로이센 의사들을 초빙했지만 우리 동맹국들이 별로 좋아하지 않는군요."

로스토프는 이곳에 입원한 경기병 소령 데니소프를 만나고 싶다는 방문 목적을 말했다.

"몰라요, 모릅니다. 생각해 보세요. 나 혼자 병원 세 곳과 4백 명이 넘는 환자들을 맡고 있단 말입니다! 프로이센 귀부인 자선가들이 우리에게 한 달에 2푼트씩 커피와 거즈를 보내 주는 것은 좋다 이겁니다. 그나마도 없다면 우리는 벌써 끝장났을 테니까요." 그는 껄껄 소리 내어 웃었다. "이보시오, 4백 명입니다. 그런데도 계속 새 환자들을 보내고 있어요. 진짜 4백 명이지? 어?" 그는 간호장을 돌아보았다.

간호장은 기진맥진한 표정을 짓고 있었다. 주절주절 지껄이던 의사가 얼른 떠나 주기를 짜증이 나서 기다리는 모양이었다.

"데니소프 소령입니다." 로스토프가 다시 말했다. "몰리텐 부근에서 부상을 당했습니다."

"죽은 것 같은데요. 그렇지, 마케예프?" 의사가 무심하게 간호장에게 물었다.

그러나 간호장은 의사의 말에 수긍하지 않았다.

"어떤 사람입니까? 키가 크고 머리털이 붉은가요?" 의사가 물었다.

로스토프는 데니소프의 외모를 설명해 주었다.

"있었습니다. 그런 사람이 있었어요." 의사가 기쁜 듯이 말했다. "그 사람은 틀림없이 죽었습니다. 어쨌든 찾아보죠. 나한테 명부가 있습니다. 자네에게 있지, 마케예프?"

"명부는 마카르 알렉세이치에게 있습니다." 간호장이 말했다. "장교들 병실로 가 보십시오. 그곳에서 직접 확인하세요." 그는 로스토프를 돌아보며 이렇게 덧붙였다.

"아이고, 이보세요, 가지 않는 편이 좋습니다." 의사가 말했다. "당신도 그곳에 남게 될지 몰라요!" 하지만 로스토프는 의사에게 작별 인사를 하고, 간호장에게 안내해 달라고 부탁했다.

"빌어먹을, 날 원망하지 말아요." 의사가 계단 아래서 외쳤다.

로스토프는 간호장과 함께 복도로 들어섰다. 어두운 복도에는 병원 냄새가 너무 심해 로스토프는 코를 움켜쥐고 멈춰 서서 앞으로 나아가기 위한 힘을 모아야 했다. 오른쪽에서 문이 열리더니 야위고 누렇게 뜬 사람이 맨발에 속옷만 입고 목발을 짚은 채 얼굴을 쑥 내밀었다. 그는 문틀에 기대어 질투 어린 눈을 빛내면서 지나가는 사람들을 바라보았다. 문 안을 슬쩍 들여다본 로스토프는 병자들과 부상자들이 그곳 바닥에 짚단과 외투를 깔고 누워 있는 것을 목격했다.

"여기는 뭔가?" 그가 물었다.

"병사들 병실입니다." 간호장이 대답했다. "손쓸 방도가 없습니다." 그가 변명하듯 덧붙였다.

"들어가서 둘러봐도 되나?" 로스토프가 물었다.

"뭘 보시려고요?" 간호장이 말했다. 그러나 간호장이 들여보내지 않으려는 기색이 뚜렷하다는 바로 그 이유로 로스토프는 굳이 병사들 병실에 들어갔다. 그사이 복도에서 익숙해진 냄새가 이곳에서는 더 심하게 풍겼다. 이곳의 냄새는 다소 달랐다. 더 강렬해서 바로 여기에서부터 그 냄새가 시작되었음을 느낄 수 있었다.

큰 창문들로 햇빛이 환하게 비치는 긴 병실에 병자들과 부상자들이 벽 쪽에 머리를 두고 한가운데 통로를 남긴 채 두 줄로 누워 있었다. 대다수가 의식을 잃은 상태여서 들어온 사람들에게 주의를 돌리지 않았다. 의식 있는 사람들은 다들 몸을 약간 일으키거나 누렇게 뜬 여윈 얼굴을 들었다. 모두 도움에 대한 기대와 타인의 건강에 대한 힐난과 질투가 어린 표정을 똑같이 지으며 로스토프에게서 눈을 떼지 않았다. 로스토프는 병실 한가운데로 가서 문이 활짝 열린 양옆의 병실을 들여다보았다. 양쪽 모두 똑같은 광경이었다. 그는 걸음을 멈추고 말없이 주위를 둘러보았다. 이런 광경을 보게 되리라고는 전혀 예상하지 못했다. 그의 바로 앞에는 머리를 단발로 깎은 것을 보아 카자크인 듯한 병자가 가운데 통로를 거의 가로지르다시피 하며 맨바닥에 누워 있었다. 카자크는 고개를 젖힌 채 커다란 손발을 쭉 펴고 누워 있었다. 얼굴은 자줏빛이 도는 붉은색이고, 눈은 완전히 뒤집혀서 흰자위만 보이고, 아직 붉은색을 띤 맨발과 손에는 혈관이 새끼줄처럼 불거져 있었다. 그는 뒤통수로 마룻바닥을 쿵 치고 갈라진 목소리로 무언가 중얼거리고는 그 말을 되풀이하기 시작했다. 로스토프는 그가 하는 말에 귀를 기울여 그 말을 알아들었다. 물, 물, 물! 로스토프는 카자크를 제자리에 눕히고 그에게 물을 가져다줄 사람을 찾아 주위를 두리번거렸다.

"누가 이곳의 병자를 돌보고 있나?" 그가 간호장에게 물었다. 그때 옆방에서 병원의 잡일을 하는 수송병이 나와 발을 구르며 로스토프 앞에서 차려 자세를 취했다.

"건강을 기원합니다, 각하!" 병사는 로스토프를 병원 책임자로 생각한 듯 그를 향해 눈을 부릅뜨며 외쳤다.

"이 사람을 제자리에 눕히고 물을 가져다줘." 로스토프가 카자크를 가리키며 말했다.

"알겠습니다, 각하." 병사는 더욱더 눈을 부릅뜨고 몸을 쭉 펴며, 그러나 자리에서 움직이지는 않은 채 기쁜 표정으로 말했다.

'아니야, 넌 이곳에서 아무것도 못할 거야.' 로스토프는 시선을 떨구고 잠시 생각에 잠겼다. 그는 벌써부터 밖으로 나가고 싶었지만 오른편에서 자신을 쏘아보는 의미심장한 시선을 느끼고 돌아보았다. 거의 맨 구석 자리에 늙은 병사가 외투를 깔고 앉아 로스토프를 뚫어지게 바라보고 있었다. 누렇게 뜨고 해골처럼 야윈 얼굴에 엄한 표정이 어려 있고, 희끗한 턱수염은 면도를 하지 않은 상태였다. 한옆에서 늙은 병사의 이웃이 로스토프를 가리키며 그에게 뭐라고 속삭였다. 로스토프는 노인이 자신에게 청원하려 한다는 것을 깨달았다. 그는 가까이 다가갔다가 노인의 다리가 한쪽만 접혀 있고 다른 쪽 다리는 무릎 윗부분부터 아예 없는 것을 보았다. 노인에게서 꽤 멀리 떨어진 곳에 머리를 뒤로 젖힌 채 꼼짝 않고 누운 또 다른 이웃은 들창코에 아직 주근깨가 덮인 얼굴이 밀랍처럼 창백하고 눈꺼풀 밑으로 흰자위만 드러낸 젊은 병사였다. 로스토프는 들창코 병사를 보았다. 싸늘한 한기가 등줄기를 타고 흘러내렸다.

"이 사람은 정말……." 그는 간호장을 돌아보았다.

"벌써 얼마나 요청했는지 모릅니다." 늙은 병사가 아래턱을 덜덜 떨며 말했다. "이미 아침에 죽었습니다. 우리도 사람입니다. 개가 아니라……."

"곧 사람을 보내겠습니다. 치웁니다, 치워요." 간호장이 황급히 말했다. "가시지요, 장교님."

"가자, 가!" 로스토프가 다급하게 말했다. 그는 눈을 내리깔고 몸을 움츠리고는 자신에게 쏠린 힐난과 질투 어린 눈동자들의 대열 사이로 눈에 띄지 않게 지나가려 애쓰며 병실을 빠져나왔다.

18

간호장은 복도를 지나 문들이 활짝 열린 세 개의 방으로 이루어진 장교들 병실로 로스토프를 데려갔다. 그 방들에는 침대들이 있었고, 부상을 당하고 병에 걸린 장교들이 그 위에 앉거나 누워 있었다. 몇몇 사람들은 환자복을 입고 방들을 돌아다녔다. 로스토프가 장교들 병실에서 처음 마주친 인물은 팔 하나가 없는 작고 여윈 사람으로, 병원 모자에 환자복 차림으로 파이프를 문 채 첫 번째 방에서 돌아다니고 있었다. 로스토프는 그를 바라보며 어디에서 보았는지 기억해 내려고 애썼다.

"하느님께서 우리가 만날 수 있게 당신을 이곳으로 이끄셨군요." 키 작은 남자가 말했다. "투신, 투신입니다. 기억납니까? 쇤그라벤 부근에서 당신을 태워 줬는데요. 난 몸이 조금 잘려 나가서요, 보다시피……." 그는 씩 웃으면서 환자복의 빈 소매를 가리켰다. "바실리 드미트리치 데니소프를 찾아요? 같은 방을 씁니다." 그는 로스토프가 누구를 찾는지 알아차리고 말했다. "여깁니다, 여기." 투신이 왁자지껄 웃어 대는 여러 목소리가 들려오는 다른 방으로 그를 이끌었다.

'저 사람들이 큰 소리로 웃는 건 그렇다 치고, 어떻게 이런 데서 살 수가 있을까?' 로스토프는 생각했다. 그는 병사용 병실에서 맡은 시체 냄새를 아직도 계속 느꼈고, 양옆에서 그를 배웅하던 질투 어린 시선들과 눈동자가 뒤집힌 젊은 병사의 얼굴을 여전히 주위에서 보았다.

데니소프는 정오가 다 되어 가는데도 머리까지 이불을 푹 덮어쓴 채 침상에서 자고 있었다.

"로스토프! 어서 와, 반가워!" 그는 연대에 있을 때와 똑같은 목소리로 외쳤다. 그러나 로스토프는 이 익숙한 허물없음과 활달함 뒤에 숨겨진 어떤 낯설고 불쾌한 감정이 데니소프의 표정과 억양과 말에서 고스란히 내비치는 것을 슬픈 마음으로 알아차렸다.

그의 상처는 별로 심하지 않았지만 그가 부상을 당한 지 벌써 6주가 지났는데도 여전히 아직 아물지 않았다. 얼굴은 병원에 있는 사람들과 똑같이 창백하고 퉁퉁 부어 있었다. 하지만 그런 것이 로스토프에게 충격을 안겨 준 것은 아니었다. 로스토프는 데니소프가 자신이 온 것이 기쁘지 않은 듯 부자연스럽게 웃는 것에 놀랐다. 데니소프는 연대에 대해서도, 전투의 전반적인 경과에 대해서도 묻지 않았다. 로스토프가 그 얘기를 할 때 데니소프는 그의 말에 귀를 기울이지 않았다.

심지어 로스토프는 데니소프가 연대를, 그리고 병원 밖에서 흘러가던 이런저런 자유로운 다른 생활을 떠올리게 될 때 불쾌해하는 것을 눈치챘다. 그는 이전의 삶을 잊으려 애쓰고, 식량계 관리들과 얽힌 소송 사건에만 관심을 두는 것 같았다. 그 사건이 어떤 상황에 있는지 묻는 로스토프의 질문에 그는 즉시 베개 밑에서 위원회로부터 받은 서류와 그에 대한 자신의 답변 초안을 꺼냈다. 그는 문서를 읽기 시작하면서 생기를 띠었는데, 특히 자신이 이 문서에서 적들을 향해 던지는 독설로 로스토프의 관심을 돌렸다.

자유로운 세상에서 새로 온 인물인 로스토프를 에워싸고 있던 병원 동료들은 데니소프가 문서를 읽기 시작하자마자 흩어지기 시작했다. 로스토프는 그들의 얼굴을 보며 이 사람들이 이 이야기를 수차례나 질리도록 들었다는 것을 깨달았다. 다만 옆 침대의 뚱뚱한 창기병이 침울하게 찌푸린 얼굴로 파이프를 피우며 자기 침상에 앉아 있었고, 한 팔을 잃은 키 작은 투신은 찬성하지 않는다는 표시로 고개를 저으며 계속 듣고 있었다. 읽는 도중에 창기병이 데니소프를 가로막았다.

"내 생각에는······." 그는 로스토프를 돌아보며 말했다. "그냥 폐하께 사면을 청원해야 합니다. 요새 큰 포상이 있을 거라는 말이 떠돌던데요. 그러니 분명 사면될 겁니다······."

"날더러 폐하께 청원을 하라니!" 데니소프는 예전의 힘과 격정을 부여하고 싶었지만 쓸데없는 과민함으로 들리는 목소리로 말했다. "뭐에 대해서? 만약 내가 강도라면 사면을 청하겠어. 하지만 난 강도들을 깨끗한 물로 끌어냈기 때문에 재판을 받는 거야. 재판하라고 해. 난 아무도 안 무서워. 난 차르와 조국을 정직하게 섬겼어. 도둑질하지 않았다고! 그런데 나를 강등시키고, 그리고······ 들어 봐, 난 그들에게도 아주 솔직하게 썼어. 이게 내가 쓴 거야. '만약 내가 관물 횡령자라면······.'"

"두말할 것 없이 잘 썼어요." 투신이 말했다. "하지만 문제는 그게 아닙니다, 바실리 드미트리치." 그러고는 로스토프에게도 말을 건넸다. "복종해야 합니다. 그런데 바실리 드미트리치는 그러려고 하질 않습니다. 법무관도 당신 사건이 불리하다고 말하지 않았습니까."

"뭐, 불리해도 상관없어." 데니소프가 말했다.

"법무관이 당신을 위해 탄원서를 써 주었잖아요." 투신이 말을 계속했다. "당신이 서명해서 이 사람에게 들려 보내야 합니다. 이 사람에겐 분명 (그는 로스토프를 가리켰다) 사령부에 후원자가 있을 겁니다. 당신에게 이보다 더 좋은 기회는 더 이상 없어요."

"비굴한 짓은 하지 않겠다고 했잖아." 데니소프는 투신의 말을 끊고 다시 자신의 문서를 계속해서 읽어 나갔다.

로스토프는 투신과 다른 장교들이 제안한 방법이 가장 옳다는 걸 본능적으로 느꼈으면서도, 자신이 데니소프에게 도움을 줄 수 있다면 행복할 것이라고 여겼으면서도 감히 그를 설득할 수 없었다. 그는 데니소프의 불굴의 의지와 진실한 열정을 알고 있었다.

데니소프가 독설에 찬 문서를 한 시간 넘게 다 읽고 났을 때 로스토프는 아무 말도 하지 않았고, 다시 그의 주위에 모여든 데니소프의 동료들 틈에 끼여 자신이 아는 것에 대해 들려주고 다른 사람들의 이야기를 들으면서 이루 말할 수 없이 슬픈 심정으로 그날의 남은 시간을 보냈다. 데니소프는 저녁 내내 침울하게 입을 다물고 있었다.

밤이 이슥하여 로스토프는 떠날 채비를 하고 데니소프에게 부탁할 것이 없는지 물었다.

"그래, 잠깐만." 데니소프가 말했다. 그는 장교들을 둘러보더니 베개 밑에서 문서를 꺼내 잉크병이 있는 창턱으로 다가가 글을 쓰기 위해 앉았다.

"채찍으로 도끼 등을 부러뜨릴 수는 없겠지." 그는 창가에서 물러나 로스토프에게 커다란 봉투를 건네며 말했다. 법무관이 군주에게 보내려고 작성한 탄원서였다. 여기에서 데니소프는 식량계의 잘못에 대해선 전혀 언급하지 않고 오직 사면만을 청원했다.

"전해 줘, 어쩌면……." 그는 말을 맺지 못하고 애처롭게 억지웃음을 지었다.

19

연대로 돌아온 로스토프는 데니소프의 일이 어떤 상황에 처했는지 사령관에게 전한 후 군주에게 올릴 편지를 가지고 틸지트로 떠났다.

6월 13일, 프랑스 황제와 러시아 황제가 틸지트에서 만났다.* 보리스 드루베츠코이는 자신이 배속된 유력 인사에게 틸지트에서 복무할 수행단에 자신을 넣어 달라고 요청했다.

"저도 그 위대한 인물을 보고 싶습니다." 그는 그 당시까지 다른 사람들처럼 그 역시 늘 부오나파르트라고 부르던 나폴레옹을 언급하며 말했다.

"부오나파르트를 말하는 것이오?" 장군이 빙그레 웃으며 그에게 말했다.

보리스는 장군을 의아하게 쳐다보고는 이내 그것이 농담조의 시험이라는 것을 깨달았다.

"공작님, 저는 나폴레옹 황제에 대해 말씀드리는 겁니다." 그가 대답했다. 장군이 미소를 지으며 보리스의 어깨를 툭툭 쳤다.

"자네는 분명히 출세할 거야." 장군은 이렇게 말하고 보리스를 데려갔다.

보리스는 황제들의 회담이 열리던 날 네만강에 있던 소수의 사람들 가운데 한 명이었다. 그는 모노그램이 붙은 뗏목들과 건너편 기슭을 따라 프랑스 근위대 옆으로 말을 타고 지나가는 나폴레옹을 보았다. 네만 강가의 술집에 앉아 나폴레옹이 도착하길 묵묵히 기다리던 알렉산드르 황제의 수심 어린 얼굴도 보았다. 두 황제가 보트에 오르는 것을, 뗏목에 먼저 닿은 나폴레옹이 빠른 걸음으로 나아와 알렉산드르를 맞으며 손을 내미는 것을, 두 사람이 큰 천막 안으로 사라지는 것을 보았다. 최상류 사회에 들어온 이래 보리스는 주위에서 일어나는 일을 유심히 관찰하고 기록하는 습관을 들였다. 틸지트 회담 때는 나폴레옹과 함께 온 인물들의 이름과 그들이 걸친 제복에 대해 이것저것 묻고, 고위층 인사들이 하는 말을 주의 깊게 들었다. 황제들이 큰 천막에 들어간 바로 그 순간 그는 시계를 보았고, 알렉산드르가 천막에서 나오던 때에도 잊지 않고 시계를 보았다. 회담은 1시간 53분 동안 이어졌다. 그날 밤 그는 자신이 생각하기에 역사적 의미를 띤 다른 사실들 틈에 그것도 기록해 두었다. 황제의 수행단이 아주 소수였던 탓에 군복무에서 성공을 소중히 하는 사람에게는 두 황제의 회담 때 틸지트에 있는 것이 매우 중요한 일이었다. 그래서 틸지트에 갈 기회를 얻은 보리스는 그 이후로 자신의 지위가 완전히 공고해졌음을 느꼈다. 그는 사람들에게 알려졌을 뿐 아니라 눈에 익은 사람이 되었다. 임무를 수행하기 위해 두 번 직접 군주를 대면해서 군주가 그의 얼굴을 알았다. 그래서 모든 측근들이 예전처럼 그를 새로운 얼굴로 여겨 멀리하기는커녕 그가 없으면 깜짝 놀랄 정도가 되었다.

보리스는 다른 부관인 폴란드 백작 질린스키와 함께 지냈다. 파리에서 교육받은 질린스키는 부유했고 프랑스인들을 열렬히 좋아했다. 그래서 틸지트에 체류하는 동안 근위대와 프랑스 군사령부의 장교들이 거의 매일 정찬과 오찬 자리에 모였다.

6월 24일 밤에 보리스와 함께 지내는 질린스키 백작이 프랑스인 지인들을 위해 밤참을 마련했다. 그 자리에는 나폴레옹의 부관한 사람이 귀빈으로 오고, 프랑스 근위대 장교 몇 명과 프랑스의 유서 깊은 귀족 가문 출신으로 나폴레옹의 시동이 된 소년도 왔다. 바로 이날 로스토프는 사람들의 눈을 피하기 위해 평복 차림으로 어둠을 틈타 틸지트에 도착하여 질린스키와 보리스의 숙소에 들어갔다.

로스토프가 떠나온 군 전체에 걸쳐 그랬듯이, 나폴레옹 및 프랑스인들과의 관계를 적에서 친구로 바꾼, 군사령부와 보리스의 내면에서 일어난 그런 대변혁은 로스토프의 내면에 아직 일어나지 않았다. 군에서는 보나파르트와 프랑스인들에게 적개심과 경멸과 두려움이 뒤섞인 이전의 감정을 여전히 계속 느끼고 있었다. 불과 얼마 전에 로스토프는 플라토프의 카자크 장교와 이야기를 나누다가 만약 나폴레옹이 생포되면 군주가 아닌 범죄자로 다루어야 한다고 주장했다. 또 얼마 전 부상당한 프랑스군 연대장과 길에서 마주쳤을 때도 로스토프는 합법적인 군주와 범죄자 보나파르트 사이에는 평화 조약이 체결될 수 없다고 주장하며 열을 올렸다. 그랬던 만큼 보리스의 숙소에서 로스토프는 측면 방어선에서 완전히 다른 식으로 보는 데 익숙해 있던 바로 그 군복을 입은 프랑스 장교의 모습에 묘한 충격을 받았다. 문에서 고개를 쑥 내민 프랑스 장교를 보자마자 적을 볼 때면 늘 경험하던 전시의 적대적인 감정이 갑자기 그를 사로잡았다. 그는 문지방에 서서 러시아어로 이곳이 드루베츠코이의 숙소인지 물었다. 현관에서 들려온 낯선 목소리에 보리스가 그 목소리를 향해 나왔다. 로스토프를 알아본 첫 순간, 보리스의 얼굴에는 짜증 난 표정이 떠올랐다.

"아, 너구나. 정말 반가워. 너를 보니 정말 반가워." 하지만 그는 미소 띤 얼굴로 로스토프에게 향하며 말했다. 그러나 로스토프는 그의 첫 움직임을 눈치챘다.

"내가 안 좋은 때 온 모양이네." 그가 말했다. "딱히 올 생각이 없었는데 볼일이 있어서 말이야." 그는 차갑게 말했다…….

"아니야, 네가 연대를 떠나온 것이 놀라울 뿐이야. **곧 가겠습니다.**" 그는 자신을 부르던 목소리에 대답했다.

"내가 안 좋은 때에 온 게 맞네." 로스토프가 다시 말했다.

보리스의 얼굴에서 불쾌한 표정은 이미 사라졌다. 아마도 어떻게 해야 할지 곰곰이 생각하고 결론을 내린 듯 특유의 침착한 태도로 로스토프의 팔을 잡고 옆방으로 데려갔다. 차분하고 단호하게 로스토프를 바라보던 보리스의 눈동자에는 무언가가 드리워져 있는 듯했다. 마치 어떤 덮개가, 집단의 파란색 안경이 씌워진 것 같았다. 로스토프에겐 그렇게 보였다.

"아, 그만, 부탁이야. 네가 안 좋은 때에 온다는 건 있을 수 없는 일이야." 보리스가 말했다. 보리스는 그를 저녁 식사가 차려진 방으로 데려가서 이름을 말하고 문관이 아닌 경기병 장교로 자신의 오랜 친구라고 소개한 다음 손님들과 인사하게 했다. "질린스키 백작, N. N. **백작**, S. S. **대위**." 보리스는 손님들의 이름을 알려 주었다. 로스토프는 얼굴을 찌푸린 채 프랑스인들을 쳐다보며 마지 못해 인사하고는 침묵을 지켰다.

질린스키는 이 새로운 러시아인을 자신의 모임에 받아들인 것이 달갑지 않은 듯 로스토프에게 아무 말도 하지 않았다. 보리스는 새로운 인물의 출현으로 생긴 거북함을 알아차리지 못한 듯 로스토프를 맞이할 때와 똑같이 기분 좋은 침착한 태도와 무언가가 드리워진 듯한 눈으로 대화에 활기를 불어넣으려고 애썼다. 프랑스인 중 한 사람이 흔히 볼 수 있는 프랑스식의 정중한 태도로 고집스럽게 침묵을 지키는 로스토프에게 말을 걸며 혹시 황제를 보기 위해 틸지트에 온 것이냐고 물었다.

"아닙니다, 용무가 있어서요." 로스토프는 짧게 대꾸했다.

보리스의 얼굴에서 불만이 보이자 로스토프는 그 즉시 기분이 나빠졌다. 그리고 기분이 안 좋은 사람들에게 늘 그렇듯이 그는 모두가 자신을 적의 어린 눈으로 쳐다보고 있고 자신이 모두를 방해하고 있다고 느꼈다. 실제로 그는 모두에게 방해가 되었고 새로 시작된 공통의 대화에서 혼자 동떨어져 있었다. '그런데 저 사람은 왜 여기 앉아 있는 거야?' 손님들이 그에게 던지는 시선은 그렇게 말하고 있었다. 그는 자리에서 일어나 보리스에게 다가갔다.

"아무래도 내가 널 불편하게 하는 것 같아." 로스토프가 보리스에게 나직이 말했다. "잠깐 조용한 곳으로 가서 이야기 좀 하자. 그러고 나서 난 갈게."

"아, 아니야, 전혀 그렇지 않아." 보리스가 말했다. "피곤하면 내 방으로 가자. 누워서 좀 쉬어."

"사실……."

두 사람은 보리스가 자는 작은 방으로 갔다. 로스토프는 앉지도 않고, 마치 보리스가 무슨 잘못이라도 저지른 것처럼, 즉시 흥분한 어조로 데니소프의 사건을 이야기하면서, 장군을 통해 데니소프에 대해 군주에게 탄원을 하고 또 그를 통해 편지를 전달할 용의가 있는지, 또 그렇게 하는 것이 가능한지 물었다. 단둘이 있게 되었을 때 로스토프는 난생처음 보리스의 눈을 바라보며 어색해하는 자신을 발견했다. 보리스는 다리를 꼬고 왼손으로 오른손의 가느다란 손가락들을 어루만지며, 마치 부하의 보고를 듣는 장군처럼 로스토프의 말을 듣고 있었다. 그는 시선을 피하기도 하고 장막을 친 듯한 눈길로 로스토프의 눈을 똑바로 쳐다보기도 했다. 그럴 때마다 로스토프는 거북해서 눈을 내리깔았다.

"그런 종류의 사건에 대해서 들은 적이 있어. 내가 알기로 폐하는 그런 경우에 매우 엄격하셔. 난 그 문제를 폐하께까지 전할 필요가 없을 거라고 생각해. 내 생각엔 군단장에게 곧장 청원하는 편이 나을 거 같은데…… 하지만 대체로 내가 생각하기에는……"

"그러니까 넌 아무것도 하고 싶지 않다는 거구나. 그럼 그렇다고 말해!" 로스토프는 보리스의 눈을 쳐다보지 않고 고함을 치다시피 했다.

보리스는 빙그레 웃었다.

"천만에, 난 내가 할 수 있는 것을 할 거야. 다만 내가 생각하기에는……"

그때 문에서 보리스를 부르는 질린스키의 목소리가 들려왔다.

"가, 가, 어서 가 봐." 로스토프가 말했다. 그는 저녁 식사를 거절하고 작은 방에 혼자 남아서 오랫동안 방 안을 이리저리 걸으며 옆방에서 흘러나오는 유쾌한 프랑스어에 귀를 기울였다.

20

　로스토프는 데니소프를 위한 청원을 하기에 가장 안 좋은 때 틸지트에 왔다. 그는 연미복을 입은 데다 상관의 허가 없이 틸지트로 와서 당직 장군을 직접 찾아갈 수 없었다. 한편 보리스는 설령 도와줄 마음이 있었다 해도 로스토프가 도착한 다음 날에는 그 일을 할 수 없었다. 그날 6월 27일 평화 조약의 첫 조항들이 체결되었다. 두 황제는 훈장을 교환했다. 알렉산드르는 레지옹 도뇌르 훈장을, 나폴레옹은 안드레이 1급 훈장을 받았다. 그리고 그날은 프랑스 근위 대대가 프레오브라젠스키 대대를 위해 베푸는 만찬이 예정되어 있었다. 두 군주는 이 연회에 참석해야 했다.

　로스토프는 보리스를 대하는 게 너무 거북하고 불쾌해서 보리스가 저녁 식사 후에 잠깐 들렀을 때 자는 척했고, 다음 날에는 그를 보지 않으려고 아침 일찍 숙소에서 나와 버렸다. 연미복을 입고 둥근 모자를 쓴 그는 프랑스인들과 그들의 군복을 눈여겨보고, 러시아 황제와 프랑스 황제가 거처하는 저택과 거리를 눈여겨보며 도시를 배회했다. 광장에서는 테이블을 배치하고 만찬을 준비하는 광경을 보았고, 거리에서는 러시아 색과 프랑스 색 깃발들을 걸어 놓은 휘장들이며, A.와 N.의 거대한 모노그램을 보았다. 집들의 창문에도 깃발과 모노그램이 붙어 있었다.

'보리스는 나를 돕고 싶어 하지 않아. 나도 그에게 부탁하고 싶지 않고. 이 문제에 대해선 답이 나왔어.' 니콜라이는 생각했다. '우리 사이의 일은 다 끝났어. 하지만 데니소프를 위해 내가 할 수 있는 일을 다 해 보지도 않고, 무엇보다 폐하께 편지를 전해 보지도 않고 이곳을 떠나지는 않겠어. 폐하께? 여기 계시잖아!' 로스토프는 이런 생각을 하며 무심결에 알렉산드르가 거처하는 저택으로 다시 걸음을 옮겼다.

저택 곁에는 승마용 말들이 서 있었고, 군주의 출발을 준비하는지 수행원들이 모여들고 있었다.

'당장이라도 그분을 뵐 수 있어.' 로스토프는 생각했다. '그분에게 편지를 곧바로 전하고 모든 것을 아뢸 수만 있다면……. 연미복 때문에 체포될까? 그럴 리 없어! 그분은 누구의 편에 정의가 있는지 이해하실 거야. 그분은 다 이해하시고, 다 아셔. 어느 누가 그분보다 더 공정하고 더 관대할 수 있겠어? 그래, 내가 이곳에 있다는 이유로 체포된다 해도 그게 뭐 대수겠어?' 그는 군주가 거처하는 저택으로 들어가는 장교를 바라보며 생각했다. '정말 저렇게 사람들이 들어가고 있잖아. 에이! 다 헛튼소리야! 가서 폐하께 편지를 직접 건네 드리자. 드루베츠코이에게는 곤란한 일이겠지만 날 이 지경으로 내몬 건 그 녀석이야.' 로스토프는 호주머니에 든 편지를 만져 보고는 갑자기 스스로도 자신에게서 기대하지 않은 결연한 태도로 군주가 거처하는 저택을 향해 곧장 걸어갔다.

'아니야, 이번에는 더 이상 아우스터리츠 이후처럼 기회를 놓쳐 버리지 않겠어.' 그는 당장이라도 군주와 마주칠지 모른다는 기대에 차서 이렇게 생각했고, 그 생각에 피가 심장으로 몰려드는 느낌을 받았다. '그분의 발 앞에 엎드려 탄원해야지. 그분은 나를 일

으켜 내 말을 끝까지 들어주시고 또 고마워하실 거야.' 로스토프
는 군주가 자신에게 할 말을 상상했다. '나는 선을 행할 수 있을 때
행복하다. 그러나 불의를 바로잡는 것은 더없이 큰 행복이다.' 그
러고는 호기심에 차서 그를 바라보는 사람들을 지나 군주가 거처
하는 저택의 현관 계단으로 향했다.

입구부터 넓은 계단이 위로 쭉 뻗어 있었다. 오른쪽에 닫힌 문
이 보였다. 계단 아래에는 아래층으로 통하는 문이 있었다.

"누굴 찾아왔습니까?" 누군가가 물었다.

"편지를 전하려고요. 폐하께 올리는 청원입니다." 니콜라이는
떨리는 목소리로 말했다.

"청원은 당직에게 하십시오. 이쪽으로 (그에게 아래쪽 문을 가
리켰다) 가세요. 면회는 안 될 겁니다."

그 무심한 목소리를 듣자 로스토프는 자신이 하고 있는 행동에
깜짝 놀랐다. 금방이라도 군주를 만나리라는 생각은 너무도 유혹
적이었지만, 또 그런 만큼 너무도 두려워서 그는 달아나려 했다.
그러나 그와 마주친 궁정 사무관*이 당직실 문을 열어 주었고, 로
스토프는 안으로 들어갔다.

그 방에는 서른 살가량의 뚱뚱하고 키 작은 남자가 하얀 바지와
긴 부츠에 이제 막 입은 듯 삼베로 지은 얇은 루바시카 하나만 걸
친 차림으로 서 있었다. 그의 뒤에서 시종이 명주실로 수놓은 멋
진 새 멜빵을 채웠다. 왠지 그 멜빵이 로스토프의 눈에 띄었다. 그
남자는 옆방에 있던 누군가와 이야기를 나누었다.

"**몸매도 좋고 싱싱하죠.**" 그 남자가 이렇게 말하다가 로스토프
를 보고는 말을 멈추고 얼굴을 찌푸렸다.

"무슨 일로 왔습니까? 청원……?"

"**뭡니까?**" 옆방에서 누군가가 물었다.

"또 청원자입니다." 멜빵을 멘 남자가 대답했다.

"나중에 오라고 해요. 지금 나오실 테니 가야 합니다."

"나중에요, 나중에. 내일 와요. 늦었군……."

로스토프는 돌아서서 나가려 했지만, 멜빵을 멘 남자가 그를 불러 세웠다.

"누가 보냈습니까? 당신은 누굽니까?"

"데니소프 소령의 부탁을 받았습니다." 로스토프가 대답했다.

"당신은 누굽니까? 장교요?"

"중위 로스토프 백작입니다."

"참으로 대담하군요! 명령 계통에 따라 제출해요. 나가시오, 나가요……." 그러고는 시종이 건네는 군복을 입기 시작했다.

로스토프는 다시 현관으로 나갔다가 현관 계단에 예복을 완벽하게 차려입은 많은 장교들과 장군들이 나와 있는 것을 보았다. 그는 그들 옆을 지나가야 했다.

자신의 대담함을 저주하면서, 당장이라도 군주와 마주칠지 모르고 그 앞에서 굴욕을 당하고 구금될지 모른다는 생각에 심장이 멎을 듯한 기분을 느끼면서, 자신의 행동이 무례하기 짝이 없음을 절실히 깨닫고 후회하면서 로스토프는 눈을 내리깐 채 눈부신 수행원들 무리에 에워싸인 저택을 몰래 빠져나왔다. 그때 낯익은 목소리가 그를 불렀고, 누군가의 손이 그를 붙잡아 세웠다.

"이봐요, 연미복 차림으로 여기서 뭐 하고 있는 거요?" 저음의 목소리가 그에게 물었다.

그 사람은 이번 원정에서 군주의 특별한 총애를 받은 기병대 장군으로, 로스토프가 소속된 사단의 옛 지휘관이었다.

로스토프는 깜짝 놀라 변명을 늘어놓다가 장군의 선하고 익살맞은 얼굴을 보고는 한옆으로 물러나서 흥분한 목소리로 장군도 아는 데니소프를 변호해 달라고 부탁하며 모든 사정을 전했다. 장군은 로스토프의 말을 다 듣고 나서 심각하게 고개를 저었다.

"안됐군, 훌륭한 젊은이인데 안됐어. 편지를 주게."

로스토프가 막 편지를 전하자마자 계단에서 빠른 발소리와 박차 소리가 울렸다. 장군은 로스토프 곁을 떠나 현관 계단 쪽으로 움직였다. 군주의 수행원들이 계단을 달려 내려와 말들에게 갔다. 아우스터리츠에도 왔던 조마사 에네가 군주의 말을 끌고 왔고, 계단에서 가볍게 삐걱대는 발소리가 들렸다. 로스토프는 그 발소리가 누구의 것인지 알아차렸다. 눈에 띌 위험을 잊은 채 로스토프는 주민들 가운데 호기심 강한 몇몇 사람과 함께 현관 계단까지 다가가 자신이 흠모하는 그 용모, 그 얼굴, 그 시선, 그 걸음걸이, 그 위대함과 온화함의 결합을 두 해 만에 다시 보았다…… 그러자 군주를 향한 환희와 사랑의 감정이 예전과 똑같은 힘으로 로스토프의 영혼 속에서 되살아났다. 군주는 프레오브라젠스키 연대의 군복에 하얀 가죽 바지를 입고 긴 부츠를 신고 로스토프는 모르고 있던 별 모양 훈장(**레지옹 도뇌르**였다)을 단 채 겨드랑이에 모자를 끼고 한쪽 장갑을 끼면서 현관 계단으로 나왔다. 그는 걸음을 멈추고 주위를 둘러보며 자신의 눈빛으로 주변의 모든 것을 환하게 밝혔다. 그는 한 장군에게 몇 마디 말을 건넸다. 로스토프의 옛 사단장도 알아보고는 미소를 지으며 가까이 불렀다.

수행원들이 모두 물러났다. 로스토프는 그 장군이 꽤 오랫동안 군주에게 무언가를 말하는 것을 보았다.

군주는 그에게 몇 마디 말을 하고 말에 오르기 위해 걸음을 뗐다. 수행원 무리와 로스토프가 끼여 있던 거리의 군중이 다시 군주 쪽으로 다가갔다. 군주는 말 옆에 서서 한 손으로 안장을 잡은 채 기병대 장군을 돌아보고는 모두에게 자신의 말이 들리기를 원하는 것이 분명한 큰 소리로 말했다.

"그럴 수 없소, 장군. 법이 나보다 더 강하니 그럴 수는 없소." 군주는 이렇게 말하고 등자에 한 발을 걸었다. 장군은 공손히 고개를 숙였고, 군주는 말에 올라 거리를 질주했다. 로스토프는 환희에 어쩔 줄 몰라 하며 군중과 함께 그를 뒤따라 달렸다.

21

　군주가 달려간 광장 오른쪽에는 프레오브라젠스키 대대가, 왼쪽에는 곰 가죽 모자를 쓴 프랑스 근위 대대가 서로 마주 보고 서 있었다.

　군주가 받들어총을 하고 있던 양쪽 대대의 한쪽 측면으로 다가갈 때 반대편 측면에서 다른 무리의 말 탄 사람들이 접근하고 있었다. 로스토프는 그들의 선두에 있는 나폴레옹을 알아보았다. 다른 그 누구일 리가 없었다. 그는 작은 모자를 쓰고 안드레예프 수장을 어깨에 두르고* 소매 없는 하얀 재킷 위에 걸친 파란 군복의 앞섶을 풀어 헤친 채 금실로 수놓은 산딸기색 안장을 깐 진귀한 아라비아 순종의 회색 말 위에 앉아 빠르게 말을 몰았다. 알렉산드르에게 가까이 간 그는 모자를 살짝 들어 올렸다. 기병 로스토프의 눈은 이 동작에서 나폴레옹이 말을 타는 게 서툴고 불안정하다는 것을 알아차렸다. "우라!" "황제, 만세!" 양쪽 대대가 외치기 시작했다. 나폴레옹이 알렉산드르에게 뭐라고 말했다. 두 황제는 말에서 내려 서로 손을 맞잡았다. 나폴레옹의 얼굴에는 불쾌하고 위선적인 미소가 어려 있었다. 알렉산드르가 다정한 표정으로 그에게 뭐라고 말했다.

군중을 에워싼 프랑스 헌병대의 말들이 발굽을 굴러 댔지만 로스토프는 눈을 떼지 않고 알렉산드르 황제와 보나파르트의 동작 하나하나를 주시했다. 알렉산드르가 보나파르트와 동등한 사람으로 행동하는 모습, 보나파르트가 군주와의 이런 친밀한 관계는 자신에게 자연스럽고 익숙한 일이라는 듯 전혀 거리낌 없이 동등한 입장에서 차르를 대하는 모습은 그에게 예상치 못한 충격을 주었다.

알렉산드르와 나폴레옹은 수행단의 긴 꼬리를 달고 프레오브라젠스키 대대 오른쪽 측면으로, 그곳에 서 있던 군중에게 곧장 다가갔다. 군중이 예기치 않게 두 황제와 아주 가까워져, 무리 앞줄에 서 있던 로스토프는 자신이 눈에 띄지 않을까 두려워졌다.

"폐하, 당신의 병사들 가운데 가장 용감한 자에게 레지옹 도뇌르 훈장을 수여할 수 있도록 허락을 구하고자 합니다." 한 글자 한 글자 분명하게 발음하는 날카롭고 또렷한 목소리가 말했다.

키 작은 보나파르트가 알렉산드르의 눈을 똑바로 올려다보며 한 말이었다. 알렉산드르는 그가 하는 말을 주의 깊게 들으며 고개를 숙이고 미소를 지었다.

"이 전쟁에서 가장 용맹하게 행동한 자에게 말입니다." 나폴레옹은 그의 앞에 길게 늘어서서 계속 받들어총 자세를 한 채 꼼짝 않고 자기 황제의 얼굴을 응시하는 러시아 군인들의 대오를 로스토프의 속을 뒤집는 그 태연하고 자신만만한 태도로 둘러보면서 음절 하나하나까지 또렷하게 발음하며 말했다.

"지휘관의 견해를 물어볼 수 있도록 허락해 주시지요, 폐하." 알렉산드르는 이렇게 말하고 대대장인 코즐롭스키 공작에게로 서둘러 몇 걸음을 옮겼다. 그사이 보나파르트는 하얗고 자그마한 손에서 한쪽 장갑을 벗더니 갈기갈기 찢어 내던졌다. 뒤에서 황급히 달려온 부관이 그것을 집어 들었다.

"누구에게 주어야겠소?" 알렉산드르 황제가 코즐롭스키에게 러시아어로 조그맣게 물었다.

"누구에게 명하시겠습니까, 폐하?"

군주가 불만스럽게 찌푸린 얼굴로 주위를 둘러보고는 말했다.

"저자에게 대답을 해 주어야만 하지 않겠소."

코즐롭스키는 결연한 모습으로 대열을 둘러보았고, 그 시선에 로스토프도 포착되었다.

'나 아니야?' 로스토프는 생각했다.

"라자레프!" 지휘관이 인상을 쓰고 호령했다. 키 순서로 맨 앞에 선 병사 라자레프가 씩씩하게 앞으로 나왔다.

"어디로 가는 거야? 거기 서!" 어디로 가야 할지 모르던 라자레프를 향해 목소리들이 수군거렸다. 라자레프는 두려운 표정으로 지휘관을 곁눈질하곤 그 자리에 우뚝 섰다. 맨 앞으로 불려 나오는 병사들이 흔히 그러듯, 그의 얼굴이 부들부들 떨렸다.

나폴레옹은 고개를 살짝 돌리고 무언가를 잡으려는 듯 작고 통통한 손을 뒤로 뻗었다. 바로 그 순간, 무슨 일인지 짐작한 그의 수행단 사람들이 부산을 떨고 서로 소곤거리며 무언가를 차례로 전달했다. 로스토프가 전날 보리스의 숙소에서 본 바로 그 시동이 앞으로 달려 나와 뻗은 손 위로 공손히 고개를 숙이고는 그 손을 한순간도 기다리게 하지 않고 붉은 리본이 달린 훈장을 손 위에 놓았다. 나폴레옹은 쳐다보지 않고 두 손가락을 붙였다. 훈장은 어느새 그 사이에 있었다. 나폴레옹은 눈을 부릅뜨고 자신의 군주만을 고집스레 계속 쳐다보는 라자레프에게 다가가 알렉산드르 황제를 돌아보았다. 그는 이렇게 함으로써 자신의 행동이 동맹자를 위한 것임을 드러냈다. 훈장을 쥔 자그맣고 하얀 손이 라자레프의 단추를 가볍게 건드렸다. 마치 나폴레옹은 이 병사가 영원히 행복해지고, 무공에 대한 포상을 받고, 세상 그 누구보다 뛰어나기 위해서는 자신의 손이, 나폴레옹의 손이 그 가슴을 건드려 주기만 하면 된다는 것을 아는 듯했다. 나폴레옹은 라자레프의 가슴에 그냥 십자가를 대기만 했다. 그러고는 마치 그 십자가가 라자레프의 가슴에 착 붙으리라는 것을 아는 듯 손을 내리고 알렉산드르를 돌아보았다. 과연 십자가는 착 달라붙었다. 러시아인과 프랑스인의 살뜰한 손길들이 순식간에 그 십자가를 받아 라자레프의 군복에 달았기 때문이었다. 라자레프는 자기 몸에 무언가를 한 하얀 손의 키 작은 남자를 침울하게 힐끔 보고는 계속 꼼짝 않고 받들어총을 한 상태에서 다시 알렉산드르의 눈을 똑바로 쳐다보았다. 계속 서 있어야 하는지, 아니면 이제 돌아가라거나 혹은 아마 또 무언가를 하라고 명령을 내릴 것인지, 마치 알렉산드르에게 묻는 듯했다. 그러나 그는 아무런 명령도 받지 못한 채 꽤 오래 부동자세로 서 있었다.

두 군주는 말을 타고 떠났다. 프레오브라젠스키 대대의 병사들은 대오를 풀고 프랑스 근위대 병사들과 섞여 그들을 위해 차려진 테이블 앞에 앉았다.

라자레프는 상석에 앉았다. 러시아 장교들과 프랑스 장교들이 그를 끌어안고 축하해 주며 악수를 청했다. 장교들과 일반인들이 라자레프를 보기 위해 무리를 지어 다가왔다. 러시아어와 프랑스어로 왁자지껄 떠들고 호탕하게 웃는 소리가 광장 테이블 주위를 떠돌았다. 얼굴이 벌겋게 달아오른 두 장교가 유쾌하고 행복한 모습으로 로스토프의 곁을 지나갔다.

"어이, 정말 대단한 환대이지 않아? 전부 은으로 된 식기야." 한 장교가 말했다. "라자레프 봤나?"

"봤지."

"내일은 프레오브라젠스키 대대가 대접할 거라던데."

"아니, 라자레프 같은 녀석에게 그런 엄청난 행운이 오다니 말이야! 1천2백 프랑의 종신 연금이야."

"이보게들, 이런 게 군모라네!" 프레오브라젠스키 대대의 한 사람이 털이 북실북실한 프랑스군 군모를 쓰며 외쳤다.

"정말 근사해. 멋져!"

"자네 암호 들었나?" 근위대의 한 장교가 다른 장교에게 말했다. "그저께는 **나폴레옹, 프랑스, 용맹**이었고, 어제는 **알렉산드르, 러시아, 위대함**이었어. 하루는 우리 폐하가 암호를 내고, 또 하루는 나폴레옹이 내는 거지. 내일은 폐하께서 프랑스 근위대의 가장 용맹한 자에게 게오르기 훈장을 하사하실 거야. 어쩔 수 없지! 똑같이 보답해야 하니까."

보리스도 동료 질린스키와 함께 프레오브라젠스키 대대의 연회를 보러 왔다. 돌아가는 길에 보리스는 어느 집의 한구석에 서 있던 로스토프를 발견했다.

"어이, 로스토프! 서로 얼굴도 못 봤군." 보리스는 로스토프에게 말을 건네며, 그에게 무슨 일이 있었는지 묻지 않을 수 없었다. 로스토프의 얼굴이 이상할 정도로 침울하고 낙담한 기색을 띠었기 때문이다.

"아무것도 아냐, 아무것도." 로스토프가 대꾸했다.

"들를 거지?"

"그래, 들를게."

로스토프는 연회를 즐기며 흥청거리는 사람들을 멀리서 바라보며 오랫동안 집 모퉁이에 서 있었다. 머릿속에선 자신이 도저히 끝맺을 수 없던 고통스러운 노동이 벌어지고 있었다. 영혼 속에 무시무시한 의혹이 일었다. 표정이 변하고 고분고분해진 데니소프의 모습이며 잘린 팔다리와 불결함과 질병으로 꽉 찬 병원 모습이 그의 뇌리에 떠올랐다. 시체에서 풍기던 병원 냄새가 생생하게 떠올라 그 냄새가 어디에서 나는지 알아내기 위해 주위를 둘러보기까지 했다. 스스로에게 흐뭇해하는 하얗고 조그마한 손을 가진 보나파르트가 떠오르기도 했다. 그는 이제 황제였고, 알렉산드르 황제에게 사랑과 존경을 받고 있다. 잘려 나간 팔다리와 목숨을 잃은 사람들은 도대체 무엇을 위해 싸운 것인가? 포상을 받은 라자레프와 처벌을 받고 용서받지 못한 데니소프가 떠오르기도 했다. 그는 자신을 놀라게 하던 그런 이상한 생각들에 빠져 있었다.

프레오브라젠스키 대대를 위해 마련된 음식 냄새와 허기가 그를 이 같은 상태에서 일깨웠다. 떠나기 전에 뭐라도 먹어야 했다. 그는 아침에 본 호텔로 향했다. 호텔에는 일반인을 비롯해 그와 마찬가지로 평복을 입고 온 장교들이 너무 많아서 그는 간신히 식사를 할 수 있었다. 로스토프와 같은 사단에 있는 장교 두 명이 그와 합석했다. 대화는 자연스럽게 평화 조약에 이르렀다. 군의 대다수가 그렇듯이 로스토프의 동료 장교들은 프리틀란트 이후에 체결된 평화 조약을 불만스러워했다.* 그들은 자기들이 좀 더 버텼으면 나폴레옹이 무너졌을 것이라고, 그의 군대는 건빵도 탄약도 이미 다 떨어졌었다고 말했다. 니콜라이는 말없이 먹으며, 술을 들이켰다. 그는 혼자 포도주를 두 병 마셨다. 그의 안에서 일어난 내적 노동이 여전히 해결되지 않은 채 그를 괴롭혔다. 그는 자기 생각에 빠져드는 것이 두려웠지만 도저히 떨칠 수 없었다. 프랑스인을 보면 모욕을 느낀다는 한 장교의 말에 로스토프가 얼토당토않게 흥분해서 소리치는 바람에 장교들이 몹시 놀랐다.

"무엇이 더 나을지 당신들이 어떻게 판단할 수 있습니까!" 그는 갑자기 피가 쏠린 얼굴로 외쳤다. "어떻게 당신들이 폐하의 행동에 대해 판단할 수 있습니까, 우리가 무슨 권리로 이러쿵저러쿵 따진단 말입니까? 우리는 폐하의 목적도 행동도 헤아릴 수 없지 않습니까!"

"아니, 난 폐하에 대해서는 단 한 마디도 안 했어요." 로스토프가 취해서 그런 것이라고밖에 그의 흥분을 달리 이해할 수 없었던 장교가 변명했다.

하지만 로스토프는 그의 말을 듣지 않았다.

"우리는 외교관이 아닙니다. 우리는 군인이고, 더 이상은 아무것도 아닙니다." 그는 계속 말했다. "우리에게 죽으라고 명령하면 죽어야 합니다. 처벌이 내려진다면 그것은 곧 우리한테 죄가 있다는 뜻입니다. 판단하는 것은 우리가 아닙니다. 황제 폐하께서 보나파르트를 황제로 인정하고 그와 동맹을 체결하고자 하시면 응당 그렇게 되어야 합니다. 우리가 모든 것을 판단하고 논하기 시작하면 신성한 것은 하나도 남지 않을 겁니다. 그런 식으로 하다가는 우리는 하느님도 없고 아무것도 존재하지 않는다고 말하게 될 겁니다." 니콜라이는 테이블을 쾅 치며 동석자들의 견해로 보았을 때는 너무나 엉뚱하게, 그러나 그의 생각의 흐름으로 보았을 때는 아주 논리 정연하게 부르짖었다.

"우리의 일은 자신의 임무를 수행하는 것, 적을 베고 생각하지 않는 것입니다. 그게 전부입니다." 그가 말을 맺었다.

"그리고 마시는 것이지." 다투고 싶지 않았던 한 장교가 말했다.

"그래요, 그리고 마시는 겁니다." 니콜라이가 맞장구를 쳤다. "어이, 이봐! 한 병 더!" 그가 고함쳤다.

(중권에서 계속됩니다.)

13 **공작, 제노바와 루카는 부오나파르트 가문의 소유지예요** 1800년대 초 페테르부르크 상류 사회 살롱의 모습을 재현하고 있는 소설의 첫 장면에서 안나 셰레르가 손님들과 나누는 대화에는 당시 상류 사회의 정치적 분위기와 유행 및 당면 과제들이 투영되어 있다. 때문에 이 시기 유럽에서 일어난 정치적 사건들의 반향이 풍부하다. 여기에서는 나폴레옹의 이탈리아 정복에 대해 말하고 있다. 제노바는 1797년 나폴레옹의 제1차 이탈리아 원정의 결과로 점령되어 리구리아 공화국을 이루었다가 1805년 프랑스에 병합되며, 1799년 점령된 루카는 1805년 나폴레옹의 누이 엘리제와 그녀의 남편 바치오키가 통치하는 프랑스 속국이 된다. 여기서 '부오나파르트'는 이탈리아 코르시카 출신인 나폴레옹의 본명으로, '부나파르트', '보나파르티우스' 등과 더불어 나폴레옹의 출신에 대한 조롱의 의미를 담고 있다.

마리야 페오도로브나 황태후 알렉산드르 1세의 어머니이자 파벨 1세(1754~1801)의 황후.

그리프 gripp. 유행성 감기, 독감을 뜻함.

붉은 하인 축일이나 의례에서 귀빈을 맞을 때 시중들던, 붉은 제복을 입은 하인.

15 **노보실체프의 보고와 관련해서 결정된 게 있나요** 1805년 봄 영국, 러시아, 오스트리아, 스웨덴, 나폴리 왕국의 대프랑스 동맹 결성 움직임이 재개된다는 소식에 불안을 느낀 나폴레옹은 영국에 평화 협상을 제안한다. 영국이 러시아에 협상 중재를 요청하자 알렉산드르 1세는 그 역할을 총애하던 정치가 니콜라이 노보실체프(Nikolai Novosil'tsev, 1761~1836)에게 맡겨 1805년 6월 파리로 파견한다. 그러나 노보실체프는 제노바와 루카가 프랑스 제국에 병합된 것을 베를린에서 알게 되어 알렉산드르 1세에게 급히 보고하고 그곳에 남아 후속 지시를 기다린다. 알렉산드르 1세는 평화를 언급하며 이웃 국가 영토 병합 정책을 지속하던 나폴레옹과의 협상을 거부하고 노보실체프를 소환한다. 결국 평화 조약은 체결되지 않았고, 1805년 가을 프랑스와 러시아-오스트리아 연합군의 전쟁이 시작된다.

오스트리아는 우리를 배신하고 있어요 당시 오스트리아가 러시아에 보여 준 정치적 태도를 염두에 둔 말. 이전의 여러 전쟁에서도 러시아와의 동맹을 깨뜨렸던 오스트리아는 1798년 결성된 제2차 대프랑스 동맹에 따라 치른 프랑스와의 전쟁에서 패하자 1801년 프랑스와 뤼네빌 평화 조약을 맺고 제2차 대프랑스 동맹마저 깨뜨렸다. 1804년에는 나폴레옹이 이탈리아를 다시 침략할 경우 군사적 반격을 가하기로 러시아와 협약을 맺지만, 나폴레옹이 이탈리아왕에 등극하고 제노바와 루카를 합병했음에도 전쟁 준비를 서두르지 않았다.

16 **정의로운 사람의 피를 보상해 주어야 해요** 1804년 3월에 벌어진 나폴레옹의 앙기앵 공작 살해 사건을 염두에 둔 말. 나폴레옹이 부르봉왕가를 탄압하기 위해 날조한 사건으로 유명하다. 앙기앵 공작이라는 작위는 부르봉 왕가의 친족인 콩데가(家)의 후계자에게 부여되었는데, 여기서 말하는 앙기앵 공작은 콩데가의 마지막 대표인 루이앙투안앙리 드 부르봉콩데(Louis-Antoine-Henri de Bourbon-Condé, 1772~1804)를 가리킨다. 나폴레옹은 반나폴레옹 쿠데타에 가담했다는 거짓 혐의를 씌워 독일 바덴에 망명하

여 조용히 살고 있던 그를 비밀경찰이 납치해 오게 한 뒤 간단한
군사 재판 끝에 곧바로 총살했다. 앙기앵 공작의 처형은 유럽에 큰
분노를 야기해 1805년 새로운 대프랑스 동맹의 결성을 촉진시킨
다. 알렉산드르 1세는 바덴의 주권 침해와 '왕족이 흘린 피'에 대한
신랄한 항의 각서를 나폴레옹에게 보낸다.

영국은 몰타에서 철수하기를 거부했어요 지중해에 위치한 몰타섬은
1530년부터 성 요한 기사단의 지배를 받았으나 1798년 나폴레옹
이 이끄는 프랑스군에 점령되고, 1800년에는 영국령이 된다. '아
미앵 평화 조약'(1802)에 따라 영국은 몰타에서 철수해야 했지만
그 조건을 이행하지 않았고, 러시아 수비대를 임시 주둔시켜 프랑
스와 영국을 중재하려 한 알렉산드르 1세의 제안은 거부되었다.
1803년 프랑스와 영국이 전쟁을 시작하자 러시아는 대프랑스 동
맹에 참여하여 이 전쟁에 뛰어든다.

하르덴베르크든 하우그비츠든 ~ 한마디도 믿을 수 없어요 1800년대 초 나
폴레옹이 유럽의 지도를 마음대로 재단하며 유럽에 군림하는 상
황에서 프로이센은 공공연히 대프랑스 동맹에 가입할 엄두를 내
지 못했다. 나폴레옹 전쟁 시기 프로이센 재상의 자리에 올라 프
로이센 왕국을 지켜 낸 카를 아우구스트 폰 하르덴베르크(Karl
August von Hardenberg, 1750~1822) 후작은 1805년 외무 대신
으로 중립과 전쟁 사이에서 확고한 입장을 견지하지 못하고 이
중적 태도를 취했다. 크리스티안 폰 하우그비츠(Christian von
Haugwitz, 1752~1832) 백작은 프로이센 왕의 특별한 신임을 누
린 영향력 있는 외교관으로 프랑스와의 화친 정책을 지지했다.

프로이센의 이 악명 높은 중립주의는 함정일 뿐이에요 프로이센 정책의 기
조로 천명된 중립주의는 나폴레옹에게 동맹국들을 각개 격파할
가능성을 제공함으로써 대나폴레옹 전쟁의 행보에 부정적 영향을
끼치면서 사실상 나폴레옹을 지원하는 결과를 가져왔다.

**우리의 친애하는 빈친게로데 대신 ~ 당신이 돌격해서 프로이센 왕의 동의
를 받아 냈을 텐데 말입니다** 페르디난트 빈친게로데(Ferdinand
Wintzingerode, 1770~1818) 남작은 작센 공국 출생으로 1790년

오스트리아군에서 복무를 시작해 1797년 러시아군에 들어갔다. 1802년 알렉산드르 1세의 부관이 된 그는 대프랑스 동맹의 전반적인 구상을 전하도록 오스트리아와 프로이센에 파견된다. 그러나 프로이센의 왕 프리드리히 빌헬름 3세를 군사 행동에 끌어들이는 데 실패했고, 오스트리아군은 러시아군을 기다리지 않고 성급하게 바이에른으로 진격했다가 울름 부근에서 참패를 당한다.

17 **모르테마르** Mortemart. 모르테마르 자작은 허구적 인물이다. 이 인물의 가능한 원형은 프랑스의 정치가로서 프랑스 혁명에 반대하고 민주주의를 부정하며 절대 군주 정치와 교황의 절대권을 주장했던 보수주의 사상가 조제프 드 메스트르(Joseph de Maistre, 1753~1821) 백작이다. 1803~1817년 상트페테르부르크 주재 사르데냐 왕국 외교 사절을 지냈다. 소설 제4권(제3부 제19장)에서 그의 이름이 언급되며, 톨스토이는 그를 두고 1812년 전쟁 시대의 "가장 능숙한 외교관" 가운데 한 명이라고 말한다. 몽모랑시(Montmorency)와 로앙(Rohan)은 유서 깊은 프랑스 귀족 가문이다.

훌륭한 망명자들 프랑스 혁명기에 외국으로 망명한 프랑스 귀족들을 말한다.

18 **[요한 카스퍼] 라바터** Johann Kasper Lavater(1741~1801). 스위스의 목사이자 관상학의 아버지로 불리며 인간의 정신적인 특성이 그의 형상에, 특히 머리와 얼굴 구조에 나타난다고 주장했다. 라바터의 관상학 이론은 19세기 초 유럽에서 크게 유행했다.

20 **선제 시대에 벌써 은퇴했고** 노공작 볼콘스키의 원형은 톨스토이의 외조부 니콜라이 볼콘스키(Nikolai Bolkonskii, 1753~1821)이다. 육군 대장 니콜라이 볼콘스키는 소설에서 이야기되는 파벨 1세의 시대가 아니라 예카테리나 2세 시대에 강제 퇴역당했다. 톨스토이는 조부의 퇴역과 관련된 궁정 비화를 초고에서 상세히 소개했다.

[미하일] 쿠투조프 Mikhail Kutuzov(1745~1813). 18세기 말 가장 유명한 장군 중 한 사람으로, 군사 행정의 주요 요직을 두루 거쳤다. 1802년 알렉산드르 1세의 눈 밖에 나서 페테르부르크 군정 총

독의 직위에서 해임되었다가 1805년 대프랑스 동맹 군사 작전의 시작을 앞두고 러시아군 총사령관으로 임명되어 8월에 5만 병력을 이끌고 오스트리아로 출정했다.

21   **기장** 제정 러시아 시대에 여학교 우등 졸업생이나 궁정의 시녀들에게 수여하던 기념 휘장으로, 황후 이름의 모노그램(이름의 머리글자를 짜 맞추어 도안화한 것)이 수놓여 있었다.

23   **자보** jabot. 셔츠 앞섶에 다는 레이스 주름 장식.

예카테리나 여제 로마노프 왕조의 여덟 번째 군주인 예카테리나 2세(Ekaterina Ⅱ, 1729~1798). 본래는 프로이센 슈테틴 출신의 독일인이었다. 무능한 남편 표트르 3세를 대신해 섭정하다가 1762년 남편 표트르 3세를 축출하고 차르가 되었다. 표트르 대제의 업적을 계승 발전시키면서 러시아를 유럽의 정치 무대와 문화생활에 완전히 편입시켰다. 내각의 도움을 받아 러시아 제국의 행정과 법률 제도를 개선했으며, 크림반도와 폴란드의 상당 부분을 차지함으로써 영토를 넓혔다. 행정 개혁과 내치, 문예 부흥 등의 공적을 높이 평가해 예카테리나 대제로 불리기도 한다. 치세 초기에는 계몽주의를 신봉하다가 푸가초프 봉기 이후 계몽주의에 대한 신념을 잃고 전제적 노선으로 돌아섰다. 왕위 계승자인 아들 파벨을 좋아하지 않아 자신이 아끼는 손자 알렉산드르를 차르 자리에 올리려 했으나 관료들의 반대로 실패했다. 결국 그녀가 죽은 후 아들 파벨이 차르를 계승했지만 재위한 지 3년 6개월 만에 암살당하여 알렉산드르 1세가 그 자리를 이었다.

24   **영구 평화 계획에 관해 들은 적이 있습니다** 모리오 수도원장의 원형은 나폴레옹에 맞선 유럽 동맹 창설을 통한 영구 평화 계획으로 알렉산드르 1세의 정치적 시각에 영향을 끼친 이탈리아 수도원장 시피오네 피아톨리(Scipione Piattoli, 1749~1809)이다.

27   **앙기앵 공작의 피살에 대해 이야기하기 시작했다** 모르테마르 자작은 앙기앵 공작의 살해를 개인적 복수의 모티프에 기초한 감상적 멜로드라마로 청중에게 소개한다.

담쟁이덩굴과 이끼로 장식한 담쟁이는 평평한 장식을 지칭하고, 이끼는 드레스의 모피 테두리 장식을 말한다.

30 **마드무아젤 조르주** Mademoiselle Georges(1787~1867). 나폴레옹
의 정부였던 유명한 프랑스 비극 배우. 1808년 페테르부르크에 와
서 큰 성공을 거둔다. 제2권 제5부에 조르주가 엘렌의 살롱에 참석
하여 시를 낭송하는 장면이 나온다.

35 **골리친 공작을 통해서 루만체프에게 부탁해 보시는 게 좋겠습니다** 톨스
토이는 허구적 인물들과 실제 역사적 인물들을 일정한 관계 속
에 함께 제시함으로써 시대의 생생한 색조를 재현한다. 여기에
서는 당시 가장 영향력 있던 인물들이 언급된다. 알렉산드르 골
리친(Alexandr Golitsyn, 1773~1844) 공작은 소설에서 묘사
되고 있는 시기에 종무원장이었고, 니콜라이 루만체프(Nikolai
Rumyantsev, 1754~1826) 백작은 외교관으로 통상 대신을 맡고
있었다.

37 **밀라노의 대관식** 1804년 프랑스 제국 황제가 된 나폴레옹은 1805년
5월에는 자신을 이탈리아의 왕으로 천명하고 밀라노에서 대관식
을 올렸다.

38 **아무것도 하지 않았습니다** 루이 16세와 그의 아내 마리 앙투아네트는
프랑스 대혁명 후 국민 공회의 판결에 따라 1793년 단두대에서 처
형되었고, 루이 16세의 누이 엘리자베스는 1794년에 처형되었다.

40 **그들은 원하지 않았다 ~ 그들은 떼로 몰려들었다** 톨스토이는 소설에 등장
하는 역사적 인물의 말과 행동이 허구가 아니라 역사적 자료에 기
초한 것이라고 말했지만 이 구절의 출처는 밝혀지지 않았다.

42 **사회 계약설이지요** 피에르의 생각 속에는 프랑스 계몽사상가 장 자
크 루소가 『사회 계약에 관하여, 혹은 정치적 권리의 원칙』에서 피
력한 사상이 투영되어 있다. 루소는 인민 주권을 지지하고 '사회
계약'의 조건 위에서 강압적으로 전제 정치를 종식시켜야 함을 주
장했다. 루소의 가르침은 18세기 말 프랑스 부르주아 혁명가들의
정치적 시각에 지대한 영향을 끼쳤음은 물론, 러시아 데카브리스
트들도 루소의 저작을 높이 평가했다. 후에 피에르는 데카브리스
트 운동에 참여하게 된다.

43 **브뤼메르 18일** 나폴레옹은 1799년 11월 9일(혁명력 8년 브뤼메르 18일) 쿠데타를 일으켜 세 명의 통령을 두는 통령 정부를 세우고 자신은 원로원의 임명을 받아 10년 임기의 제1통령이 되었다. 1802년 8월에는 종신 통령 자리에 올랐다.

아프리카에서 그가 죽인 포로들은요 나폴레옹은 1799년 3월 팔레스타인의 야파 항구를 포위 공격하여 점령할 당시 목숨을 살려 주는 조건으로 투항한 오스만 제국 군인 4천 명을 학살했다.

인간 나폴레옹은 아르콜레 다리 위에서 1796년 11월, 프랑스군은 북이탈리아의 아르콜레 마을에서 다리를 차지하기 위해 3일 동안 오스트리아군과 교전을 벌였다. 이때 나폴레옹은 다리가 적의 수중에 넘어가는 것을 막기 위해 결정적인 전투 국면에 깃발을 들고 근위보병의 선두에 서서 다리로 돌진했고, 그 결과 프랑스군의 대승으로 끝났다고 한다. 이 일화는 나폴레옹을 영웅화하기 위해 윤색된 이야기로 알려져 있다.

야파의 병원에서 위대합니다 1799년 야파를 점령한 프랑스군은 그곳에 창궐한 페스트로 인해 큰 괴로움을 겪었다. 이때 나폴레옹은 루이알렉상드르 베르티에(Louis-Alexandre Berthier) 원수와 장바티스트 벡시에르(Jean-Baptiste Bessieres) 원수를 대동하고 페스트 환자들이 있는 병원을 방문했다. 이 장면을 그린 앙투안 그로의 「야파의 페스트 병원을 방문한 나폴레옹」(1804)이 루브르 미술관에 소장되어 있다.

44 **카레타** kareta. 상자 모양의 차체에 유리창을 댄 승용 마차다. 1~2인용부터 4인용 이상에 이르기까지 차체의 크기가 다양하고 바퀴가 네 개 달렸다. 차체의 크기에 따라 2~4마리의 말이 마차를 끈다. 스프링이 장착되어 승차감이 편안하다. 차체 앞에는 마부석이, 뒤에는 시종석이 딸려 있다. 가장 화려하고 귀족적인 승용 마차로, 대중 앞에 노출되기를 꺼리는 최상류층이나 귀족 여성들이 주로 사용했다.

제복을 입어라 하인 제복은 자신의 부나 고귀함을 뽐내는 주인들이 특별히 신경 쓰는 대상이었다. 러시아에서 귀족 하인을 위한 제복은 18세기 초 표트르 1세 시대에 등장했다. 그 형태는 표로 정해져 있었고, 이를 어기면 벌금이나 다른 처벌에 처해졌다.

47 **르댕고트** redingote. 18세기에 파리에서 유행한 남성용 외투로, 망토가 달리고 몸을 푹 덮을 정도로 긴 것이 특징이다. 처음에는 승마용 긴 프록코트를 의미했다.

49 **카이사르의 수기** 율리우스 카이사르의 『갈리아 전쟁기』를 말한다.

50 **프리메이슨** Freemason. '자유 석공'이라는 의미의 프리메이슨 혹은 메이슨은 중세 시대 석공들의 조합에 기원을 둔, 상호 부조와 형제애를 중시하는 종교 조직이다. 18세기에 영국에서 태동하여 유럽 여러 나라로 확산되었다. 러시아에는 1730년대에 들어왔으며 정치 개혁을 도모한다는 혐의로 탄압과 금지의 대상이 되었다.

61 **콜랴스카** kolyaska. 접이식 포장이 달린 4인용 승용 마차이며, 일반적으로 두 마리의 말이 차체를 끌고 바퀴는 네 개다. 카레타처럼 스프링이 있어 승차감이 좋다. 주로 귀족 남성들이 이용했다.

62 **손을 떼어 놔** 내기하기로 한 당사자들이 손을 맞잡고 증인을 맡은 제삼자가 그 맞잡은 손을 떼어 놓는 것은 내기가 체결되었음을 뜻하는 러시아 풍습.

미시카 Mishka. 곰의 애칭.

세묘놉스키의 장교 돌로호프였다 '세묘놉스키(Semyonovskii)의 장교'란 '세묘놉스키 근위 연대'의 장교를 말한다. '프레오브라젠스키 연대'와 함께 표트르 대제가 1687년 창설한 러시아 최초의 서유럽식 군대다. 혁명 전까지는 러시아 황실 근위대였다. 소설 속 인물 돌로호프의 원형으로 일컬어지는 사람은 톨스토이의 종숙으로, 정열적인 기질과 도박과 결투에 대한 집착으로 유명했던 표도르 톨스토이(Fyodor Tolstoi, 1782~1864) 백작이다. 사회적 물의를 일으키기도 하면서 격정적인 삶을 살았던 동시에 용맹하고 총명하며 신의가 두터웠던 이 인물을 톨스토이는 "매력적이며 범죄적인 사람"이라고 칭했다. 동시대의 많은 유명 작가들과 친분이 있어 그들의 작품에 등장하는 여러 인물의 원형이 되었다.

64 **임페리알** imperial. 1755년부터 주조된 제정 러시아의 금화. 1임페

리알은 은화로 10루블이었다.

69 **명명일** 이름이 같은 정교회 성자의 기일. 그 성자의 이름을 가진 모든 사람들이 이날 축하를 받는다.

70 **마 셰르 혹은 몽 셰르** '사랑하는 이여'라는 뜻으로 가까운 사람을 부를 때 쓰는 프랑스어이다. '마 셰르(ma chere)'는 여성에게, '몽 셰르(mon cher)'는 남성에게 붙인다.

71 **다마스크** damask. 원래 중국의 비단 직물이 인도, 페르시아, 시리아, 그리스, 이탈리아를 통해 유럽에 확산된 견직물. 시리아의 다마스쿠스에서 이 직물을 만들어 내고 원산지가 다마스쿠스로 인식되면서 직물 이름 자체가 다마스크 직물이 된 것이다. 색사나 금·은사로 꽃이나 식물 그림은 물론 동물의 그림 등을 넣어서 복잡한 무늬를 아름답게 나타낸 직물로 커튼이나 테이블보 등으로 쓴다.

76 **산딸기색 옷깃** 제정 러시아의 대학생은 빳빳한 둥근 옷깃이 달린 교복을 입었으며 깃의 색은 학교나 학과를 나타냈다.

81 **벌써 국립 문서 보관소에~다 마련되어 있는데 말이에요** 모스크바에 있는 외무부 문서 보관소를 말하는 것으로, 그곳에서 근무하는 것을 명예롭게 여겼다.

정말 전쟁이 선포되었다고 하네요 공식적인 전쟁 선포는 아직 이루어지지 않았다. 전쟁의 시작을 알리는 알렉산드르 1세의 선언문은 1805년 9월 1일에 공포된다. 그러나 이미 8월에 러시아군은 쿠투조프의 지휘하에 오스트리아로 향했다.

82 **아르하로프** Arkharov. 모스크바의 유명한 귀족 집안으로 사람들을 환대하는 것으로 명성이 자자했다.

83 **살로모니** Salomoni. 1805년에서 1806년에 걸친 겨울, 모스크바에서 활동했던 독일 극단의 뛰어난 오페라 배우.

92 **[스테파니 펠리시테 뒤크레스트 생오뱅] 장리스** Stéphanie Félicité Ducrest St-Aubin Genlis(1746~1830). 프랑스 작가로 그가 쓴 교훈 소설들이 귀족 가정에서 큰 인기를 누렸다. 로스토프가의 젊은 이들은 장리스 소설의 교훈적 성격에 빗대 훈계를 일삼는 베라에

게 작가의 이름을 별명으로 붙인다. 톨스토이는 소설 속 다른 인물들의 성격 묘사에도 장리스의 작품들을 이용하는데, 쿠투조프는 보로디노 전투 전야에 장리스의 소설 중 하나를 읽는다.

93 **포보즈카** povozka. 승용과 운송용으로 모두 쓰인 스프링이 없는 하급 마차이다. 톨스토이는 주로 전장에서 군인들이 짐마차로 사용하는 마차를 '포보즈카'로 지칭한다. 드루베츠카야 공작 부인이 매우 궁색한 처지였고, 귀부인임에도 그런 초라한 마차로 장거리 여행을 하는 것을 꺼리지 않을 만큼 악착같은 여성이었음을 짐작게 하는 대목이다.

94 **우리가 루만체프 댁에서 연극을 한 후로** 백작 부인은 자신의 젊은 시절과 당시 귀족 계층에서 큰 유행이었던 가내 연극 공연에 참여했던 것을 회상하고 있다. 뛰어난 장군이자 정치가였던 육군 원수 표트르 루만체프-자두나이스키(Pyotr Rumyantsev-Zadunaiskii, 1725~1796) 백작은 모스크바 태생으로 1774년 오스만 튀르크와의 평화 협정을 기념하여 이름 붙인 그의 영지가 모스크바 근교에 있었다. 즉 그 무렵 젊은 처녀였던 로스토바 백작 부인이 루만체프 가를 방문했을 수 있다.

96 **[알렉세이] 오를로프** Alexei Orlov(1737~1807). 예카테리나 여제를 권좌로 이끈 1762년 궁정 쿠데타에 참여했다. 은퇴 후 알렉산드르 1세 치세에 모스크바에 살면서 화려한 무도회와 만찬을 베풀었고, 후한 환대로 사람들을 놀라게 했다. 19세기 초 모스크바에서 가장 유명한 인물이었다.

97 **짚을 깔아 둔 거리** 옛 모스크바 세태의 특징적인 모습 중 하나로, 위중한 병자가 사는 집 인근의 포도에 짚을 두껍게 깔아 마차 바퀴가 자갈에 부딪히며 내는 소리를 최대한 줄였다.
살로프 salop. 독특한 형태의 품이 넓은 여성용 외투로, 19세기 후반에는 소시민과 상인 계층에 널리 퍼졌다.

99 **간소하게 벨벳 외투를 입고 별 모양 훈장 하나를 단** 그다지 옹색하지도 화려하지도 않은, 제복 같은 가벼운 평상복을 말한다. 흔히 가벼운 모피 장식 테두리가 있었다.

101 **마지막 의무** 사제에게 참회하고 성찬식과 성유식을 받는 것을 의미한다.

105 **부용** bouillon. 새, 짐승, 물고기의 살이나 뼈를 끓여 만든 육수로, 수프를 만들 때 기본이 되는 국물.

106 **피트에게 선고를 내리고 있었다** 윌리엄 피트(William Pitt, 1759~1806)는 토리당의 당수로 1804~1806년 영국 수상을 역임했다. 나폴레옹의 프랑스에 대한 격렬한 적대자로 대프랑스 동맹의 중심 세력을 형성했다. 영국과 프랑스 사이의 가장 좁은 해협을 프랑스인들은 '칼레'로, 영국인들은 '도버'로 부른다.

107 **보로비요비 고리** Vorob'yovy Gory. '참새 언덕'이라는 뜻으로 모스크바의 모스크바 강변에 있다.

빌뇌브가 망쳐 놓지만 않으면 말입니다 1805년 나폴레옹은 라망슈 해협(영국 해협)을 건너 영국을 침공하기 위해 라인강 어귀에 있는 소도시 불로뉴에 상륙용 배들과 13만 병력을 집결시킨다. 영국 함대가 해협을 봉쇄하자 나폴레옹은 1805년 가을 프랑스-스페인 연합 함대 지휘관인 피에르샤를 드 빌뇌브(Pierre-Charles de Villeneuve, 1763~1806) 제독에게 지중해에서 라망슈 해협으로 이동해 그곳에 주둔 중인 함대에 합류하라고 명령한다. 그러나 1805년 10월 21일, 빌뇌브는 트라팔가르 해전에서 영국의 넬슨 제독에게 괴멸당해 명령을 이행하지 못했다. 이때 러시아군이 오스트리아군과 합류하기 위해 출정했다는 소식이 알려진다. 결국 나폴레옹은 불로뉴 원정을 포기하고 오스트리아 국경으로 군대를 이동시킨다.

112 **소테 오 마데르** sauté au madère. 소테(saute)는 아주 센 불에서 소량의 기름으로 단시간에 조리하는 기술을 의미하는 용어이다. 마데이라 포도주로 육질을 연하게 한 소테 스테이크를 뜻한다.

116 **무서운 용이라는 별명을 가진 마리야 드미트리예브나 아흐로시모바를 기다리고들 있었다** 이 인물의 원형은 대담한 태도와 독설과 자주적인 기질을 가진 기인이자 부유한 귀부인으로 온 모스크바에 유명했던 나스타시야 오프로시모바(혹은 아프로시모바)(Nastas'ya

Ofrosimova / Afrosimoba, 1753~1826)이다. 톨스토이는 소설의 인물에 원형 인물의 이름과 유사한 이름을 부여했다. 이 인물은 또한 그리보예도프(Griboedov)의 희극『지혜의 슬픔』에 나오는 노파 홀료스토바의 모델이기도 하다.

116 **오토만** ottoman. 팔걸이와 등받이가 없는 푹신한 의자.

119 **자쿠스카** zakuska. 러시아식 정찬에서 식욕을 돋우기 위해 가장 먼저 내놓는 전채 요리.

121 **카자크** Kazak. 15세기 후반에서 16세기 전반에 걸쳐 모스크바 공국과 폴란드-리투아니아 공국에서 남방 변경 지대로 이주하여 자치적인 군사 공동체를 형성한 농민 집단으로, 이후 정부의 지원 아래 국경을 방비했다. 이들은 선거로 수장을 선출하고 모든 주요 문제를 합의로 결정하는 민주적 자치를 행했다. 18세기에 이르면서 세력이 큰 수장들은 러시아 정부로부터 관등을 하사받아 러시아의 지주 귀족이 되고, 카자크는 광대한 토지를 교환 조건으로 제정 러시아의 비정규군으로 편입되었다.

네 아버지가 기회를 잡았을 때 궁정에서 빠르게 출세한 남자들을 가리키는 18세기의 특별한 표현. 예카테리나 여제 시절에 '기회를 잡은' 고관들은 대개 그녀의 총신이었다. 피에르의 아버지인 베주호프 백작의 삶이 보여 주는 여러 사실은 예카테리나 여제 치세에 입신했던 외교관이자 정치가 알렉산드르 베즈보로드코(Aleksandr Bezborodko, 1747~1799)를 연상시킨다.

125 **오스트리아의 오만한 콧대를 꺾어 놓았어요** 1805년 전쟁 전에 이미 나폴레옹이 오스트리아에 일련의 굵직한 패배를 안겼음을 암시한다.

126 **그 사람조차 산산이 격파되고 말았는데요** 1799년 수보로프의 스위스 원정을 염두에 둔 신신의 말은 사실을 왜곡하고 있다. 북이탈리아에서 프랑스군을 상대로 일련의 눈부신 승리를 거둔 후에 수보로프의 군대는 그의 단호한 반대에도 불구하고 스위스로 향한다. 그 원정에서 러시아와 오스트리아 동맹군은 프랑스에 패했지만, 수보로프와 부하 2만 명은 프랑스군 8만 명의 포위를 뚫고 알프스를 넘어 탈출한다. '전쟁에서 한 번도 패한 적이 없는 장군'으로 널리 알

려진 알렉산드르 수보로프(Aleksandr Suvorov, 1729~1800)는 러시아인들에게 전설적인 인물로 각인되어 있다.

130 클라비코드 clavichord. 피아노가 발명되기 전까지 사용하던 건반 현악기. 직사각형 상자 모양이며, 건반을 누르면 끝에 있는 작은 금속 조각이 현을 때려 소리가 난다.

샘 이탈리아 양식의 사중창곡.

132 안 그러면 불가능해 당시 유럽과 달리 러시아에서는 러시아 정교의 특별한 인가를 받은 경우에만 사촌 간의 결혼이 허용되었다.

134 새로 배운 노래를 불렀다 노랫말의 저자는 유명한 역사가이자 법률가 인 콘스탄틴 카벨린(Konstantin Kavelin)의 아버지로 아마추어 시인이었던 드미트리 카벨린(1778~1851)이다.

136 다닐라 쿠포르는 본래 앙글레즈의 한 스텝이었다 에코세즈(ecossaise) 는 스코틀랜드 민속춤에 기원을 둔 4분의 2박자의 빠른 춤곡이 다. 18세기 말 프랑스 살롱의 춤으로 널리 퍼지면서 다양한 자세 와 활기찬 템포를 갖추고 19세기 초에 유행했다. 피에르처럼 능 숙하지 못한 춤꾼이 추기 어려운 곡이다. 앙글레즈(anglaise)는 고대 잉글랜드풍의 춤으로 경쾌하고 활발한 스텝이 특징이다. 프 랑스에서는 쌍쌍이 마주 보며 춤을 추는 데서 연유해 콩트르당스 (contredanse)라는 이름을 얻었다. 다닐라 쿠포르는 그 곡을 지은 영국인 쿠퍼를 기념해 붙인 콩트르당스의 명칭으로 추정된다.

트레파초크 trepachok. 템포가 빠른 러시아 민속춤의 일종.

138 무언 참회식 중병으로 말을 할 수 없거나 죽어 가는 사람이 손짓으 로 참여하는, 혹은 사제가 의식 없는 병자의 귀에 인간의 일반적인 죄를 열거하고 그에게 면죄를 베푸는 참회식.

에키파시 ekipazh. 카레타와 콜랴스카 같은 고급 승용 마차를 통칭 하는 말.

모스크바 총독 1804~1806년에 모스크바 총독을 지낸 알렉산드르 베클레쇼프(Aleksandr Bekleshov, 1745~1808)를 말한다.

141 이콘 ikon. 러시아 전통 미술의 한 형태로, 성모 마리아나 그리스도 또는 성인들을 그린 그림이나 조각을 말한다.

149 **두 사람이 현관에서 벽의 그늘 속으로 황급히 달아났다** 죽음과 성대한 장례
식을 기대하며 숨어서 집을 지켜보고 있던 장의사들을 말한다.

170 **리시예 고리에서는 ~ 고대하고 있었다** '리시예 고리(Lysye Gory)'는 '민
둥산'이란 뜻이다. 노공작 볼콘스키의 생활 방식, 그의 성격과 습
관, 가정 상황 등은 톨스토이의 외조부 니콜라이 볼콘스키에 대한
이야기와 가깝다.

파벨 파벨 1세를 말한다.

새 차르가 즉위하자 1801년 파벨 1세가 암살되자 아들인 알렉산드르
1세가 뒤를 이어 등극했다.

베르스타 versta. 1베르스타는 1.067킬로미터.

172 **엘로이자한테서 온 거냐** 노공작 볼콘스키는 딸의 서신 왕래를 장 자크
루소의 감상주의 서간체 소설 『줄리 혹은 신엘로이즈』에 빗대어
비꼰다. 그의 농담은 소설의 이중적인 제목을 패러디하는 재치 있
는 말장난에도 기초한다. 노공작은 줄리, 즉 율리야 카라기나를 엘
로이자로 부르며 조롱한다.

174 **낱장이 잘리지 않은 새 책** 당시 책은 낱장으로 자르지 않고 접힌 채 출
간되어서, 책의 접힌 부분에 종이칼을 밀어 넣어 자르면서 읽어야
했다.

신비의 열쇠 독일 가톨릭 신비주의 작가 카를 폰 에카르츠하우젠
(Karl von Eckartshaussen, 1752~1803)의 책 『자연의 신비의 열
쇠』. 1800년대 초 러시아어로 번역되어 프리메이슨들 사이에서 큰
인기를 끌었다.

182 **르 발음을 유난히 프랑스식으로 발음하면서** 철자 에르(p)의 발음 '르'를
프랑스식으로 목젖으로 발음하는 것.

184 **[안] 두세크** Jan Dussek(1760~1812). 체코의 피아니스트이자 작곡
가.

브리치카 brichka. 접이식 포장이 달린 4인용 사륜마차라는 점에서
는 콜랴스카와 비슷하지만 그보다 작다. 카레타나 콜랴스카와 달
리 스프링이 없어 승차감이 떨어지고 차체도 작지만 단단한 내구
성을 갖추어 여행용 승용 마차로 사용되었다.

188 **모로코가죽** 부드러운 염소 가죽.

189 **장난감 말** 즐겨 입에 올리는 화제를 말한다.

190 **미헬손의 군대는~포메라니아는 어떻게 횡단할까** 1805년 군사 원정 계획에 대한 대화가 오가고 있다. 이반 미헬손(Ivan Mikhel'son, 1740~1807) 장군은 서쪽 국경과 폴란드에서 러시아 부대를 지휘했다. 표트르 톨스토이(Pyotr Tolstoy, 1761~1844) 장군은 제20 상륙 부대를 이끌고 북부 독일에서 스웨덴군과 대프랑스 합동 작전을 벌이기 위해 포메라니아(발트해 연안 프로이센의 주)로 향한다. 알렉산드르 1세가 승인한 계획에 따르면, 여러 방향에서 프랑스군에 대한 공격이 예정되어 있었다. 남부 독일을 거쳐 라인 지역으로는 러시아-오스트리아 연합군이 진격하고, 북부 독일에 상륙한 스웨덴군과 영국군 그리고 표트르 톨스토이 지휘하의 러시아군은 포메라니아를 거쳐 하노버를 공격한다. 남부 이탈리아에서도 상륙 작전이 동시에 시작된다. 동쪽은 오스트리아군과 러시아군이 공격을 감행했다. 러시아군은 폴란드를 거쳐 진격하며 프로이센을 전쟁에 끌어들이려 했고, 갈리치아에서도 도나우강을 따라 가는 작전을 위해 활동했다. 오스트리아 또한 군을 둘로 나누어 바이에른과 이탈리아에서 군사 행동을 벌였다. 러시아군과 영국군이 중부 이탈리아를 거쳐 가는 또 하나의 공격 방향이 예정되었으나 이 계획은 실현되지 못했다.

슈트랄준트 Stralsund. 포메라니아주 연안의 소도시.

191 **말버러는 전장으로 떠나고 언제 돌아올지는 신만이 아시네** 18세기 초 스페인 왕위 계승 전쟁에 기원을 둔 프랑스의 유명한 노래 가운데 한 소절. 존 처칠 말버러(John Churchill Marlborough, 1650~1722)는 이 전쟁에서 영국군을 지휘했다. "말버러는 전장으로 떠났다"라는 표현은 실패로 끝난 어떤 일을 벌인 사람을 지칭하는 냉소적 의미를 띠었다.

193 **류리크** Ryurik. 키예프 루시의 류리크 왕조의 창시자로 일컬어지는 바랴크(노르만)인. 러시아 고대사 사료인 『원초 연대기』에 따르면 정치 분규에 시달리던 노브고로드 사람들이 862년경 안정된 정부

를 세워 달라며 바랴크인들을 초청했고, 류리크가 두 형제와 대규모 수행단을 거느리고 와서 노브고로드 주변 지역의 지배자가 되었다고 한다. 그 후 류리크의 친척 올레크가 키예프 대공국을 세웠으며, 올레크의 후계자이자 류리크의 아들로 보이는 이고리가 러시아 군주 가문의 시조가 되었다고 전해진다.

195 **포툠킨과 수보로프 같은 인물들이 없어서** 노공작 볼콘스키는 자기 시대의 유명한 군인을 회상하고 있다. 톨스토이는 특정 세대 사람들의 심리 묘사를 위해 이런 디테일을 이용한다. 그리고리 포툠킨 (Grigori Potyomkin, 1739~1791)은 예카테리나 여제 시대의 육군 원수이자 정치가로 러시아의 남쪽 경계선을 우크라이나와 크림반도로 확장하는 데 기여했다.

수보로프도 모로가 놓은 덫에 걸려서 빠져나오지 못했잖아요 장 빅토르 모로(Jean Victor Moreau, 1763~1813)는 프랑스 공화국의 가장 뛰어난 사령관 중 한 명으로, 공화주의자로서 나폴레옹에 맞서다 미국으로 추방당했다. 프랑스군이 러시아에서 물러난 후 나폴레옹의 몰락과 공화정의 회복을 바라던 그는 알렉산드르 1세에게 유럽에서 전쟁을 계속하도록 조언한다. 안드레이 공작은 일부러 아버지에게 잘못된 사실을 이야기한다. 1799년에 모로는 수보로프에게 일련의 격심한 패배를 겪는다. 덫에 걸린 쪽은 수보로프가 아니라 모로였다.

196 **프리드리히와 수보로프, 이 둘이다** 니콜라이 볼콘스키 공작의 젊은 군인 시절은 프로이센의 왕 프리드리히 2세(1712~1786)의 군사적 영광이 만개했던 시기와 일치한다. 니콜라이 볼콘스키 공작은 평생 프리드리히 2세의 군사적 재능을 숭배하고, 그의 외모를 흉내 내서 '프로이센 왕'이라는 별명을 얻었다.

호프스-크리그스-부르스트-슈납스-라트가 앉아 있었다 노공작 볼콘스키는 오스트리아군을 지휘하며 러시아 장군의 창조적 재능을 억압했던 오스트리아 궁정전쟁위원회를 떠올리고 있다. 노공작은 '오스트리아 궁정전쟁위원회'의 독일어 명칭 '호프크리크스라트 (Hofkriegsrat)'를 냉소적으로 변형하여 '궁정-전쟁-소시지-슈납스(독일의 민속 과일주)-위원회'라 부르고 있다. '궁정전쟁소시지술위원회'라는 말이 된다.

뉴욕으로 독일인 팔렌을 보냈다지 1805년 알렉산드르 1세는 추방되어 미국에 체류 중이던 모로에게 러시아군에 들어와 나폴레옹에 맞서 싸울 것을 제안하도록 워싱턴 주재 대사를 역임한 표도르 팔렌(Fyodor Palen, 1780~1863) 백작을 보낸다. 그러나 아우스터리츠 전투 소식으로 팔렌의 미국행은 중단된다. 1813년 모로는 알렉산드르 1세의 초청으로 나폴레옹에 대항해 싸우던 연합군 사령부에서 군사 조언자로 복무하다 드레스덴 전투에서 중상을 입고 사망한다.

197   **루바시카를 입고 태어났어** 행운을 타고났다는 뜻.

199   **오차코프** Ochakov. 오스만 튀르크의 흑해 연안 거점 요새로 1787~1791년의 러시아-튀르크 전쟁 당시 1791년 수보로프에 의해 함락되었다.

201   **스턴이 말하듯이** 감상주의를 정초한 영국의 작가 로런스 스턴(1713~1768). 톨스토이는 젊은 시절에 스턴의 작품, 특히 『감상 여행』에 큰 영향을 받아 번역에 몰두하기도 했다. 스턴의 영향은 톨스토이의 초기 작품, 특히 『유년 시절』에 잘 나타나 있다.

204   **푸드** pud. 1푸드는 16.38킬로그램.

206   **주보바** '주프(zub)'는 '치아'를 뜻하는 러시아어. 톨스토이는 '가짜 이'와 '주보바(Zubova)'라는 이름으로 언어유희를 벌이고 있다.

207   **할라트** khalat. 옷자락이 길고 소맷부리와 폼이 넉넉한 상의. 주로 실내복으로 착용한다.

209   **롬바르드 채권** 롬바르드(Lombard), 즉 전당포는 당시 국가 기관으로서 이자부 증권을 발행하기도 했다.

215   **오스트리아 대공국** 오스트리아 제국의 북서부 연안 지역.

216   **실체 이 밀체** shil'tse i myl'tse. '큰 바늘과 비누'를 뜻하는 러시아어의 압운으로 말장난을 한 표현.

217   **차리친 루크** Tsaritsyn Lug. 페테르부르크에 있는 광장으로 예카테리나 여제 시대부터 군대 행진과 사열식 장소로 쓰였다. 후에 '마

르소보 폴례(Marsovo Pole)'로 이름이 바뀌었다.

217 **페르디난트 대공과 마크 장군의 군대에 합류할 수 있도록** 카를 요제프 페르디난트(Ferdinand Karl Joseph von Österreich-Este, 1782~??) 대공은 울름 주둔 오스트리아군 총사령관이었으나 명목상이었고 실질적인 지휘자는 카를 마크(Karl Mack, 1752~1828) 원수였다.

219 **시콜라** shkola. 러시아의 초중등학교.

사라판 sarafan. 러시아 여성의 전통 의상으로, 소매가 없고 띠가 달린 긴 스커트.

220 **파란 외투를 입은** 병졸은 회색, 장교는 파란 외투를 입었다.

222 **크로아티아인 호위대** 크로아티아는 1527~1868년까지 오스트리아 합스부르크 왕가의 영토였으며, 이후에도 1918년까지 오스트리아의 지배를 받았다.

223 **건강을 기원합니다** 병사가 장교에게 하는 인사말.

225 **이즈마일 전투 시절의 전우지** 이즈마일은 우크라이나 흑해 연안 도시로 러시아-튀르크 전쟁 당시 튀르크의 요새가 있었다. 1790년 12월, 이즈마일 요새 전투에 참전한 쿠투조프는 뛰어난 전과를 올려 수보로프의 찬사를 받았다. 요새의 사령관에 임명된 쿠투조프는 튀르크군의 반격을 물리쳤고 1791년 여름에는 혹독한 패배를 안겼다.

228 **왜 쿠투조프가 애꾸눈이라고 말해 대는 걸까** 쿠투조프는 1770~1774년 러시아-튀르크 전쟁에서 한쪽 눈을 잃었다.

229 **카샤** kasha. 죽과 비슷한 러시아 전통 음식.

독일인들이 콜랴스카를 보내 주었을 때가 참 좋았지 1805년 원정 초기에 오스트리아군은 러시아군과 상당히 멀리 떨어져 있었다. (나폴레옹이 라망슈 해변에서 도나우강까지 행군하는 데는 64일이 소요될 것으로 예상되었다.) 그러나 9월 10일 프랑스군이 이미 라인에 있다는 것이 알려지자 오스트리아군은 쿠투조프 군대의 이동을 재촉하고자 마차를 제공했다.

[미하일] 카멘스키 Mikhail Kamenskii(1738~1809). 예카테리나 여제 시대의 장군으로, 7년 전쟁과 러시아-튀르크 전쟁

(1768~1774)에서 명성을 떨쳤다.

232 **파라오 게임** 오래된 카드 도박의 일종.

234 **프란츠 황제 폐하** Franz II(1768~1835). 나폴레옹 전쟁 시기에 신성
로마 제국의 마지막 황제이자 오스트리아의 황제, 헝가리의 왕, 보
헤미아의 왕으로 재위했다. 오스트리아 제국 황제로서는 프란츠 1
세라 불렸다.

236 **레흐강** Lech R.. 도나우강의 지류.

울름 Ulm. 뮌헨에서 서쪽으로 약 120킬로미터 떨어진 도나우 강변
의 도시.

237 **노스티츠** Grigorii Nostitz(??~1838). 오스트리아 장군으로 1805년
크로아티아 부대 사령관이었다. 1807년 러시아군에 들어왔다.

240 **마크를 안으로 들이고** 마크 장군은 1805년 10월 20일, 3만 군대와 함
께 울름 부근에서 나폴레옹에게 항복함으로써 쿠투조프의 지휘
아래 오스트리아군과 합류하기 위해 행군 중이던 5만 러시아군을
극도의 어려운 상황으로 내몰았다. 마크는 나폴레옹에 맞서 싸우
지 않을 것이며, 오스트리아 정부에 평화 조약을 희망하는 나폴레
옹의 뜻을 전할 것을 약속하고 풀려났다.

244 **바시카 데니소프라는 이름으로 알려진** 데니소프의 원형은 시인이자
1812년 전쟁의 유명한 파르티잔 영웅이었던 데니스 다비도프
(Denis Davydov, 1784~1839)이다. 파르티잔 부대 활동뿐 아니
라, 외모와 기질에 있어서도 바시카 데니소프는 데니스 다비도프
를 연상시킨다.

245 **호홀** khokhol. 우크라이나인의 전통 머리 모양을 가리키는 용어.

246 **멘티크를 걸치고~칙치리는 내려 입고** 멘티크(mentik)와 칙치리
(chikchiry)는 경기병 복장의 일부다. 멘티크는 상의 위에 걸쳐 입
는 짧은 재킷으로, 보통 뜨개질한 끈으로 수놓여 있었다. 칙치리
(혹은 키치키리)는 장화 속에 넣는 승마용 통 넓은 바지로 가죽이
덧대어 있었다.

르 음을 제대로 발음하지 못하며 '르(p)' 음을 목구멍에서 불분명하게
발음하는 조음 장애를 말한다.

247 **마틸다** 암소 이름.

작은 판은 내주고 큰 판은 쓸고 카드놀이 용어.

264 **도펠큠멜** doppel'kyumel'. 회향풀로 만든 술.

268 **쿠타스** kutas. 병사의 군모를 장식하는 술 달린 끈.

키베르 kiver. 위가 평평하고 챙이 달린 원통형 군모로 깃털로 장식하기도 했다.

269 **포르시판** forshpan. 독일 짐마차.

272 **발트라프** val'trap. 천이나 양탄자나 모피로 만든 러시아 기병대의 안장깔개.

타시카 tashka. 무릎 아래에 벨트로 묶는 경기병의 가죽 가방으로 경기병 군복의 장식적 요소로도 기능했다.

273 **포드노빈스코예** Podnovinskoye. 축제가 열리던 모스크바의 공터.

276 **사젠** sazhen. 1사젠은 약 2.134미터.

279 **[표트르] 바그라티온** Pyotr Bagration(1765~1812). 두려움을 모르는 모습으로 '러시아군의 사자'라는 별명을 지녔던 장군으로 수보로프의 이탈리아와 스위스 원정, 1805~1807년의 대나폴레옹 원정, 1806~1812년의 러시아-튀르크 전쟁, 1812년 나폴레옹 침공에 맞서 싸운 조국 전쟁에 모두 참전하여 명성을 떨쳤다. 1812년 전쟁 때 제2서부군 사령관으로 보로디노 전투에서 치명상을 입고 전사했다.

283 **블라디미르** 성 블라디미르 훈장. 4등급으로 나누어진 제정 러시아의 훈장으로, 1782년 예카테리나 여제가 재위 20주년을 기념하기 위해 제정하였으며 문관과 무관 모두에게 수여되었다.

286 **육군 소위로 승진할 거니까** 제정 러시아군 계급 체계에서 육군(보병) 소위는 경기병 소위보다 한 계급 높았다.

288 **람바흐, 암슈테텐, 멜크에서 전투가 있었다** 러시아군이 프랑스군의 공격을 피할 수 있도록 바그라티온이 이끄는 러시아 후위 부대가 이 세 지역의 전투에서 프랑스 전위 부대에 격렬히 맞섰다.

289 **모르티에 사단을 공격하여 격파했다** 이 전투는 크렘스 부근 뒤렌슈타인에서 벌어졌다. 후위 부대의 전투로 프랑스군의 공격을 격퇴한 쿠

투조프는 군대를 도나우강 건너로 이끌고 가서 나폴레옹이 손쓰지 못하고 지켜보는 가운데 에두아르 모르티에(Édouard Mortier, 1768~1835) 원수의 부대를 분쇄했다.

290 브륀 Brünn. 오늘날 체코 공화국 모라비아 지방에 속하며 체코어로는 '브르노(Brno)'라고 불린다.

[드미트리] 도흐투로프 Dmitrii Dokhturov(1756~1816). 러시아-스웨덴 전쟁(1788~1790), 대나폴레옹 원정(1805~1807), 조국 전쟁(1812~1814)에 참여했다. 1812년 조국 전쟁에서 제6보병 군단을 이끌고 스몰렌스크를 방어했으며, 보로디노 전투에서는 처음에 러시아 중앙군을 지휘하다가 치명상을 입은 바그라티온 장군을 대신해 왼쪽 측면 부대를 통솔했다.

텔레가 telega. 바퀴 달린 평상처럼 생긴 짐마차.

299 카를 [폰 외스터라이히테젠] Carl von Österreich(1771~1847). 오스트리아의 대공으로 프랑스 혁명 전쟁과 나폴레옹 전쟁 당시 연합군 측의 몇 안 되는 유능한 사령관이었다. 군대가 프랑스에 맞서 싸울 처지가 못 되며 오스트리아의 재정을 안정시키기 위해서는 한동안 평화가 이어져야 한다는 주장을 굽히지 않았다. 나폴레옹 전쟁에서 많은 승리를 거두었으나 바그람 전투에서 패한 후 정치적 반대파에 의해 해임되었다.

300 보나파르트가 쇤브룬에 와 있습니다 울름에서 승리한 후 나폴레옹군은 오스트리아 깊숙이 진격하여 11월에 빈을 점령한다. 나폴레옹은 자신의 거주지로 빈에 있는 쇤브룬 황궁을 선택했다.

[루돌프] 브르브나 Rudolf Brbna(1761~1823). 오스트리아 정치가로 1805년 나폴레옹이 빈을 점령한 후 오스트리아와 프랑스의 협상에 참여했다.

[조아생] 뮈라 Joachim Murat(1767~1815). 나폴레옹의 최측근 중 한 명이었던 장군으로 나폴레옹과 친인척이었다. 나폴레옹 전쟁 당시 1805년 울름에서 오스트리아군을, 아우스터리츠에서 오스트리아군과 러시아군을 크게 격파했으며, 1805년 예나 전투와 1807년 아일라우 전투에서도 대승을 거두었다. 나폴레옹은 이에

대한 포상으로 나폴리 왕위를 하사했다.

301   **커다란 모자들** 프랑스어 관용구를 문자 그대로 옮긴 말로 '고관, 유력자'라는 뜻이다.

베를린 회담이 무엇을 말해 줄 것인가입니다 1805년 10월 말에 알렉산드르 1세는 프로이센 왕 프리드리히 빌헬름 3세를 나폴레옹 전쟁에 끌어들이려 시도하며 협상을 위해 직접 베를린으로 간다. 이 회담의 결과가 포츠담 비밀 협약이다. 프로이센의 왕은 전쟁 당사국 사이의 중재자 역할을 맡기로 하고, 만약 프랑스가 제시된 조건을 거부할 경우 전쟁에 참여할 것을 약속한다. 그러나 여기서 결정된 최후통첩을 가지고 나폴레옹에게 파견된 하우그비츠는 사태의 결말을 기다리며 의식적으로 시간을 끌었다. 그리고 아우스터리츠 전투 후에 나폴레옹이 승리자로 빈에 돌아오자 하우그비츠는 그의 승리를 축하하기 위해 가서 최후통첩을 전하는 대신 프로이센과 프랑스의 동맹 협약을 체결한다.

캄포포르미오 Campo Formio. 빌리빈은 나폴레옹의 이탈리아 원정과 그 마무리로 8년 전인 1797년 10월 17일 이탈리아의 마을 캄포포르미오에서 프랑스와 오스트리아 사이에 체결되어 오스트리아에 커다란 군사적, 정치적 패배를 안긴 조약을 상기시키고 있다.

그냥 보나파르트라고 부르겠습니다 러시아 상류 사회에서는 나폴레옹이 코르시카 출신임을 강조하며 조롱하기 위해 그의 성을 이탈리아식으로 '부오나파르트'라고 불렀다. 드디어 나폴레옹의 이름을 프랑스식으로 부르기를 감행하겠다는 빌리빈의 기지 있는 농담이 여기서 연유한다.

302   **아름다운 눈들을 위해서지요** 1796년 나폴레옹은 사르데냐 왕국을 점령한다. 대프랑스 동맹에 따른 사르데냐 왕의 동맹자들, 특히 알렉산드르 1세는 사르데냐 왕국을 복원하거나 아니면 적어도 사르데냐 왕의 손실을 보상하라는 요구를 끈질기게 나폴레옹에게 제기했다.

직감으로 느낀단 말입니다 빌리빈의 추측은 옳다. 전쟁이 시작되자 오스트리아는 러시아의 등 뒤에서 나폴레옹과 개별적인 평화 협정

체결에 관한 비밀 협상을 벌인다.

306 **모든 게 끝장나고 말 겁니다** 이폴리트 공작의 말은 실제 정치적 사건과 연관이 있다. 아우스터리츠 전투 이후 러시아로 돌아가는 길에 나폴레옹에 의해 오스트리아가 처한 극도의 힘든 상황을 알게 된 알렉산드르 1세는 프로이센 왕에게 오스트리아에 대한 도움을 호소하는 편지를 보낸다. 그의 견해에 따르면, 프로이센은 나폴레옹에게 포츠담 협약의 조건을 받아들이도록 요구하고 거부당할 때에는 프랑스에 전쟁을 선포해야 했다. 알렉산드르 1세는 "러시아의 무력을 총동원해" 프로이센을 지원하겠다고 약속했다. 그러나 이 호소는 베를린에서 반응을 얻지 못했다.

311 **[장] 란** Jean Lannes(1769~1809). 프랑스 혁명 전쟁과 나폴레옹 전쟁 당시의 장군. 프랑스군 원수로 1805년 10월 울름 전투, 1805년 12월 아우스터리츠 전투와 예나-아우어슈테트 전투에 참가했다. 그 후에도 1806년 폴란드 전투와 1807년 프리틀란트 전투에서 러시아군을 무찔렀다. 1809년 스페인 원정에서 전사했다.

셋 다 가스코뉴 출신이라는 점에 주의해 주세요 '가스코뉴(Gascogne)'는 프랑스 남서부의 옛 지명으로, 가스코뉴 사람들은 허풍쟁이란 평판이 있었다.

312 **영광을 향한 첫길을 그에게 열어 줄 저 툴롱이다** 나폴레옹은 1793년 지중해 연안에 있는 항구 도시 툴롱에서 일어난 프랑스 왕당파의 반란을 진압하여 처음으로 이름을 알린다. 툴롱 전투에서의 혁혁한 공으로 그때까지 아무에게도 알려지지 않았던 코르시카 출신의 젊은 대위는 일약 장군으로 승진한다. 그때 그의 나이는 스물네 살이었다.

315 **올뮈츠** Olmütz. 오늘날 체코 공화국의 모라비아 지방에 속해 있으며 체코어로는 '올로모우츠(Olomouc)'로 불린다.

317 **영국의 황금이~겪게 할 것이다** 1805년 10월 21일, 나폴레옹이 내린 명령서의 구절이다.

319 **카브리올레** cabriolet. 접이식 포장이 달린 2인용 이륜마차로 말 한 필이 끄는 경마차.

319　**키비토치카** kibitochka. 아치형 나무틀에 천 또는 가죽으로 포장을 씌우거나 목재로 지붕을 얹은 여행용 사륜마차인 키비트카의 작은 형태.

　　콜랴소치카 kolyasochka. 콜랴스카의 작은 형태. 톨스토이는 숄을 쓴 여자가 탄 마차를 다양한 용어로 바꿔 부르면서 그 우스꽝스러운 형태에 대해 익살을 부리고 있다.

　　레표시카 lepyoshka 납작하고 둥근 빵.

322　**츠나임** Znaim. 오늘날 체코 공화국의 모라비아 지방에 속하며 체코어로 '즈노이모(Znojmo)'라고 불린다.

　　라이덴병 leyden jar. 정전기를 저장할 수 있도록 만든 최초의 축전 장치.

325　**아르신** arshin. 1아르신은 71.12센티미터.

326　**[표도르] 북스게브덴** Fyodor Buksgevden(1750~1811). 러시아 장군. 1805년 쿠투조프의 군대에 합류하여 아우스터리츠 전투에서 왼쪽 측면을 지휘했다.

328　**빈친게로데를 적의 진영으로 보냈다** 뮈라와의 협상을 위해 파견된 빈친게로데는 능숙하게 협상을 이끌어 러시아군에 두 번의 이동 시간을 벌어 주었다. 쿠투조프는 평화 조약 협상을 위해 프랑스 전위 부대에 빈친게로데와 함께 시종 무관장 표트르 돌고루코프(Pyotr Dolgorukov, 1777~1806)도 보냈다.

329　**브뤼메르 25일** 그레고리력의 11월 15일.

　　나폴레옹 톨스토이는 나폴레옹이 뮈라에게 보낸 이 편지를 루이 아돌프 티에르(Louis Adolphe Thiers)의 『통령 정부와 제정의 역사』에서 발췌했다.

335　**엽병 연대** 나폴레옹 전쟁 초기부터 1833~1834년에 걸쳐 존재했던 경보병 연대.

337　**수바라** 수보로프를 잘못 발음한 것이다.

340　**용기병** 기병의 한 병과이면서도 이따금 말을 이용하지 않고 보병과 함께 활동한다. 그 때문에 기병의 무기인 기병도와 피스톨 외에 보병용 총과 총검도 소지한다.

341 **천국은 없고 오직 대기뿐이라는 걸 말이야** 영혼의 불멸에 대한 대화는 시대의 '징후' 중 하나다. 톨스토이는 이 장면에서 독일 철학자 요한 고트프리트 폰 헤르더(1744~1805)의 「인간은 불멸을 기대하도록 창조되었다」라는 소논문을 활용하고 있다. 1804년 7월 러시아 잡지 『유럽 통보』에 실린 이 논문은 소설의 인물들이 활동했던 시대와 연관되어 있다. 제2권(제2부 제12장)에서 피에르 베주호프는 세계의 조화에 관한 헤르더의 사상을 안드레이 볼콘스키 공작과의 만남에서 피력한다.

345 **몽 무슈 프랜스~바르게 할 수가 없었다** '몽 프랜스(mon prince)'라고 해야 했다.

346 **수보로프가 이탈리아에서~바그라티온에게 선사했다는 일화를 기억해 냈고** 수보로프는 1799년 이탈리아 원정에 참가하여 뛰어난 지휘로 승리에 큰 역할을 한 바그라티온에게 자신의 장검을 주었다.

347 **리니야** liniya. 사거리를 재던 단위. 1리니야는 2.54밀리미터.

351 **방진** 병사들을 사각형으로 배치하여 친 진.

355 **커다란 행복을 맛보고 있었다** 이때 있었던 공격에 대해 티에르는 이렇게 말한다. "러시아군은 용맹하게 행동했다. 전쟁 중에 드문 일이긴 하지만 두 보병 대군은 서로 맞서 결연하게 진군했다. 둘 중 어느 쪽도 충돌하는 순간까지 물러서지 않았다." 나폴레옹은 세인트헬레나섬에서 다음과 같이 말했다. "몇몇 러시아 대대가 대담성을 발휘했다."(톨스토이 주) 티에르가 한 말의 출처는 『통령 정부와 제정의 역사』이다. 나폴레옹은 세인트헬레나섬에 유배되었던 시절에 회상기를 구술하여 개인 비서 자격으로 그를 수행하던 에마뉘엘 라스 카즈(Emmanuel Las Cases, 1766~1842) 백작이 기록했다. 나폴레옹과 나눈 대화의 상세한 기록은 그의 사후 1823년 파리에서 『세인트헬레나의 회상』으로 출간되었다. 라스 카즈의 책을 나폴레옹의 개성 묘사를 위한 "가장 값진 자료"라고 했던 톨스토이는 소설 집필 과정에서 이 책을 폭넓게 활용했다.

우라 ura. '만세'라는 의미.

361 **갤럽** gallop. 말이 네 발을 땅에서 떼고 전속력으로 달리는 동작.

372 **일각포** 러시아 포병의 구식 유탄포. 유니콘 형상이 포신에 장식되어 있던 것에서 이름이 유래했다.

388 **시종보** 유럽 여러 국가에 존재했던 궁정 관직이자 직함으로, 궁정에서 황제나 왕의 시중을 드는 젊은 귀족을 의미했다. 러시아에서 '시종보'는 제정 러시아 관등 체계를 만든 표트르 1세에 의해 도입되었다. 당시에는 형식적인 직함에 지나지 않았다.

393 **최신의 상세한 소식들을 베를린에서 가져온 외교관이었다** 러시아와 프로이센의 포츠담 회담을 말한다.

397 **부리얀** bur'yan. 러시아 남부 초원 지대에 자라는, 키가 크고 줄기가 굵은 잡초.

404 **사방에서 내 귀로 소문이 전해지고 있소……" 등등** 세르게이 쿠지미치 뱌즈미치노프(Sergei Kuz'mich Vyazmitinov, 1749~1819) 백작은 러시아의 장군이자 정치가로 1805년 알렉산드르 1세가 오스트리아 원정을 떠난 동안 페테르부르크의 행정을 책임졌다. 황제가 뱌즈미티노프에게 보낸 칙서는 소설과 같은 문구로 시작되지만, 칙서에는 '소문' 대신 '소식'이라고 되어 있다.

418 **프레시펙트(프로스펙트를 그렇게 불렀다)** 여기서 '프로스펙트'는 넓은 가로수 길을 의미하며, 톨스토이의 영지인 '야스나야폴랴나'의 한 길에서 지주의 저택으로 이어지는 넓은 가로수 길이 예로부터 '프레시펙트(preshpekt)'로 불렸다.
     보조크와 사니 vozok & sami. 둘 다 썰매로 '보조크'는 상자 모양의 밀폐된 썰매다.
     캄졸 kamzol. 겉옷 아래 입는 긴 방한 조끼.

428 **설마 당신도 아네트처럼 정치 이야기를 하지는 않겠지요** 프랑스어식 표현이다. 톨스토이는 바실리 공작이 하는 말에서 프랑스어식 표현을 그 특징적인 면모로 강조했다.

439 **코프토치카** koftochka. 얇고 짧은 상의.

455 **콘스탄틴 파블로비치** Konstantin Pavlovich. 콘스탄틴 로마노프(Konstantin Romanoff, 1779~1831) 대공. 알렉산드르 1세의 동생으로 1805년 원정에서 황실 근위대를 지휘했고, 아우스터리츠

전투에도 참가했다. 알렉산드르 1세에게 자식이 없어 황태자의 직위에 올랐으나 후에 폴란드 여성과 결혼했다는 이유로 황위 계승권을 잃었다.

458 **폰** pawn. 장기의 졸에 해당하는 체스의 말로, 두 번째 줄에 여덟 개가 배치되며 병사를 상징한다.

페티장팡, 알레 쿠셰 도르미르 "애들아, 어서 자러 가야지(Les enfants, allons dormir)!"라는 뜻으로 프랑스어를 러시아어 음가로 표현한 것이다.

461 **알렉산드르 파블로비치** Aleksandr Pavlovich. 알렉산드르 1세를 말한다.

463 **갈리치아** Galicia. 지금의 우크라이나 서부와 폴란드 남동부에 걸친 지역이다.

알바니아 놈들 '아르나우티(arnauty)'. 예전에 튀르크인들이 알바니아인들을 그렇게 불렀다. 오스만 튀르크 제국 군대 내의 알바니아 기독교인 수비대 또한 그렇게 불렸다. 비유적으로 이 말은 '악당', '이교도', '잔혹한 인간' 등의 의미를 띠었다.

469 **화승간** 창의 촉 양옆에 심지가 붙어 있는 구식 대포의 점화 장치. 멀리서도 대포의 발사를 가능케 함으로써 발포 시 발생하는 불꽃으로부터 포병을 보호해 주었다. 또한 화승간에는 창촉이 박혀 있어 포병들이 스스로를 보호할 수 있도록 하였고, 날에는 치수가 새겨져 대포의 각도를 조절하는 각도기 역할도 했다.

470 **전열 연대** 전열을 유지하며 전면전을 벌이는 부대.

473 **게오르기 군기** 무공을 세운 부대에 하사하는 깃발. 1805년 원정 당시 쇤그라벤 전투에 참여했던 부대들에 최초로 수여되었다.

475 **에센의 군단이 또 도착하고** 이반 에센(Ivan Essen, 1759~1813)은 러시아 장군으로 1805년 11월 초 군단을 이끌고 러시아-오스트리아 연합군에 합류했다.

478 **바이로터와 함께 부대 배치를 살펴보러 다녔지요** 프란츠 폰 바이로터(Franz von Weyrother, 1754~1807). 오스트리아군 참모장으로 아우스터리츠 전투 계획을 짰다.

480 **[카를 필리프 추] 슈바르첸베르크** Karl Philipp zu Schwarzenberg (1771~1820). 오스트리아군 원수로 1805년 궁정전쟁위원회의 부의장이었다. 아우스터리츠 전투를 앞두고 관망 전략을 주장했다.

482 **자신의 라틴을 잃은 것 같아요** 프랑스어의 관용적 표현(perdre son latin)을 축어적으로 옮긴 것으로, '어찌할 줄 모르다', '곤경에 처하다'라는 뜻이다.

483 **그와 마르코프 백작 사이의 일화를 압니까** 1801~1803년 파리 주재 러시아 공사였던 아르카디 모르코프(혹은 마르코프)(Arkadii Morkov/Markov, 1747~1827)의 삶에서 일어난 실제 일화가 이야기되고 있다. 나폴레옹 앞에서 굽히지 않고 자주적이고 단호하게 행동하는 모르코프의 의연한 행동이 나폴레옹의 분노를 일으켜 급기야 1803년 8월 프랑스 정부가 제1통령의 이름으로 러시아 정부에 모르코프의 소환을 요구했다고 한다.

484 **아담 차르토리스키** Adam Chartorizhskii(1770~1861). 폴란드인으로 1790년대에 알렉산드르 파블로비치 대공의 친구가 되어 그가 황제로 등극한(1801) 후에 러시아 정치에서 중요한 역할을 했다. 알렉산드르 1세가 국가 행정 개혁 구상을 위해 설치한 '비밀위원회'(1801~1803) 위원이었고, 1804~1806년 러시아 외무 대신을 역임했다.

489 **로니에트** lorgnette. 한쪽에 긴 손잡이를 단 안경.

492 **[안장마리르네] 사바리** Anne-Jean-Marie-René Savary (1774~1833). 1800년부터 나폴레옹의 부관이자 대리인으로 1805년 사단장이었다. 사바리의 임무는 치밀하게 계산된 군사적 속임수였다. 나폴레옹은 프랑스군이 힘든 상황에 처해서 평화 협정을 추구한다는 거짓 소문을 퍼뜨렸다. 휴전 제의와 함께 사바리를 러시아군 참모부에 보낸 것은 알렉산드르 1세와 주변 사람들에게 그 소문의 진실성에 대한 확신을 심어 주기 위한 것이었다.

494 **세 황제의 전투** 1805년 아우스터리츠 전투는 전장에 세 황제, 즉 알렉산드르 1세, 프란츠 1세, 나폴레옹이 모두 있었기 때문에 '세 황제의 전투'로 불린다.

496 **쿤크타토르** cunctator. '늦장 부리는 사람'이라는 뜻으로 고대 로마의 장군 막시무스 파비우스에게 붙여진 별명이다. 그가 카르타고의 장군 한니발과의 전쟁에서 직접 맞서기를 피하고 적이 쇠약해지기를 기다리는 지연 전술을 구사했기 때문에 이런 별명이 붙여졌다. 쿠투조프를 지칭한다.

497 **밀로라도비치와 ~ 허약해서 말이지요** 미하일 밀로라도비치(Mikhail Miloradovich, 1771~1825) 백작과 드미트리 도흐투로프는 1800년대 초와 1812년 나폴레옹 전쟁에서 명성을 떨친 러시아 장군들이다. 알렉세이 아락체예프(Aleksey Arakcheev, 1769~1834) 백작은 파벨 1세와 알렉산드르 1세의 큰 신임을 얻었던 정치가이자 장군이었다. 알렉산드르 1세의 재위 마지막 10년간 종교적 신비주의와 외교 문제에만 몰두하는 황제를 대신해 내정 운영의 책임을 맡았다. 이 시기 악명을 떨친 잔혹한 경찰국가 체제를 일컬어 '아락체예프시치나(Arakcheyevshchina)'라고 부른다. 아락체예프는 군인이었지만 의식적으로 전투를 회피해 전투 경험이 없었다. "신경이 허약"하다는 평판은 이 점에 대한 암시다.

508 **군호** 산병선을 넘을 때 확인하는 군사 암호.

윈 타슈 une tache. 프랑스어로 점.

타시카를 챙겨 선잠에 빠진 로스토프가 단어의 소리 연상에 따라 여동생을 떠올리는 장면이다.

509 **나 타시쿠, 나스투피티~투피티 나스** Na tashku, nastupit'~tupit' nas. "타시카로 진격……. 우리를 무디게 하다."

구사리 이 우시 gusary i usy. 경기병들과 콧수염.

멋진 녀석이야, 데니소프는 선잠에 빠진 로스토프의 소리 연상에 따른 엉뚱하면서도 시적인 상념이 이어지는 장면이다.

나-타시쿠, 나스-투-피티 "타시카로 진격." 시적 연상을 환기하는 장면이다.

514 **이곳까지 추격해 온 바로 그 부대다** 제1권 제2부에서 그려진 바와 같이, 홀라브룬에서 나폴레옹은 바그라티온이 이끄는 러시아 전위 부대에 승리를 거두지 못했다.

518 **소시지 장사꾼** 독일인을 비하하는 속어.

522 **대관식 기념일이었다** 나폴레옹의 장엄한 대관식은 1804년 12월 2일 노트르담 대성당에서 거행되었고, 아우스터리츠 전투는 1805년 12월 2일 치러졌다.

527 **차르토리스키와 노보실체프, 볼콘스키 공작과 스트로가노프** 아담 차르토리스키, 니콜라이 노보실체프, 그리고 표트르 볼콘스키(Pyore Volkonskii, 1776~1852) 공작은 1805년 처음에는 북스게브덴 군대의, 그다음에는 쿠투조프 군대의 당직 장군이었다. 육군 중장이자 정치가였던 파벨 스트로가노프(Pavel Stroganov, 1774~1817) 백작은 1805년 알렉산드르 1세를 수행하며 외교 관계 업무를 맡았다. 알렉산드르 1세의 '젊은 시절 친구들'인 차르토리스키와 노보실체프와 스트로가노프는 '비밀위원회' 위원이었다.

538 **[표도르] 우바로프** Fyodor Uvarov(1769~1824). 알렉산드르 1세의 측근으로 그를 수행하며 나폴레옹 전쟁의 많은 전투에 참가한 기병대 장군이다. 아우스터리츠 전투에서 근위 기병 연대를 지휘했고, 퇴각하는 러시아군을 엄호했다.

540 **아군의 근위 기병들이었다** 근위 기병대는 근위 보병대의 퇴각을 엄호했다.

베르쇼크 vershok. 1베르쇼크는 4.45센티미터.

547 **데샤티나** desyatina. 1데샤티나는 1.092헥타르.

550 **[카를] 폰 톨** Karl Wilhelm von Toll(1777~1842). 독일 태생의 러시아 장군으로 수보로프의 스위스 원정에서 전투 경력을 쌓기 시작했고, 1812년 제1군의 병참감으로 임명되면서 유명해졌다.

558 **[니콜라이] 레프닌** Nikolai Repnin(1778~1845). 아우스터리츠 전투에서 근위 기병 연대 제4중대를 지휘하다 부상을 입고 포로가 되었다.

수흐텔렌 중위라고 밝혔다 파벨 수흐텔렌(Pavel Sukhtelen, 1788~1833). 1805년에 근위 기병 연대의 중위였고 아우스터리츠 전투에서 부상을 입고 포로가 되었다. 후에 육군 중장으로 시종 무관장이 되었다.

559 **[도미니크장] 라레** Kominique-Jean Larrey(1766~1842). 나폴레옹 시대의 뛰어난 외과 의사.

567 **보로네시** Voronech. 모스크바에서 약 450킬로미터 떨어진 러시아 남부의 도시.

빵 '칼라치(kalach)'. 러시아에서 가장 오래된 흰 밀가루 빵으로 고리 모양이거나 작은 구멍이 나 있다.

휴가증을 등록하고 모스크바로 들어섰을 때 19세기 말까지 러시아에는 도시와 큰 촌락 입구에 드나드는 사람의 신원 확인과 징세 목적의 관문과 초소가 있었다.

프랴니크 pryanik. 호밀 가루에 꿀이나 과일 주스를 섞어 만든 과자.

568 **벤게르카** vengerka. 헝가리 경기병 제복과 유사한 경기병 군복 상의로 가로줄 장식이 들어가 있다.

궤짝 '라리(lar')'. 벽에 붙여 놓은 궤짝으로 하인들의 침상 겸 벤치로 기능했다.

569 **나무껍질 신발** '라프티(lapti)'. 버들이나 보리수 속껍질을 엮어 만든 전통 신발.

570 **쿠마치** kumach. 붉은 천으로 능직 무명의 일종이다.

576 **뒤포르 본 적 있어** 여기에는 다소 부정확한 부분이 있다. 파리의 유명한 무용수이자 발레 연출가인 루이앙투안 뒤포르(Louis-Antoine Duport, 1785~1853)는 여배우 조르주와 함께 1808년 러시아에 왔는데, 이 장면의 시간적 배경은 1806년이다. 나타샤 로스토바가 뒤포르에게 빠진 것은 특징적이고 사실적인 디테일이다. 대단한 유명세를 누린 뒤포르는 파리와 유럽 '제일의 무용수', '무용의 나폴레옹'으로 불렸다.

앙트르샤 entrechat. 공중에 떠 있는 동안 두 발을 서로 교차하는 발레 동작.

580 **마주르카** mazurka. 폴란드의 민속 춤곡으로 4분의 3박자나 8분의 3박자의 경쾌한 리듬이 특징이다.

영국 클럽 1770년 영국의 신사 클럽을 본떠 모스크바에 설립된, 러시아에서 가장 오래된 상류층 남성의 사교 클럽 중 하나다. 모스크바 귀족 관료 사회의 중심으로 모스크바의 여론을 형성하는 역할을 했다.

581 **토르튀에 닭 볏을, 닭 볏을 넣어. 알겠지** 로스토프 백작은 버릇대로 러시아 말에 프랑스어 어휘의 양념을 치고 있다. '토르튀(tortue)'는 '거북'을 말하는데, 여기서는 거북 수프 혹은 거북 등딱지나 거북 모양 그릇에 담겨 요리된 음식을 뜻하는 듯하다.

582 **앙트레** entree. 만찬을 시작하는 첫 요리로 보통 가벼운 전채 요리다.

포드모스코브나야 Podmoskobnaya. 모스크바 근교.

583 **일리유시카** Il'yushka. 일리야 소콜로프(Il'ya Sokolov, ?~1848). 모스크바의 집시 합창단 지휘자로, 민속 음악 애호가들이 그의 합창단 공연을 보러 일부러 모스크바에 올 정도로 유명했다.

카자킨 kazakin. 카프탄의 일종으로, 옷의 길이가 카프탄에 비해 짧고 등에 주름이 있으며 앞에 호크가 달린 헐렁한 남자용 상의다.

585 **라스톱친 백작, 유리 블라디미로비치 돌고루키 공작, 발루예프, 마르코프 백작, 뱌젬스키 공작 등과 같이 대화에 방향을 제시하던 사람들은** 모스크바 사회에서 중요한 역할을 하던 역사적 실존 인물들이 나열되고 있다. 표도르 라스톱친(Fyodor Rastopchin, 1763~1826)은 1812~1814년 모스크바 총독을 지냈고, 유리 돌고루코프(Yurii Dolgorukov, 1740~1830)는 파벨 1세 시절에 모스크바 총사령관을 역임했다. 표트르 발루예프(Pyotr Valuyev, 1743~1814)는 크레믈 탐험 대장이자 무기관장이었고, 이라클리 마르코프(Iraklii Markov, 1753~1828)는 예카테리나 여제 시대의 육군 중장이었다. 작가 표트르 뱌젬스키(Pyotr Vyazemskii, 1792~1878)의 아버지인 안드레이 뱌젬스키(Andrei Vyazemskii, 1750~1807)는 원로원 의원으로 영국 클럽의 단골이었다.

586 **러시아 군인에게 경의가 바쳐지고 있었다** 1799~1800년 이탈리아 북부에서 러시아군이 프랑스군과 전쟁을 치를 당시 바그라티온은 수보로프의 가장 탁월한 전우 중 한 명이었다.

볼테르의 말을 패러디하며 말했다 "신이 없었다면 신을 발명해야 했을 것이다"라는 볼테르의 유명한 경구를 가리킨다.

사티로스 Satyros. 그리스 신화에 나오는 반인반수의 자연 정령으로 술의 신 디오니소스를 따라다니며 그 추종자들과 함께 광란의 축제를 즐겼다. 흔히 교활하고 음흉한 호색한으로 묘사된다.

589 **[알렉산드르] 나리시킨 Aleksandr Naryshkin**(1760~1826). 시종장으로 1799~1819년 황실 극장장을 지냈고 알렉산드르 1세의 총애를 받았다.

591 **[알렉산드르] 베클레쇼프 Aleksandr Bekleshov**(1745~1808). 1804~1806년 모스크바 총독을 지낸 인물로, 제1권에서 죽어 가는 베주호프 백작과 작별하기 위해 그를 방문한 장면이 나온다.

592 **시를 쓴 사람이 직접 시를 쥐고 낭독하기 시작했다** 톨스토이는 18세기 시인이자 극작가인 니콜라이 니콜레프(Nikolai Nikolev, 1758~1815)의 송가를 부분적으로 인용했다. 바그라티온에게 바친 시는 고전주의적 기풍의 장엄한 상징으로 가득하다.

티투스 [플라비우스 베스파시아누스] Titus Flavius Vespasianus(39~81). 로마 제국의 제10대 황제로 어진 정치를 펼친 것으로 유명하다.

리페우스 Ripheus. 로마 시인 베르길리우스의 「아이네이스」에 등장하는 아이네이아스의 벗.

카이사르 Caesar. 로마의 장군이자 정치가인 가이우스 율리우스 카이사르(기원전 100~44).

알키데스 Alcides. 그리스 신화에서 제우스와 알크메네 사이에 태어난 아들. '헤라클레스'의 원래 이름이다.

승리의 우렛소리여, 울려라, 기뻐하라, 용맹한 러시아인이여 시인 가브릴라 데르자빈(Gavrila Derzhavin, 1743~1816)이 1790년 이즈마일 요새 함락을 축하하기 위해 지은 승리의 송가에 작곡가 오시프 코즐롭스키(Osip Kozlovskii, 1757~1831)가 선율을 붙인 폴로네즈 곡으로 18세기 말에서~19세기 초 러시아 국가의 역할을 했다.

593 **정진용이든 간소한 것이든 모두 훌륭했다** 러시아에서 이 시기는 사순절에 해당한다. 러시아 정교회에서 고난 주간과 부활절에 앞서 40일

의 정진 기간으로 정한 시기인데, 육식과 유제품을 피하고 채식 위주의 식사를 한다. 일리야 로스토프 백작은 정진의 참여자와 비참여자를 위한 요리를 모두 준비했다.

594 **파벨 이바노비치 쿠투조프** Pavel Ivanovich Kutuzov(1767~1829). 총사령관 쿠투조프와 성만 같을 뿐 다른 인물이다. 파벨 쿠투조프는 원로원 의원이자 시인으로 장엄한 송가들을 썼다. 그가 지은 칸타타가 실제로 바그라티온을 위한 연회에서 연주되었다.

[스테판] 아프락신 Stepan Apraksin(1756~1827). 기병대 장군으로 1804~1812년 스몰렌스크 총독을 역임했다.

600 **소콜니키** Sokol'niki. 모스크바의 지역 명칭으로, 당시에는 모스크바 변두리에서 시작되는 거대한 소나무 숲이 펼쳐져 있었다.

611 **로베스피에르가 처형을 당한 것은 폭군이었기 때문이지** 막시밀리앙 프랑수아 마리 이지도르 드 로베스피에르(1758~1794)는 자코뱅 혁명 정부의 지도자로, 루이 16세의 재판과 처형을 주도하고 왕당파와 온건파 혁명당인 지롱드파 인물들을 숙청함으로써 공포 정치를 펼쳤다. 1794년 7월 27일 자코뱅파의 공포 정치에 맞서 테르미도르 반동이 일어난 다음 날 재판 없이 단두대에서 처형되었다.

몰리에르의~문구가 머리에 떠올랐다 몰리에르의 희곡 『스카팽의 간계』의 등장인물 제롱트의 대사로 '어쩌다 그는 그런 문제에 걸려든 거지?'를 뜻하는 관용적 표현이 되었다.

620 **프뤼슈티크** fruschtique. '아침 식사'를 뜻하는 독일어 '프뤼슈튀크(frühstück)'를 프랑스어처럼 발음한 것이다.

621 **가죽 소파를 침실로 옮기고 있었다** 톨스토이의 부모에 의해 시작되어 그의 집에서 신성하게 지켜지던 집안의 전통이 투영된 장면이다. 톨스토이 자신과 그의 자식들 모두 출산을 앞두고 산모의 방으로 들여놓은 가죽 소파 위에서 태어났다. 이 유명한 가죽 소파는 지금 '야스나야폴랴나'에서 늘 있던 자리인 작가의 서재에 놓여 있다.

624 **바꿔 맬 말** '폿스타파(podstava)'. 통행로에 배치하거나 마차 여행자에게 보내는 교체용 말들을 의미한다.

629 **바이스** vice. 공작물을 물리는 공구.

세 석공들의 동업자 조합(길드)에 유래를 두고 있다. 프리메이슨 지부는 주로 상류 특권 계급의 사람들을 규합했고, 외적 의례와 신비주의 및 상징에 많은 관심을 기울였다. 이어지는 장들에서 이 의례의 많은 세부적인 면모가 묘사된다. 1800년대 초에 프리메이슨 지부는 러시아에 폭넓게 분포되어 있었고, 정치적 자유를 갈망하는 귀족 청년들의 관심을 빈번히 끌었다. 데카브리스트들 중 일부는 프리메이슨 출신이었다.

683　**교체할 말을 끌고 왔습니다** 역마가 아닌 개인적으로 일하는 마부들의 도움을 받아 여행이 이루어지기도 했다. 개별적으로 일하는 마부들 간에 역참에서 승객과 짐의 인계가 이루어졌다. 여기서는 개인적으로 일하는 마부에게 말을 제공받았다는 뜻이다.

684　**바즈데예프는~프리메이슨 가운데 한 사람이었다** 피에르의 스승인 오시프 바즈데예프의 원형은 모스크바 프리메이슨들에게 많은 존경을 받았던 오시프 포즈데예프(Osip Pozdeyev)로 알려져 있다. '마르틴주의자'는 18세기 '노비코프 시대', 즉 러시아의 저명한 계몽 사상가로 언론인이자 출판업자였던 니콜라이 노비코프(Nikolai Novikov, 1744~1818)의 시대에 프랑스 작가 마르티네스 드 파스칼리(Martines de Pasqually)의 신지론적 교리를 추종하여 설립된 프리메이슨 지부의 회원을 지칭한다. 노비코프는 프리메이슨 회원으로 프리메이슨의 신비주의와 의식을 거부하는 한편, 프리메이슨을 자신의 계몽주의적 목적을 위해 이용하려 했다.

685　**포마 켐피스키** Foma Kempiiskii(1380~1471). 일련의 종교적 논설을 쓴 중세의 신비주의자다. 피에르는 톨스토이가 가치 있게 평가한 켐피스키의 논설 「그리스도의 모방에 관하여」를 읽은 것으로 보인다. 이 논설에서 저자는 금욕주의와 도덕적 삶을 설파했다.

686　**지부** 프리메이슨 공동체 회원들의 비밀 회합 장소인 프리메이슨 지부를 말한다.

687　**두 손을 늘어뜨린 그의 거대한 형상이~빌라르스키를 따라 움직였다** 피에르가 프리메이슨에 입회하는 의식에 대한 상세한 묘사는 톨스토이가 1866년 11월 모스크바의 루만체프 박물관에 보관된 프리메이

슨 장서와 초고에서 발췌한 프리메이슨 의식의 내용에 따른 것이다. 그때 톨스토이는 아내에게 보낸 편지에서 프리메이슨 자료를 탐구한 후 자신이 우울해졌음을 토로한다. 톨스토이는 프리메이슨의 목적엔 공감했으나 그들의 방법을 어리석은 것으로 보았다.

688 한 처음, 천지가 창조되기 전부터 ~ 하느님과 함께 계셨고……「요한의 복음서」1장 1절의 첫 두 구절.

689 레토르 rhetor. 본래 고대 그리스의 웅변가와 웅변술 교사를 일컫던 말이다.

701 한 변은 하느님~네 번째 변은 그 혼합을 나타내는 사각형의 의미를 열심히 파고 들고 있었다 프리메이슨 신비주의의 상징들이 언급되고 있다.

703 살진 송아지를 잡도록 하세「루가의 복음서」15장에 실린 '돌아온 탕자'의 비유를 암시하는 문구다. 이 비유에서 아버지는 아들이 돌아온 것을 축하하기 위해 살진 수송아지를 잡아 잔치를 베푼다.

705 [장 폴] 마라 Jean Paul Marat(1743~1793). 프랑스 혁명에서 급진적인 언론인이자 뛰어난 정치가로 활약했다. 자코뱅파 일원으로 로베스피에르, 당통과 함께 공포 정치를 이끌었으나 왕당파 여성 샤를로트 코르데에 의해 암살당했다.

정통주의자 '정통주의자'란 혁명이나 다른 정치적 사건에 의해 권좌를 상실한 왕정에 대한 지지자를 말한다. 프랑스에서 '정통주의자'는 1792년 프랑스 부르주아 혁명에 의해 무너진 부르봉 왕조의 지지자를 지칭한 것으로, 주로 귀족들과 고위 성직자들이었다.

706 슬픈 소식들이 이미 자세히 전해지고 예나-아우어슈테트 전투가 벌어진 두 도시는 오늘날 튀링겐 지역에 위치한 작센 공국에 속했다. 1806년 10월 14일 프로이센군은 이중의 끔찍한 패배를 당했다. 같은 날 나폴레옹은 예나에서, 루이니콜라 다부(Louis-Nicolas Davout) 원수는 아우어슈테트에서 프로이센군을 섬멸했다. 이후 오랜 포위 공격에 대한 대비 태세를 잘 갖추고 있던 프로이센의 요새들이 저항 없이 차례차례 굴복했다. 10월 27일 나폴레옹은 이미 프로이센 공국의 수도 베를린에 있었다.

아군과 나폴레옹의 두 번째 전쟁 레온티 베니히센(Leonty Bennigsen,

1745~1826)과 표도르 북스게브덴이 이끈 러시아군 2개 군단은 예나와 아우어슈테트에서 프로이센군이 섬멸당한 이후 프로이센으로 진격했다. 그러나 첫 전투는 나폴레옹이 자신의 군대를 진격시킨 폴란드에서 벌어졌다.

706 네가 그것을 원한 것이다, 조르주 당댕 George Dandin. 몰리에르의 희극『조르주 당댕 혹은 우롱당한 남편』에서 그 자신이 열렬히 원한 혼인의 결과로 고통당하는 주인공의 말이다.

709 글로가우 여행과 ~ 프로이센 군대의 상태를 이야기해 달라고 요청했다 글로가우는 오데르 강변에 있는 프로이센의 요새로, 잘 무장되어 있었음에도 전투 없이 프랑스군에 굴복한 요새들 중의 하나다. 이어지는 장에서 빌리빈이 안드레이 공작에게 보낸 편지에 이 요새의 운명에 대한 언급이 나온다.

712 우리가 프로이센 왕을 위해 부질없는 전쟁을 치르고 있다는 말을 하고 싶었네 말장난에 기초한 농담이다. 이폴리트 공작이 강조한 "프로이센 왕을 위해"라는 말은 '공연히'라는 다른 의미도 지닌다. 이 말장난은 이어지는 제9장에서 빌리빈이 안드레이 공작에게 보낸 편지에도 나온다.

대수장 각종 1등급의 훈장을 달 때 어깨에서 허리에 걸쳐 드리우는 긴 헝겊. 색실로 그림이나 글자가 수놓여 있다.

718 베니히센이 프로이센의 아일라우 부근에서 부오나파르트에게 그야말로 완전한 승리를 거둔 모양이다 레온티 베니히센은 독일 태생으로 1773~1818년 러시아군에서 복무하며 파벨 1세를 시해한 1801년 3월 11일의 궁정 쿠데타에 가담했다. 기병대장으로 지휘관으로서의 능력이 부족해 1806~1807년 전쟁에서 러시아군이 당한 일련의 패배에 그의 이름이 결부되어 있다. 1807년 2월 7~8일 프로이센령 아일라우에서 벌어진 혈전에서 공히 심각한 손실을 입은 러시아군과 프랑스군은 양측 모두 승리를 주장했다.

721 프로조롭스키와 카멘스키 중에서 후자가 뽑힙니다 두 육군 원수 알렉산드르 프로조롭스키(Aleksandr Prozorovskii, 1732~1809)와 미하일 카멘스키를 말한다. 카멘스키는 1806년 말 알렉산드르 1세

에 의해 러시아군 총사령관으로 임명되었으나 폭넓은 군사적 경험과 지식이 부족하고 총사령관으로서 군과 국민에 대한 영향력을 지니지 못해 임명된 지 며칠 후 황제에게 퇴역을 청원하고 군을 떠났다.

722 **코르 다르메** '군단'을 지칭하는 프랑스어 '코르 다르메(corps d'armee)'를 러시아어 음가대로 말한 것이다.

723 **대승리로 간주되지만 나의 견해로는 전혀 그렇지 않습니다** 1806년 12월 26일, 폴란드의 풀투스크에서 베니히센의 러시아 군단과 장 란의 프랑스군 사이에 전투가 벌어졌다. 이 전투에서 러시아군은 프랑스군을 격퇴시키고 더 큰 손실을 입혔지만 프랑스군 주력 부대에 포위될 것을 우려해 전장을 버리고 노브고로드로 퇴각했다.

730 **후원위원회에 빚을 갚아야 한다는** '후원위원회(opekunskii sovet)'는 황실의 후원 아래 양육원, 고아원, 양로원 및 맹인과 농아를 위한 집 등을 관리했다. 후원위원회 관할의 기관들은 부분적으로 기부금을 통해 유지되었다.

731 **빵과 소금** 전통적으로 러시아에서는 환대의 의미로 '빵과 소금'을 들고 손님을 맞이했다. 빵과 소금이 결합된 러시아어 '흘레보솔스트보(khlebosol'stvo)'는 '환대'라는 의미를 지닌다.

732 **베드로와 바울** 베드로의 러시아식 이름은 표트르다. 그래서 표트르, 즉 피에르의 수호성인은 베드로다. 그러나 러시아 정교회가 베드로와 바울의 축일을 같은 날(6월 29일)로 정해 이콘에는 기념 축일이 동일한 두 사도가 함께 그려지곤 했다. 그런 이유로 바울 또한 피에르의 수호성인이다.

756 **거룩한 천상의 비밀에 참예할 영광을 누렸지요** 성찬식에 참여했다는 뜻이다.

757 **유로디비** yurodivyi. 엄밀한 번역어를 찾을 수 없는 '유로디비'는 한국어로 '성(聖) 바보' 혹은 '바보 성자' 정도로 옮길 수 있는 종교적 광신자를 말한다. 유로디비는 광인의 모습을 하고 방랑자의 삶을 살았다. 러시아 정교회 신자들은 유로디비의 바보스러운 언행이 하느님의 계시를 받은 성자의 거룩함을 드러내는 징표라고 여겼

다. 유로디비는 진실을 느끼고 말하는 백치, 하느님을 위한 바보로 신과 가깝다고 여겨져 존경과 두려움의 대상이었다.

758   **페체르스카야의 성모님** 성 안토니 페체르스키(983~1073)가 11세기에 키예프에 자신의 이름을 따서 세워 러시아 정교회 수도원의 본산이 된 동굴 수도원 '키예보-페체르스카야 라브라(Kievo-Pecherskaya Lavra)'에 안치된 성모 마리아의 이콘을 말한다.

766   **[마트베이] 플라토프** Matvei Platov(1751~1818). 돈강 카자크의 아타만으로, 18세기 말에서 19세기 초에 러시아 제국의 모든 전쟁에 참가한 기병대 장군이다. 1807년 프로이센령 아일라우 전투에서 특히 이름을 떨쳤다. 1812년 조국 전쟁에 참가한 공로로 백작의 작위를 받았다.

   [니콜라샤를] 우디노 Nicolas-Charles Oudinot(1767~1847). 프랑스 장군이자 정치가로 1805~1807년 전쟁 당시 사단장이었다.

778   **프리틀란트 전투가 6월에 벌어졌고, 뒤이어 휴전이 선언되었다** '프리틀란트 전투'는 1807년 6월 14일 동프로이센에서 벌어졌다. 베니히센의 러시아군이 프랑스군의 포격에 큰 손실을 입고 네만강 너머로 후퇴한 이 전투로 1806~1807년 원정은 끝이 났다.

788   **프랑스 황제와 러시아 황제가 틸지트에서 만났다** 1807년 6월 25~26일(구력 13~14일) 러시아군과 프랑스군이 사이에 두고 대치한 네만강에 띄운 뗏목 위에서 나폴레옹과 알렉산드르 1세의 첫 개별 회담이 이루어졌다. 이후 틸지트로 옮겨 계속된 회담의 결과로 프랑스 제국과 러시아 제국 간(7월 7일), 그리고 프랑스 제국과 프로이센 왕국 간(7월 9일)의 틸지트 조약이 체결되었다. 틸지트 조약은 평화 조약일 뿐 아니라 두 제국의 동맹 조약이었다. 프랑스는 서유럽과 중부 유럽에서 완전한 행동의 자유를 얻었고, 나폴레옹은 동유럽에서의 러시아의 주도적인 역할에 동의했다. 그러나 체결된 조약은 그 핵심인 대륙 봉쇄령이 러시아 경제에 가져온 심각한 피해 등으로 러시아와 프랑스의 대립을 종식시키지 못했다. 틸지트 조약은 러시아와 그 동맹국들에 숨을 고르며 힘을 모을 시간을 벌어주었다.

796 **궁정 사무관** '카메르-푸리예르(kamer-fur'er)'. 궁정의 하급 근무
자들을 관리하고, 궁정에서 매일 일어나는 일의 기록을 관장하던
6등관 관리이다.

800 **안드레예프 수장을 어깨에 두르고** 틸지트 조약을 비준하는 날, 알렉산
드르 황제와 나폴레옹은 훈장을 교환했다.

805 **평화 조약을 불만스러워했다** 프리틀란트 전투 이후에 체결된 틸지트
조약에 관한 말이다.

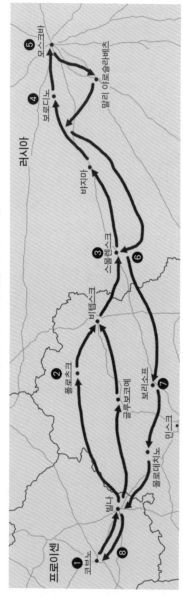

나폴레옹의 러시아 원정 지도(1812년)

1. 6월, 나폴레옹과 그의 군대가 네만강을 건너 러시아로 진군함.

2. 나폴레옹이 왼쪽 측면을 보호하기 위해 일부 병력을 폴로츠크로 보냄.

3. 탈영, 질병, 기아 등으로 병사가 줄어듦. 나폴레옹군, 스몰렌스크에 도착함.

4. 9월 7일, 보로디노 전투에서 프랑스 측에 3만여 명의 사상자가 발생하나 나폴레옹이 승리함.

5. 9월 14일, 나폴레옹, 모스크바 입성. 러시아, 항복하지 않음. 겨울이 되어 절수 퇴각함.

6. 11월, 스몰렌스크로 회군한 나폴레옹 군대는 부상자를 내버려 두고 계속 퇴각함.

7. 베레지나강을 건너는 도중에 수천 명이 익사함.

8. 프랑스군이 네만강을 넘어감. 나폴레옹은 러시아 원정 실패 이후 몰락함.

※ 지도에 나온 나폴레옹군의 진격 루트와 사상자 수는 연구자에 따라 다소 차이가 있음을 밝힌다.

주요 등장인물 가계도

볼콘스키가

엘리자베타
(리자, 리즈)
볼콘스카야
공작 부인

인드레이
볼콘스키
공작

니콜라이
볼콘스키
공작

니콜라이
볼콘스키
공작

마리야
볼콘스카야
공작 영애

---결혼---

니콜라이
로스토프
백작

로스토프가

일리야
로스토프
백작

나탈리야
로스토바
백작 부인

니콜라이
로스토프
백작

피에르
(표트르)
로스토프
백작

베라
로스토바
백작 영애

나탈리야
로스토바
백작 영애

베주호프가

키릴
베주호프
백작

피에르
(표트르)
베주호프
백작

---결혼--- 사별 ---

쿠라긴가

바실리
쿠라긴
공작

엘레나
쿠라기나
공작 영애

이폴리트
쿠라긴
공작

일리나(옐린)
쿠라기나
공작 부인

아나톨리
(아나톨)
쿠라긴
공작

드루베츠코이가

안나
드루베츠카야
공작 부인

보리스
드루베츠코이
공작

새롭게 을유세계문학전집을 펴내며

을유문화사는 이미 지난 1959년부터 국내 최초로 세계문학전집을 출간한 바 있습니다. 이번에 을유세계문학전집을 완전히 새롭게 마련하게 된 것은 우리가 직면한 문화적 상황에 적극적으로 대응하기 위해서입니다. 새로운 을유세계문학전집은 세계문학의 역할이 그 어느 때보다 중요해졌다는 인식에서 출발했습니다. 오늘날 세계에서 타자에 대한 이해는 우리의 안전과 행복에 직결되고 있습니다. 세계문학은 지구상의 다양한 문화들이 평등하게 소통하고, 이질적인 구성원들이 평화롭게 공존할 수 있는 문화적인 힘을 길러 줍니다.

을유세계문학전집은 세계문학을 통해 우리가 이런 힘을 길러 나가야 한다는 믿음으로 만들어졌습니다. 지난 5년간 이를 준비하기 위해 많은 노력을 기울였습니다. 세계 각국의 다양한 삶의 방식과 문화적 성취가 살아 있는 작품들, 새로운 번역이 필요한 고전들과 새롭게 소개해야 할 우리 시대의 작품들을 선정했습니다. 우리나라 최고의 역자들이 이들 작품 속 한 문장 한 문장의 숨결을 생생히 전하기 위해 심혈을 기울였습니다. 또한 역자들은 단순히 번역만 한 것이 아니라 다른 작품의 번역을 꼼꼼히 검토해 주었습니다. 을유세계문학전집은 번역된 작품 하나하나가 정본(定本)으로 인정받고 대우받을 수 있도록 최선을 다했습니다. 세계문학이 여러 경계를 넘어 우리 사회 안에서 주어진 소임을 하게 되기를 바라며 을유세계문학전집을 내놓습니다.

을유세계문학전집 편집위원단(가나다 순)
김월회(서울대 중문과 교수)
박종소(서울대 노문과 교수)
손영주(서울대 영문과 교수)
신정환(한국외대 스페인어통번역학과 교수)
정지용(성균관대 프랑스어문학과 교수)
최윤영(서울대 독문과 교수)

을유세계문학전집

을유세계문학전집은 계속 출간됩니다.

을유세계문학전집 연표